Margaret WEIS et Tracy HICKMAN

Margaret Weis est née en 1948. Après un cursus littéraire, elle devient éditrice chez TSR (édition classique et jeux de rôles) et commence à travailler en 1983 avec Tracy Hickman (né en 1955) pour écrire des scénarios de jeux *(Donjons et Dragons)* et mettre en forme la série qui va les rendre célèbres, *Lancedragon*. Tracy Hickman est quant à lui créateur de jeux de rôles chez TSR. Il a aussi été missionnaire pendant plusieurs années, en particulier en Indonésie (dont la langue l'inspira pour ses nombreuses formules magiques). Le cycle *Les Portes de la mort* et la tétralogie *La Légende de l'épée noire* sont à ce jour leurs deux chefs-d'œuvre.

L'AILE DU DRAGON

DES MÊMES AUTEURS
CHEZ POCKET

LA ROSE ET LE PROPHÈTE

1. LE DÉSIR DU DIEU ERRANT
2. LE PALADIN DE LA NUIT
3. LE PROPHÈTE D'ADKHRAN

LA LÉGENDE DE L'ÉPÉE NOIRE

1. LA NAISSANCE DE L'ÉPÉE
2. LA MALÉDICTION DE L'ÉPÉE
3. LE TRIOMPHE DE L'ÉPÉE

LE BOUCLIER DES ÉTOILES

L'ÉPÉE DE LA NUIT

LES PORTES DE LA MORT

1. L'AILE DU DRAGON
2. L'ÉTOILE DES ELFES
3. LA MER DU FEU
4. LE SERPENT MAGE
5. LA MAIN DU CHAOS
6. VOYAGE AU FOND DU LABYRINTHE
7. LA SEPTIÈME PORTE

SCIENCE-FICTION
Collection dirigée par Jacques Goimard

MARGARET WEIS
& TRACY HICKMAN

LES PORTES DE LA MORT

L'AILE DU DRAGON

Traduit de l'américain par
Simone Hilling

POCKET

Titre original de l'ouvrage
DRAGON WING

Cette traduction a été publiée avec l'accord de Bantam Books, département de Bantam Doubleday Dell Publishing Group, Inc.

PRESSECO

PAPIER RECYCLÉ
NATURE PROTÉGÉE

ISBN 2-266-05164-4

Le Monde d'Arianus

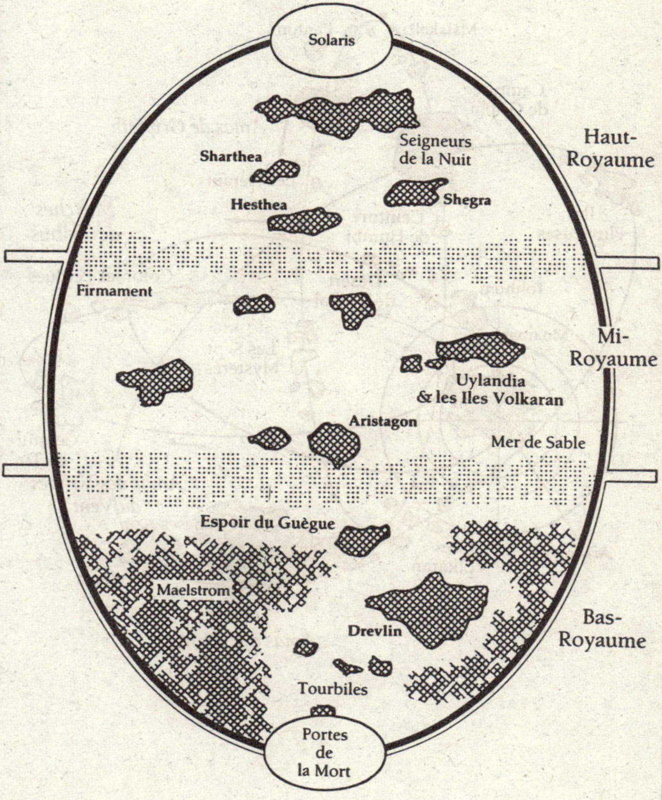

Mi-Royaume d'Arianus

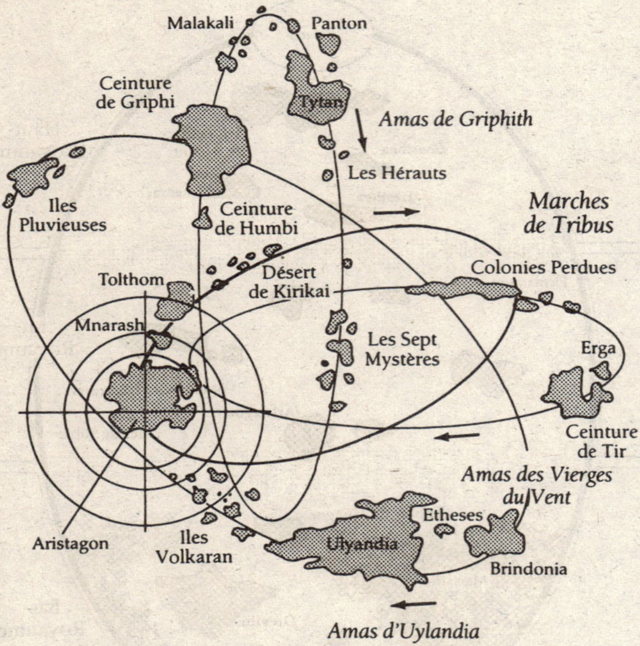

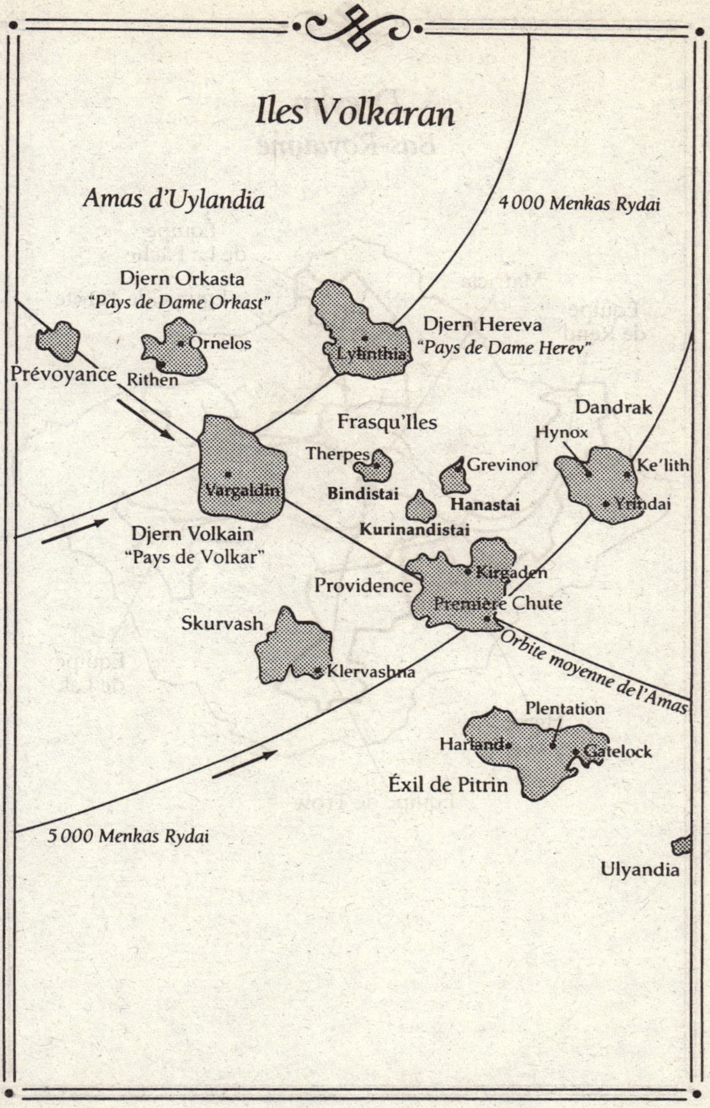

Iles Volkaran
Amas d'Uylandia
4000 Menkas Rydai
Djern Orkasta
"Pays de Dame Orkast"
Ornelos
Rithen
Prévoyance
Lylinthia
Djern Hereva
"Pays de Dame Herev"
Dandrak
Hynox
Ke'lith
Yrindai
Frasqu'Iles
Therpes
Bindistai
Grevinor
Hanastai
Kurinandistai
Vargaldin
Djern Volkain
"Pays de Volkar"
Providence
Kirgaden
Première Chute
Skurvash
Klervashna
Orbite moyenne de l'Amas
Plentation
Harland
Gatelock
Éxil de Pitrin
5000 Menkas Rydai
Ulyandia

Drevlin
Bas-Royaume

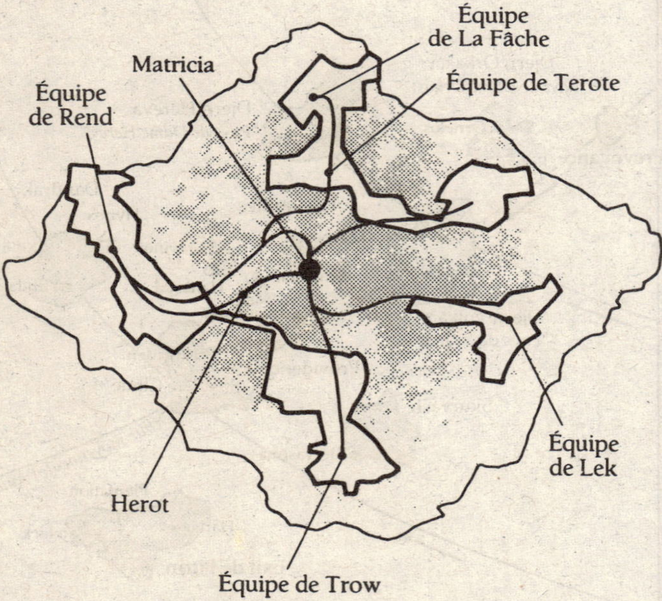

PROLOGUE

— N'ayez pas peur, Haplo. Entrez, asseyez-vous. Pas de formalités entre nous. Laissez-moi remplir votre verre. Nous buvons ce qu'on appelait autrefois le coup de l'étrier, en l'honneur de votre long voyage.

« Vous aimez le porto ? Ah, mes talents sont nombreux et variés, comme vous le savez, mais je commence à croire que seul le temps — et non la magie — peut produire un porto vraiment excellent. C'est ce qu'enseignent les grimoires. Nos ancêtres devaient avoir raison sur ce point… même s'ils se sont trompés sur d'autres. Ce vin manque du moelleux qui ne vient qu'avec l'âge. Il est trop agressif. Belle qualité chez un homme, pas pour un vin.

« Ainsi, vous êtes prêt à partir ? Ah, je vous envie. Mes pensées vous accompagneront jour et nuit. A votre santé, Haplo, mon émissaire dans un monde sans défiance.

« Car ils ne doivent se douter de rien. Je voudrais y insister une dernière fois. Le danger est grand. Si notre antique ennemi a vent de notre entreprise, il remuera ciel et terre — comme il l'a déjà fait — pour contrecarrer nos plans. Flairez-les pour les débusquer. Flairez-les comme votre chien flaire un rat, mais surtout qu'ils ne flairent pas votre présence.

« Laissez-moi remplir votre verre. Portons un toast. Cette fois, aux Sartans. Vous hésitez à boire. Allons, j'insiste. Votre rage est votre force. Appuyez-vous sur elle, elle vous galvanisera. Alors…

« Aux Sartans, qui nous ont fait ce que nous sommes.

Quel âge avez-vous, Haplo? Aucune idée? Je sais... le temps ne signifie rien dans le Labyrinthe. Laissez-moi réfléchir. La première fois que je vous ai vu, vous paraissiez tout juste vingt-cinq ans. C'est une longue vie pour ceux du Labyrinthe. Une longue vie, et qui était presque terminée.

« Comme je me rappelle ce moment, il y a cinq ans. J'allais repartir dans le Labyrinthe quand vous en êtes sorti. Ensanglanté, chancelant, plus mort que vif. Mais je n'oublierai jamais votre air de triomphe! Vous vous étiez échappé! Vous les aviez battus. J'ai vu ce triomphe dans vos yeux, dans votre sourire exultant. Puis vous vous êtes effondré à mes pieds.

« C'est cette expression qui m'a attiré, mon garçon. J'avais ressenti la même chose en m'évadant de cet enfer, il y a bien longtemps. J'étais le premier à en sortir vivant.

« Les Sartans, il y a des siècles, ont fragmenté notre monde et nous ont jetés dans leur prison. Vous savez combien le chemin menant hors du Labyrinthe est long et tortueux. Tout un puzzle à reconstituer — des siècles d'efforts! Nos antiques livres disent que les Sartans imaginèrent ce châtiment dans l'espoir que le temps et la souffrance adouciraient notre ambition conquérante et notre nature égoïste et cruelle.

« N'oubliez jamais notre plan, Haplo. Il vous donnera la force dont vous avez besoin pour remplir votre mission. Les Sartans ont osé présumer que, lorsque nous émergerions dans ce monde, nous serions *adaptés* à n'importe lequel des royaumes où nous choisirions d'entrer.

« Quelque chose a déraillé. Vous découvrirez peut-être ce que c'est quand vous aurez franchi les Portes de la Mort. D'après ce que j'ai pu découvrir dans les antiques livres, il semble que les Sartans auraient dû monitorer le Labyrinthe et conserver sa magie sous leur contrôle. Se soucièrent-ils d'aggraver notre épreuve? Bientôt ils renoncèrent à gérer notre prison, qui acquérait une existence autonome — dominée par la hantise de la *survie*. Le Labyrinthe en vint à nous considérer, nous ses prisonniers, comme une menace. Quand les

Sartans nous abandonnèrent, le Labyrinthe, poussé par la peur et la haine, devint mortel.

« Quand enfin je trouvai le chemin de la sortie, je découvris le Nexus, ce pays magnifique que les Sartans nous avaient réservé. Et j'ai trouvé les livres. D'abord incapable de les déchiffrer, j'ai travaillé à m'instruire et j'ai bientôt appris leurs secrets. J'ai lu ce qui concernait les Sartans et les espoirs qu'ils fondaient sur nous, et alors, j'ai éclaté de rire — pour la première et la dernière fois de ma vie. Vous me comprenez, Haplo. La joie n'existe pas dans le Labyrinthe.

« Mais je rirai encore si mes plans se réalisent. Quand les quatre mondes séparés — Feu, Eau, Pierre et Ciel — seront un de nouveau. Alors je rirai haut et fort.

« Oui, le moment de votre départ est arrivé. Vous avez écouté patiemment les radotages de votre seigneur. Un dernier toast.

« A vous, Haplo !

« J'ai été le premier à sortir du Labyrinthe et à entrer dans le Nexus. Vous serez le premier à franchir les Portes de la Mort et à entrer dans le monde qui s'étend au-delà.

« Le Royaume du Ciel. Familiarisez-vous avec son peuple. Découvrez ses faiblesses et ses forces. Faites ce que vous pourrez pour y provoquer le chaos, mais restez discret. Cachez vos pouvoirs. Par-dessus tout, ne faites rien qui puisse attirer l'attention des Sartans, car s'ils nous découvrent avant que je sois prêt, nous sommes perdus.

« Mourez s'il le faut, plutôt que de nous trahir. Votre discipline et votre courage peuvent affronter un tel choix. Mais votre intelligence peut le rendre inutile. C'est pourquoi je vous ai choisi.

« Vous aurez une autre tâche. Ramenez-moi quelqu'un de ce royaume dont je pourrai faire mon disciple et qui y retournera pour prêcher ma parole au peuple. Peu importe sa race — elfe, humain, ou nain. Assurez-vous qu'il ou elle est intelligent, ambitieux… et malléable.

« Dans un ancien texte, j'ai trouvé une analogie appropriée. Vous, Haplo, serez la voix de celui qui crie dans le désert.

« Et maintenant, un dernier toast. Nous nous lèverons pour le porter.

« Aux Portes de la Mort. “Préparez les chemins du seigneur.” »

CHAPITRE 1

PRISON YRENI, DANDRAK, MI-ROYAUME

La grossière charrette brinquebalait sur la coralite, ses roues de fer cahotant sur tous les trous et les bosses de ce qui passait pour une route. Elle était tirée par un tier, dont l'haleine se condensait dans l'air froid. Un homme conduisait par la bride l'oiseau têtu ; quatre autres, aux quatre coins, tiraient et poussaient la charrette. Une petite troupe, venue des fermes environnantes, s'était rassemblée devant la Prison Yreni, dans l'intention d'escorter la charrette et sa honteuse cargaison jusqu'aux murailles de Ke'lith, où l'attendait une foule beaucoup plus importante.

Le jour finissait. Le scintillement du firmament s'estompait à mesure que les Seigneurs de la Nuit tendaient lentement l'ombre de leur manteau sur les étoiles de l'après-midi. L'obscurité convenait à cette procession.

Les paysans restaient à distance respectueuse. Le tier ? Ces énormes oiseaux pouvaient se retourner brusquement et donner un violent coup de bec. Mais c'était le captif qui faisait peur.

Il avait les mains attachées aux côtés de la charrette, les pieds entravés de lourdes chaînes. Des archers l'encadraient, prêts à le cribler de flèches au moindre mouvement suspect. Mais les badauds fixaient l'homme et reculaient dès qu'il tournait la tête. Un démon d'Hereka enchaîné ne leur aurait pas inspiré plus de respect.

L'apparence du prisonnier, à elle seule, sollicitait le regard. Il était d'âge incertain, comme ceux que la vie a vieilli avant les cycles. Ses cheveux étaient noirs, sans le moindre fil gris. Rejetés en arrière du font haut et fuyant, ils étaient nattés à partir de la nuque. Deux sourcils sombres flanquaient un nez en bec d'aigle. Le menton fort était couvert d'une barbe noire tressée en deux petites nattes. Dans les profondeurs des yeux couvait une flamme qu'aucune ombre, apparemment, ne pouvait atténuer.

L'homme avait le torse nu ; de nombreuses traces de coups montraient qu'il ne s'était pas laissé capturer sans se battre. Les trois meilleurs hommes du sergent étaient au lit, et y resteraient sans doute toute la semaine. Le captif était mince et nerveux, ses mouvements vifs, silencieux et félins. A le regarder, on aurait pu dire que c'était un homme né et élevé pour marcher en compagnie de la Nuit.

Il s'amusait de voir les paysans reculer quand il les regardait. Il se retournait souvent, au grand dam des archers, qui ne cessaient de lever fébrilement leur arc, interrogeant du regard leur chef — un jeune sergent au visage solennel. Malgré le froid de ce soir d'automne, le sergent suait à profusion, et son visage s'éclaira visiblement quand ils arrivèrent en vue des murs de coralite de Ke'lith.

Ke'lith était une petite ville, comparée aux deux autres cités de l'Ile de Dandrak. Ses maisons et boutiques mal entretenues couvraient à peine un menka carré. En son milieu se dressait une antique forteresse en blocs de rare et précieux granit et dont les hautes tours captaient les derniers rayons du soleil. Qui l'avait construit ? Nul ne s'en souvenait. Les guerres livrées pour s'en assurer la maîtrise avaient fait oublier son passé.

Des gardes ouvrirent les portes de la ville. Malheureusement le tier fut contrarié par les acclamations et s'arrêta pile. Tour à tour menacé et cajolé par son maître, l'oiseau récalcitrant repartit enfin ; la charrette franchit la porte et s'engagea dans une rue de coralite lisse, pompeusement connue sous le nom de Route des Rois, mais où aucun roi, de mémoire d'homme, n'avait jamais posé le pied.

Une grande foule s'était rassemblée pour lorgner le

prisonnier. Le sergent aboya un ordre d'une voix cassée, et les archers resserrèrent les rangs autour de la charrette, au risque de se faire mordre par le tier.

Rassurés d'être en nombre, les gens se mirent à crier des injures et à brandir le poing. Le prisonnier les gratifia d'un large sourire, peu impressionné par ces menaces dérisoires, jusqu'au moment où une pierre le frappa au front.

Le sourire moqueur s'évanouit. La colère déforma le visage maculé de sang. Serrant les poings, l'homme esquissa un bond en direction d'un groupe de ruffians qui avaient trouvé leur courage au fond d'une cruche de vin. Les lanières qui le retenaient à la charrette se tendirent, les flancs du véhicule tremblèrent, ses chaînes cliquetèrent. Le sergent glapit, d'une voix que la peur avait fait monter d'une octave et les archers levèrent leurs arcs — mais sur quoi tirer : le détenu, ou les attaquants ?

La charrette était solide, et le captif ne put faire céder ses liens. Cessant de se débattre, il tourna son visage ensanglanté vers son agresseur.

— Tu n'aurais pas osé si j'étais libre.

— Ah, tu crois ça ? railla l'homme au visage congestionné.

— Non, tu n'aurais pas osé, répliqua froidement le prisonnier.

Ses yeux noirs se fixèrent sur son lapideur, si hostiles et menaçants dans leur froideur que l'homme pâlit et déglutit avec effort. Ses amis — qui l'encourageaient à avancer tout en restant prudemment en arrière — redoublèrent de menaces.

Le prisonnier se retourna alors, l'air furieux, vers l'autre côté de la rue. Une autre pierre le frappa au bras, suivie de tomates trop mûres et d'un œuf pourri qui le rata mais que le sergent reçut en pleine figure.

Les archers, qui se tenaient prêts à tuer le prisonnier à la première occasion, tournèrent alors leurs arcs vers la foule. Mais ils n'étaient que six contre une centaine de paysans, et les choses allaient mal tourner quand des battements d'ailes et des cris stridents au-dessus des têtes firent détaler la foule.

Deux dragons, montés d'hommes casqués et cuirassés, vinrent planer bas au-dessus des têtes ; les fuyards s'égaillèrent dans les ruelles et se cachèrent sous les porches. A l'appel de leur chef, les dragons descendirent en frôlant les murailles, puis, repliant les ailes et battant de la queue, ils se posèrent près de la charrette.

Le capitaine des chevaliers-dragons, un homme mûr et bedonnant qui arborait une flamboyante barbe rousse, fit approcher sa bête. Le tier épouvanté tournait en hurlant, au grand embarras de son maître.

— Calme cette maudite bête ! gronda le capitaine.

Le maître du tier parvint à saisir la tête de son animal et la regarda dans les yeux sans ciller. Les tiers sont si stupides qu'ils ne pensent pas à ce qu'ils ne voient pas[1] ; celui-ci oublierait les dragons tant que son maître arriverait à retenir son attention.

Ignorant le sergent qui balbutiait, cramponné à la selle du capitaine comme un enfant aux jupes de sa mère, le capitaine considéra froidement le prisonnier maculé de légumes.

— On dirait que j'arrive à temps pour sauver ta misérable vie, Hugh-la-Main.

— Tu ne m'as pas fait de faveur, Gareth, dit sombrement le captif.

Il leva ses mains liées.

— Libère-moi ! Je vous combattrai tous, et eux aussi, dit-il, montrant de la tête quelques paysans qui risquaient un œil hors de leur cachette.

Le capitaine grogna.

— Je m'en doute. Cette mort serait bien préférable à celle qui t'attend sur le billot, et qui est encore trop bonne pour toi, Hugh-la-Main. Un poignard dans le dos en pleine nuit, voilà la mort que tu mérites, canaille d'assassin !

Le rictus de la Main, souligné par une courte mous-

1. Dans la nature, ces énormes oiseaux sont la proie préférée des dragons. Les ailes des tiers, très grandes et couvertes de plumes molles, sont presque totalement inutiles. Ils peuvent toutefois courir très vite sur leurs puissantes pattes. Ils font d'excellentes bêtes de bât et sont très utilisés comme tels dans les royaumes des humains. Les Elfes les trouvent sales et répugnants.

tache noire, fut visible à tous même dans le jour déclinant.

— Tu connais les mœurs de ma profession, Gareth.

— Je sais seulement que tu es un tueur à gages, et que mon seigneur a trouvé la mort par ta main. J'ai sauvé ta tête uniquement pour avoir le plaisir de la placer moi-même au pied de la bière de mon maître. Au fait, ils ont surnommé le bourreau Nick-Trois-Coups. Il n'est encore jamais arrivé à trancher une tête en une fois.

Hugh regarda le capitaine et dit tranquillement :

— Ça ne servira à rien, mais je n'ai pas tué ton seigneur.

— Ah ! Le meilleur maître que j'aie jamais servi, assassiné pour quelques barls[1] ! Combien t'ont-ils payé, Hugh ? Combien de barls faudra-t-il pour me rendre sa vie ?

Tirant sur ses rênes, le capitaine, les yeux brillants de larmes, talonna sa créature, juste derrière les ailes, et le dragon décolla au-dessus de la charrette, défiant tous les rôdeurs, de ses yeux de reptile, de venir traverser son chemin. Les autres dragons suivirent. Le maître du tier battit des paupières et fit aller son animal. La charrette se remit à cahoter.

Il faisait nuit quand la charrette et son escorte de dragons atteignirent le donjon du Seigneur de Ke'lith. Son cadavre était exposé au centre de la cour, entouré de charcristaux imbibés de parfum, le bouclier posé sur la poitrine, une main sur la poignée de son épée, l'autre tenant une rose placée par son épouse. Elle avait quitté le catafalque et dormait dans le donjon, ayant pris du sirop de pavot. On craignait qu'elle ne se jette dans le bûcher funéraire, selon la coutume admise dans l'Ile mais qui lui était interdite, car elle venait de mettre au monde son unique héritier. Le dragon favori du maître était couché près de lui, agitant fièrement sa crinière hérissée. Debout à côté, le visage inondé de larmes, le chef des écuries tenait un énorme couteau de boucher. Il

1. Le barl est la monnaie standard des humains et des Elfes. Sa valeur équivaut à celle d'un baril d'eau.

ne pleurait pas son seigneur, mais le dragon qu'il avait élevé depuis son éclosion, et qu'il devrait immoler quand les flammes consumeraient son maître pour que son esprit aille le servir au séjour des morts.

Tout était prêt. Chacun tenait une torche enflammée. Pour mettre le feu au bûcher, on n'attendait plus que la tête du meurtrier.

A l'entrée du château, les chevaliers s'écartèrent pour laisser passer le tier, puis refermèrent les rangs. La charrette franchit l'arche sous les acclamations. Les chevaliers qui l'escortaient démontèrent, et leurs écuyers coururent guider leurs dragons vers les écuries. Le dragon du seigneur adressa un cri de bienvenue — ou peut-être d'adieu — à ses congénères.

Le tier fut dételé et emmené. Son maître et les quatre hommes qui poussaient la charrette furent conduits à la cuisine, où ils mangèrent un bon repas et burent la meilleure bière du seigneur. Messire Gareth grimpa dans la charrette, et, tirant son couteau de sa ceinture, trancha les liens du prisonnier.

— Nous avons capturé le seigneur-Elfe, dit Gareth à voix basse. Vivant. Il retournait à Tribus dans sa dragonef quand nos dragons l'ont rattrapé. Nous l'avons questionné, et avant de mourir, il a avoué t'avoir donné de l'argent.

— J'ai déjà vu comment vous « questionnez » les gens, dit Hugh.

Une main libérée, il fléchit le bras pour rétablir la circulation. Gareth, libérant l'autre, le regarda d'un air méfiant.

— Cette canaille aurait avoué qu'il était humain si tu le lui avais demandé ! reprit Hugh.

— C'est ta maudite dague qu'on a retrouvée dans le dos de mon seigneur, celle qui a un manche en corne décoré de marques bizarres. Je l'ai reconnue.

— Et comment, tu l'as reconnue !

Hugh referma brusquement ses deux mains libres sur les bras du chevalier. Ses doigts serrèrent avec force, enfonçant la cotte de mailles dans les chairs.

— Et tu sais comment et pourquoi tu l'as vue !

Gareth retint son souffle, et projeta son couteau en

avant. La lame frôlait le torse de Hugh quand, par un effort de volonté, le chevalier maîtrisa son réflexe.

— Arrière ! gronda-t-il à l'adresse de plusieurs de ses camarades qui, voyant leur capitaine assailli, avaient tiré l'épée.

Il avait le visage couleur cendre et la sueur perlait sur sa lèvre.

— Ton astuce n'a pas marché, Hugh. Tu ne trouveras pas une mort rapide par ma main.

Avec un sourire sardonique, Hugh haussa les épaules et le lâcha. Gareth, saisissant la main droite de l'assassin la lui ramena derrière le dos puis, s'emparant de la gauche, les lui lia solidement toutes les deux avec les bribes des lanières de cuir.

— Je t'ai bien payé, murmura le chevalier. Je ne te dois rien !

— Et elle, ta fille, dont j'ai vengé la mort...

Faisant pivoter Hugh par l'épaule, Gareth lança son poing couvert de mailles d'acier. Le coup frappa l'assassin au menton et le projeta sur les ridelles de la charrette. Affalé sur le dos, la Main gisait dans la boue de la cour. Gareth sauta à bas de la charrette, et, debout au-dessus de lui, le considéra froidement.

— Tu mourras la tête sur le billot, canaille d'assassin. Emmenez-le, ordonna-t-il à deux de ses hommes. Et bâillonnez-le.

CHAPITRE 2

DONJON DE KE'LITH, DANDRAK, MI-ROYAUME

— Voilà l'assassin, dit Gareth, montrant le prisonnier lié et bâillonné.

— Vous a-t-il posé des problèmes ? demanda un bel homme d'environ quarante cycles, regardant Hugh d'un air navré, comme s'il ne pouvait croire que tant de mal pût être en un seul homme.

— Aucun d'insurmontable, Magicka.

Le mage du château hocha la tête et, devant les nombreux assistants, se redressa de toute sa taille et joignit les mains avec componction sur sa longue robe de velours brun : c'était un magicien de la terre, et il portait la couleur de sa magie préférée. Toutefois, il n'arborait pas le manteau de mage royal, le Seigneur Pendard ayant toujours, disait-on, refusé de lui accorder ce titre.

On avait conduit le prisonnier devant celui qui était maintenant — par défaut — la plus haute autorité du fief, et les assistants se pressait pour l'entendre. La lumière des torches vacillait et dansait dans le vent froid du soir. Le dragon du seigneur, interprétant la tension et la confusion ambiantes comme des prémisses de bataille, trompetta bruyamment. Bientôt, il irait combattre un Ennemi que ni l'homme ni le dragon ne peuvent esquiver au bout du compte.

— Enlevez-lui son bâillon, ordonna le magicien.

Gareth toussa, se pencha vers le magicien et dit à voix basse :

— Vous n'entendrez que des mensonges...

— J'ai dit, reprit Magicka d'un ton de commandement qui, pour tous les assistants, désigna le nouveau maître du donjon.

Gareth arracha le bâillon si brutalement qu'il marqua le visage de Hugh d'une vilaine zébrure.

— Tout homme, quelle que soit l'énormité de son crime, a le droit de confesser sa faute et de purifier son âme. Quel est ton nom? demanda le mage d'un ton tranchant.

L'assassin fixa le mur et ne répondit pas.

— Il est connu sous le nom de Hugh-la-Main, dit Gareth.

— Patronyme?

Hugh cracha du sang.

Le magicien fronça les sourcils.

— Allons, Hugh-la-Main ne peut pas être ton vrai nom. Tu es certainement noble. Et nous devons connaître les noms de tes ancêtres pour leur recommander ton esprit indigne. Tu ne veux pas répondre?

Tendant la main, le sorcier prit Hugh par le menton et lui leva la tête de force vers la lumière des torches.

— L'ossature est puissante, le nez aristocratique, les yeux pleins de finesse, malgré des influences paysannes dans les rides du visage et la sensualité des lèvres. Il y a dans tes veines du sang noble. Dommage qu'il soit dégénéré. Allons, révèle ta véritable identité, et confesse le meurtre du Seigneur Pendard. Cet aveu purifiera ton âme.

Les lèvres boursouflées du prisonnier s'écartèrent en un sourire, une lueur flamba fugitivement dans ses yeux noirs.

— Là où est mon père, son fils le rejoindra bientôt, répliqua-t-il. Et vous savez mieux que personne que je n'ai pas assassiné votre seigneur.

Gareth leva le poing. Un regard au magicien le fit hésiter. Puis le front de Magicka s'éclaircit, son visage redevint lisse comme crème, mais son léger trouble n'avait pas échappé aux yeux perçants du capitaine.

— Insolence, dit froidement le magicien. Tu es bien téméraire pour un homme promis à une mort si terrible, mais nous t'entendrons demander grâce avant longtemps.

— Vous ferez bien de me réduire au silence, et vite, dit Hugh, passant la langue sur ses lèvres tuméfiées. Sinon, les gens avisés ne manqueront pas de remarquer que vous êtes maintenant le tuteur du petit seigneur, n'est-ce pas, Magicka? vous pouvez tout gouverner ici jusqu'à ce que l'enfant atteigne... quel âge? Dix-huit ans? Peut-être plus, si vous l'enserrez dans des liens assez forts. Et vous serez d'un grand réconfort pour la veuve éplorée, je n'en doute pas. Quel manteau porterez-vous ce soir? La pourpre du mage royal? Et n'est-ce pas étrange que ma dague ait disparu ainsi? *Comme par magie...*

Le magicien leva les mains.

— Le sol tremble de fureur aux blasphèmes de cet homme! cria-t-il.

Le sol de la cour se mit à trembler. Les tours de granit vacillèrent. Les gens, hurlant de panique, se pressèrent les uns contre les autres. Certains tombèrent à genoux dans la boue en gémissant et en suppliant le mage.

Magicka abaissa un regard courroucé sur le capitaine des chevaliers. Un coup de Gareth, donné quelque peu à contrecœur, sembla-t-il, coupa le souffle à l'assassin. Mais son regard ne cilla pas.

— J'ai été patient, dit Magicka, la respiration oppressée, mais je n'écouterai pas plus longtemps ces indignités. Désolé, capitaine. Vous aviez raison. Il ne dira rien pour sauver sa misérable vie.

Gareth émit un grognement. Magicka leva les mains, et, peu à peu, le sol cessa de trembler. Soupirant de soulagement, les gens se relevèrent. Gareth fronça les sourcils; ses yeux, sombres et pensifs, se portèrent alternativement sur l'assassin et le magicien.

Magicka, qui parlait à la foule, ne le remarqua pas.

— Je regrette, je regrette sincèrement que cet homme doive quitter cette vie l'âme maculée de taches si noires. Pourtant, c'est ce qu'il a choisi. Vous êtes témoins que je lui ai donné toute latitude pour se confesser.

Murmures respectueux et compatissants.

— Apportez le billot.

Les murmures augmentèrent. Les gens se bousculèrent pour mieux voir. Deux solides geôliers, les plus forts qu'on ait pu trouver, apportèrent une énorme pierre — qui n'était pas la coralite[1] délicate et spongieuse dont presque toute la ville était construite. Magicka, qui devait, de par ses fonctions, connaître la nature et les pouvoirs de toutes les roches, reconnut celle-ci pour du marbre. Il ne venait pas de cette île, ni du continent voisin d'Uylandia, car cette roche n'y existait pas. Il devait donc venir du grand continent d'Aristagon, pays de l'ennemi.

Peut-être était-ce un très antique bloc de marbre, importé légalement au cours d'une des rares périodes de paix entre les humains et les Elfes de l'Empire de Tribus, à moins que Nick-Trois-Coups, puisque tel était son sobriquet, l'ait fait entrer en contrebande, ce que Magicka jugeait probable.

Quelle importance au demeurant? Les nationalistes enragés ne manquaient pas parmi les parents, amis et partisans du seigneur, mais le magicien doutait qu'aucun d'eux désapprouvât l'exécution d'un si infâme individu sur un billot ennemi.

D'ailleurs le marbre était couvert de sang séché, et nul ne se poserait de questions sur sa provenance, même dans ce clan de têtes chaudes.

Le bloc avait environ quatre pieds de côté et comportait sur une arête un évidement correspondant à la taille moyenne d'un cou humain. Les geôliers — titubant sous le poids — traversèrent la cour et posèrent le bloc devant Magicka. Le bourreau entra, et un frisson d'excitation parcourut la foule.

1. Toutes les îles flottantes du Royaume du Ciel sont composées de coralite. Excrétion d'une petite créature serpentine et inoffensive connue sous le nom de larve du corail, la coralite est d'apparence spongieuse. Quand elle a durci, elle est aussi dure que le granit, mais elle ne peut être ni taillée ni polie. Elle se forme très vite; pour les structures qui en sont composées, il s'agit moins de construction que de croissance organique. Les larves de corail émettent un gaz plus léger que l'air. C'est ce qui permet aux îles de flotter, mais cela peut être gênant pour la construction. Les magiciens de la terre doivent donc l'évacuer avant utilisation.

De temps en temps, on découvre des dépôts de fer et autres métaux noyés dans la coralite. On ne sait pas comment ils y sont arrivés, mais on présume qu'il s'agit d'un phénomène survenu pendant la Séparation.

Nick-Trois-Coups était un géant, et pas une âme sur Danrak n'avait vu son visage. Partout il officiait en longue robe et cagoule noires, et quand il se livrait à ses activités courantes, nul ne pouvait le reconnaître. Malheureusement, tous les hommes de plus de sept pieds pouvaient être pris pour l'exécuteur des hautes œuvres et on les évitait sans discrimination.

Mais quand il s'agissait d'exécuter les sentences, Nick-Trois-Coups était le bourreau le plus populaire et le plus demandé. Qu'il fût l'homme le plus maladroit ou le plus talentueux metteur en scène de son temps, il savait incontestablement faire le spectacle. Les condamnés ne mouraient jamais de façon expéditive. Ils avaient tout le temps de hurler dans leur agonie, tandis que Nick hachait et tailladait lentement leur cou avec une épée aussi émoussée que son intelligence.

Tous les yeux se reportèrent sur le prisonnier qui — il faut le reconnaître — avait impressionné les assistants par son calme. Mais ils avaient admiré ou aimé leur seigneur, et ils seraient contents de voir son assassin mourir dans d'horribles souffrances. Ils notèrent qu'à la vue de l'exécuteur et de son arme ensanglantée la respiration de Hugh s'était accélérée, bien que son visage demeurât de glace et qu'il ne tremblât pas.

Gareth prit Hugh par les bras et, l'éloignant du magicien, le conduisit à quelques pas du billot.

— Ce que tu as dit de Magicka...

Le capitaine avait parlé à voix basse, et, sentant peut-être les yeux du magicien fixés sur son dos, il laissa sa phrase en suspens, se contentant de fixer l'assassin d'un air perplexe.

Hugh soutint son regard, ses yeux réduits à deux flaques noires à la lueur des torches.

— Surveille-le, dit-il.

Gareth hocha la tête. Il avait les yeux rouges et injectés de sang, le visage couvert de chaume. Il n'avait pas dormi depuis la mort de son seigneur, survenue l'avant-veille. Il essuya sa bouche cernée de sueur d'une main, qu'il porta ensuite à sa ceinture. Hugh vit la lueur des flammes reflétée sur une lame tranchante.

— Je ne peux pas te sauver, murmura Gareth. On me

massacrerait. Mais je peux terminer rapidement ton supplice. Cela me coûtera sans doute mon grade…

L'air sombre, il tourna la tête vers le magicien.

— … mais après ce que j'ai entendu, reprit-il, je l'aurais sans doute perdu de toute façon. Je lui dois bien cela.

Il poussa la Main devant le billot. Le bourreau enleva solennellement sa robe noire — il détestait l'éclabousser de sang — et la tendit à un enfant de l'assistance. Ravi, l'enfant tira la langue à un ami moins heureux qui avait espéré le même honneur.

Saisissant son épée, Nick-Trois-Coups donna quelques coups dans le vide pour s'échauffer, puis, de la tête, fit signe qu'il était prêt.

Gareth fit agenouiller Hugh et recula de deux ou trois pas, les doigts refermés sur le couteau dissimulé dans les plis de sa cape. Il avait trouvé une excuse.

Quand la lame s'est enfoncée dans son cou, Hugh a crié que c'était vous, Magicka, qui aviez tué mon seigneur. Je l'ai entendu clairement. Naturellement, je savais qu'il mentait, mais j'ai craint que les paysans — engeance superstitieuse — ne les prennent à la lettre, et j'ai préféré abréger sa misérable vie. Magicka ne le croirait pas. Il connaîtrait la vérité. Bah, Gareth n'avait plus longtemps à vivre, de toute façon.

Le bourreau saisit Hugh par les cheveux, pour lui placer la tête sur le billot. Mais Magicka, sentant peut-être un malaise dans la foule l'arrêta de la main.

— Halte, cria-t-il.

Ses robes ballonnant dans le vent froid, il s'avança vers le billot.

— Hugh-la-Main, dit Magicka d'une voix forte, je te donne une dernière chance. Tu es bien près du Royaume de la Mort. Dis-nous maintenant si tu as quelque chose à confesser.

Le condamné leva la tête, peut-être enfin conscient de l'approche de la fin.

— Oui. J'ai quelque chose à confesser.

— Je suis heureux que nous nous comprenions, dit Magicka avec bonté.

Son sourire de triomphe n'échappa pas à Gareth.

— Quels regrets ressens-tu en quittant cette vie, mon fils ?

La bouche tuméfiée de Hugh se tordit. Redressant les épaules, il dit froidement :

— Je regrette de n'avoir jamais tué personne de votre espèce, magicien.

La foule, prise d'une délicieuse horreur, resta bouche bée. Trois-Coups gloussa sous sa cagoule. Plus le supplice durerait, mieux le magicien le récompenserait.

Magicka eut un sourire de pitié.

— Que ton âme pourrisse comme ton corps, dit-il.

Jetant à Trois-Coups un regard lui intimant clairement de ne pas ménager la victime, le magicien recula à bonne distance, pour ne pas se faire éclabousser par le sang.

Le bourreau tira un grand mouchoir noir qu'il se mit en devoir d'attacher sur les yeux de Hugh.

— Non, cria l'assassin d'une voix rauque. Je veux emporter son visage avec moi.

— Allons, commence ! rugit le magicien, l'écume aux lèvres.

Trois-Coups saisit les cheveux, mais Hugh se dégagea. De lui-même, il posa la tête sur le billot sanglant. Il braquait sans ciller sur Magicka des yeux accusateurs. L'exécuteur se pencha, saisit la natte du condamné et la rabattit sur le côté. Trois-Coups aimait travailler sur un cou bien dégagé.

Il leva sa lame. Hugh prit une profonde inspiration et serra les dents, sans cesser de fixer le magicien. Gareth, qui le surveillait, vit Magicka pâlir et déglutir avec effort, puis lancer çà et là de brefs regards traqués.

— L'horreur que m'inspire la noirceur de cet homme est insupportable ! s'écria le magicien. Sois prompt !

Gareth resserra les doigts sur son couteau. Trois-Coups gonfla ses biceps, prêt à abattre l'épée. Les femmes se couvrirent les yeux de la main, regardant entre leurs doigts écartés ; les hommes se dévissaient le cou pour mieux voir, et prenaient les enfants sur leurs épaules.

Puis on entendit des bruits de lutte aux portes.

CHAPITRE 3

DONJON DE KE'LITH, DANDRAK, MI-ROYAUME

Une silhouette gigantesque, plus noire que les Seigneurs de la nuit, se profila au-dessus des tours. Nul ne voyait clairement dans la pénombre, mais tout le monde entendait les battements d'ailes. Aux portes, les gardes engagèrent l'épée, donnant l'alarme, et toutes les têtes se détournèrent de l'exécution imminente pour considérer la menace venant du ciel. Les chevaliers dégainèrent et demandèrent leurs montures. Les corsaires de Tribus faisaient des raids fréquents, et l'on savait que la mort du seigneur Elfe qui avait prétendument engagé Hugh-la-Main allait entraîner des représailles.

— Ignorez l'interruption ! Procédez à l'exécution ! gronda Magicka.

Mais Trois-Coups exigeait de son public une attention sans partage, et il l'avait perdue. La moitié de la foule regardait vers les portes ; l'autre moitié y courait. Abaissant sa lame d'un air de dignité outragée, le bourreau attendit dans un silence mortifié.

— C'est un vrai dragon, imbéciles ! Un des nôtres, pas une nef des Elfes, vociféra Gareth. Vous deux, gardez l'œil sur le prisonnier.

Le capitaine se rua vers les portes pour enrayer la panique.

Le dragon d'assaut planait bas au-dessus du château. Une douzaine de câbles, visibles à la lumière des torches, tombèrent du ciel. Des hommes s'y laissèrent glisser et atterrirent dans la cour. Les insignes d'argent des Elus du Roi brillaient sur leur uniforme ; un murmure menaçant parcourut la foule.

Les soldats se déployèrent dans la cour, dégageant le centre et se postant sur le pourtour. Bouclier dans la main gauche, lance dans la main droite, détendus mais vigilants, ils tournèrent le dos à la foule, refusant de répondre aux questions.

Franchissant les murs d'un coup d'aile, un petit dragon plana au-dessus de la cour dégagée pour lui et se posa, les ailes frémissantes, les flancs haletants, des filets de salive dégoulinant de sa gueule frangée de crocs. Sautant à bas de sa monture, le cavalier inspecta la cour. Il portait la courte cape bordée d'or et la vareuse rouge à larges parements des courriers du roi, et la foule retint son souffle, attendant les nouvelles dont il était porteur.

Presque tous s'attendaient à une déclaration de guerre contre les Elfes de Tribus; certains chevaliers cherchaient déjà leurs écuyers du regard pour les rassembler rapidement. Mais le courrier leva sa main gantée de cuir souple et la pointa sur le billot.

— Est-ce Hugh-la-Main que vous vous apprêtez à exécuter? demanda-t-il d'une voix aussi douce que son gant.

Le magicien s'avança, et, traversant la ligne des Elus du Roi, entra dans le cercle.

— Et si c'est le cas? demanda-t-il avec méfiance.

— Si c'est Hugh-la-Main, je vous ordonne, au nom du roi, de le remettre entre mes mains vivant, dit le courrier.

Le magicien le foudroya du regard. Les chevaliers de Ke'lith, embarrassés, attendirent les ordres.

Jusqu'à une époque très récente, les Îles Volkaran n'avaient jamais eu de roi. Aux premiers jours du monde, elles avaient abrité une colonie pénitentiaire, fondée par les habitants du continent principal d'Uylandia. Meurtriers et voleurs étaient incarcérés dans la célèbre prison d'Yreni; proscrits, prostituées et autres asociaux étaient expédiés sur Providence, Exil de Pitrin et des trois Djerns. La vie était dure sur ces îles écartées, et, au cours des siècles, elles avaient produit une race dure. Chacune était gouvernée par un clan, dont le seigneur passait son temps à repousser les attaques dirigées contre ses terres ou à attaquer celles de ses voisins d'Uylandia.

Ainsi divisés, les humains étaient des proies faciles pour les nations elfiennes de Tribus, plus riches et plus puissantes. Les Elfes avaient absorbé les humains les uns après les autres, et, pendant près de quarante cycles, ils avaient gouverné à la fois l'Uylandia et les Iles Volkarans. Leur implacable domination avait pris fin vingt cycles plus tôt, un chef du clan le plus puissant des Volkaran ayant épousé la matriarque du clan le plus puissant d'Uylandia. Ralliant leurs peuples, Stephen de l'Exil de Pitrin et Anne de Winsher formèrent une armée qui renversa les Elfes et les jeta — certains au sens propre — hors de l'île. Alors ils s'étaient proclamés roi et reine, avaient assassiné leurs rivaux les plus dangereux, et, malgré la rumeur insinuant qu'ils intriguaient maintenant l'un contre l'autre, ils constituaient toujours la force la plus importante et la plus redoutée du royaume. Au bon vieux temps, Magicka aurait pu ignorer cet ordre et faire exécuter le courrier insolent. Maintenant, debout dans l'ombre projetée par les ailes noires du dragon, il en était réduit à ergoter.

— Hugh-la-Main est l'assassin de notre seigneur, Pendard de Ke'lith, et c'est selon la loi même du roi que nous le punissons de mort.

— Sa Majesté approuve pleinement et applaudit l'excellente et rapide application des lois de son royaume, dit le courrier avec une gracieuse révérence, et il regrette d'être obligé d'interférer, mais un mandat royal ordonne l'arrestation de l'homme connu sous le nom de Hugh-la-Main. Il doit être interrogé au sujet d'une conspiration contre l'État — délit qui a préséance sur les affaires locales. Tout le monde sait, ajouta le courrier, regardant Magicka dans les yeux, que cet assassin a entretenu des menées avec les seigneurs elfiens de Tribus.

Le magicien savait, naturellement, que Hugh *n'avait pas* entretenu de menées avec un seigneur elfien de Tribus. Il savait aussi que le courrier le savait. Et si le courrier savait cela, il devait savoir aussi diverses autres choses — entre autres, comment Pendard de Ke'lith avait trouvé la mort; pris à son propre piège, Magicka perdit contenance.

— Montrez-moi le mandat, dit-il.

Rien, semblait-il, ne pouvait être plus agréable au courrier que de produire le mandat royal aux yeux de Magicka. D'une sacoche de cuir pendue au flanc du dragon, il tira un étui cylindrique, en sortit un rouleau et le tendit au magicien, qui fit mine de le lire. Le mandat était rédigé dans les formes. Il y avait le nom, Hugh-la-Main, et l'Œil Ailé qui était le sceau du roi. Se mordant les lèvres jusqu'au sang, Magicka ne put que jeter sur la foule un regard signifiant qu'il avait fait son possible, mais que des puissances supérieures étaient à l'œuvre. Posant la main sur son cœur, il s'inclina en silence.

— Sa Majesté vous remercie, dit le courrier, souriant. Capitaine ! Amenez-moi le prisonnier. Ah, et j'aurai aussi besoin d'un dragon frais pour le retour. Affaires du Roi, termina-t-il.

Ces trois mots — affaires du Roi — permettaient d'obtenir n'importe quoi, d'un château à un flacon de vin, d'un sanglier rôti à un régiment. On y désobéissait à ses risques et périls. Gareth regarda Magicka. Le magicien tremblait de rage, mais se contenta d'incliner la tête — et le chevalier alla exécuter ses ordres.

Le courrier récupéra vivement son parchemin, le réenroula, et le remit dans son étui. En attendant le retour de Gareth, il laissa son regard errer dans la cour, et quand il avisa le catafalque, son visage pris aussitôt une expression de profonde affliction.

— Leurs Majestés présentent leurs condoléances à Dame Pendard. Quoi qu'ils puissent faire pour son service, elle peut compter sur eux.

— Dame Pendard leur en sera très reconnaissante, dit Magicka, acide.

Le courrier, redevenu souriant, fit claquer impatiemment ses gants sur sa cuisse. Gareth faisait franchir au prisonnier la rangée des Elus du Roi, mais toujours aucun signe de monture fraîche.

— Et ce dragon...

— Tenez, seigneur, prenez celui-ci, dit le vieux chef des écuries, tendant les rênes du dragon de Pendard au messager.

— Est-ce bien normal ? s'enquit le courrier. Naturellement, il connaissait la coutume de sacrifier le dragon — quel que fût son prix — en l'honneur du défunt.

Magicka, avec un grognement de fureur, agita la main.

— Pourquoi pas ? Emportez l'assassin de mon maître sur le dragon le plus prisé de mon seigneur ! Affaires du Roi, n'est-ce pas ?

— Oui, dit le courrier. Affaires du Roi.

Soudain, les Elus du Roi s'animèrent, et, rapprochant leurs boucliers, formèrent un cercle de fer autour du courrier et de ses compagnons.

— Peut-être y a-t-il certains aspects des affaires du Roi que vous aimeriez discuter avec Sa Majesté. Notre gracieux monarque se fera un plaisir de prendre toutes mesures nécessaires pour le gouvernement de cette province en votre absence, Magicka.

L'ombre des ailes du dragon d'assaut planant au-dessus d'eux assombrit la cour.

— Non, non protesta vivement le magicien. Le Roi Stephen n'a pas de sujet plus loyal que moi ! Vous pouvez l'en assurer !

Le courrier s'inclina avec un sourire charmeur. Les soldats qui l'entouraient restèrent attentifs et vigilants.

Gareth, en sueur sous son casque de cuir, entra dans le cercle d'acier. Il avait failli recevoir l'ordre de combattre les Elus du Roi, et il en avait encore l'estomac retourné.

— Voici votre homme, dit-il, poussant Hugh devant lui.

D'un seul coup d'œil, le courrier vit tout, les marques de fouet dans le dos, les bleus et les estafilades sur le visage, les lèvres tuméfiées. Hugh ne manifestait qu'une curiosité détachée et l'attente sardonique de nouveaux tourments.

— Déliez ses mains et ôtez-lui ses chaînes.

— Mais, seigneur, il est dangereux...

— Il ne peut pas monter ainsi, et je n'ai pas de temps à perdre. A moins qu'il ne lui pousse des ailes, je ne pense pas qu'il saute à bas d'un dragon en vol.

Gareth tira sa dague et trancha les liens de Hugh. Le chef des écuries, appelant ses aides, entra précautionneusement dans le cercle d'acier, porta la selle de la monture fatiguée du courrier au dragon du Seigneur Pendard. Flattant le cou de la bête, le chef des écuries passa joyeusement les rênes au courrier. Le vieillard ne reverait pas le dragon ; tout ce qui tombait aux mains du Roi Stephen y restait. Mais tout valait mieux que d'avoir à égorger une créature qui l'aimait, puis de la voir saigner à mort.

Le courrier se mit en selle, puis tendit la main à Hugh. Pour la première fois, l'assassin sembla comprendre qu'il était libéré, qu'il n'avait plus la tête sur le billot saisit la main du courrier et se laissa hisser sur le dragon.

— Apportez-lui une cape, sinon il gèlera, ordonna le courrier.

On lui en tendit plusieurs ; il en choisit une d'épaisse fourrure qu'il jeta sur les épaules de Hugh. Le prisonnier s'en enveloppa, puis saisit fermement les bords de la selle. Le courrier prononça un ordre ; le dragon décolla en claironnant.

Le chef des Elus du Roi donna un coup de sifflet strident. Le dragon d'assaut réduisit son altitude jusqu'au moment où les câbles pendant à ses flancs furent à portée des soldats. Ils remontèrent vivement et prirent place sur le dos de l'énorme bête ; un instant plus tard, l'ombre avait disparu et, dans le ciel vide, on revoyait la grisaille du crépuscule.

Dans la cour, les hommes se considéraient en silence, le visage sombre. Les femmes, sentant la tension ambiante, rassemblèrent vivement les enfants, claquant ceux qui pleurnichaient.

Magicka, livide, rentra dans le donjon.

Gareth ordonna à ses hommes de mettre le feu au cercueil. Les flammes crépitèrent, les gens rassemblés se mirent à psalmodier pour recommander l'âme de leur seigneur à ses ancêtres. Le capitaine des chevaliers regarda les hautes flammes consumer le corps.

— Ainsi, tu n'as jamais tué un magicien ? Hugh, mon ami, tu en auras peut-être l'occasion. Si je te revois jamais... Affaire du Roi ! grogna Gareth. Si tu ne reviens pas, eh bien, je suis un vieil homme qui n'a plus grand-chose à espérer de la vie.

Son regard se porta sur les appartements du magicien,

où une silhouette en longue robe se profilait à la fenêtre. Le capitaine se dirigea vers les portes pour vérifier que la sécurité était assurée pour la nuit.

Oublié, en artiste spolié de son œuvre, Nick-Trois-Coups fixait le billot, l'air inconsolable.

CHAPITRE 4

QUELQUE PART, ÎLES VOLKARANS, MI-ROYAUME

Le courrier serra les rênes de sa monture. S'il lui avait lâché la bride, le petit animal aurait rapidement distancé le grand dragon d'assaut. Mais le courrier n'osait pas voler sans escorte. Les corsaires elfiens s'embusquaient souvent dans les nuages, attendant le passage des chevaliers-dragons solitaires. Ils avançaient donc lentement. Enfin les torches de Ke'lith disparurent derrière eux, les pics hérissés de Montflétri masquèrent la fumée montant du cercueil.

Le petit dragon du courrier suivait de près la queue du furtif — le dragon d'assaut qui s'enfonçait comme un coin noir au cœur de la nuit. Les Élus du Roi, solidement maintenus par leurs harnais, étaient autant de petites excroissances noires sur le dos du furtif.

Les dragons survolèrent le petit village d'Hynox, puis dépassèrent les rivages de Dendrak et entrèrent en plein ciel. Le courrier regardait tout en homme qui n'a jamais beaucoup volé — chose bizarre pour un messager du roi. Il voyait deux des tois Frasqu'îles, Hanastai et Bindistai, clairement visibles. Même en plein ciel, il ne faisait pas vraiment noir — pas aussi noir qu'avait été la nuit, selon la légende, dans l'antique monde d'avant la Séparation.

Selon les astronomes elfiens, il y avait trois Seigneurs de la Nuit. Pour les superstitieux, c'étaient des géants qui étendaient leurs manteaux sur Arianus pour permettre aux gens de reposer; pour les gens instruits, c'étaient des îles de coralite flottant au-dessus d'eux selon des orbites qui les ramenaient, toutes les douze heures, entre Arianus et le soleil.

Au-dessous de ces îles se trouvait le Haut-Royaume séjour supposé des mystériarques. En contrebas se situait le firmament où flottaient les étoiles du jour, que beaucoup identifiaient à des pierres précieuses. Les mystériarques avaient traversé le firmament pour s'exiler dans le Haut-Royaume, et la légende leur prêtait de fabuleuses richesses. Nombre d'Elfes et d'humains avaient cherché à voler jusqu'au firmament, mais nul n'en était jamais revenu. On disait que l'air y était si froid qu'il congelait le sang.

Plusieurs fois pendant le vol, le courrier tourna la tête pour regarder son compagnon. Aucun signe de soulagement, jubilation ou triomphe sur son visage. Manifestement l'assassin pouvait regarder mourir un homme aussi froidement qu'un autre l'aurait regardé manger et boire. Pour le moment, il étudiait attentivement l'itinéraire de leur vol, ce qui embarrassa le courrier. Mais quand il leva la tête, celui-ci crut qu'il allait percer tous ses secrets et détourna les yeux. Plus jamais il ne regarda Hugh.

C'était peut-être une coïncidence, mais une nappe de brouillard se mit à dériver dans la nuit, voilant le paysage. Ils volaient vite et haut, et il n'y avait pas grand-chose à voir sous les ombres projetées par les Seigneurs de la Nuit. Mais la coralite émet une sorte de luminescence bleutée et les forêts se détachent en noir sur le rayonnement argenté du sol. Les points de repère étaient faciles à localiser. Les châteaux et les forteresses qui n'avaient pas été recouverts d'une pâte de poudre de granit luisaient faiblement. Les villes, avec les brillants rubans des rues de coralite, étaient faciles à repérer du haut des airs.

En temps de guerre, quand des aéronefs elfiennes rôdaient dans le ciel, les gens couvraient les chaussées de paille et de roseaux. Mais pour l'heure il n'y avait plus de guerre dans les Iles Volkarans. Les humains voyaient généralement là un effet de leurs prouesses et de la peur qu'ils avaient inspirée aux seigneurs elfiens. Quelques-uns cependant, parmi lesquels le Roi Stephen et la Reine Anne, connaissaient la vérité : les Elfes d'Aristagon se désintéressaient des Iles Volkarans et de l'Uylandia parce qu'ils avaient un problème plus grave à résoudre

— une rébellion parmi leur peuple. Ils allaient écraser la révolte avant de régler leurs comptes avec les humains, ces bêtes barbares. Cette fois, ils ne se contenteraient pas d'occuper le pays ; ils se débarrasseraient une fois pour toute de la pollution humaine. Stephen plaçait discrètement mais rapidement ses pièces sur le grand échiquier, en prévision de la partie finale.

L'homme assis derrière le courrier ne le savait pas, mais il était l'un de ces pions.

Quand le brouillard se leva, l'assassin renonça à déterminer leur destination. Étant lui-même capitaine d'une nef, il connaissait la plupart des lignes aériennes des îles et au-delà. Ils volaient en direction approximative de Kurinandistai, selon un rydai[1] négatif. Mais le brouillard rendait toutes les spéculations inutiles. A quoi bon faire des hypothèses sur l'avenir ? Sans avoir beaucoup de chances d'être meilleur que le présent, il pouvait difficilement être pire. Hugh avait fait tout ce qu'il pouvait pour s'y préparer ; il avait, passé à la ceinture, son couteau à manche de corne gravé de runes que Gareth lui avait glissé au dernier moment. Arrondissant ses épaules nues et lacérées sous sa cape de fourrure, il ne pensa plus qu'à l'urgence présente : conserver sa chaleur.

Le brouillard n'avait peut-être pas surgi par hasard, mais le courrier semblait le trouver gênant. Ils devaient souvent faire le point en piquant sur des aires dégagées qui semblaient monter vers eux en volutes. A un certain moment, il sembla bien qu'ils s'étaient perdus. Le courrier immobilisa son dragon, Hugh vit son corps se raidir et ses yeux fouiller le paysage. D'après ses grommellements, Hugh en conclut qu'ils avaient dépassé leur objectif. Le courrier modifia sa trajectoire, lança à Hugh un regard irrité, comme si c'était sa faute.

1. Terme de navigation utilisé dans le langage Standard de Tribus. Le centre de toute navigation est le Palais Impérial de Tribus, à partir duquel — depuis l'antique époque où toutes les races vivaient en paix — toutes les distances sont comptées. On se déplace selon un rydai négatif quand on se rapproche de la position actuelle de Tribus ; on se déplace selon un rydai positif quand on va dans la direction opposée.

Au début de sa vie, Hugh s'était forcé, pour survivre, à faire attention à tout ce qui se passait autour de lui. Maintenant entré dans son quarantième cycle, cette vigilance était devenue un sixième sens. Il savait instantanément quand le vent tournait, quand la température montait ou baissait. Bien qu'il n'eût pas de compte-temps, il savait toujours à une ou deux minutes près l'intervalle écoulé entre deux périodes. Il avait l'ouïe très fine, la vue encore plus perçante, un sens de l'orientation infaillible. Rares étaient les régions des Iles Volkarans et d'Uylandia qu'il ne connût pas. Les aventures de sa jeunesse l'avaient conduit dans des régions fort éloignées (et déplaisantes) du grand monde d'Arianus. Peu porté à la vantardise, qui ne remue que du vent — seul un homme incapable de corriger ses insuffisances ressent le besoin de convaincre le monde qu'il n'en a aucune —, il pouvait, où qu'on le dépose, déterminer en quelques instants l'endroit d'Arianus où il se trouvait.

Mais quand le dragon, sur l'ordre du courrier, se posa en terrain solide, Hugh fut forcé de reconnaître que, pour la première fois de sa vie, il était perdu.

Le messager du roi démonta. Sortant une lumignite de sa sacoche, il la leva dans sa paume ouverte. Une fois exposé à l'air, le bijou magique émit une vive lumière. La lumignite rayonne de la chaleur : il faut la placer sur un support. Le courrier marcha sans hésitation vers un coin de la muraille de coralite entourant leur site d'atterrissage et déposa la lumignite dans une lampe de fer rudimentaire.

Hugh ne vit pas d'autre objet dans la cour. Ou bien la lampe avait été placée là à l'intention du courrier, ou bien il l'y avait mise lui-même avant de partir. Le prisonnier se laissa glisser à bas du dragon.

Le courrier leva sa lampe. Retournant au dragon, il flatta le cou fièrement arqué et la bête se coucha dans la cour, ramenant ses ailes sous elle et enroulant sa longue queue autour de ses pattes. La tête retomba sur la poitrine, les yeux se fermèrent, le dragon poussa un soupir de contentement. Il est très délicat de réveiller un dragon, car les sortilèges de soumission qui l'asservissent peuvent se rompre par accident pendant son sommeil, et l'on se retrouve avec une créature irritée sur les bras. Un chevalier-dragon d'expérience ne permet jamais à son animal de s'endormir à moins de savoir qu'il y a un magicien compétent dans les parages. Autre élément que le prisonnier nota avec intérêt.

S'approchant de Hugh, le courrier leva sa lanterne et le regarda, perplexe. Il ouvrit la bouche pour parler, puis se ravisa et pivota sur lui-même, faisant signe à l'assassin de le suivre. Ils gagnèrent un lieu que Hugh, puisant dans ses souvenirs d'enfance, reconnut pour un monastère Kir.

Il était très ancien et, à l'évidence, abandonné depuis longtemps. Les pavés de la cour étaient cassés ou manquants. Sur la plupart des bâtiments encore debout, construits en précieux granit, avait poussé la coralite. Un vent frisquet sifflait à travers les bâtisses abandonnées, où aucune lumière ne brillait, n'avait sans doute brillé depuis des siècles. Les arbres dénudés craquaient, les feuilles mortes crissaient sous les pas.

Ayant été élevé dans le sinistre ordre des Kirs, la Main connaissait la localisation exacte de tous les monastères des Iles Volkarans. Il n'en connaissait aucun qui ait jamais été abandonné, ce qui ne fit qu'approfondir le mystère.

Le courrier s'arrêta devant une porte d'argile cuite au pied d'une haute tourelle. Il introduisit une clé de fer dans la serrure. Hugh leva la tête, mais ne vit aucune lueur aux fenêtres. La porte s'ouvrit en silence : l'endroit était fréquenté, les gonds étaient bien huilés. Se glissant à l'intérieur, le courrier fit signe à la Main de le suivre. Un escalier en spirale montait vers le haut de la tourelle. Hugh compta trois niveaux, chacun marqué d'une porte d'argile. Toutes fermées, nota la Main, qui les poussa subrepticement au passage.

Au quatrième niveau, devant une nouvelle porte d'argile, la clé reparut. Un corridor étroit, plus noir que les Seigneurs de la Nuit, s'ouvrit devant eux, droit comme une flèche. Les pas du courrier résonnaient sur les dalles. Hugh, habitué à se déplacer sans bruit sur ses bottes souples, ne faisait pas plus de bruit que l'ombre de son guide.

Hugh compta six portes — trois à gauche et trois à droite — puis le courrier leva la main et ils s'arrêtèrent devant la septième. La clé de fer grinça dans la serrure.

— Entrez, dit le courrier, s'effaçant devant lui.

Hugh s'exécuta. Il ne fut pas surpris d'entendre la porte se refermer derrière lui. Mais la clé ne tourna pas dans la serrure. La seule lumière de la pièce provenait de la coralite extérieure, mais c'était assez pour la vue perçante du prisonnier. Il découvrit qu'il n'était pas seul.

La Main ne ressentit aucune peur. Sous sa cape, ses doigts serraient le manche de son couteau, mais il était homme d'affaires et savait reconnaître un terrain neutre où l'on peut discuter.

L'autre personnage présent dans la pièce était versé dans l'art de se dissimuler. Il gardait le silence et restait dans l'ombre. Hugh ne le vit ni ne l'entendit, mais l'instinct qui lui avait permis de rester vivant au cours de quarante cycles d'une vie dure et dangereuse l'avertit qu'il y avait quelqu'un. Hugh renifla l'air ambiant.

— Êtez-vous un animal ? Pouvez-vous flairer mon odeur ? s'enquit la voix — une voix masculine, grave et vibrante. C'est ainsi que vous avez détecté ma présence ?

— Ouais, je suis un animal, dit Hugh, laconique.

— Et si je vous avais attaqué ?

La silhouette alla se poster près de la fenêtre et se découpa sur la luminescence de la coralite. La Main vit un homme de haute taille, vêtu d'une cape dont il entendait l'ourlet frôler le sol. La tête et le visage de l'homme étaient couverts d'une cotte de maille ; seuls les yeux étaient visibles. Mais le captif savait à qui il parlait. Il avança sa dague.

— Une main d'acier dans votre cœur, Majesté.

— Je porte un gilet de mailles, dit Stephen, Roi des Iles Volkarans et de l'Amas d'Uylandia.

Il n'était pas étonné d'avoir été reconnu.

Les lèvres de l'assassin frémirent.

— La cotte de mailles ne couvre pas votre aisselle, Majesté.

Faisant un pas en avant, Hugh posa ses longs doigts fins dans l'articulation de l'armure.

— Un coup de dague là...

Stephen ne broncha pas.

— Je le signalerai à mon armurier.

Hugh secoua la tête.

— Faites comme vous voudrez, Majesté, mais s'il y a un homme déterminé à vous tuer, vous êtes mort. Préférez-vous être enterré ou incinéré? Je peux vous conseiller de choisir dès maintenant.

— Conseil d'expert, dit Stephen.

Et Hugh entendit le ricanement derrière la coiffe de mailles.

— Si votre Majesté se donne tout ce mal, c'est qu'elle a besoin d'un expert.

Le roi se tourna face à la fenêtre. Il avait vu près de cinquante cycles, mais il était fort et bien découplé, capable de supporter d'incroyables privations. On disait qu'il dormait avec son armure pour endurcir son corps. Sage précaution, avec le caractère de sa femme.

— Oui, vous êtes un expert. Le meilleur du royaume, dit-on.

Stephen se tut, mais Hugh remarqua les doigts de la main gauche qui se refermaient nerveusement, entendit l'infime cliquettement de la cotte de maille sous le frisson qui parcourait son interlocuteur. Il avait vu ce langage du corps chez des hommes se décidant à tuer.

— Vous avez aussi une coquetterie particulière, Hugh-la-Main, reprit Stephen. Vous vous piquez d'être la Main de la Justice, la Main du Jugement. Vous tuez ceux qui ont la réputation de nuire à leurs semblables, ceux qui se mettent au-dessus des lois, ceux qu'en principe ma loi ne peut atteindre.

Il y avait de la colère dans sa voix. L'union des clans antagonistes de Volkaran et d'Uylandia tenait par la peur et la cupidité, mais Hugh ne voyait pas la nécessité d'en discuter avec un roi qui le savait aussi bien que lui.

— Pouquoi faites-vous cela? insista Stephen. Est-ce pour l'honneur?

— Votre Majesté parle comme un seigneur elfien! L'honneur ne paierait pas un repas dans une gargote de Therpes.

— Alors, l'argent?

— N'importe quel tueur pratiquant le coup de couteau dans le dos peut s'acheter pour une assiettée de ragoût. C'est assez pour ceux qui veulent juste supprimer leur homme. Mais ceux qui ont été lésés, ceux qui ont souffert veulent que leur persécuteur souffre aussi, qu'il sache par qui il va mourir, qu'il comprenne que la main de ses ancêtres ne le protège plus. Et pour avoir cette satisfaction, ils acceptent de payer très cher.

— Il paraît que vous prenez des risques extraordinaires, que vous allez jusqu'à défier vos victimes en combat régulier.

— Si le client le désire.

— Et s'il est prêt à payer.

Hugh haussa les épaules. C'était parfaitement évident. Cette conversation faisait partie du métier. Comme n'importe quel client, Stephen essayait de se convaincre de passer à l'acte. Il n'était pas très différent du plus humble de ses sujets, ce qui amusa la Main.

Stephen regardait par la fenêtre, sa main gantée posée sur l'appui. Hugh s'approcha de la fenêtre et vit une petite cour, en bas. Couverte de coralite, elle brillait d'une luminescence surnaturelle dans le noir, et, à la lueur bleutée, il vit la silhouette d'un homme debout, la tête couverte d'une cagoule noire, une épée tranchante à la main. A ses pieds se dressait un bloc de pierre. Tortillant le bout de sa barbe, Hugh sourit.

— Ainsi, je n'ai pas le choix. J'accepte cette mission, ou sinon… C'est bien ça?

— Vous avez le choix. Quand je vous aurai exposé la mission, vous pourrez l'accepter ou la refuser.

— Auquel cas ma tête faussera compagnie à mes épaules.

— L'homme que vous voyez est le bourreau royal. Il connaît son métier. La mort sera rapide et indolore. Bien meilleure que celle qui vous attendait.

Stephen se tourna face à Hugh, les yeux vides dans l'ombre de la cotte de maille, sans reflet intérieur.

— Je dois prendre des précautions. Je ne peux pas vous demander d'accepter cette mission sans vous en faire connaître la nature, mais cette simple révélation me met à votre merci. Je ne peux pas vous laisser la vie dans ces conditions.

— Si je refuse, je suis supprimé de nuit, dans le noir, sans témoins. Si j'accepte, je me retrouve empêtré dans les mêmes rets où se débat actuellement Votre Majesté.

— Qu'attendez-vous de plus? Après tout, vous n'êtes qu'un assassin, dit froidement Stephen.

— Et Votre Majesté n'est rien de plus qu'un homme qui désire engager un tueur à gages.

S'inclinant avec ironie, Hugh tourna les talons.

— Où allez-vous? s'enquit Stephen.

— Si Votre Majesté veut bien m'excuser, je suis en retard à mon rendez-vous. Il y a des heures que je devrais être en enfer.

Hugh marcha droit vers la porte.

— Que le diable vous emporte! Je vous ai offert la vie!

La Main ne se donna même pas la peine de se retourner.

— Le prix est trop bas. Ma vie ne vaut rien, je n'y attache aucun prix. En échange, vous voulez que j'accepte une mission si dangereuse que vous êtes obligé de piéger un homme pour qu'il l'assume? Mieux vaut la mort à mes conditions qu'à celles de Votre Majesté.

Hugh ouvrit brusquement la porte, et se retrouva devant le courrier qui bloquait le passage. A ses pieds, la lumignite projetait sa lumière vers le haut, éclairant son visage d'une beauté et d'une délicatesse éthérées.

S'il est courrier, alors je suis Sartan, pensa Hugh.

— Dix mille barls, dit le jeune homme.

La main de Hugh se porta à sa barbe tressée et la tortilla pensivement. Il coula un regard en coin à Stephen, venu se placer derrière lui.

— Couvrez cette lumière, ordonna le roi. Est-ce bien nécessaire, Trian?

— Votre Majesté, c'est le meilleur, dit Trian, parlant avec patience et respect, mais sur le ton d'un ami, non d'un domestique parlant à son maître. Nous avons eu beaucoup de mal à nous emparer de lui. Nous ne pouvons nous permettre de le perdre. Si Votre Majesté veut bien se rappeler, je l'ai prévenue dès le début...

— Oui, je me rappelle! dit sèchement Stephen.

Il se tut, fulminant intérieurement. Rien ne lui aurait

plu davantage que d'envoyer son « courrier » accompagner l'assassin au billot. Peut-être même le roi aurait-il aimé manier l'épée en personne. Le courrier tira doucement un écran de fer sur la lampe, les laissant dans la pénombre.

— Très bien, gronda le roi.

— Dix mille barls ?

Hugh n'en croyait pas ses oreilles.

— Oui, répondit Trian. Quand la mission sera exécutée.

— La moitié maintenant. La moitié à la fin de la mission.

— Votre vie maintenant ! Les barls après ! siffla Stephen entre ses dents.

Hugh fit un pas vers la porte.

— La moitié maintenant ! lâcha Stephen, haletant.

Hugh se retourna vers le roi.

— Qui est la victime ?

Stephen prit une profonde inspiration et émit un son étranglé, vaguement semblable au râle d'un mourant.

— Mon fils, dit-il.

CHAPITRE 5

MONASTÈRE KIR, ÎLES VOLKARANS, MI-ROYAUME

Hugh ne fut pas surpris. Seul un proche de Sa Majesté pouvait justifier tant de précautions. La Main savait que Stephen avait un héritier, rien de plus. A en juger sur l'âge du roi, le fils devait avoir entre dix-huit et vingt cycles. Assez grand pour se mettre en situation délicate.

— Le prince est ici, au monastère. Nous...

Stephen fit une pause pour humecter ses lèvres sèches.

— Nous lui avons dit que sa vie est en danger. Il croit que vous êtes un noble déguisé, engagé pour le conduire dans une cachette secrète où il sera en sécurité.

La voix de Stephen se brisa. Il s'éclaircit la gorge avec rage et reprit :

— Le prince ne discutera pas cette décision. Il sait que nous disons vrai. Il y en a qui menacent sa vie...

— A l'évidence, dit Hugh.

Le roi se raidit, sa cotte de mailles cliqueta, et son épée tinta dans son fourreau.

Le courrier s'interposa vivement.

— Maîtrisez-vous, Majesté. Et vous, n'oubliez pas à qui vous parlez !

Hugh ignora cette remarque.

— Où devrai-je emmener le prince, Majesté ?

— Je vous donnerai tous les détails, répondit Trian.

Stephen en avait assez. Il gagna la porte en passant devant Hugh, légèrement tourné pour ne pas le toucher. Il le fit d'instinct, mais la Main, remarquant l'affront, eut un sourire sinistre dans le noir :

— Il y a un service que j'offre à tous mes clients, Majesté.

Stephen s'arrêta, la main sur la poignée de la porte.

— Lequel? dit-il sans regarder l'assassin.

— Je dis à la victime qui le fait tuer et pourquoi. Dois-je aussi en informer votre fils, Majesté?

La cotte de mailles cliqueta; un frisson parcourut le corps du roi, mais sa tête ne baissa pas, ses épaules ne s'affaissèrent pas.

— Quand le moment sera venu, dit-il, mon fils le saura.

Très droit, le roi sortit dans le couloir et Hugh entendit décroître ses pas. Une porte claqua au loin. Alors Trian prit la parole :

— Ce n'était pas nécessaire. Vous l'avez profondément blessé.

— Quel est ce « courrier » qui s'inquiète des sentiments du roi?

— Je ne suis pas un courrier. Je suis le magicien royal.

Hugh haussa un sourcil.

— Un peu jeune, non?

— Je suis plus vieux que j'en ai l'air. La guerre et la royauté vieillissent un homme, pas la magie. Et maintenant, si vous voulez bien me suivre, j'ai vêtements et provisions pour votre voyage, de même que toutes les informations voulues. Par ici.

Trian s'écarta pour laisser passer Hugh. Ses manières étaient respectueuses, mais Hugh remarqua qu'il bloquait de son corps le couloir qu'avait emprunté Stephen.

— Vous devez, bien entendu, avoir l'air et les manières d'un noble, et nous avons prévu un costume approprié. L'une des raisons pour lesquelles vous avez été choisi, c'est que vous êtes né noble, quoique non légitimé. Vous avez un air aristocratique qu'on ne peut pas simuler. Le prince est très intelligent et ne se laisserait pas abuser par un paysan en riches vêtements.

Dix pas plus loin, le magicien ouvrit l'une des nombreuses portes ouvrant dans le couloir. Hugh se retrouva dans un corridor moins bien entretenu que le premier. Les murs s'effritaient, la marche était hasardeuse sur le sol inégal. Les deux hommes tournèrent à gauche dans un autre couloir plus court, puis dans un troisième sur la gauche. Chaque couloir était plus court que le précédent. Ils semblaient s'enfoncer dans l'intérieur du bâtiment.

Trian parlait sans discontinuer.

— Nous voulions être bien informés sur vous. Je sais que vous êtes né du mauvais côté des draps suite à une liaison de votre père avec une servante, et que ce noble père — dont je n'ai d'ailleurs pas découvert le nom — a jeté votre mère à la rue. Elle est morte au cours de l'attaque de Première Chute par les Elfes, et vous avez été recueilli et élevé par les moines Kir. La vie ne devait pas être facile.

Hugh évita tout commentaire. Si le magicien voulait le désorienter, c'était raté. Les monastères Kir étaient tous construits sur les mêmes plans — cour intérieure carrée, entourée sur deux côtés par les cellules des moines. Les serviteurs ou les orphelins comme Hugh habitaient un troisième côté, où se trouvaient aussi les cuisines, les « salles d'études », et l'infirmerie...

... L'enfant se tournait et se retournait sur sa paillasse posée à même le sol. Bien qu'il fît un froid cuisant dans la pièce obscure, sa peau était brûlante, et, en se débattant, il avait rejeté la mince couverture protégeant ses membres nus. Il pouvait avoir neuf cycles au plus. Un deuxième garçon, un peu plus âgé que le petit malade, entra dans la chambre et considéra son ami avec compassion. Il avait un bol d'eau dans les mains. Le posant par terre avec précaution, il s'agenouilla, trempa ses doigts dans l'eau et humecta les lèvres sèches et parcheminées.

Le malade parut soulagé. Ses gesticulations se calmèrent, ses yeux vitreux se posèrent sur celui qui venait l'aider. Un pâle sourire vint éclairer son visage pâle et décharné. L'autre, souriant à son tour, arracha un morceau de tissu à ses haillons et le trempa dans l'eau. Puis, l'essorant, en ayant bien soin de ne pas perdre une goutte d'eau, il épongea le front de son ami.

— Tu guériras..., commença-t-il, mais une ombre se profila au-dessus de lui et une main osseuse saisit son poignet.

— Hugh ! Qu'est-ce que tu fais ?

La voix était glaciale et sinistre comme la chambre.

— Je... je secourais Rolf, mon Frère. Il a la fièvre, et Grand Maude dit que si elle ne baisse pas, il mourra...

— Il mourra? claironna la voix, résonnant sur les murs de pierre. Bien sûr qu'il mourra ! Il aura le privilège de mourir innocent, échappant au mal dont l'humanité est l'héritière. Ce mal qui doit être extirpé sans relâche de notre frêle carcasse.

La main força Hugh à s'agenouiller.

— Prie, Hugh. Prie pour que te soit pardonnée cette charité contraire à la nature et à la volonté de ses ancêtres. Prie pour la mort...

Le jeune malade gémit et fixa le moine d'un air craintif. Hugh rejeta la main qui le retenait à genoux.

— Je prierai pour la mort, dit-il doucement. Pour votre mort !

Le bâton du moine atteignit Hugh en travers du torse. Le second coup le jeta par terre. Puis les coups se mirent à pleuvoir sur lui jusqu'à ce que le moine soit trop fatigué pour relever son gourdin. Alors il sortit dignement de l'infirmerie. Le bol d'eau s'était cassé pendant la correction. Moulu et contusionné, Hugh tâtonna dans le noir à la recherche du chiffon — humide d'eau ou de son propre sang, il ne savait. Mais c'était frais et calmant, et il le posa doucement sur le front de son ami.

Soulevant le léger corps dans ses bras, Hugh le serra sur son cœur, le berçant gauchement, l'apaisant jusqu'à ce qu'il cessât de frissonner et devînt froid et raide...

— A seize ans, vous vous êtes enfui du monastère, poursuivait Trian. Le moine à qui je dois ce renseignement m'a dit qu'avant de partir, vous êtes frauduleusement entré dans la salle des archives et avez appris l'identité de votre père. L'avez-vous retrouvé?

— Ouais, dit Hugh, pensant à part lui que ce Trian s'était donné bien du mal.

Le magicien était effectivement allé chez les moines, les avait questionnés à fond, semblait-il. Ce qui signifiait... Oui, bien sûr. Dans cette marche en zigzag à travers les couloirs, qui fournirait le plus d'informations? Le questionné ou le questionneur?

— C'était un noble ? hasarda discrètement Trian.

— C'est ce qu'il se disait. Mais en réalité, c'était — comment dites-vous ? — un rustre en riches parures.

— Vous parlez de lui au passé. Votre père est mort ?

— Je l'ai tué.

Le souffle coupé, Trian le regarda.

— Vous me faites très peur ! Parler si froidement d'une chose pareille !

— Devrais-je le regretter ?

Hugh continuait à marcher ; Trian dut presser le pas pour le rejoindre.

— Quand ce monstre a découvert qui j'étais, il m'a attaqué à l'épée. Je l'ai combattu, à mains nues. L'épée a fini dans son ventre. J'ai juré que c'était un accident, et le sergent m'a cru. Après tout, je n'étais qu'un adolescent, et mon « noble » père était connu pour sa luxure — filles, garçons, tout y passait. Je n'ai dit à personne qui j'étais, et je les ai laissé croire à un détournement de mineur. Les moines m'avaient donné une bonne éducation. Le sergent a pensé que j'étais un fils de noble, enlevé par mon père pour assouvir ses passions honteuses. Il n'a pas demandé mieux que d'étouffer la mort du vieux débauché, plutôt que provoquer une vendetta.

— Mais ce n'était pas un accident, n'est-ce pas ?

Le pied de Trian tourna sur une pierre. Il tendit instinctivement le bras vers Hugh, qui le prit par le coude pour l'empêcher de tomber. Ils s'enfonçaient de plus en plus dans les tréfonds du monastère.

— Non, ce n'était pas un accident. Je lui ai arraché son épée ; ce n'était pas difficile, il était saoul. J'ai prononcé le nom de ma mère, je lui ai dit où elle était enterrée, et j'ai enfoncé la lame dans ses entrailles. Il est mort trop rapidement. Depuis, j'ai fait des progrès.

Trian livide garda le silence. Soulevant sa lanterne, il éclaira le visage marqué de son interlocuteur.

— Le prince ne doit pas souffrir, dit le magicien.

— Ah, retour aux affaires, dit Hugh avec un large sourire. Nous bavardions pourtant si agréablement. Qu'espériez-vous découvrir ? Que je suis moins mauvais que ma réputation ? Ou que je suis pire ?

Mais Trian garda la main sur le bras de Hugh et se

pencha vers lui. Il n'y avait que des chauves-souris pour les entendre, et pourtant il parla à voix basse :

— La mort doit être rapide et indolore. Inattendue. Sans susciter la peur. Peut-être dans son sommeil. Il y a des poisons...

Hugh dégagea son bras d'une secousse.

— Je connais mon métier. Je procéderai par le poison, si c'est ce que vous voulez. Vous êtes le client. Ou plutôt, je suppose que vous parlez au nom du client.

Rassuré, Trian soupira et fit quelques pas de plus, puis s'arrêta devant une nouvelle porte fermée à clé. Au lieu de l'ouvrir, il posa sa lampe par terre et fit signe à Hugh de regarder à l'intérieur. Hugh s'accroupit, appliqua son œil à la serrure et regarda.

La Main ressentait rarement une émotion et n'en manifestait jamais. Dans ce cas cependant, son regard froid et détaché se nuança d'une intense surprise. Sa future victime n'était pas le jeune intrigant qu'il avait imaginé. Ce qu'il voyait, pelotonné sur une paillasse et profondément endormi, c'était un blondinet angélique qui ne pouvait pas avoir plus de dix cycles.

Lentement, Hugh se redressa. Le magicien, reprenant sa lampe, scruta le visage de l'assassin, sombre et sourcilleux. De nouveau, Trian soupira, son beau front plissé d'inquiétude. Mettant un doigt sur sa bouche, il conduisit Hugh dans une autre chambre, à deux portes de la première. Il l'ouvrit avec sa clé, fit signe à Hugh d'entrer puis referma sans bruit.

— Ah, il y a un problème, n'est-ce pas ? dit-il doucement.

Hugh inspecta rapidement la pièce, puis reporta son regard sur le mage anxieux.

— Ouais, ça me ferait du bien de fumer. Ils m'ont pris ma pipe en prison. Vous en avez une ?

CHAPITRE 6

MONASTÈRE KIR, ÎLES VOLKARANS, MI-ROYAUME

— Mais vous avez froncé les sourcils, vous aviez l'air furieux. J'ai pensé...

— ... que ça me dégoûtait de massacrer un petit enfant ?

Il aura le privilège de mourir innocent et d'échapper au mal dont l'humanité est l'héritière.

Les paroles avaient surgi du passé, comme réveillées par la pièce sombre et glacée, les pierres fendillées des murs. Hugh les rejeta dans les profondeurs de son souvenir, fâché qu'elles en aient émergé. Un bon feu brûlait dans une fosse. Hugh prit une braise avec des pincettes et l'approcha du fourneau de la pipe que le mage avait tirée d'un sac posé par terre. Stephen, semblait-il, avait pensé à tout.

Quelques bouffées, et le sterego[1] rougeoya, emportant ses vieux souvenirs.

— C'est de moi que j'étais mécontent, parce que j'avais commis une faute. Je m'étais trompé sur... quelque chose. Ce genre d'erreur peut coûter très cher. J'aimerais *quand même* savoir ce qu'un gosse de cet âge peut avoir fait pour mériter une mort prématurée.

1. Le sterego est un champignon originaire de l'Île de Tytan. Les humains de ce pays ont longtemps utilisé le sterego en poudre pour confectionner un baume. Pendant la Première Expansion, les explorateurs elfiens remarquèrent que le sterego parfumé, à combustion lente, était très supérieur à la plante épineuse qu'ils brûlaient dans leurs pipes, et que sa culture coûtait moins cher. Ils l'introduisirent dans leurs plantations, mais le terrain de Tytan semble avoir des qualités particulières. Aucune autre variété n'égale le parfum de l'originale.

— On pourrait dire… qu'il est né, répondit Trian, apparemment sans réfléchir, car il lança à Hugh un coup d'œil furtif pour voir s'il avait été entendu.

Mais peu de choses échappaient à l'assassin. La braise encore proche du fourneau de sa pipe, Hugh s'immobilisa et regarda le magicien, l'air interrogateur.

Le magicien rougit.

— Vous êtes assez bien payé pour ne pas poser de questions, rétorqua-t-il. D'ailleurs, voilà votre argent.

Fouillant dans une aumonière pendue à sa ceinture, il en sortit une poignée de pièces, et en compta cinquante de cent barls.

Tirant sur sa pipe pour éviter qu'elle ne s'éteigne, la Main prit l'argent et l'examina soigneusement. Les pièces étaient authentiques. L'avers portait un baril d'eau, et le revers un portrait (assez médiocre) de Stephen. Dans un royaume où presque tout s'obtenait par le troc ou par le vol (le roi lui-même était un pirate notoire et ses nombreuses prises de nefs elfiennes l'avaient aidé à acquérir son trône), on voyait rarement un « double barl » et on en utilisait plus rarement encore. Cette pièce était convertible en une matière première précieuse entre toutes : l'eau.

L'eau était rare dans le Mi-Royaume. Les pluies, peu fréquentes, étaient vite absorbées par la coralite poreuse. Aucun cours d'eau ne coulait dans ces îles, mais il y poussait différentes plantes qui stockaient le précieux liquide et on avait appris à l'extraire des plexiglarbres et des couplantes : une technique laborieuse et coûteuse, mais une source d'eau sans rivale dans le Mi-Royaume (à part le piratage des nefs elfiennes)[1]. Cette mission ferait la fortune de Hugh. Il n'aurait jamais plus besoin de travailler. Et tout ça, pour le meurtre d'un petit enfant.

1. L'eau est très abondante dans le Bas-Royaume, dont les îles se trouvent au cœur d'une tempête perpétuelle : le Maelström. A l'heure actuelle, on n'a pas encore découvert un dragon capable de le traverser. Les Elfes, avec leurs dragonefs mécaniques et magiques, peuvent défier ces tempêtes, ce qui leur assure un monopole virtuel sur l'eau. Les prix qu'ils exigent — quand ils en vendent aux humains — sont exorbitants. C'est pourquoi le piratage des nefs de transport des elfes et des ports de stockage de l'eau n'est pas seulement lucratif pour les humains; c'est une question de vie ou de mort.

Ça n'avait pas de sens. Hugh soupesa les pièces dans sa main, sans cesser de regarder le magicien.

— Très bien, je suppose que vous devez être partiellement informé, reconnut Trian à regret. Naturellement, la situation actuelle entre les Volkarans et Uylandia vous est familière ?

— Non.

— Quoi, vous ne connaissez rien à la politique ?

Sur une petite table se trouvaient un pichet, un grand bol et une chope. Jetant les pièces sur la table, l'assassin prit le pichet et versa dans la chope de l'eau qu'il goûta en connaisseur.

— Cru du Bas-Royaume. Pas mauvais.

— Cette eau est aussi prévue pour vous laver, rétorqua Trian avec irritation. Vous devez au moins avoir l'apparence d'un noble. A l'œil et au nez.

Se débarrassant de sa cape, Hugh se pencha sur la cuvette et y plongea son visage, s'aspergea les épaules, puis, prenant un cube de savon de ménage, commença à se savonner, grimaçant quand la mousse brûla les blessures de son dos.

— On passe deux jours dans la prison d'Yreni, et on empeste tout le monde. Quant à la politique, elle n'a rien à voir avec mon métier, sinon qu'elle me fournit un ou deux clients. Je ne savais même pas avec certitude que Stephen avait un fils...

— Eh bien, il en a un, dit froidement le magicien. Il a aussi une épouse. Chacun sait qu'ils ont fait un mariage de raison, pour empêcher les deux nations de se déchirer pour le plus grand profit des Elfes. Pourtant la dame aimerait bien rassembler tous les pouvoirs entre ses mains. La couronne de Volkaran ne peut pas être portée par une femme : Anne ne peut la contrôler qu'à travers son fils. Nous avons récemment découvert cette machination. Mon roi a échappé d'un cheveu à la mort. Nous craignons qu'il n'y échappe pas une deuxième fois.

— Alors, vous vous débarrassez de l'enfant. Ce qui résout votre problème, je suppose, mais laisse votre roi sans héritier.

Serrant sa pipe entre ses dents, Hugh ôta son pantalon et s'aspergea d'eau tout le corps. Trian lui tourna le dos, impressionné par ses nombreuses cicatrices — dont certaines très récentes.

— Stephen n'est pas un imbécile. Ce problème trouvera sa solution. Quand nous déclarerons la guerre à Aristagon, les nations s'uniront, y compris celle de la reine. Pendant la guerre, Stephen divorcera et épousera une femme de Volkaran. Heureusement, Sa Majesté est encore en âge d'avoir des enfants — beaucoup d'enfants. La guerre forcera les nations à rester unies, malgré la répudiation d'Anne. La paix revenue — si elle revient jamais —, l'Uylandia sera trop faible, trop dépendante de Stephen pour rompre ces liens.

— Très astucieux, concéda Hugh.

Jetant sa serviette, il but deux chopes d'eau douce et fraîche du Bas-Royaume, puis se soulagea dans un pot de chambre. Revigoré, il passa en revue les différents vêtements soigneusement pliés sur un lit de camp.

— Et qu'est-ce qui obligera les Elfes à partir en guerre ? Ils ont leurs propres problèmes.

— Je croyais que vous ne saviez rien de la politique, grommela Trian d'un ton caustique. La cause de la guerre sera... la mort du prince.

— Ah !

Hugh enfila les sous-vêtements et les chausses de grosse laine.

— Vous avez tout prévu. Votre plan vous oblige à me confier l'exécution de cet exploit, au lieu d'opérer au château avec quelques tours de magie.

— Oui, dit Trian d'une voix étranglée.

La Main, qui enfilait une chemise, arrêta son mouvement et lança au mage un regard pénétrant. Mais celui-ci lui tournait toujours le dos. Hugh plissa les yeux. Posant sa pipe, il continua à s'habiller, mais plus lentement, attentif à toutes les nuances dans les paroles et le ton du magicien.

— Le corps de l'enfant doit être découvert par les nôtres sur Aristagon. Ce n'est pas difficile. Quand la nouvelle se répandra que le prince a été capturé par les Elfes, de nombreux pirates se lanceront à sa recherche. Je vous donnerai une liste d'endroits possibles. Nous avons cru comprendre que vous possédez une dragonef...

— De fabrication elfienne. N'est-ce pas fort à propos ? répondit Hugh. Vous aviez tout combiné, y compris le coup monté pour me faire accuser du meurtre du Seigneur Pendard.

Hugh enfila un pourpoint de velours noir galonné d'or. Une épée était posée sur le lit. Il la prit, l'examina d'un œil critique, puis, la sortant du fourreau, la testa en faisant quelques passes dans le vide. Satisfait, il la remit au fourreau et se ceignit du ceinturon. Il glissa sa dague dans la tige de sa botte.

— Et si vous m'avez fait accuser du meurtre, vous l'avez peut-être commis ?

— Non ! s'écria Trian. Le magicien du château a assassiné son seigneur, vous l'aviez deviné. Nous avons simplement profité de la situation. Votre dague fut substituée à celle qui se trouvait dans le cadavre. Et l'on a discrètement prévenu votre ami le chevalier que vous étiez dans les parages.

— Ainsi, vous m'avez laissé poser la tête sur ce billot poisseux de sang, aux mains de ce dément armé de son épée émoussée. Puis vous m'avez sauvé la vie pour mieux m'acheter.

— Cela aurait réussi avec un autre. Avec vous, j'avais des doutes et — comme vous l'avez probablement compris — je les avais exprimés à Stephen.

— Alors, j'emmène l'enfant à Aristagon, je le tue, je laisse son corps en un lieu où pourra le trouver son père éploré, qui brandira le poing vers le ciel en jurant vengeance, et toute l'humanité entrera en guerre. Mais les Elfes ? Ils n'ont que faire d'une guerre avec nous en ce moment. La révolte qu'ils ont chez eux, c'est une affaire grave.

— Vous semblez en savoir plus sur les Elfes que sur votre propre peuple !

— Périodiquement, je fais radouber ma nef par ses constructeurs et renouveler sa magie par les magiciens elfes.

Trian se passa la langue sur les lèvres. La discussion semblait lui laisser un mauvais goût dans la bouche, mais c'est ce qui arrive, pensa Hugh, quand on boit avec les rois.

— Il est arrivé que les Elfes capturent des humains et nous provoquent en laissant leurs cadavres en des endroits où ils pouvaient être facilement découverts, dit Trian à voix basse. Il faut vous arranger pour que cela paraisse...

— Je sais comment m'arranger.

Se penchant sur la table, Hugh reprit les pièces, en glissa deux dans une poche intérieure de son pourpoint et rangea soigneusement les autres dans son aumônière, qu'il mit dans son paquetage.

— Qu'est-ce qui me garantit qu'à mon retour je toucherai le reste de ma prime et non une flèche emplumée dans les côtes ?

— Vous avez notre parole, la parole d'un roi. Quant à la flèche emplumée... je suppose que vous êtes capable de vous défendre, dit Trian.

— En effet, dit Hugh. Ne l'oubliez pas.

— C'est une menace ? ricana Trian.

— Une promesse. Et maintenant, en route ! Il faut voyager de nuit.

— Le dragon vous amènera jusqu'à votre nef...

— ... et reviendra vous informer de son port d'attache ? dit Hugh, haussant un sourcil. Non.

— Vous avez notre parole...

Hugh sourit.

— La parole d'un homme qui m'engage pour assassiner son fils.

Le jeune magicien rougit.

— Ne le jugez pas ! Vous ne pouvez pas comprendre...

— Comprendre quoi ?

— Rien. Vous avez dit vous-même que vous ne vous intéressiez pas à la politique.

Trian déglutit avec effort. Hugh le lorgna d'un œil pénétrant, et conclut qu'il n'en tirerait plus rien.

— Dites-moi où nous sommes et je trouverai mon chemin.

— Impossible. Cette forteresse est secrète ! Nous avons travaillé des années à en faire une retraite sûre pour Sa Majesté.

— Mais vous avez ma parole, railla Hugh. Il semble que nous soyons dans une impasse.

De nouveau, Trian rougit, et se mordit les lèvres, si fort que, lorsqu'il reprit la parole, Hugh vit les marques blanches de ses dents.

— Essayons autre chose. Vous me proposez un endroit — disons, une île quelconque. J'ordonne au dragon de vous déposer dans une ville de cette île, vous et le prince. C'est le mieux que je puisse faire.

Hugh réfléchit, puis acquiesça. Tapotant sa pipe pour en faire tomber les cendres, il la rangea dans son paquetage, qu'il boucla soigneusement.

— Le prince a son propre bagage, avec des vêtements et de la nourriture pour…

Trian se troubla, puis se força à terminer :

— … pour… un mois.

— Ça ne devrait pas prendre si longtemps, dit la Main avec désinvolture, jetant sa cape de fourrure sur ses épaules. Je pourrai louer des dragons…

— Le prince ne doit pas être vu ! Peu de gens le connaissent en dehors de la cour, mais si par hasard quelqu'un le reconnaissait…

— Ne vous énervez pas, je sais ce que je fais, dit Hugh d'une voix douce, mais avec une lueur dans les yeux.

Hugh souleva son sac et se dirigea vers la porte. Du coin de l'œil, il intercepta un mouvement, regarda dans la cour et vit l'exécuteur royal s'incliner, comme en réponse à un ordre inaudible, et quitter son poste. Seul demeura le billot étrangement attirant dans sa froide beauté. La Main s'arrêta et crut sentir, un bref instant, l'invisible fil du Destin s'enrouler autour de son cou. Il le tirait, l'entraînait dans le même filet où se débattaient déjà Trian et le roi.

Un unique coup d'épée, propre et net, le libérerait. Un coup contre dix mille barls.

Tortillant sa barbe tressée, Hugh se tourna face à Trian.

— Quel gage devrai-je vous faire parvenir ?

— Quel gage ?

Trian battit des paupières, sans comprendre.

— Pour vous prouver que la mission est accomplie. Une oreille ? Un doigt ? Autre chose ?

— Que nos bienheureux ancêtres nous en préservent !

Le jeune magicien était devenu pâle comme la mort. Il chancela et dut s'appuyer au mur. Il ne vit pas Hugh serrer les lèvres en un sourire sinistre et hocher légèrement la tête comme s'il venait de recevoir la réponse à une question très importante.

— Je vous en prie... pardonnez cette faiblesse, marmonna Trian, passant une main tremblante sur son front moite. Naturellement que nous voulons un gage. Le prince...

Trian déglutit avec effort, puis, soudain, sembla retrouver des forces.

— Le prince porte une amulette, une plume de faucon que lui a donnée un mystériarque du Haut-Royaume quand il était tout petit. Du fait de ses propriétés magiques, on ne peut pas l'enlever au prince à moins...

La voix lui manqua une fois de plus.

— ... à moins qu'il ne soit mort.

Il frissonna et prit une profonde inspiration.

— Envoyez-nous cette amulette, et nous saurons...

— Quelle magie ? demanda Hugh, soupçonneux.

Mais le magicien, livide, resta muet comme la mort. Hugh ne put déterminer s'il était physiquement incapable de parler ou refusait de répondre.

C'était probablement sans importance. On donnait ces objets bénis par magie aux bébés pour les protéger des maladies, des morsures de rats, ou des chutes dans la fosse à feu. La plupart des amulettes vendues par des charlatans itinérants avaient autant de pouvoir magique que les pierres de la chambre où se trouvait Hugh. Naturellement, un fils de roi avait des chances d'en avoir une véritable, mais Hugh n'en connaissait aucune — même parmi les plus puissantes — qui puisse éviter à un homme de se faire trancher la gorge. Autrefois, selon la légende, avaient existé des magiciens ayant de tels pouvoirs, mais c'était fini. Fini depuis qu'ils avaient quitté le Mi-Royaume pour aller séjourner dans ces îles qui flottaient très haut au-dessus de lui. Et l'un de ces magiciens en serait descendu pour donner cette plume à l'enfant ?

« Ce Trian doit me prendre pour un imbécile. »

— Ressaisissez-vous, magicien, dit Hugh d'une voix dure, ou l'enfant va se douter de quelque chose.

Trian hocha la tête et but de bonne grâce la chope d'eau que l'assassin lui servit. Fermant les yeux, il inspira rapidement plusieurs fois, se concentra, et, au bout de quelques instants, parvint à sourire normalement. Ses joues cireuses reprirent des couleurs.

— Je suis prêt, dit Trian, le précédant dans le couloir jusqu'à la chambre où dormait le prince.

Introduisant la clé dans la serrure, le magicien ouvrit sans bruit et s'effaça.

— Adieu, dit-il, mettant la clé dans la poche de son pourpoint.

— Vous ne venez pas ? Pour me présenter ? Expliquer ce qui se passe ?

Mais Trian regardait droit devant lui, sans tourner les yeux vers la chambre.

— Maintenant, tout dépend de vous. Je vous laisse la lampe.

Pivotant sur lui-même, le magicien s'élança dans le couloir, courant presque, et se perdit bientôt dans l'obscurité. L'ouïe fine de Hugh perçut le bruit d'un pêne qui joue. Il y eut une bouffée d'air frais, très brève. Le magicien avait disparu.

Haussant les épaules, palpant d'une main les deux pièces dans sa poche, posant l'autre sur la garde de son épée, l'assassin entra dans la chambre. Levant la lampe, il éclaira l'enfant endormi.

La Main se souciait peu des enfants. S'il avait été enfant lui-même, il n'en avait gardé aucun souvenir. Les moines Kir voyaient d'un mauvais œil cet état d'innocence bienheureux et insouciant. Très tôt, chaque enfant était exposé aux dures réalités de la vie. Dans un monde sans dieux, les Kirs adoraient la seule certitude — la mort. La vie survenait par hasard. On ne pouvait ni l'éviter ni la choisir. Se réjouir d'un cadeau si louche était considéré comme un péché. La mort était la seule promesse, l'heureuse délivrance.

En conséquence, les Kirs exécutaient les tâches qui semblaient répugnantes ou dangereuses aux autres humains, ce qui leur avait valu le nom de Frères de la Mort.

Ils n'avaient aucune pitié pour les vivants. Leur

domaine, c'était la mort. Ils ne pratiquaient pas les arts de guérison, mais quand on jetait dans les rues les corps des pestiférés, c'étaient les Kirs qui célébraient les rites et les enterraient.

Ils fermaient leurs portes aux pauvres au long de leur vie et les leur ouvraient après leur mort. Ils étaient accueillants aux suicidés — maudits par les ancêtres et déshonorants pour les familles — et traitaient leurs cadavres avec révérence. Ils recevaient les corps des meurtriers, prostituées et voleurs. Après la bataille, ils veillaient ceux qui avaient sacrifié leur vie pour la cause à la mode.

Ils n'usaient de charité qu'envers une seule catégorie de vivants : les enfants mâles des morts, orphelins sans refuge. Là où l'on faisait appel à eux, dans les poches de misère et de souffrance, de cruauté et de privations, les Kirs emmenaient les enfants. Ils les utilisaient comme serviteurs, les instruisant sur la vie, leur vantant les joies de la mort. En élevant ces enfants dans leurs sinistres croyances, ils arrivaient à perpétuer leur ordre. Certains s'enfuyaient, mais Hugh lui-même n'avait pas échappé à l'ombre des capuchons noirs.

Considérant l'enfant endormi, Hugh ne ressentit aucune pitié, aucune indignation. Cet assassinat serait pour lui un travail comme un autre, un peu plus difficile et dangereux sans doute. Hugh savait que le magicien lui avait menti. Il lui restait à découvrir pourquoi.

Jetant son sac à terre, l'assassin poussa l'enfant de la pointe de sa botte.

— Réveille-toi, petit.

L'enfant sursauta, ses yeux s'ouvrirent, et il s'assit machinalement, avant d'être bien réveillé.

— Qu'est-ce qu'il y a? demanda-t-il, regardant l'étranger debout devant lui à travers une masse de boucles blondes en désordre. Qui es-tu?

— Je suis Hugh la Main — Messire Hugh de Ke'lith, Votre Altesse, dit-il, se rappelant à temps qu'il était réputé noble et s'adjugeant le premier nom de terre qui lui passa par la tête. Vous êtes en danger. Votre Père m'a engagé pour vous emmener en lieu sûr. Levez-vous. Le temps presse. Nous devons partir cette nuit.

Regardant le visage impassible aux pommettes hautes, au nez en bec d'aigle, à la barbe tressée de part et d'autre du menton fendu, l'enfant eut un mouvement de recul.

— Va-t'en. Tu ne me plais pas ! Où est Trian ? Je veux Trian !

— Je ne suis pas joli comme le magicien. Mais votre père ne m'a pas engagé pour mon physique. Si vous avez peur de moi, pensez à vos ennemis.

Hugh débita cela pour dire quelque chose. Il était prêt à prendre l'enfant dans ses bras — hurlant et gigotant — et à l'emporter de force. Il fut surpris de le voir réfléchir à son argument, avec intelligence et gravité.

— C'est logique, Messire Hugh, dit-il en se levant. Je viendrai avec toi. Apporte-moi mes affaires.

Il désigna un sac posé dans la paille.

Hugh allait lui dire de se servir lui-même, mais il se ravisa à temps.

— Oui, Votre Altesse, dit-il en se penchant.

Il regarda l'enfant de près. Le prince était petit pour son âge, avec des yeux bleu pâle, une bouche charmante, et le teint de porcelaine de ceux dont la sécurité exige une vie sédentaire. La lumière joua sur une plume de faucon qu'il portait autour du cou, suspendue à une chaîne d'argent.

— Nous allons voyager ensemble ; appelle-moi par mon nom, dit timidement l'enfant.

— Quel nom, Votre Altesse ? demanda Hugh, soulevant le sac.

L'enfant le regarda. La Main ajouta précipitamment :

— Je viens de passer de nombreuses années à la campagne, Votre Altesse.

— Tourment, dit l'enfant. Je suis le Prince Tourment.

Hugh se figea en plein mouvement. Tourment ! L'assassin n'était pas superstitieux, mais pourquoi diable donner à un enfant un nom de si mauvais augure ? Hugh sentit l'invisible fil du Destin se resserrer autour de son cou. Il revit le billot — froid, paisible, serein. Furieux de tomber dans ce piège, il secoua la tête. La sensation d'étranglement s'évanouit, l'image de sa propre mort disparut. Il charga les deux sacs sur son épaule.

— Il faut partir, Votre Altesse.

Tourment ramassa sa cape par terre et la jeta sur ses épaules, s'efforçant gauchement de l'attacher. Hugh reposa les sacs, s'agenouilla et noua les cordons pour lui.

A sa grande surprise, le prince lui jeta ses bras autour du cou.

— Je suis content que tu sois mon gardien, dit-il, pressant sa joue satinée contre celle de Hugh.

L'assassin resta figé, rigide. Tourment s'écarta de lui.

— Je suis prêt, annonça-t-il avec une joyeuse impatience. On part à dos de dragon? Pour moi, ce sera la première fois. Toi, je suppose que tu le fais tout le temps.

— Oui, bredouilla Hugh. Un dragon nous attend dans la cour.

Il reprit les deux sacs et la lampe.

— Si Votre Altesse veut bien me suivre...

— Je connais le chemin, dit l'enfant, gambadant vers la porte.

Hugh le suivit, sentant dans sa main la petite main tiède.

CHAPITRE 7

MONASTÈRE KIR, ÎLES VOLKARANS, MI-ROYAUME

La chambre était située aux étages supérieurs du monastère. C'était une ancienne cellule de moine, petite, froide, austère, sans fenêtre. Trois personnes — deux hommes et une femme — se tenaient au centre de la pièce. La femme et l'un des hommes se tenaient par la taille, chacun soutenant l'autre, évitant de justesse une chute menaçante. L'autre homme était debout près d'eux.

— Ils se préparent à partir.

Le magicien prêtait l'oreille, mais ce n'était pas avec ses oreilles physiques qu'il entendait les battements d'ailes du dragon à travers les murs épais du monastère.

— Ils partent ! s'écria la femme en faisant un pas en avant. Je veux le revoir ! Mon fils ! Une dernière fois !

— Non, Anne, dit Trian d'une voix sévère, prenant fermement la main de la femme. Il nous a fallu des mois pour rompre l'enchantement. C'est plus facile ainsi ! Il faut être forte ! Je prie que nous ne nous soyons pas trompés !

La femme se mit à sangloter et enfouit son visage dans l'épaule de son mari.

— Vous auriez dû les accompagner, Trian.

Il parlait d'une voix dure, mais caressait les cheveux de sa femme d'une main tendre et affectueuse.

— Vous avez encore le temps.

— Non, Votre Majesté. Nous avons longtemps réfléchi. Nos plans sont bons. Nous devons les exécuter jusqu'au bout en priant nos ancêtres d'être avec nous et en espérant que tout ira bien.

— Avez-vous prévenu ce... Hugh?

— Un homme aussi dur ne m'aurait pas cru. Cela aurait pu causer beaucoup de mal. Il est le meilleur. Il est froid et sans cœur. Nous devons avoir confiance en son talent et en sa nature.

— Et s'il échoue?

— Alors, Votre Majesté, soupira Trian, il faut nous préparer à affronter la fin.

CHAPITRE 8

LA FÂCHE, ÎLE DE DREVLIN, BAS-ROYAUME

A l'instant précis où Hugh posait la tête sur le billot à Ke'lith, une autre exécution — celle du fameux Lambic Serre-Boulon, avait lieu à des milliers de menka[1] plus bas, sur l'île de Drevlin. Il semblerait à première vue que ces exécutions n'eussent rien en commun, à part la coïncidence. Mais les fils invisibles tissés par l'immortelle araignée nommée Destin venaient de s'enrouler autour de l'âme de ces deux personnages bizarrement disparates et les entraîneraient, lentement mais sûrement, l'un vers l'autre.

Le soir du meurtre du Seigneur Pendard de Ke'lith, Lambic Serre-Boulon, assis dans le désordre de son douillet logis de La Grinche — la plus ancienne cité de Drevlin — composait un discours.

Lambic était, dans la langue de son pays, un Guègue. Dans toute autre langue d'Arianus, ou dans l'ancien monde d'avant la Séparation, on l'aurait appelé nain. Il avait une taille respectable de quatre pieds (sans chaussures). Une barbe luxuriante ornait son visage ouvert et joyeux. Il commençait à prendre un peu de ventre, chose rare chez un jeune adulte guègue dur au travail, mais cela venait de ce qu'il passait beaucoup de temps assis. Il

1. Le menka, ou, plus précisément, le menkarias rydai, est une mesure standard des Elfes. Classiquement, il représente « la hauteur de mille chasseurs elfiens ». A l'époque moderne, on l'a standardisé en décrétant que les chasseurs elfiens ont six pieds de haut, ce qui fait du menka l'équivalent de six mille pieds. De là une confusion considérable entre les races, les pieds des Elfes étant un peu plus petits que ceux des humains.

avait des yeux brillants, curieux, et extrêmement myopes.

Il vivait dans une petite caverne parmi des centaines de cavernes criblant un énorme bloc de coralite situé aux abords de La Grinche. A certains égards, la grotte de Lambic tranchait sur celles de ses voisins, ce qui était normal vu qu'il n'était pas lui-même un Guègue comme les autres. Sa grotte avait près de deux Guègues de hauteur. Une plate-forme en planches permettait à Lambic de monter près de la voûte et de jouir d'une autre singularité de sa grotte : les fenêtres.

La plupart des Guègues se passaient de fenêtres ; ils ne tenaient pas à se compliquer la vie avec les tempêtes incessantes, d'ailleurs ils s'intéressaient surtout à ce qui se passait chez eux. Il y avait pourtant des fenêtres aux constructions originelles de la ville, œuvre des révérés Créchi-Créchas. Leurs épaisses vitres pleines de bulles d'air, fixées dans des trous en retrait des murs énormes, résistaient aux vents, aux pluies et aux grêles. Lambic en avait trouvé dans une bâtisse inutilisée du centre ville. Une perceuse d'emprunt avait foré des trous de taille appropriée pour deux fenêtres au rez-de-chaussée de sa caverne et quatre autres au premier.

Lambic avait par là tourné le dos à son peuple. Ces gens regardaient uniquement vers l'intérieur. Lambic aimait regarder vers l'extérieur — même s'il ne voyait que pluie battante, grêle et éclairs ou (durant de brèves périodes d'accalmie) les cuves à choses, les rouleaux ronflants et les roues fumantes de la Bougonneuse-Batteuse, plus communément nommée la Bougonne-Batte.

Un autre trait du logis de Lambic le rendait positivement unique. Sur la porte d'entrée, regardant l'intérieur du bloc et son réseau de ruelles, étaient peintes en rouge et de travers les lettres VLAN.

A tous autres égards, c'était un logis typiquement guègue : ameublement fonctionnel et composé de rebuts, sans le moindre bibelot frivole. Comment aurait-on pu les garder à leur place ? Les murs, les sols et la voûte de la petite grotte frémissaient et tremblaient au rythme des pulsions, vibrations, bourdonnements, martèlements et cliquètements de la Bougonne-Batte, force dominante de Drevlin.

Le bruit ne gênait pas Lambic, l'auguste chef des VLAN. Il y trouvait du réconfort, l'ayant entendu, bien qu'étouffé, dans le ventre de sa mère. Les Guègues révéraient le bruit, comme ils révéraient la Bougonne-Batte. Ils savaient que si le bruit cessait, leur monde cesserait d'exister. Pour eux, la mort était le Rien-Entendre-Eternel.

Emmitouflé dans ce fracas réconfortant, Lambic bataillait avec son discours. Oralement, les mots lui venaient facilement. Par écrit, c'était différent. Ce qui paraissait beau, grand et noble dans sa bouche, devenait trivial et prétentieux sur le papier. Pour lui du moins. Secousse lui reprochait toujours d'être trop critique envers lui-même, affirmant que ses discours étaient aussi beaux à lire qu'à écouter. Mais comme Lambic lui répliquait toujours en lui plantant un gros baiser sur la joue, Secousse était partiale.

Lambic parlait tout haut en écrivant, pour juger de l'effet. Étant extrêmement myope, mais incapable d'accommoder quand il portait ses lunettes, Lambic les ôtait toujours pour écrire. Le visage au ras du papier qu'il écorchait avec entrain de sa plume d'oie, il mettait presque autant d'encre sur son nez et sa barbe que sur sa feuille.

« C'est donc notre objectif, à nous, Volontaires Libres de l'Age Nouveau, d'obtenir pour notre peuple une vie d'abondance, tout de suite, et non pas dans un avenir que nous ne verrons jamais. » Lambic, emporté par son enthousiasme, tapa du poing sur la table, faisant vibrer et déborder l'encrier. Une petite rigole bleue se mit à ramper vers le papier, menaçant d'inonder le discours. Lambic endigua le flot de son coude ; le tissu élimé de sa tunique but l'encre avidement. La tunique ayant perdu depuis longtemps sa couleur originelle, cette tache pourpre y mit une note de gaieté.

« Pendant des siècles, nos chefs nous ont raconté que nous avions été placés dans le royaume du Chaos et de la Tempête, parce que nous étions indignes de prendre place auprès des Elfes qui vivent là-haut. Nous, qui sommes des êtres de chair et de sang, nous ne pouvions pas espérer vivre au pays des immortels. Quand nous en serions dignes, les Elfes descendraient d'En Haut pour nous juger et nous emporteraient au ciel. En attendant ce jour bienheureux, nous avions le devoir de servir la Bougonne-Batte. Et moi, je vous le dis... »

Ici, Lambic brandit son poing taché d'encre.

— ... Ce jour ne viendra jamais ! Nos dirigeants nous ont trompés le Haut Contre-sous-Maître et ses acolytes ont beau jeu de parler d'attendre le changement jusqu'au Jour du Jugement ! Peu leur importe une vie meilleure. *Ils* reçoivent le paiement de Dieu. Est-ce qu'*ils* le répartissent également entre nous tous ? Non, *ils* nous font payer, et payer très cher, la part que nous avons déjà gagnée à la sueur de notre front ! »

(Ici, je dois faire une pause pour les acclamations, décida Lambic, marquant l'endroit d'une étoile qui se termina en pâté.)

« Le temps de la révolution est venu et... »

Lambic crut entendre un bruit étrange. Que pouvait-on entendre dans ce pays, à part le fracas de la Bougonne-Batte et les hurlements des tempêtes quotidiennes, c'était un mystère pour les Elfes qui venaient tous les mois se ravitailler en eau. Mais ces bruits assourdissants n'étaient pas plus gênants pour les Guègues que le bruissement des feuillages dans la brise pour un seigneur elfien de Tribus. Un Guègue pouvait dormir à poings fermés pendant un orage déchaîné, et se réveiller en sursaut au trottinement d'une souris dans sa cuisine.

C'est un bruit de cris lointains qui avait déconcentré Lambic ; il leva les yeux sur un compte-temps (de son invention) installé dans un creux de la paroi. Montage compliqué de roues et de poulies, il lâchait un haricot dans un pot toutes les heures. Tous les matins, Lambic vidait le pot et le comptage du temps recommençait pour la journée.

Se levant d'un bond, il cligna ses yeux myopes, compta précipitamment les haricots, grogna. Il était en retard. Attrapant une veste, il bondissait vers la porte quand l'inspiration lui dicta une phrase. Il décida de prendre une seconde pour la noter et se rassit. Toute idée de rendez-vous lui sortit définitivement de la tête. Couvert d'encre et heureux, il se perdit dans sa rhétorique.

« Nous, Volontaires Libres de l'Age Nouveau, nous préconisons trois choses : premièrement, toutes les équipes devraient mettre en commun leurs connaissances sur la Bougonne-Batte et apprendre à la diriger, pour cesser d'être ses esclaves et devenir ses maîtres. (Pâté pour les acclamations.) Deuxièmement, nous devons cesser d'attendre le Jour du Jugement, et agir en vue d'obtenir une meilleure qualité de la vie. (Nouveau pâté.) Enfin, nous devrions demander au Haut Contre-sous-Maître une juste part des paiements des Elfes. (Deux pâtés et un gribouillage.) »

Lambic soupira. Cette troisième revendication serait la plus populaire auprès des jeunes Guègues, mécontents de travailler de longues heures pour des salaires de misère. Mais c'était la moins importante, Lambic le savait. — Si seulement ils avaient vu ce que j'ai vu ! Si seulement ils savaient ce que je sais ! Si seulement je pouvais le leur dire !

De nouveaux cris l'interrompirent. Levant la tête, il eut un sourire affectueux et fier. Le discours de Secousse avait son effet habituel. Elle n'a pas besoin de moi, se dit Lambic avec la satisfaction du professeur fier de voir un étudiant doué tenir ses promesses. Je vais donc continuer et finir.

Pendant l'heure suivante, Lambic — couvert d'encre et favorisé par l'inspiration — s'absorba si profondément dans sa rédaction qu'il oublia les cris, et ne remarqua pas que les acclamations faisaient place aux vociférations. Son attention se réveilla au bruit d'une porte qui se referme. Se produisant à trois pieds de lui, il l'étonna immensément.

— C'est toi, ma chérie ? dit-il, voyant une tache floue dont il présuma que c'était Secousse.

Elle haletait, comme quelqu'un qui a trop couru. Lambic palpa sa poche en quête de ses lunettes, ne les trouva pas et les chercha à tâtons sur la table.

— J'ai entendu les acclamations. J'en conclus que ton discours s'est bien passé. Désolé de ne pas être venu comme promis, mais je me suis plongé dans...

Il agita une main pleine d'encre dans la direction approximative de son discours.

Secousse bondit sur lui. Les Guègues petits mais larges, avec de grandes mains puissantes, et des épaules et mâchoires si carrées qu'ils ont tous l'air carrés dans l'ensemble. Mâles et femelles sont de force égale, ayant tous servi la Bougonne-Batte jusqu'à l'âge du mariage, qui est d'environ quarante ans, après quoi ils doivent prendre leur retraite et rester chez eux pour engendrer et élever une nouvelle génération d'adorateurs de la Bougonne-Batte. Secousse était plus forte que la plupart des jeunes femmes, ayant servi la Bougonne-Batte depuis l'âge de douze ans. Lambic, qui ne l'avait jamais servie, était plutôt faible et quand Secousse lui bondit dessus, il faillit tomber de sa chaise.

— Qu'est-ce qu'il y a, ma chérie ? dit Lambic, la considérant de ses yeux myopes, soudain conscient qu'il y *avait* quelque chose. Ton discours n'a pas bien marché ?

— Si ! Très bien ! dit Secousse, l'empoignant par sa tunique trouée pour le remettre sur ses pieds. Viens, il faut partir !

— Tout de suite ? Mais mon discours...

— Bonne idée. Il ne faut pas le laisser ici ; ce serait une preuve.

Lâchant Lambic, Secousse attrapa les feuilles à la hâte et les fourra dans son corsage.

— Vite, le temps presse !

— Une preuve ? répéta Lambic, ahuri. Preuve de quoi ?

— De l'existence de notre Fédération, dit Secousse avec impatience.

Prêtant l'oreille, elle écouta un moment, puis alla jeter un coup d'œil à une fenêtre.

— Ma chérie, c'est le siège de la Fédération... commença Lambic, mais elle le fit taire.

— Tiens ! Tu entends ? Ils arrivent.

Ramassant les lunettes de Lambic, elle les lui posa sur le nez. De travers.

— Je vois leurs lanternes. Les Roussins. Non, pas la porte de devant. Celle de derrière, dit-elle, tirant son époux.

Mais Lambic s'arrêta, et quand un Guègue s'arrête, il est pratiquement impossible de le bouger.

— Je n'irai nulle part, ma chérie, tant que tu ne m'auras pas dit ce qui se passe.

Il rajusta calmement ses lunettes.

Secousse se tordit les mains, mais elle savait que le Guègue qu'elle aimait, le fidèle Lambic, était affligé d'une obstination telle que même la Bougonne-Batte n'aurait pas pu le faire broncher. Elle pouvait la surmonter en agissant très vite, sans lui laisser le temps de réfléchir. Mais apparemment ce stratagème n'allait pas marcher aujourd'hui.

— Très bien, dit-elle, exaspérée, regardant vers la porte avec appréhension. Il y avait énormément de monde à la réunion. Bien plus que prévu...

— C'est merveilleux...

— Ne m'interromps pas. Le temps presse. Ils ont écouté mes paroles et... Oh, Lambic !

Malgré son impatience et sa peur, ses yeux brillaient.

— C'était comme quand on jette une allumette dans du salpêtre. Ils se sont enflammés, puis ils ont explosé !

— Explosé ? fit Lambic, mal à l'aise. Ma chérie, nous ne voulons pas qu'ils explosent...

— *Toi*, tu ne veux pas ! dit-elle avec dédain. Mais maintenant, le feu est allumé, et c'est à nous de l'entretenir pour qu'il ne s'éteigne plus.

Elle serra les poings et avança sa mâchoire carrée.

— Ce soir, nous avons attaqué la Bougonne-Batte !

— Non ! dit Lambic, si secoué par cette nouvelle qu'il s'assit inopinément.

— Oui, et je crois que nous lui avons infligé des dommages irréparables, dit-elle, secouant son épaisse crinière de courtes boucles brunes. Les Roussins et quelques Clercs nous ont couru après, mais nous leur avons échappé. Ils vont venir au siège de la Fédération pour t'arrêter, mon chéri, et je suis venue t'emmener. Écoute !

On martelait la porte ; des voix enrouées criaient d'ouvrir.

— Ils sont là ! Vite ! Ils ne connaissent sans doute pas la porte de derrière...

— Ils vont venir pour m'arrêter? dit Lambic, réfléchissant.

Secousse fronça les sourcils et l'empoigna pour le remettre sur pieds.

— Alors, je passerai en jugement, non? reprit-il lentement. Très probablement devant le Haut Contre-sous-Maître en personne!

— Lambic, qu'est-ce que tu as en tête? Le châtiment encouru pour dommages à la Bougonne-Batte est la mort!

Les voix se firent insistantes. Certaines demandaient un hache-coupe.

— Ma chérie, dit Lambic, le visage illuminé d'un rayonnement presque surnaturel, j'aurais enfin l'auditoire que j'ai cherché toute ma vie! Pense que je pourrai exposer notre cause au Haut Contre-sous-Maître et au Conseil des Clans! Il y aura des centaines d'assistants! Les chante-nouvelles et les diffuse-blabla...

La lame du hache-coupe s'enfonça dans le bois de la porte. Secousse pâlit.

— Oh, Lambic, ce n'est pas le moment de jouer les martyrs! Je t'en prie, viens tout de suite!

Le hache-coupe disparut, puis s'abattit une seconde fois.

— Non, va toute seule, ma chérie, dit Lambic, la baisant sur le front. Je reste. J'ai pris ma décision.

— Alors, je reste aussi! dit Secousse avec véhémence, mêlant ses doigts à ceux de son époux.

Le hache-coupe fracassa la porte, projetant une pluie d'échardes dans toutes les directions.

— Non, non! dit Lambic, secouant la tête. Tu dois continuer mon œuvre en mon absence! Quand mes paroles et mon exemple enflammeront les Volontaires Libres, tu devras être là pour prendre la tête de la révolution!

— Oh, Lambic, tu es sûr?

— Oui, ma chérie.

— Alors, je m'en vais! Mais nous te sauverons!

Elle s'arrêta pour jeter un dernier regard en arrière.

— Sois prudent! supplia-t-elle.

— C'est promis, ma chérie. Maintenant, file!

Secousse lui envoya un baiser et disparut par la porte de derrière comme les Roussins entraient.

— Nous cherchons un certain Lambic Serre-Boulon, dit un Roussin, aussi digne que le permettait la cueillette des échardes fichées dans sa barbe.

— Vous l'avez trouvé, dit Lambic avec majesté.

Il tendit les mains, joignit les poignets et poursuivit :

— En qualité de champion de mon peuple, je souffrirai joyeusement tortures et indignités en son nom! Emmenez-moi dans votre donjon puant, encroûté de sang et infesté de rats!

— Puant? dit le Roussin outré. Apprenez que nous nettoyons notre prison régulièrement. Et pour les rats, ou n'en a pas vu un depuis vingt ans, pas vrai. Fred? Depuis que nous avons un chat. Et on a lavé le sang d'hier soir, quand Durkin Le Torsionnaire est arrivé avec la lèvre fendue, suite à un désaccord avec sa dame. Vous n'avez pas le droit d'insulter ma prison.

— Je... je suis désolé, balbutia Lambic. Je ne savais pas.

— Et maintenant, suivez-nous, dit le Roussin. Pourquoi vous me mettez vos mains sous le nez comme ça?

— Vous n'allez pas me passer les menottes? M'attacher les mains et les pieds?

— Et comment vous marcheriez? Vous voudriez peut-être qu'on vous porte?

Le Roussin eut un petit grognement dédaigneux.

— On aurait l'air malin à vous trimbaler comme ça dans les rues! En plus, vous n'êtes pas un poids plume. Baissez les mains. Nos dernières menottes, on les a cassées il y a une trentaine d'années. On les a tout de même gardées. Des fois, il y a des parents qui les empruntent pour faire peur à leurs gosses.

Ayant été maintes fois menacé de ces menottes au cours de sa turbulente jeunesse, Lambic en fut atterré.

— Encore une illusion qui s'en va, se dit-il tristement en se laissant conduire dans une prison prosaïque, que patrouillait un paisible matou.

Le martyre commençait mal.

CHAPITRE 9

DE LA FÂCHE À MATRICIA, DREVLIN, BAS-ROYAUME

Lambic attendait avec impatience le voyage qui lui ferait traverser toute l'île de Drevlin jusqu'à Matricia, la capitale. Il n'était encore jamais monté dans un tram-flash, pas plus que les gens de son équipe : ce qui soulevait des murmures dans la foule contre les privilèges accordés aux criminels de droit commun et refusés aux honnêtes gens.

Quelque peu froissé d'être traité en droit commun, Lambic monta quelques marches et entra dans une sorte de boîte en cuivre bien astiquée, percée de fenêtres et perchée sur de nombreuses roues métalliques et des rails non moins métalliques. Il prit ses lunettes dans sa poche, accrocha les branches en fil de fer à ses oreilles et considéra la foule. Secousse était dans la cohue, dissimulant son visage dans le pan d'un ample manteau. Lambic se risqua à porter ses gros doigts à ses lèvres et à envoyer un petit baiser.

Un couple était à l'écart au bout du quai : ses parents ! Il fut d'abord touché qu'ils se soient déplacés pour assister à son départ. Puis il remarqua le visage souriant de son père, à moitié dissimulé par un énorme cache-nez pour n'être pas reconnu : allons, ses parents étaient venus s'assurer qu'ils ne reverraient plus ce fils à problèmes. En soupirant, Lambic se renversa sur sa banquette en bois.

Lambic et le Roussin étaient les deux seuls passagers du tram-flash et le conducteur (communément nommé flasheur) les foudroya du regard. Cet arrêt inusité à la station de La Fâche l'avait mis en retard sur son horaire, et il ne voulait plus perdre de temps. Lambic ayant fait mine de se lever (il pensait avoir aperçu son ancien instituteur), le flasheur rejeta sur ses épaules les deux tresses de sa barbe, saisit deux des nombreuses manettes alignées devant lui et tira. Plusieurs mains métalliques, surgissant du toit du véhicule, saisirent un câble suspendu au-dessus d'elles. Un éclair bleu fulgura, un coup et sifflet vrilla les oreilles, et, dans une gerbe de crépitements, le tram-flash s'ébranla.

La boîte en cuivre tanguait, les mains du toit lançaient des éclairs, mais le flasheur ne semblait pas les voir. Saisissant une autre manette, il la poussa jusqu'à la paroi et l'engin prit de la vitesse. Lambic n'avait jamais rien connu de plus exaltant.

Le tram-flash avait été créé longtemps avant par les Créchi-Créchas à l'usage de la Bougonne-Batte. Puis les Créchi-Créchas disparurent mystérieusement et la Bougonne-Batte, se substituant à eux, maintint le tram-flash en opération, comme elle s'y maintenait elle-même. Les Guègues vivaient pour les servir.

Depuis l'époque où les Créchi-Créchas avaient amené les Guègues dans ce royaume, chaque Guègue appartenait à une équipe-clan vivant dans la même ville et adorant la même partie de la Bougonne-Batte. Chaque Guègue exécutait la tâche qu'avaient exécutée avant lui son père, son grand-père et le père de son grand-père.

Les Guègues faisaient bien leur travail. Ils étaient compétents, habiles, adroits, dénués d'imagination. Chaque Guègue savait comment servir sa partie de la Bougonne-Batte, et les autres parties ne l'intéressaient pas. Le pourquoi des choses non plus. Pourquoi les roues devaient tourner, pourquoi la flèche noire de la sirène ne devait jamais être pointée sur le rouge, pourquoi il fallait tirer les manettes, pousser les boutons ou tourner les manivelles, voilà des questions qui ne venaient pas à l'esprit du Guègue moyen. Mais Lambic n'était pas un Guègue moyen.

Entrer dans les pourquoi et les comment de la grande Bougonne-Batte, c'était un sacrilège provoquant le courroux des Clercs. Exécuter l'acte d'adoration tel qu'il avait été enseigné par le moniteur, c'était le bon moyen d'avoir une place dans les royaumes supérieurs. Mais cela ne suffisait pas à Lambic.

Quand il se fut habitué à la vitesse, Lambic commença à trouver ce voyage extrêmement déprimant. La pluie tambourinait aux fenêtres. La lumière naturelle descendait des nuages, rivalisant parfois avec la lumière bleue créée par la Bougonne-Batte, ce qui secouait et cabrait la boîte en cuivre. La grêle crépitait sur le toit. Cahotant à travers d'immenses sections de la Bougonne-Batte, le tram-flash semblait exhiber avec complaisance l'asservissement des Guègues. Les flammes jaillies d'immenses chaudières éclairaient la pénombre éternelle. A leur lumière, Lambic voyait son peuple — de simples silhouettes sombres et trapues qui se détachaient sur le rouge des feux — satisfaire aux besoins de la Bougonne-Batte. Cette vue réveilla sa colère un peu oubliée à mesure qu'il s'était absorbé dans l'organisation des VLAN.

Il était content de la retrouver, sa colère, content de retrouver sa force, et il se demandait comment introduire cette idée dans son discours quand une remarque de son compagnon de voyage interrompit le cours de ses pensées.

— Je vous demande pardon ? dit Lambic.

— Je disais : C'est magnifique, n'est-ce pas ? répéta le Roussin, considérant la Bougonne-Batte avec une crainte révérentielle.

C'en est trop, pensa Lambic, outré. Quand je comparaîtrai devant le Haut Contre-sous-Maître, je leur révélerai la vérité...

... — Sortez ! hurla l'instituteur, sa barbe hérissée de rage. Sortez, Lambic Serre-Boulon, et que je ne revoie plus jamais vos yeux myopes dans cette école !

— Je ne comprends pas pourquoi vous êtes si retourné, dit le garçon en se levant.

— Dehors ! brailla le vieillard.

— C'était une question parfaitement logique.

L'instituteur se rua vers l'élève en brandissant une clé anglaise et celui-ci, sans souci de sa dignité, battit précipitamment en retraite. Lambic — quatorze ans à l'époque — quitta l'école de la Bougonne-Batte avec une telle hâte qu'il n'eut même pas le temps de chausser ses lunettes; de ce fait, quand il atteignit l'engrenage rouge et grinçant, il se trompa de direction. Il crut ouvrir la porte menant au marché, prit une bourrasque en pleine figure et réalisa que cette sortie-là conduisait Dehors.

Le jeune Guègue n'était jamais allé Dehors. En raison des terribles tempêtes qui balayaient le pays une ou deux fois par heure, personne ne quittait jamais la ville et l'abri réconfortant de la Bougonne-Batte. Truffées de tunnels, de rues couvertes et de passages souterrains, les villes de Drevlin étaient construites de telle sorte qu'un Guègue pouvait passer des mois sans jamais recevoir une goutte de pluie. Ceux qui avaient à voyager prenaient le tram-flash ou les Guèguascators. Peu de Guègues allaient jamais Dehors.

Lambic hésita sur le seuil, considérant de ses yeux myopes le paysage noyé de pluie. Le vent soufflait fort, mais il y avait une accalmie entre deux tempêtes et une faible lumière grise filtrait à travers les nuages éternels — l'équivalent, sur Drevlin, d'une journée baignée des rayons de Solaris. Cette lumière arrivait presque à embellir le paysage ordinairement lugubre. Elle scintillait et papillotait sur les innombrables bras, leviers et engrenages pompants et tournoyants de la Bougonne-Batte. Elle luisait dans les nuages de vapeur qui montaient rejoindre leurs cousins dans le ciel. Elle conférait quelque attrait au panorama sinistre de Drevlin, avec ses fosses, ses trous et ses terrils (surtout quand on ne voit là que de jolies taches brunes).

Lambic comprit immédiatement qu'il s'était trompé de direction. Il savait qu'il aurait dû rentrer, mais la maison de ses parents était son seul refuge, et il se doutait bien que la nouvelle de son renvoi y était déjà parvenue. Il était plus attrayant de braver les terreurs de Dehors que le courroux de son père; Lambic, sans hésiter, sortit Dehors, laissant la porte claquer derrière lui.

Apprendre à marcher dans la boue? Un exploit. Au

troisième pas, il glissa et s'étala de tout son long. En se relevant, il découvrit qu'une de ses bottes était carrément embourbée ; il dut tirer de toutes ses forces pour la dégager. Clignant des yeux pour voir autour de lui, il se dit que la marche serait plus facile sur le terril. Il pataugea dans la gadoue jusqu'aux collines de coralite rejetées par les mains fouisseuses de la Bougonne-Batte. Attaquant l'ascension du versant dur et poreux, il vit qu'il avait eu raison : la marche était beaucoup plus facile que dans la boue.

La vue devait être spectaculaire. Il chaussa ses lunettes et regarda autour de lui.

Les cheminées, bacs de rétention, bras articulés et roues immenses de la Bougonne-Batte se dressaient sur la plaine, si haut que leurs sommets fumants se perdaient dans les nuages. Lambic considéra l'énorme créature avec une crainte révérentielle. Quand on n'en servait qu'une partie, on avait tendance à ne voir que celle-là et à oublier l'ensemble. Il pensa au vieux dicton affirmant que le ressort cache la roue.

— Pourquoi ? dit-il (juste la question qui l'avait fait renvoyer de l'école). Pourquoi la Bougonne-Batte est-elle là ? Pourquoi les Créchi-Créchas l'ont-ils construite, puis abandonnée ? Pourquoi les Elfes immortels qui viennent tous les mois ne tiennent-ils jamais leur promesse de nous emmener dans la lumière des royaumes supérieurs ? Pourquoi ? Pourquoi ? Pourquoi ?

A force d'agiter ces questions, d'entendre souffler le vent et de fixer les structures étincelantes de la Bougonne-Batte, il finit par avoir le vertige. Battant des paupières, il ôta ses lunettes et se frotta les yeux. Les nuages s'amassaient à l'horizon, mais il jugea que la prochaine tempête n'éclaterait pas tout de suite. S'il rentrait chez lui maintenant, une autre tempête se déchaînerait sur lui. Lambic décida de partir en exploration.

Craignant de casser ses lunettes s'il tombait, il les rangea soigneusement dans sa poche de chemise et se mit en devoir de traverser le terril. Étant petits, râblés et agiles, les Guègues ont le pied très sûr. Ils trottinent sur d'étroites passerelles construites à des centaines de pieds au-dessus du sol sans déranger un poil de leur barbe. Quand ils veulent passer d'un niveau à un autre, ils s'accrochent souvent à un rayon d'une immense roue et se laissent hisser, ballottant dans le vide, à l'étage supérieur. Lambic ne voyait pas très bien, mais il eut bientôt imaginé le moyen de traverser les collines de coralite.

Il progressait rapidement quand, posant le pied sur un bloc branlant, il tomba. Après quoi, il se concentra sur ses pieds, oubliant de surveiller les nuages. Puis une bourrasque faillit le renverser et les premières gouttes s'écrasèrent sur son visage. Alors il se rappela la tempête.

Il chaussa précipitamment ses lunettes et regarda autour de lui. Il avait couvert machinalement une bonne distance. Les nuages descendaient, l'abri de la Bougonne-Batte était loin, et il lui faudrait longtemps pour revenir sur ses pas. Il voyait déjà des trous noirs creusés dans la coralite par la foudre. Et si la foudre ne le frappait pas, il n'échapperait pas à la grêle, et le Guègue commençait à se dire qu'il n'aurait jamais plus à craindre son père, quand, faisant un tour complet sur lui-même, il aperçut un grand Quelque-Chose à l'horizon.

Ce que c'était, il ne pouvait pas le déterminer à cette distance (la pluie ruisselait sur ses lunettes), mais sans doute pourrait-il y trouver refuge. Gardant ses lunettes (il en aurait besoin pour localiser l'objet), il repartit, trébuchant et chancelant.

La pluie se mit à tomber à seaux ; Lambic découvrit qu'il voyait mieux sans lunettes et les ôta. L'objet n'était plus qu'une tache floue, grandissant rapidement. Il ne vit pas ce que c'était avant d'arriver devant.

— Une nef des Elfes ! dit-il en un souffle.

Il n'en avait jamais vu, mais il la reconnut d'après les descriptions des témoins. Faite d'une peau de dragon tendue sur une armature en bois, avec d'immenses ailes qui la faisaient flotter en l'air, la nef était monstrueuse par la taille et l'apparence. Le pouvoir magique des Elfes la transportait des cieux au royaume inférieur des Guègues.

Mais cette nef-là ne volait ni ne flottait. Elle gisait sur le flanc, et Lambic, l'examinant de ses yeux myopes à travers la pluie battante, aurait juré — si une telle chose pouvait arriver aux Elfes immortels — qu'elle était échouée. Des bouts de bois perçaient la coque selon des angles bizarres. La peau de dragon, arrachée et déchirée, arborait des trous béants.

Un éclair fulgura, suivi d'un coup de tonnerre. Il sauta précipitamment dans la nef par un trou de la coque.

Une odeur nauséabonde lui souleva le cœur.

— Pouah ! dit-il, se pinçant le nez. Ça me rappelle le rat mort dans la cheminée. Je me demande ce que c'est.

La tempête se déchaînait ; l'obscurité régnait dans la nef, ponctuée par les éclairs qui fulguraient sans interruption.

Mais leur lumière ne lui servit pas à grand-chose. Ni ses lunettes quand il pensa à les remettre. L'intérieur de la nef était étrange et déroutant. Il n'arrivait pas à distinguer le haut et le bas, les murs et les sols. Des objets étaient éparpillés, mais il ne savait pas ce que c'était, ni à quoi ils servaient, et il hésitait à les toucher. S'il déplaçait quelque chose, l'étrange véhicule pouvait s'envoler avec lui. Une idée excitante, mais Lambic savait que son père écumerait de rage en apprenant que son fils avait importuné les Elfes.

Il résolut de rester près de la porte, en se bouchant le nez, jusqu'à ce que la tempête se calme et qu'il puisse rentrer à La Fâche. Mais les pourquoi et les comment qui ne cessaient de le faire punir à l'école commençaient à bourdonner dans sa tête.

— Je me demande ce que c'est, marmonna-t-il, considérant des taches floues mais fascinantes éparpillées sur le sol.

Il s'approcha précautionneusement. Ça n'avait pas l'air dangereux. En fait, ça ressemblait à...

— Des livres ! s'écria Lambic, stupéfait. Exactement comme ceux dans lesquels le vieux Clerc m'a appris à lire.

Avant d'avoir réalisé ce qu'il faisait, le « pourquoi » le propulsa de l'avant.

Il était tout près des objets et voyait avec une excitation croissante que c'étaient bien des livres quand son pied heurta quelque chose de mou et d'humide. Se penchant, vomissant presque à l'odeur, il attendit un éclair pour voir.

C'était, horreur ! un cadavre en décomposition...

— Hé, réveillez-vous, dit le Roussin en le secouant. Matricia est le prochain arrêt.

CHAPITRE 10

MATRICIA, DREVLIN, BAS-ROYAUME

Sur Drevlin, un criminel ordinaire aurait comparu devant le Contre-sous-Maître local. Petits larcins, ivresse sur la voie publique et bagarres de rues tombaient sous la juridiction du chef d'équipe du prévenu. Mais un attentat contre la Bougonne-Batte, c'était un crime de haute trahison, et le coupable devait comparaître devant le Haut Contre-sous-Maître.

Le Haut Contre-sous-Maître était le chef de l'équipe la plus importante de Drevlin, gardienne de La Paume — l'autel sacré où, une fois par mois, les Elfes descendaient des cieux dans leurs puissantes nefs ailées et acceptaient l'hommage des Guègues, donné sous la forme de l'eau sainte. En retour, les Elfes, à leur départ, faisaient pleuvoir sur eux les « bénédictions ».

Matricia, la capitale, était une ville très moderne comparée aux autres cités de Drevlin. La Bougonne-Batte, ayant besoin de place pour s'agrandir, avait rasé les bâtiments construits à l'origine par les Créchi-Créchas et avait construit par-dessus, détruisant la plupart des logis des Guègues. Mais ceux-ci avaient simplement déménagé dans les sections de la Bougonne-Batte qu'elle avait elle-même abandonnées. C'était chic d'habiter dans la Bougonne-Batte. Le Haut Contre-sous-Maître lui-même avait une maison dans ce qui avait été un bac de rétention.

Ce puissant personnage rendait ses jugements dans la Farbrique, une immense structure en fer et acier qui, selon la légende, avait donné naissance à la Bougonne-Batte. La Farbrique était abandonnée depuis longtemps, et partiellement démolie, la Bougonne-Batte ayant parasité et dévoré la chose même qui lui avait donné naissance. Pourtant, ici et là, fantomatique et silencieux dans la lumière surnaturelle des vacilampes, on voyait encore le squelette d'un levier solitaire.

Sainte et sacrée pour les Guègues, la Farbrique était non seulement le lieu de naissance de la Bougonne-Batte, mais la maison de leur idole la plus révérée : la statue en laiton d'un Créchi-Crécha, un homme en robe longue à capuchon, plus grand qu'un Guègue et considérablement plus mince. Du visage, on apercevait vaguement un nez, le contour des lèvres et des pommettes saillantes, le reste se perdant dans l'ombre de la capuche. Dans une main, le Créchi-Crécha tenait un énorme globe occulaire. L'autre bras, bizarrement replié, était articulé au coude.

Près de la statue se dressait, sous un dais surélevé, un fauteuil exagérément rembourré, manifestement conçu pour une race très différente des Guègues, car le siège, extrêmement étroit, se dressait à trois pieds du sol, et le dossier était presque aussi haut que le Créchi-Crécha. Ce fauteuil était le siège cérémoniel du Haut Contre-sous-Maître, qui y comprimait ses formes opulentes quand il présidait aux affaires de l'État. Il débordait sur les côtés et ses pieds se balançaient dans le vide, mais ces légers détails n'affectaient en rien sa dignité.

Les assistants étaient assis par terre en tailleur, perchés sur d'anciens membres de la Bougonne-Batte, ou encore debout dans les galeries entourant la salle. Ce jour-là, une foule considérable était venue à la Farbrique pour assister au jugement du Guègue, trublion notoire et chef d'un groupe insurrectionnel, qui avait été jusqu'à infliger des dommages à la Bougonne-Batte. La plupart des équipes de nuit étaient là, de même que les Guègues de plus de quarante ans qui ne servaient plus la Bougonne-Batte mais restaient chez eux pour élever les enfants. La Farbrique était pleine à craquer, et ceux qui ne pouvaient pas voir suivaient l'audience grâce au diffuse-blabla — un mystérieux appareil de communication inventé par les Créchi-Créchas.

Un coup de sifflet, répété trois fois, créa un silence

relatif. C'est-à-dire que les Guègues firent silence, mais pas la Bougonne-Batte. La cérémonie était ponctuée de bing, gang, tchouf, crac, renforcés par moments d'un coup de tonnerre ou d'une bourrasque assourdissante venus de Dehors. Les Guègues, habitués à ce tintamarre, considérèrent que le silence s'était fait et que la séance pouvait commencer.

Deux Guègues au visage rasé — l'un peint un bleu, l'autre en blanc — sortirent de derrière la statue où ils attendaient, portant entre eux une grande feuille de métal. Regardant sévèrement la foule pour voir si tout le monde se tenait bien, ils agitèrent vigoureusement la feuille, imitant le bruit du tonnerre.

Le vrai tonnerre n'impressionnait pas les Guègues qui l'entendaient tous les jours de leur vie. Le tonnerre artificiel, qui se réverbérait dans toute la Farbrique par l'intermédiaire des diffuse-blabla, leur paraissait surnaturel, et suscita des murmures admiratifs. Quand cessa la dernière vibration de la feuille, le Haut Contre-sous-Maître fit son entrée.

C'était un Guègue d'environ soixante cycles appartenant au clan le plus puissant et le plus riche de Drevlin, celui des Débardeurs. La dignité de Haut Contre-sous-Maître était dans sa famille depuis cinq générations, malgré les efforts des Dockers pour la lui ravir. Darral Débardeur avait travaillé le temps réglementaire à la Bougonne-Batte, avant de se consacrer aux devoirs de cette charge à la mort de son père. C'était un Guègue astucieux, qui ne s'en laissait pas conter, et s'il enrichissait son propre clan aux dépens des autres, il ne faisait que perpétuer une tradition consacrée par le temps.

Le Haut Contre-sous-Maître portait le costume de travail ordinaire des Guègues — pantalon trop large flottant sur de grosses bottes, sarrau un peu bridé sur son ventre proéminent. Cette tenue des plus simples était incongrûment surmontée d'une couronne en fonte — cadeau de la Bougonne-Batte — qui faisait la fierté du Haut Contre-sous-Maître (bien qu'elle lui causât des migraines terribles au bout d'un quart d'heure). Ses épaules étaient couvertes d'une cape en plumes de tier (cadeau des Elfes) symbolisant le désir des Guègues de s'envoler jusqu'aux cieux. Outre la cape de plume, qu'il portait uniquement pour rendre la Justice, le Haut Contre-sous-Maître s'était peint le visage en gris, mêlant symboliquement le blanc et le noir des visages des gardes encadrant son siège, et prouvant au peuple qu'il était neutre en toutes choses.

D'une main, le Haut Contre-sous-Maître tenait un long bâton où pendait une queue fourchue. A son signal, un garde prit le bout de cette queue et l'inséra respectueusement, en murmurant une prière, à la base de la statue. Une boule de verre fixée en haut du bâton siffla et grésilla de façon alarmante pendant quelques instants, puis se mit à luire d'une lumière bleutée. Murmures satisfaits dans l'assistance ; des parents attirèrent l'attention de leurs enfants sur des vacilampes similaires suspendues au plafond comme des chauve-souris et éclairant les ténèbres des Guègues. Le Haut Contre-sous-Maître attaqua son discours.

Face à la statue, il leva son bâton lumineux.

— Je conjure les Créchi-Créchas de descendre de leur sublime séjour et de nous guider de leur sagesse dans nos jugements de ce jour.

Inutile de dire que les Créchi-Créchas ne répondirent pas à cet appel. Pas autrement surpris de ce silence (il aurait été plutôt dérouté de recevoir une réponse), le Haut Contre-sous-Maître Darral Débardeur en conclut que c'était son devoir par défaut de rendre la justice, et ainsi fit-il, grimpant sur son siège avec l'assistance de deux gardes et d'un tabouret.

Une fois coincé dans son inconfortable fauteuil, le Haut Contre-sous-Maître fit signe d'amener le prisonnier, espérant à part lui — dans l'intérêt de son postérieur comprimé et de sa tête endolorie — que le procès serait court.

Un jeune Guègue d'environ vingt-cinq cycles, portant d'épais bouts de verre perchés sur le nez, s'avança respectueusement devant le Haut Contre-sous-Maître une grosse liasse de papiers à la main. Darral plissant les yeux d'un air soupçonneux, fixa les morceaux de verre couvrant les yeux du jeune Guègue. Il allait demander ce que c'était, mais il se rappela à temps que les Contre-sous-Maîtres étaient censés tout savoir. Irrité, le Haut Contre-sous-Maître dissipa sa frustration sur les gardes.

— Où est le prisonnier ? rugit-il. Que signifie ce délai ?

— Je demande pardon au Haut Contre-sous-Maître, mais *je* suis le prisonnier, dit Lambic, rougissant d'embarras.

— Vous ? dit le Haut Contre-sous-Maître, fronçant les sourcils. Où est votre Voix ?

— Si le Contre-sous-Maître le permet, je serai ma propre Voix, Votronneur, dit modestement Lambic.

— Hein ? Et qui est la Voix de l'Accusation ?

— J'ai cet honneur, Votronneur, dit d'une voix stridente une Guègue d'âge mûr.

— Est-ce bien régulier ?

— A dire vrai, Votronneur, nous n'avons pu trouver personne qui accepte de défendre le prisonnier.

Le Haut Contre-sous-Maître s'éclaira. L'audience serait courte.

— Alors, commençons.

La Voix de l'Accusation retourna à sa place derrière un bureau fait d'un bidon rouillé. Elle portait une longue jupe[1] et un sarrau serré à la taille. Sa chevelure gris fer était roulée en chignon sur la nuque et maintenue par d'énormes épingles. Tout en elle était raide — le dos, le cou, les lèvres — et Lambic croyait revoir sa mère. S'asseyant derrière un autre bidon de fer, il sentit sa confiance le déserter.

La Voix de l'Accusation désigna un Guègue assis près d'elle.

— Le Grand Clerc représentera l'église dans cette affaire, Votronneur, dit-elle.

Il portait une chemise blanche élimée à col empesé et à manches trop longues, des culottes serrées aux genoux par des rubans rouille, de longs bas et des chaussures au lieu de bottes. Il se leva et s'inclina dignement.

1. Les Guègues femelles portent des jupes — la tenue traditionnelle — dans les grandes occasions, loin des roues et engrenages de la Bougonne-Batte. Le reste du temps, elles portent d'amples pantalons retenus par des rubans de couleurs vives.

Le Haut Contre-sous-Maître baissa la tête et se tortilla sur son siège. Il aurait pu savoir que son pieux beau-frère serait partie prenante en cette affaire : c'était un sacrilège de s'attaquer à la Bougonne-Batte. Ce personnage était convaincu qu'il aurait mieux gouverné que Darral. Eh bien, il n'aurait pas l'occasion de le prouver ! Le Haut Contre-sous-Maître sourit à l'Accusation.

— Présentez vos preuves.

La Voix de l'Accusation déclara que, depuis plusieurs années, les Volontaires Libres de l'Age Nouveau (elle prononça ces mots d'un ton sévère) suscitaient des troubles dans différentes petites équipes du nord et de l'est.

— Leur chef, Lambic Serre-Boulon, est un trublion notoire. Depuis son enfance, il fait le désespoir de ses parents. Avec l'aide d'un Clerc pervers, il a appris à lire et à écrire.

— Un Clerc ! dit Darral, choqué. Et il profita de l'occasion pour jeter au Grand Clerc un regard réprobateur.

Les Clercs avaient besoin de déchiffrer le Manel ed'Struction pour transmettre au peuple la Parole des Créchi-Créchas. Les autres Guègues n'avaient pas le temps de se soucier de ces sottises. Il y eut des murmures dans l'assistance.

Le Grand Clerc rougit. Darral, souriant de toutes ses dents malgré sa migraine, remua dans son fauteuil son postérieur torturé. Dans la partie qui l'opposait à son beau-frère, il menait au score, un à zéro. Lambic regarda autour de lui avec un sourire nostalgique.

— Sa faute suivante a brisé le cœur de ses parents, continua la Voix d'un ton sévère. Il fut inscrit à l'École des Prentis-Serre-Boulons, et, un jour de triste mémoire, en pleine classe, il a eu l'audace de demander *pourquoi*.

— Pourquoi quoi ? demanda distraitement le Haut Contre-sous-Maître.

L'Accusation parut déconcertée. Le Grand Clerc se leva avec un grognement dédaigneux.

— Simplement « pourquoi », Votronneur. Mot qui remet en question nos croyances les plus saintes. Mot dangereux, qui peut, poussé à ses dernières conséquences, provoquer la chute du gouvernement, l'éclatement de la société et même la fin de la vie telle que nous la connaissons.

— Oh, ce genre de *pourquoi*, dit le Haut Contre-sous-Maître d'un air entendu, maudissant Lambic d'avoir donné au Grand Clerc l'occasion de marquer un point.

— L'accusé a été renvoyé. Il a bouleversé toute la ville en disparaissant un jour entier. On imagine, continua la Voix d'un ton pénétré, l'angoisse de ses parents. Certains pensaient que la Bougonne-Batte irritée avait jugé bon de régler l'affaire elle-même. Et quand tout le monde le crut mort, il a eu l'audace de reparaître. Il a dit qu'il avait été *Dehors* acheva l'Accusation en un murmure horrifié parfaitement retransmis par les diffuse-blabla.

Tous les assistants en eurent le souffle coupé.

— Je me suis perdu, dit timidement Lambic.

— Silence, rugit le Contre-sous-Maître. (Les martèlements de la migraine augmentèrent.) Taisez-vous ou je vous fais évacuer la salle. C'est compris ?

— Oui, Votronneur, répondit docilement Lambic, et il se tut.

— Autre chose ? demanda le Haut Contre-sous-Maître à l'Accusation. Il ne sentait plus du tout son pied gauche, et commençait à avoir des fourmis dans le droit.

— C'est après son retour que l'accusé a fondé l'association connue sous le nom de VLAN. Celle-ci préconise l'égale répartition des paiements des Elfes, la mise en commun de tout ce que savent les travailleurs sur la Bougonne-Batte...

— Blasphèmes ! s'écria le Grand Clerc.

— Et que tous les Guègues cessent d'attendre le Jour du Jugement et se mettent à travailler pour améliorer leur vie eux-mêmes...

— Votronneur ! s'écria le Grand Clerc en se levant d'un bond. J'exige qu'on fasse évacuer les enfants ! Comment peut-on exposer de jeunes esprits impressionnables à des idées aussi profanes et dangereuses ?

— Elles ne sont pas dangereuses ! protesta Lambic.

— Silence !

Le Haut Contre-sous-Maître s'en voulait de concéder encore ce point à son beau-frère, mais c'était une bonne raison pour échapper à son fauteuil.

— L'audience est levée ! Aucun enfant au-dessous de dix-huit ans ne sera réadmis. Nous interrompons les délibérations pour aller déjeuner et nous reprendrons dans une heure.

Avec l'aide des gardes, il sortit du fauteuil sa corpulente personne. Il ôta sa couronne en fonte, frictionna son postérieur torturé pour le ramener à la vie, tapa du pied jusqu'à ce que la circulation de rétablisse et termina par un soupir de soulagement.

CHAPITRE 11

MATRICIA, DREVLIN, BAS-ROYAUME

L'audience reprit, moins les enfants et ceux des parents qui avaient dû rentrer avec eux.

Le Haut Contre-sous-Maître, l'air douloureux et résigné, remit sa couronne et reprit place dans son fauteuil de torture. On introduisit le prisonnier, et la Voix de l'Accusation entama sa péroraison.

— Ces idées dangereuses, si séduisantes pour des esprits impressionnables, ont fini par influencer un groupe de jeunes mécontents. Le Contre-sous-Maître local espérant qu'il s'agissait d'un mal inhérent à la jeunesse...

— Comme l'acné ? suggéra le Haut Contre-sous-Maître.

Les assistants furent gênés de s'esclaffer en présence du sévère Grand Clerc et leur hilarité se résorba en quintes de toux.

— Euh... oui, Votronneur, dit la Voix mécontente.

Le Grand Clerc souriait d'un air patient. Le Haut Contre-sous-Maître fut pris du désir soudain de l'étrangler et n'entendit pas la suite.

— ... provoqua une émeute au cours de laquelle la Bougonne-Batte, Secteur 4-362, subit des dommages mineurs. Heureusement, la Bougonne-Batte put se guérir elle-même et il n'en résulta aucun dommage permanent. Au moins pour notre idole révérée !

La voix de l'Accusation monta encore dans l'aigu.

— Mais ceux qui ont commis cet acte ont subi des dommages incalculables. Je demande que l'accusé ne puisse plus jamais inciter nos jeunes à s'engager dans cette voie pernicieuse qui ne peut que les conduire à leur perte !

La Voix de l'Accusation se rassit derrière son bidon de fer. Un tonnerre d'applaudissements éclata dans la Farbrique. Toutefois quelques sifflets retentirent, qui firent bondir le Grand Clerc.

— Votronneur, ce tollé prouve que le poison se répand. Nous ne pouvons faire qu'une chose pour l'extirper.

Il pointa le doigt sur Lambic.

— Supprimer sa source ! Sinon le Jour du Jugement, que beaucoup estiment enfin proche, pourrait bien être reporté ! Ne serait-il pas plus prudent d'interdire à l'accusé de parler ?

— Je ne considère pas quatre sifflets et un « hou » comme un tollé, dit Darral avec humeur. Accusé, vous pouvez présenter votre défense. Mais attention, jeune homme, je ne tolérerai aucun blasphème devant cette cour.

Lambic se leva lentement. Finalement, il posa une liasse de papier sur le bidon de fer et ôta ses lunettes.

— Votronneur, dit-il respectueusement, tout ce que je demande, c'est l'autorisation de raconter ce qui m'est arrivé le jour où j'ai été chassé de l'école. Je n'ai jamais raconté cela à personne, ni à mes parents, ni même à la personne qui m'est la plus chère au monde.

— Ce sera long ? demanda le Haut Contre-sous-Maître, saisissant ses accoudoirs et soulageant son postérieur endolori en se penchant un peu d'un côté.

— Non, Votronneur, dit gravement Lambic.

— Alors, exposez les faits.

— Merci, Votronneur. Il fallait que je m'isole pour réfléchir. Je ne hais pas la Bougonne-Batte. Je la révère profondément. Elle me fascine ! Elle est si grande, si puissante !

Lambic leva les bras, illuminé d'un rayonnement surnaturel.

— Elle tire son énergie des tempêtes. Elle extrait même le fer brut en bas, dans les Tourbîles, le transforme en acier et en tire des pièces qui lui permettent de s'agrandir continuellement. Elle se guérit elle-même quand elle est blessée.

« Elle accepte notre aide. Nous sommes ses mains, ses pieds, ses yeux. Nous allons où elle ne peut pas aller. Si une de ses serres se coince sur les Tourbîles, nous descendons pour la dégager. Nous poussons ses boutons, tournons ses roues, abaissons ses manettes et tirons ses leviers, et tout marche sans à-coups. Mais je ne peux m'empêcher de me demander *pourquoi*.

Le Grand Clerc se leva, mais le Haut Contre-sous-Maître, ravi de l'occasion, le regarda sévèrement.

— J'ai donné à ce jeune homme l'autorisation de parler. Je suis sûr que notre peuple est assez fort pour l'entendre sans perdre la foi. N'en est-il pas de même pour vous ?

Le Grand Clerc se rassit en se mordant les lèvres.

— L'accusé peut continuer.

— Merci, Votronneur. Vous comprenez, je me suis toujours demandé pourquoi certaines parties de la Bougonne-Batte sont mortes. Dans certains secteurs, elle est rouillée ou couverte de coralite. Certaines pièces n'ont pas bougé depuis des siècles. Pourtant, les Créchi-Créchas ne les avaient pas mises là sans raison. Quelle était leur fonction ? Pourquoi ne la remplissent-elles pas ? Si nous savions *pourquoi*, nous pourrions comprendre la Bougonne-Batte !

— Cela nous mène quelque part ? demanda le Haut Contre-sous-Maître avec humeur. Sa migraine tournait à la nausée.

— Euh... oui, dit Lambic, remettant nerveusement ses lunettes. Je remuais ces pensées dans ma tête et quand j'ai regardé autour de moi, je me suis aperçu que j'étais sorti des limites de La Fâche. Tout à fait par hasard, je vous assure ! Alors je me suis concentré sur les endroits où je posais les pieds et je n'ai pas vu la tempête arriver. Mais il y avait un gros objet sur le sol et j'ai couru me mettre à l'abri.

« Vous imaginez ma surprise, Votronneur, en découvrant que j'étais dans une dragonef des Elfes.

Ces paroles, répercutées par les diffuse-blabla, résonnèrent dans toute la Farbrique. Mouvements divers.

— Sur le sol ? Impossible ! Les Elfes n'atterrissent jamais sur Drevlin ! dit le Grand Clerc d'un ton pénétré.

Le Haut Contre-sous-Maître comprit qu'il avait laissé les choses aller trop loin pour les arrêter maintenant.

— Ils n'avaient pas atterri, expliqua Lambic. Ils s'étaient crashés...

Le Grand Clerc se leva d'un bond. Les Guègues lançaient des « Ferme-la ! » et des « Ferme-la toi-même ! Laisse-le parler ! » Le Haut Contre-sous-Maître fit signe aux gardes qui agitèrent le « tonnerre » et l'ordre fut bientôt rétabli.

— J'exige qu'on mette fin à cette parodie de Justrik ! vociféra le Grand Clerc.

Le Haut Contre-sous-Maître eut bien envie d'obtempérer. En levant l'audience, il se débarrasserait de ce fou, il jugulerait sa migraine et rétablirait la circulation dans ses membres inférieurs. Malheureusement, il aurait l'air d'avoir cédé devant l'église, son beau-frère ne cesserait de le lui rappeler. Mieux valait laisser ce Lambic terminer son histoire. Il aurait bientôt tressé la corde pour le pendre.

— J'ai déjà statué ! dit-il d'une voix terrible. Accusé, continuez.

— Je reconnais ne pas savoir si cette nef s'est crashée ; elle gisait sur le flanc. Je n'avais aucun abri. Il y avait un grand trou dans la coque et je suis entré.

— Si c'est vrai, vous avez de la chance que les Elfes ne vous aient pas foudroyé pour cette audace ! s'écria le Grand Clerc.

— Les Elfes n'étaient pas en situation de foudroyer quiconque, rétorqua Lambic. Ces Elfes immortels — selon vous — étaient morts.

Des cris d'horreur s'élevèrent de la foule. Le Grand Clerc retomba sur son siège, accablé. L'Accusation l'éventa de son mouchoir et demanda de l'eau. Le Haut Contre-sous-Maître voulut se redresser et se coinça définitivement dans son fauteuil. Incapable de se lever pour rétablir l'ordre, il ne put que se tortiller, fulminer et agiter son bâton-lampe, aveuglant les gardes qui essayaient de le dégager.

— Écoutez-moi ! cria Lambic, de la voix qui avait captivé des multitudes. Aucun autre orateur des VLAN, Jarre comprise, n'était aussi irrésistible et charismatique

que Lambic lorsqu'il était inspiré. Ce discours était la raison pour laquelle il s'était laissé arrêter. Il tenait sa dernière chance de transmettre son message à son peuple. Sautant sur le bidon de fer, éparpillant du même coup ses feuilles, il fit de grands gestes pour attirer l'attention des assistants.

— Ces Elfes des royaumes supérieurs ne sont pas des dieux, comme ils veulent nous le faire croire ! Ce ne sont pas des immortels, mais des êtres de chair et de sang comme nous ! Je le sais, parce que j'ai vu cette chair en décomposition.

« Et j'ai vu leur paradis ! Ils avaient des livres ; j'en ai regardé quelques-uns, en effet ils vivent dans un monde plein de richesses et de magnificence. Un monde de beauté que nous avons du mal à imaginer. Un monde de loisir engraissé par *notre* sueur et *notre* travail ! Écoutez-moi bien ! Ils n'ont aucunement l'intention de « nous emporter aux cieux quand nous en serons dignes ». Pourquoi le feraient-ils ? Ici, nous les servons en esclaves dociles. Nous vivons dans la misère, nous servons la Bougonne-Batte pour qu'ils puissent avoir l'eau qui leur permet de survivre. Nous combattons la tempête tous les jours de nos misérables vies. Pour que nos larmes leur assurent une vie de luxe !

« J'affirme donc, hurla-t-il dans le tumulte croissant, que nous devrions apprendre tout ce que nous pouvons sur la Bougonne-Batte, en prendre le contrôle et forcer les Elfes, qui ne sont pas des dieux mais des mortels comme nous, à nous donner ce qui nous est dû ! »

Le chaos se déchaîna. Les Guègues criaient et se bousculaient. Atterré devant le monstre qu'il avait lâché sans le vouloir, le Haut Contre-sous-Maître — enfin libéré de son fauteuil — tapa des pieds, cogna par terre le bout de son bâton avec une telle énergie que sa queue sortit de la statue, éteignant la vacilampe.

— Évacuez la salle ! Évacuez la salle !

Les Roussins chargèrent, mais il fallut quelque temps pour expulser tous ces Guègues excités. Puis ils continuèrent à rôder dans les couloirs, mais, heureusement pour le Haut Contre-sous-Maître, la tutute annonça un changement d'équipe et tous partirent pour aller servir la Bougonne-Batte ou pour rentrer chez eux.

Le Haut Contre-sous-Maître, le Grand Clerc, la Voix de l'Accusation et les deux gardes au maquillage désormais barbouillé restèrent seuls dans la Farbrique.

— Vous êtes un jeune homme dangereux, dit le Haut Contre-sous-Maître. Ces mensonges...

— Ce ne sont pas des mensonges! Je jure...

— Bien sûr, personne n'irait vous croire, mais, comme nous l'avons vu aujourd'hui, ces mensonges provoquent le désordre! Vous vous êtes condamné vous-même! Votre destin est maintenant entre les mains du Créchi-Crécha.

Le Haut Contre-sous-Maître s'avança vers la statue du Créchi-Crécha sur des jambes flageolantes où la circulation commençait seulement à se rétablir. Lambic suivit entre deux gardes. Malgré le danger, il portait, comme d'habitude, bien plus d'intérêt à la statue elle-même qu'au verdict qu'elle allait prononcer. Le Haut Contre-sous-Maître, avec force courbettes et marmonnements pieux dévotement répétés par le Grand Clerc, tendit le bras et tira la main gauche de la statue.

Le globe occulaire que le Créchi-Crécha tenait dans la main droite cligna soudain et revint à la vie. Une lumière brilla, des images se mirent à défiler sur l'œil. Le Haut Contre-sous-Maître lança un regard triomphant au Grand Clerc.

— Le Créchi-Crécha nous parle! s'écria-t-il en tombant à genoux.

— Une lanterne magique! dit Lambic, tout excité. Sauf que ce n'est pas de la vraie magie, comme celle des Elfes. C'est une magie mécanique! J'en ai trouvé une dans une autre partie de la Bougonne-Batte et je l'ai démontée. Ces images qui semblent bouger sont montées sur un tambour qui tourne devant une lumière, si vite que cela trompe le regard...

— Silence, hérétique! tonna le Grand Clerc. La sentence vient de tomber. Les Créchi-Créchas exigent que vous soyez remis entre leurs mains.

— Je ne crois pas qu'ils disent rien de semblable, Votronneur, protesta Lambic. Je me demande pourquoi...

— Pourquoi? Vous pourrez poser cette question

quand vous descendrez au cœur de la tempête ! rugit Darral.

Lambic, qui regardait la lanterne magique, n'entendit pas clairement.

— Au cœur de la tempête, Votronneur ? répéta-t-il.

Ses yeux, grossis par ses verres épais, lui donnaient l'air d'un insecte, ce que le Haut Contre-sous-Maître trouva parfaitement répugnant.

— Oui, car telle est la sentence des Créchi-Créchas.

Il donna une secousse et le globe oculaire s'éteignit.

— Quoi ? Dans ces images ? Non, Votronneur, argua Lambic. Si vous me permettez d'étudier...

— Demain matin, l'interrompit le Haut Contre-sous-Maître, vous descendrez l'Escalier des Tourbîles. Puissent les Créchi-Créchas avoir pitié de votre âme !

Boitillant, se frictionnant le postérieur d'une main et se frappant la tête de l'autre, Darral Débardeur tourna les talons et sortit dignement de la Farbrique.

CHAPITRE 12

MATRICIA, DREVLIN, BAS-ROYAUME

— Une visite, pour vous, dit le porte-clés à travers les barreaux.

— Quoi? dit Lambic, s'asseyant sur son grabas.

— Une visite. Votre sœur. Suivez-moi.

Des clés cliquetèrent, le judas se referma et la porte s'ouvrit. Lambic, très étonné et extrêmement troublé, se leva et suivit le porte-clés jusqu'à la cuve-parloir. Il n'avait pas de sœur à sa connaissance. Il avait quitté le foyer paternel depuis des années, d'accord, et il ne savait pas grand-chose des enfants, mais il avait la vague impression qu'il fallait beaucoup de temps à un enfant pour naître, puis pour grandir au point d'aller visiter des frères en prison.

Lambic se livrait aux calculs nécessaires quand il entra dans la cuve-parloir. Une jeune femme se jeta sur lui avec une telle force qu'elle faillit le renverser.

— Mon cher frère! s'écria-t-elle, l'embrassant avec une fougue assez rare entre frères et sœurs.

— Vous avez jusqu'à la prochaine tutute de changement d'équipe, dit le porte-clés d'un ton las en claquant la porte derrière lui.

— Secousse? dit Lambic, clignant des yeux.

Il avait laissé ses lunettes dans sa cellule.

— Évidemment! dit-elle, le serrant passionnément dans ses bras. Qui voulais-tu que ce soit?

— Je... je n'étais pas sûr, balbutia-t-il.

Il était extrêmement content de la voir, mais un peu déçu d'avoir si vite perdu sa sœur. Une famille aurait été un réconfort dans des moments pareils.

— Comment es-tu venue d'ici?

— Odwin Le Débloqueur a un beau-frère qui travaille sur le tram-flash. Il m'a fait monter.

Elle se détourna, déroulant lentement la longue écharpe qu'elle portait sur la tête. Elle semblait troublée. Peut-être parce qu'il était condamné à l'exécution capitale, mais Lambic en doutait. Secousse avait l'habitude de prendre ce genre de chose avec philosophie. Il s'agissait de quelque chose de plus profond.

— Oh, Lambic, dit-elle, mi-irritée, mi-chagrine, pourquoi as-tu été leur raconter ces histoires ridicules au procès?

— Des histoires?

Il haussa ses gros sourcils jusqu'à la racine de ses cheveux bouclés.

— Tu sais bien — les Elfes morts et les livres avec des images du paradis...

— Alors, les chante-nouvelles les ont répandues? dit Lambic, rayonnant de plaisir.

— Répandues! dit Secousse en se tordant les mains. Ils les ont hurlées à tous les changements d'équipe!

Soudain il comprit.

— Tu ne me crois pas! Mais c'était vrai! Je le jure par...

— Ne jure pas par quoi que ce soit, l'interrompit froidement Secousse. Nous ne croyons pas aux dieux, ne l'oublie pas.

— Je jure sur l'amour que je te porte, ma chérie, dit Lambic, que toutes ces choses me sont vraiment arrivées. Elles m'ont inspiré l'idée de fonder notre Fédération. Elles me donnent le courage d'affronter ce qui m'attend, dit-il avec une dignité tranquille.

Elle se jeta dans ses bras en pleurant.

Tapotant son large dos d'une main réconfortante, Lambic demanda doucement :

— J'ai beaucoup nui à la cause?

— No-o-o-n, hoqueta Secousse d'une voix étranglée, trempant la tunique de Lambic de ses larmes. En fait, euh... Tu comprends, mon chéri, nous avons fait courir le bruit... euh... que la torture et les privations que t'ont fait endurer ces brutes impérialistes...

— Mais ils ne m'ont pas torturé. Ils ont même été très gentils avec moi, ma chérie.

— Oh, Lambic! s'écria Secousse exaspérée. Tu es désespérant!

— J'en suis désolé.

— Maintenant, écoute-moi bien, continua-t-elle en s'essuyant les yeux. Nous n'avons pas beaucoup de temps. Notre atout maître, c'est ton exécution. Alors, tâche de ne pas la rater! Ne parle plus d'Elfes morts...

Lambic soupira.

— Je me tairai.

— Tu es un martyr de notre cause, ne l'oublie pas. Et tâche de prendre la figure de l'emploi.

Elle considéra sa corpulence d'un œil mécontent.

— J'ai l'impression que tu as grossi!

— Les repas de la prison sont vraiment...

— Ne pense pas à toi dans un moment pareil. Il ne te reste qu'un soir. Tu ne peux pas avoir l'air émacié d'ici demain, mais fais ce que tu pourras. Tu ne pourrais pas t'ensanglanter un peu?

— Je ne crois pas, dit Lambic penaud, conscient de ses limitations.

— Enfin, il faudra se contenter de ce qu'on a, soupira Secousse. Essaye de prendre l'air d'un martyr.

— Je ne sais pas trop comment faire.

— Mais si, tu sais bien : l'air brave, digne, arrogant, magnanime envers tes tourmenteurs.

— Tout en même temps?

— Le plus important, c'est le côté magnanime. Parle en ce sens pendant qu'on t'attachera à l'oiseau-foudre.

— Des paroles de pardon, alors?

— Et un dernier cri de défi quand ils te pousseront par-dessus bord. Quelque chose comme *Vive les VLAN... nous ne serons jamais vaincus*. Et, bien sûr, quelques mots sur ton retour.

Lambic cligna ses yeux myopes.

— C'est vrai? Je reviendrai?

— Naturellement. Je t'ai bien dit qu'on te tirerait de là. Tu ne croyais pas qu'on te laisserait exécuter, non?

— Eh bien, je...

— Quel ballot! dit-elle, lui ébouriffant les cheveux

d'une main enjouée. Bon, tu sais comment fonctionne cette espèce d'oiseau...

La tutute retentit, ses hurlements résonnant dans toute la ville.

— C'est l'heure! cria le porte-clés, pressant sa grosse figure contte les barreaux.

Secousse, l'air contrarié, s'approcha de la porte et dit :

— Encore cinq tocks.

Le porte-clés fronça les sourcils.

— N'oubliez pas, dit Secousse, levant un poing formidable, que c'est moi que vous faites sortir.

Le porte-clés s'éloigna en marmonnant.

— Bon, dit Secousse se retournant, où en étais-je? Ah oui. L'oiseau-foudre. D'après Lof Lectric...

— Qu'est-ce qu'il en sait? demanda Lambic jaloux.

— Il fait partie de l'équipe des Lectriciens. Ils font voler les oiseaux-foudre afin d'accumuler de la lectricité pour la Bourgonne-Batte. Lof dit qu'on va te ligoter sur un truc qui ressemble à deux ailes géantes en bois et plumes de tier attaché à un câble. Une fois que tu seras sur ce truc, on te jettera au-dessus de l'Escalier des Tourbîles. Tu vas flotter dans la tempête, fouetté par la pluie et la grêle...

— Pas par la foudre? demanda Lambic, nerveux.

— Non, dit Secousse, rassurante.

— Mais ça s'appelle l'oiseau-foudre.

— Ce n'est qu'un nom.

— Mais avec mon poids, est-ce que ça ne va pas tomber à pic au lieu de flotter en l'air?

— Bien sûr! Tu veux arrêter de m'interrompre?

— Oui, dit docilement Lambic.

— L'engin commencera à tomber et le câble se rompra. L'oiseau-foudre finira par se crasher sur l'une des Tourbîles.

— Vraiment? dit Lambic tout pâle.

— Ne t'inquiète pas. Lof dit que le bâti résistera presque certainement à l'impact. C'est très solide. La Bourgonne-Batte fabrique les baguettes de bois...

— Pourquoi, je me le demande? rêva Lambic. Pourquoi la Bougonne-Batte fabrique-t-elle des baguettes de bois ?

— Comment veux-tu que je le sache ? cria Secousse. Et qu'est-ce que ça peut te faire ? Maintenant, écoute-moi bien.

Elle lui prit la barbe à deux mains et tira jusqu'à ce qu'il ait les larmes aux yeux, sachant par expérience que c'était le seul moyen d'empêcher son esprit de prendre la tangente.

— Tu atterriras sur une des Tourbîles. La Bougonne-Batte y extrait des minerais. Quand ses buldosserres viendront chercher du minerai, tu devras faire une marque sur l'une d'elles. Nos partisans les surveilleront, et quand la buldosserre remontera, nous verrons ta marque et nous saurons sur quelle île tu te trouves.

— Voilà un plan excellent, ma chérie !

— Merci, dit Secousse, rougissant de plaisir. Mais il faudra te tenir à distance des buldosserres, pour ne pas te faire extraire toi-même.

— Oui, en effet.

— Et la première fois que les buldosserres redescendront, nous les ferons accompagner d'une main — forte. Tu sais, une serre tenant une bulle où un Guègue prend place pour descendre sur l'île et libérer les serres bloquées.

— C'est comme ça qu'ils font ? s'émerveilla Lambic.

— Je regrette que tu n'aies jamais servi la Bougonne-Batte, dit Secousse, lui tirant la barbe dans son irritation. Excuse-moi, je ne voulais pas te faire mal.

Elle l'embrassa et lui frictionna les joues pour lui faire oublier la douleur.

— Tout ira bien. Tu n'as qu'à retenir ce que je t'ai dit. Quand on te remontera, on dira que tu as été jugé innocent. Il sera évident que les Créchi-Créchas te soutiennent, et, par conséquent, qu'ils soutiennent notre cause. Les Guègues adhéreront en foule aux VLAN ! Le jour de la révolution arrivera ! dit Secousse, les yeux étincelants.

Le porte-clés, le nez passé entre les barreaux, toussota d'un air significatif.

— D'accord, j'arrive.

Secousse enroula son écharpe autour de sa tête et embrassa Lambic une dernière fois, la bouche pleine de laine. Le porte-clés ouvrit la porte.

— N'oublie pas, murmura-t-elle. L'air martyr.

— L'air martyr, acquiesça Lambic avec bonhomie.

— Et plus d'histoires de dieux morts! siffla-t-elle entre ses dents comme le porte-clés l'entraînait.

— Ce ne sont pas... des histoires, acheva-t-il en soupirant.

Secousse avait disparu.

CHAPITRE 13

MATRICIA, DREVLIN, BAS-ROYAUME

Les Guègues, peuple doux et bon enfant, n'avaient jamais, de toute leur histoire, fait la guerre. Priver un autre Guègue de sa vie était une chose impensable. Seule la Bougonne-Batte pouvait tuer un Guègue, généralement par accident. Les livres de droit mentionnaient bien la mort comme châtiment de certains crimes terribles, mais l'on n'avait jamais pu se résoudre à exécuter cette sentence. On larguait les condamnés au pays des Créchi-Créchas, qui n'étaient pas là pour protester. Si les Créchi-Créchas décidaient que le condamné devait vivre, il vivait, et dans le cas contraire, il mourait.

Les indésirables étaient donc voués à « descendre l'Escalier des Tourbîles ». Les Tourbîles sont de petites îles flottant au-dessous de Drevlin, descendant en spirale avant de s'évanouir dans les nuages tourbillonnants du Tout-Noir. On disait qu'autrefois, juste après la Séparation, il était littéralement possible de « descendre » aux Tourbîles, les îles étant assez proches de Drevlin pour qu'on puisse sauter de l'une à l'autre. Et les anciens Guègues obligeaient sans doute leurs criminels à le faire réellement.

Puis les îles, au cours des siècles, avaient peu à peu été aspirées de plus en plus bas dans le Maelström, et maintenant, on pouvait seulement — pendant les accalmies — entrevoir la forme de l'île la plus proche dérivant dans l'abîme. Comme l'avait fait remarquer, l'un des plus candides Hauts Contre-sous-Maîtres, on ne pouvait, sans ailes, être assuré de survivre assez longtemps pour être jugé par les Créchi-Créchas. Les Guègues, toujours prévenants, se soucièrent de procurer des ailes aux condamnés et construisirent l'oiseau-foudre décrit par Secousse.

« Bras Ailé de la Justrik », tel était son nom officiel. Il avait une armature soignée faite en ces baguettes de bois crachées par la Bougonne-Batte à l'intention des lectriciens.

Ce bâti avait une largeur de quatre pieds, et une envergure d'environ quatorze pieds. Il était recouvert d'un tissu (produit également par la Bougonne-Batte) et décoré de plumes de tier collées avec une substance gluante composée d'eau et de farine. En général, un câble solide attaché à l'appareil lui permettait de plonger au cœur de la tempête et d'y récolter la foudre. Mais, bien entendu, il ne pouvait pas remplir ce rôle quand il était alourdi par un Guègue de deux cents rocks.

Pendant une accalmie, on amenait le fautif à l'extrême bord de Drevlin, et on le plaçait au centre du Bras Ailé de la Justrik. Les poignets solidement attachés au cadre, ses pieds ballottaient dans le vide par-derrière. Six Clercs soulevaient l'engin, et, sur l'ordre du Haut Contre-sous-Maître, couraient jusqu'au bord de l'abîme où ils le lâchaient.

Les seuls témoins de l'exécution étaient le Haut Contre-sous-Maître, le Grand Clerc et les six Clercs mineurs nécessaires pour lancer le Bras Ailé de la Justrik dans l'abîme. Autrefois, tous les Guègues qui n'étaient pas de service auprès de la Bougonne-Batte assistaient aux exécutions. Puis était venue la sensationnelle « descente » du fameux Dirk La Vis. Complètement saoul, Dirk s'était endormi à son poste de travail, et n'avait pas remarqué la petite aiguille d'un cadran qui s'agitait follement. L'explosion subséquente avait échaudé plusieurs Guègues et — pire encore — sérieusement endommagé la Bougonne-Batte qui avait été obligée de fermer un jour et demi pour effectuer les réparations.

Dirk avait survécu, grièvement brûlé par la vapeur, et avait été condamné à Descendre l'Escalier. Les Guègues étaient venus en foule assister à l'exécution. Les derniers arrivés ne voyaient rien et entreprirent de se frayer un chemin vers le spectacle, causant une foule de « descentes » inopinées chez les Guègues debout à l'extrême bord de l'île. Dès lors, les exécutions publiques furent interdites.

Ce jour-là, le public ne manqua pas grand-chose. Lambic était tellement fasciné par les préparatifs qu'il oublia complètement de prendre l'air d'un martyr et contraria les Clercs qui l'attachaient sur l'appareil par un flot ininterrompu de questions.

« Ce truc est fait avec quoi ?. »

« Qu'est-ce qui tient ensemble les morceaux du cadre ? »

« Quelle est la taille des pièces de tissu enroulées autour du bâti ? » « Si grandes que ça ? » « Vraiment ? » « Pourquoi la Bougonne-Batte fabrique-t-elle du tissu ? »

Finalement le Grand Clerc, dans l'intérêt des oreilles innocentes, fit bâillonner Lambic ; le Bras Ailé de la Justrik se trouva prêt à être précipité sans cérémonie dans le vide au signal du Haut Contre-sous-Maître qui, couronne en tête, souffrait d'une migraine épouvantable et ne pouvait jouir de l'exécution.

Six Clercs râblés saisirent le bâti en bois du Bras Ailé et le soulevèrent au-dessus de leurs têtes. Sur un signe du Haut Contre-sous-Maître, ils se mirent à courir pesamment, descendant une rampe assez raide menant au bord de l'île. Mais une bourrasque soudaine frappa le Bras Ailé et l'arracha aux mains des Clercs soulevés de terre. Le Bras Ailé se cabra, fit trois tours sur lui-même, puis se crasha.

— Mais qu'est-ce que vous faites ? cria le Haut Contre-sous Maître. Qu'est-ce qu'ils font ? demanda-t-il à son beau-frère, qui, l'air contrarié, partait en courant aux nouvelles.

Les Clercs extirpèrent Lambic du cumulateur cassé et le ramenèrent, chancelant et crachant des plumes, à la plate-forme de départ. Un autre Bras Ailé fut apporté et on y rattacha le condamné. Les Clercs, sévèrement chapitrés se remirent à courir.

Cette fois, le vent souleva le Bras Ailé de la Justrik exactement au bon moment, et Lambic se mit à planer gracieusement. Le câble se rompit. Les Clercs, le Grand

Clerc et le Haut Contre-sous-Maître, debout au bord de l'île, regardèrent l'engin dériver lentement vers le large, puis s'enfoncer doucement.

Lambic avait dû se débarrasser de son bâillon : Darral Débardeur aurait juré qu'il avait entendu un dernier « Pourquouaaaaa ? » monter du cœur du Maelström. Otant sa couronne en fonte, il résista à la tentation de la jeter dans l'abîme, et, poussant un gros soupir de soulagement, rentra au bac de rétention qui lui servait de résidence.

Lambic se dévissa le cou pour regarder l'île. Longuement, il jouit de la sensation de voler, de planer en rond par-dessous l'île, d'observer les formations de coralite de ce point de vue unique. Il ne portait pas ses lunettes (pour plus de sûreté, il les avait enveloppées dans un mouchoir et fourrées dans une poche de son pantalon) mais, pris dans un courant ascendant, il frôla le dessous de l'île et le vit très bien.

Des millions et des millions de trous en creusaient l'intérieur. Certains étaient très grands : Lambic aurait pu s'y loger s'il avait pu actionner les ailes. Il vit avec surprise des milliers de bulles sortir de ces trous. Elles éclataient en arrivant à l'air libre, et Lambic réalisa qu'il venait de faire une découverte.

— La coralite doit produire un gaz plus léger que l'air qui fait flotter l'île.

Il se souvint d'une image vue sur le Globe Occulaire.

— Pourquoi l'île des Elfes flotte-telle plus haut que la nôtre ? Elle doit être plus légère, mais pourquoi ?

Lambic descendait rapidement en spirale, ce qui lui aurait donné le vertige s'il n'avait pas eu l'esprit ailleurs.

— Les gisements de minerais. Nous devons en avoir plus que les Elfes. Voilà pourquoi les Créchi-Créchas ont construit la Bougonne-Batte chez nous et pas là-haut. Mais ça n'explique toujours pas pourquoi ils l'ont construite.

Lambic voulut noter ses observations et s'irrita de constater qu'il avait les mains attachées. Alors il se rappela sa situation, désespérée mais intéressante. Autour de lui, le ciel s'assombrissait. Il ne voyait plus

Drevlin. Le vent soufflait; plus fort; la descente devenait de plus en plus erratique. La pluie se mit de la partie, et Lambic fit une autre découverte. Moins importante que la première, elle eut des conséquences immédiates.

La pâte collant les plumes à l'étoffe, commença à se dissoudre sous la pluie. Une par une, puis par paquets, Lambic voyait ses plumes de tier se décoller. Son premier mouvement fut de se dégager les mains, sans trop savoir ce qu'il pourrait en faire. Il imprima une violente secousse à son poignet droit, ce qui eut pour effet — stupéfiant s'il en fut — de retourner complètement l'engin en plein ciel.

Lambic se retrouva pendu par les poignets, les pieds ballants dans le vide, aux ailes qui s'allaient déplumant. Les premiers instants de panique passés, Lambic maîtrisa sa nausée et remarqua que sa situation s'était plutôt améliorée. Le tissu, fort déplumé, ballonnait au-dessus de lui, ralentissant sa descente, et, bien qu'il fût encore considérablement secoué, le mouvement était plus stable et moins erratique.

Les lois de l'aérodynamique commençaient juste à poindre dans l'esprit fertile de Lambic quand il vit, dans les nuages au-dessous de lui, une bulle noirâtre. Clignant des yeux, il finit par comprendre que c'était une Tourbîle. Au cœur des nuages, la descente lui avait semblé très lente, mais l'île semblait maintenant monter vers lui à une vitesse alarmante. A ce stade de ses réflexions, Lambic découvrit simultanément deux lois naturelles : la théorie de la relativité et la loi de la pesanteur.

Malheureusement, la force de l'impact les lui chassa de la tête.

CHAPITRE 14

QUELQUE PART, DANS L'AMAS D'UYLANDIA, MI-ROYAUME

A l'heure où Lambic descendait lentement l'Escalier des Tourbîles, Hugh et le prince fuyaient à dos de dragon dans la nuit au-dessus d'Uylandia. Vol froid et sans joie ; Trian avait donné sa direction au dragon et Hugh ne pouvait même pas repérer la trajectoire, car un nuage magique les accompagnait.

De temps en temps, le dragon descendait au-dessous du nuage pour s'orienter, et Hugh essayait alors de glaner dans le paysage, doucement éclairé par la coralite lumineuse, assez d'informations pour déterminer sa position. Il ne doutait pas d'avoir été dupé, et il aurait donné la moitié de sa bourse pour savoir où se trouvait le refuge secret de Stephen, au cas où il déciderait de venir se plaindre de ce traitement. Mais c'était impossible ; il renonça.

— J'ai faim..., commença Tourment, rompant le silence de sa voix enfantine.

— Tiens ta langue ! aboya Hugh.

Il sentit l'enfant cesser de respirer. Se retournant, il vit que ses yeux brillaient de larmes. Il ne s'était sans doute jamais fait gronder de sa vie.

— Le son porte loin dans la nuit, dit Hugh, radouci. Si quelqu'un nous suit, nous ne devons pas lui faciliter la tâche.

— Quelqu'un nous suit ? dit Tourment, tout pâle.

— Je crois que oui, Votre Altesse. Mais n'ayez pas peur.

Le prince pinça les lèvres et, timidement, entoura de ses bras la taille de Hugh.

— Ça ne te gêne pas, non ? murmura-t-il.

Les petits bras se resserrèrent sur sa taille, il sentit un corps tiède se blottir contre le sien et une tête légère se poser contre son dos.

— Je n'ai pas peur, ajouta bravement Tourment, mais c'est plus agréable comme ça.

Une étrange sensation emplit l'assassin. Il se sentit soudain noir, vide et horriblement mauvais. Serrant les dents, il résista à la tentation de repousser l'enfant. Se retournant sur sa selle, il scruta le ciel. Rien. Hugh n'aurait même pas pu dire comment il savait qu'ils avaient de la compagnie. Picotement à la base du cou, réaction instinctive à un son, à une odeur, à une vision liminale.

Trian. Il aurait pu les suivre pour s'assurer que Hugh ne tentait pas de s'enfuir avec le dragon. Mais Hugh n'était pas magicien, et ne se serait jamais risqué à toucher à un tel sortilège. Ensorcelés, les dragons étaient doux et dociles. L'enchantement rompu, ils devenaient totalement imprévisibles. Ils pouvaient continuer à servir leur maître, mais tout aussi bien décider d'en faire leur prochain repas.

Ce n'était donc pas Trian. Alors, qui ?

Un fidèle de la reine, sans aucun doute. Hugh maudit le magicien et son roi. Ces imbéciles avaient laissé filtrer leurs plans. Maintenant, il faudrait combattre un baron décidé à sauver l'enfant. La Main devrait faire le travail lui-même, tendre un piège, couper une gorge, cacher un corps. L'enfant reconnaîtrait l'homme. Cela lui donnerait des soupçons. Hugh devrait le persuader que l'ami assassiné avait été un ennemi. Et tout cela parce que Trian et son roi, poussés par le remords, avaient commis une imprudence.

Eh bien, ils le paieraient.

Le dragon commença à descendre en spirale. Le nuage magique disparut, un morceau de forêt se détacha en noir sur la luminescence bleutée de la coralite ; Hugh vit une grande clairière et des formes géométriques comme on n'en trouve jamais dans la nature : un petit village comme beaucoup d'autres, utilisant collines et forêts pour se cacher des Elfes. Le prix à payer, c'était de vivre à l'écart des grandes voies aériennes. Mais quand c'est une question de vie ou de mort, bien des gens choisissent la pauvreté. Mais que valait une vie mal vécue ? Hugh les considérait comme des imbéciles.

Le dragon tourna au-dessus du village. Voyant une clairière, Hugh y fit atterrir sa bête. Tout en prenant les bagages sur le dos du dragon, il se demanda où s'était posé le poursuivant. Hugh avait tendu son piège. Il ne manquait plus qu'un appât.

Dès qu'il fut déchargé, le dragon s'envola, et disparut au-dessus des arbres. Tranquillement, sans se presser, Hugh chargea les sacs sur ses épaules. Faisant signe au prince de le suivre, il partait vers le village quand il se sentit tiré par la manche.

— Qu'est-ce qu'il y a, Votre Altesse ?

— On peut parler tout haut maintenant ? dit l'enfant, les yeux dilatés.

Hugh hocha la tête.

— Je peux porter mon sac. Je suis plus fort que j'en ai l'air. Mon père dit que je serai aussi fort que lui quand je serai grand.

Stephen avait dit ça ? A un gosse dont il savait très bien qu'il n'arriverait jamais à l'âge adulte ? Si j'avais cette canaille devant moi, je me ferais un plaisir de lui tordre le cou.

Sans rien dire, Hugh lui tendit le sac. Traversant la clairière, ils entrèrent dans l'ombre des plexiglarbres. Bientôt, on ne pourrait plus les voir ni les entendre, le bruit de leurs pas étouffé par l'épais tapis de poussière de cristaux.

La Main se sentit de nouveau tiré par la manche.

— Messire Hugh, dit Tourment, tendant le bras, qu'est-ce que c'est ?

Étonné, Hugh regarda autour de lui.

— Il n'y a personne, Votre Altesse.

— Si, dit l'enfant. Tu ne le vois pas ? C'est un moine Kir.

Hugh s'arrêta et considéra l'enfant.

— Ça ne m'étonne pas que tu ne le voies pas, ajouta Tourment, ajustant le poids de son sac d'un coup d'épaules. Je vois des tas de choses invisibles aux autres.

Mais c'est la première fois que je vois un moine Kir accompagner quelqu'un. Pourquoi est-il avec toi ?

— Donnez-moi votre sac, Votre Altesse.

Hugh prit le sac, et poussant l'enfant devant lui d'une main ferme, lui emboîta le pas.

Maudit Trian ! Le magicien avait dû laisser filtrer autre chose. L'enfant l'avait senti, et son imagination se déchaînait. Il pourrait bien deviner la vérité. Enfin, il n'y avait rien à faire. Le travail de l'assassin n'en serait que plus difficile — et par conséquent, plus onéreux.

Ils passèrent le reste de la nuit dans la cabane d'un aquaculteur[1]. Le ciel s'éclaircissait ; au firmament naissait la lueur annonciatrice de l'aube. Les bords des Seigneurs de la Nuit luisaient d'un rouge éclatant. Hugh allait pouvoir s'orienter. Avant de quitter le monastère, il s'était assuré que son paquetage contenait tous les instruments de navigation nécessaires. Il en sortit un petit livre relié de cuir et un bâton d'argent surmonté d'une boule de quartz. Le bâton avait une pointe à l'autre bout, que Hugh enfonça dans le sol.

Les sextants sont fabriqués par les Elfes, les humains n'ayant aucun don pour la magie mécanique. Celui-ci, pratiquement neuf, était sans doute une prise de guerre. Hugh donna une tape au bâton et la boule s'éleva dans les airs, fascinant l'enfant.

— A quoi ça sert ? demanda-t-il.

— Regarde dedans, dit Hugh.

— Je vois juste une série de nombres.

— C'est tout ce qu'il y a à voir.

Hugh nota mentalement le premier nombre, tourna une bague au bas du bâton, lut le deuxième nombre, puis le troisième. Après quoi, il se mit à feuilleter son livre.

— Qu'est-ce que tu cherches ? demanda Tourment, s'accroupissant pour regarder par-dessus le bras de Hugh.

— Ces nombres indiquent la position relative des

1. L'eau, très rare dans le Mi-Royaume, provient essentiellement de la culture de certaines plantes.

Seigneurs de la Nuit, des Cinq Dames de la Lumière et de Solarus. Le livre me donne les mêmes nombres avec la position des îles à tous les moments de l'année : cela devrait m'apprendre où nous sommes, à quelques menkas près.

— Quelle drôle d'écriture ! dit Tourment. Qu'est-ce que c'est ?

— L'écriture des Elfes. Ce sont leurs navigateurs qui ont imaginé ce système.

L'enfant fronça les sourcils.

— Pourquoi on ne s'en est pas servis sur le dragon ?

— Parce que les dragons savent instinctivement où ils sont. Personne ne sait comment, mais ils utilisent tous leurs sens — vue, ouïe, odorat, toucher et sans doute d'autres sens inconnus — pour se guider. Les dragons sont insensibles à la magie des Elfes et ceux-ci ont dû construire leurs dragonefs et inventer des appareils comme celui-ci pour déterminer leur position. C'est pourquoi, termina Hugh avec un grand sourire, les Elfes nous considèrent comme des barbares.

— Alors, où on est ? Tu le sais ?

— Je le sais, dit Hugh. Et maintenant, il est temps de faire un petit somme, Votre Altesse.

Ils étaient sur l'Exil de Pitrin, à environ 123 mankas orbitarrière[1] de Winsher. Hugh se détendit. Il supportait mal de ne pouvoir distinguer le haut du bas. Maintenant qu'il savait, il pouvait prendre du repos. Il ne ferait pas jour avant trois heures.

Se frottant les yeux, bâillant et s'étirant comme un homme épuisé, Hugh fit entrer le prince dans la cabane. Traînant les pieds, il poussa la porte qui ne se referma pas complètement, mais il n'eut pas l'air de s'en apercevoir.

Tourment prit une couverture dans son sac et se

1. Orbitavant, orbitarrière, orbitadroite, orbitagauche sont des termes utilisés dans les îles pour indiquer la direction. Orbit(e) se réfère à l'Orbite Moyenne de l'Archipel dans le ciel. Orbitavant indique un déplacement qui s'effectue dans le sens du déplacement de l'archipel sur son orbite, orbitarrière indique un mouvement de sens opposé. Orbitagauche et orbitadroite se rapportent à des mouvements s'effectuant à angle droit par rapport à orbite de l'archipel.

coucha par terre. Hugh l'imita et ferma les yeux. Quand la respiration de l'enfant se fit lente et régulière, il se leva avec la souplesse d'un chat et se pencha sur lui.

Le prince dormait à poings fermés. Recroquevillé sur sa couverture, il gèlerait dans l'air froid du matin.

Tirant une autre couverture de son sac, Hugh la jeta sur l'enfant puis se dirigea vers la porte. Ôtant ses bottes, il les posa à plat, disposa son sac derrière, puis sa cape roulée en boule. Il jeta une couverture sur le tout, ne laissant dépasser que les semelles. Quiconque entrerait croirait voir un homme endormi.

Satisfait de ces dispositions, Hugh tira sa dague de sa botte et s'accroupit dans un coin sombre. Les yeux braqués sur la porte, il attendit.

Une demi-heure passa. Il était en grand danger de s'endormir. Mais ce ne serait plus long. L'aube pointait. L'homme devait craindre qu'ils se réveillent et se remettent en route. Hugh regarda le mince ruban grisâtre filtrant par la porte entrouverte. Quand ce ruban commença à s'élargir, il resserra la main sur sa dague.

Lentement, sans bruit, la porte s'ouvrit.

Une tête passa à l'intérieur. L'homme examina le faux Hugh sous sa couverture, puis, tournant la tête, scruta l'enfant avec attention. Apparemment satisfait, il entra.

Hugh pensait que l'homme attaquerait le mannequin. Mais l'homme n'avait aucune arme à la main et s'avançait sans bruit vers l'enfant. Un sauvetage !

Hugh bondit, lui passa le bras autour du cou et lui posa sa dague sur la gorge.

— Qui es-tu ? Dis-moi la vérité et je te récompenserai d'une mort rapide.

Le corps se fit tout flasque, et l'assassin constata, stupéfait, que l'homme s'était évanoui.

CHAPITRE 15

EXIL DE PITRIN, ÎLES VOLKARANS, MI-ROYAUME

— Pas exactement le genre d'homme que j'enverrais sauver mon fils, grommela Hugh, étendant l'homme sur le sol. La reine doit avoir du mal à trouver d'audacieux chevaliers.

L'homme était efflanqué, d'âge incertain. Le visage était hagard, avec une calvitie entourée de longs cheveux gris clairsemés. Mais les joues étaient lisses, et la bouche encadrée par des rides d'expression, non de vieillesse. On l'aurait cru assemblé à partir de pièces détachées disparates : mains et pieds trop grands, petite tête aux traits délicats.

Hugh s'agenouilla et lui tordit un doigt en arrière, presque jusqu'au poignet, ce qui provoque une douleur atroce. Quiconque feint l'inconscience est obligé de se trahir. L'homme ne frémit même pas.

— C'est lui qui nous suivait ? dit l'enfant, regardant avec curiosité. Mais c'est Alfred !

Tourment saisit l'homme par le col de sa cape et le secoua.

— Alfred ! Réveille-toi ! Réveille-toi !

Bang ! fit la tête de l'homme cognant le sol.

Le prince se remit à le secouer.

— Oh, oh, oh ! gémissait Alfred chaque fois que sa tête heurtait le sol.

Ouvrant les yeux, il regarda le prince d'un air hébété, cherchant à lui faire lâcher prise.

— S'il vous plaît... Votre Altesse, je suis bien réveillé maintenant... Aïe ! Merci, Votre Altesse, mais ce ne sera pas néces...

— Alfred ! s'écria le prince, le serrant dans ses bras. On t'avait pris pour un assassin ! Tu viens voyager avec nous ?

Alfred s'assit et jeta sur Hugh un regard nerveux.

— Euh, ce voyage ne serait peut-être pas possible, Votre...

— Qui êtes-vous ? l'interrompit Hugh.

L'homme se frictionna le crâne.

— Messire, dit-il humblement, je m'appelle...

— C'est Alfred, l'interrompit Tourment comme si cela expliquait tout.

Comprenant à l'air sombre de Hugh que ce n'était pas le cas, il ajouta :

— C'est lui qui commande mes serviteurs, choisit mes gouverneurs, s'assure que l'eau de mon bain n'est pas trop chaude...

— Je m'appelle Alfred Montbank, messire.

— Vous êtes le serviteur de Tourment ?

— Le chambellan, messire, dit Alfred en rougissant. Et il ne faut pas parler de votre prince en termes irrespectueux.

— Oh, ça ne fait rien, Alfred, dit Tourment, tripotant la plume à son cou. J'ai dit à Messire Hugh qu'il pouvait m'appeler par mon nom puisque nous voyageons ensemble. C'est plus simple que de dire tout le temps « Votre Altesse » !

— C'est vous qui nous suiviez ? dit Hugh.

— C'est mon devoir de suivre Son Altesse, messire.

— A l'évidence, quelqu'un l'a oublié.

— Sa Majesté est partie si vite qu'elle n'a pas dû penser à moi, dit Alfred, fixant le sol de la cabane.

— Alors, vous l'avez suivi.

— Oui, messire. J'ai failli arriver trop tard. Il m'a fallu emballer quelques objets dont le prince aurait besoin et que Trian avait oubliés. J'ai dû seller moi-même mon dragon, m'expliquer avec les gardes du palais qui ne voulaient pas me laisser partir. Le temps que je franchisse les portes, le roi, le prince et Trian avaient disparu. Que faire ? Mon dragon semblait savoir où il voulait aller et...

— Il voulait suivre ses compagnons d'écurie. Continuez.

— Il les a trouvés. Ne voulant pas prendre la liberté de m'imposer, je suis resté à distance respectueuse. Nous avons fini par atterrir dans cet horrible endroit...

— Le monastère Kir...

— Oui, je...

— Sauriez-vous y retourner s'il le fallait? demanda Hugh d'un ton léger.

— Mais oui, messire, je crois. Je connais bien la campagne, surtout les terres entourant le château.

Levant la tête, il regarda Hugh dans les yeux.

— Mais pourquoi cette question?

L'assassin remettait sa dague dans sa botte.

— Parce que c'est la retraite secrète de Stephen que vous avez découverte par hasard. Les gardes lui diront que vous l'avez suivi. Je ne parierais pas une goutte d'eau sur vos chances d'atteindre une tranquille vieillesse si vous retourniez à la cour.

— Sartan miséricordieux!

Le visage d'Alfred était devenu gris, comme s'il portait un masque de vase.

— Je ne savais pas! dit-il, prenant la main de Hugh. J'oublierai le chemin, je le promets...

— Surtout pas. Ça pourrait nous servir un jour.

Alfred resta interdit. Tourment en profita pour faire les présentations.

— Voici Messire Hugh. Il a un moine noir qui l'accompagne.

Impassible comme la pierre, Hugh considéra l'enfant.

Alfred, rougissant, lissa les cheveux d'or de l'enfant.

— Qu'est-ce que je vous ai appris, Votre Altesse? dit le chambellan, doucement réprobateur. Ce n'est pas bien de révéler les secrets des autres.

Il regarda Hugh d'un air contrit.

— Il faut comprendre, Messire. Son Altesse est clairvoyante et n'a pas encore appris à se servir de ce don.

Hugh émit un grognement et se mit à rouler sa couverture.

— Je vous en prie, Messire Hugh, permettez...

Se levant d'un bond, Alfred lui arracha la couverture. Un de ses immenses pieds lui obéit, mais l'autre tourna comme s'il avait reçu d'autres ordres. Alfred trébucha et serait tombé sur Hugh si celui-ci ne l'avait redressé.

— Merci, messire. Je suis bien maladroit. Bon, je peux faire ça maintenant.

Alfred se mit à batailler avec la couverture qui semblait avoir pris vie. Les coins lui glissaient entre les doigts; il pliait un bout, l'autre bout se dépliait. Des poches se formaient aux endroits les plus imprévus. Impossible de prédire qui finirait par avoir le dessus.

— C'est vrai ce que je dis de Son Altesse, messire, reprit Alfred dans la mêlée. Notre passé nous colle à la peau, et surtout les gens qui nous ont influencés. Son Altesse peut les voir.

Hugh intervint, maîtrisa la couverture et délivra Alfred qui se rassit, haletant, épongeant son front haut.

— Je parie qu'il peut aussi lire mon avenir dans la lie du vin, dit Hugh à voix basse. D'où tient-il ce talent? Seuls les magiciens engendrent des magiciens. Mais peut-être que Stephen n'est pas son vrai père.

Hugh avait lancé cette flèche au hasard. Mais il apparut qu'il avait mis dans le mille. Alfred verdit, ses yeux se révulsèrent, ses lèvres remuèrent sans émettre un son.

Bon, pensa la Main, je commence à comprendre. Au moins, cela explique le nom de l'enfant.

— Rassemblez vos affaires, Votre Altesse, dit-il en jetant sa cape de fourrure sur ses épaules et en soulevant son sac.

— Je m'en occupe, Votre Altesse, intervint Alfred soulagé.

Des trois pas qu'il fit, il n'en manqua qu'un seul, qui le fit tomber à genoux, posture qu'il devait adopter de toute façon. Avec beaucoup de bonne volonté, il recommença à batailler avec la couverture du prince.

— Alfred, vous avez vu la campagne. Savez-vous où nous sommes?

— Oui, Messire Hugh. Ce village est connu sous le nom de Nédaqua.

— Ne vous éloignez pas, Votre Altesse, reprit la Main, voyant le prince se glisser dehors.

— Je veux juste jeter un coup d'œil. Je serai prudent.

Le chambellan avait renoncé à plier la couverture, et finit par la bouchonner dans le sac. Quand l'enfant eut disparu, il se tourna face à Hugh.

— Vous me permettrez de vous accompagner, n'est-ce pas, messire? Je ne vous gênerai pas, je vous le promets.

Hugh le regarda avec attention.

— Vous avez compris que vous ne pourrez jamais revenir au palais, n'est-ce pas?

— Oui, messire. J'ai mis le feu au pont derrière moi, comme on dit.

— Non seulement vous y avez mis le feu, mais vous l'avez coupé au ras des rives et précipité dans les gorges.

Alfred passa une main tremblante sur sa calvitie.

— Je vous emmène pour vous occuper du petit. Lui non plus ne retournera jamais au palais. Je sais très bien suivre une piste. Il serait fou de votre part d'essayer de l'enlever.

Alfred releva la tête et regarda Hugh dans les yeux.

— Vous comprenez, messire, je sais la raison pour laquelle le roi vous a engagé.

Hugh lança un coup d'œil dehors. Tourment, de ses petits bras maigres et maladroits lançait des pierres avec entrain sur un arbre. Il manquait constamment la cible, mais il continuait, joyeux et patient.

— Vous connaissez le complot contre la vie du prince ? demanda Hugh d'un ton désinvolte, saisissant la garde de son épée sous sa cape.

— Je sais la raison, répéta Alfred. C'est pourquoi je suis ici. Je ne vous gênerai pas, je vous le promets.

Hugh resta confondu. Juste comme il pensait que les fils du complot commençaient à se démêler, voilà qu'ils s'embrouillaient un peu plus. L'homme sait la vérité sur l'enfant, quelle qu'elle soit. Est-il venu pour m'aider ou me gêner? Ce chambellan n'était pas capable de s'habiller tout seul sans aide. Pourtant, il s'était très bien débrouillé pour les suivre à la trace de nuit, malgré un brouillard magique. Au monastère Kir, il était parvenu à se cacher, et même à cacher son dragon aux six sens du magicien. Et cet homme s'était évanoui en sentant une lame sur sa gorge.

Cet Alfred était un serviteur, sans aucun doute. Mais qui servait-il? La Main avait bien l'intention de le découvrir. En attendant, qu'Alfred fût l'imbécile qu'il semblait être, ou un menteur astucieux, il aurait son utilité, principalement pour s'occuper de Son Altesse.

— D'accord. En route. Nous allons contourner le village et rejoindre la route cinq miles plus loin. Il est peu probable que quelqu'un connaisse le prince de vue, mais cela évitera les questions. L'enfant a un capuchon ? Mettez-le-lui. Et qu'il le garde.

D'un air dégoûté, il regarda Alfred, ses bas de soie, ses culottes de satin serrées aux genoux par des rubans.

— Vous puez la cour à un mile. Mais on ne peut rien y faire. Vous passerez pour un charlatan. A la première occasion, on vous trouvera des vêtements de paysan.

Hugh sortit.

— Nous partons, Votre Altesse.

Tourment se mit à danser de joie.

— Je suis prêt. On va déjeuner dans une auberge ? Je n'ai jamais eu la permission de le faire...

Il fut interrompu par un bruit de chute suivi d'un gémissement derrière lui. Alfred avait rencontré la porte.

— J'ai bien peur que non, Votre Altesse. Je veux passer le village tant qu'il est encore tôt, avant que les gens soient levés.

Tourment fit la moue, déçu.

— Ce serait dangereux, Votre Altesse, dit Alfred, se relevant, le front soucieux. Surtout avec quelqu'un qui complote pour... euh... vous faire du mal.

L'assassin recommença à se poser des questions.

— Tu dois avoir raison, dit le prince en garçon habitué aux problèmes que pose la célébrité.

— Mais nous pique-niquerons sous un arbre, ajouta le chambellan.

— Et on mangera par terre ?

Tourment s'éclaira, puis se rembrunit.

— Maman ne me permet jamais de m'asseoir dans l'herbe. Je pourrais m'enrhumer ou me salir.

— Aujourd'hui, je crois que ça ne lui fera rien.

Tourment les précéda en gambadant sur la route. Alfred, serrant le sac du prince, s'efforça de le suivre. Il avancerait plus vite, pensa Hugh, si ses pieds pouvaient se laisser convaincre d'aller dans la même direction que le reste de sa personne.

L'assassin fermait la marche, les surveillant attentivement tous les deux, la main sur la poignée de son épée. Si Alfred se penchait pour parler à l'oreille de l'enfant, ce murmure serait son dernier soupir.

Ils parcoururent un mile. Alfred semblait complètement absorbé par la difficulté de rester sur ses deux pieds, et Hugh se détendit. Son esprit vagabonda et il se surprit à voir, surimposé au prince, un autre adolescent marchant lui aussi sur une route, mais pas avec la même gaieté. Cet enfant avançait d'un air de défi, le corps encore marqué de la correction reçue en punition de cette arrogance. Des moines noirs allaient à son côté...

— Viens, mon garçon. Le Père Abbé veut te voir.

Il faisait froid dans le monastère Kir. Hors des murs, le monde mijotait et suait dans la chaleur de l'été. A l'intérieur, le froid de la mort rôdait dans les couloirs et projetait son ombre dans les cours.

Le jeune homme interrompit sa tâche et suivit le moine. Les Elfes avaient fait un raid sur un village voisin. Il y avait beaucoup de morts, et la plupart des frères étaient allés brûler les corps, saluant ceux qui avaient échappé à leur prison de chair et chantant les paroles :

> ... avec chaque naissance
> nous mourons dans nos cœurs ;
> la parole dit vrai :
> la mort seule revient...

D'autres moines répétaient sans cesse le mot « avec ». Inséré après le mot « revient », il refermait le cercle en repartant avec « chaque ».

Hugh accompagnait les moines depuis l'âge de six ans, mais cette fois, on lui avait ordonné de rester au monastère pour terminer sa tâche habituelle. Il avait obéi sans poser de questions ; toute autre attitude lui aurait valu une correction administrée sans malice et sans haine pour le bien de son âme.

Les portes se refermèrent avec un fracas menaçant ; le vide pesait sur son cœur comme un linceul. Hugh avait passé la semaine à organiser son évasion. Il n'en avait parlé à personne ; son seul ami était mort, et il avait eu soin de ne pas s'en faire d'autre. Pourtant, il lui semblait que tout le monde le regardait avec bien plus d'intérêt que d'habitude.

Maintenant, il était debout dans la salle de pierre où tout respirait le mépris du soleil, cette chose frivole et fugitive, et attendait avec une patience inculquée à coups de fouet que l'homme assis au bureau remarquât son existence. Le Père Abbé ne lui avait jamais parlé. Hugh attendait en silence, et soudain, la peur et la nervosité qui l'avaient tourmenté toute la semaine s'envolèrent. Comme si la froide atmosphère du lieu avait engourdi en lui tout sentiment humain. Dans cette pièce, il sut soudain qu'il n'éprouverait jamais ni amour, ni pitié, ni compassion. Dès lors, il ne connaîtrait même plus la peur.

L'abbé leva la tête. Des yeux noirs sondèrent l'âme de Hugh.

— Nous t'avons recueilli quand tu avais six cycles. Je vois dans les archives que dix cycles ont passé depuis.

L'abbé ne l'appela pas par son nom ; le connaissait-il seulement ?

— Tu as seize ans. Il est temps que tu te prépares à prononcer tes vœux pour t'intégrer à notre fraternité.

Pris au dépourvu, trop fier pour mentir, Hugh ne dit rien.

— Tu as toujours été rebelle. Pourtant, tu es dur au travail et tu ne te plains jamais. Tu acceptes les punitions sans pleurer. Et tu as adopté nos préceptes, je le vois clairement en toi. Pourquoi veux-tu nous quitter ?

Hugh s'était bien souvent posé cette question dans ses nuits sans sommeil.

— Je ne veux servir aucun homme.

Le visage de l'abbé, rébarbatif comme les murs de pierre, n'afficha ni colère ni surprise.

— Tu es l'un des nôtres. Bon gré, mal gré, partout où tu iras, tu serviras notre idéal à défaut de nous servir. La mort sera toujours ta maîtresse.

Hugh fut congédié. La correction qui suivit glissa sur la cuirasse de son âme. La nuit suivante, il exécuta son plan. Se glissant dans les salles où les moines conservaient leurs archives, il trouva le registre où les moines recopiaient leurs informations sur les orphelins. A la lueur d'un bout de chandelle, il découvrit son propre nom.

« Hugh Croc-Noir. Mère : Lucy, patronyme inconnu. Père : d'après ce qu'a dit la mère avant de mourir, Sire Perceval Croc-Noir du Château de Croc-Noir, Djern Hereva. » Un dernier paragraphe, ajouté une semaine plus tard, précisait : « Sire Perceval refuse de reconnaître ce bâtard et nous prie d'en faire ce qu'il nous plaît. »

Hugh coupa la page, la fourra dans sa vieille besace, souffla sa chandelle et se glissa dehors dans la nuit. Regardant les murs dont l'ombre avait depuis longtemps refroidi la chaleur de son enfance, il jeta un défi à l'abbé :

— Je serai le maître de la mort.

CHAPITRE 16

L'ESCALIER DES TOURBÎLES, BAS-ROYAUME

Lambic reprit connaissance. Dans son trouble, il lui fallut du temps pour se rappeler la situation. Après avoir sérieusement réfléchi au problème, il conclut qu'il *n'était pas* suspendu par les poignets. Il se tortilla en gémissant (il avait très mal à la tête), regarda autour de lui du mieux qu'il put dans la tempête et constata qu'il était tombé dans une fosse géante, sans doute creusée par une buldosserre de la Bougonne-Batte.

Un examen plus approfondi lui apprit qu'il n'était pas *dans* mais *au-dessus* d'une fosse enjambée par les ailes géantes. A sa migraine, il comprit que les ailes devaient lui avoir donné un bon coup sur la tête pendant l'atterrissage.

Il se demandait comment il allait sortir de cette situation, quand la réponse lui vint sous la forme d'un craquement sec. Les ailes se rompaient sous son poids. Lambic tomba un pied plus bas avant que les ailes se stabilisent. Son estomac tomba beaucoup plus bas encore car il n'avait, sans ses lunettes, aucune idée de la profondeur de la fosse. Au-dessus de lui, la tempête faisait rage, la pluie ruisselait sur les parois, les rendant extrêmement glissantes ; puis il y eut un nouveau craquement, et les ailes s'affaissèrent d'un autre pied.

Lambic ferma les yeux, le souffle coupé. De nouveau, les ailes se stabilisèrent, mais il se sentait glisser lentement. Il avait une chance de s'en sortir, s'il arrivait à libérer une main pour s'accrocher aux trous criblant les parois de coralite. Il imprima une forte secousse à sa main droite…

... et les ailes se cassèrent d'un coup sec.

Lambic eut juste le temps de basculer dans la panique avant d'atterrir lourdement au fond du trou, les ailes s'abattant autour de lui. D'abord, il se mit à trembler, puis, constatant que ses frissons n'arrangeaient rien, il se mit en devoir de s'extraire des débris et leva les yeux. La fosse n'avait que sept à huit pieds de profondeur, il pourrait en sortir facilement. Et dans l'immédiat la pluie était absorbée par la coralite. La fosse l'abritait de la tempête. Il n'y avait aucun danger...

... jusqu'à ce qu'une buldosserre y descende pour creuser.

Lambic venait juste de s'installer sous un immense morceau d'aile pour se protéger de la pluie, quand cette idée le frappa. Il se leva d'un bond et regarda en haut, mais ne vit qu'une tache noire et floue — sans doute un nuage. N'ayant jamais servi la Bougonne-Batte, il ne savait pas si les buldosserres travaillaient ou non dans la tempête. Il réfléchit. Les buldosserres étaient énormes et lentes ; elles lui laisseraient bien le temps de s'écarter.

Et c'est ce qui arriva.

Il était accroupi dans la fosse depuis une trentaine de tocks et la tempête ne manifestait aucun signe d'accalmie quand la fosse trembla sous un violent coup sourd. La buldosserre attaquait l'ascension de la paroi ! La coralite offrait de nombreuses prises, et Lambic atteignit vite le sommet. Inutile de chausser ses lunettes : la pluie ruisselant sur les verres l'aurait aveuglé. D'ailleurs, il n'en avait pas besoin. La buldosserre, luisant sous les éclairs, n'était qu'à quelques pieds de lui.

Regardant en l'air, il vit d'autres serres dans le ciel, descendant au bout de longs câbles, abaissées par la Bougonne-Batte. C'était un spectacle grandiose, et, toute migraine oubliée, Lambic, bouche bée, prit le temps d'admirer.

Hormis le métal dont elles étaient faites, on aurait dit les pattes de quelque immense oiseau de proie, creusant la coralite de leurs ergots acérés, se refermant sur la roche effritée et remontant à la surface, comme pour emporter leur proie. Revenues sur Drevlin, elles déposaient ces roches dans de grands caissons, où les

Guègues les triaient, rejetant la coralite et gardant le précieux minerai gris dont se nourrissait la Bougonne-Batte, et sans lequel — selon la légende — elle n'aurait pu survivre.

Fasciné, Lambic regarda les buldosserres s'abattre autour de lui, mordant profondément dans la coralite, puis s'élever dans le ciel. Le Guègue en oublia ce qu'il devait faire jusqu'à ce qu'il fût presque trop tard. Les serres se dégageaient de la coralite et s'apprêtaient à remonter quand Lambic se rappela qu'il devait en marquer une pour signaler son point de chute à Secousse et à ses partisans.

Des fragments de coralite, tombés des serres qui commençaient à remonter, lui serviraient pour écrire. Il en saisit un et s'avança sous la pluie battante vers une serre qui venait de s'enfoncer dans la roche. Il n'avait jamais rien imaginé de si grand. Cinquante Lambic auraient tenu à l'aise dans ses griffes. Frémissant et tremblant, elle griffait la surface de la roche, projetant une pluie d'éclats autour d'elle. Comment approcher davantage ?

Mais il n'avait pas le choix. Prenant sa coralite dans une main et son courage dans l'autre, il reprenait sa marche quand un éclair frappa la serre, dont une flamme bleue parcourut la surface. Le coup de tonnerre renversa Lambic. Étourdi et terrifié, il allait retourner en courant dans sa fosse — pour y passer le reste d'une courte et malheureuse vie — quand la serre s'immobilisa tout net. Toutes les serres avoisinantes s'arrêtèrent aussi — certaines enfoncées dans la roche, d'autre suspendues en l'air dans leur remontée, d'autres encore, griffes grandes ouvertes, en pleine descente.

Peut-être que la foudre les avait abîmées. Peut-être qu'il y avait un changement d'équipe. Peut-être qu'il y avait des problèmes en haut. Lambic ne savait pas. S'il avait cru aux dieux, il les aurait remerciés. Comme il n'y croyait pas, il reprit sa marche, coralite à la main, jusqu'à la serre la plus proche.

Remarquant de nombreuses griffures sur les parties fouisseuses, il réalisa qu'il devait faire sa marque plus haut, sur une pièce ne s'enfonçant pas dans le sol. Ce qui signifiait qu'il devait choisir une serre déjà enfoncée dans le sol et susceptible à tout moment d'amorcer sa remontée, s'arrachant au sol et crachant des tonnes de roche sur la tête du Guègue.

Délicatement, il toucha la serre de son morceau de coralite ; sa main tremblait tellement que le métal résonna comme une cloche. Et il ne fit aucune marque. Serrant les dents, avec l'énergie du désespoir, il appuya de toutes ses forces. La coralite grinça sur le métal, si fort que Lambic crut sentir éclater sa tête. Mais il eut la satisfaction de voir une longue griffure sur la surface lisse et intacte de la serre.

Mais cette rayure pouvait résulter d'un hasard. Il en fit donc une autre, perpendiculaire à la première. La buldosserre frissonna et trembla. De peur, Lambic lâcha sa coralite et recula précipitamment. Les serres s'étaient remises à fonctionner. S'arrêtant un instant, il considéra fièrement son travail.

Une buldosserre s'élevait dans la tempête, marquée de la lettre « L ».

Fendant la pluie, il retourna à sa fosse. Il était peu probable qu'une nouvelle serre y descende dans l'immédiat. Il redescendit la paroi, et, arrivé au fond, s'y installa aussi confortablement que possible. Tirant un morceau d'aile sur sa tête, il essaya de ne pas penser à son estomac vide.

CHAPITRE 17

L'ESCALIER DES TOURBÎLES, BAS-ROYAUME

Les buldosserres, emportant leur minerai, s'élevèrent dans la tempête et remontèrent vers Drevlin. Lambic se demanda combien de temps elles mettaient pour décharger la coralite et redescendre. Quand remarquerait-on sa marque ? Et qui la remarquerait, un sympathisant ou un Clerc ? Si c'était un ami, pourrait-il envoyer la main-forte avant qu'il meure de faim ou de froid ?

Habituellement, Lambic n'était pas un inquiet. Il était d'un naturel joyeux et optimiste. Il avait tendance à ne voir que le bien chez tout le monde. Il n'en voulait à personne d'avoir été attaché au Bras Ailé de la Justrik et jeté dans l'abîme pour y mourir. Le Haut Contre-sous-Maître et le Grand Clerc avaient fait ce qu'ils considéraient comme leur devoir envers le peuple. Ce n'était pas leur faute s'ils croyaient en ceux qui se prétendaient des dieux. Pas étonnant qu'ils n'aient pas cru l'histoire de Lambic — Secousse ne la croyait pas davantage.

Pensant à Secousse, il se sentit découragé. Il avait espéré qu'elle, au moins, croirait que les Elfes n'étaient pas des dieux. Pelotonné au fond de sa fosse, il n'acceptait toujours pas son incrédulité. Cette idée avait gâché toute son exécution. Maintenant, n'ayant rien à faire qu'à attendre, il se mit à réfléchir sérieusement à ce qui arriverait quand il serait sauvé.

— Comment pourraient-ils m'accepter comme chef s'ils pensent que je mens ? demanda Lambic à une rigole ruisselant sur la paroi de sa fosse. Et pourquoi voudraient-ils me revoir ? Nous avons toujours dit, Secousse et moi, que la quête de la vérité était notre but ultime.

Maintenant elle pense que j'ai menti, et pourtant elle semble trouver normal que je reste à la tête de notre Fédération.

« Et quand je serai revenu?

Lambic vit la situation clairement, plus clairement qu'il ne l'avait vue depuis des années.

— Elle me ménagera. Ils me ménageront tous. Ils me garderont à la tête de la Fédération : après tout, les Créchi-Créchas m'auront jugé et grâcié. Mais ils sauront que c'est une imposture et je le saurai aussi. Les Créchi-Créchas n'ont rien à voir avec tout ça. C'est l'intelligence de Secousse qui me sauvera, elle le saura et je le saurai! Mentir! C'est ce que nous ferons tous!

« Oh, bien sûr, nous gagnerons beaucoup de nouveaux adhérents, mais ils viendront à nous pour de mauvaises raisons. Peut-on fonder une révolution sur des mensonges? Non!

Le Guègue serra ses poings ruisselants.

— C'est comme de bâtir une maison sur le sable. Tôt ou tard, elle s'effondre sous vos pieds. Peut-être qu'au fond je vais rester ici! C'est ça! Je ne remonterai pas!

« Mais ça ne prouvera rien. Ils penseront simplement que les Créchi-Créchas m'ont exécuté, ce qui ne servira pas notre cause. J'ai trouvé! Je vais écrire un mot et le confier à la main-forte au lieu de remonter moi-même. Il y a des plumes de tier qui pourront me servir pour écrire. »

Il se leva d'un bond.

— Et je me servirai de boue en guise d'encre. « En choisissant de rester ici et d'y mourir — oui, cela sonnait bien —, j'espère vous prouver que j'ai dit la vérité sur les Elfes. Je ne peux pas rester le chef de ceux qui ont perdu la foi en moi. » Oui, pas mal.

Lambic se voulait joyeux, mais le plaisir qu'il prenait à son discours s'émoussa vite. Il était affamé, transi, trempé et effrayé. La tempête se calmait, et un terrible silence descendait sur lui. Silence qui lui rappela le grand silence — le Rien-Entendre-Eternel — ce qui lui rappela qu'il allait bientôt affronter lui-même ce Rien-Entendre-Eternel : cette mort dont il parlait si éloquemment risquait d'être très désagréable.

Puis, comme si la mort ne suffisait pas, il se représenta

Secousse recevant son message, le lisant, les lèvres pincées, fronçant le front comme chaque fois qu'elle était mécontente. Il n'aurait pas besoin de lunettes pour lire sa réponse. Il l'entendait déjà.

— Lambic, arrête tes idoties et remonte immédiatement !

— Oh, Secousse ! murmura-t-il tristement, si seulement tu m'avais cru, toi ! Les autres n'avaient pas d'importance...

Un tremblement de terre à lui casser les os le sortit de son désespoir et, simultanément, le renversa.

Couché sur le dos, étourdi, regardant l'entrée de la fosse, il pensa : Est-ce que les buldosserres sont revenues ? Déjà ? Je n'ai pas fini d'écrire mon message !

Très agité, il se leva en chancelant et regarda en haut. La tempête était finie. Il y avait encore de la pluie et du brouillard, mais plus d'éclairs, de grêle ni de tonnerre. Il ne voyait pas descendre de serres, mais il faut dire qu'il ne voyait pas sa main devant lui. Fouillant dans sa poche, il chaussa ses lunettes et se remit à scruter le ciel.

En clignant les yeux, il crut distinguer vaguement des taches floues dans les nuages. Si c'étaient les buldosserres, elles étaient encore très loin, et, à moins que l'une d'elles ne soit tombée prématurément — ce qui semblait improbable, la Bougonne-Batte permettant rarement ce genre d'accident, — elles ne pouvaient avoir causé ce terrible tremblement de terre. Alors, qu'est-ce que c'était ?

Lambic remonta précipitamment. Il retrouvait le moral. Il avait un « quoi ? » et un « pourquoi ?» à résoudre.

Arrivant en haut de la fosse, il jeta prudemment un coup d'œil par-dessus le rebord. D'abord, il ne vit rien, mais c'est qu'il ne regardait pas dans la bonne direction. Tournant la tête, il resta bouche bée d'émerveillement.

Une brillante lumière, scintillant de mille nuances inconnues dans ce monde gris et métallique, jaillissait d'un trou gigantesque à une trentaine de pieds de là. Sans réfléchir, il sortit de la fosse et se dirigea vers elle, aussi vite que le lui permettaient ses courtes jambes.

La surface de la petite île était trouée de nombreux

cratères creusés par les buldosserres et de terrils de coralite recrachés par elles dans leur ascension. Lambic mit beaucoup de temps à monter, descendre et contourner pour arriver enfin près de la lumière, haletant d'épuisement et d'excitation.

Il avançait, fasciné, sans faire attention où il mettait les pieds, et serait tombé dans le trou s'il n'avait pas trébuché sur un bloc de coralite, s'affalant à plat ventre juste au bord. Étourdi, il mit la main dans sa poche pour vérifier que ses lunettes n'étaient pas cassées. Il ne les trouva pas. Après quelques instants de panique, il se rappela qu'elles étaient sur son nez. Rampant de l'avant, il observa la scène, stupéfait.

Au début, il ne vit qu'un brillant rayonnement multicolore et changeant. Puis il y distingua des formes. Les images étaient véritablement fascinantes, et il les contempla avec une crainte révérentielle. Et, pendant qu'il les observait, cette portion de son esprit qui interrompait constamment ses pensées les plus nobles par des considérations terre à terre lui soufflait : « Les buldosserres redescendent ! »

Lambic, concentré sur les images, ignora l'avertissement.

Il avait la révélation d'un monde, le monde d'un autre peuple. C'était d'une beauté incroyable. Cela lui rappela un peu les livres des Elfes. Le ciel n'était pas gris, mais bleu, vaste et clair, avec quelques nuages floconneux qui dérivaient paisiblement. Partout, des plantes luxuriantes poussaient en pleine terre, et non pas en pot à la cuisine. Il vit des édifices magnifiques aux formes fantastiques, des rues et des boulevards larges et aérés, des sortes de Guègues grands et minces, avec des membres sveltes et gracieux...

Mais avait-il bien vu ? Il fixa la scène en battant des paupières. La lumière commençait à se fragmenter, les images à se déformer ! Il aurait voulu que ces êtres reparaissent. Il n'avait jamais vu personne — même les Elfes — qui ressemblât à ceux qu'il croyait avoir vus dans cette fraction de seconde. La lumière se ralluma peu après, mais pour montrer d'autres images.

Essayant de donner un sens à ces tableaux, Lambic

s'avança un peu. La lumière jaillissait d'un objet tombé au fond du cratère.

— C'est ça qui a provoqué ce tremblement de terre, se dit Lambic. Il est tombé du ciel, comme moi. Est-ce qu'il fait partie de la Bougonne-Batte ? Si oui, pourquoi est-il tombé ? Et pourquoi me montre-t-il ces images ?

Pourquoi, pourquoi, pourquoi ? Lambic ne supportait de rester dans l'ignorance. Sans penser au danger possible, il enjamba le rebord du cratère et se laissa glisser au fond. Plus il approchait de l'objet, mieux il le voyait, car la lumière diffusée vers le haut était moins aveuglante sous cet angle.

— Ce n'est qu'un bloc de coralite, dit-il, déçu. Je n'en ai jamais vu d'aussi gros — il est aussi grand que ma maison ! Mais je n'ai jamais vu non plus de coralite tomber du ciel.

Il s'approcha encore, ravi, intimidé et stupéfait, retenant son souffle, étouffant fermement l'avertissement mental qui lui rappelait sans relâche : « Les buldosserres ! Les buldosserres ! ». La coralite n'était qu'une enveloppe, qui s'était crevée dans sa chute, et Lambic voyait maintenant à l'intérieur du bloc.

Une partie de la Bougonne-Batte ? C'était bien en métal comme la Bougonne-Batte, mais alors que le métal de leur vénérée machine était lisse et luisant, celui-ci était couvert d'étranges symboles, et plein de fissures par où la lumière jaillissait, et qui lui permettaient de voir la scène dans sa plénitude.

— Si je les élargis, je pourrai peut-être en voir davantage. C'est vraiment très excitant !

Atteignant le fond du cratère, il se hâta vers l'objet, environ quatre fois plus grand que lui, et — ainsi qu'il l'avait remarqué — aussi gros que sa maison. Il tendit prudemment le bras et tapota la paroi métallique, qui n'était pas chaude, ainsi qu'il l'avait craint, vu la lumière qui en émanait. Il put y appliquer la main, et même suivre du doigt les symboles gravés dessus.

Un bruit étrange, grinçant et menaçant, retentit au-dessus de lui, et son damné cerveau reprit l'avertissement sur les buldosserres, mais Lambic lui ordonna de se taire et de ne plus le déranger. Mettant la main dans une fissure, qui contournait les symboles sans jamais les couper, il tira pour l'élargir. Sa main semblait répugner à cette tâche et il savait pourquoi. Cela lui rappelait désagréablement la nef des Elfes.

— Des cadavres en décomposition. Mais ils m'ont amené à la vérité.

Il imprima une violente secousse au métal. La fissure s'élargit, l'objet tout entier se mit à frémir et à vibrer. Lambic retira sa main et sauta en arrière. Mais l'objet, apparemment, ne faisait que reprendre son assiette au fond du cratère, car le mouvement cessa. Lambic se rapprocha prudemment, et cette fois, il entendit quelque chose.

On aurait dit un gémissement. Appliquant son oreille contre la fissure, souhaitant passionnément que les grincements des buldosserres se taisent, il écouta avec attention. Le gémissement reprit, et il ne douta plus qu'il y eût quelque chose de vivant à l'intérieur. Et ce quelque chose était blessé.

Les Guègues, même les plus faibles, ont une force prodigieuse dans le torse et les bras. Lambic posa les mains des deux côtés de la fissure et poussa de toutes ses forces. Il se fit un peu mal, mais la fissure s'élargit d'un coup, et il parvint, à se glisser à l'intérieur.

La lumière devint aveuglante, et il désespéra d'abord de voir quoi que ce fût. Puis il détecta la source de la lumière. Elle rayonnait à partir du centre de ce que le Guègue — par association — en était venu à considérer comme une nef. Les gémissements venaient de la droite, et Lambic, la main en visière sur les yeux, chercha ce qui souffrait.

Son cœur fit un bond dans sa poitrine.

— Un Elfe ! pensa-t-il d'abord, tout excité. Et vivant, en plus !

Accroupi près de la silhouette, il vit une flaque de sang sous sa tête, mais nulle part ailleurs sur le corps. Il vit aussi — plutôt déçu — que ce n'était pas un Elfe. Lambic n'avait vu d'humain qu'une seule fois, dans les livres des Elfes. Cette créature avait l'air d'un humain, mais pas tout à fait. Toutefois, une chose était certaine. La créature, avec son corps de grande taille, mince et musclé, était de celles qu'on appelait des dieux.

A cet instant, les avertissements frénétiques de son cerveau se firent plus insistants, et il fut forcé — à regret — d'y prêter attention.

Levant les yeux vers la brèche, il vit les mâchoires géantes d'une buldosserre qui descendaient rapidement. En faisant vite, il sortirait du vaisseau juste à temps.

Le dieu-qui-n'en-était-pas-un poussa un nouveau gémissement.

— Il faut que je le sorte de là! se dit Lambic.

Les Guègues ont le cœur tendre, et il ne fait aucun doute que Lambic fut poussé à risquer sa vie par des considérations altruistes. Mais il faut bien reconnaître que sa décision fut en partie motivée par l'idée que, s'il ramenait un dieu-qui-n'en-était-pas-un, et vivant, Secousse serait forcée de croire son histoire!

Saisissant le dieu par les poignets, il commençait à le traîner sur le sol jonché de détritus divers quand il sentit — en frissonnant — d'autres mains serrer ses poignets à lui! Stupéfait, il baissa la tête vers le dieu, dont les yeux grands ouverts dans un masque de sang le fixaient avec insistance. Les lèvres remuèrent.

— Quoi?

Dans les grincements des serres, Lambic n'entendait rien.

— Pas le temps, dit-il, levant la tête.

Le dieu leva les yeux, lui aussi. Son visage se convulsa de souffrance, et Lambic se rendit compte que seul un violent effort de volonté lui permettait de rester conscient. Il semblait reconnaître l'imminence du danger, mais n'en serrait que plus fort les poignets de Lambic, qui en garderait des bleus pendant des semaines.

— Mon... chien!

Lambic le fixa, médusé. Avait-il bien entendu? Le Guègue regarda précipitamment autour de lui dans l'épave, et vit soudain, aux pieds du dieu, un animal coincé sous une pièce métallique. Lambic battit des paupières, se demandant comment il ne l'avait pas vu plus tôt. Le chien se contorsionnait, haletant, sans parvenir à se dégager, mais il n'avait pas l'air blessé, et, à l'évidence, se débattait pour rejoindre son maître, car il n'accorda pas la moindre attention à Lambic.

Le Guègue leva les yeux. La serre continuait à descendre avec une vitesse des plus contrariantes. Il regarda alternativement la serre, le dieu et le chien.

— Désolé, dit-il. Pas le temps !

Le dieu essaya de se libérer les mains. Mais cet effort épuisa ses forces et sa tête retomba en arrière. Le chien, regardant son maître, gémit et redoubla d'efforts.

Entendant la serre se rapprocher, le Guègue, serrant les dents, traîna le corps du dieu sur le sol jonché de débris. Les efforts du chien redoublèrent, ses gémissements se transformèrent en jappements, mais seulement — Lambic le comprit — parce qu'il voyait son maître s'éloigner sans pouvoir le suivre.

Lambic, poussant et tirant, la gorge serrée de peur et de compassion, atteignit finalement la brèche de la coque. Dans un ultime effort, il tira le dieu à l'extérieur, allongea le corps inanimé au fond du cratère et se jeta de côté, à l'instant même où la buldosserre frappait la nef de plein fouet.

Il y eut une explosion assourdissante. La déflagration le souleva de terre, puis le replaqua au sol avec une force à couper le souffle. Des éclats de coralite, retombant en pluie, lui entaillèrent douloureusement la peau. Quand cessa l'averse, il régnait un silence de mort.

Étourdi, Lambic leva lentement la tête. La buldosserre pendait immobile, sans doute endommagée par l'explosion. Le Guègue chercha des yeux l'épave de la nef.

Mais il ne vit rien du tout. L'explosion l'avait détruite. Non, ce n'était pas tout à fait ça. Il n'y avait aucun morceau de métal, aucun vestige. Le vaisseau n'était pas détruit, il s'était évanoui comme s'il n'avait jamais existé !

Mais le dieu était là : Lambic n'avait pas rêvé. Et le dieu ouvrit les yeux. Grimaçant de douleur, il tourna la tête.

— Chien ! cria-t-il d'une voix faible. Chien ! Ici, mon vieux !

Regardant la coralite réduite en miettes, Lambic secoua la tête. Il se sentait inexplicablement coupable, en sachant bien qu'il lui aurait été impossible de sauver tout le monde.

— Chien! cria le dieu d'une voix brisée.

Lambic, craignant qu'il ne s'épuise, tendait la main pour l'apaiser.

— Ah, chien, dit le dieu avec un profond soupir de soulagement, les yeux fixés sur l'endroit où la nef avait disparu. Te voilà! Viens ici! Ici! Fameux voyage, hein, mon vieux!

Lambic regarda, médusé. Le chien était là! Se traînant hors des gravats, il boîtilla sur trois pattes jusqu'à son maître. Les yeux brillants, la gueule entrouverte, il lui donna un grand coup de langue sur la main. Le dieu-qui-n'en-était-pas-un reperdit connaissance. Le chien, soupirant et remuant la queue, se coucha près de lui et fixa Lambic de ses yeux intelligents.

CHAPITRE 18

L'ESCALIER DES TOURBÎLES, BAS-ROYAUME

— Arrivé là, qu'est-ce que je fais ?

Lambic essuya de la main son front couvert de sueur et releva ses lunettes qui n'arrêtaient pas de glisser sur son nez. Le dieu semblait en piteux état : cette profonde entaille au front aurait été très grave chez un Guègue, elle pouvait l'être aussi chez un dieu.

— La main-forte !

Lambic se leva d'un bond monta à quatre pattes la paroi du cratère et vit toutes les buldosserres au travail. Le bruit était assourdissant — grincements, craquements, grondements, crépitements, toutes choses fort réconfortantes pour les oreilles du Guègue. Il retourna en courant à l'autre fosse présumant que le VLAN qui découvrirait le « L » sur la buldosserre enverrait la main-forte au même endroit ou aussi près que possible. Naturellement, il se pouvait que personne n'eût remarqué le « L » ou qu'ils n'aient pas pu préparer la main-forte.

Mais elle était là.

En la voyant, il faillit s'évanouir. Ses genoux se dérobèrent, la tête lui tourna, et il dut s'asseoir pour se remettre.

Mais il fallait faire vite, car les buldosserres s'apprêtaient à remonter. Se relevant en titubant, il repartit en courant vers le cratère. Ses jambes lui apprirent en termes fort clairs qu'elles étaient sur le point de se révolter contre cette débauche d'exercice. S'arrêtant un moment pour se détendre, il se dit qu'après tout il n'avait nul besoin de se dépêcher. Ils ne relèveraient sûrement pas la main-forte avant d'être sûrs qu'il était bien dedans.

Les crampes disparurent mais semblèrent emporter toutes ses forces avec elles. Ses jambes lui paraissaient six fois plus lourdes que la normale ; loin de le soutenir, elles se laissaient traîner. Il arriva pourtant à son cratère et s'y laissa glisser à regret, certain qu'en son absence le dieu-qui-n'en-était-pas-un était mort.

Mais le dieu respirait encore. Le chien, blotti contre son maître, la tête posée sur sa poitrine, fixait son visage livide et ensanglanté.

— Je n'y arriverai pas, marmonna Lambic, s'affalant près du dieu et posant la tête sur ses genoux repliés. Je crois même... que je n'arriverai pas à y retourner... moi-même !

La sueur générée par ses efforts embuait ses lunettes et lui glaçait le corps. Ajoutant un nouveau coup à ceux qui l'accablaient déjà, un roulement de tonnerre annonça une nouvelle tempête. Bah ! Tant qu'il n'avait pas à se relever...

« Mais ce dieu-qui-n'en-est-pas-un prouvera que tu avais raison ! insistait l'irritante voix intérieure. Au moins, tu pourras persuader les Guègues qu'ils ont été trompés et asservis ! Ce serait l'aube d'une nouvelle ère pour ton peuple ! Cela pourrait provoquer la révolution ! »

La révolution ! Lambic releva la tête. Il ne voyait rien, à cause de la buée sur ses lunettes, mais tant pis. De toute façon, il ne regardait pas. Il était de retour sur Drevlin, les Guègues l'acclamaient. Mieux : ils suivaient ses conseils.

Ils demandaient : « Pourquoi ? »

Lambic ne put jamais se rappeler les effroyables moments qui suivirent. Il croyait avoir déchiré un pan de sa chemise pour panser grossièrement la tête du dieu. Il avait regardé le chien de travers, ne sachant comment il allait réagir. Le chien lui avait léché la main, le regardant de ses grands yeux liquides, et s'était écarté, observant anxieusement le Guègue qui soulevait les épaules du dieu et le hissait sur la paroi du cratère. Après ça, plus rien : Lambic, moulu et haletant, traînait le dieu sur quelques pieds, puis s'effondrait, rampait de l'avant, puis s'effondrait encore.

Les buldosserres remontèrent, mais il ne les vit pas. La tempête éclata : aucun espoir d'y survivre à découvert. Il ôta ses lunettes, et perdit de vue la main-forte. Il continua au jugé.

Plus d'une fois, il crut que le dieu était mort : la tempête lui glaçait le corps et bleuissait ses lèvres. La pluie lui ayant lavé le visage, Lambic voyait la vilaine blessure, dont suintait un mince filet de sang. Mais le dieu respirait toujours.

Peut-être était-il vraiment immortel !

Le Guègue savait qu'il s'était perdu. Il avait traversé au moins la moitié de cette île maudite. Il avait manqué la main-forte, à moins qu'ils ne l'aient remontée sans lui. La tempête empirait. La foudre fulgurait tout autour de lui, fracassant la coralite, l'assourdissant de son tonnerre. Le vent le plaquait au sol. Il allait ramper dans une fosse pour s'abriter (ou pour mourir, avec un peu de chance), quand il remarqua que c'était *sa* fosse. Il y avait au fond le bâti brisé de ses ailes. Et tout près, la main-forte !

L'espoir lui redonna des forces. Il se releva. Fouetté par le vent, il parvint quand même à traîner le dieu sur les quelques pieds qui le séparaient du véhicule salvateur. Posant le dieu par terre, il ouvrit la porte de la bulle.

La main-forte avait été conçue pour permettre aux Guègues de se porter au secours des buldosserres en cas de nécessité. De temps en temps, une serre restait coincée dans la coralite, se cassait ou tombait en panne. Dans ce cas, un Guègue prenait place dans la bulle et descendait effectuer les réparations.

La main-forte, comme son nom l'indiquait, ressemblait à une gigantesque main métallique sectionnée au poignet, qu'un câble abaissait et remontait. Légèrement refermée en coupe, elle tenait au creux de sa paume une grosse bulle de verre protectrice où s'installaient les réparateurs. Une porte y donnait accès, et une corne de cuivre, reliée à un tube parallèle au câble, permettait aux dépanneurs de communiquer avec ceux d'en haut.

Deux Guègues vigoureux y tenaient à l'aise. Le dieu, trop grand, posait problème. Lambic le traîna jusqu'à la bulle et le poussa à l'intérieur, mais les jambes dépassaient par la porte. Il finit quand même par le caser, les jambes repliées jusqu'au menton et les bras croisés sur la poitrine. Lambic monta péniblement, et le chien sauta derrière lui. Ils seraient serrés, mais Lambic ne voulait pas laisser le chien en arrière. Il ne pourrait jamais supporter une deuxième fois de le voir revenir de chez les morts.

Le chien se pelotonna contre son maître. Lambic, tendant le bras, lutta contre les éléments déchaînés en un futile effort pour fermer la porte. Puis le vent tourna pour attaquer d'un autre côté, et soudain, la porte claqua toute seule, rejetant Lambic contre la paroi de la bulle où il resta immobile, épuisé et pantelant.

Il sentait la main-forte trembler et tanguer dans la tempête. Il la vit mentalement se casser, rompre son câble, et soudain il ne désira plus qu'une chose : quitter ce roc. En un suprême effort, il parvint à saisir la corne.

— Hissez ! souffla-t-il, haletant.

Pas de réaction. On ne l'avait pas entendu !

Prenant une profonde inspiration, il ferma les yeux et rassembla ses dernières forces.

— Hissez ! hurla-t-il, si fort que le chien, alarmé, se leva d'un bond, et que le dieu remua en gémissant.

— Xplf wuf ? lui parvint une voix, les mots claquant dans le tube comme une poignée de cailloux.

— *Hissez* ! vociféra Lambic exaspéré, désespéré, et paniqué.

La main-forte fit une prodigieuse embardée, qui l'aurait renversé s'il avait été debout, mais il était plaqué contre la paroi pour laisser place au dieu. Lentement, avec des craquements inquiétants, ballottée par les bourrasques, la main-forte commença à s'élever.

Essayant de ne pas penser à ce qui se passerait en cas de rupture du câble, Lambic s'appuya contre la paroi, et ferma les yeux, luttant contre la nausée.

Malheureusement, fermer les yeux lui donna le vertige. Il se sentait tourner sur lui-même, prêt à tomber dans une fosse noire et profonde.

Il ouvrit donc les yeux, et, pour éviter de regarder dehors, se mit en devoir d'étudier le dieu. Il avait toujours pensé à cette créature comme à un mâle. Du moins, il ressemblait plus à un Guègue qu'à une Guègue. Le visage était taillé à coups de serpe : menton carré et fendu, couvert d'une courte barbe raide ; lèvres fermes et pincées qui ne se détendaient jamais, semblant garder des secrets que le dieu emporterait avec lui dans la mort. Quelques fines pattes d'oie : sans être un vieillard, il n'était déjà plus un jeune homme. Les cheveux courts maculés de sang et trempés de pluie, révélaient des plaques blanches aux tempes, au-dessus du front et sur la nuque. Le dieu n'avait que la peau sur les os. Il était mince, trop mince pour le goût d'un Guègue.

— C'est sans doute pour ça qu'il porte tant de vêtements, se dit Lambic, faisant de son mieux pour ne pas regarder les éclairs, qui rendaient la nuit plus claire que n'était le jour des Guègues.

Le dieu portait une tunique de cuir épais sur une chemise à col lacé. Sa gorge était entourée d'un morceau de tissu aux extrémités passées dans la tunique. Les larges manches longues étaient lacées aux poignets. La culotte de peau souple était enfoncée dans des bottes attachées sur les côtés par des boutons qui semblaient taillés dans la corne d'un animal quelconque. Le manteau était long, sans col, avec des manches courtes. Les couleurs étaient ternes : des bruns et des blancs, des gris, un noir pisseux. Le tissu était usé, élimé par endroits. La tunique, la culotte et les bottes de cuir s'étaient faites à son corps comme une seconde peau.

Très curieusement, le dieu avait les mains emmaillotées dans des bandages. Stupéfait de ce détail, qui lui avait échappé jusque-là, Lambic regarda ces mains de plus près. Les bandages, artistement enroulés autour du poignet, couvraient le revers de la main et la paume et se rejoignaient à la base des doigts et du pouce.

— Pourquoi ? se demanda Lambic, tendant la main pour découvrir l'explication.

Le chien gronda d'un air si menaçant que Lambic en eut la chair de poule. L'animal s'était levé d'un bond et le regardait de l'air de dire : « Si j'étais toi, je laisserais mon maître tranquille. »

— D'accord, bredouilla le Guègue, s'affaissant contre la paroi.

Le chien, avec un regard approbateur, se rallongea et ferma les yeux, comme pour dire : « Maintenant, je suis sûr que tu te tiendras tranquille, alors, si tu permets, je vais faire un petit somme. »

Le chien avait raison. Lambic se tiendrait tranquille. Il avait peur de bouger, presque de respirer.

Les Guègues, qui ont l'esprit pratique, aiment les chats, ces animaux utiles qui gagnent leur pitance en attrapant les souris. La Bougonne-Batte aimait les chats, du moins le supposait-on, vu que c'étaient les Créchi-Créchas — créateurs de la Bougonne-Batte — qui avaient les premiers amené des chats parmi les Guègues. Il y avait toutefois quelques chiens sur Drevlin. Leurs propriétaires étaient généralement des Guègues riches — comme le Haut Contre-sous-Maître et les membres de son clan. Les chiens n'étaient pas des animaux de compagnie, ils servaient à protéger les richesses. Un Guègue n'aurait jamais pris la vie d'un autre, mais il en existait quelques-uns qui ne se faisaient pas scrupule de prendre les biens de leur prochain.

Les chiens guègues tendaient à ressembler à leurs maîtres : courts sur pattes, torse de taureau, tête plate et nez camard... avec, en plus, l'air méchamment stupide. Mais le chien qui tenait Lambic en respect avait une robe lisse et soyeuse sur un corps svelte le museau long, un air exceptionnellement intelligent, de grands yeux bruns et liquides, le poil noir avec les sourcils, le bout des pattes et des oreilles blancs. C'étaient les sourcils, décida Lambic, qui lui donnaient cet air étonnamment expressif pour un animal.

Ainsi Lambic étudiait-il le dieu et la bête. Et il eut tout le temps de les observer pendant la remontée de la main-forte jusqu'à l'île de Drevlin.

Et tout le temps résonnait dans sa tête le mot clé : Pourquoi... pourquoi?...

CHAPITRE 19

LEK, DREVLIN, BAS-ROYAUME

Secousse attendait impatiemment que la Bougonne-Batte ait lentement et laborieusement enroulé le câble où pendait la main-forte. A l'occasion, si quelque autre Guègue passait par là, elle tirait son écharpe sur son visage et fixait intensément une grande boîte ronde en verre où se tenait une flèche noire qui ne faisait absolument rien, à part hésiter entre un tas de lignes noires toutes marquées de symboles étranges. La seule chose que savent les Guègues sur cette flèche noire — affectueusement appelée « le doigt-pointé » —, c'est que si elle passait dans la partie où les lignes noires devenaient rouges, c'était le sauve-qui-peut.

Ce soir, le doigt-pointé était sage, rien ne permettait de penser qu'il allait déchaîner des nuages de vapeur capables de cuire à point tout Guègue passant dans les parages. Ce soir, tout allait bien, très bien. Les roues tournaient, les engrenages engrenaient, les crampons cramponnaient. Les câbles montaient et descendaient. Les buldosserres déposaient leurs chargements dans des wagonnets poussés par les Guègues, qui les vidaient dans les gigantesques mâchoires de la Bougonne-Batte, lesquelles mastiquaient le minerai, recrachant ce qu'elles ne voulaient pas et digérant le reste.

La plupart des Guègues de service étaient membres des VLAN. Dans la journée, l'un d'eux avait repéré la buldosserre marquée du « L » de Lambic. Par une chance extraordinaire, elle appartenait à la partie de la Bougonne-Batte proche de Matricia. Secousse, voyageant dans le tram-flash — grâce à la complicité de certains VLAN —, était arrivée à temps pour accueillir son bien-aimé chef.

Toutes les buldosserres étaient remontées, sauf celle qui semblait être cassée. Secousse abandonna son prétendu poste de travail et rejoignit les autres Guègues qui scrutaient anxieusement le trou percé dans l'île de coralite et ouvrant en bas sur le ciel. De temps en temps, Secousse regardait nerveusement autour d'elle, car elle ne faisait pas partie de cette équipe, et si elle était prise, elle devrait donner des explications. Heureusement, les autres Guègues venaient rarement dans le voisinage de la main-forte. Mais elle surveillait les wagonnets qu'on roulait au niveau supérieur.

— T'en fais pas, dit Lof. Si quelqu'un regarde en bas, il pensera juste qu'on aide à réparer une serre.

Lof était un jeune Guègue de belle mine. Il admirait immensément Secousse, et ne s'était pas indûment affligé de l'exécution de Lambic. Il serra même sa main, mais elle avait besoin de cette main et se dégagea.

— La voilà! s'écria-t-elle, très excitée, pointant le doigt dans la cheminée. La voilà!

— Tu veux dire, ce truc qui vient d'être frappé par la foudre? demanda Lof, plein d'espoir.

— Non! dit sèchement Secousse. Enfin, oui, mais ça n'a pas été foudroyé.

Ils voyaient tous la main-forte et sa bulle s'élever dans la cheminée. Jamais la Bougonne-Batte n'avait paru si lente. Plusieurs fois, Secousse se demanda si elle n'était pas en panne et jeta un coup d'œil sur le treuil géant, mais il continuait à tourner.

Enfin la main-forte entra dans la Bougonne-Batte. Le treuil s'arrêta en grinçant et la cheminée se referma dans un roulement de tonnerre.

— C'est lui! C'est Lambic! s'exclama Secousse, qui ne voyait pourtant qu'une tache floue à travers la bulle ruisselant d'eau.

— Je n'en suis pas certain, dit Lof, se raccrochant à un dernier espoir. Est-ce que Lambic a une queue?

Mais Secousse ne l'entendit pas. Elle se rua vers la main avant même que la cheminée fût complètement refermée, et, arrivée à la porte, tira dessus avec impatience.

— Elle ne s'ouvre pas ! s'écria-t-elle.

En soupirant, Lof étendit la main et tourna la poignée.

— Lambic ! glapit Secousse, sautant dans la bulle pour en dégringoler immédiatement.

Un « ouah » hostile en sortit.

Les Guègues, devant la pâleur de Secousse, reculèrent.

— Qu'est-ce que c'est ? demanda quelqu'un.

— Un ch... chien, je crois, bredouilla Secousse.

— Alors, ce n'est pas Lambic ? dit Lof, tout ragaillardi.

Une voix mourante leur parvint de l'intérieur.

— Si, c'est moi ! Le chien est gentil. Vous lui avez fait peur, c'est tout. Il s'inquiète pour son maître. Là, donnez-moi un coup de main. On est vraiment serrés là-dedans.

Ils virent des doigts s'agiter à la porte. Les Guègues se regardèrent avec appréhension, puis, d'un commun accord, reculèrent encore d'un pas.

Secousse s'arrêta, en attente, sollicitant du regard l'aide des autres Guègues, lesquels, tour à tour, regardèrent le treuil, la mâchi-coupeuse ou le branle-parquet, n'importe quoi sauf la bulle qui aboyait.

— Hé, aidez-moi à sortir de ce truc ! cria Lambic.

Les lèvres pincées d'un air qui n'annonçait rien de bon pour personne, Secousse s'approcha de la bulle et examina la main. Elle ressemblait à celle de Lambic — avec taches d'encre et tout. Précautionneusement, elle la saisit et tira. Les espoirs de Lof sombrèrent à jamais quand Lambic — suant et cramoisi — parut dans l'ouverture.

— Hello, ma chérie, dit Lambic en lui serrant la main, sans voir le visage qu'elle lui donnait à embrasser.

Sortant de la bulle, il fit immédiatement demi-tour et y rentra.

— Hé, maintenant, aidez-moi à le sortir, cria-t-il de l'intérieur.

— Qui c'est ? demanda Secousse. Le chien ? Il ne peut pas sortir tout seul ?

Lambic se retourna vers eux.

— Un dieu ! dit-il, rayonnant. Je vous ramène un dieu !

Les Guègues le regardèrent en silence.

— Lambic, dit sévèrement Secousse, était-ce bien nécessaire ?

— Mais... euh... oui, bien sûr ! répondit-il interloqué. Tu ne me croyais pas. Là, aide-moi à le sortir. Il est blessé.

— Blessé ? demanda Lof, retrouvant quelque espoir. Comment un dieu peut-il être blessé ?

— Aha ! vociféra Lambic.

Et ce fut un « aha ! » si fort et si puissant que le pauvre Lof fut exclu de la course à jamais.

Il y eut quelque problème avec le chien qui, planté devant son maître, montrait les dents. Lambic et le chien avait conclu un armistice pendant la remontée : le premier restait immobile et le second ne lui sautait pas à la gorge. Mais ces clauses étaient devenues inapplicables. Les « bon toutou ! » et les « t'es mignon » restèrent sans résultat. Désespéré, Lambic essaya de raisonner l'animal.

— Écoute, dit-il, on n'a pas l'intention de lui faire du mal. La seule façon de l'aider, c'est de le sortir de là et de le mettre en lieu sûr. On le soignera bien, je te le promets.

Les grondements se turent ; l'animal regarda le Guègue d'un air à la fois tenté et soupçonneux.

— Tu peux venir. Et s'il arrive quelque chose qui te déplaît, tu peux toujours me sauter à la gorge !

Le chien pencha la tête, oreilles dressées, écoutant avec attention. Puis il regarda le Guègue d'un air grave.

Je te donne une chance, mais n'oublie pas que j'ai toujours mes dents.

Alors il sauta légèrement hors de la bulle et atterrit aux pieds de Lambic.

Les Guègues détalèrent instantanément, et se cachèrent sous les parties de la Bougonne-Batte qui leur parurent assurer la meilleure protection contre des crocs acérés. Seule Secousse ne lâcha pas pied, bien décidée à ne pas abandonner l'homme qu'elle aimait, quel que fût le danger. Pourtant, le chien ne s'intéressait pas aux Guègues le moins du monde. Son attention était totalement concentrée sur son maître.

— Là, haleta Lambic, tirant le dieu par les pieds. Prends-le par ce bout, Secousse. Moi je prendrai la tête. Là, doucement. Doucement.

Ayant bravé le chien, Secousse se sentait capable de tout, même de porter un dieu par les pieds. Foudroyant du regard ses lâches compatriotes, elle saisit les bottes du dieu et tira. Lambic guida le corps inconscient à mesure qu'il sortait de la bulle, lui saisissant les épaules dès qu'elles émergèrent. Ensemble, les Guègues posèrent le dieu par terre.

— Oh là là ! dit Secousse, apitoyée au point d'oublier sa peur.

Elle toucha doucement l'entaille de la tête.

— Il est très grièvement blessé !

— Je sais, dit Lambic avec angoisse. J'ai été obligé de le traîner hors de sa nef avant que la buldosserre ne l'écrase.

— Il est glacé. Ses lèvres sont bleues. Si c'était un Guègue, je dirais qu'il est mourant. Mais peut-être que c'est normal, pour un dieu.

— Je ne crois pas. Il n'avait pas cet air la première fois que je l'ai vu, juste après son crash. Oh, Secousse, il ne *peut pas* mourir comme ça !

Le chien, la voyant toucher doucement son maître, lui donna un grand coup de langue sur la main et leva sur elle ses grands yeux suppliants.

Secousse, d'abord étonnée, se détendit.

— Ne t'en fais pas, tout ira bien, dit-elle doucement, caressant timidement la tête du chien qui aplatit les oreilles et remua un peu la queue.

— La première chose à faire, reprit-elle, c'est de l'emmener dans un endroit chaud et tranquille où on pourra le soigner. C'est presque l'heure du changement d'équipe. Nous ne voulons pas qu'on le voie...

— Nous ne voulons pas ? l'interrompit Lambic.

— Non ! Pas avant qu'il soit guéri et qu'on soit prêts à répondre aux questions. Ce sera un grand moment dans l'histoire de notre peuple. Il ne faut pas le gâcher par précipitation. Allez chercher une civière...

— Le dieu ne tiendra pas sur une civière, remarqua Lof, boudeur. Ses jambes dépasseront et ses pieds traîneront pas terre !

Secousse réfléchit, fronçant les sourcils, quand un grondement métallique retentit.

— Qu'est-ce que c'est que ça? dit-elle, alarmée.

— Ils vont ouvrir le sol! dit Lof.

— Quel sol? s'enquit Lambic, curieux.

Lof montra du doigt les plaques métalliques sous leurs pieds et leva la tête vers les buldosserres qui, ayant déchargé leurs minerais, s'apprêtaient à redescendre.

— Il faut débarrasser le branle-parquet! dit-il d'un ton pressant.

Se glissant près de Secousse, il murmura :

— Laisse le dieu. Quand le sol s'ouvrira, il retournera d'où il vient. Son chien aussi.

Mais Secousse regardait les wagonnets roulant au-dessus de sa tête.

— Lof! dit-elle, tout excitée, le tirant par la barbe (une habitude acquise dans le commerce de Lambic). Les wagonnets! Le dieu y tiendra facilement! Vite! Vite!

Le sol commençait à vibrer, et n'importe quoi valait mieux que de se faire tirer la barbe à s'en arracher les racines. Lof courut avec les autres Guègues chercher un wagonnet vide.

Secousse enveloppa le dieu dans sa cape. Elle et Lambic le traînèrent hors du branle-parquet; pendant ce temps, Lof et les autres étaient revenus, roulant un wagonnet sur la rampe abrupte reliant leur étage à celui du dessus. Le gong résonna encore. Le chien gémit et aboya. Ou le bruit blessait ses oreilles, ou il sentait le danger et incitait les Guègues à se hâter. (Lof tenait pour la première hypothèse. Lambic était tenté par la seconde. Secousse leur ordonna de se taire et de travailler.)

A eux tous, les Guègues parvinrent à hisser le corps du dieu dans le wagonnet. Secousse lui mit la cape de Lof en boule sous la tête sans se soucier des protestations du généreux donateur. Le gong résonna une troisième fois. Tous câbles crissant et grinçant, les buldosserres commencèrent à redescendre. Le branle-parquet gronda et s'ouvrit lentement. Les Guègues, déséquilibrés, s'alignèrent derrière le wagonnet et poussèrent. Le wagonnet fit un bon en avant et remonta la rampe, les Guègues suant et soufflant derrière, le chien leur mordillant les talons.

Les Guègues sont forts, mais le wagonnet en acier était lourd, sans parler du poids du dieu à l'intérieur. Il n'avait jamais été conçu pour être poussé par des Guègues, et était beaucoup plus enclin à descendre la rampe qu'à la remonter.

Lambic en tira de vagues idées de poids, d'inertie et de gravité, qui l'auraient sans doute mené à la découverte d'une nouvelle loi de la physique si sa vie n'avait pas été en danger. Le sol s'ouvrait sous leurs pieds, les buldosserres descendaient avec fracas dans l'abîme, et il y eut un moment où ils crurent qu'ils ne pourraient pas tenir et que le wagonnet gagnerait la partie, entraînant Guègues, dieu et chien dans la cheminée.

— Encore une fois, tous ensemble ! grogna Secousse, arc-boutée contre le wagonnet, rouge d'épuisement.

Lambic ne servait pas à grand-chose, étant naturellement faible, et encore affaibli par sa terrible épreuve. Mais il faisait de son mieux. Lof semblait sur le point d'abandonner.

— Lof, haleta Secousse, s'il se met à rouler en arrière, mets ton pied sous la roue !

Lof était naturellement pied-plat mais ne voyait aucune raison d'aggraver cette infirmité, et cet ordre lui donna de nouvelles motivations. Il appliqua son épaule contre le wagonnet, serra les dents, ferma les yeux et donna une puissante poussée. Le wagonnet bondit de l'avant avec une telle force que Lambic tomba à genoux. Le wagonnet franchit le sommet de la rampe. Les Guègues s'effondrèrent, épuisés, et le chien lécha le visage de Lof, à la grande consternation de l'intéressé. Lambic monta la rampe à quatre pattes, et, arrivant en haut, s'évanouit.

— Il ne manquait plus que ça ! grommela Secousse.

— Je ne vais pas le trimbaler *aussi* ! protesta Lof avec amertume.

Il commençait à penser que son père avait raison et qu'il n'aurait jamais dû s'occuper de politique.

Une bonne traction sur sa barbe et une gifle sonore

ramenèrent Lambic à une demi-conscience. On crut l'entendre parler de pentes et de plans, mais Secousse lui ordonna de se taire et de se rendre utile en cachant le chien dans le wagonnet avec son maître.

— Et dis-lui de se taire, à lui aussi ! commanda Secousse.

Les yeux de Lambic se dilatèrent comme s'ils allaient lui sortir de la tête. Mais le chien résolut le problème en sautant tout seul dans le wagonnet.

Secousse jeta un coup d'œil sur le dieu et leur apprit qu'il vivait encore et qu'il avait meilleure mine depuis qu'elle l'avait enveloppé dans son manteau. Les Guègues recouvrirent le blessé de fragments de coralite et de débris divers produits par la Bougonne-Batte, jetèrent un sac de jute sur le chien et pointèrent le wagonnet sur la sortie la plus proche.

Nul ne les arrêta. Nul ne leur demanda *pourquoi* ils poussaient un wagonnet de minerai dans les tunnels. Nul ne voulut savoir *où* ils allaient ou ce qu'ils feraient une fois qu'ils y seraient. Secousse, avec un sourire las, dit que c'était mieux comme ça. Lambic déclara, effaré, que ce manque de curiosité n'était pas à l'honneur de son peuple.

CHAPITRE 20

LEK, DREVLIN, BAS-ROYAUME

Dans le Labyrinthe, il faut avoir l'instinct aiguisé comme un rasoir, car l'instinct, lui aussi, est une arme de survie, souvent plus utile qu'une arme d'acier. Ayant repris connaissance, Haplo se garda instinctivement de le révéler. Tant qu'il n'aurait pas repris le contrôle total de toutes ses facultés, il resterait parfaitement immobile, étouffant un gémissement de douleur et résistant à l'envie d'ouvrir les yeux pour regarder où il était.

Faire le mort. Souvent, c'est assez pour que l'ennemi vous ignore.

Des voix se rapprochaient et s'éloignaient. Il essayait de s'y raccrocher, mais autant essayer de pêcher à mains nues. Elles lui filaient entre les doigts comme des poissons dans l'eau. C'étaient des voix graves et sonores, clairement audibles par-dessus le tumulte régnant autour de lui, et même en lui, car il aurait juré qu'il sentait son corps vibrer. Les voix semblaient discuter, mais sans violence. Haplo se sentit à l'abri et se détendit.

— Je dois être tombé aux mains des Squatters...

— Le gosse vit encore. Il a une vilaine blessure à la tête, mais il s'en sortira.

— Les deux autres? Je suppose que ce sont ses parents.

— Morts. Des Nomades, à en juger sur l'apparence. Les snogs les ont eu, bien entendu. Ils ont laissé vivre le gosse parce qu'il était trop petit.

— Non. Les snogs ne font pas de sentiment. Je crois

qu'ils ne l'ont pas vu. Il était bien caché dans les buissons. S'il n'avait pas gémi, on ne l'aurait jamais trouvé. Ça lui a sauvé la vie cette fois, mais c'est une mauvaise habitude. Il faudra la lui faire passer. A mon avis, ses parents savaient qu'ils étaient en danger. Ils l'ont assommé pour l'empêcher de révéler sa présence, et ils l'ont caché, puis ils ont essayé d'entraîner les snogs loin de lui.

— Un coup de chance pour lui que ç'aient été des snogs et pas des dragons qui l'auraient flairé.

— Quel est son nom?

L'enfant sentit des mains parcourir son corps, qui était nu à l'exception d'une bande de cuir souple nouée autour de ses reins. Les mains suivirent ses tatouages, qui commençaient au cœur, couvraient le torse, descendaient sur le ventre et les jambes jusqu'au dessus des pieds, sans toucher les plantes, et le long des bras jusqu'au dessus des mains sans toucher l'intérieur des doigts ni les paumes, et remontaient dans le cou; mais il n'en avait pas sur la tête et le visage.

— Haplo, dit l'homme, lisant les runes sur le cœur. Il est né quand la Septième Porte est tombée. Ce qui lui fait dans les neuf ans.

— Il a de la chance d'avoir vécu si longtemps. Je n'arrive pas à imaginer des Nomades essayant de s'en sortir avec un enfant sur les bras. On ferait bien de filer. Les dragons ne vont pas tarder à flairer le sang. Viens, mon garçon. Réveille-toi. Debout. On ne peut pas te porter. Là, tu es réveillé maintenant?

Le saisissant par l'épaule, l'homme conduisit Haplo près des corps mutilés de ses parents.

— Regarde bien. Et souviens-toi. Ce ne sont pas les snogs qui ont tué ton père et ta mère. Ce sont ceux qui nous ont enfermés dans cette prison et nous y ont laissés pour y mourir. Qui sont-ils, mon garçon? Le sais-tu?

Ses doigts s'enfoncèrent dans l'épaule d'Haplo.

— Les Sartans, répondit Haplo d'une voix étranglée.

— Répète.

— Les Sartans! cria-t-il.

— Bien. Ne l'oublie jamais, mon garçon. Ne l'oublie jamais...

De nouveau, Haplo reprit lentement connaissance. Le tapage continuait autour de lui, mais il entendait des voix, les mêmes voix qu'il se rappelait vaguement avoir entendues un peu plus tôt, mais qui, cette fois, paraissaient moins nombreuses. Il essaya de se concentrer sur les paroles, mais c'était impossible. Les élancements fulgurant dans sa tête empêchaient toute pensée rationnelle. Il fallait arrêter la douleur.

Prudemment, Haplo entrouvrit les yeux et regarda entre ses paupières. La lueur d'une unique chandelle placée près de sa tête était loin d'illuminer les lieux. Il ne savait absolument pas où il se trouvait, mais il comprit qu'il était seul.

Lentement, Haplo souleva sa main gauche ; il l'approchait de sa tête quand il s'aperçut qu'elle était emmaillotée de bandages. La faible lueur du souvenir brilla dans les ténèbres de la douleur.

Raison de plus pour se débarrasser de cette blessure débilitante.

Serrant les dents, remuant avec précaution pour ne pas faire le moindre bruit, Haplo, de sa main droite, tira sur les bandages de la gauche. Enroulés autour des doigts, ils ne tombèrent pas complètement, mais se distendirent suffisamment pour dégager le dos de la main.

La peau en était couverte de tatouages, dont les courbes et les boucles, les volutes et les circonvolutions, de différentes nuances de bleu et de rouge, semblaient tracées au hasard. Pourtant, chaque motif avait son sens spécifique, qui, combiné avec des sigles voisins, pouvait se modifier à l'infini[1]. Prêt à figer son mouvement s'il détectait le moindre indice d'une présence, Haplo leva le bras et pressa le revers de sa main contre la blessure de son front.

Le cercle était fermé. La chaleur afflua de sa main à

1. De la même façon que deux mots, ayant chacun leur sens propre, peuvent se combiner pour en former un troisième de sens différent, et dérivant pourtant des deux autres. C'est une explication très grossière du langage runique des Patryns, qui peuvent produire une grande variété d'effets magiques selon la façon dont chaque motif est placé par rapport aux autres.

son front, traversa sa tête et revint à son bras, et de son bras à sa main. Le sommeil s'ensuivrait, et, pendant que son corps se reposerait, la douleur se calmerait, la blessure se fermerait, les contusions internes guériraient, et au réveil, il aurait retrouvé toutes sa mémoire et sa lucidité. Rassemblant ses forces déclinantes, il rabaissa le bandage sur le dos de sa main. Ses bras retombèrent, sans force, heurtant quelque chose de dur sous lui. Une truffe froide se fourra dans sa paume... un doux museau se frotta contre ses doigts...

... Épée en main, Haplo faisait face à deux chaodyns. Sa seule émotion était la colère — une rage brûlante qui consumait la peur. Il arrivait en vue de son but. La Dernière Porte était visible à l'horizon. Pour l'atteindre, il n'avait plus qu'à traverser une vaste prairie qui lui avait parue déserte lors d'une reconnaissance. Il aurait dû savoir. Le Labyrinthe ne le laisserait jamais s'échapper. Il utiliserait toutes ses armes. Mais le Labyrinthe était astucieux. Son intelligence maléfique avait combattu les Patryns pendant mille ans avant que quelques-uns aient pu acquérir les techniques nécessaires pour en sortir. Haplo avait vécu et combattu pendant vingt-cinq portes[1], pour se voir vaincu à la fin.

Le Labyrinthe lui avait permis de s'avancer loin dans la prairie, où ni arbre ni rocher ne lui permettait de protéger ses arrières, et l'opposait maintenant à deux chaodyns.

Les chaodyns sont des ennemis mortels. Nés de la magie démentielle du Labyrinthe, ces êtres géants semblables à des insectes sont versés dans l'usage de toutes les armes (ces deux-là étaient armés de larges épées).

1. Dans le Labyrinthe, les Patryns mesurent leur âge en « portes ». Cette coutume date sans doute des premiers temps de leur emprisonnement, quand l'âge d'une personne était déterminé par le nombre de portes qu'il ou elle avait franchies — ce passage étant le symbole le plus important dans leur société.

Quand le Seigneur du Nexus revint enfin dans le Labyrinthe pour en prendre le contrôle partiel par sa magie, il établit une mesure du temps standard (basée sur les cycles du soleil dans le Nexus) à laquelle s'applique maintenant le nom de « porte ».

Haut comme un homme, le corps couvert d'une carapace noire, avec des yeux bulbeux, quatre bras et deux puissantes pattes postérieures, un chaodyn peut être tué — tout ce qui vit dans le Labyrinthe peut être tué. Mais il faut le frapper droit au cœur. Car s'il continue à vivre, même une seconde, une goutte de son sang produira une copie de lui-même, et tous deux, indemnes, continueront le combat.

Haplo en affrontait deux, et il ne lui restait que son épée gravée de runes et sa dague de chasse. Si ces armes manquaient leur cible et ne réussissaient qu'à blesser, il devrait affronter quatre chaodyns. S'il échouait encore, ils seraient huit. Non, impossible de gagner.

Les deux chaodyns se déplacèrent, l'un sur la droite, l'autre sur la gauche. Quand il en attaquerait un, l'autre le frapperait dans le dos. La seule chance du Patryn était d'en tuer un sur le coup, puis de se retourner contre l'autre.

Cette stratégie en tête, Haplo recula, feintant vers l'un, puis vers l'autre, les forçant à garder leurs distances. Ce qu'ils firent, jouant avec lui, sachant qu'il était en leur pouvoir, car les chaodyns prennent plaisir à tourmenter leurs victimes et tuent rarement tout de suite s'ils voient l'occasion de s'amuser un peu.

Furieux à en perdre la raison, indifférent à la vie ou à la mort, désirant seulement frapper ces créatures et, à travers elles, le Labyrinthe, Haplo fit appel à une vie entière de peur et de désespoir et mit derrière son coup toute la force de sa rage et de sa frustration. La lance s'envola de sa main; il lança l'appel runique qui la dirigerait droit sur l'ennemi. Il avait bien visé, la lance s'enfonça dans la carapace noire de l'insecte qui tomba à la renverse, mort avant d'avoir touché le sol.

Une douleur terrible fulgura dans son corps. Le souffle coupé, il se retourna pour affronter son autre ennemi. Il sentait son sang, tiède contre sa peau glacée, couler de sa blessure. Les chaodyns ne peuvent utiliser la magie des runes, mais une longue expérience des combats contre les Patryns leur a appris quelles parties de leur corps tatoué sont vulnérables. La tête est la meilleure cible. Mais l'épée de ce chaodyn l'avait frappé dans le dos. A l'évidence, l'insecte ne voulait pas le tuer, pas tout de suite.

Haplo n'avait plus sa lance. C'était maintenant dague de chasse contre large épée. Haplo pouvait passer sous la garde du chaodyn et frapper droit au cœur ou courir le risque de lancer son arme. Son couteau — utilisé pour écorcher, rectifier, découper — n'était pas gravé des runes du vol. S'il manquait son but, il serait désarmé et sans doute opposé à deux ennemis. Mais il fallait mettre un terme au combat, et vite. Il perdait du sang et n'avait pas de bouclier pour parer les coups d'épée du chaodyn.

Celui-ci, comprenant le dilemne d'Haplo, balança son énorme lame. Visant le bras gauche, l'insecte essaya de le sectionner — pour estropier l'ennemi sans le tuer. Haplo vit venir le coup et se retourna pour le recevoir sur l'épaule. La lame s'y enfonça, les os craquèrent. Sous la douleur, il faillit s'évanouir. Il ne sentait plus sa main gauche, sans parler de s'en servir.

Le chaodyn recula, se remettant en position pour le prochain assaut. Haplo serrait sa dague, s'efforçant de voir à travers la brume rouge obscurcissant sa vue. Sa vie n'importait plus. Sa haine avait pris le dessus. La dernière émotion qu'il désirait éprouver avant de mourir, c'était la satisfaction d'entraîner son ennemi avec lui.

Le chaodyn releva sa lame, se préparant à asséner un coup accablant à sa victime impuissante. Avec le calme du désespoir, perdu dans une stupeur qui n'était pas entièrement feinte, Haplo attendit. Il avait une nouvelle stratégie. Il mourrait, mais son ennemi aussi. L'insecte ramena le bras en arrière, et, à cet instant, une forme noire bondit derrière Haplo et se jeta sur le chaodyn.

Désorienté, le monstre détourna les yeux vers l'attaquant, et, ce faisant, modifia l'angle de son coup pour le diriger sur son nouvel ennemi. Haplo entendit un jappement de douleur et eut la sensation d'un corps duveteux tombant par terre. Il ne se posa pas de questions. Le chaodyn, abaissant le bras vers cette nouvelle menace, laissait sa poitrine à découvert. Haplo dirigea sa dague droit au cœur.

Le chaodyn vit le danger et voulut parer, mais Haplo était trop près. L'épée de la créature lui blessa le flanc, glissa sur les côtes. Haplo sentit le coup. Il enfonça sa dague dans le cœur du chaodyn avec une telle force qu'ils s'écrasèrent à terre tous les deux.

Se dégageant de son ennemi, Haplo ne se donna même pas la peine de se relever. Le chaodyn était mort. Maintenant, il pouvait mourir aussi et trouver la paix, comme tant d'autres avant lui. Le Labyrinthe avait gagné. Mais il s'était bien battu. Jusqu'au bout.

Haplo gisait sur le sol, sentant sa vie s'échapper. Il aurait pu tenter de se guérir, il aurait dû consentir des efforts, des mouvements, d'autres souffrances. Il n'avait pas envie de bouger, de continuer à souffrir. Il bâilla, déjà à moitié endormi. C'était bon de rester couché là, sachant qu'il n'aurait plus jamais à se battre.

Un son plaintif lui fit rouvrir les yeux, non par peur, mais par irritation de ne même pas pouvoir mourir en paix. Tournant légèrement la tête, il vit un chien. Ainsi, c'était la chose noire et duveteuse qui avait attaqué le chaodyn. D'où sortait-il ? Il devait être dans la prairie, peut-être en train de chasser, et il s'était porté à son aide.

Le chien était couché, la tête sur les pattes. Voyant Haplo le regarder, il se remit à geindre, et, se traînant de l'avant, essaya de lui lécher la main. C'est alors qu'Haplo s'aperçut que le chien était blessé.

Le sang coulait d'une large entaille au flanc. Haplo se rappela vaguement l'avoir entendu japper en tombant. Le chien le fixait avec espoir, attendant — comme font les chiens — que cet humain le soigne et fasse cesser cette terrible douleur.

— Désolé, marmonna Haplo. Je ne peux rien faire pour toi. Je ne peux déjà rien faire pour moi-même.

Au son de cette voix humaine, le chien remua faiblement la queue et continua à le regarder avec une confiance totale.

— Va-t'en mourir ailleurs ! dit Haplo, avec un geste de colère.

La douleur fulgura dans son corps, et il poussa un cri d'agonie. Le chien aboya faiblement, et Haplo sentit un doux museau se blottir dans sa main. Tout blessé qu'il était, le chien lui offrait son amitié.

Puis Haplo, mi-irrité, mi-réconforté, s'aperçut que le chien s'efforçait de se lever. Chancelant sur ses pattes, la bête fixa la ligne d'arbres derrière eux, lécha de nouveau la main d'Haplo, puis s'éloigna en boitillant vers la forêt.

Il s'était mépris sur le geste d'Haplo. Il allait chercher des secours — pour lui.

Le chien n'alla pas loin. Il fit trois ou quatre pas vacillants avant de s'effondrer. Mais après un instant de repos, il se remit en marche.

— Arrête ! murmura Haplo. Arrête ! Ça ne vaut pas la peine !

Sans comprendre, l'animal tourna la tête et regarda l'homme, de l'air de dire : « Patience. Je ne peux pas aller vite, mais je ne te laisserai pas tomber. »

Pitié, compassion, altruisme — ce ne sont pas des vertus pour les Patryns. Ce sont des défauts spécifiques des races inférieures qui déguisent ainsi leurs faiblesses innées. Haplo n'avait pas ces défauts. Brutal, arrogant, brûlant de haine, il avait lutté et combattu sur toute l'étendue du Labyrinthe, seul et solitaire. Il n'avait jamais demandé ni donné aucune aide. Et là où tant d'autres étaient morts, il avait survécu. Jusqu'à maintenant.

« Tu es un lâche, se dit-il. Cet animal a le courage de lutter pour vivre, et toi, tu renonces. Qui plus est, tu mourras son débiteur. Car, que cela te plaise ou non, ce chien t'a sauvé la vie. »

Ce n'est pas l'affection qui poussa Haplo à prendre sa main droite pour soulever sa main gauche. C'est la honte et l'orgueil.

— Viens ici ! ordonna-t-il au chien.

Le chien, trop faible pour se lever, rampa sur le ventre, laissant une traînée de sang derrière lui.

Serrant les dents, haletant, criant de douleur, Haplo appliqua le motif du dos de sa main gauche contre le flanc déchiré du chien, puis posa sa main droite sur la tête de l'animal. Le cercle guérisseur était fermé ; malgré sa vue qui baissait rapidement, Haplo vit la blessure du chien se fermer.

— S'il guérit, nous le présenterons au Haut Contre-sous-Maître comme preuve que mon histoire est vraie ! Nous leur montrerons, à lui et à notre peuple, que les Elfes ne sont pas des dieux ! Notre peuple verra qu'on lui a menti pendant toutes ces années pour le maintenir en esclavage.

— *Si* il guérit, dit une voix féminine, plus douce. Son état est vraiment grave, Lambic. Il y a cette profonde entaille à la tête, et il est peut-être blessé ailleurs. Le chien ne me laisse pas approcher pour voir. D'ailleurs, ça n'a pas d'importance. Ces blessures à la tête sont presque toujours mortelles. Tu te rappelles le jour où Hal Cloumarteau a manqué une marche et a dégringolé l'escalier...

— Je sais, je sais, répondit une voix découragée. Oh, Secousse, il *ne peut pas* mourir ! Je voudrais qu'il te parle de son monde. C'est un endroit merveilleux, comme celui que j'ai vu dans les livres. Avec un ciel bleu et une lumière brillante, et des édifices extraordinaires, aussi grands que la Bougonne-Batte...

— Lambic, tu es sûr que tu n'es pas tombé sur la tête ?

— Non, ma chérie. Je les ai vus ! Comme j'ai vu les dieux morts. J'ai ramené des preuves, Secousse. Pourquoi est-ce que tu ne me crois pas ?

— Oh, Lambic, je ne sais plus quoi croire ! Autrefois, je voyais tout si clairement — en noir et blanc, tout bien net et carré. Je savais exactement ce que je voulais pour notre peuple — de meilleures conditions de vie, un partage égal des paiements des Elfes. C'est tout. Susciter quelques troubles, soumettre le Haut Contre-sous-Maître à quelques pressions, et il finirait par céder. Maintenant, tout est gris et confus. Quelle révolution, Lambic ! Balayer toutes nos certitudes séculaires ! Et qu'as-tu pour mettre à la place ?

— La vérité, Secousse.

Haplo sourit. Il était réveillé et écoutait depuis une heure. Il comprenait le sens général — ces êtres se donnaient le nom de Guègues, mais il reconnut qu'ils parlaient le nain, langue dérivée d'une des langues de l'Ancien Monde. Pourtant, bien des choses restaient obscures. Par exemple, qu'était cette Bougonne-Batte dont ils parlaient avec tant de crainte révérentielle ?

C'est pour ça qu'il avait été envoyé ici. Pour apprendre. Pour ouvrir l'œil et les oreilles, fermer la bouche et ne rien toucher.

Tendant la main, Haplo gratta la tête du chien pour rassurer l'animal. Ce voyage à travers les Portes de la Mort n'avait pas commencé comme prévu. Quelque part, son seigneur s'était trompé dans ses calculs. Les runes n'avaient pas été alignées convenablement. Haplo s'en était aperçu trop tard. Il n'avait rien pu faire pour éviter le crash.

Il n'était pas très inquiet d'être piégé sur ce monde. Il avait été piégé dans le Labyrinthe et en était sorti. Après une telle expérience, sur un monde ordinaire comme celui-là, il serait — comme disait son maître — « invincible ». Il n'avait qu'à jouer son rôle.

Quand il aurait rempli sa mission, il trouverait bien le moyen de rentrer.

— J'ai l'impression d'avoir entendu quelque chose.

Secousse entra dans la chambre, apportant plusieurs chandelles avec elle. Haplo la regarda, clignant des yeux. Le chien gronda et se ramassa pour bondir, puis se coucha sur un signe de son maître.

— Lambic ! cria Secousse.

— Il est mort ! se désola le Guègue, qui arriva en courant.

— Non, non, il n'est pas mort !

S'agenouillant près du lit, Secousse tendit une main tremblante vers le front d'Haplo.

— Regarde ! La blessure est guérie ! Complètement. Sans... sans même laisser une cicatrice ! Oh, Lambic, peut-être que tu te trompes ! Peut-être que c'est vraiment un dieu !

— Non, dit Haplo, se soulevant sur un coude et considérant les Guègues stupéfaits. J'étais un esclave comme vous poursuivit-il d'une voix grave, cherchant ses mots dans la langue des nains. Mais mon peuple a triomphé de ses maîtres, et je suis venu vous aider à en faire autant.

CHAPITRE 21

EXIL DE PITRIN, MI-ROYAUME

La traversée de l'exil de Pitrin fut plus facile que Hugh ne l'avait prévu. Tourment suivait crânement le train. Alfred surveillait l'enfant avec anxiété, et quand le prince commença à manifester des signes de fatigue, c'est lui qui déclara ne pas pouvoir faire un pas de plus. En fait, il avait la vie beaucoup plus dure que son jeune protégé. Ses pieds semblaient animés d'une volonté propre et s'égaraient sans cesse sur des voies divergentes, butant dans des trous inexistants ou trébuchant sur les obstacles invisibles.

Ils n'avançaient donc pas vite. Hugh ne les poussait pas. Ils se rapprochaient de la crique où son vaisseau était ancré, ce qui lui causait une certaine répugnance ; il s'en irritait et refusait d'en tenir compte.

La marche était agréable, au moins pour Hugh et Tourment. L'air était froid, mais le soleil réchauffait l'atmosphère. Il y avait peu de vent. Ils croisèrent beaucoup de voyageurs, qui profitaient du beau temps pour effectuer leurs déplacements urgents. Le temps était idéal pour les raids, et tout le monde avait un œil fixé sur la route et l'autre sur le ciel, comme dit le proverbe.

Ils virent, très loin, trois dragonefs des Elfes, volant vers quelque destination inconnue, orbitadroite. Le même jour, un vol de cinquante dragons passa juste au-dessus d'eux. Ils virent les chevaliers en selle, le brillant soleil hivernal luisant sur leurs armures, leurs javelots et leurs flèches. Une magicienne volait au centre de la formation. Elle n'avait d'autre arme que sa magie, qui était invisible. Les chevaliers-dragons voyageaient orbitadroite eux aussi. Les Elfes n'étaient pas les seuls à profiter du beau temps.

Tourment avait contemplé leurs vaisseaux bouche bée, les yeux dilatés, très déçu qu'ils n'approchent pas davantage. Alfred, scandalisé, avait été contraint d'empêcher Son Altesse d'ôter son capuchon pour l'agiter comme un drapeau à leur adresse. Hugh prit un plaisir pervers à regarder les voyageurs détaler et se mettre à couvert avant qu'Alfred soit parvenu à modérer l'enthousiasme de l'enfant.

Le soir, autour du feu, Tourment alla s'asseoir près de Hugh, au lieu de prendre sa place habituelle auprès d'Alfred.

— Tu veux bien me parler des Elfes, Messire Hugh ?

— Comment savez-vous que j'ai quelque chose à en dire ?

Hugh sortit sa blague de sterego de son sac. S'adossant à un arbre, étendant les jambes vers le feu, il bourra sa pipe.

Tourment ne regardait pas l'assassin, mais un point situé quelque part à sa droite. Ses yeux bleus devinrent vagues. Hugh mit une brindille dans le feu et s'en servit pour allumer sa pipe. Tirant dessus, il observa l'enfant avec une curiosité détachée.

— Je vois une grande bataille, dit Tourment comme en songe. Je vois des Elfes et des hommes lutter et mourir. Je vois défaite et désespoir, puis j'entends des hommes chanter, et c'est la joie.

Hugh resta si longtemps immobile que sa pipe s'éteignit. Alfred remua, mal à l'aise, et posa la main sur une braise. Étouffant un cri de douleur, il se tordit les mains.

— Votre Altesse, dit-il, très malheureux, je vous ai dit…

— Ça ne fait rien.

Hugh fit tomber la cendre de sa pipe, bourra le fourneau et la ralluma. Il tira lentement dessus, le regard fixé sur l'enfant.

— Vous venez de décrire la Bataille des Sept Champs.

— Tu y étais ? demanda Tourment.

Hugh souffla une volute de fumée.

— Oui, comme pratiquement tous les mâles humains d'à peu près mon âge, y compris votre père le roi. Si c'est ça que vous appelez le don de voyance, Alfred, j'ai vu de meilleurs numéros dans des auberges de troisième ordre. Le petit doit avoir entendu son père la raconter cent fois.

Sur le visage de Tourment, la joie fit place à une douleur profonde. Se mordant les lèvres, il baissa la tête et passa sa manche sur ses yeux.

Alfred regarda Hugh d'un drôle d'air.

— Je vous assure, Messire Hugh, que le don de Son Altesse est authentique et ne doit pas être pris à la légère. Il ne comprend pas la magie, c'est tout. Il est désolé. Maintenant, pourquoi ne pas venir prendre un fondant ?

Tourment alla chercher son bonbon dans le sac du chambellan. Alfred se pencha vers Hugh :

— C'est simplement... Vous comprenez, messire, le roi n'a jamais beaucoup parlé avec son fils. Le Roi Stephen n'a jamais été tout à fait... euh... à son aise en présence de Tourment.

Non, se dit Hugh, Stephen ne devait pas trouver agréable de regarder le visage de sa honte. Peut-être que, dans les traits de l'enfant, le roi — et la reine — voyaient un homme qu'ils ne connaissaient que trop bien.

Le rougeoiement de la pipe mourut. Hugh fit tomber les cendres, ramassa une brindille, la fendit du bout de sa dague, et la plongea dans le fourneau pour retirer le blocage. Il jeta un coup d'œil vers Tourment qui fouillait toujours dans le sac.

— Vous croyez vraiment que ce gosse peut faire ce qu'il prétend — voir des images en l'air ?

— Il le peut ! l'assura Alfred avec sérieux. Je l'ai vu faire trop souvent pour en douter. Et vous devez le croire aussi, messire, sinon...

Hugh, interrompant son geste, leva les yeux.

— Sinon ? Cela ressemble beaucoup à une menace.

Alfred baissa les yeux. De sa main brûlée, il arrachait nerveusement les feuilles d'une couplante.

— Je... je ne voulais pas...

— Si, vous le vouliez. Ça n'aurait pas quelque chose à voir avec cette plume qu'il porte ? Celle que lui a donnée un mystériarque ?

Alfred pâlit, déglutit plusieurs fois avec effort.

— Je ne...

Une branche cassée l'interrompit. Tourment revenait vers le feu. Alfred lui lança le regard reconnaissant du noyé à celui qui lui jette une corde.

Le prince, absorbé dans la dégustation de son fondant, ne remarqua rien. Il se mit à tisonner le feu.

— Aimeriez-vous entendre le récit de la Bataille des Sept Champs ? demanda doucement Hugh.

Le prince leva la tête, les yeux brillants.

— Je parie que tu es un héros !

— Je vous demande pardon, messire, interrompit Alfred, mais je ne vous crois pas patriote. Comment avez-vous pris le risque de participer à la bataille qui a libéré votre pays natal ?

Hugh allait répondre, quand le chambellan grimaça et se leva d'un bond. Se penchant vers la place qu'il venait d'évacuer, il ramassa un gros morceau de coralite, dont les arêtes tranchantes luisaient à la lueur du feu. Heureusement, son épaisse culotte de peau, achetée à un savetier, lui avait évité de se blesser.

— Vous avez raison. La politique n'est pas mon fait, dit Hugh, soufflant une mince volute de fumée. Disons simplement que j'étais là pour affaires...

...Un homme entra dans l'auberge et battit des paupières dans la pénombre. Il était encore tôt, et la salle commune était vide, à part la souillon qui nettoyait le plancher et le voyageur assis dans l'ombre à une table.

— Vous êtes Hugh dit la Main ? demanda l'arrivant.

— C'est moi.

— Je veux vous engager.

L'homme posa un sac devant Hugh qui l'ouvrit et y trouva des pièces de monnaie, des bijoux, et même une cuillère en argent. Faisant une pause, il sélectionna une alliance de femme et regarda l'homme, les yeux plissés.

— Nous nous sommes mis à plusieurs, car aucun de

nous n'était assez riche pour vous engager. Nous avons donné tous les objets précieux que nous avions.

— Qui est la cible?

— Un certain capitaine qui se loue à la noblesse pour entraîner et commander les fantassins à la bataille. C'est un bravache et un lâche, et il a envoyé plus d'une brigade à la mort pendant qu'il restait en sécurité à l'arrière et collectait son dû. Vous le trouverez aux côtés de Warren de Kurinandistal, qui marche avec l'armée du Roi Stephen. Il paraît qu'ils se dirigent vers un endroit du continent appelé les Sept Champs.

— Et quel service attendez-vous de moi? dit Hugh, tâtant la bourse.

— Je représente les veuves et les parents des derniers malheureux qu'il a conduits à la mort, dit l'homme, les yeux flamboyants. Pour notre argent, nous vous demandons ceci : qu'il soit tué de façon à ce qu'il soit évident qu'aucune main ennemie ne l'a touché, qu'il sache qui a acheté sa mort, et que vous laissiez cela sur son cadavre, termina-t-il, tendant à Hugh un petit rouleau...

— Messire Hugh? dit Tourment avec impatience. Continue. Raconte les Sept Champs.

— C'était à l'époque où les Elfes nous gouvernaient. Avec le temps, ils étaient devenus imprudents. Pour eux, les humains sont à peine supérieurs aux bêtes. Naturellement, ils ont raison à bien des égards, et on ne peut guère les blâmer de répéter tout le temps la même erreur.

« A l'époque où ils le gouvernaient, l'Amas d'Uylandia était divisé en petits domaines, chacun dirigé nominalement par un seigneur humain, mais en fait par un seigneur elfien. Les Elfes n'ont jamais eu besoin d'intervenir pour empêcher les clans de s'unir — les clans étaient naturellement divisés.

— Je me suis souvent demandé pourquoi les Elfes n'avaient pas exigé que nous détruisions nos armes, comme c'était la coutume dans le passé, intervint Alfred.

Hugh, tirant sur sa pipe, répondit avec un grand sourire :

— Pourquoi auraient-ils pris cette peine ? Nous nous servions de nos armes pour nous détruire les uns les autres.

« Ce plan marcha si bien que les Elfes finirent pas s'enfermer en haut dans leurs beaux châteaux, sans se donner la peine d'ouvrir une fenêtre pour regarder ce qui se passait. Je le sais, car je les ai entendus parler.

— Vraiment ! dit Tourment, les yeux brillants. Comment es-tu parvenu à tant en savoir sur les Elfes ?

La cendre rougeoya dans la pipe, Hugh ignora la question.

— Quand Stephen et Anne parvinrent à unir les clans, les Elfes ouvrirent enfin leurs fenêtres. Par où entrèrent des flèches, des lances et des humains qui escaladaient les murailles. Le soulèvement fut rapide et bien organisé. Le temps que la nouvelle parvienne à l'Empire de Tribus, la plupart des seigneurs elfiens avaient été tués ou chassés. Les Elfes prirent leur revanche. Ils rassemblèrent leur flotte — la plus grande jamais vue sur ce monde — et firent voile vers Uylandia. Des centaines de milliers de guerriers elfiens et leur sorciers attaquèrent quelques milliers d'humains dépourvus de leurs plus puissants magiciens, car, à ce stade, les mystériarques avaient fui. Nos peuples n'avaient pas une chance. Beaucoup furent massacrés. D'autres furent faits prisonniers. Le Roi Stephen fut capturé vivant...

— Il ne l'avait pas voulu ! s'écria Alfred, piqué par le ton sardonique.

Le rougeoiement de la pipe s'aviva puis s'affaiblit. La Main ne dit rien. Ce silence encouragea le chambellan à continuer :

— Le prince elfien Reesh'ahn avait distingué Stephen et ordonné de le prendre vivant. Les vassaux de Stephen tombèrent à son côté, défendant vaillamment leur seigneur. Et quand il fut seul, il continua à combattre. On dit qu'un cercle de cadavres l'entourait, car les Elfes n'osaient pas désobéir à leur maître, et personne ne pouvait approcher sans se faire tuer. Finalement, ils le submergèrent sous le nombre, le renversèrent et le désarmèrent. Stephen a bravement combattu, aussi bravement que les autres.

— Je ne sais pas, dit la Main. Tout ce que je sais, c'est que l'armée s'est rendue…

Choqué, Tourment se tourna vers lui.

— Tu dois faire erreur ! Notre armée a *remporté* la Bataille des Sept Champs !

— Notre armée a gagné ? dit Hugh, haussant un sourcil. Non, ce n'est pas notre armée qui a battu les Elfes, mais une femme — une trouvère du nom de Noire Alouette, car, dit-on, elle avait la peau noire comme les plumes du corbeau et la voix d'une alouette qui salue le lever du jour. Son seigneur l'avait amenée pour chanter sa victoire, mais elle a fini par lamenter sa mort. Elle fut capturée avec le reste des humains. Rassemblés en troupeau, ils traversèrent le champ de bataille sur une route jonchée de morts et gluante de sang. Ils étaient pitoyables, car ils connaissaient le sort qui les attendait : l'esclavage. Enviant les morts, ils avançaient, baissant la tête et courbant les épaules.

« Et alors, la trouvère s'est mise à chanter. C'était une antique ballade, que tout le monde sait depuis l'enfance.

— Je la sais ! s'écria Tourment avec animation.

— Alors, chantez-là, dit Alfred en souriant, heureux de voir l'enfant retrouver sa bonne humeur.

— Ça s'appelle « La Main de Flamme ».

L'enfant se mit à chanter, d'une voix aiguë et légèrement fausse, mais enthousiaste :

— La main qui tient l'Arc et le Pont,
Le Feu qui enferme l'Empan,
La Flamme-Cœur, dominant les Monts,
Nobles sentiers sont *Ellxman*[1].
Feu au Cœur guide Volonté,
Volonté du Feu, par Main guidé,
La Main lançant le chant *Ellxman*,
Le Chant de Feu, de Cœur et de Terre :
Feu né de la Fin du Voyage.
La Flamme part, appel léger,
La marche est morne, le but s'éloigne,
Le Feu des futurs mène la danse.

1. Mot elfien signifiant « Elfe ». Le « X » est un son guttural, prononcé « ich ».

L'Arc et le Pont sont Cœur et Art,
L'Empan la vie, le Mont la part.

Ma nourrice me l'a apprise quand j'étais petit. Mais elle n'a pas pu me dire ce que signifient les paroles. Tu le sais, Messire Hugh ?

— Je doute que quiconque le sache à l'heure actuelle. Mais la musique remue le cœur. Noire Alouette se mit à chanter, et bientôt les prisonniers relevèrent la tête et se redressèrent fièrement. Ils se rangèrent en formation, résolus à aller à l'esclavage ou à la mort avec dignité.

— J'ai entendu dire que cette ballade est d'origine elfienne, dit Alfred. Elle daterait d'avant la Séparation.

Hugh haussa les épaules avec indifférence.

— Qui sait ? L'important, c'est qu'elle fait de l'effet sur les Elfes. Dès les premières notes, ils se pétrifièrent, le regard fixé droit devant eux, comme en rêve, sauf que leurs yeux remuaient. Certains prétendirent « voir des images ».

Tourment rougit, la main resserrée sur sa plume-amulette.

— Remarquant cela, les prisonniers continuèrent à chanter. La trouvère savait toutes les strophes. La plupart des prisonniers ne savaient que la première, mais continuèrent à fredonner, reprenant le refrain en chœur. Les armes des Elfes leur tombèrent des mains. Le Prince Reesh'ahn se jeta à genoux en pleurant. Et, sur l'ordre de Stephen, les prisonniers s'en allèrent, aussi vite que leurs pieds pouvaient les porter.

— Sa Majesté n'a pas ordonné de massacrer un ennemi impuissant, et c'est tout à son honneur.

La Main grogna.

— A sa connaissance, une épée enfoncée dans une gorge aurait pu rompre le charme. Nos hommes étaient battus. Ils voulaient s'enfuir, c'est tout. Il paraît que le roi avait en tête de les regrouper dans un château voisin et de repartir à l'attaque. Mais ce ne fut pas nécessaire. Au dire des espions du roi, les Elfes parurent sortir d'un rêve enchanteur, surtout désireux de se rendormir. Ils abandonnèrent leurs armes et leurs morts, retournèrent à leurs vaisseaux, libérèrent leurs esclaves humains et rentrèrent chez eux.

— Ce fut le début de la révolution des Elfes.

— En principe, dit Hugh, tirant lentement sur sa pipe. Le roi des Elfes exila son fils, le Prince Reesh'ahn. Actuellement, Reesh'ahn suscite des troubles dans tout Aristagon. Ils ont essayé de le capturer, mais chaque fois, il leur a filé entre les doigts.

— Et avec lui, dit-on, se déplace la trouvère qui — selon la légende — fut si émue des souffrances du prince qu'elle choisit de le suivre, ajouta Alfred. Ensemble, ils chantent la ballade, et, partout où ils vont, ils trouvent de nouveaux partisans.

Il se renversa en arrière, sous-estimant la distance du tronc d'arbre, et se cogna la tête.

Tourment pouffa, puis porta précipitamment sa main à sa bouche.

— Désolé, Alfred, dit-il d'un air contrit. Tu t'es fait mal ?

— Non, Votre Altesse, soupira Alfred. Merci de poser la question. Maintenant, vous devriez dormir. Une longue route nous attend.

— Oui, Alfred, dit Tourment, allant chercher sa couverture. Si tu permets, je dormirai ici ce soir.

Regardant timidement Hugh, il étendit sa couverture près de lui.

Hugh se leva brusquement et s'approcha du feu. Frappant le fourneau de sa pipe dans sa paume, il dispersa les cendres.

— Rébellion, dit-il, fixant les flammes. Dix ans ont passé. L'Empire de Tribus est plus fort que jamais. Et leur prince vit comme un loup pourchassé dans les grottes du Désert de Kirikai.

— La rébellion les a quand même empêchés de nous écraser sous leur botte, déclara Alfred, s'enroulant dans ses couvertures. Êtes-vous sûr d'avoir assez chaud, si loin du feu, Votre Altesse ?

— Oh oui, dit l'enfant avec enthousiasme.

S'asseyant, les bras autour des genoux il regarda Hugh.

— Qu'est-ce que tu as fait à la bataille ?...

— ...Où allez-vous, capitaine ? Il me semble que la bataille a été livrée derrière vous.

Le capitaine sursauta : il se croyait seul. Dégainant, il pivota sur lui-même.

Hugh, son arme à la main, sortit de derrière un arbre. L'épée de l'assassin était rouge du sang des Elfes ; Hugh lui-même avait reçu plusieurs blessures au cours des combats. Mais il n'avait pas perdu de vue son but un seul instant.

Le capitaine, voyant un humain et non un guerrier elfien, se détendit et, avec un grand sourire, abaissa son épée parfaitement propre et luisante.

— Mes hommes sont là-bas, dit-il, montrant du pouce le champ de bataille. Ils vont régler leur compte à ces canailles.

Hugh plissa les yeux.

— Vos hommes se font tailler en pièces.

Le capitaine haussa les épaules. Hugh lui saisit le bras droit et fit tomber son épée. Stupéfait, le capitaine jura et leva un poing énorme, puis s'immobilisa en sentant la dague de Hugh sur sa gorge.

— Quoi ? gargouilla-t-il, les yeux lui sortant de la tête.

— Je m'appelle Hugh-la-Main. Et ça, poursuivit-il, montrant sa dague, c'est un cadeau de la part de Tom Hales, Henry Goodfellow, Ned Carpenter, la Veuve Tanner, la Veuve Gilles...

Hugh continua à réciter les noms. La flèche d'un Elfe s'enfonça dans un arbre voisin. L'assassin ne broncha pas. La dague ne bougea pas.

Le capitaine se mit à gémir et à hurler. Mais beaucoup d'humains appelaient au secours ce jour-là, et nul ne répondit. Son cri de mort se mêla aux autres.

Sa mission accomplie, Hugh s'en alla. Derrière lui, il entendait un chant, mais il n'y prit pas garde. Il imaginait la perplexité des moines Kir qui trouveraient le cadavre du capitaine si loin du champ de bataille, une dague dans le cœur, et, dans la main, une missive déclarant : « Plus jamais je n'enverrai des braves à la mort... »

— Messire Hugh ? dit l'enfant, le tirant par la manche. Qu'est-ce que tu as fait pendant la bataille ?

— J'étais chargé de porter un message.

CHAPITRE 22

EXIL DE PITRIN, MI-ROYAUME

Au début, la route était large et dégagée. Ils croisèrent de nombreux voyageurs, car l'intérieur de l'île était bien peuplé. Mais à mesure qu'ils se rapprochaient du rivage, la voie se rétrécissait, inégale, mal entretenue, jonchée de rocs et de branches. Les plexiglarbres poussaient à l'état sauvage, très différents de ceux qu'on trouvait dans les vergers.

Rien n'est aussi beau qu'un verger de plexiglarbres avec leur écorce argentée brillant au soleil et leurs branches soigneusement émondées tintant sous la brise. Les cultivateurs les taillent soigneusement, les empêchant d'atteindre la taille gigantesque qui les rend inutiles. Car le plexiglarbre a non seulement la capacité naturelle d'emmagasiner de l'eau, mais aussi d'en produire en quantités limitées. Quand les arbres sont petits — six ou sept pieds de hauteur, — l'eau qu'ils produisent n'est pas utilisée pour leur croissance et peut être recueillie grâce à des robinets plantés dans l'écorce. Mais si on les laisse grandir librement, jusqu'à cent pieds ou plus, ils utilisent leur eau pour la croissance. L'écorce devient trop épaisse, impossible à percer. A l'état sauvage, les branches atteignent des longueurs extraordinaires. Dures et cassantes, elles se rompent facilement et se brisent en arrivant au sol, dispersant autour d'elles des éclats aigus et coupants. Une forêt de plexiglarbres est très dangereuse à traverser; Hugh et ses compagnons voyaient de moins en moins de voyageurs sur la route.

Le vent soufflait très fort, comme toujours près du littoral. De violentes bourrasques leur faisaient perdre l'équilibre, les arbres vacillaient et craquaient, et, plus d'une fois, ils entendirent une branche se fracasser sur le sol. De plus en plus nerveux, Alfred cherchait des dragonefs dans tout le ciel, bien que Hugh, amusé, l'assurât que même les Elfes ne se souciaient pas de cette région stérile.

L'endroit était sauvage et désolé. De hautes falaises de coralite pointaient vers le ciel. Les plexiglarbres arrivaient jusqu'à la route, tamisant la lumière de leurs longs filaments bruns et coriaces. Les feuillages persistaient tout l'hiver et ne tombaient qu'au printemps, lors de la pousse de nouveaux filaments qui absorbaient l'humidité de l'air. Il était près de midi quand Hugh, qui surveillait de près le tronc des arbres proches de la route, commanda une halte.

— Hé, cria-t-il à Alfred et à Tourment qui étaient devant lui. Par là.

Tourment se retourna. Alfred voulut en faire autant. Son torse se tourna vers Hugh, mais son bassin et ses jambes continuèrent à suivre les instructions antérieures. Le temps que toute sa personne soit parvenue à obéir, il gisait dans la poussière de la route.

Hugh attendit patiemment que le chambellan se relève.

— Nous quittons la route ici, dit l'assassin, montrant la forêt.

— On entre là-dessous ?

Alfred consterné regarda le fouillis du sous-bois et les troncs immobiles des plexiglarbres dont les branches tintaient, menaçantes, dans le vent tourbillonnant.

— Je m'occuperai de toi, dit Tourment, prenant la main du chambellan et la serrant très fort. Là, tu n'as plus peur, hein ? Moi, je n'ai pas peur, pas peur du tout !

— Merci, votre Altesse, dit gravement Alfred. Je me sens beaucoup mieux maintenant. Toutefois, Messire Hugh, si je peux me permettre, qu'est-ce qui nous oblige à prendre cette route ?

— Ma nef est ancrée par là.

Tourment en resta bouche bée.

— Une nef elfienne ?

— Allons, dit Hugh, examinant la route. Avant que quelqu'un n'arrive.

— Oh, Alfred, dépêche-toi! dit le prince en tirant le chambellan par la main.

Le chambellan posa le pied dans la masse des filaments pourrissants du printemps précédent. Frémissement dans le sous-bois. Alfred frémit aussi.

— En avant! grogna Hugh, le poussant dans le dos.

Le chambellan glissa. Surtout par peur de tomber la tête la première dans l'inconnu, il parvint à rester debout. Le prince le suivit sous les arbres, le maintenant dans un état de panique continu en découvrant des serpents sous toutes les pierres. Hugh les suivit des yeux jusqu'à ce qu'ils aient disparu à sa vue. Puis, se baissant, il poussa une pierre, prit dessous un éclat de bois et l'inséra dans l'entaille d'un tronc d'arbre.

Enfin, il entra dans la forêt et n'eut aucun mal à retrouver ses deux compagnons; un sanglier détalant dans le sous-bois n'aurait pas fait plus de bruit.

Avançant de sa démarche silencieuse, Hugh arriva juste derrière eux avant qu'ils se soient aperçus de sa présence. Il s'éclaircit la gorge, se disant que s'il les prenait par surprise, le chambellan était capable d'en mourir de frayeur. Alfred eut un sursaut, puis soupira de soulagement en reconnaissant Hugh.

— Où... allons-nous, messire?

— Continuez tout droit. Vous rencontrerez un sentier vingt pieds plus loin.

— Vingt pieds! Ça va nous prendre au moins une heure, bredouilla Alfred, montrant le fouillis du sous-bois.

— Si rien ne nous tue avant, dit Tourment, les yeux arrondis d'excitation.

— Ce n'est pas drôle, Votre Altesse.

Ils atteignirent le sentier en moins d'une heure, mais la marche était quand même très difficile. Les buissons de ronces, brunis et desséchés par l'hiver, tendaient leurs branches comme des mains, déchirant les chairs et les vêtements de leurs épines. Au cœur de la forêt, on entendait clairement les tintements cristallins des branches s'entrechoquant dans le vent. Cela ressemblait au bruit d'un doigt humide passé sur du cristal, et faisait grincer des dents.

— Aucun homme sensé n'aurait l'idée de venir dans cet endroit maudit, grommela Alfred, considérant les arbres en frissonnant.

— Exactement, dit Hugh, continuant à avancer dans les broussailles.

Alfred marchait en tête, écartant les ronces devant le prince. Mais elles étaient si fournies que Tourment passait rarement sans dommages. Il s'écorchait les mains et les joues sans se plaindre, suçant ses écorchures pour atténuer la douleur.

Quelle serait sa vaillance en face de la mort?

Hugh n'avait pas envisagé de se poser la question, et il se força à y répondre. Aussi vaillamment que les autres gosses que j'ai vus. Mieux vaut mourir jeune après tout, comme disent les moines Kir. Pourquoi devrait-on considérer la vie d'un enfant comme plus précieuse que celle d'un homme? Logiquement, elle devrait l'être moins, car un homme apporte sa contribution à la société, alors que l'enfant est un parasite. C'est instinctif, se dit Hugh. Ce qui en nous est animal veut se perpétuer. C'est une mission comme une autre. Le fait qu'il s'agit d'un enfant ne devrait pas compter, *ne comptera pas*!

Les ronces prirent fin avec une soudaineté à laquelle Alfred n'était pas préparé. Le temps que Hugh l'ait rejoint, le chambellan gisait à plat ventre dans une étroite clairière.

— On est arrivés hein? s'écria Tourment, dansant de joie autour d'Alfred.

Comme le chemin n'allait que dans une direction, le prince en déduisit qu'il devait conduire à la nef et s'y engagea en courant sans attendre une réponse.

Hugh ouvrit la bouche pour le rappeler, puis la referma brusquement.

— Oh, messire, est-ce que nous ne devrions pas l'arrêter? s'enquit anxieusement Alfred, toujours par terre.

Le vent tourbillonnait autour d'eux, leur jetant au visage des aiguilles de coralite et d'écorce de plexiglarbres. Des feuilles tournoyaient à leurs pieds, des branches cristallines oscillaient au-dessus de leurs têtes. Regardant à travers la poussière, Hugh vit l'enfant descendre le sentier en courant.

— Il n'y a pas de danger. La nef n'est pas loin. Il ne peut pas se tromper de chemin.

— Mais... des assassins ?

Il s'éloigne du plus dangereux, pensa Hugh.

— Il n'y a personne dans ces bois, dit-il. J'en aurais vu les indices.

— Si vous permettez, messire, Son Altesse est sous ma responsabilité, dit Alfred.

— Allez-y.

Alfred, sourit, s'inclina en signe de remerciement et partit en courant. La Main s'attendait à le voir se rompre les os, mais il parvint à rester sur ses deux pieds et à les pointer dans la même direction que son nez. Ses longs bras ballant de façon désordonnée, il se lança à la poursuite du prince.

Hugh resta en arrière, ralentissant le pas en l'attente d'un événement incertain. Il ressentait la même chose à l'approche d'une tempête — une tension, des picotements dans la nuque. Pourtant, rien n'annonçait un changement de temps...

Soudain, un craquement retentit, si fort que Hugh pensa d'abord à une explosion, puis à une attaque des Elfes sur sa nef. Puis il y eut le bruit de chute et le cri aigu.

Il se sentit immensément soulagé.

— Au secours, Messire Hugh ! Au secours ! hurla la voix d'Alfred, apportée par le vent. Un arbre... mon prince...

Pas un arbre, se dit Hugh. Une branche. Sans doute une grosse, à en juger sur le son. Détachée par le vent, elle s'était écrasée en travers du chemin. Souvent, dans ce bois, il avait de justesse échappé lui-même à la mort.

Il continua tranquillement, comme si le moine noir qui l'accompagnait avait posé sur son épaule une main modératrice en murmurant : « Inutile de te presser. » Les éclats de branches de plexiglarbres étaient acérés comme des flèches. Si Tourment vivait encore, ce n'était plus pour longtemps. Il y avait des plantes dans cette forêt qui pourraient adoucir ses souffrances et l'endormir, et, même si Alfred l'ignorait à jamais, lui dispenser une mort rapide et indolore.

Hugh continua à descendre tranquillement le sentier. Les appels d'Alfred avaient cessé. Peut-être le prince était-il déjà mort. Ils transporteraient le corps à Aristagon, selon le désir de Stephen. On penserait que les Elfes avaient torturé l'enfant avant de le tuer, et cela enflammerait les humains. Le Roi aurait sa guerre, grand bien lui fasse.

Mais ce n'était pas son problème. Il aiderait le maladroit Alfred, et en profiterait pour lui soutirer le récit du sombre complot auquel il participait, sans aucun doute. Puis, d'une retraite sûre, il se mettrait en rapport avec le Roi Stephen, exigerait le doublement de son salaire. Il...

Au détour du sentier, il s'aperçut qu'Alfred n'avait pas tellement exagéré. Une branche énorme, aussi grosse que la plupart des troncs, était tombée, fendant en deux un autre arbre, qui devait déjà être pourri à l'intérieur. De plus près, Hugh vit effectivement les galeries creusées par les insectes.

La branche gisait par terre, mais ses ramilles oscillaient au-dessus de Hugh. Les rameaux s'étaient désintégré en touchant le sol et le sentier disparaissait sous les débris. La poussière soulevée flottait encore dans l'air. Hugh chercha parmi les branches. Il escalada le tronc fendu, et, en arrivant de l'autre côté, il se figea, stupéfait.

Le prince était assis par terre et se frictionnait la tête, étourdi mais bien vivant. Ses vêtements étaient sales et frippés, mais ils l'étaient déjà en entrant dans la forêt. Scrutant l'enfant avec attention, Hugh remarqua qu'il n'avait aucun éclat d'écorce ou de filaments dans les cheveux. Il avait du sang sur la poitrine et sur sa chemise déchirée, mais nulle part ailleurs. Hugh considéra le tronc fendu, puis Tourment, évaluant la distance. L'Enfant était assis exactement à l'endroit où la branche avait dû tomber, et il était entouré d'éclats acérés et mortels.

Pourtant, il n'était pas mort.

— Alfred ? appela Hugh.

Le chambellan était accroupi près de l'enfant. Tournant le dos à l'assassin, il se concentrait sur quelque chose que Hugh ne voyait pas. Au bruit de sa voix,

Alfred sursauta et se leva d'un bond, comme mu par un ressort, dévoilant ce qu'il faisait : il pansait une coupure à sa main.

— Oh, messire ! Je suis si content que vous soyez là...

— Qu'est-ce qui s'est passé ? demanda Hugh.

— Le Prince a eu beaucoup de chance, messire. Nous venons d'éviter une tragédie. La branche a manqué son Altesse.

Hugh vit le regard perplexe que l'enfant jeta à son chambellan. Absorbé par sa main blessée, Alfred ne le remarqua pas. Il avait tenté, apparemment sans succès, de s'enrouler une bande d'étoffe autour de la blessure.

— J'ai entendu hurler l'enfant, dit Hugh.

— De frayeur, messire, dit Alfred. J'ai couru...

— Il est blessé ?

Hugh montra du doigt sa chemise ensanglantée. Tourment baissa les yeux sur sa poitrine.

— C'est mon sang, messire, dit Alfred. Je courais pour porter secours à Son Altesse, mais je suis tombé et je me suis coupé la main.

Alfred exhiba la coupure. Elle était profonde, du sang dégouttait encore sur les éclats de branche. Hugh vit l'enfant fixer sa poitrine. Il suivit ce regard, mais ne vit qu'une tache de sang.

Mais était-ce bien du sang ? Hugh se penchait pour l'examiner, quand Alfred poussa un gémissement et s'effondra. Hugh le poussa de la pointe de sa botte, mais n'obtint aucune réaction. Une fois de plus, Alfred s'était évanoui.

Levant les yeux, Hugh vit Tourment frotter le sang de sa poitrine avec le pan de sa chemise. Quoi que ce fût, ça avait maintenant disparu. Hugh se tourna vers le prince.

— Que s'est-il vraiment passé, Votre Altesse ?

Tourment le regarda, les yeux vitreux.

— Je ne sais pas, Messire. Je me rappelle un craquement et...

Il haussa les épaules.

— ... et c'est tout.

— La branche est tombée sur vous ?

— Je ne me rappelle pas. Je vous le jure.

Se relevant avec précaution au milieu des éclats coupants comme du verre, Tourment épousseta ses vêtements et s'approcha d'Alfred.

Hugh traîna le corps inconscient du chambellan à l'écart du sentier et l'assit contre un tronc. Quelques claques, et il commença à revenir à lui, battant des paupières.

— Je... je suis absolument désolé, Messire Hugh. C'est la vue du sang. Je n'ai jamais pu supporter...

— Alors, ne regardez pas! dit sèchement Hugh, voyant Alfred jeter un coup d'œil horrifié sur sa main.

— Non, messire. Je... vous avez raison.

Le chambellan ferma les yeux.

S'agenouillant près de lui, Hugh lui pansa la main. La coupure était profonde, mais propre et nette.

— Qu'est-ce qui vous a blessé?

— Un morceau d'écorce, je crois.

Mon œil! Un morceau d'écorce aurait produit une coupure en dents de scie. Cette coupure-là était l'œuvre d'un couteau bien tranchant.

Nouveau craquement suivi d'un bruit de chute.

— Bienheureux Sartan! Qu'est-ce que c'est que ça?

Alfred ouvrit les yeux et frissonna si fort que Hugh dut lui tenir fermement la main pour continuer son pansement.

— Rien, aboya Hugh.

Il était absolument perplexe, et ça ne lui plaisait pas. Le soulagement ressenti à l'idée qu'il n'aurait pas à tuer le prince ne lui plaisait pas davantage. L'arbre était tombé sur Tourment aussi sûrement que la pluie tombe du ciel. Le prince aurait dû être mort.

Que diable se passait-il?

Hugh serra fort le pansement. Plus vite il se débarrasserait de ce gosse, mieux ça vaudrait. Sa répugnance à l'idée de tuer un enfant s'envolerait vite.

— Aïe! glapit Alfred. Merci, messire, ajouta-t-il, penaud.

— Debout. Cap sur la nef, ordonna Hugh.

En silence, sans se regarder, ils se remirent en marche.

CHAPITRE 23

EXIL DE PITRIN, MI-ROYAUME

— C'est ça ?

Le prince saisit Hugh par le bras et montra la tête de dragon flottant au-dessus des feuillages. Le reste de la nef était encore caché par les arbres.

— C'est ça, répondit Hugh.

L'enfant regarda, pris d'une crainte révérentielle. Hugh dut le pousser pour qu'il reprenne sa marche.

Ce n'était qu'une tête sculptée et peinte. Mais les artisans elfiens étaient très habiles, et elle avait l'air plus vraie que nature. Elle était à peu près de la taille d'une tête de dragon réel, car la nef de Hugh était une petite monoplace, faite pour relier les îles du Mi-Royaume. Les gigantesques aéronefs qu'utilisaient les Elfes pour se battre ou descendre dans le Maelstrom avaient des figures de proue si grandes qu'un humain de sept pieds pouvait entrer dans leur gueule béante sans baisser la tête.

La tête de dragon était peinte en noir, avec des yeux rouges flamboyants et des dents blanches découvertes en un rictus belliqueux. Elle flottait au-dessus d'eux, regardant droit devant elle d'un air si terrible qu'Alfred et Tourment avaient du mal à la quitter des yeux en marchant. (La troisième fois où Alfred trébucha dans un trou et tomba sur les genoux, Hugh lui enjoignit de regarder où il mettait les pieds.)

Le sentier les amena à une fracture naturelle de la falaise. L'ayant franchie, ils se retrouvèrent dans un petit cirque encaissé où le vent arrivait à peine. Au centre flottait la dragonef, la tête et la queue dépassant au-dessus du cirque, le corps solidement maintenu par des câbles attachés aux arbres. Tourment en resta bouche bée ; Alfred, levant les yeux, lâcha machinalement le sac du prince.

Le cou du dragon était gracieux et élancé, couronné d'une crinière hérissée, et s'incurvait avec grâce pour rejoindre le corps qui constituait la coque de la nef. Le soleil de l'après-midi faisait luire ses écailles noires et scintiller ses yeux rouges.

— On dirait un vrai ! soupira Tourment. En plus puissant !

— C'est normal, Votre Altesse, dit Alfred. C'est fait à partir de la peau d'un vrai dragon, et les ailes sont des ailes de vrais dragons massacrés par les Elfes.

— Des ailes ? Où sont les ailes ?

Tourment renversa la tête pour mieux voir.

— Elles sont repliées le long du corps. Vous les verrez quand nous décollerons.

— Avancez, dit Hugh. Je voudrais partir ce soir, et j'ai beaucoup de choses à faire.

— Qu'est-ce qui la maintient en l'air, si ce ne sont pas les ailes ? demanda Tourment.

— La magie, grogna Hugh. Maintenant, avancez !

Le prince ne s'arrêta que pour sauter, essayant d'attraper l'un des câbles. N'y parvenant pas, il se plaça sous le ventre de la nef, levant la tête à s'en donner le vertige.

— C'est donc ainsi, messire, que vous en êtes venu à en savoir tant sur les Elfes, dit Alfred à voix basse.

— Ouais, répondit l'assassin. Il faut renouveler la magie de la nef une fois par cycle, et il y a aussi toujours de petites avaries à réparer, comme une déchirure d'aile ou un décollement de la coque.

— Où avez-vous appris à piloter ?

— J'ai été trois ans esclave sur une aquanef.

— Bienheureux Sartan ! s'écria Alfred, médusé.

Hugh lui lança un regard irrité, et le chambellan, ramené à lui, trébucha.

— Trois ans ! A ma connaissance, personne n'a jamais survécu si longtemps ! Et après ça, vous continuez à entretenir des rapports avec eux ! On pourrait penser que vous les haïriez !

— A quoi bon ? Les Elfes ont fait ce qu'ils avaient à faire, et moi aussi. J'ai appris à piloter leurs nefs ; à parler leur langue. La haine coûte plus qu'elle ne rapporte.

— Pourquoi une nef ? demanda Alfred. Les gens de Volkaran vous mettraient en pièces s'ils le savaient. Un dragon ne ferait-il pas l'affaire ?

— Les dragons se fatiguent. Il faut qu'ils se reposent, qu'ils mangent. Ils peuvent être blessés, tomber malades, mourir. Et si l'enchantement se dégrade, on se retrouve avec une bête déchaînée sur les bras. Avec cette nef, la magie dure un cycle. Si elle est endommagée, je la fais réparer. Je contrôle toujours la situation.

— Et c'est ça qui compte, n'est-ce pas ? dit Alfred entre ses dents.

Hugh inspecta soigneusement toute la nef de la proue à la poupe. Tourment trottinait derrière lui, le questionnant sans discontinuer.

— A quoi sert ce câble ? Qu'est-ce que tu fais ? Pourquoi on ne se dépêche pas de décoller ?

— Parce que, Votre Altesse, si nous découvrons quelque chose de cassé là-haut, dit Hugh, montrant le ciel, il sera trop tard pour réparer.

— Pourquoi ?

— Parce que nous serons morts.

Tourment se tut une ou deux secondes, puis reprit :

— Comment s'appelle-t-elle ? Je n'arrive pas à lire. *Ai... Aile...*

— *Aile du Dragon*.

— Quelle taille elle fait ?

— Cinquante pieds.

Hugh inspecta la peau de dragon recouvrant la coque. Les écailles bleu-noir miroitaient au soleil de toutes les couleurs de l'arc-en-ciel. Revenant vers l'avant, Tourment sur ses talons, il examina deux grands panneaux de verre insérés dans la poitrine. Ces panneaux, conçus pour ressembler aux pectoraux d'un dragon, étaient des fenêtres. Hugh, avisant une éraflure, fronça les sourcils. Une branche devait avoir rayé la vitre en tombant.

— Qu'est-ce qu'il y a derrière ? demanda Tourment.

— C'est là que se tient le pilote.

— Je pourrai y aller? Tu m'apprendras à voler?

— Ça prend des mois et des mois, Votre Altesse, répondit Alfred. Et le pilote doit être assez vigoureux pour actionner les ailes.

— Des mois? dit Tourment, déçu. Mais qu'est-ce qu'il y a à apprendre? Il y a juste à monter et... s'envoler.

— Il faut savoir comment rejoindre votre destination, Votre Altesse. En plein ciel, paraît-il, il n'y a pas de repères et très peu de points de référence. Il est parfois difficile de distinguer le haut du bas. Il faut savoir se servir des instruments de navigation, connaître les voies et les couloirs aériens...

— Tout ça n'est pas difficile, je vous apprendrai, dit Hugh, devant l'air déçu de l'enfant.

Tourment s'éclaira. Tripotant son amulette, il accompagna Hugh qui inspectait la coque sur toute sa longueur, examinant les raccords aux endroits où le métal et l'os s'étaient fondus à la quille en espol[1]. Pas de craquelures.

Il passa l'inspection de la poupe. La coque s'arquait gracieusement vers le haut pour former le pont arrière, où des câbles se balançait mollement au vent, attachés à une unique aile de dragon constituant le gouvernail. Hugh en saisit un et se hissa à la force des poignets.

— Je veux venir avec toi! S'il te plaît!

En bas, Tourment sauta pour attraper le câble.

— Non, Votre Altesse! dit Alfred, tout pâle, le retenant fermement par l'épaule. Nous ne monterons là-haut que trop tôt. Laissez Messire Hugh faire son travail.

— D'accord, dit Tourment de bonne grâce. Dis, Alfred, si on allait cueillir des baies?

— Des baies, Votre Altesse? dit Alfred, étonné. Quel genre de baies?

1. On trouve les arbres epsol dans les forêts d'Aristagon et dans plusieurs îles des Marches de Tribus, où ils peuvent atteindre une hauteur de trois cents pieds. Ils sont similaires aux plexiglarbres, en ce sens qu'ils appartiennent comme eux à la classe des végétaux métallico-chimiques, qui extraient les minéraux du sol et, par un processus chimico-thermique, s'en servent pour leur croissance. Ils diffèrent des plexiglarbres en ce qu'ils sont souples, avec un tronc droit et rond au cœur creux, ce qui en fait le matériau idéal pour la construction des aéronefs.

— Des baies... c'est tout. Comme dessert. Je sais qu'il en pousse dans ces forêts. C'est Drogle qui me l'a dit.

Il avait les yeux dilatés; les iris bleus luisaient au soleil. Sa main tripotait sa plume-amulette.

— Un garçon d'écurie n'est pas une compagnie convenable pour Votre Altesse.

Tourment jeta un coup d'œil sur les câbles tentateurs attachés aux arbres à portée de la main, comme pour encourager les petits garçons à y monter.

— Très bien, Votre Altesse. Allons chercher des baies.

— Ne vous éloignez pas, avertit Hugh.

— N'ayez crainte, messire, répondit Alfred.

Ils entrèrent dans les bois — le chambellan glissant dans les ravines et se cognant aux arbres, l'enfant se ruant dans les buissons et se perdant dans les broussailles.

— Des baies! grommela la Main.

Content d'être enfin seul, il se hissa sur le pont supérieur. Un plancher à jour — une planche posée tous les trois pieds — permettait de circuler, mais tout juste. Hugh passait de planche en planche avec aisance, se disant mentalement qu'il ne faudrait pas laisser Alfred monter ici. Sous les planches courait ce qui pouvait passer aux yeux du rampant pour un fouillis confus et inextricable de câbles de contrôle. Se couchant à plat ventre sur le pont, Hugh s'assura qu'ils n'étaient ni effilochés ni usés.

Il prit son temps. Tourment et Alfred revinrent.

— On peut monter maintenant? cria l'enfant.

Hugh donna un coup de pied dans un rouleau de filins posé sur le pont, qui tombèrent le long de la coque, formant une échelle de corde se balançant presque au niveau du sol. L'enfant la monta avec enthousiasme. Alfred annonça son intention de rester en bas pour garder les bagages.

— C'est merveilleux! dit Tourment, dégringolant par-dessus la rambarde et manquant tomber entre les planches.

— Restez là et ne bougez pas, ordonna Hugh, plaquant l'enfant contre le bastingage.

Tourment se pencha par-dessus la lisse.

— Ça sert à quoi ce long morceau de bois ? Oh, je sais ! Ce sont les ailes, non ?

— C'est le mât, dit Hugh, le considérant d'un œil critique. Il y en a deux, reliés au mât principal du gaillard d'avant.

— Et ils sont comme des ailes de dragon ? Ils battent de haut en bas ?

— Non, Votre Altesse. Ils bougent comme des ailes de chauve-souris déployées. C'est la magie qui les fait flotter. Poussez-vous un peu par là. Je vais détacher le mât.

Le mât pivota vers l'extérieur, entraînant l'aile de dragon avec lui. Tirant sur le câble, Hugh ne la laissa pas se déployer complètement, car cela aurait activé la magie et ils auraient décollé prématurément. Il détacha le mât de babord, s'assura que le mât central — niché dans son berceau sur toute la longueur de la nef — était libre de s'élever convenablement. Puis il regarda en bas.

— Alfred, je vais vous lancer un filin pour les bagages. Attachez-les au bout. Cela fait, détachez les amarres. La nef s'élèvera légèrement, mais ne vous inquiétez pas. Elle ne décollera pas tant que les ailes latérales ne seront pas déployées et que l'aile centrale ne sera pas relevée. Quand toutes les amarres seront lâchées, vous monterez.

— Là-dessus ! s'écria Alred, considérant l'échelle de corde.

— A moins que vous ne sachiez voler ! dit Hugh, lui lançant un filin.

Le chambellan attacha les bagages, puis imprima une secousse à la corde pour indiquer qu'il était prêt. Hugh les hissa à bord. Il tendit un sac à Tourment et lui dit de le suivre, sautant de planche en planche vers l'arrière. Ouvrant une écoutille, il descendit une échelle de bois, Tourment sur les talons, ravi.

Ils entrèrent dans une étroite coursive courant sous le pont supérieur et reliant la salle du gouvernail aux cabines des passagers, aux magasins de vivres et à la cabine du pilote située dans le pont arrière. La coursive était sombre, ils s'arrêtèrent pour s'habituer à la pénombre.

Hugh sentit une petite main serrer la sienne.

— Je n'arrive pas à le croire ! Tu sais, Messire Hugh, une fois que j'aurai volé dans une dragonef, j'aurai fait tout ce que je désirais faire dans la vie. Je crois que je pourrais mourir content.

Hugh cessa de respirer, et pendant un bon moment, il ne vit plus rien, comme si l'obscurité du vaisseau l'aveuglait. C'est la peur, se dit-il. Peur que Tourment ait deviné. Secouant la tête pour s'éclaircir la vue, il se retourna et considéra l'enfant d'un regard dur.

Tourment le regardait avec une affection innocente, et non avec une perfidie sournoise. Hugh dégagea sa main.

— Vous coucherez dans cette cabine avec Alfred, dit-il. Mettez les sacs ici.

Un bruit sourd et un grognement étouffé leur parvinrent d'en haut.

— Alfred ? Descendez vous occuper de Son Altesse. Moi, j'ai du travail.

— Oui, messire, répondit une voie tremblotante.

Alfred glissa — littéralement — le long de l'échelle de bois et atterrit en tas sur le pont.

Tournant les talons, Hugh se dirigea vers la cabine de pilotage et passa près d'Alfred sans un mot.

— Miséricordieux Sartan ! s'écria le chambellan, reculant pour ne pas se faire marcher dessus.

Il suivit Hugh des yeux puis se tourna vers Tourment.

— Vous avez dit quelque chose qui lui a déplu, Votre Altesse ?

— Mais non, Alfred, dit l'enfant.

Il prit la main du chambellan et ajouta :

— Où as-tu mis les baies ?

— Je peux entrer ?

— Non. Restez où vous êtes.

Tourment jeta un regard curieux dans la cabine de pilotage, et ses yeux se dilatèrent. Puis il pouffa.

— On dirait que tu es ligoté dans une toile d'araignée géante.

Hugh s'était glissé dans une sorte de cuirasse d'où partaient de nombreux câbles, reliés à un système compliqué de poulies fixées au plafond.

— Je n'ai jamais vu tant de bois de ma vie ! dit Alfred. Même pas au palais royal. Cette nef doit valoir son poids de barls. Votre Altesse, ne touchez pas ces câbles !

— Je ne peux pas aller regarder par les fenêtres ? S'il te plaît, Alfred...

— Non, Votre Altesse, dit Hugh. Si l'un de ces câbles s'enroulait autour de votre cou, il le tordrait en une seconde.

— Vous voyez bien là où vous êtes, dit Alfred verdâtre.

Le sol était loin au-dessous d'eux. Ils ne voyaient plus que le sommet des arbres et la paroi des falaises de coralite.

Son harnais bien en place, Hugh s'assit sur une chaise à dossier droit au milieu de la cabine de pilotage. Montée sur pivot, elle tournait vers la droite et la gauche, permettant au pilote de manœuvrer facilement. Un long levier métallique sortait du sol devant lui.

— Pourquoi portes-tu ce truc-là ? demanda Tourment, fixant le harnais.

— Ça met les câbles à portée de ma main, ça les empêche de s'emmêler, ça me permet aussi de voir où ils vont.

Hugh poussa le levier du pied. Une série de « bang » retentit à travers la nef. Les câbles filèrent sur les poulies et se tendirent. Hugh en tira plusieurs reliés à sa poitrine. Il y eut quelques craquements et grondements, une secousse, puis ils sentirent le vaisseau s'élever.

— Les ailes se déplient, dit Hugh. La magie est activée.

Le globe de cristal du sextant, situé juste au-dessus de la tête du pilote, se mit à luire d'une lumière bleue. Des symboles apparurent à l'intérieur. Hugh tira plus fort sur les câbles et la nef prit de l'altitude.

Alfred en eut le souffle coupé. Perdant l'équilibre, il tituba en arrière. Tourment, fou de joie, lui saisit la main. Les falaises et les arbres disparurent et le ciel bleu se déploya devant eux à l'infini.

— Oh, Messire Hugh, je peux aller sur le pont supérieur ?

— Absolument pas, Votre Alt..., commença Alfred.

— Bien sûr, interrompit Hugh. Tenez-vous à la lisse pour ne pas être emporté par le vent.

Tourment détala, et, quelques instants plus tard, ils entendirent le bruit de ses pas au-dessus de leurs têtes.

— Emporté par le vent ! dit Alfred, atterré. C'est dangereux !

— Mais non. Les magiciens elfiens entourent les nefs d'un dôme magique. Impossible de sauter. Tant que les ailes sont déployées et que la magie fonctionne, il ne risque rien.

Hugh lança à Alfred un regard amusé.

— Mais vous pouvez monter là-haut pour le surveiller.

— Oui, messire, dit le chambellan, déglutissant avec effort. C'est... c'est ce que je vais faire.

Mais il ne bougea pas. Cramponné au bastingage comme si sa vie en dépendait, le visage blanc comme les nuages, Alfred fixait le ciel bleu.

— Alfred ? dit Hugh, tirant sur un câble.

La nef s'inclina vers la gauche, et soudain, les sommets des arbres montèrent vers eux.

— J'y vais. Tout de suite, messire. J'y vais, dit le chambellan, sans bouger.

*

Sur le pont, Tourment, penché par-dessus la rambarde, regardait extasié. Il voyait l'Exil de Pitrin glisser lentement derrière lui. Au-dessous, il n'y avait que le ciel bleu et les nuages blancs ; au-dessus brillait le firmament. Les ailes déployées frémissaient à peine. L'aile centrale, dressée à la verticale derrière lui, oscillait doucement. L'enfant se caressait le menton de sa plume-amulette.

— La nef est contrôlée par le harnais. La magie la maintient à flot. Les ailes sont comme des ailes de chauve-souris. Le cristal du plafond indique où on se trouve.

Se mettant sur la pointe des pieds, il regarda sous lui, se demandant s'il verrait le Maelström de cette altitude.

— Finalement, c'est facile, dit-il, tortillant sa plume.

CHAPITRE 24

PLEIN CIEL,
MI-ROYAUME

Fendant la nuit couleur de colombe, la dragonef survolait l'île de Djern Hereva, planant sur sa magie et les courants ascendants. Confortablement installé dans la petite cabine de pilotage, équipé de son harnais de vol, Hugh alluma sa pipe, se renversa sur son siège et se détendit. De temps en temps, il effleurait un câble attaché à son harnais, inclinant les ailes qui, fendant les courants, planaient orbitavant vers Aristagon.

La Main surveillait nonchalamment les autres transports ailés, vivants ou mécaniques. Dans cette nef, il était vulnérable aux attaques des siens, car les chevaliers-dragons le prendraient immédiatement pour un Elfe, et sans doute pour un espion. Mais cela ne l'inquiétait pas outre mesure. Il connaissait les voies aériennes suivies par les chevaliers-dragons dans leurs raids sur Aristagon. Pour les éviter, il volait plus haut qu'eux. Et s'il tombait sur une patrouille, il pouvait toujours s'esquiver dans les nuages.

Le temps était calme, le vol facile, et Hugh eut tout loisir de méditer. C'est alors qu'il décida de ne pas tuer l'enfant. Il savait depuis quelque temps qu'il fallait prendre une décision, mais il avait besoin de réfléchir, d'être seul. Jamais il n'avait renié un contrat, et il devait se persuader que son choix était rationnel, non sentimental.

Le sentiment. Quelque chose en lui aurait pu sympathiser avec l'enfance de Tourment — morne, froide, sans amour — mais l'assassin était trop endurci pour sentir ses propres souffrances, et encore moins celles des autres. Il laisserait vivre l'enfant pour la simple raison qu'il valait plus cher vivant que mort.

Il n'avait pas encore arrêté son plan. Il lui fallait du temps pour soutirer la vérité à Alfred et débrouiller les mystères entourant le prince. Il pouvait attendre : sur Aristagon, il avait une retraite secrète où il séjournait quand il faisait réparer sa nef. Ensuite, il aurait le choix : exiger de Stephen le prix de son silence, ou demander à la reine ce qu'elle était disposée à payer pour retrouver son fils. Dans l'un ou l'autre cas, sa fortune était faite.

Il s'installait dans le rythme du pilotage, qu'il contrôlait avec son corps et une partie de son esprit, l'autre vagabondant librement, quand l'objet de ses pensées passa la tête par l'écoutille.

— Alfred t'envoie à manger.

— Entrez, l'invita Hugh. Attention où vous mettez les pieds. Et ne touchez pas aux câbles.

Tourment s'exécuta. A la main, il avait un bol de ragoût. Froid, car Alfred l'avait cuisiné avant de quitter l'Exil de Pitrin. Mais ça sentait bon pour un homme habitué à dîner de pain et de fromage, ou à manger la cuisine grasse des auberges.

Hugh fit tomber les cendres de sa pipe dans une poterie réservée à cet usage, puis tendit les mains vers le bol.

— Tu n'es pas censé piloter la nef? dit Tourment, les yeux brillants.

— Elle se pilote toute seule, dit Hugh, prenant le bol et la cuillère de corne.

— Mais on ne va pas tomber?

Tourment regarda par les panneaux de verre.

— La magie nous fait planer, et même si elle venait à nous manquer, les ailes nous soutiendraient dans un air aussi calme. Je dois juste veiller à ce que les ailes restent déployées.

— Quels câbles font replier les ailes?

— Ceux-ci, dit Hugh, montrant deux grosses cordes attachées près de ses épaules. Si je les tire comme ça, vers l'avant, les ailes se replient. Ceux-ci me permettent de lever ou d'abaisser les ailes. Celui-ci est relié au grand mât, celui-là à la queue. En les tirant de côté, je contrôle la direction.

— Et on pourrait planer comme ça pendant combien de temps ?

Hugh haussa les épaules.

— Indéfiniment, ou jusqu'à ce qu'on arrive à une île. Alors, les courants pourraient nous aspirer contre une falaise ou sous l'île, puis nous plaquer contre la coralite.

Tourment hocha gravement la tête.

— Je pense toujours que je pourrais piloter.

— Non, vous n'êtes pas assez fort.

L'enfant considérait le harnais d'un air d'envie.

— Essayez, proposa Hugh. Venez près de moi.

Tourment avança avec précautions, veillant à ne rien toucher. Debout devant Hugh, il posa sa main sur un câble gouvernant l'aile. Il tira. Le câble bougea légèrement, l'aile frémit, mais ce fut tout.

Habitué à faire ses volontés, le prince serra les dents, saisit le câble à deux mains et tira de toutes ses forces. Le bâti de bois craqua, l'aile s'abaissa d'un demi-pouce. Avec un sourire de triomphe, Tourment se campa solidement et tira plus fort. Une bourrasque s'engouffra sous l'aile. Le câble lui glissa dans les mains. Le prince le lâcha en criant, contempla ses paumes ensanglantées.

— Vous êtes toujours du même avis ? dit la Main, froidement.

— Non, Messire Hugh, marmonna Tourment.

Il serra son amulette à deux mains, comme pour y chercher un réconfort. Peut-être que ça lui fit du bien, car il déglutit et leva sur Hugh ses yeux bleus brillants de larmes.

— Merci de m'avoir laissé essayer.

— Vous vous êtes bien débrouillé, Votre Altesse, dit Hugh. J'ai vu des hommes deux fois plus grands faire moins bien.

— Vrai ?

Les larmes disparurent.

Hugh était riche maintenant. Il pouvait se permettre ce mensonge.

— Oui. Et maintenant, allez voir si Alfred a besoin d'aide.

— Je reviendrai chercher le bol, dit Tourment, disparaissant dans l'écoutille.

Hugh l'entendit appeler Alfred, lui annonçant qu'il avait piloté la nef.

Hugh mangea en silence, surveillant machinalement le ciel. La première chose à faire, après l'atterrissage sur Aristagon, serait de montrer cette plume à Kev'am, la magicienne elfienne. C'était le moindre des mystères qu'il avait à résoudre.

Du moins le pensait-il.

Trois jours passèrent. Ils volaient de nuit, se cachant le jour sur de petites îles non portées sur les cartes. Il leur faudrait une semaine pour atteindre Aristagon.

Tous les soirs, Tourment venait s'asseoir près de la Main, le regardait piloter, lui posait des questions. Hugh répondait ou non, selon son humeur. Préoccupé par ses plans et par le pilotage, il n'accordait pas plus d'attention qu'il ne fallait au prince. En ce monde, les attachements étaient mortels et ne causaient que chagrins et souffrances. L'enfant représentait pour lui des espèces sonnantes et trébuchantes, rien de plus.

C'était Alfred qui l'intriguait. Le chambellan surveillait le prince anxieusement. La chute de l'arbre ? Non, il y avait autre chose. Tout cela rappelait à Hugh la boîte incendiaire elfienne jetée par-dessus la muraille d'un château où il s'était trouvé bloqué au cours d'un raid. Roulant sur les pierres, la boîte métallique semblait inoffensive, mais tout le monde savait qu'elle pouvait exploser d'un instant à l'autre. Les hommes la regardaient exactement comme Alfred regardait Tourment.

Hugh resserra la surveillance de l'enfant quand ils étaient à terre, pensant qu'il chercherait peut-être à s'enfuir. Mais Tourment ne s'éloignait pas du camp, sauf avec Alfred, et seulement pour cueillir les baies dont il raffolait. Le chambellan insistait pour que soient satisfaits les désirs de Son Altesse, et s'aventurait dans la forêt pour affronter les branches basses, les lianes emmêlées et les herbes traîtresses. Hugh restait au camp, à demi somnolent, mais attentif au moindre bruit.

Le quatrième soir, Tourment vint dans la cabine de pilotage contempler par les fenêtres l'immensité du ciel vide.

— Qu'est-ce que c'est que cette grande ombre, là-bas ?

— Aristagon.

— Vrai ? On y sera bientôt ?

— Non. C'est plus loin que ça en a l'air. Encore un ou deux jours.

— Mais où on dormira entre ici et là-bas ? Je ne vois plus d'îles.

— Il y en a quelques-unes, sans doute cachées par le brouillard. Des îles minuscules, utilisées par les petites nefs comme la nôtre pour des escales d'une nuit.

Sur la pointe des pieds, Tourment regarda le vide sous le dragon.

— Je vois de gros nuages noirs loin, très loin. Qui tourbillonnent. C'est le Maelström, non ?

Hugh ne vit pas de raison de confirmer l'évidence. Tourment redoubla d'attention.

— Ces deux trucs, en bas. On dirait des dragons, mais c'est bien plus grand.

Se levant de sa chaise, Hugh jeta un coup d'œil par la fenêtre.

— Des corsaires elfiens ou des aquanefs.

— Des Elfes ! s'écria l'enfant, à la fois effrayé et ravi.

Portant la main à sa plume-amulette, il ajouta avec un calme étudié :

— On n'a pas besoin de les fuir ?

— Ils sont loin, et s'ils nous voient, ils penseront que nous sommes des leurs. De plus, on dirait qu'ils sont trop occupés pour faire attention à nous.

Le prince regarda encore, et ne vit que deux nefs, sans plus. Mais Hugh comprit ce qui se passait.

— Des rebelles, cherchant à échapper à une nef de guerre impériale.

Tourment leur accorda à peine un regard.

— Il me semble que j'ai entendu Alfred m'appeler. Le dîner doit être prêt.

Hugh continua à observer la bataille avec intérêt. La nef de guerre avait rattrapé les rebelles. Sur le pont du vaisseau insurgé atterrissaient des grappins. C'est à une attaque semblable, lancée par une nef humaine, que Hugh devait d'avoir échappé à l'esclavage où le retenaient les Elfes.

Plusieurs rebelles, tentant de renforcer leur magie pour échapper à la capture, exécutaient une manœuvre des plus risquées : ils « chevauchaient l'aile du dragon ». Hugh les voyait courir sur l'aile, portant les talismans donnés par leur magicien, pour les mettre en contact avec le mât.

Cette opération était dangereuse, téméraire et désespérée. Si loin du centre de la nef, le dôme magique ne les protégeait plus. Une bourrasque, ou — comme en ce moment même — une flèche ennemie, pouvait les faire tomber dans le Maelström.

« Chevaucher l'aile du dragon ». Les Elfes en étaient venus à désigner ainsi toute entreprise risquée mais profitable. Cette formule avait toujours eu un sens fort pour Hugh. C'est en son honneur qu'il avait appelé sa nef ainsi.

Tourment revint avec le dîner.

— Où sont les Elfes? demanda-t-il à Hugh en lui tendant le bol.

— Derrière nous. Nous les avons dépassés.

Hugh porta sa cuillère à sa bouche, s'étrangla, recracha.

— Sapristi! Qu'est-ce qui lui a pris à Alfred? Il a renversé tout le pot de poivre là-dedans?

— Je lui ai dit que c'était trop épicé. Tiens, je t'ai apporté du vin.

Le prince tendit l'outre à Hugh, qui absorba une longue rasade, avala, puis but encore. Rendant l'outre, il poussa le bol du pied.

— Remporte ce rata et fais-le manger à Alfred.

Tourment ramassa le bol mais ne partit pas. Tripotant sa plume, il considérait Hugh d'un air étrange.

— Qu'est-ce qu'il y a? demanda sèchement Hugh.

Et à cet instant, il sut.

Il n'avait pas détecté le poison, masqué par le poivre. Mais il en sentait les premiers effets. Des crampes lui broyaient les intestins. Une sensation de brûlure se répandait dans tout son corps et sa langue enflait dans sa bouche. Les objets semblaient s'allonger, puis s'aplatir. L'enfant grandit démesurément, et se pencha sur lui avec un sourire charmeur, balançant la plume dans sa main.

La rage monta en Hugh, mais moins vite que le poison.

S'affaissant, la vue brouillée, Hugh vit la plume et entendit de loin la voix admirative de l'enfant.

— Ça a marché, Père ! Il meurt !

Hugh tendit le bras pour attraper et étrangler son meurtrier, mais il ne put soulever son bras trop lourd qui retomba, inerte. Puis l'enfant disparut, remplacé par un moine noir qui lui tendait la main.

— Et maintenant, qui est le maître ? demanda le moine.

CHAPITRE 25

PLEIN CIEL, MI-ROYAUME

Hugh s'effondra, entraînant avec lui les câbles attachés au harnais. La nef donna fortement de la bande, projetant Tourment sur la cloison. L'enfant lâcha le bol qui se brisa. Dans la cabine au-dessous, lourde chute suivie d'un cri de panique.

Cramponné à la paroi, le prince regarda autour de lui. Le pont penchait dangereusement. Tourment, jetant un coup d'œil par la fenêtre, vit le nez du dragon pointer vers le sol et réalisa ce qui se passait. Dans sa chute, Hugh avait replié les ailes, la magie n'opérait plus, et la nef tombait comme une pierre vers le Maelström.

Tourment n'avait pas pensé à ça. Ni, apparemment, son père. Ce n'était pas surprenant. Un mystériarque humain de la Septième Maison, vivant dans les royaumes supérieurs, loin au-dessus de l'agitation et des conflits du monde, n'avait aucune connaissance des engins mécaniques. Sinistrad n'avait sans doute jamais vu une dragonef elfienne. Et, après tout, Hugh avait dit à l'enfant qu'elle pouvait voler toute seule.

Tourment rampa au milieu des câbles, tira dessus de toutes ses forces. Les ailes ne bougèrent pas.

— Alfred ! hurla le prince. Alfred ! Viens vite !

Nouvelle chute en dessous, bruits divers, puis le visage d'Alfred — pâle comme la mort — parut à l'écoutille.

— Messire Hugh ! Qu'est-ce qui se passe ?

Son regard se posa sur Hugh empêtré dans ses câbles.

— Bienheureux Sartan !

Avec une rapidité et une aisance étonnantes chez un homme si maladroit, Alfred franchit l'écoutille, esquivant les rouleaux de câbles, et s'agenouilla près de Hugh.

— Oh, ne t'occupe pas de lui ! Il est mort ! s'écria le prince.

Tirant Alfred par sa veste, il le tourna vers la proue.

— Regarde ! Il faut que tu arrêtes la chute ! Enfile son harnais et pilote à sa place !

— Votre Altesse ! dit Alfred, livide. Je ne sais pas piloter ! Il faut des années de pratique !

Soudain, il plissa les yeux et ajouta :

— Que voulez-vous dire, il est mort ?

Tourment le défia du regard, mais finit par baisser les yeux. Le chambellan n'était plus le bouffon familier ; ses yeux s'étaient soudain faits étrangement impérieux et intenses, et l'enfant trouva leur regard très inconfortable.

— Il a eu ce qu'il méritait, dit-il, boudeur. C'était un assassin, payé par Stephen pour me tuer. Je l'ai tué le premier, c'est tout.

— Vous ? dit Alfred, regardant la plume. Ou votre père ?

Tourment sembla déconcerté. Sa main se serra sur son amulette, comme pour la cacher, et il se mit à balbutier.

— Inutile de mentir, soupira Alfred. Je sais tout depuis longtemps. Plus longtemps que vos père et mère, ou devrais-je dire vos père et mère adoptifs ? Mais l'adoption implique un choix qu'ils n'ont jamais eu. Quel poison lui avez-vous donné, Tourment ?

— A lui ? Pourquoi s'en soucier ? Tu vas nous laisser nous crasher ? hurla le prince d'une voix suraiguë.

— Il est le seul qui puisse nous sauver ! Qu'est-ce que vous lui avez donné ? demanda Alfred, tendant la main pour secouer l'enfant.

Le prince recula, glissant et trébuchant sur le pont incliné, et fut enfin arrêté par la paroi. Se retournant, il regarda par la fenêtre et poussa un cri de triomphe.

— Les nefs elfiennes ! Nous allons droit sur elles ! Nous n'avons pas besoin de cet assassin. Les Elfes nous sauveront !

— Non ! Attendez ! Tourment, ce sont les baies, n'est-ce pas ?

L'enfant sortit en courant de la cabine de pilotage. Alfred cria que les Elfes étaient dangereux, mais il n'y prêta pas attention.

— Je suis prince d'Uylandia, se dit-il, remontant sur le pont supérieur.

Là, se tenant fermement à la lisse, il serra les jambes autour d'un support.

— Ils n'oseront pas poser la main sur moi. J'ai toujours mon sortilège. Trian croit qu'il l'a annulé, mais c'est ce que je voulais lui faire croire. Père dit que nous ne devions pas prendre de risque, et que je devais tuer l'assassin pour avoir sa nef. Je sais que le sortilège continue à me protéger ! Maintenant, j'aurai une nef elfienne. Je les obligerai à me ramener à mon père, et lui et moi, nous les gouvernerons. Nous les gouvernerons tous ! Exactement comme nous l'avons prévu ! Hé ! poursuivit-il, agitant les bras. Hé, là-bas ! Au secours ! Au secours !

Les Elfes étaient loin au-dessous, trop loin pour entendre ses cris. De plus, ils avaient des choses plus importantes en tête. Tourment vit les nefs étroitement accolées, et se demanda ce qui se passait. Il était trop loin pour voir le sang répandu sur les ponts. Il n'entendait pas les cris des pilotes, serrés dans leurs harnais, traînés à travers les coques crevées, ni le chant des rebelles qui, tout en se défendant, essayaient d'émouvoir le cœur de leurs frères.

Les ailes de dragons multicolores battaient frénétiquement ou se repliaient, les câbles coupés. Les longs grappins maintenaient les vaisseaux bord à bord. Des guerriers elfiens, s'aidant des câbles, montaient à bord de la nef rebelle, d'autres sautaient sur le pont. Loin au-dessous d'eux, le Maelström tourbillonnait, avec ses noirs nuages frangés d'écume blanche et sillonnés d'éclairs.

Tourment ne ressentait aucune peur, seulement une sorte d'ivresse provoquée par le vent qui lui soufflait au visage, par la nouveauté de la situation et l'excitation de voir les plans de son père se réaliser. Leur chute s'était ralentie. Alfred était parvenu à rouvrir assez les ailes pour freiner leur descente, qui continuait lentement, en spirale.

La voix d'Alfred, indistincte, arriva du pont inférieur. Tourment n'en comprenait pas les mots, mais quelque chose dans le rythme lui rappela vaguement le moment où l'arbre était tombé sur lui. Il n'y prêta guère attention. Les Elfes se rapprochaient. Il vit des visages levés vers lui et se remit à crier, quand soudain les deux vaisseaux se désintégrèrent sous ses yeux.

De sveltes silhouettes sautèrent dans le vide. Tourment était assez près pour entendre les hurlements qui s'éteindraient quand ces malheureux seraient avalés par le Maelström. Des fragments des deux vaisseaux, maintenus en l'air par leurs sortilèges, continuaient à flotter çà et là ; il voyait des Elfes s'y raccrocher, ou, sur les plus grands, continuer à se battre.

Et l'enfant, sur sa petite nef, continuait à plonger droit sur le chaos.

Les moines Kir ne rient pas. Ils ne voient rien de drôle dans la vie, et se plaisent à remarquer que, lorsque les humains rient, c'est souvent de l'infortune des autres. Rire n'est pas interdit dans un monastère Kir. Ça ne se fait pas, c'est tout. Un enfant qui arrive chez les moines noirs rira un jour ou deux, mais pas plus.

Celui qui tenait Hugh par la main ne rit pas, mais l'assassin vit que ses yeux riaient. Furieux, il se débattit plus farouchement qu'il n'avait fait de toute sa vie. Mais cet ennemi-là n'était pas de chair et de sang. Aucune blessure ne laissait sur lui sa marque. Aucun coup ne l'abattait. Il était éternel et il le tenait bien.

— Tu nous haïssais, dit le moine noir, riant silencieusement, et pourtant, tu nous servais. Toute ta vie, tu nous as servis.

— Je n'ai jamais servi aucun homme! hurla Hugh.

Sa résistance faiblissait. Il se fatiguait. Il avait envie de se reposer. Seules la honte et la colère l'empêchaient de glisser dans une bienheureuse inconscience. La honte, parce qu'il savait que le moine avait raison. La colère, parce qu'il avait si longtemps été dupe.

Amer, il rassembla ses dernières forces et fit une ultime tentative. Ce fut un coup faible et pitoyable qui n'aurait pas fait monter les larmes aux yeux d'un enfant. Mais le moine le lâcha.

Stupéfait, privé de tout soutien, Hugh tomba. Il n'y avait aucune terreur dans son cœur car il avait l'impression qu'il ne tombait pas vers le bas, mais vers le haut. Il ne plongeait pas vers les ténèbres.

Il plongeait vers la lumière.

— Messire Hugh ?

Le visage d'Alfred, craintif et anxieux, flotta devant ses yeux.

— Messire Hugh ! Oh,que le Sartan loué soit ! Ça va mieux ? Comment vous sentez-vous ?

Avec l'aide d'Alfred, Hugh s'assit. Il regarda autour de lui, cherchant le moine. Il n'y avait rien, à part Alfred, le harnais et le fouillis des câbles.

— Qu'est-ce qui s'est passé ?

Hugh secoua la tête pour s'éclaircir les idées. Il ne ressentait aucune douleur, seulement une sorte d'hébétude. Son cerveau lui semblait trop large pour son crâne, sa langue trop grosse pour sa bouche. De temps en temps, il s'était réveillé dans une auberge, avec la même sensation, une outre vide à son côté.

— Le petit vous a drogué. Mais l'effet commence à se dissiper. Je sais que vous ne vous sentez pas trop bien, Messire Hugh, mais nous sommes en danger. Le vaisseau tombe...

— Drogué ? Ce n'était pas une drogue. C'était du poison.

Il plissa les yeux et ajouta :

— J'étais en train de mourir.

— Non. Non, Messire. Je sais que ça peut faire cet effet, mais...

Hugh se pencha et saisit Alfred au collet, l'attirant vers lui, essayant de le scruter jusqu'au fond de l'âme.

— J'étais *mort;* dit-il, resserrant sa prise. C'est *vous* qui m'avez ramené à la vie !

Alfred lui rendit calmement son regard. Il secoua la tête avec un sourire triste.

— Vous vous trompez. C'était une drogue. Je n'ai rien fait.

Comment ce lourdaud pouvait-il mentir sans que Hugh s'en aperçoive ? Comment avait-il pu lui sauver la vie ? Les yeux le regardaient avec pitié, rien de plus. Alfred semblait incapable de dissimuler quoi que ce soit.

Mais l'assassin connaissait ce poison. Il l'avait utilisé sur d'autres. Il les avait vus mourir. Aucun n'en était revenu.

— Messire Hugh, le vaisseau ! insista Alfred. Nous tombons ! Les ailes... sont repliées. J'ai essayé, mais je ne suis pas parvenu à les déployer.

Hugh regarda Alfred, puis le lâcha. Nouveau mystère, mais qui ne serait pas résolu par un plongeon dans le Maelström. Hugh se releva en titubant, tenant sa tête douloureuse à deux mains. Elle était lourde. Il avait l'impression désagréable que, s'il la lâchait, elle allait rouler par terre.

Un coup d'œil à la fenêtre lui apprit qu'ils n'étaient pas en danger immédiat.

— Tomber dans le Maelström est le cadet de nos soucis.

— Que voulez-vous dire, messire ?

Alfred regarda par la fenêtre à son tour.

Si proches qu'on voyait en détail leurs vêtements sanglants, trois guerriers elfiens les regardaient, balançant des grappins.

— Ici, envoyez-les-moi ! Je les fixerai !

C'était la voix de Tourment, venant du pont supérieur.

Alfred en resta bouche bée.

— Son Altesse a parlé de demander du secours aux Elfes...

— Du secours !

Les lèvres de Hugh se tordirent en un sourire sarcastique. Il n'était revenu à la vie que pour mourir une deuxième fois.

Les grappins montèrent vers eux comme des serpents. Il les entendit atterrir sur le pont avec un bruit sourd, crisser en cherchant à mordre le bois. Une secousse le projeta par terre tant il était faible. Les grappins s'étaient ancrés quelque part. Il porta la main à son côté. Son épée avait disparu.

Alfred avait vu son geste et venait vers lui, glissant et trébuchant sur le pont instable.

— Tenez, messire. Je m'en suis servi pour vous libérer du harnais.

Hugh saisit son arme et faillit la lâcher aussitôt. Si Alfred lui avait tendu une enclume, elle ne lui aurait pas paru plus lourde. Les grappins arrêtaient la nef, qui continuait à flotter près du vaisseau elfien désemparé. Il y eut une violente traction, et elle descendit un peu — les Elfes montaient aux câbles pour l'abordage. Au-dessus d'eux, Hugh entendait Tourment qui bavardait avec animation.

Serrant son épée, Hugh quitta la cabine de pilotage et alla se poster sans bruit sous l'écoutille. Alfred trébuchait derrière lui, si bruyant que Hugh grimaça. Il foudroya le chambellan du regard. Puis, tirant sa dague de sa botte, l'assassin la tentit à Alfred.

— Non, dit celui-ci, les lèvres tremblantes. Je ne pourrais pas... supprimer une vie !

Hugh leva la tête vers le pont supérieur où résonnaient des bruits de bottes.

— Pas même pour sauver la vôtre ?

Alfred baissa les yeux.

— Je suis désolé.

— Si vous ne l'êtes pas maintenant, vous le serez bientôt, grommela Hugh.

Et il commença à monter l'échelle en silence.

CHAPITRE 26

PLEIN CIEL, LA DESCENTE

Tourment regarda les trois Elfes se hisser le long du câble, une main après l'autre, poussant des talons et des genoux. Au-dessous d'eux, il n'y avait plus que le vide, et, tout en bas, la tempête qui faisait rage. Mais les Elfes étaient des spécialistes de l'abordage et ne s'attardèrent pas à contempler ce qu'il y avait au-dessous d'eux. Arrivant au pont de la petite nef, ils balancèrent les jambes par-dessus la lisse et atterrirent légèrement sur leurs pieds.

N'ayant jamais vu d'Elfes, Tourment les étudia avec autant d'attention qu'ils lui en accordaient peu. Ils avaient à peu près la taille d'un humain ordinaire, mais leur minceur les faisait paraître plus grands. Ils avaient les traits délicats, mais durs et froids, comme taillés dans le marbre. Les muscles déliés, ils étaient extrêmement bien coordonnés, et marchaient avec grâce et assurance sur le pont incliné. Ils avaient la peau couleur brou de noix, les cheveux et les sourcils blancs avec des reflets d'argent dans le soleil. Ils portaient des gilets et de courtes jupes en tapisserie au petit point, décorés d'images d'oiseaux, de fleurs et d'animaux. Les humains se moquaient souvent des couleurs vives affectionnées par les Elfes, quitte à découvrir trop tard que ces vêtements-là étaient des armures. Les magiciens elfiens ont le pouvoir de renforcer les fils de soie ordinaires, les rendant aussi durs que l'acier.

Un des arrivants fit signe aux deux autres. L'un courut vers la proue, et, se penchant par-dessus bord, inspecta les ailes. L'autre courut vers la poupe. Ils étaient armés, mais n'avaient pas leurs armes à la main. Ils étaient, après tout, sur une nef de fabrication elfienne.

— Que fait ce mioche sur un vaisseau de mon peuple ? dit le chef, inclinant vers lui son long nez aquilin. Et où est le capitaine ?

Il parlait bien le langage humain, mais avec une grimace, comme si les mots avaient mauvais goût et qu'il fût content de s'en débarrasser. La voix était musicale, le ton condescendant. Tourment était furieux, mais il savait dissimuler.

— Je suis prince héritier d'Uylandia. Le Roi Stephen est mon père.

Tourment trouva bon de commencer ainsi, tant que les Elfes n'étaient pas convaincus qu'il était un personnage important. Puis il dirait la vérité, il dirait qu'il était vraiment très important — plus qu'ils ne pouvaient l'imaginer.

— Ainsi, mes hommes ont capturé un petit prince humain ?

— Un méchant homme m'a capturé, dit Tourment en larmes. Il allait m'assassiner. Mais vous m'avez sauvé ! Vous serez des héros. Emmenez-moi à votre roi, que je le remercie moi-même. Ce pourrait être le début de la paix entre nos peuples.

L'Elfe qui avait inspecté les ailes revenait faire son rapport. Entendant les paroles de l'enfant, il regarda son capitaine et ils éclatèrent de rire.

Tourment en eut le souffle coupé. Jamais de sa vie on n'avait ri de lui ! Le sortilège aurait dû opérer. Il était sûr que Trian n'était pas parvenu à l'annuler.

C'est alors que le prince vit les talismans autour de leur cou. Il ne le savait pas, mais il reconnaissait un talisman protecteur quand il en voyait un, et sut qu'il protégeait les Elfes de son sortilège.

Avant qu'il ait eu le temps de réagir, le capitaine l'attrapa comme un sac d'ordures et le jeta à l'autre. Le capitaine donna un ordre, et l'Elfe, tenant l'enfant à bout de bras comme si c'était un putois, s'approcha de la lisse. Tourment ne parlait pas l'elfien, mais il comprit le geste du capitaine.

On allait le jeter par-dessus bord. Tourment essaya de

hurler, mais la peur lui serra la gorge. Il se débattit comme un beau diable. L'Elfe, qui le tenait par le collet, semblait s'amuser beaucoup de ses efforts. L'enfant avait le pouvoir, mais il n'était pas entraîné à s'en servir, n'ayant pas été élevé dans la maison de son père. Il sentait la magie couler dans ses veines comme de l'adrénaline, mais il manquait des connaissances pour l'utiliser.

Il y avait pourtant quelqu'un qui pouvait l'instruire.

Tourment saisit sa plume-amulette.

— Père !

— Il ne peut pas t'aider, dit l'Elfe en riant.

— Père ! répéta l'enfant.

— J'avais raison, dit le capitaine à son subordonné. Il y a quelqu'un d'autre à bord. Va voir.

Il fit signe au troisième Elfe qui revenait de l'arrière.

Celui qui tenait Tourment le passa par-dessus le bastingage et le lâcha.

Le prince tomba comme une pierre. Il allait pousser un hurlement de terreur, quand une voix lui commanda de se taire. La voix, comme toujours, prononçait des mots qu'il entendait dans sa tête, et qui n'étaient audibles que pour lui.

— Tu as la capacité de te sauver, Tourment. Mais il faut d'abord vaincre ta peur.

Tombant à toute vitesse, voyant flotter sous lui des débris des deux nefs, et, plus bas encore, les nuages noirs du Maelström, Tourment se raidit.

— Je... je ne peux pas, Père, gémit-il.

— Si tu ne peux pas, tu mourras, ce qui sera aussi bien. Un fils lâche ne peut me servir à rien.

Pendant sa courte vie, Tourment s'était toujours efforcé de plaire à l'homme qui lui parlait par l'amulette, l'homme qui était son vrai père.

— Ferme les yeux, commanda Sinistrad.

Tourment s'exécuta.

— Maintenant, nous allons activer la magie. Imagine que tu es plus léger que l'air. Ton corps n'est pas de chair, il est aérien. Tes os sont creux, comme ceux des oiseaux.

Le prince avait envie de rire, mais quelque chose lui

dit que s'il se laissait aller, il ne pourrait plus contrôler son fou rire et tomberait vers sa mort. Il essaya d'obéir à son père. Ça semblait ridicule. Ses yeux ne cessaient de se rouvrir pour chercher désespérément une épave à laquelle se raccrocher. Le vent de la chute le faisait pleurer. Un sanglot lui monta à la gorge.

— Tourment ! claqua la voix de Sinistrad, comme un fouet.

Déglutissant avec effort, l'enfant ferma les yeux et essaya de s'imaginer oiseau.

Cela semblait impossible au premier abord. Mais l'expérience de générations de magiciens vint à son secours. L'astuce, c'était de convaincre l'esprit que le corps ne pesait rien, et même moins que rien : une technique que les jeunes magiciens mettaient des années à maîtriser, mais le prince devait l'apprendre en quelques secondes. Les mamans oiseaux enseignent aux jeunes à voler en les jetant hors du nid. Tourment apprenait l'art de la magie de la même façon. Le choc et la terreur déclenchèrent son don naturel qui s'épanouit d'un coup.

« Ma chair est de la matière des nuages. Mon sang est une brume légère. Mes os sont creux et pleins d'air. »

Un picotement se répandit dans le corps du prince. Il lui semblait que la magie le transformait en nuage. Avec cette sensation augmentait aussi sa confiance dans l'illusion qu'il tissait autour de lui, et la magie se renforçait d'autant. Ouvrant les yeux, Tourment, ravi, constata qu'il ne tombait plus. Plus léger qu'un flocon de neige, il dérivait paresseusement dans le ciel.

— J'ai réussi ! J'ai réussi !

Il se mit à rire, battant des bras comme si c'étaient des ailes.

— Concentre-toi ! dit sèchement Sinistrad. Ce n'est pas un jeu ! Perds ta concentration, et tu perds le pouvoir !

Tourment se dégrisa. Les paroles de son père l'affectaient moins que l'impression soudaine d'avoir retrouvé sa lourdeur. Résolument, il se reconcentra.

— Qu'est-ce que je fais maintenant, Père ? demanda-t-il, calmé.

— Reste où tu es. Les Elfes viendront te sauver.

— Mais ils ont essayé de me tuer !

— Oui, mais ils vont voir que tu as le pouvoir et ils t'emmèneront à leurs magiciens. Cela te conduira à leur cour. Tu y passeras quelque temps avant de venir me rejoindre. Tu y rassembleras des informations utiles.

Tourment leva les yeux. D'où il était, il ne voyait que le fond de la coque et les ailes à demi déployées. Mais la dragonef continuait à tomber.

Tourment, flottant dans l'air, se détendit en attendant qu'elle arrive à sa hauteur.

CHAPITRE 27

PLEIN CIEL, DESCENTE

Accroupis au bas de l'échelle, Hugh et Alfred entendirent les Elfes fouiller la nef; ils entendirent aussi la conversation du capitaine avec Tourment.

— La petite canaille, grommela Hugh entre ses dents.

Puis Tourment hurla.

Alfred pâlit.

— Si vous voulez le sauver, suivez-moi, dit Hugh au chambellan.

Montrant l'échelle, il ouvrit l'écoutille, et l'épée à la main, se rua sur le pont, à l'instant même où l'Elfe jetait Tourment par-dessus bord. Alfred poussa un cri d'horreur.

— Pas d'affolement, cria Hugh, cherchant des yeux une arme. Couvrez-moi... Par les ancêtres! Non, pas ça!

Les yeux d'Alfred se révulsèrent, il chancela, le visage gris cendre. Hugh tendit la main pour le secouer énergiquement, mais c'était trop tard. Le chambellan bascula tout d'une pièce et atterrit en tas sur le pont.

— Sapristi! jura Hugh.

Les Elfes étaient fatigués par leur combat contre les rebelles. Ils ne s'attendaient pas à trouver des humains sur une nef et furent lents a réagir. Hugh tendit la main vers le mât en même temps qu'un Elfe, mais il fut plus rapide. Soulevant le mât de toutes ses forces, il l'abattit sur l'Elfe, qui tomba à la renverse, cognant de la tête contre l'écoutille. Il resterait hors de combat un bon moment. Hugh n'osa pas l'achever car il avait encore deux adversaires à neutraliser.

Les Elfes ne sont pas grands escrimeurs. A la force

brute de l'épée, ils préfèrent l'arc qui demande jugement et habileté. Leurs courtes lames ne leur servent que pour le combat rapproché, ou pour achever des guerriers déjà blessés par des flèches.

Connaissant leur aversion pour l'épée, Hugh fit de grands moulinets de la sienne, les forçant à rester à distance. Ils le pressaient sans passer à l'attaque, le forçant à reculer de planche en planche jusqu'à la paroi. Ce qui leur manque en technique, les Elfes le compensent par la patience et la prudence. Hugh arrivait à peine à garder son épée à la main. Le sentant affaibli, ils feintaient et esquivaient, drainant son énergie. Ils pouvaient se permettre d'atermoyer jusqu'à ce que l'épuisement l'oblige à baisser sa garde.

Son bras lui faisait mal, sa tête pulsait douloureusement. Il savait qu'il ne pourrait pas tenir longtemps. Il fallait conclure. Il perçut un mouvement.

— Alfred ! rugit-il. C'est ça ! Prenez-les par-derrière !

C'était un vieux truc ; aucun guerrier humain digne de ce nom ne s'y serait laissé prendre. D'ailleurs, le capitaine garda les yeux fixés sur lui, mais l'autre tourna la tête. Et il vit, non pas un valeureux guerrier se ruant sur lui, mais Alfred, assis par terre, qui regardait d'un air hébété.

Hugh était déjà sur lui ; il fit sauter son épée et lui écrasa le visage d'un coup de poing. Ce faisant, il se découvrait devant le capitaine, mais il le fallait. Le capitaine bondit, mais glissa sur le pont incliné ; sa lame manqua le cœur de Hugh et s'enfonça dans son bras droit. Pivotant sur lui-même, Hugh abattit sa garde et l'Elfe s'écroula, lâchant son arme.

Hugh tomba à genoux, pris de vertige et de nausée.

— Messire Hugh ! Vous êtes blessé ! Permettez-moi de vous aider...

— Ça va, dit-il sèchement.

Se relevant en chancelant, il foudroya le chambellan qui rougit.

— Je... je suis désolé, bredouilla-t-il. Je ne sais pas ce qui me prend...

— Jetez ces canailles par-dessus bord avant qu'ils se réveillent.

Alfred pâlit. Hugh crut qu'il allait reperdre connaissance.

— Je ne peux pas, messire. Jeter un homme sans défense... à la mort...

— Ils ont bien jeté à la mort votre cher prince!

Hugh leva son épée sur un Elfe inconscient.

— Alors, il faudra que je les achève moi-même. Je ne peux pas prendre le risque de les laisser vivre.

Il allait trancher le cou gracieux, mais une étrange répugnance retint sa main.

Toute ta vie, tu nous as servis.

— Je vous en prie, messire! dit Alfred, lui saisissant le bras. Leur vaisseau est toujours attaché au nôtre.

Il montra les vestiges de la nef elfienne accrochés par des grappins.

— Je pourrais les y transférer. Au moins, ils auraient une chance d'être secourus.

Trop fatigué pour discuter, Hugh céda de mauvaise grâce.

— Faites comme vous voudrez, pourvu que vous m'en débarrassiez. Mais pourquoi tant de compassion pour les Elfes? Ils ont assassiné votre précieux prince.

— Toute vie est sacrée, dit doucement Alfred, se penchant pour soulever le capitaine par les épaules. Nous l'avons appris. Trop tard. Trop tard.

Au moins, c'est ce que Hugh crut entendre, car il était blessé et malade, et le vent soufflait dans le gréement. D'ailleurs, quelle importance?

Alfred s'acquitta de sa tâche avec sa maladresse coutumière, trébuchant sur les planches, lâchant les corps, manquant de s'étrangler dans un câble d'aile. Il parvint quand même à traîner les Elfes inconscients jusqu'à la lisse, puis les souleva avec une force étonnante chez cet homme maigre et dégingandé.

Mais il y avait chez Alfred bien des choses inexplicables. Étais-je vraiment mort? Même les mystériarques n'avaient pas la capacité de ressusciter les morts.

« Toute vie est sacrée... Trop tard. Trop tard. »

Hugh secoua la tête et le regretta aussitôt. Il crut que ses yeux allaient sortir de leurs orbites.

Alfred revint et trouva Hugh en train de se panser maladroitement le bras.

— Messire Hugh ? dit timidement Alfred.

Hugh ne leva pas les yeux. Le chambellan intervint avec douceur et noua le bandage.

— Je crois que vous devriez venir voir.

— Je sais. Nous tombons toujours. A quelle distance sommes-nous du Maelström ?

— Il n'y a pas que ça, messire. Le prince. Il est vivant !

Hugh le regarda comme s'il était fou.

— C'est très étrange, messire. Enfin, pas si étrange que ça, je suppose, considérant qui il est et qui est son père.

Qui est-il, par tous les diables ? eut-il envie de demander, mais ce n'était pas le moment. Il traversa le pont, de plus en plus agité à mesure qu'ils se rapprochaient de la tempête. Regardant vers le bas, il ne put retenir un sifflement de stupéfaction.

— Son père est un mystériarque du Haut-Royaume, dit Alfred.

— Et ils communiquent par l'amulette, dit la Main, se rappelant avoir vu l'enfant serrer la plume au moment où le poison le terrassait.

Hugh voyait l'enfant qui les regardait, à l'évidence très content de lui.

— Je suis censé lui porter secours, je suppose. Un gosse qui a tenté de m'empoisonner ! qui a détruit ma nef ! qui a voulu nous livrer aux Elfes !

— Après tout, messire, répliqua Alfred, le regardant dans les yeux, vous avez accepté de l'assassiner moyennant finance.

Hugh reporta son regard sur Tourment. Ils approchaient du Maelström. Il voyait les nuages de poussière et les débris flottant au-dessus, il entendait les roulements étouffés du tonnerre. Un vent froid et humide ballottait en tous sens l'aile de queue. Hugh aurait dû être en train de rattacher les câbles rompus pour déployer les ailes et chercher un courant ascendant avant d'approcher du Maelström, dont les vents ne leur permettraient pas de reprendre de l'altitude.

Se détournant, Hugh s'éloigna de la lisse.

— Je ne vous blâme pas, dit Alfred. C'est un enfant difficile...

— Difficile ?

Hugh éclata de rire, puis s'immobilisa, les yeux clos, chancelant. Quand il se fut ressaisi, il prit une profonde inspiration.

— Tendez-lui ce mât. Je vais manœuvrer pour nous rapprocher de lui. Mais nous risquons notre vie. Nous avons de grandes chances d'être aspirés par le Maelström.

Alfred courut chercher le mât. Pour une fois, ses pieds et son corps allant dans la même direction.

La Main retourna dans la cabine de pilotage et considéra les dégâts. Pourquoi agissait-il ainsi ? C'était tout simple : il avait un père qui paierait cher pour *ne pas* revoir son fils, et un autre père qui paiera encore plus cher pour le revoir.

Parfaitement rationnel. Pourvu que tout cela ne se termine pas dans le Maelström. Regardant par la fenêtre, il voyait l'enfant flotter parmi les nuages. La dragonef descendait à sa rencontre, mais à moins que Hugh ne pût modifier sa course, ils allaient le manquer d'au moins une longueur d'aile.

Lugubre, la Main évalua les dégâts, forçant son esprit à distinguer les différents câbles se tordant sur le sol comme des serpents. Trouvant ceux qu'il cherchait, il les démêla et les allongea par terre pour qu'ils puissent coulisser facilement dans les écubiers. Puis il les détacha du harnais en deux coups d'épées et se les enroula aux bras. Il avait vu des hommes se faire casser les membres en opérant ainsi. S'il perdait le contrôle, les lourdes ailes s'ouvriraient brusquement, tirant sur les câbles et lui cassant les os comme des brindilles.

S'asseyant sur le siège de pilotage, les pieds arc-boutés sur le pont, Hugh commença à relâcher les câbles. L'un d'eux glissa doucement dans l'écubier, et l'aile se souleva, activant la magie. Mais le câble de droite demeura mou et inanimé. Hugh s'essuya le front du revers de la main. L'aile était coincée.

Hugh tira sur le câble de toutes ses forces, espérant le débloquer. Il réalisa qu'un des câbles extérieurs attachés à son guide-rope avait dû se rompre. Jurant entre ses dents, il abandonna l'aile droite et se concentra sur la gauche.

— Plus près ! cria Alfred. Un peu à gauche — ou à babord ? Je ne me rappelle jamais. Ou tribord ? Tribord, peut-être ? Là. J'y suis presque... Allez-y ! Tenez bon, Votre Altesse !

Hugh entendit la voix aiguë du prince. Deux petites bottes résonnèrent sur le pont.

Puis il entendit la voix d'Alfred, grave et réprobatrice, et les larmoiements défensifs de Tourment.

Hugh tira sur le câble, et sentit l'aile se soulever ; la dragonef, aidée par sa magie, commença à reprendre de l'altitude. Les nuages du Maelström s'éloignaient, tourbillonnant furieusement comme s'ils enrageaient de voir leur proie leur échapper. Hugh retint son souffle, concentrant toute son énergie pour stabiliser l'aile dans leur lente ascension.

Alors la nef fut écrasée comme un moustique par une main géante. Elle tomba soudain, plongeant si vite que leurs corps semblaient plonger avec elle, mais que leurs estomacs et leurs entrailles étaient restés en haut. Hugh entendit un hurlement, suivi d'un coup sourd, et sut que quelqu'un avait été projeté sur le pont. Il espéra qu'Alfred et Tourment avaient pu se raccrocher à quelque chose, mais s'ils n'avaient rien trouvé, il ne pouvait pas venir à leur aide.

Il se cramponnait farouchement aux câbles, luttant pour maintenir l'aile déployée afin de ralentir la descente. Puis il entendit un bruit de déchirure et ce sifflement menaçant qui glace le cœur des pilotes. L'aile s'était ouverte, le vent passait à travers. Hugh laissa filer le câble aussi loin qu'il put aller, ouvrant l'aile toute grande. Il ne pouvait plus manœuvrer, mais sa magie amortirait un peu l'atterrissage — *s*'ils atterrissaient et *si* le Maelström ne les tuait pas avant.

Déroulant les câbles enroulés autour de ses bras, Hugh les jeta sur le pont. Ils n'avaient pas encore atteint le Maelström, et déjà le vent secouait le vaisseau comme une fétu. Incapable de rester debout, il rampa, s'aidant des câbles pour atteindre la coursive. Puis il se hissa en haut de l'échelle et jeta un coup d'œil dehors. Couché sur le pont, Alfred serrait Tourment contre lui.

— Descendez ! rugit Hugh par-dessus les hurlements

du vent. L'aile est déchirée! Nous tombons dans le Maelström!

Alfred rampa sur le ventre, entraînant Tourment avec lui. Hugh vit avec un plaisir morose que l'enfant était muet de terreur. Arrivé à l'écoutille, Alfred y poussa le prince. Hugh le saisit sans ménagements, le tira à l'intérieur et le jeta sur le pont.

Tourment poussa un cri de douleur, coupé net par une embardée du vaisseau qui le précipita contre la paroi, lui coupant le souffle. La secousse précipita Alfred dans l'écoutille, puis sur Hugh, qui perdit pied et s'écrasa au bas de l'échelle.

Il se remit sur pied et, chancelant, remonta l'échelle — ou peut-être la descendit. Il avait perdu tout sens de l'orientation. Il saisit le panneau de fermeture. Une rafale de pluie frappa la nef, inondant l'échelle. Un éclair fulgura, et le tonnerre manqua le rendre sourd. Il batailla avec le panneau humide et glissant, parvint enfin à le fermer. Très las, il se laissa glisser au bas de l'échelle et s'effondra par terre.

— Tu... tu es vivant!

Tourment le regardait, stupéfait. Puis l'étonnement fit place à la joie. Courant à Hugh, l'enfant lui jeta les bras autour de la taille et le serra très fort contre lui.

— Oh, ce que je suis content! J'ai eu tellement peur! Tu m'as sauvé la vie!

Détachant les mains de l'enfant, Hugh le considéra à bout de bras. Aucun doute sur la sincérité de sa voix étranglée par les larmes, ni sur son air innocent. Pas la moindre ruse dans ces yeux bleus. La Main aurait pu croire qu'il avait rêvé.

Enfin, pas tout à fait.

Ce Tourment, si bien nommé, avait tenté de l'empoisonner. Hugh entoura de sa main la gorge blanche de l'enfant. C'était simple. Il suffisait de serrer. Mission accomplie.

Le vaisseau tanguait et roulait dans la tempête. La coque gémissait et craquait, comme prête à se fendre d'un instant à l'autre.

Toute ta vie, tu nous as servis.

Hugh serra la main. Tourment leva les yeux sur lui,

l'air confiant, avec un sourire timide. L'assassin aurait pu être en train de lui faire une caresse.

Hugh repoussa l'enfant avec colère, l'envoyant cogner dans Alfred qui le rattrapa machinalement.

Titubant vers la cabine de pilotage, Hugh tomba à quatre pattes et vomit.

CHAPITRE 28

DREVLIN,
BAS-ROYAUME

Tourment fut le premier à reprendre connaissance. Ouvrant les yeux, il vit la dragonef et ses deux autres occupants. Il entendit le grondement du tonnerre et reprit peur; puis il réalisa que la tempête s'était éloignée. Regardant dehors, il vit que tout était calme, avec une petite pluie qui tambourinait sur la coque. L'horrible agitation avait cessé. Tout était immobile.

Hugh gisait sur le pont, la tête et le bras pleins de sang, la main sur les câbles comme si, en un dernier effort, il avait tenté de les sauver. Alfred était étalé sur le dos. Il ne semblait pas blessé. Tourment ne se rappelait pas grand-chose de l'épouvantable descente, mais il avait la vague impression qu'à un certain moment, Alfred s'était évanoui.

Tourment n'avait pas eu aussi peur quand le capitaine des Elfes l'avait jeté par-dessus bord. Cela s'était passé si vite qu'il n'avait pas eu le temps de réagir. Mais la chute dans le Maelström semblait avoir duré une éternité, la terreur croissant de seconde en seconde. Tourment avait vraiment cru qu'il allait mourir. Alors il s'était rappelé les paroles de son père qui endormaient.

Le prince essaya de s'asseoir. Il se sentait tout drôle. Son corps semblait trop lourd alors que rien ne l'écrasait. Il n'aimait pas ces sensations étranges. Puis il vit l'épée de Hugh sur le pont, et cela lui donna une idée.

— Je pourrais les tuer tous les deux maintenant, dit-il, serrant son amulette. Nous serions débarrassés d'eux, Père.

— Non!

La réponse sèche le fit sursauter.

— Pourquoi ?

— Parce que tu as besoin d'eux pour sortir de cet endroit et me rejoindre. Mais avant, tu as une tâche à remplir. Tu as atterri sur l'île de Drevlin dans le Bas-Royaume, habitée par le peuple des Guègues. Je pensais y venir moi-même quand j'ai acquis un vaisseau.

« Il y a là une machine qui m'intrigue beaucoup. Elle a été construite il y a très longtemps par les Sartans, mais dans quel but ? Personne n'a jamais pu le découvrir. Je veux que tu fasses une enquête sur elle. Je doute qu'ils puissent me servir dans ma conquête du monde, mais il est sage d'en savoir autant que possible sur ceux que l'on veut dominer. Guette la première occasion, mon fils.

La voix mourut. Tourment fronça les sourcils. Si seulement Sinistrad cessait de toujours dire : « quand *je* dominerai, quand *je* gouvernerai ». C'était irritant. Il devrait se mettre à dire : « quand *nous* dominerons ».

Bien sûr, se dit-il, mon père ne me connaît pas encore. C'est pourquoi il ne m'inclut pas dans ses plans. Quand nous nous rencontrerons, il sera fier de moi. Il m'enseignera toute sa magie. Nous ferons tout ensemble. Je ne serai plus jamais seul.

Hugh remua en gémissant. Tourment se rallongea précipitamment sur le pont et ferma les yeux.

Hugh se souleva péniblement sur les coudes, absolument stupéfait d'être encore en vie. Il se dit qu'il paierait double le magicien elfien qui avait ensorcelé la nef, et que ce ne serait pas cher. Enfin il chercha sa pipe. Fouillant dans sa tunique de velours tachée et mouillée, il la trouva encore entière.

Il jeta un coup d'œil sur ses compagnons. Alfred s'était encore évanoui. Très utile en temps de crise ! L'enfant était sans connaissance, lui aussi, mais il respirait régulièrement et avait bonne mine. Son assurance-vie se portait bien.

— Mais d'abord, grommela Hugh, je veux me débarrasser de papa.

Prenant grand soin de ne pas réveiller l'enfant, il passa la main sous la chaîne d'argent où pendait l'amulette.

La chaîne glissa entre ses doigts.

Hugh la considéra, incrédule. La chaîne n'avait pas glissé *entre* ses doigts, mais *à travers* ! Il l'avait vue traverser la chair et les os aussi facilement qu'une main de fantôme.

— C'est mon imagination. Le coup que j'ai reçu sur la tête, murmura-t-il, saisissant la chaîne fermement.

Et refermant la main sur du vent.

Hugh réalisa que Tourment avait ouvert les yeux et le regardait sans colère, mais avec tristesse.

— Elle ne s'enlève pas. J'ai essayé. Qu'est-ce qui s'est passé ? Où sommes-nous ? demanda le prince en s'asseyant.

— Nous sommes en sécurité, dit Hugh, sa pipe à la main.

Il avait fumé tout son sterego, et, même s'il en avait eu encore, il n'avait rien pour l'allumer. Il planta donc son tuyau de pipe entre ses dents et aspira le vide.

— Tu nous as sauvé la vie, dit Tourment. Et après que j'ai essayé de te tuer. Je le regrette. Vraiment, je t'assure ! dit-il, levant ses yeux bleus innocents sur Hugh. J'ai fait ça seulement parce que j'avais peur de toi.

Hugh continua à têter sa pipe sans rien dire.

— Je me sens tout drôle, continua le prince d'un ton détaché. J'ai l'impression d'être trop lourd pour mon corps.

— C'est la pression atmosphérique, le poids de l'air. Vous vous habituerez. Vous n'avez qu'à rester assis sans bouger.

— Tu es un guerrier. Tu peux te défendre honorablement. Moi, je suis faible. Qu'est-ce que je pouvais faire d'autre ? Tu *es* un assassin, non ? Tu *as été engagé* pour me tuer ?

— Et vous *n'êtes pas* le fils de Stephen, contra Hugh.

— Non, messire, il ne l'est pas.

C'était la voix d'Alfred. Le chambellan s'assit et regarda autour de lui, désorienté.

— Où sommes-nous ?

— A mon avis, dans le Bas-Royaume. Et, avec un peu de chance, sur Drevlin.

— Avec un peu de chance ?

— Parce que Drevlin est la seule île habitée du Bas-Royaume. Et constamment balayée par de terribles tempêtes. Si l'on est surpris à découvert…

Alfred pâlit. Tourment jeta un coup d'œil dehors.

— Il n'y a pas de tempête. On part?

— Attendez d'être habitué à la pression atmosphérique. Quand nous nous mettrons en route, il faudra aller vite.

— Tu es déjà venu ici, dit Tourment, s'asseyant et le regardant fixement.

— Oui.

— A quoi ça ressemble?

Hugh ne répondit pas tout de suite. Ses yeux se posèrent sur Alfred qui avait levé la main et la considérait, avec perplexité, comme si elle appartenait à un autre.

— Voyez vous-même, Votre Altesse.

— Vrai? dit Tourment. Je peux sortir?

— Voyez si vous apercevez des Guègues ou des indices de leur présence. Il y a une grande machine sur ce continent. Si vous en voyez des parties, il y aura des Guègues pas loin. Restez près du vaisseau. Si vous êtes surpris par la tempête, il faudra rentrer au plus vite.

— Est-ce bien sage, messire?

Alfred regardait l'enfant glisser son petit corps par un trou de la coque.

— Il n'ira pas loin. Il se fatiguera plus vite qu'il ne pense. Et pendant qu'il n'est pas là, dites-moi la vérité.

Alfred devint livide et baissa les yeux sur ses grandes mains.

— Je vous dirai ce que je sais avec certitude, sans parler des théories échafaudées par Trian pour expliquer les événements. Je dois dire qu'elles n'expliquent pas tout…

Il vit Hugh froncer les sourcils d'impatience.

— Il y a dix cycles, Stephen et Anne eurent un fils. C'était un bébé magnifique, qui avait les cheveux noirs de son père, les yeux et les oreilles de sa mère. Vous comprenez, Anne a une petite encoche à l'oreille gauche, ici, à l'extérieur du pavillon. C'est une marque de famille. On dit qu'il y a très longtemps, quand les

Sartans séjournaient encore sur ce monde, l'un d'eux fut sauvé par un ancêtre d'Anne, détournant la lance qui allait le tuer, mais qui lui emporta quand même un morceau de l'oreille gauche. Depuis ce jour, tous les enfants de la lignée naissent avec cette marque, symbole de leur honneur.

« Le fils d'Anne avait l'encoche. Je l'ai vue de mes yeux quand on l'a présenté à la cour. L'enfant trouvé dans le berceau le lendemain matin ne l'avait pas.

— Il y a eu substitution ? commenta Hugh. Ils ont bien dû s'en apercevoir.

— Oui. Tout le monde s'en est aperçu. L'enfant semblait âgé d'un jour ou deux comme le prince. Mais ce bébé était blond, avec des yeux bleu vif, et non du bleu laiteux qui vire au brun avec le temps. Et ses deux oreilles étaient parfaites. Les gardes jurèrent que personne n'avait pu tromper leur vigilance. Stephen ne douta pas de leur parole. La bonne qui dormait avec l'enfant s'était levée dans la nuit pour le mener à la nourrice, qui affirma avoir donné le sein au bébé brun d'Anne. Trian en conclut que l'enfant avait été placé là par magie.

— Pourquoi ?

Alfred soupira. Il regarda dehors. Debout sur un rocher, Tourment regardait au loin. A l'horizon s'amoncelaient des nuages noirs traversés d'éclairs. Le vent soufflait plus fort.

— L'enfant était protégé par un sortilège. Toute personne qui le regardait l'aimait aussitôt. Non, ce n'est pas le mot.

Le chambellan réfléchit et reprit :

— Nous ne supportions pas de le voir malheureux. Une larme tombant de ses yeux nous attristait pendant des jours. Nous aurions renoncé à la vie plutôt qu'à cet enfant.

Alfred passa la main sur sa calvitie.

— Stephen et Anne savaient qu'en acceptant cet enfant pour fils, ils couraient un grand danger, mais ils ne purent s'en empêcher. C'est pourquoi ils le nommèrent Tourment.

— Quel était ce danger ?

— Un an après la substitution, un mystériarque du Haut-Royaume descendit parmi nous. Nous fûmes honorés qu'un puissant mage, pour la première fois depuis des années, daignât quitter son glorieux séjour et s'abaisser jusqu'à nous. Mais notre fierté nous laissa bientôt un goût de cendres dans la bouche. Sinistrad est un homme mauvais. Il venait, disait-il, pour honorer le petit prince. Il lui avait apporté un cadeau. Quand il souleva le bébé, sa filiation ne fit plus aucun doute.

« Personne ne pouvait rien faire contre un magicien de la Septième Maison. Trian lui-même est l'un des meilleurs magiciens du royaume, mais il n'est que de la Troisième Maison. Nous avons dû regarder, avec des sourires de commande, le mystériarque glisser cette plume-amulette au cou de l'enfant. Sinistrad complimenta Stephen de *son* héritier, et partit. Cette insistance sur le mot nous fit tous frissonner d'horreur. Mais Stephen ne pouvait rien faire, sauf raffoler encore plus de l'enfant. »

Hugh tira sur sa barbe.

— Pourquoi un magicien du Haut-Royaume désirerait-il gouverner dans le Mi-Royaume ? Ils nous ont quitté de leur plein gré voilà des cycles. Leur royaume est riche, paraît-il, au-delà de tout ce qu'on peut imaginer.

— Trian a échafaudé des théories. S'ils voulaient nous gouverner, ils pourraient descendre avec une armée de mystériarques et nous vaincre facilement. Non, ça n'a pas de sens. Stephen savait que Sinistrad était en communication avec son fils. Tourment est un espion astucieux. Il a appris tous les secrets du royaume et les a transmis à son père. Nous aurions pu le supporter, car dix cycles ont passé, et notre puissance augmente. Mais il s'est passé quelque chose qui oblige impérativement Stephen a se débarrasser de l'enfant substitué.

L'enfant était toujours occupé à scruter l'horizon, mais il devait être fatigué car il s'était assis sur le rocher. Le chambellan fit signe à Hugh de se rapprocher et lui dit à l'oreille :

— Anne attend un enfant !

— Ah ! dit Hugh, hochant la tête d'un air entendu. Il y a un autre héritier en route. Et le sortilège ?

— Trian l'a rompu. Il lui a fallu dix ans d'études, mais il y est enfin parvenu. Et Stephen s'est trouvé capable de...

— ... d'engager un assassin pour le tuer. Depuis quand êtes-vous au courant ?

— Depuis le début, dit Alfred en rougissant.

— Et vous auriez tenté de m'arrêter ?

— Je... je ne sais pas.

Une semence noire venait de germer dans l'esprit de Hugh. Elle grandit rapidement, produisant un fruit délétère. J'ai décidé, *moi*, de rompre mon contrat. Pourquoi ? Parce que l'enfant a plus de valeur pour moi vivant que mort. Mais je n'étais jamais revenu sur ma parole auparavant, et pourtant j'aurais parfois pu gagner dix fois plus. Pourquoi maintenant ? J'ai risqué ma vie pour sauver cette petite canaille ! Je ne suis pas parvenu à la tuer, même après qu'il eut essayé de m'empoisonner !

Et si le sortilège n'était pas rompu ? Et si Tourment continuait à nous manipuler tous, à commencer par le Roi Stephen ?

Hugh regarda Alfred d'un œil perçant.

— Et quelle est la vérité sur vous, chambellan ?

— Vous la voyez devant vous, messire, dit humblement Alfred, ouvrant les mains d'un air impuissant. J'ai été en service toute ma vie. Je servais la famille de Son Altesse Royale au château d'Uylandia. Quand Sa Majesté est devenue reine, elle a eu la bonté de m'emmener avec elle.

Alfred rougit lentement et baissa les yeux.

L'assassin ferma les yeux. Sous l'effet conjugué du poison et de la pression atmosphérique, il se sentait léthargique et nauséeux. Ses mains rouges du sang des victimes, et dont il croyait fièrement être le maître, avaient été maîtrisées par un enfant.

Le Prince Tourment passa la tête par un trou de la coque.

— Je crois que je la vois. La grande machine ! On ne la voit plus maintenant, à cause des nuages. Mais je me rappelle la direction. Allons-y maintenant ! Après tout, ça ne peut pas être dangereux ! Ce n'est que de la pluie...

Un éclair fulgura, perçant un trou dans la coralite. La foudre fit trembler le sol et l'enfant faillit tomber.

— La voilà, la raison, dit Hugh.

De nouveau, la foudre tomba avec une force fantastique. Tourment traversa le pont en courant et s'accroupit près d'Alfred. La pluie crépitait sur la coque. La grêle tambourinait avec une férocité assourdissante. Bientôt la pluie entra par toutes les fissures du vaisseau. Tourment était livide, mais ne pleurait pas. Quand il s'aperçut que ses mains tremblaient, il les croisa énergiquement. Hugh se revit à son âge, combattant la peur par la fierté — la seule arme de son arsenal.

Peut-être était-ce exactement ce que Tourment voulait lui faire penser.

L'assassin tripota la poignée de son épée. Il ne faudrait que quelques secondes. Dégainer, brandir, enfoncer dans le corps de l'enfant jusqu'à la garde. S'il devait être arrêté par la magie, il voulait la voir en action, il voulait être sûr.

Mais peut-être l'avait-il déjà vue en action.

Hugh écarta sa main de son épée. La reposant sur sa pipe, il vit Tourment qui l'observait. Les lèvres de l'enfant se retroussèrent en un sourire adorable et charmeur.

CHAPITRE 29

MATRICIA, DREVLIN, BAS-ROYAUME

Le Haut Contre-sous-Maître vivait une mauvaise passe. Tombant littéralement du ciel, les dieux pleuvaient sur sa tête sans défense. Tout allait de travers. Son royaume si calme, en paix depuis des siècles, basculait dans la démence.

Traversant une aire de coralite, suivi de sa bande de Roussins, et du Grand Clerc, il réfléchit longuement aux dieux ; il se serait bien passé de leur divine présence. Au lieu de le débarrasser proprement de Mad Lambic, ils avaient eu l'audace de le lui renvoyer vivant. Et en plus, ils étaient revenus avec lui ! Enfin, l'un d'eux était venu — un dieu qui s'appelait Haplo. Une rumeur confuse était bien parvenue à ses oreilles, selon laquelle ce dieu ne se considérait pas comme un dieu, mais Darral Débardeur n'en croyait pas un mot.

Malheureusement, Haplo suscitait des troubles partout où il passait, y compris dans la ville capitale de Matricia. Mad Lambic et ses dingues du VLAN le traînaient partout avec force discours, affirmant au peuple qu'il était exploité, maltraité et asservi, et le Créchi-Crécha seul savait quoi d'autre. Bien sûr, Mad Lambic extravaguait et délirait sur ce sujet depuis pas mal de temps, mais maintenant, avec le dieu à son côté, les Guègues commençaient à l'écouter !

La moitié des Clercs avaient été complètement gagnés à sa cause. Le Grand Clerc, voyant son église se désintégrer autour de lui, exigeait que le Haut Contre-sous-Maître fît quelques chose.

— Et qu'est-ce que je peux faire ? demandait Darral,

acerbe. Arrêter ce Haplo, le dieu qui n'en est pas un ? Ça ne servira à rien, sauf à convaincre les gens qui croient en lui qu'ils avaient raison depuis le début, et à convaincre les autres qu'ils devraient y croire !

— Bof ! renifla dédaigneusement le Grand Clerc qui n'avait rien compris, mais qui savait qu'il n'était pas d'accord.

— C'est tout ce que vous trouvez à dire ! D'ailleurs, tout est de votre faute ! Laissons les Créchi-Créchas s'occuper de Mad Lambic, avez-vous dit. Eh bien, ils s'en sont occupés comme il faut ! Ils l'ont renvoyé pour nous détruire !

Le Grand Clerc était sorti, dans un élan de dignité outragée, pour revenir très vite quand la nef avait été en vue.

Tombant du ciel où elle n'avait rien à faire, vu que ce n'était pas l'époque de la fête mensuelle, la dragonef avait atterri dans le Désert, à quelque distance d'une banlieue de Matricia nommée Stomak. Le Haut Contre-sous-Maître l'avait vue par la fenêtre de sa chambre. Encore des dieux — il ne manquait plus que ça !

Darral se dit d'abord qu'il était peut-être le seul à l'avoir vue. Pas de chance ; d'autres Guègues l'avaient vue aussi. Un imbécile de Roussin affirmait même avoir vu Quelque Chose de Vivant en sortir.

— Ça vous apprendra ! vociféra Darral à l'adresse de l'infortuné. C'est à cause de vous que nous sommes forcés d'aller là-bas. Si seulement vous aviez tenu votre langue ! Mais non ! Il fallait que vous en ayez vu un ! Et en plus, il fallait que vous le criiez sur tous les toits !

— Je l'ai juste dit au Grand Clerc, protesta le Roussin.

— C'est la même chose, grommela Darral.

— Pourtant, ce n'est que justice que nous ayons maintenant notre dieu à nous, s'obstina le Roussin. C'est pas juste que ces bouseux de La Fâche aient leur dieu et pas nous. Ça leur donnera une leçon !

Le Grand Clerc haussa le sourcil et oublia sa colère.

— Ça se défend, murmura-t-il à l'oreille de Darral. Si nous avons notre propre dieu, nous pouvons l'utiliser contre celui de Lambic.

Trébuchant sur les trous et les bosses de la coralite, le Haut Contre-sous-Maître dut s'avouer que, pour une fois, son beau-frère avait dit quelque chose de pas trop bête. Mon propre dieu, murmura pensivement Darral, pataugeant dans les flaques. Il doit y avoir moyen de tourner cela à notre avantage.

Voyant qu'ils approchaient de l'épave, il ralentit le pas et leva la main, chose parfaitement inutile. Les Roussins s'étaient déjà arrêtés dix pieds derrière leur chef.

Exaspéré, il allait les traiter de poltrons, mais, à la réflexion, il se dit que c'était peut-être aussi bien. Cela aurait meilleure allure s'il traitait seul à seul avec le dieu. Il coula un regard en coin au Grand Clerc.

— Je crois que vous devriez rester ici, dit Darral. Ce pourrait être dangereux.

Cette soudaine sollicitude rendit le Grand Clerc soupçonneux.

— Il n'est que juste qu'un homme d'église accueille ces êtres immortels, déclara-t-il majestueusement. Je suggère que vous me laissiez parler.

La tempête s'était calmée, mais une autre se préparait (sur Drevlin, il y avait *toujours* une autre tempête qui se préparait) et nul n'avait le temps de discuter. Les deux Guègues reprirent leur marche — avec un courage qui serait célébré dans les contes et les ballades — jusqu'à la coque endommagée de l'épave. (Toutefois, le Roussin avait précisé que la Créature ayant émergé de la nef était petite et frêle. Pour Darral et son beau-frère, la véritable épreuve de courage viendrait sous peu.)

Debout près de l'épave, le Haut Contre-sous-Maître se sentit déconcerté. Il n'avait jamais parlé à un dieu. Aux cérémonies sacrées mensuelles, les Elfes apparaissaient dans leurs immenses nefs ailées, aspiraient l'eau, jetaient les récompenses, et partaient. Bonne façon de procéder, pensa le Haut Contre-sous-Maître avec mélancolie. Il ouvrait la bouche pour annoncer au petit dieu frêle que ses serviteurs étaient là quand sortit de la nef un dieu qui était tout ce qu'on veut sauf petit et frêle.

Il était grand et basané, avec une barbe noire séparée en deux tresses et de longs cheveux noirs flottant sur ses épaules. Il avait un visage dur, des yeux perçants et froids comme la coralite et une arme d'acier étincelant à la main.

A la vue de cette formidable créature, le Grand Clerc, oubliant complètement le protocole ecclésiastique, tourna les talons et s'enfuit. La plupart des Roussins, voyant l'église abandonner le terrain et pensant que le jour du jugement était venu, prirent leurs jambes à leur cou derechef. Seul resta celui qui avait repéré le dieu. Il pensait peut-être qu'il n'avait plus rien à perdre.

— Bon débarras! grommela Darral.

Se tournant vers le dieu, il s'inclina si bas que sa barbe traîna dans la boue.

— Votre Divinité, dit-il humblement, nous vous souhaitons la bienvenue dans votre royaume. Vous venez pour le Jugement Dernier?

Le dieu le regarda fixement, puis se tourna vers un autre dieu (ils étaient combien?) et prononça quelques syllabes sans queue ni tête. Le deuxième dieu — un dieu chauve, faible et mou, si vous voulez l'avis de Darral Débardeur — secoua la tête, l'air perplexe.

Et il vint à l'idée du Haut Contre-sous-Maître que ces dieux n'avaient pas compris un mot de ce qu'il avait dit.

En cet instant, Darral Débardeur réalisa que Mad Lambic n'était pas fou, après tout. Ce n'étaient pas des dieux. Des dieux l'auraient compris. C'étaient des hommes mortels. Ils étaient venus dans une dragonef, ce qui signifiait que les Elfes, qui venaient aussi en dragonefs, étaient vraisemblablement mortels. Si la Bougonne-Batte avait soudain cessé de fonctionner, ses rouages cessé de tourner, ses engrenages d'engrener et ses sifflets de siffler, le Haut Contre-sous-Maître n'aurait pas été plus atterré. Mad Lambic avait raison! Il n'y aurait pas de Jugement Dernier! Ils ne monteraient jamais au séjour paradisiaque de l'Espoir des Guègues. Foudroyant du regard les dieux et leur nef, Darral réalisa qu'ils ne pouvaient même pas quitter Drevlin.

Un long roulement de tonnerre avertit le Haut Contre-sous-Maître que ni lui ni ces « dieux » n'avaient de temps à perdre à se dévisager. Désillusionné, furieux, il tourna le dos aux « dieux » et repartit vers sa ville.

— Attendez! lança une voix. Où allez-vous?

Darral sursauta et se retourna. Un troisième dieu était apparu. Petit et frêle : celui qu'avait vu le Roussin. Ce dieu était un enfant !

— Je vous salue. Je suis le Prince Tourment, dit l'enfant en un guègue excellent quoique hésitant, comme si on lui soufflait ses paroles.

Une main refermée sur une plume-amulette qu'il portait autour du cou, il lui tendait l'autre, paume ouverte, avec le geste rituel d'amitié des Guègues.

— Mon père est Sinistrad, Mystériarque de la Septième Maison et Souverain du Haut-Royaume.

Darral Débardeur prit une longue et tremblante inspiration. Jamais de sa vie il n'avait vu un être si beau. Cheveux blonds éclatants, yeux bleus étincelants, l'enfant brillait comme le métal de la Bougonne-Batte.

Peut-être que je me trompe et que Mad Lambic a tort. Cet être est sûrement immortel ! Remontant des profondeurs de son esprit, enterrée sous des siècles de Séparation, d'holocauste et de rupture, une phrase lui revint à la mémoire : « Et un petit enfant les conduira. »

— Je vous salue, Prince Tourment, rétorqua le Haut Contre-sous-Maître, trébuchant un peu sur le nom qui, dans sa langue, n'avait pas de sens particulier. Êtes-vous enfin venu pour le Jugement Dernier ?

L'enfant battit des paupières, puis dit avec aplomb :

— Oui, je suis venu vous juger. Où est votre roi ?

— Je suis le Haut Contre-sous-Maître, Votre Divinité, et le souverain de mon peuple. Ce serait pour nous un grand honneur si vous daigniez visiter notre ville.

Le regard du Haut Contre-sous-Maître s'égara sur la tempête proche. Les dieux étaient indifférents aux éclairs et à la foudre, et Darral était gêné d'admettre qu'il n'en était pas de même pour les Hauts Contre-sous-Maîtres. Toutefois, le dieu semblait avoir connaissance de sa piteuse situation et la prendre en pitié. Tournant la tête vers ses deux compagnons, le Prince Tourment fit signe qu'il était prêt à se mettre en route et chercha du regard un véhicule.

— Je suis désolé, Votre Divinité, marmonna le Haut

Contre-sous-Maître, le feu aux joues, mais nous serons obligés de… euh… marcher.

— Oh, ça ne fait rien, dit le dieu, sautant joyeusement dans une flaque.

CHAPITRE 30

MATRICIA, DREVLIN, BAS-ROYAUME

Assis en plein courant d'air au siège des VLAN, Lambic rédigeait le discours qu'il prononcerait à la manifestation du soir. Ses lunettes précairement perchées sur sa tête, le Guègue griffonnait avec force éclaboussures et pâtés, oubliant le chaos qui explosait alentour. Haplo était assis près de lui, le chien à ses pieds.

Silencieux, taciturne, discret, presque invisible, le Patryn se prélassait dans un fauteuil guègue trop petit pour lui. Ses longues jambes étendues, il observait distraitement la confusion ambiante. De temps en temps, sa main bandée s'abaissait pour gratter la tête du chien ou le rassurer d'une tape au cas où quelque chose lui aurait fait peur.

Le Siège des VLAN, dans la ville capitale de Matricia, était — au sens propre — un trou dans un mur. La Bougonne-Batte avait un jour décidé qu'elle avait besoin de s'agrandir dans une direction donnée, et avait abattu un pan de mur d'une bâtisse habitée par des Guègues, puis elle avait apparemment décrété que cette direction ne lui convenait pas. Le trou était resté et une vingtaine de familles avaient déménagé, personne n'étant sûr que la Bougonne-Batte ne rechangerait pas d'idée.

A part quelques inconvénients mineurs — comme les courants d'air incessants — c'était l'endroit idéal pour le siège des VLAN. Il n'y avait jamais eu de siège de VLAN dans la capitale de Drevlin, où le Haut Contre-sous-Maître et le Grand Clerc détenaient le pouvoir absolu. Mais quand le retour triomphal de Lambic —

accompagné d'un dieu prétendant qu'il ne l'était pas — eut été annoncé par l'intermédiaire des chante-nouvelles, les Guègues voulurent en savoir plus sur les VLAN et leur chef. Secousse vint en personne à Matricia pour installer leur syndicat, distribuer des tracts et trouver un local qui servirait à la fois de centre opérationnel et de logement. Son objectif secret était de découvrir si le Haut Contre-sous-Maître et/ou l'église les persécuteraient.

Secousse l'espérait bien. Elle entendait déjà les chante-nouvelles proclamer dans tout le pays : « Les Roussins écrasent les Convertis ! » Rien de tel n'arriva ; Lambic, Haplo et le chien furent accueillis par des foules enthousiastes à leur entrée en ville. Secousse subodora une manigance du Haut Contre-sous-Maître pour les piéger, mais Lambic reconnut l'ouverture d'esprit de Darral Débardeur.

Pour l'heure, une foule de Guègues était massée devant le trou du mur, se dévissant le cou pour apercevoir le célèbre Lambic et son dieu-qui-ne-l'était-pas. Les VLAN entraient et sortaient d'un air important, porteurs de messages pour Secousse, si occupée à tout régenter qu'elle n'avait plus le temps de faire des discours.

Elle était dans son élément. Ses talents d'organisatrice, sa connaissance des Guègues et sa poigne solide avaient tout mis en révolution. Elle piquait, aiguillonnait et boxait Lambic pour le former à sa convenance, le poussant en avant pour prononcer des paroles géniales, le tirant en arrière quand elle jugeait qu'il en avait assez dit. La crainte révérentielle que lui inspirait Haplo s'était bientôt évanouie, et elle le traitait maintenant comme Lambic, lui indiquant ce qu'il devait dire et pendant combien de temps.

Haplo se soumettait à sa volonté avec une complaisance bon enfant. Il était peu bavard, mais ses rares paroles se gravaient dans le cœur, continuant à brûler longtemps après que le fer eut refroidi.

— Votre discours est prêt pour ce soir, Haplo ?

— Je dirai ce que je dis toujours, si vous êtes d'accord, madame, répliqua-t-il avec ce respect tranquille qui marquait tous ses rapports avec les Guègues.

— Ce sera parfait, dit Secousse, se caressant le menton de sa plume d'oie. Nous attendons l'assistance la plus nombreuse que nous ayons jamais eue jusqu'ici. Il paraît que certaines équipes parlent de faire la grève — un événement sans précédent dans l'histoire de Drevlin !

Lambic fut tellement stupéfait qu'il leva ses yeux myopes de son papier. Il ne voyait d'elle qu'une tache floue et carrée, surmontée d'une bosse qui était sa tête. Il ne voyait pas ses yeux mais il la connaissait assez pour les imaginer étincelants de plaisir.

— Ma chérie, est-ce bien judicieux ? dit-il, soulevant sa plume qui lâcha un gros pâté au beau milieu de son texte. Cela provoquera la colère du Haut Contre-sous-Maître et des Clercs...

— Je l'espère bien ! déclara Secousse. (Lambic consterné posa le coude sur le pâté.) Laisse-lui nous envoyer ses Roussins pour disperser notre meeting ! Cela nous gagnera des centaines de partisans !

— Mais il pourrait y avoir des troubles ! dit Lambic, atterré. Quelqu'un pourrait être blessé !

— Pour la défense de notre cause !

Secousse haussa les épaules et se remit à son discours. Lambic fit un autre pâté.

— Mais ma cause a toujours été celle de la paix. Je n'ai jamais eu l'intention de provoquer des violences !

Secousse se leva, jetant un regard significatif sur Haplo, pour rappeler à Lambic que le dieu-qui-ne-l'était-pas écoutait. Lambic rougit et se mordit les lèvres, mais secoua la tête avec obstination, et Secousse s'approcha de lui. Prenant un chiffon, elle lui essuya le bout du nez où s'étalait une tache d'encre un peu voyante.

— Mon chéri, dit-elle, non sans tendresse, tu as toujours parlé de la nécessité du changement. Comment croyais-tu qu'il arriverait ?

— Graduellement, dit Lambic. Afin que tout le monde ait le temps de voir que c'était bénéfique.

— C'est bien de toi ! soupira Secousse.

Un VLAN passa la tête par le trou du mur, cherchant à attirer son attention. Elle le regarda, fronçant sévèrement les sourcils, puis caressa le front soucieux de

Lambic d'une main que les durs travaux avaient rendue calleuse.

— Tu veux que le changement vienne lentement, presque insensiblement, et que les gens s'aperçoivent un beau jour en se réveillant qu'ils sont plus heureux qu'avant. C'est bien ça, Lambic ?

Secousse répondit elle-même à sa question.

— Bien sûr que c'est ça ! C'est merveilleux et attentionné de ta part, mais naïf et stupide, s'écria-t-elle, déposant un baiser sur ses cheveux pour adoucir ses paroles. Et c'est aussi pour ça que je t'aime, mon chéri. Mais tu n'as donc jamais écouté Haplo ? Prononcez votre discours maintenant, Haplo !

Le VLAN qui attendait pour parler à Secousse se retourna vers la foule et cria :

— Haplo va prononcer son discours !

Les Guègues debout dans la rue éclatèrent en acclamations, et ils passèrent têtes, bras, jambes et autres par le trou, autant qu'il en put tenir. A ce spectacle alarmant, le chien se leva d'un bond. Haplo le fit rasseoir et se mit obligeamment à parler, assez fort pour dominer les sifflements, bourdonnements, grincements et craquements de la Bougonne-Batte.

— Guègues, vous connaissez votre histoire. Vous avez été amenés ici par ceux que vous appelez les Créchi-Créchas. Dans mon monde, nous les appelons les Sartans, et ils vous traitent comme ils nous ont traités. Ils vous ont asservis, forcés à travailler pour cette chose que vous appelez la Bougonne-Batte. Vous la considérez comme une entité vivante, mais moi je vous dis que c'est une machine ! Rien de plus ! Une machine qui fonctionne uniquement grâce à vos cerveaux, vos muscles, votre sang !

« Où sont les Sartans ? Où sont les Créchi-Créchas ? Voilà la question que nous devons nous poser ! Personne, semble-t-il, ne connaît la réponse. Ils étaient là, ils sont partis, et ils vous ont laissés à la merci de leurs mignons, ces Elfes dont on vous a fait croire qu'ils étaient des dieux ! Ils ne sont pas des dieux, mais ils vivent comme des dieux, et seulement parce que vous êtes leurs esclaves ! Car ils vous considèrent comme tels !

« Il est temps de vous lever, de briser vos chaînes, et de prendre ce qui vous appartient de plein droit ! Prenez ce qui vous est dénié depuis des siècles ! »

Les Guègues regardant par le trou l'interrompirent de leurs applaudissements frénétiques. Secousse, les yeux brillants, mains jointes, articulait tout bas les phrases qu'elle savait par cœur. Lambic écoutait, les yeux baissés, l'air troublé. Lui aussi avait souvent entendu ce discours, mais il lui semblait l'entendre pour la première fois. Les mots tels que « sang », « lever », « briser », « prenez » grondaient comme le chien couché aux pieds de Haplo. Il les avait entendus, il les avait peut-être prononcés lui-même, mais ce n'étaient que des mots. Maintenant, il voyait des bâtons et des pierres, des Guègues gisant morts dans les rues, traînés en prison ou précipités dans l'Escalier des Tourbîles.

— Je n'ai jamais voulu cela ! s'écria-t-il. Rien de tout cela !

Secousse, pinçant les lèvres, rabattit d'un coup sec la couverture fermant l'entrée du trou. Murmures déçus dans la foule.

— Que tu l'aies voulu ou non, Lambic, il est trop tard pour reculer ! dit-elle d'un ton tranchant.

Devant l'air désespéré de son bien-aimé, elle radoucit le ton.

— A chaque naissance, il y a du sang et des larmes, mon chéri. Le bébé crie toujours en quittant sa prison douillette. Pourtant, s'il restait dans la matrice, il ne grandirait jamais. Ce serait un parasite, se nourrissant d'un autre corps. C'est ce que nous sommes. C'est ce que nous sommes devenus ! Tu ne le vois donc pas ?

— Non, ma chérie, dit Lambic.

La plume tremblait dans sa main. Des gouttes d'encre volaient dans toutes les directions. Il la posa sur sa feuille et se leva lentement.

— Je sors faire un tour.

— A ta place, je resterais là, dit Secousse. Les foules…

Lambic battit des paupières.

— Ah oui. Bien sûr. Tu as raison.

— Tu es épuisé avec tous ces voyages et cette agitation. Va faire la sieste. Je finirai ton discours. Tiens, voilà tes lunettes, dit-elle, les faisant tomber d'une pichenette de son front sur son nez. Monte te coucher.

— Oui, ma chérie, dit Lambic, rajustant ses lunettes.

Quand il regardait comme ça, avec un verre en haut et un verre en bas, il en avait la nausée.

— Je... je crois que c'est une bonne idée. Je me sens... fatigué.

Se dirigeant vers l'escalier branlant, Lambic eut la surprise de sentir une langue humide lui lécher la main. C'était le chien d'Haplo qui le regardait en remuant la queue.

« Je comprends, semblait dire l'animal, et ses paroles résonnaient avec une clarté surprenante dans la tête de Lambic. Je suis désolé. »

— Chien ! cria sèchement Haplo.

— Non, ça ne fait rien, dit Lambic, se penchant pour effleurer la tête de l'animal d'une caresse prudente. Ça ne fait rien.

— Chien ! Ici !

La voix d'Haplo vibrait de colère et le chien retourna précipitamment au côté de son maître, tandis que Lambic montait l'escalier.

— Il est tellement idéaliste, dit Secousse, suivant des yeux Lambic, à la fois exaspérée et admirative. Et aucun esprit pratique avec ça. Je ne sais absolument pas quoi faire.

— Gardez-le à portée de la main, suggéra Haplo.

Il caressa le long museau du chien, pour lui montrer que tout était pardonné. L'animal se coucha sur le flanc et ferma les yeux.

— Il donne à votre révolution une haute tenue morale, reprit Haplo. Vous en aurez besoin quand le sang commencera à couler.

Secousse eut l'air inquiète.

— Vous croyez qu'on en arrivera là ?

— C'est inévitable, dit-il, haussant les épaules. Vous l'avez dit vous-même à Lambic.

— Je sais. Mais quand vous en parlez, ça a l'air d'être l'aboutissement normal de toute notre action. Or il me semble plutôt que nous n'avons jamais sérieusement pensé à la violence avant votre arrivée. Parfois, je me demande si vous ne seriez pas vraiment un dieu.

— Comment cela? dit Haplo en souriant.

— Vos paroles ont sur nous un étrange pouvoir. Je les entends, et ensuite je continue à les entendre, pas dans ma tête, mais dans mon cœur.

Elle posa la main sur sa poitrine, comme si elle avait mal.

— Et parce qu'elles sont dans mon cœur, je n'arrive pas à y réfléchir. Je désire simplement réagir, sortir et faire... quelque chose! Faire payer à quelqu'un ce que nous avons enduré.

Haplo se leva, et, s'approchant d'elle, s'agenouilla pour mettre ses yeux au niveau de la robuste petite Guègue.

— Et pourquoi devrait-il en être autrement? dit-il tout bas, si bas qu'elle ne l'entendit pas par-dessus les « crac », les « boum » et les « bang » de la Bougonne-Batte.

Pourtant, elle savait ce qu'il avait dit, et la douleur augmenta dans sa poitrine.

— Pourquoi ne pas les faire payer? Combien des vôtres ont vécu et son morts ici-bas, et pourquoi? Pour servir une machine qui dévore vos terres, détruit vos maisons, prend vos vies et ne vous donne rien en échange! Vous avez été exploités et trahis! C'est votre droit, votre devoir de lui rendre ses coups!

— Je les rendrai! dit Secousse électrisée par les yeux bleus.

La main qu'elle avait posée sur son cœur se referma en poing.

Haplo, souriant, se leva et s'étira.

— Je crois que je vais imiter votre ami et faire la sieste. La nuit sera longue.

— Haplo, s'écria Secousse, vous avez dit que vous venez d'un royaume situé au-dessous du nôtre, et dont... personne ici ne connaît l'existence.

Il ne répondit pas, et se contenta de la regarder.

— Vous étiez des esclaves. Vous nous l'avez dit. Mais ce que vous ne nous avez pas dit, c'est comment vous vous êtes crashé sur notre île. Vous n'étiez pas...

Elle fit une pause et s'humecta les lèvres.

— ... en train de vous enfuir ?

— Non, je ne m'enfuyais pas. Vous comprenez, Secousse, nous avons gagné notre bataille. Nous ne sommes plus des esclaves. J'ai été envoyé pour en libérer d'autres.

Le chien leva la tête et regarda Haplo d'un air endormi. Le voyant partir, il bâilla, se leva, s'étira voluptueusement, puis monta nonchalamment au côté de son maître.

Secousse se rasseyait pour terminer le discours de Lambic quand un coup contre le rideau la rappela à ses devoirs. Il y avait des gens à voir, des tracts à livrer, la salle à inspecter, des manifestations à organiser.

La révolution n'était plus si amusante.

Haplo monta l'escalier avec précaution en longeant le mur. Les planches étaient fendillées et vermoulues. De larges trous en dents de scie attendaient l'imprudent pour le précipiter en bas. Une fois dans sa chambre, il s'allongea sur son lit. Le chien sauta à côté de lui, posa sa tête sur sa poitrine et le regarda, les yeux brillants.

— La femme est bien, mais elle ne servira pas nos desseins. Elle réfléchit trop, comme dirait mon seigneur, et cela la rend dangereuse. Ce qu'il nous faut pour fomenter des troubles ici, c'est un fanatique. Lambic serait l'homme rêvé sans son idéalisme. Et je dois quitter cette île, enquêter sur les royaumes supérieurs et préparer l'avènement de mon seigneur. Mon vaisseau est détruit. Il faut en trouver un autre. Mais... comment ?

Tout en réfléchissant, il caressait les douces oreilles du chien. L'animal, sentant la tension de l'homme, resta éveillé, pour le soutenir dans la mesure de ses moyens, et lentement, Haplo se détendit. L'occasion se présenterait. Il le savait. Il n'avait qu'à la guetter et à la saisir aux cheveux. Le chien ferma les yeux avec un soupir satisfait et s'endormit. Au bout de quelques instants, Haplo l'imita.

CHAPITRE 31

MATRICIA, DREVLIN, BAS-ROYAUME

— Alfred ?
— Messire ?
— Comprenez-vous ce qu'ils disent ?

Hugh montra Tourment, qui bavardait avec le Guègue. Les nuages s'amoncelaient dans leur dos, le vent hululait entre les blocs de coralite fracassés par la foudre. Devant eux s'étendait la cité que Tourment avait vue. Ou plutôt la machine. Ou peut-être une machine qui était une cité.

— Non, Messire, dit Alfred. Je ne parle pas la langue de ces gens. Peu d'entre nous la parlent.

— Si vous ne la parlez pas, où Son Altesse l'a-t-il apprise ?

— Comprendre la langue d'une race différente est l'un des sortilèges magiques les plus simples. Ça ne m'étonnerait pas que son amulette... oh !

Les pieds d'Alfred décidèrent d'aller explorer un trou et entraînèrent avec eux le reste de sa personne. A son cri, le Guègue s'arrêta et regarda autour de lui, inquiet. Tourment dit quelque chose en riant, et ils reprirent leur marche. Hugh aida Alfred à se relever et, le prenant par le coude, le guida sur le terrain accidenté. Les premières gouttes s'écrasaient bruyamment sur la coralite.

Alfred coula un regard anxieux à Hugh, et celui-ci comprit qu'il lui demandait de se taire. En même temps, il avait sa réponse, très différente de celle qui avait été faite pour les oreilles de Tourment. Bien sûr, Alfred parlait la langue des Guègues. Personne n'écoute avec attention une conversation qu'il ne comprend pas. Et

Alfred avait écouté avec attention Tourment et le Guègue. Mais le plus intéressant, c'est que le prince n'en savait rien.

Hugh trouva qu'il avait bien raison d'espionner Son Altesse, mais cela soulevait d'autres questions. Où le chambellan avait-il appris à parler le guègue ? Qui était Alfred Montbank ?

La tempête se déchaîna, humains et Guègues partirent vers la cité à toutes jambes. La pluie formait un rideau gris qui leur bouchait la vue. Mais le bruit de la machine était si fort qu'ils l'entendaient par-dessus la tempête et ne pouvaient manquer d'aller dans la bonne direction.

Un groupe de Guègues les attendait près d'une porte ouverte ; ils s'engouffrèrent à l'intérieur de la machine. Les bruits de la tempête cessèrent, mais les bruits de la machine s'accrurent. Plusieurs Guègues armés, plus un Guègue vêtu comme le laquais d'un seigneur elfien, les attendaient pour les saluer.

— Tourment, que se passe-t-il ? hurla Hugh par-dessus le tintamarre. Qui est ce type et qu'est-ce qu'il veut ?

L'enfant le regarda avec un sourire ingénu, tout content de lui et de son nouveau pouvoir.

— C'est le roi de ce peuple ! cria-t-il. Il va nous emmener dans leur tribunal.

— Il ne pourrait pas nous emmener dans un endroit tranquille ?

Tourment se tourna vers le roi pour lui traduire la question. A la stupéfaction de Hugh, tous les Guègues le regardèrent avec horreur.

— Qu'est-ce qu'ils ont, sapristi ?

Le prince pouffa.

— Ils croient que tu demandes un endroit pour aller mourir !

A ce point, le Guègue en chausses de soie et pourpoint de velours râpé fut présenté à Tourment par le roi guègue. Le Guègue en velours se jeta aux pieds de l'enfant, et, lui prenant la main, la posa sur son front.

— Pour qui vous prennent-ils, petit ? demanda Hugh.

— Pour un dieu, répondit Tourment avec désinvolture. Un dieu qu'ils attendent depuis longtemps, semble-t-il. Et je vais présider à leur Jugement Dernier.

Les Guègues conduisirent leur dieu nouvellement découvert par toutes les rues de Matricia — rues qui couraient sur, sous et à travers la Bougonne-Batte. Peu de choses impressionnaient Hugh-la-Main en ce monde — pas même la mort — mais la grande machine l'étonna. Elle scintillait, étincelait, fulgurait. Elle bourdonnait, craquait et sifflait. Elle pompait et tournait et lançait des jets de vapeur brûlante. Elle faisait crépiter des arcs de lumière bleue. Elle s'élevait plus haut qu'il ne pouvait voir, s'enfonçait plus profond qu'il n'arrivait à l'imaginer. D'immenses rouages s'imbriquaient, d'immenses roues tournaient, d'immenses chaudières chauffaient. Elle avait des bras et des mains, des jambes et des pieds, tous métalliques, tous affairés à se rendre ailleurs. Elle avait des yeux dispensant une lumière aveuglante, des bouches qui gémissaient et criaient. Les Guègues rampaient sur elle, l'escaladaient, la montaient et la descendaient, la tapotaient, bref, la soignaient avec une dévotion totale et des soins amoureux.

Tourment, lui aussi, en était confondu. Il la regardait, les yeux dilatés, bouche bée d'une admiration très peu divine.

— C'est étonnant! dit-il en un souffle. Je n'ai jamais rien vu de pareil!

— Vraiment, Votre Divinité? s'exclama le Haut Contre-sous-Maître, regardant l'enfant-dieu avec stupéfaction. Mais ce sont vos dieux qui l'ont construite!

— Oh, euh, oui, bredouilla Tourment. Je voulais dire que je n'ai jamais rien vu de pareil... au soin que vous en prenez! termina-t-il avec un soupir de soulagement.

— Oui, dit le Grand Clerc, le visage rayonnant de fierté. Nous en prenons grand soin.

Le prince se mordit la langue. Il avait une envie folle de demander à quoi servait cette merveilleuse machine, mais à l'évidence, ce petit roi croyait qu'il savait tout ce qui était normal pour un dieu. Et Tourment était livré à ses propres moyens, son père lui ayant communiqué tout ce qu'il savait sur la grande machine du Bas-Royaume. Il était plus difficile d'être un dieu qu'il ne l'avait cru, et il commençait à regretter d'avoir accepté ce rôle. De plus il y avait cette histoire de jugement. Qui allait-il juger, et pourquoi ? Il avait vraiment besoin de savoir, mais comment ?

Ce petit roi était un peu trop astucieux. Il était très respectueux, mais l'enfant se rendit compte que, quand il ne le regardait pas, le Guègue le scrutait d'un œil pénétrant. Un autre Guègue, marchant à la droite du prince, lui rappelait un singe savant qu'il avait vu une fois à la cour. Tourment supputa que le Guègue en dentelles, ruches et rubans avait quelque chose à voir avec la religion. Il n'avait pas l'air très malin, et Tourment décida de le faire parler.

— Pardonnez-moi, dit l'enfant au Grand Clerc avec un sourire charmeur. Je n'ai pas saisi votre nom.

— Wes Clé-à-Molette, Votre Divinité, dit le Guègue, s'inclinant autant que le lui permettait sa corpulence, et manquant se prendre les pieds dans sa barbe. J'ai l'honneur d'être le Grand Clerc de Votre Divinité.

Tourment sourit, hocha la tête et manifesta de toutes les façons possibles que nulle part sur Drevlin on n'aurait pu trouver un Guègue mieux fait pour cette charge. Il lui prit même la main, ce qui le fit enfler d'orgueil.

Les foules alignées le long des rues se faisaient turbulentes. Heureusement qu'il y avait les Roussins. Pour le moment, ils semblaient contrôler la situation, mais il fallait rester vigilant. Darral espérait seulement que l'enfant-dieu ne comprenait pas ce que criaient certains Guègues. Maudit Lambic !

Heureusement, l'enfant-dieu était absorbé par ses problèmes.

— Peut-être pourriez-vous m'aider, Grand Clerc, dit Tourment, avec une rougeur timide des plus seyantes.

— J'en serais honoré, Votre Divinité !

— Vous comprenez, il y a très longtemps que nous... Euh, comment nous appelez-vous ?

— Les Créchi-Créchas, Votre Divinité. C'est bien ainsi que vous vous nommez vous-mêmes, n'est-ce pas ?

— Oui, bien sûr que oui ! les Créchi-Créchas. C'est simplement que les Créchi-Créchas vous ont quittés depuis longtemps…

— … des siècles, Votre Divinité.

— Oui, des siècles, et nous avons noté que bien des choses ont changé depuis notre départ.

Tourment prit une profonde inspiration ; ça devenait plus facile de minute en minute.

— C'est pourquoi nous avons décidé de modifier aussi ce fameux jugement.

Le Grand Clerc sentit une bonne part de sa suffisance l'abandonner. Mal à l'aise, il jeta un coup d'œil sur le Haut Contre-sous-Maître. Si lui, le Grand Clerc, massacrait le Jugement, il risquait fort de se faire massacrer aussi.

— Je ne suis pas certain de comprendre, Votre Divinité.

— Je voulais dire, le moderniser, le mettre au goût du jour.

Le Grand Clerc fut affreusement troublé. Comment modifier quelque chose qui n'a jamais eu lieu ? Pourtant, les dieux devaient avoir tout prévu.

— Je suppose que c'est possible…

— N'en parlons plus. Je vois que l'idée vous trouble, dit le prince, tapotant gentiment le velours de sa manche. Voici ce que je vous propose : dites-moi comment vous voulez que je procède, je suivrai vos instructions.

Le Grand Clerc s'éclaira.

— Je ne saurais vous dire comme ce moment est merveilleux pour moi, Votre Divinité ! J'en rêve depuis si longtemps. Participer au Jugement tel que je l'ai toujours imaginé…

Il essuya une larme.

Tourment remarqua que le Haut Contre-sous-Maître les observait avec attention. Il aurait déjà interrompu leur conversation sans la peur de troubler les confidences d'un dieu.

— Eh bien, reprit le Grand Clerc, je me suis toujours représenté tous les Guègues — tous ceux du moins que la salle peut contenir — vêtus de leurs plus beaux habits, massés dans la Farbrique. Vous y seriez aussi, assis dans le Fauteuil du Créchi-Crécha, naturellement.

— Naturellement. Et...

— Et moi, je serais debout devant la foule dans mon nouveau costume de Grand Clerc, confectionné spécialement pour cette occasion. Blanc, je pense, avec des nœuds noirs aux genoux, rien de trop chargé...

— Ce serait de très bon goût. Et alors...

— Le Haut Contre-sous-Maître serait là également, je suppose, Votre Divinité ? Enfin, à moins que nous ne lui trouvions autre chose à faire. Vous comprenez, Votre Divinité, sa tenue posera sans doute problème. Nous pourrions peut-être, grâce à votre idée de modernisation, nous passer de lui.

— J'y penserai, dit Tourment, serrant son amulette en s'exhortant à la patience. Continuez. Nous sommes tous devant la foule. Je me lève et je...

Il regarda le Grand Clerc, attendant la suite.

— Eh bien, vous nous jugez, Votre Divinité.

Le prince se vit mentalement enfoncer ses dents dans le bras du Guègue. Écartant cette idée à regret, il prit une profonde inspiration.

— Très bien. Je vous juge. Et alors, que se passe-t-il ? Je sais... J'institue un jour férié !

— Je ne crois pas vraiment que nous aurons le temps, Votre Divinité, dit le Guègue, regardant Tourment, l'air perplexe.

— Peut... peut-être que non, balbutia le prince. Quand nous sommes tous...

Retirant sa main de celle du Grand Clerc, l'enfant s'essuya le front. Quelle chaleur dans la machine... Quel bruit ! Il avait mal à la gorge à force de hurler.

— Alors, qu'est-ce que nous faisons quand je vous aurai jugés ?

— Eh bien, ça dépend si vous nous avez trouvés vertueux ou non, Votre Divinité.

— Supposons que je vous trouve vertueux, dit Tourment, grinçant des dents. Alors ?

— Alors, nous montons, Votre Divinité.

— Nous montons ?

Le prince leva les yeux sur les passerelles courant ici et là au-dessus de leurs têtes.

Le Grand Clerc, se méprenant sur son regard, poussa un soupir de contentement. Le visage rayonnant d'une joie béatifique, il leva les deux mains avec componction.
— Oui, Votre Divinité. Nous montons au ciel!

Marchant derrière Tourment et ses adorateurs guègues, Hugh gardait un œil sur le prince. Il cessa bientôt de s'orienter, sachant qu'il n'arriverait jamais à retrouver la sortie tout seul. La nouvelle de leur arrivée les avait apparemment précédés. Des milliers de Guègues, alignés le long des couloirs et des salles, les regardaient, les acclamaient, les montraient du doigt. Les Guègues de service sur la Bougonne-Batte allaient jusqu'à tourner la tête, décernant à Tourment et ses compagnons — s'ils l'avaient su — l'honneur suprême d'oublier leur tâche pendant quelques secondes. Toutefois, les réactions semblaient mitigées. Il y avait des ovations, mais aussi des huées.

Mais Hugh s'intéressait davantage au Prince Tourment. Se maudissant intérieurement de n'avoir jamais pris la peine d'apprendre la langue des Guègues, Hugh sentit qu'on le tirait par la manche : Alfred!

— Messire, avez-vous compris leurs cris?

— Pour moi, c'est du jargon. Mais vous, vous comprenez, n'est-ce pas?

— L'étude des Guègues et du Bas-Royaume a toujours été l'un de mes dadas, Messire, répondit Alfred avec la fierté du véritable amateur. Je crois même posséder l'une des plus belles collections de textes sur leur culture qui soient dans tout le Mi-Royaume. Je me ferai un plaisir de vous la montrer au retour...

— Si vous avez laissé ces livres au palais, vous pouvez les oublier.

— Vous avez raison, bien sûr. Que je suis bête!

Ses épaules s'affaissèrent.

— Tous mes livres... je suppose que je ne les reverrai jamais.

— Que disiez-vous sur les cris?

— Ah oui.

Le chambellan promena son regard sur les Guègues.

— Certains crient : « A bas le dieu du Contre-sous-Maître ! Nous voulons le dieu de Lambic ! »

— Lambic ? Qu'est-ce que ça veut dire ?

— Je crois que c'est un nom guègue, Messire. Ça veut dire « qui extrait » ou « qui distille ». Si je peux me permettre de faire une suggestion, je crois…

Instinctivement, il baissa la voix. Hugh ne l'entendit plus.

— Parlez plus fort. Personne ne nous comprend, *nous*.

— Je n'y avais pas pensé, dit Alfred. Je disais donc, Messire, qu'il y a peut-être ici un autre humain comme nous.

— Ou un Elfe. En tout cas, il aura un vaisseau pour nous sortir d'ici.

— Oui, Messire, c'est bien ce que je pensais.

— Il faut voir ce Lambic et son dieu.

— Ce ne devrait pas être difficile, Messire. Pas si notre petit dieu l'exige.

— Notre petit dieu semble s'être mis dans le pétrin, dit Hugh, regardant le prince. Regardez la tête qu'il fait.

— Oh, mon dieu ! murmura Alfred.

Tourment se tordait le cou, cherchant ses compagnons du regard, le visage livide, les yeux dilatés. Dès qu'ils le virent, il leur fit signe de le rejoindre.

Tout un escadron de Guègues armés les séparaient. Hugh secoua la tête. Le regard du prince se fit suppliant. Alfred, compréhensif, lui montra l'assistance. Tourment, étant prince, savait ce qu'on doit à un auditoire. Il se retourna vers la foule en soupirant et sans le moindre enthousiasme, agita mollement la main.

— C'est bien ce que je craignais, dit Alfred.

— Qu'est-ce que vous craigniez ?

— Le petit a affirmé aux Guègues qu'il était le dieu venu pour les « juger ». Il en parlait à la légère, mais c'est très sérieux pour les Guègues. D'après leurs légendes, ce sont les Créchi-Créchas qui ont construit leur machine. Les Guègues doivent la servir jusqu'au Jour du Jugement, où ils seront récompensés et transportés dans les royaumes supérieurs. C'est de là que tire son nom l'île de l'Espoir du Guègue.

— Les Créchi-Créchas ? Qui sont-ils ?

— Les Sartans.

— Le diable nous emporte ! jura Hugh. Vous voulez dire qu'ils prennent ce gosse pour un Sartan ?

— On dirait, Messire.

— Peut-il parvenir à les duper, avec l'aide de son père ?

— Non, Messire. Nul n'a de pouvoirs comparables à ceux des Sartans, pas même un mystériarque de la Septième Maison. Après tout, ce sont eux qui ont construit ça, dit Alfred, agitant la main.

— Épatant ! Et, à votre avis, que feront-ils quand ils découvriront que nous sommes des imposteurs ?

— Je ne saurais le dire, Messire. En général, les Guègues sont doux et pacifiques. Mais je suppose qu'ils n'ont jamais eu affaire à quelqu'un prétendant être l'un de leurs dieux. De plus, ils semblent en ébullition pour une raison qui m'échappe.

Alfred, considérant la foule de plus en plus hostile, branla du chef.

— A mon avis, Messire, nous arrivons au mauvais moment.

CHAPITRE 32

MATRICIA, DREVLIN, BAS-ROYAUME

Les Guègues emmenèrent les « dieux » à la Farbrique, là même où avait eu lieu le procès de Lambic. Ils eurent du mal à fendre la foule massée devant les portes. Hugh ne comprit pas un mot de ce qu'ils criaient, mais reconnut deux factions distinctes et vociférantes, avec une frange d'indécis. Les deux factions semblaient très attachées à leurs convictions respectives : Hugh vit éclater plusieurs bagarres. Il repensa à ce qu'avait dit Alfred de ces Guègues doux et pacifiques.

Nous arrivons au mauvais moment. Ce n'était pas une plaisanterie. Ils semblaient être tombés dans une révolution.

Les Roussins se frayèrent un chemin jusqu'au calme relatif de la Farbrique — relatif, car la Bougonne-Batte continuait son tapage sans discontinuer.

Une fois à l'intérieur, le Haut Contre-sous-Maître tint conseil avec ses Roussins. Le petit roi était grave, et Hugh remarqua qu'il secouait plusieurs fois la tête. La Main se souciait des Guègues comme d'un demi-barl, mais il était malsain de se trouver piégé dans un pays en proie à des troubles politiques.

— Pardonnez-nous, dit Hugh, s'approchant du Grand Clerc, qui s'inclina et le regarda de l'air inexpressif de celui qui, par politesse, feint de comprendre ce qu'on lui dit. Il faut que nous parlions avec notre dieu.

Attrapant Tourment par l'épaule et ignorant ses glapissements, Hugh pilota le prince jusqu'à l'endroit où Alfred s'absorbait dans la contemplation d'une statue d'homme encapuchonné, tenant dans la main droite une sorte de globe oculaire.

— Tu sais ce qu'ils attendent de moi ? demanda Tourment à Alfred. Ils veulent que je les fasse monter au ciel !

— Puis-je rappeler à Son Altesse qu'elle s'est mise elle-même dans cette situation en se posant en dieu ?

L'enfant baissa la tête.

— Je suis désolé, Alfred, dit-il, les lèvres tremblantes. J'avais peur qu'ils vous fassent du mal, et c'est la seule idée qui me soit venue.

Des mains le firent pivoter brutalement, des doigts puissants s'enfoncèrent dans ses épaules. Hugh s'agenouilla pour regarder l'enfant dans les yeux, où il cherchait sournoiserie et malveillance. Mais il n'y vit que de la frayeur, et cela l'irrita.

— Très bien, Votre Altesse, continuez à abuser les Guègues aussi longtemps que vous pourrez. Mais entendons-nous bien : vous ne nous abusez plus le moins du monde, nous. Séchez vos larmes de crocodile, et écoutez-moi bien, vous et votre papa, dit-il, jetant un regard entendu sur la plume que l'enfant protégeait de sa main. Il faut trouver le moyen de faire monter ces nains au ciel ou avoir une solution de rechange. Quand ils s'apercevront qu'ils ont été dupés, ils le prendront mal.

— Messire Hugh, dit Alfred, on nous regarde.

La Main jeta un coup d'œil au Haut Contre-sous-Maître, qui les observait avec intérêt. Lâchant l'enfant, Hugh lui tapota l'épaule en souriant.

— Que pensez-vous faire ? murmura-t-il entre ses dents.

Tourment ravala ses larmes.

— Je leur dirai que je les ai jugés et qu'ils ne sont pas dignes de monter au ciel.

— Ce pourrait être très dangereux, Votre Altesse. Dans l'état d'agitation où semble se trouver ce royaume, les Guègues pourraient très bien se retourner contre nous.

L'enfant battit des paupières, regardant alternativement Alfred et Hugh. A l'évidence, Tourment avait peur. Il avait plongé tête la première et s'apercevait maintenant qu'il coulait.

— Il est question d'un autre dieu. « Le dieu de Lambic », dit Alfred.

— Comment le sais-tu ? s'emporta Tourment. Tu ne comprends pas ce qu'ils disent !

— Si, je comprends, Votre Altesse. Je parle un peu le guègue...

— Tu m'as menti ? dit l'enfant, choqué. Pourquoi, Alfred ? J'avais confiance en toi !

Le chambellan secoua la tête.

— Reconnaissons qu'aucun de nous ne se fie aux deux autres.

— Qui peut m'en blâmer ? s'écria Tourment, image de l'innocence persécutée. Cet homme a essayé de me tuer, et, pour ce que j'en sais, tu as dû l'aider !

— Ce n'est pas vrai, Votre Altesse. Pourtant, je vous comprends.

— Lui aussi, intervint Hugh, il comprend parfaitement, n'est-ce pas, Tourment ? Et cessez votre numéro du bébé-perdu-dans-les-bois. Nous savons tous les deux qui vous êtes et ce que vous êtes. Je présume que, vous aussi, vous voulez sortir d'ici et d'aller rendre une petite visite à papa. Nous ne pouvons quitter ce rocher que sur une nef. Et vous n'avez qu'un seul pilote sous la main : moi. Alfred, ici présent, connaît ce peuple et sa mentalité. Chacun de nous n'a qu'une seule chance de s'en sortir : les deux autres. Alors je vous conseille de jouer le jeu, vous et papa.

Tourment le regarda. Ses yeux n'étaient plus des yeux d'enfant émerveillés qui découvrent le monde, mais des yeux qui savaient déjà tout. Hugh y vit une enfance froide, sans amour ; il vit un enfant qui avait ouvert tous les jolis paquets-cadeaux de la vie et trouvé des boîtes vides.

Comme moi, pensa Hugh, il ne croit plus à ce qui brille.

— Vous ne me traitez pas comme un enfant, dit Tourment, circonspect.

— En êtes-vous un ?

— Non.

Tourment resserra sa main sur sa plume et reprit :

— Je vous promets de travailler avec vous, aussi longtemps que vous ne me trahirez pas. Et si vous me trahissez, l'un ou l'autre, vous le regretterez.

— C'est correct. Je vous promets la même chose à tous deux. Alfred?

Le chambellan les regarda, l'air désespéré, et soupira.

— Faut-il donc qu'il en soit ainsi? Que nous nous fassions confiance uniquement parce que nous nous tenons mutuellement le couteau sous la gorge?

— Vous avez menti en prétendant que vous ne parliez pas le guègue. Vous ne m'avez dit la vérité sur l'enfant que quand c'était trop tard. Sur quoi d'autre avez-vous menti, Alfred?

Le chambellan pâlit. Il parvint enfin à articuler :

— Je promets.

— Très bien. Voilà une bonne chose de faite. Maintenant, il faut découvrir qui est cet autre dieu. Il pourrait être notre chance de quitter ce rocher. C'est peut-être un Elfe dont la nef s'est trouvée prise dans la tempête et aspirée jusqu'ici.

— Je pourrais dire au Haut Contre-sous-Maître que je veux faire sa connaissance, dit Tourment. Je lui dirai que je ne peux pas juger les Guègues avant de savoir ce que ce dieu pense sur la question.

Il eut un sourire charmeur.

— Qui sait, il nous faudra peut-être des jours pour trouver la réponse! Mais est-ce qu'un Elfe nous aidera?

— S'il est aussi mal parti que nous, il nous aidera. Chut! Voilà de la compagnie.

Le Haut Contre-sous-Maître les rejoignait, suivi du Grand Clerc.

— Quand plaira-t-il à Votre Divinité de commencer le Jugement?

Tourment se redressa de toute sa petite taille et parvint à prendre l'air offensé.

— D'après les cris des gens, il semblerait qu'un autre dieu est descendu dans votre pays. Pourquoi n'en ai-je pas été informé?

— Parce que, Votre Divinité, dit le Haut Contre-sous-Maître, coulant un regard de reproche au Grand Clerc, c'est un dieu qui prétend ne pas en être un. Il dit que vous n'êtes pas non plus des dieux mais des mortels qui nous ont asservis.

Alfred écoutait les Guègues avec attention, et Hugh surveillait étroitement le visage d'Alfred. Il ne comprenait pas les paroles, mais le désarroi du chambellan ne lui échappa pas. Leurs vies dépendaient d'un gosse de dix cycles qui, pour l'instant, semblait sur le point de fondre en larmes.

Pourtant, le Prince Tourment se ressaisit. Relevant impérieusement le menton, il fit une réponse qui sembla détendre l'atmosphère. Alfred eut l'air soulagé. Hugh se tortilla la barbe. Le gosse avait du toupet.

— Amenez-moi ce dieu, avait-il dit d'un ton impérieux.

— Si Votre Divinité désire le voir, lui et le Guègue qui l'a ramené vont prendre la parole ce soir à une réunion. Vous pourriez l'affronter publiquement.

— Très bien, dit Tourment pris de court.

— En attendant, Votre Divinité aimerait sans doute se reposer. J'ai remarqué qu'un membre de votre suite est blessé. Je pourrais faire venir un guérisseur.

Hugh suivit son regard et vit sa propre manche déchirée et ensanglantée.

— Je vous remercie, mais ce n'est pas grave, dit Tourment. Toutefois, vous pouvez nous faire porter à boire et à manger.

Le Haut Contre-sous-Maître s'inclina.

— Est-ce là tout ce que je peux faire pour vous, Votre Divinité ?

— Oui, je vous remercie. Ce sera tout, dit Tourment, oubliant de dissimuler son soulagement.

Les dieux furent conduits à des fauteuils placés aux pieds du Créchi-Crécha, sans doute pour leur donner de l'inspiration. Darral entraîna son beau-frère.

— Savez-vous bien ce que vous faites ? s'emporta le Grand Clerc. Comment avez-vous pu insulter Sa Divinité ? Insinuer qu'il n'était pas un dieu ! Et cette remarque sur notre asservissement !

— Taisez-vous et écoutez-moi, dit sèchement Darral Débardeur.

Les dieux, il en avait par-dessus la tête. Encore un « Votre Divinité », et il allait vomir.

— Ou bien ces gens sont des dieux, ou ils ne le sont pas. S'ils ne le sont pas, et si ce Lambic a raison, que pensez-vous qui nous arrivera, à nous qui avons passé notre vie à dire à notre peuple que nous servions les dieux ?

Le Grand Clerc regarda son beau-frère, médusé. Peu à peu, son visage rougeaud perdit toute couleur.

— Exactement, dit Darral, hochant la tête avec emphase. Maintenant, supposons qu'ils sont des dieux. Avez-vous vraiment envie d'être jugé et de monter au ciel ? Ou aimez-vous la vie que vous meniez ici avant tout ce cirque ?

Le Grand Clerc réfléchit. Sa charge lui plaisait beaucoup. Il vivait bien. Les Guègues le respectaient et le saluaient en ôtant leur casquette quand ils le rencontraient dans la rue. Il n'était pas obligé de servir la Bougonne-Batte, sauf quand il lui plaisait d'y faire une apparition. Il était invité aux meilleurs dîners. En réfléchissant bien, qu'est-ce que le ciel avait à lui offrir de plus ?

— Vous avez raison, fut-il forcé d'admettre en déglutissant. Qu'allons-nous faire ?

— J'y travaille, dit le Haut Contre-sous-Maître. Laissez-moi faire.

— Je donnerais bien cent barls pour savoir de qui parlent ces deux-là, dit Hugh, regardant sortir les deux Guègues.

— Tout ça ne me plaît pas du tout, dit Alfred. Cet autre dieu, qui qu'il soit, fomente ici la rébellion et le chaos. Je me demande pourquoi. Les Elfes n'ont aucune raison de susciter des troubles ici, n'est-ce pas ?

— Non. Ce qui compte pour eux, c'est que les Guègues continuent à travailler sans relâche. Mais que pouvons-nous faire ? Assister à cette réunion et entendre ce que ce dieu a à dire, c'est tout.

— C'est tout, répéta distraitement Alfred.

Hugh le regarda. Son crâne chauve luisait de sueur et ses yeux brillaient d'une lueur fiévreuse. Il avait la peau couleur cendre, les lèvres grises. Hugh réalisa soudain qu'il n'était pas tombé depuis plus d'une heure.

— Vous n'avez pas bonne mine.

— Je… je ne me sens pas très bien, Messire Hugh. C'est la réaction au crash. Je vais me remettre. Votre Altesse comprend la gravité de la rencontre de ce soir ?

Tourment le considéra pensivement.

— Oui, je comprends. Je ferai de mon mieux.

L'enfant paraissait sincère, mais Hugh revoyait son sourire innocent quand il lui avait donné les baies empoisonnées.

CHAPITRE 33

MATRICIA, DREVLIN, BAS-ROYAUME

Une grande agitation devant le trou du mur attira l'attention de Secousse. Elle venait de mettre les dernières touches au discours de Lambic. S'approchant de ce qui servait de porte, elle souleva le rideau. La foule s'était épaissie et les VLAN qui gardaient la porte avaient du mal à empêcher d'autres Guègues d'entrer.

A la vue de Secousse, ils se mirent à crier tous en même temps, et il lui fallut du temps pour les faire taire.

— Qu'est-ce qui se passe ? demanda Haplo, debout en haut de l'escalier, son chien à son côté.

— Désolée que le bruit vous ait réveillé, s'excusa Secousse. Une question sans importance.

— Je ne dormais pas. De quoi s'agit-il ?

Secousse haussa les épaules.

— Le Haut Contre-sous-Maître a trouvé un dieu à lui. J'aurais dû m'y attendre. Eh bien, ça ne marchera pas, c'est tout.

— Un dieu à lui ?

Haplo descendit l'escalier avec une souplesse de chat.

— Dites-m'en davantage.

— Vous ne prenez pas ça au sérieux, tout de même ? Darral a sans doute averti les Elfes que nous les menacions, et ils sont descendus pour persuader mon peuple qu'ils sont bien des dieux.

— Ce dieu est vraiment un El... un Elfe ?

— Je ne sais pas. La plupart d'entre nous n'en ont jamais vu. Tout ce que je sais, c'est qu'apparemment ce dieu est un enfant ; il a dit qu'il nous jugerait à au meeting et prouverait que nous sommes des imposteurs. Naturellement, vous le confondrez.

— Naturellement, murmura Haplo.

Secousse jeta un châle sur ses épaules.

— Il faut que j'aille m'assurer que tout est prêt au Hall de la Fraternité. Ne parlez pas de ça à Lambic. Il se tourmenterait trop. Il vaut mieux le mettre devant le fait accompli. Comme ça, il n'aura pas le temps de réfléchir.

Relevant le rideau, elle sortit, saluée par de bruyantes acclamations.

Resté seul, Haplo se jeta sur une chaise. Sentant son maître préoccupé, le chien vint loger dans sa main un museau réconfortant.

— A ton avis, c'est un Sartan, mon vieux ? dit rêveusement Haplo, grattant distraitement le cou du chien. On ne peut rien trouver, dans cet univers sans dieu, qui se rapproche davantage d'un être divin. Et un « dieu » pareil, je ne pourrai ni le défier, ni lui révéler mes propres pouvoirs. Les Sartans *ne doivent pas* apprendre mon évasion. Pas avant que mon seigneur ne soit absolument prêt.

Il continua à ruminer en silence. La main qui caressait le chien ralentit peu à peu et s'immobilisa tout à fait. Le chien se coucha à ses pieds, la tête sur les pattes, ses yeux liquides reflétant l'inquiétude de son maître.

— Quelle ironie ! dit Haplo.

A sa voix, le chien redressa les oreilles et haussa un sourcil blanc.

— J'ai les pouvoirs d'un dieu et je ne peux pas m'en servir.

Retroussant les bandages enroulés sur sa main, il suivit du doigt les boucles fantastiques des sigles tracés sur sa peau.

— Je pourrais construire une nef en un jour. M'envoler d'ici dès demain. Ou montrer à ces nains une puissance qu'ils n'ont jamais imaginée. Je pourrais devenir un dieu pour eux. Les conduire à la guerre contre les humains et les Elfes.

Le désir d'utiliser ses pouvoirs le submergea. Désir non seulement d'utiliser la magie, mais de l'utiliser pour conquérir, pour dominer, pour gouverner. Les Guègues étaient pacifiques, mais ce n'était pas leur véritable nature. Les Sartans étaient parvenus à les réduire à l'état de robots dociles pour servir la machine. Il devrait être facile de faire renaître le courage légendaire des nains. Les cendres avaient l'air froides, mais des braises devaient couver dessous quelque part.

— Pourquoi pas? Mais quelle importance? Et qu'est-ce qui me prend?

Haplo remit rageusement son bandage en place. Le chien, au son de sa voix, leva des yeux suppliants, se croyant en faute.

— C'est ma véritable nature, la nature des Patryns, et elle me conduira au désastre! Mon seigneur m'a bien mis en garde. Je dois procéder lentement. Les Guègues ne sont pas prêts. Et ce n'est pas moi qui dois les conduire. C'est un des leurs. Lambic. Il faut que je m'arrange pour aviver cette flamme-là. Quant à l'enfant-dieu, il faut voir. Si c'est un Sartan, ce sera peut-être tant mieux. D'accord, mon vieux?

Haplo se pencha, tapota l'animal sur le flanc. Le chien ferma les yeux avec un soupir de contentement.

— Et si c'est un Sartan, grommela Haplo entre ses dents, puisse mon maître m'empêcher de lui arracher le cœur.

Le temps que Secousse revienne, Lambic, réveillé, relisait fébrilement son discours, et Haplo avait pris sa décision.

— Eh bien, dit Secousse en ôtant son châle, tout est prêt pour ce soir. Ce sera notre plus grand meeting...

— Il faut parler au dieu, dit tranquillement Haplo.

— Un dieu? dit Lambic, les regardant derrière ses lunettes précairement perchées sur son nez. Quel dieu? Qu'est-ce qui se passe?

— Il fallait qu'il sache, dit Haplo à Secousse. Il vaut toujours mieux en savoir autant que possible sur l'ennemi.

— L'ennemi? Quel ennemi?

Lambic, pâle mais calme, s'était levé.

— Vous ne croyez pas sérieusement qu'ils sont ce qu'ils prétendent, les Créchi-Créchas? demanda Secousse furieuse.

— Non, et c'est ce que nous devons prouver. Vous avez dit vous-même qu'il s'agit sans doute d'une machination du Haut Contre-sous-Maître pour discréditer votre mouvement. Si nous arrivons à capturer cet être qui se prétend dieu et à prouver qu'il ne l'est pas...

— ... alors, nous pouvons renverser le Haut Contre-sous-Maître ! s'écria Secousse, joignant les mains.

Haplo feignit de caresser le chien pour dissimuler son sourire. L'animal regarda son maître, l'air gêné.

— C'est certainement une possibilité, mais il faut procéder pas à pas, dit Haplo après un silence. Tout d'abord, il est essentiel de découvrir qui est ce dieu et pourquoi il est là.

— Qui est qui ? dit Lambic en remontant ses lunettes.

— Je suis désolée, mon chéri. Tout est arrivé pendant que tu dormais.

Secousse résuma la situation. Lambic s'effondra dans son fauteuil.

— Et si ce sont vraiment des Créchi-Créchas ? Et si je me suis trompé et qu'ils viennent pour... pour juger le peuple ? Ils seront offensés et peut-être qu'ils nous abandonneront encore !

Il tournait et retournait son discours dans sa main.

— J'ai peut-être attiré de grands malheurs sur notre peuple.

Secousse ouvrit la bouche, mais Haplo lui fit signe de se taire.

— Lambic, c'est pour ça que nous avons besoin de leur parler. Si ce sont des Sar... des Créchi-Créchas, nous leur expliquerons tout, et ils comprendront, j'en suis sûr.

— Moi aussi, j'étais sûr ! s'écria Lambic au désespoir.

— Et tu *avais* raison, mon chéri !

Secousse s'agenouilla près de lui, et, lui prenant le visage entre ses mains, l'obligea à la regarder.

— Aie foi en toi ! C'est un imposteur à la solde du Haut Contre-sous-Maître ! Nous le prouverons, et nous prouverons que lui et les Clercs ont toujours été de mèche avec ceux qui nous ont asservis ! C'est notre chance de changer le monde !

Lambic ne répondit pas. Détachant doucement les

mains de Secousse de son visage, il les serra tendrement. Mais il posa sur Haplo un regard troublé.

— Vous êtes allé trop loin pour reculer, mon ami, dit le Patryn. Votre peuple croit en vous. Vous ne pouvez pas l'abandonner.

— Mais si je me suis trompé ?

— Vous ne vous êtes pas trompé, dit Haplo avec conviction. Même si c'est un Créchi-Crécha. Les Créchi-Créchas ne sont pas des dieux. Ils ont de grands pouvoirs, mais ils sont mortels. Si le Haut Contre-sous-Maître prétend que le Créchi-Crécha est un dieu, posez directement la question au Créchi-Crécha. Il vous dira la vérité.

Ils disaient toujours la vérité. Ils avaient parcouru le monde en affirmant qu'ils n'étaient pas des dieux, mais en assumant toutes les responsabilités d'êtres divins. Fausse humilité pour masquer leur ambition. Un véritable Sartan nierait sa divinité. Dans le cas contraire, Haplo saurait qu'il mentait, et il serait facile de le confondre.

— Pouvons-nous les voir ? demanda-t-il à Secousse.

— Ils séjournent à la Farbrique, dit-elle, réfléchissant.

— Il faut nous dépêcher. Le meeting doit commencer dans deux heures. Il faut les voir avant.

Secousse s'était déjà levée et marchait vers la porte. Lambic, en soupirant, pencha la tête. Ses lunettes glissèrent et atterrirent sur ses genoux, mais il ne s'en aperçut pas.

Cette femme a de l'énergie et de la détermination, pensa Haplo. Elle peut faire d'une vision une réalité, mais c'est Lambic, même myope, qui a les yeux pour voir. Il faut que je lui montre la vision.

Secousse revint avec plusieurs Guègues.

— Il y a une voie d'accès. Des tunnels qui courent sous le plancher et ressortent près de la statue du Créchi-Crécha.

Haplo montra Lambic de la tête. Secousse comprit.

— Tu m'as entendue, mon chéri ? Nous pouvons

entrer dans la Farbrique et parler à ce prétendu dieu. On y va ?

Lambic leva la tête, livide mais résolu.

— Peu importe que j'aie tort ou raison. Ce qui importe, c'est de découvrir la vérité.

CHAPITRE 34

MATRICIA, DREVLIN,
BAS-ROYAUME

Lambic, Secousse, Haplo et naturellement le chien, pilotés par deux Guègues, s'engagèrent dans les tunnels sinueux qui intersectaient, bissectaient et disséquaient le sol sous la Bougonne-Batte. Ils étaient vieux, mais de construction merveilleuse, car faits de pierre et paraissant, à leurs formes régulières, façonnées par la main de l'homme ou par les mains métalliques de la Bougonne-Batte. Ici et là, gravés dans les pierres, se voyaient de curieux symboles qui fascinèrent Lambic ; Secousse dût le tirer par la barbe pour le persuader de faire vite.

Haplo aurait pu lui en apprendre beaucoup sur ces symboles, qui étaient les sigles — les runes des Sartans — grâce auxquels les tunnels restaient secs malgré l'eau de pluie qui s'infiltrait à travers la coralite. C'étaient les sigles qui conservaient aux tunnels leur solidité, des siècles après le départ de leurs constructeurs.

Pour le Patryn, il devenait de plus en plus évident que les Sartans avaient abandonné leur œuvre. Inachevée. Et cela ne ressemblait pas à ces humains qui avaient atteint le statut et la puissance de demi-dieux. La grande machine que, même à la profondeur où ils se trouvaient, ils sentaient encore vibrer et pulser, marchait toute seule, selon ses caprices et ses propres desseins.

Et elle ne fabriquait rien. Rien de créatif, pour autant qu'Haplo en pût juger. Il avait sillonné Drevlin en long et en large avec Lambic et ses VLAN : partout la machine détruisait des édifices et en construisait d'autres, elle creusait des trous et les comblait ensuite, elle grondait et fumait, sifflait et bourdonnait, œuvrant avec une merveilleuse énergie. Mais ce qu'elle faisait, c'était rien.

Une fois par mois, lui avait-on dit, les Elfes descendaient dans leurs habits de fer et leurs vaisseaux volants pour chercher l'eau. Ils le faisaient depuis des siècles, et les Guègues en étaient venus à croire que c'était là le but ultime de leur machine sacrée. Mais Haplo avait réalisé que l'eau n'était qu'un sous-produit de la Bougonne-Batte. Cette machine fabuleuse avait une fonction plus noble que d'étancher la soif de la nation elfienne. Mais cette fonction restait un mystère pour Haplo.

Il ne trouva pas de réponse dans les tunnels. Peut-être en trouverait-il plus loin. Il avait appris, comme tous les Patryns, que l'impatience — le moindre relâchement dans le contrôle sévère qu'ils s'imposaient — pouvait conduire au désastre. Le Labyrinthe n'était pas tendre pour les faibles. La patience, une patience infinie — tel était le don que les Patryns avaient reçu du Labyrinthe, même s'ils le recevaient couvert de leur propre sang.

Les Guègues étaient excités, bruyants et impatients. Haplo les suivait, sans plus de bruit que l'ombre projetée par leurs lumignites. Le chien trottait derrière, silencieux et vigilant.

— Vous êtes certains que c'est le bon chemin ? demanda Secousse plus d'une fois.

Il semblait qu'un jour la Bougonne-Batte s'était mis dans sa tête mécanique qu'elle devrait ouvrir des tunnels. Ainsi avait-elle fait, creusant le sol de ses pieds et ses poings de fer. Les Guègues l'avait suivie, étayant les murs et entretenant la machine. Puis, tout aussi brusquement, la Bougonne-Batte avait changé d'avis. Les guides guègues avaient fait partie de ces équipes des tunnels et les connaissaient comme leur poche. Malheureusement, ils n'étaient pas les seuls. Beaucoup de Guègues les empruntaient pour leurs déplacements. Haplo fit sensation, les guides guègues se crurent obligés de raconter leur histoire à tout le monde et tous ceux qui n'avaient rien de plus pressant à faire leur emboîtèrent le pas. Haplo se consola en pensant qu'une armée de Guègues montés sur des dragons rugissants aurait pu voler dans le tunnel sans que personne s'en aperçoive en haut.

— Nous y voilà, tonitrua un Guègue d'une voix de stentor, montrant une échelle métallique montant dans une cheminée et se perdant dans le noir.

Plus loin, Haplo vit d'autres échelles, placées à intervalles réguliers et qui, à l'évidence, menaient quelque part.

— Qu'est-ce qu'il y a en haut de l'échelle ? demanda Secousse.

Il y avait un trou dans le sol, expliquèrent les guides, couvert d'une plaque de métal. En déplaçant la plaque, on accédait au rez-de-chaussée de la Farbrique.

— La Farbrique est immense, dit Haplo. Dans quelle partie allons-nous déboucher ? Et dans quelle partie a-t-on mis les dieux ?

Questions qui provoquèrent une discussion un peu longuette. Un des deux guides avait entendu dire que le dieu était dans la salle du Créchi-Crécha, deux étages au-dessus du rez-de-chaussée. L'autre assurait que le dieu, par ordre du Haut Contre-sous-Maître, avait été conduit dans la Salle Fâcheuse.

— Qu'est-ce que c'est ? demanda Haplo d'un ton patient.

— C'est là que mon procès a eu lieu, dit Lambic. Il y a une statue de Créchi-Crécha, et le fauteuil où s'assied le Haut Contre-sous-Maître pour rendre ses jugements.

— Et d'ici, où est-ce ?

Les Guègues pensaient que c'était deux échelles plus loin, et tout le monde repartit dans cette direction, les deux guides continuant à se chamailler.

— Ils pensent que c'est ici, dit-elle, posant la main sur les premiers barreaux.

— Je vais passer le premier, dit Haplo juste assez fort pour couvrir le bruit de la machine.

Les guides guègues protestèrent. C'était leur aventure, ils étaient les guides, ils devaient monter les premiers.

— Il y a peut-être des gardes là-haut, dit Haplo. Et si ce prétendu dieu était dangereux ?

— Mais je veux les voir ! protesta Lambic, qui commençait à craindre d'avoir fait tout ce chemin pour rien.

— Vous les verrez, fit Haplo. Je monte juste pour...

faire une petite reconnaissance. Je reviendrai vous chercher quand la voie sera libre.

— Il a raison, Lambic, intervint Secousse. Ton tour viendra. Il ne faudrait pas que le Haut Contre-sous-Maître nous arrête avant le meeting!

Sur un signe de son maître, le chien se coucha, et, oreilles dressées, regarda autour de lui avec intérêt.

Haplo attaqua son ascension, lentement et prudemment, prenant le temps d'habituer sa vue à l'obscurité qui grandissait à mesure qu'il s'éloignait des lumignites. La montée ne fut pas longue. Il vit bientôt la lueur des lumignites se refléter sur une plaque de métal au-dessus de lui.

Levant le bras, il posa la main sur la plaque et poussa doucement. Elle glissa facilement et même silencieusement. Songeant que la menace — ou la promesse — d'un danger aurait jadis poussé les Guègues à grimper en foule à l'échelle, Hugh maudit les Sartans et jeta un coup d'œil à l'intérieur.

Les lumignites éclairaient la Farbrique d'une lumière plus vive que le jour des Guègues. Les guides ne s'étaient pas trompés. Droit devant Haplo se dressait une statue en longue robe et capuchon, avec trois personnes à ses pieds. C'étaient des humains — deux hommes et un enfant. Cela, Haplo le vit d'un seul coup d'œil. Mais les Sartans aussi étaient dérivés des humains.

L'un d'eux était assis dans l'ombre projetée par la statue. Vêtu avec simplicité, il avait un visage ridé et une calvitie naissante qui agrandissait encore son front haut et bombé. Cet homme remuait nerveusement, surveillant l'enfant d'un regard inquiet, et Haplo remarqua que ses mouvements étaient gauches et maladroits.

L'autre adulte aurait pu être un survivant du Labyrinthe. Mince et musclé, il projetait comme une aura de vigilance — bien qu'il fût allongé par terre, détendu, fumant sa pipe — indiquant qu'il se tenait sur ses gardes. Le visage, avec ses rides profondes et sa barbe noire et tressée, annonçait une âme froide et dure comme l'acier.

L'enfant était un enfant, sans autre signe particulier qu'une beauté remarquable. Trio bizarre. Qu'est-ce qui les réunissait? Qu'est-ce que les amenait ici?

En bas, un Guègue surexcité oublia la consigne de silence et, d'une voix de stentor qu'il devait prendre pour un murmure, lui demanda s'il voyait quelque chose.

L'homme à la barbe tressée se leva d'un bond, ses yeux noirs fouillant les ombres, sa main se refermant sur la poignée de son épée. Au-dessous de lui, Haplo entendit le bruit d'une claque et sut que Secousse avait sévi.

— Qu'est-ce que c'est, Hugh? demanda nerveusement l'homme assis dans l'ombre de la statue.

Le dénommé Hugh porta son doigt à ses lèvres et fit quelques pas vers Haplo. Il ne regardait pas par terre (sinon il aurait vu la plaque) mais vers les ombres.

— J'ai cru entendre quelque chose.

— Je ne sais pas comment tu peux entendre quoi que ce soit avec le tintamarre de cette maudite machine, dit l'enfant.

— Ne jurez pas comme cela, Votre Altesse, dit l'homme mûr.

Il se leva de son fauteuil et fit mine de se joindre à Hugh, mais il trébucha et n'évita une chute qu'en se raccrochant à la statue.

— Rasseyez-vous, Alfred, avant de vous tuer, dit Hugh.

— C'était sans doute la machine, dit Alfred, l'air très désireux de s'en convaincre.

L'enfant, qui s'ennuyait, vint se planter devant la statue. Il tendit la main.

— Non! s'écria Alfred, alarmé.

L'enfant sursauta, retira sa main.

— Tu m'as fait peur! dit-il, d'un ton accusateur.

— J'en suis désolé, Votre Altesse. Mais... éloignez-vous de la statue.

— Pourquoi? Elle va me faire mal?

— Non, Votre Altesse. C'est juste que la statue du Créchi-Crécha est... sacrée pour les Guègues. Ça ne leur plairait pas que vous la touchiez.

— Peuh! fit l'enfant. Ils sont tous partis. Et en plus, il a l'air de vouloir me serrer la main.

— Non, Votre Altesse!

Mais le maladroit fut trop lent pour empêcher l'enfant

de saisir la main mécanique du Créchi-Crécha. Devant l'enfant ravi, le globe occulaire s'alluma.

— Laisse! Ça montre des images! Je veux voir!

— Votre Altesse, je suis obligé d'insister! Je sais que j'ai entendu quelque chose : les Guègues...

— Nous pouvons maîtriser cette situation, intervint Hugh. Laissez, Alfred. Je veux voir aussi.

Haplo en profita pour sortir furtivement de son trou.

— Regardez, c'est une carte! s'écria l'enfant, très excité.

Tous trois avaient les yeux fixés sur le globe oculaire. Haplo, s'approchant silencieusement, reconnut une carte du Royaume du Ciel, identique à celle que son seigneur avait découverte au Nexus dans les Halls des Sartans. Tout en haut se trouvaient les îles connues sous le nom de Seigneurs de la Nuit. Au-dessous d'elles était le Firmament, flanqué de l'île du Haut-Royaume. Puis venait le Mi-Royaume. Plus bas, c'était le pays des Guègues et le Maelström.

Plus remarquable encore, cette carte bougeait! Les îles dérivaient sur leurs orbites, les nuages tourbillonnaient, le soleil était périodiquement caché par les Seigneurs de la Nuit. Puis, soudain, les îles vinrent s'aligner en bon ordre les unes au-dessous des autres. La lumière clignota, vacilla et s'éteignit.

Le dénommé Hugh n'était pas impressionné.

— C'est une lanterne magique. J'en ai vu au royaume des Elfes.

— Mais qu'est-ce que ça veut dire? demanda l'enfant, fasciné. Pourquoi est-ce que tout tourne, puis s'arrête?

Haplo se posait la même question. Il avait un appareil similaire sur sa nef, projetant des images du Nexus, sauf que, conçu par son seigneur, il était beaucoup plus sophistiqué. Cette fois, la projection s'était arrêtée d'une secousse, apparemment au milieu d'une image.

Il y eut un bourdonnement grave, et soudain les images recommencèrent à défiler. Alfred, tendit le bras, pour saisir la main de la statue, peut-être dans l'espoir d'arrêter le déroulement du film.

— Non, ne faites pas ça, dit Haplo de son ton tranquille.

Hugh pivota, épée en main, et affronta l'intrus avec une vitesse et une agilité qu'Haplo applaudit intérieurement. Le maladroit s'écroula, et l'enfant fixa sur le Patryn des yeux plus retors qu'effrayés.

— Je ne suis pas armé, dit Haplo en levant les mains.

Il n'avait pas peur de l'épée, car aucune arme en ce monde ne pouvait le blesser, protégé qu'il était par les runes imprimés sur son corps. Mais il devait éviter tout combat sous peine de révéler sa véritable identité à un œil averti.

— Je suis comme ce petit. Je veux voir les images.

Des trois, c'était l'enfant qui l'intriguait. Le serviteur froussard, pathétiquement évanoui par terre, ne méritait aucune attention. Il pouvait négliger l'adulte, sans doute un garde du corps, maintenant qu'il avait vu sa force et son agilité en action. Mais quand Haplo regardait l'enfant, il sentait les runes de sa poitrine le picoter, et cette sensation lui apprit qu'on lui jetait un sortilège. Sa propre magie réagissait automatiquement pour le repousser, mais Haplo nota avec amusement que le charme lancé par l'enfant serait de toute façon resté sans effet. Sa magie — quelle qu'en fût la source — avait été neutralisée.

— D'où venez-vous ? Qui êtes-vous ? demanda Hugh.

— Je m'appelle Haplo. Mes amis les Guègues... commença-t-il, se retournant pour montrer le trou d'où il sortait.

Entendant un grand bruit derrière lui, il se dit que Lambic, poussé par son incorrigible curiosité, avait dû le suivre.

— ... et moi avons appris votre arrivée, et nous cherchons à vous parler en privé, si c'est possible. Il y a des gardes du Haut Contre-sous-Maître, ici ?

Hugh abaissa légèrement son épée, mais continua à suivre des yeux tous les mouvements d'Haplo.

— Non, ils sont sortis. Mais on doit nous surveiller.

— Sans aucun doute. Nous n'avons donc pas beaucoup de temps devant nous.

Lambic, suant et soufflant, arrivait en haut de l'échelle. Il regarda l'épée avec méfiance, mais la curiosité l'emporta.

— Vous êtes des Créchi-Créchas? demanda-t-il.

Haplo vit une expression de crainte révérentielle se peindre sur son visage. Ses yeux myopes, agrandis par ses lunettes, se dilatèrent.

— Vous êtes un dieu, n'est-ce pas? reprit-il.

— Oui, répondit Tourment en guègue. Je suis un dieu.

— Ils parlent humain? demanda Hugh, montrant Lambic, secousse et les deux autres Guègues qui passaient prudemment la tête par le trou.

Haplo secoua la tête.

— Alors je peux vous dire la vérité, dit Hugh. Le gosse n'est pas plus dieu que vous.

Il était apparemment arrivé à la même conclusion sur Haplo que Haplo lui-même. Il était prudent et méfiant, mais quand il n'y a plus de place à l'auberge, on est souvent forcé d'accepter d'étranges compagnons de lit, sous peine de coucher dehors.

— Notre nef a été prise dans le Maelström et s'est crashée sur Drevlin, non loin d'ici. Les Guègues nous ont trouvés, ils nous ont pris pour des dieux et nous avons joué le jeu.

— Comme moi, dit Haplo, hochant la tête.

Il baissa les yeux sur le serviteur qui avait rouvert les yeux et regardait autour de lui, hébété.

— Qui est-ce?

— Alfred, le chambellan du gosse. Moi, je m'appelle Hugh-la-Main. L'enfant c'est Tourment, fils du Roi Stephen de Volkaran et d'Uylandia.

Haplo transmit ces renseignements à Lambic et à Secousse, qui considérait le trio d'un air soupçonneux. Alfred se releva péniblement et regarda avec curiosité les mains bandées du Patryn.

— Vous êtes blessé, Messire? demanda le serviteur d'un ton respectueux. Pardonnez-moi cette question, mais c'est à cause de ces pansements. Je suis assez bon guérisseur…

— Non, merci. Je ne suis pas blessé. Il s'agit d'une maladie de peau commune parmi mon peuple. Elle n'est pas contagieuse et ne cause aucune souffrance, mais les pustules qu'elle provoque sont désagréables à regarder.

Hugh eut l'air dégoûté. Alfred pâlit légèrement. Haplo se dit qu'au moins on ne lui poserait plus de questions sur ses mains.

L'assassin rengaina son épée et s'approcha.

— Ta nef s'est crashée ? demanda-t-il à voix basse.

— Oui.

— Elle est détruite ?

— Complètement.

— D'où es-tu ?

— D'en bas, d'une des îles les plus basses. Peu de gens les connaissant. Je livrais bataille dans mon pays quand un projectile a frappé ma nef et j'en ai perdu le contrôle...

Hugh s'approcha de la statue. Apparemment absorbé dans la conversation, Haplo le suivit, mais s'arrangea pour jeter un coup d'œil sur Alfred. D'une pâleur mortelle, il gardait les yeux rivés sur les mains du Patryn comme pour voir à travers ses bandages. Tourment, fronçant les sourcils, les regardait aussi, caressant son amulette. Lambic interrompit ses pensées.

— Vous n'êtes donc pas un dieu ?

— Non, répondit l'enfant s'arrachant à la contemplation d'Haplo.

Et il se tourna vers le Guègue, effaçant soigneusement toute froideur de son visage.

— Je ne suis pas un dieu, mais on m'a conseillé de dire à votre roi que je l'étais pour qu'il ne nous fasse pas de mal.

— Vous faire du mal ? dit Lambic, stupéfait.

L'idée le dépassait.

— Je suis un prince du Haut-Royaume, continua l'enfant. Mon père est un puissant magicien. Nous allions lui rendre visite quand notre nef s'est crashée.

— J'aimerais beaucoup voir le Haut-Royaume ! s'écria Lambic. Comment est-ce ?

— Je ne sais pas. Vous comprenez, je n'y suis jamais allé. J'ai passé toute ma vie dans le Mi-Royaume, chez mon père adoptif. C'est une longue histoire.

— Je ne suis jamais allé dans le Mi-Royaume non plus. Mais j'en ai vu des images dans un livre trouvé dans une épave.

Et il se lança dans le récit de son aventure. Tourment ne l'écoutait pas. Il regardait Hugh et Haplo toujours en conversation devant la statue du Créchi-Crécha. Alfred marmonnait entre ses dents. Personne ne faisait attention à Secousse.

Tout ça ne lui plaisait pas, pas du tout. Elle n'aimait pas du tout les deux grands dieux qui parlaient ensemble une langue qu'elle ne comprenait pas. Elle n'aimait pas la façon dont Lambic regardait l'enfant-dieu, ni la façon dont l'enfant-dieu regardait tout le monde. Elle n'aimait même pas le grand dieu dégingandé qui était tombé par terre. Elle avait l'impression que ces dieux en visite allaient dévorer toutes les provisions, puis repartir, ne laissant à leurs hôtes qu'un buffet vide.

Secousse rejoignit les deux Guègues en faction près du trou.

— Faites monter tout le monde, dit-elle, aussi bas qu'il est possible à un Guègue. Le Haut Contre-sous-Maître a essayé de nous duper avec ses faux dieux. Nous allons les capturer, les présenter au peuple et lui prouver que le Haut Contre-sous-Maître est un menteur!

Les Guègues se consultèrent du regard. Ces dieux ne semblaient pas très impressionnants. Ils étaient grands, mais tout maigres. L'un d'eux portait une arme d'apparence formidable, mais s'il se trouvait pris dans la foule, il ne pourrait pas s'en servir. Le courage des Guègues n'était pas mort. Il était seulement enterré dans des siècles de soumission et de travail. Mais on avait secoué les braises et des flammèches venaient à jaillir.

Surexcités, les Guègues redescendirent l'échelle. Secousse, penchée sur le trou, les regardait partir. Son visage carré, faiblement éclairé par les lumignites, était imposant, presque surnaturel. Plus d'un Guègue vit surgir une image des siècles passés, où les prêtresses appelaient le clan à la guerre.

Bruyants, mais avec la discipline apprise au service de la grande machine, ils dévalèrent l'échelle. Et dans le tintamarre ambiant, nul ne les entendit.

Le chien d'Haplo, oublié dans la confusion générale, était toujours couché au pied de l'échelle. Le museau sur ses pattes, il observait, écoutait, et semblait se demander si son maître avait parlé sérieusement en lui disant : « Reste ici ».

CHAPITRE 35

MATRICIA, DREVLIN, BAS-ROYAUME

Haplo entendit un gémissement, sentit une patte lui gratter la jambe. Détournant son attention des images du Créchi-Crécha, il regarda à ses pieds.

— Qu'est-ce qu'il y a, mon vieux ? Je croyais t'avoir dit...

Le Patryn vit alors une longue file de Guègues sortant du trou. La Main, entendant du bruit, regarda au contraire vers l'entrée principale de la Farbrique.

— Voilà de la compagnie, dit Hugh. Le Haut Contre-sous-Maître et ses gardes.

— Il n'y a pas qu'eux.

Hugh regarda vivement vers le trou, portant la main à son épée. Haplo secoua la tête.

— Non, nous ne pouvons pas les combattre. Ils sont trop nombreux. De plus, ils ne nous veulent pas de mal. Ils veulent seulement s'emparer de nous. Nous sommes le gros lot. Je n'ai pas le temps de t'expliquer. Tu ferais bien de t'occuper de ton fameux prince.

— C'est un investissement..., commença Hugh.

— Les Roussins ! glapit Secousse, apercevant le Haut Contre-sous-Maître. Vite, emparez-vous des dieux avant qu'ils nous arrêtent !

— Ton investissement, tu ferais bien d'aller le protéger, suggéra Haplo.

— Qu'est-ce que c'est, Messire ? souffla Alfred.

Les deux groupes de Guègues s'invectivaient en brandissant les poings.

— Des problèmes. Prenez l'enfant et... Ah non, pas ça !

Les yeux d'Alfred se révulsèrent. Hugh tendit la main pour le secouer, mais il était trop tard. Le corps désarticulé du chambellan s'effondra mollement aux pieds de la statue.

Les VLAN se ruèrent vers les dieux. Le Haut Contre-sous-Maître, reconnaissant instantanément le danger, ordonna aux Roussins de charger. Pour la première fois dans l'histoire de Drevlin, des coups furent portés, le sang coula. Haplo, prenant son chien dans ses bras, recula, se fondit dans l'ombre, et regarda en souriant.

Debout près du trou, Secousse aidait les Guègues à en sortir, et jetait ses troupes dans la bataille. Quand le dernier Guègue fut arrivé des tunnels, elle s'aperçut qu'elle avait complètement perdu de vue Lambic, Haplo et les trois êtres étranges. Sautant sur une caisse, elle regarda par-dessus les têtes et vit avec horreur le Haut Contre-sous-Maître et le Grand Clerc, debout près de la statue du Créchi-Crécha, et qui, profitant de la confusion, enlevaient non seulement les dieux, mais aussi l'auguste chef des VLAN !

Furieuse, Secousse sauta à bas de sa caisse et... se trouva prise dans la bataille. Jouant des coudes et boxant les Guègues sur son chemin, elle se rapprocha de la statue. Rouge et haletante, le pantalon déchiré, un œil au beurre noir et les cheveux dans la figure, elle arriva enfin à destination.

Les dieux avaient disparu. Lambic avait disparu. Le Haut Contre-sous-Maître avait gagné.

Serrant le poing, Secousse se prépara à boxer le premier Roussin qui approcherait quand elle entendit un gémissement, et, baissant les yeux, elle vit deux grands pieds pointant vers le plafond. Ce n'étaient pas les pieds d'un Guègue. C'étaient les pieds d'un dieu !

Contournant la statue, Secousse constata avec stupéfaction que le piédestal était grand ouvert ! L'un des dieux du Contre-sous-Maître — le grand maigre — était tombé les quatre fers en l'air dans l'ouverture.

— Je suis en veine ! dit Secousse. J'en tiens un !

Dans la confusion générale, personne ne faisait attention à elle, ni même au dieu qui gisait là.

— Ils ne vont pas tarder à comprendre. Il faut le faire sortir d'ici, marmonna Secousse.

S'approchant du dieu, elle vit qu'il gisait sur un escalier construit à l'intérieur de la statue, et qui lui offrait un moyen rapide et sûr de disparaître.

Secousse hésita. Ce viol de la statue — le Saint des Saints des Guègues — était un sacrilège. Elle ne savait pas pourquoi cette ouverture se trouvait là ni où elle conduisait. Aucune importance. Enjambant le dieu comateux, elle dégringola quelques marches, puis, se retournant, elle le prit par les épaules et le tira, glissant, cahotant et grognant, à l'intérieur de la statue.

Secousse n'avait aucun plan défini. Elle espérait seulement que, le temps que le Haut Contre-sous-Maître revienne chercher son dieu et découvre l'ouverture dans la statue, elle pourrait le ramener discrètement au siège des VLAN. Mais quand les pieds du dieu passèrent à l'intérieur, l'ouverture se referma sans bruit. La Guègue se retrouva dans le noir.

Secousse se figea. Une panique folle montait en elle. Ce n'était pas l'obscurité qui lui faisait peur. Passant presque toute leur vie à l'intérieur de la Bougonne-Batte, les Guègues étaient habitués au noir. Secousse tremblait de tous ses membres. Elle avait les mains moites, elle haletait, son cœur battait à grands coups. Et soudain, elle comprit.

C'était le silence.

Elle n'entendait plus la machine, les « bing » et « bang » réconfortants qui l'endormaient comme une berceuse. Il n'y avait plus qu'un horrible silence. La vue est un sens extérieur, mais le son entre dans la tête, il vit à l'intérieur. En l'absence du son, le silence résonne.

Abandonnant le dieu sur l'escalier, oubliant sa souffrance, oubliant les Roussins, Secousse se jeta contre la statue.

— Au secours! hurla-t-elle. Au secours!

Alfred revint à lui. S'asseyant, il commença à glisser dans l'escalier et se raccrocha machinalement à une marche. Totalement désorienté, entouré de ténèbres, avec une Guègue qui lui hurlait aux oreilles comme un sifflet à vapeur, Alfred essaya de demander ce qui se passait. La Guègue ne lui prêta aucune attention. Finalement, remontant l'escalier à quatre pattes, il tendit la main vers Secousse.

— Où sommes-nous ?

Continuant à gigoter et à hurler, elle l'ignora.

— Où sommes-nous ?

Alfred saisit la Guègue dans ses grandes mains — sans savoir par où il l'avait attrapée dans ce noir — et se mit à la secouer.

— Assez ! Ça ne sert à rien ! Dites-moi où nous sommes, et je pourrai peut-être faire quelque chose !

Sans bien comprendre ces paroles, mais furieuse d'être malmenée, Secousse se débarrassa du chambellan d'une violente poussée de ses bras vigoureux. Il glissa encore dans l'escalier.

— Maintenant, écoutez-moi ! dit Alfred en articulant avec soin. Où sommes-nous ? Je pourrai peut-être nous sortir d'ici !

— Je ne vois pas comment !

Haletante, frissonnante, Secousse se blottit aussi loin d'Alfred qu'elle le put.

— Vous êtes un étranger ! Comment pourriez-vous savoir ?

— Dites-le-moi seulement ! insista Alfred. Ça ne peut pas faire de mal.

— Eh bien... Nous sommes dans la statue.

— Ah ! dit Alfred en un souffle.

— Qu'est-ce que ça veut dire, « ah » ?

— Ça veut dire... euh... C'est bien ce que je pensais.

— Vous pouvez la rouvrir ?

Non, je ne peux pas. Personne ne le peut. Pas de l'intérieur. Mais comment puis-je savoir cela puisque je n'y suis jamais entré ? Qu'est-ce que je vais lui dire ? Alfred était piètre menteur, mais dans le noir, ça se verrait moins.

— Je... je ne suis pas sûr, mais j'en doute. Vous comprenez... euh... quel est votre nom ?

— Ça n'a pas d'importance.

— Si, ça en a. Nous sommes dans le noir et nous devons savoir comment nous nous appelons. Moi, c'est Alfred. Et vous ?

— Secousse. Continuez. Vous avez ouvert une fois, pourquoi pas une deuxième ?

— Je... je n'ai pas ouvert, bredouilla Alfred. Vous comprenez, je souffre d'une terrible infirmité. Chaque fois que j'ai peur, je m'évanouis. Je n'arrive pas à me contrôler. Certains des vôtres se ruaient sur nous et je... j'ai perdu connaissance.

« Quand j'ai repris conscience, j'ai levé les yeux sur la statue, et, pour la première fois depuis longtemps, je me suis senti en sécurité. Le soupçon qui avait germé dans mon esprit, les décisions que j'aurais à prendre si ce soupçon s'avérait juste, tout cela m'accablait. J'aspirais à fuir et ma main, de sa propre volonté, toucha la robe de la statue d'une certaine façon.

« Le piédestal s'est ouvert, et l'énormité de mon acte a dû m'écraser. Je suppose que j'ai reperdu connaissance. La Guègue m'a trouvé, et m'a tiré à l'intérieur. Le piédestal s'est refermé automatiquement et restera fermé. Quiconque trouve une entrée par hasard ne revient jamais pour le dire. Oh, il ne meurt pas. La magie, la machine, prennent bien soin de lui. Mais il reste prisonnier jusqu'à la fin de ses jours.

Une horrible pensée lui vint à l'esprit. De par la loi, il devait l'abandonner en ce lieu. Après tout, elle n'aurait pas dû entrer dans la statue sacrée. Puis Alfred se dit, avec remords, qu'il ne pouvait pas l'abandonner ainsi. Il nageait en pleine confusion.

— N'arrêtez pas ! dit Secousse, se cramponnant à lui.

— Arrêter quoi ?

— N'arrêtez pas de parler ! C'est le silence que je ne supporte pas ! Pourquoi n'entend-on rien là-dedans ?

— C'est exprès, dit Alfred avec un soupir. C'est un sanctuaire.

Alfred avait pris sa décision. Ce n'était sans doute pas la bonne, mais il avait pris peu de bonnes décisions dans sa vie.

— Je vais vous conduire hors d'ici, Secousse.

— Vous connaissez le chemin ?

— Oui.

— Comment ? fit-elle, soupçonneuse.

— Je ne peux pas vous expliquer. En fait, vous verrez

bien des choses que vous ne comprendrez pas et que je ne pourrai pas expliquer. Je ne peux même pas vous demander de me faire confiance.

Elle prit sa respiration pour répondre, mais il la devança.

— Et pourtant je désire retourner chez mon peuple, comme vous désirez retrouver le vôtre. L'enfant que vous avez vu est confié à ma charge. Et l'homme qui nous accompagne a besoin de moi, quoiqu'il ne le sache pas.

Alfred se tut un moment, pensant au dernier, celui qui se faisait appeler Haplo, et il se dit que le silence était tonitruant à l'intérieur de la statue, plus grand qu'il ne se le rappelait.

— J'irai avec vous, dit Secousse. Ce que vous dites est raisonnable.

— Merci, répondit gravement Alfred. Maintenant, accordez-moi quelques instants. Cet escalier est dangereux sans lumière.

Alfred tâta le mur derrière lui. Un peu avant l'intersection du mur avec l'escalier, ses doigts rencontrèrent des lignes gravées dans la pierre. Elles formaient un motif distinctif qu'il connaissait. Le suivant du doigt, il prononça le rune, et le sigle se mit à luire d'une luminescence bleue. Secousse se blottit contre le mur. Alfred lui donna une tape rassurante sur le bras et répéta le rune. Un sigle gravé à côté et touchant le premier s'alluma magiquement. Bientôt, de proche en proche, l'escalier fut éclairé jusqu'en bas, où la ligne lumineuse tournait à droite.

— Maintenant, nous pouvons descendre sans danger, dit Alfred.

Secousse resserra son châle autour d'elle. Puis, pinçant les lèvres, le visage sombre, elle glissa sa petite main usée par le travail dans la grande main d'Alfred, la lumière bleue des runes reflétée dans ses yeux effrayés.

Ils descendirent rapidement, grâce aux runes qui les éclairaient. Hugh n'aurait pas reconnu le chambellan maladroit et trébuchant dans cet Alfred au pied sûr qui avançait en se redressant de toute sa taille. Il se hâtait avec une impatience teintée de mélancolie.

Arrivés au bas de l'escalier, ils se retrouvèrent dans un étroit corridor d'où partaient des tunnels. Les runes bleues les conduisirent au troisième tunnel sur leur droite. Alfred suivait les sigles sans hésitation, et Secousse suivait Alfred, les yeux dilatés d'une crainte révérentielle.

D'abord, elle ne l'avait pas cru. Elle avait passé toute sa vie dans les trous et les recoins de la Bougonne-Batte. Les Guègues ont l'œil pour les moindres détails et une excellente mémoire. Un mur qui paraît lisse aux yeux d'un humain ou d'un Elfe recèle pour un Guègue une myriade de caractéristiques — fissures, crevasses, peinture écaillée —, qui, vues une seule fois, ne sont jamais oubliées. Les Guègues ne se perdent donc pas facilement, mais ces murs-là étaient sans défauts, et totalement dénués de la vie qu'un Guègue trouve même dans une pierre. Rien n'indiquait qu'un tunnel avait été construit pour le plaisir, par amour de l'aventure. Les couloirs étaient droits, lisses, et donnaient l'impression de vous mener à bon port par le plus court chemin. Secousse ne trouva aucun repère et reconnut dans leur tracé un dessein inflexible, une intention calculatrice qui l'effraya dans sa stérilité. Pourtant, son étrange compagnon semblait les trouver réconfortants, et elle s'en trouvait un peu rassurée.

Secousse ne savait pas depuis quand ils marchaient. Les sigles bleus couraient devant eux, éclairant leurs pas, chacun prenant vie dans le noir à leur approche. Secousse marchait comme dans un rêve. La voix de l'homme ajoutait à cette impression de surnaturel car il parlait sans discontinuer comme elle le lui avait demandé.

Soudain, Secousse vit les sigles dessiner dans le noir une arche lumineuse, qui les invitait à entrer. Alfred s'arrêta.

— Qu'est-ce que c'est ? demanda Secousse, serrant la main d'Alfred. Je ne veux pas entrer là-dedans !

— Nous n'avons pas le choix. Tout ira bien, dit Alfred, une note de mélancolie dans la voix. Ce n'est pas par peur que je m'arrête. Je sais ce qu'il y a dans cette salle, vous comprenez, et... et cela m'attriste, c'est tout.

— Repartons en arrière, dit Secousse d'une voix inquiète.

Se retournant, elle fit un pas, mais les runes qui leur avaient éclairé le chemin s'éteignirent lentement les uns après les autres. Bientôt, ils se retrouvèrent dans les ténèbres, où seule luisait l'arche lumineuse.

— Maintenant, nous pouvons entrer, dit Alfred, prenant une profonde inspiration. Je suis prêt. N'ayez pas peur, Secousse, ajouta-t-il, lui tapotant la main. Rien ne peut vous faire du mal.

Mais Secousse avait peur quand même, sans pouvoir dire de quoi. Elle ne craignait ni l'inconnu ni des violences. Ce qui la hantait, c'était la tristesse née des paroles qu'il avait prononcées pendant leur longue marche, mais dont elle ne se rappelait pas un traître mot. Elle avait une impression de désespoir, de regret poignant, de perte irréparable et irréparée. Elle souffrait d'une solitude atroce, comme si toute chose et toute personne qu'elle eût jamais connue avait soudain disparu. Elle pleura sans savoir pourquoi.

— Tout va bien, répéta Alfred. Nous entrons ? Vous en sentez-vous capable ?

Secousse ne pouvait pas s'arrêter de pleurer. Mais elle hocha la tête, et, accrochée à Alfred, elle franchit l'arche avec lui. Alors, elle comprit un peu sa peur et sa tristesse.

Elle se trouvait dans un mausolée.

CHAPITRE 36

MATRICIA, DREVLIN, BAS-ROYAUME

— C'est épouvantable ! Inoui ! Qu'allez-vous faire ?

Le Grand Clerc était au bord de l'hystérie. Darral Débardeur dut résister à la tentation de lui expédier une droite à la mâchoire.

— On a assez versé de sang, grommela-t-il, croisant fermement les mains derrière son dos.

— Jamais le sang n'avait coulé sur Drevlin ! cria le Grand Clerc. Tout est la faute de ce Lambic ! Il faut lui faire descendre l'Escalier des Tourbîles…

— Oh, la ferme ! Nous l'avons jeté aux Créchi-Créchas, et qu'est-ce qu'ils ont fait ? Ils nous l'ont rendu ! Et avec un dieu en prime ! Pour sûr qu'on va lui faire redescendre l'Escalier ! Peut-être que cette fois il reviendrait avec une armée de dieux qui nous détruiraient !

— Mais ce dieu de Lambic n'est pas un dieu.

— Les autres non plus, si vous voulez mon avis.

— Pas même l'enfant ?

Cette question, murmurée d'un ton désenchanté par le Grand Clerc, posa problème à Darral. Quand il était en présence de Tourment, oui, il avait l'impression d'avoir enfin trouvé un dieu. Mais dès qu'il ne voyait plus les yeux bleus, le joli minois et le sourire enjôleur de l'enfant, le Haut Contre-sous-Maître avait l'impression de s'éveiller d'un rêve. C'était un gosse, un point c'est tout, et lui, Darral Débardeur, était un crétin d'avoir jamais pensé autrement.

— Non, dit-il. Pas même l'enfant.

Les deux Guègues, debout devant la statue, inspectaient le champ de bataille.

Piètre bataille en vérité. Le sang avait coulé de quelques nez écrasés. Le Grand Clerc avait écopé d'une bosse, le Haut Contre-sous-Maître d'un pouce foulé qui prenait toutes sortes de couleurs intéressantes. Aucun mort. Aucun blessé grave. L'habitude de vivre en paix ne se perd pas facilement. Mais ce n'était qu'un début.

— De plus, reprit Darral, fronçant ses gros sourcils, si ces dieux n'en sont pas, ainsi que Lambic l'a toujours dit, comment pouvons-nous le punir d'avoir raison ?

— Nous ne le punirions pas pour avoir eu raison, mais pour avoir répandu cette vérité.

Darral se demanda comment son beau-frère avait pu trouver cette idée ; ça devait venir du coup qu'il avait reçu sur la tête. Massant son pouce blessé et souhaitant être à la maison dans son douillet bac de rétention où Mme Haut Contre-sous-Maître, mère poule s'il en fût, lui apporterait une bonne tasse de chaudécorce[1], Darral réfléchit à l'idée, née du désespoir, qui commençait à germer dans les sombres allées de son esprit :

— Et cette fois, en le jetant dans l'Escalier des Tourbîles, nous pourrions peut-être oublier le cerf-volant, suggéra le Grand Clerc.

— Non, dit Darral exaspéré par les idées débiles de son beau-frère. Je ne l'enverrai jamais plus En Bas. Ni lui ni personne. Je vais l'envoyer En Haut.

— En Haut ?

Son coup sur la tête ne semblait plus stimuler son inspiration. Il avait l'air totalement et définitivement perdu.

— Je vais livrer les dieux aux Elfes, dit Darral Débardeur avec une sombre satisfaction.

Le Haut Contre-sous-Maître se rendit à la cuve-prison pour annoncer leur châtiment aux captifs — annonce qui devait frapper de terreur leurs âmes coupables.

Mais si ce fut le cas, les captifs n'en laissèrent rien

1. Boisson chaude préparée par décoction d'écorce de ferben dans de l'eau bouillante. Chez les Elfes, cette boisson est légèrement narcotique et agit comme un sédatif, mais chez les humains et les nains, elle n'induit qu'une impression de détente et de relaxation.

voir. Hugh accueillit la nouvelle avec dédain, Tourment avec ennui, Haplo avec indifférence. Quant à Lambic, il était si abattu qu'on pouvait douter qu'il ait entendu. Le Haut Contre-sous-Maître ressortit fort en colère.

— Je présume que tu sais de quoi il parle ? dit Haplo.

— Oui. Une fois par mois, les Elfes descendent avec une aquanef pour prendre de l'eau. Cette fois, ils nous prendront avec. Et nous ne voulons pas finir prisonniers des Elfes. Ces canailles peuvent rendre la mort très désagréable.

Les captifs étaient enfermés dans des réservoirs que la Bougonne-Batte avait abandonnés et qui, pourvus de portes et de serrures, faisaient d'excellentes cellules. Elles permettaient d'enfermer à l'occasion un petit voleur ou un Guègue négligent dans son service. Mais pour l'heure, les cellules voisines étaient pleines à craquer de perturbateurs de l'ordre public.

La cellule des dieux avait des parois solides, avec plusieurs ouvertures grillagées. Hugh et Haplo découvrirent qu'il en sortait un air frais et humide à bonne odeur de pluie. C'était peut-être un chemin vers la liberté. Mais les grilles étaient boulonnées aux parois métalliques de la cuve ; qui d'ailleurs aurait eu envie d'aller Dehors ?

— Ainsi, tu voudrais qu'on se batte ? dit Haplo. Nous sommes quatre, en comptant le chambellan, plus un enfant, avec une épée pour nous tous. Épée actuellement en possession des gardes.

— Le chambellan est inutile, grogna Hugh.

S'adossant au mur de sa prison, il sortit sa pipe et se la planta entre les dents.

— Au premier signe de danger, il s'évanouit. Tu l'as vu pendant l'émeute.

— C'est curieux, non ?

— *Il* est curieux ! déclara Hugh.

Haplo se rappela Alfred essayant de voir à travers ses bandages, comme s'il savait ce qu'il y avait dessous.

— Je me demande où il est ? Tu l'as vu ? reprit le Patryn.

— Je n'ai vu que des Guègues. J'avais l'enfant. Mais le chambellan reparaîtra. Il n'abandonnera pas Son Altesse.

— Il y a bien les VLAN. Ils se battraient pour sauver leur chef.

— Tu crois? On m'a toujours dit que les Guègues avaient la valeur guerrière d'un troupeau de moutons.

— C'est peut-être vrai aujourd'hui, mais il y a longtemps, très longtemps, les nains étaient un peuple courageux et combatif.

Lambic était recroquevillé dans un coin, épaules voûtées, bras ballants. L'enfant lui parlait. Il n'avait pas l'air d'entendre.

— Il marchait avec la tête dans les nuages, dit Haplo. Il n'a pas vu le sol monter vers lui et il s'est fait mal en tombant. Mais c'est lui qui conduira son peuple.

— Tu la prends vraiment à cœur, leur révolution, remarqua Hugh. On pourrait se demander pourquoi.

— Lambic m'a sauvé la vie, répondit Haplo, grattant nonchalamment les oreilles de son chien. Je les aime bien, lui et son peuple. Et comme je te l'ai dit, je connais un peu leur passé. J'ai horreur de ce qu'ils sont devenus.

Hugh têtait pensivement sa pipe vide. Il avait du mal à comprendre l'intérêt d'Haplo pour une bande de nains. C'était un homme tranquille et effacé, qu'on avait tendance à oublier. Les lézards se fondent aux rochers pour attraper les mouches.

— Où alliez-vous avant de tomber ici? demanda Haplo.

— J'allais rendre l'enfant à son vrai père, le mystériarque.

— Sacrément sympa de ta part, commenta Haplo.

— Hum, grogna Hugh, avec un sourire amusé.

— Ces magiciens qui vivent dans le Haut-Royaume, pourquoi ont-ils abandonné les mondes inférieurs?

— Les mystériarques prétendent qu'ils sont partis parce qu'ils avaient progressé en sagesse et en culture. Nos façons barbares les dégoûtaient. Ils ne voulaient pas élever leurs gosses dans un monde aussi mauvais.

— Et que répondez-vous à cela, vous autres barbares? demanda Haplo en souriant.

Le chien roula sur le dos, les quatre pattes en l'air, tirant la langue d'un air extasié.

— Nous disons que les mystériarques ont eu peur du

pouvoir croissant des magiciens elfiens. Ils nous ont laissés dans le pétrin, ça ne fait aucun doute. S'il n'y avait pas eu une révolte chez eux, les Elfes seraient encore nos maîtres.

— Donc, ces mystériarques ne seraient pas bien accueillis s'ils revenaient ?

— Oh, notre roi entretient des relations amicales avec eux. Le peuple se demande pourquoi.

Il reporta les yeux sur Tourment.

— Mais les mystériarques pourraient revenir si l'un d'eux était le fils d'un roi humain.

Hugh ôta sa pipe de sa bouche et la remit dans son pourpoint. Haplo se leva et s'étira. Il avait besoin de se dégourdir les jambes. Tout ce royaume était prêt à tomber comme un fruit mûr. Son seigneur n'aurait même pas à tendre la main pour le cueillir. Le fruit tomberait à ses pieds, déjà rongé de pourriture. N'était-ce pas la preuve que les Sartans se désintéressaient de ce monde ?

L'enfant posait un problème. Tourment avait des pouvoirs magiques, mais on pouvait s'y attendre de la part du fils d'un mystériarque de la Septième Maison. Avant la Séparation, la magie de ces sorciers avait atteint le niveau inférieur des Sartans et des Patryns. Après tant de temps, leurs pouvoirs s'étaient sans doute accrus. Haplo regarda l'enfant qui parlait au Guègue désemparé.

Le Patryn alla à l'autre bout de la cuve, apparemment absorbé dans l'examen d'une bouche d'air, d'où il entendait parfaitement tout ce qu'ils disaient.

— Tu ne peux pas renoncer, disait l'enfant. Pas maintenant ! Le combat ne fait que commencer !

— Mais je n'ai jamais voulu un combat, protesta le pauvre Lambic. Les Guègues s'attaquent les uns les autres ! Rien de tel n'est jamais arrivé dans notre histoire, et c'est ma faute.

— Oh, arrête de pleurnicher, dit Tourment.

Il se tut brusquement. Haplo le vit frotter sa plume-amulette contre sa joue. Quand il reprit la parole, sa voix avait changé.

— J'ai une idée, Lambic, dit le prince. Quand nous

quitterons cet endroit, tu viendras avec nous ! Tu verras comme les Elfes et les humains vivent bien, en haut, pendant que les Guègues triment ici comme des esclaves. Puis tu reviendras dire à ton peuple ce que tu as vu, et ils seront furieux. Mon père et moi, nous t'aiderons à lever une armée pour attaquer les Elfes et les humains...

— Une armée ! Attaquer !

Lambic le regarda, horrifié, et Tourment comprit qu'il était allé trop loin.

— N'en parlons plus, dit-il. L'important, c'est que tu voies la vérité.

— La vérité ! répéta Lambic.

— Oui, dit Tourment. La vérité. Toi et ton peuple, vous ne pouvez pas continuer à vivre dans le mensonge. Attends. J'ai une idée. Parle-moi de ce Jugement que doivent subir les Guègues.

Lambic se mit à réfléchir. On aurait dit qu'il avait mis ses lunettes. Il voyait clair maintenant — avec des formes nettes et des angles pointus.

— Quand le Jugement viendra, nous monterons au ciel si on nous en trouve dignes.

— C'est ça, Lambic ! dit Tourment. Le moment du Jugement est venu ! Selon vos prophéties, nous sommes descendus, nous t'avons trouvé digne et tu vas monter avec nous dans les royaumes supérieurs !

Très astucieux, ce gosse, se dit Haplo. Très astucieux. Tourment ne tenait plus sa plume. Papa ne l'inspirait plus. Cette dernière idée était de lui, semblait-il. Cet enfant substitué était remarquable. Et dangereux.

— Mais nous pensions que le Jugement serait pacifique.

— Est-ce que c'est dit quelque part ? Dans les prophéties ?

— C'est une nouvelle vision, dit le Guègue, levant les yeux. C'est ça. Quand les Elfes viendront, je sais exactement ce que je ferai.

— Quoi ? demanda Tourment avidement.

— Un discours.

Plus tard dans la soirée, quand leurs geôliers leur eurent apporté à manger, Hugh les réunit au conseil.

— Nous ne voulons pas finir prisonniers des Elfes, dit l'assassin. Il faut nous battre et nous échapper, et nous le pouvons — si les Guègues nous aident.

Lambic n'écoutait pas. Il rédigeait.

— « Elfes et VLAN, mesdames et mes... Non, non... Distingués visiteurs d'un autre royaume. » C'est mieux. Bon sang, je regrette de ne pas pouvoir noter cela !

Le Guègue arpentait la cellule devant ses compagnons, ruminant son discours et se tirant distraitement la barbe. Le chien trottait derrière lui et le regardait avec amitié en remuant la queue.

Haplo secoua la tête.

— Ne cherche pas du secours de ce côté.

— Mais, protesta Tourment, ce ne serait pas une grande bataille. Les Guègues sont bien plus nombreux que les Elfes. Nous les prendrions par surprise. Je n'aime pas les Elfes. Dans la nef, ils m'ont jeté pardessus bord. J'ai failli mourir.

— « Distingués visiteurs d'un autre royaume... »

— Les Guègues, reprit Haplo, ne sont ni entraînés, ni disciplinés. Ils n'ont aucune arme. Et même s'ils en avaient, je n'oserais pas leur faire confiance. Ce serait envoyer au massacre une armée d'enfants — d'enfants ordinaires, ajouta-il, voyant Tourment se hérisser.

— Quand nous reviendrons, moi et mon père, intervint Tourment, nous entraînerons les Guègues. Nous attaquerons les Elfes, et nous gagnerons. Alors, nous contrôlerons toute l'eau du monde et nous détiendrons une puissance et une richesse inimaginables.

Richesse. Hugh tourna la tête. Une idée le frappa. Si l'on en venait à la guerre ouverte, n'importe quel humain possesseur d'une nef et ayant le courage de traverser le Maelström pouvait faire fortune en un seul voyage. Il lui faudrait pour cela une aquanef et un équipage. Ce serait dommage d'anéantir ces Elfes.

— Et les Guègues ? demanda Haplo.

— Oh, on s'en occuperait, répondit Tourment. Ils devraient livrer des combats plus ardents que celui que j'ai vu. Mais...

— Des combats ? répéta Hugh. Pourquoi parler de combats ?

Fouillant dans sa poche, il en sortit sa pipe et y planta les dents.

— Tu te défends pour les chansons ? demanda-t-il à Haplo.

CHAPITRE 37

DERNIÈRE DEMEURE, BAS-ROYAUME

Secousse était incapable de bouger, sans force. Elle lâcha les mains d'Alfred et s'appuya contre l'arche pour ne pas tomber. Alfred s'avança, seul, abandonnant la Guègue tremblante.

Secousse ne se rappelait pas avoir jamais vu une salle aussi vaste — hormis les espaces occupés par quelque partie tournante, grinçante ou frappante de la Bougonne-Batte. Faits de la même pierre lisse que les tunnels, les murs se mirent à luire d'une douce lumière blanche dès qu'Alfred eut franchi l'arche. C'est cette lumière qui permit à Secousse de voir les cercueils. Encastrés dans les murs par centaines, ils contenaient des corps d'hommes et de femmes visibles à travers les couvercles de verre. Secousse ne les distinguait pas nettement, mais ils étaient de la même race qu'Alfred et les autres dieux étrangers. Les corps grands et minces semblaient dormir.

La lumière s'aviva, et Secousse vit par terre des symboles similaires à ceux qui avaient éclairé leur chemin. Il y avait douze sigles gravés séparément et Alfred évoluait à travers la salle vide en une danse solennelle, les mouvements de son corps semblant imiter la forme du sigle particulier qu'il abordait.

Il fit un tour complet de la salle, arriva au milieu, s'agenouilla, posa ses mains par terre et se mit à chanter.

Secousse ne comprenait pas les paroles, mais le chant l'emplissait d'une joie douce-amère, qui n'allégeait en rien son terrible sentiment de solitude. Les runes étincelèrent, se firent presque aveuglantes. Quand Alfred se tut, leur lumière s'estompa, puis s'éteignit.

Alfred se remit debout et soupira. Le corps qui avait évolué avec tant de grâce pendant la danse se voûta, les épaules s'affaissèrent. Il regarda Secousse avec un sourire désenchanté.

— Vous n'avez plus peur, au moins?

Il montra de la main les rangées de cercueils et reprit :

— Personne ici ne peut vous faire du mal. Plus maintenant. Ils n'auraient d'ailleurs jamais fait de mal à personne — du moins, pas intentionnellement.

Il soupira, contemplant longuement la salle.

— Mais que de mal n'avons-nous pas fait, avec les meilleures intentions du monde? Nous n'étions pas des dieux, mais nous avions la puissance des dieux. Et il nous en manquait la sagesse.

Lentement, baissant la tête, il marcha vers une rangée de cercueils proches de Secousse. Il effleura un couvercle de verre, appuya sa tête contre le cercueil du dessus, qui était vide. Dans les cercueils voisins, les morts semblaient jeunes. Plus jeunes qu'Alfred, pensa Secousse, contemplant la tête chauve, le haut front sillonné de rides si profondes qu'un sourire ne faisait que les creuser davantage.

— Ce sont tous mes amis, dit-il. Je vous ai parlé d'eux en descendant.

Il caressa la vitre.

— Je vous ai dit qu'ils seraient peut-être partis. Mais au fond de mon cœur, je savais qu'ils seraient là. Ils seront là à jamais. Parce qu'ils sont morts. Morts avant leur temps. Et moi, je vis encore, longtemps après le mien!

Il ferma les yeux puis se couvrit le visage de la main. Secousse ne comprenait pas. Elle n'avait pas écouté ce qu'il avait dit. Mais l'homme souffrait, et sa souffrance était déchirante. Regardant ces jeunes êtres, avec leurs beaux visages sereins et froids comme le cristal sous lequel ils dormaient, Secousse comprit qu'Alfred pleurait sur tous, et aussi sur lui-même.

S'arrachant à son arche, elle s'avança et glissa sa main dans celle d'Alfred. La solennité, le désespoir, la tristesse de l'endroit et de cet homme l'affectaient profondément — à quel point, elle le saurait beaucoup plus tard. Dans un lointain avenir, à une époque de crise où elle aurait l'impression de perdre tout ce qui lui était précieux, l'histoire d'Alfred et de son peuple lui reviendrait en mémoire.

— Alfred, je suis désolée.

Il baissa sur elle des yeux brillants. Il lui serra la main et prononça quelques paroles qu'elle ne comprit pas, car elles n'étaient pas dites dans sa langue à elle, ni dans aucune des langues parlées au cours des âges dans le royaume d'Arianus.

— C'est pourquoi nous avons échoué, dit-il dans une langue très ancienne. Nous pensions au grand nombre... et nous avons oublié l'unique. C'est ainsi que je suis seul. Resté peut-être pour affronter par moi-même un péril venu du fond des âges. L'homme aux mains bandées.

Il quitta le mausolée sans un regard en arrière. Sans peur maintenant, Secousse le suivit.

Le bruit réveilla Hugh. Se levant brusquement et tirant sa dague de sa botte, il était en mouvement avant d'avoir complètement repris ses esprits. Il ne lui fallut qu'un instant pour se ressaisir, battant des paupières et ajustant sa vue à la faible lueur des lumignites de la Bougonne-Batte qui ne dormait jamais.

Le bruit recommença. Il venait de derrière une grille. Hugh avait l'oreille fine et le sommeil léger. Il fut assez mécontent de voir Haplo, parfaitement réveillé, attendant calmement devant la bouche d'air comme s'il était là depuis des heures. Les sons — grattements et raclements — étaient maintenant bien nets et se rapprochaient. Le chien, hérissé, leva le museau vers le conduit et gémit.

— Chuuut ! siffla Haplo, et le chien se tut, tourna en rond une ou deux fois, puis revint se placer sous le conduit. Le Patryn vit Hugh et lui fit un signe de la main.

— Couvre ce côté.

Hugh n'hésita pas. Discuter de préséance en ce moment aurait été d'une folle imprudence.

Les grattements se firent plus forts, plus proches. Le chien se raidit et découvrit les dents. Soudain, il y eut un bruit sourd et un « aïe ! » étouffé.

Hugh se détendit.

— C'est Alfred.

— Au nom des Créchi-Créchas, comment nous a-t-il trouvés, grommela Haplo.

Un visage blanc se pressa contre la grille.

— Messire Hugh ?

— Il a de nombreux talents, remarqua Hugh.

— Ça m'intéresserait de les connaître, rétorqua Haplo. Comment le sortir de là ?

Il regarda à travers le grillage.

— Qui vous accompagne ?

— Une Guègue. Elle s'appelle Secousse.

La Guègue passa la tête sous le bras d'Alfred. L'espace était très restreint, et Alfred fut presque obligé de se plier en deux pour lui faire de la place.

— Où est Lambic, demanda Secousse. Il n'a rien ?

— Il est là. Il dort. La grille est boulonnée vers nous. Pouvez-vous dévisser quelques boulons de votre côté ?

— Je vais voir, Messire. C'est plutôt difficile... sans lumière. Peut-être qu'en donnant des coups de pieds...

— Bonne idée.

Haplo s'écarta, le chien sur les talons.

— Il est temps que ses pieds servent à quelque chose, dit Hugh, se plaquant contre la paroi de la cuve. Ça va faire un boucan terrible.

— Heureusement, la machine se débrouille assez bien aussi dans ce domaine. Recule, chien.

— Je veux voir Lambic !

— Dans un instant, Secousse, dit la voix bienveillante d'Alfred. Maintenant, si vous vouliez bien reculer un peu pour me faire de la place...

Hugh entendit un coup sourd et vit la grille trembler un peu. Deux coups de pied et un grognement plus tard, la grille sauta et tomba par terre dans la cuve.

Lambic et Tourment, réveillés, s'approchaient pour voir leurs visiteurs du soir. Secousse sortit du conduit les pieds devant. Atterrissant par terre, elle courut à Lambic, l'entoura de ses bras et le serra de toutes ses forces.

— Oh, mon chéri, murmura-t-elle avec fougue. Tu n'imaginerais jamais d'où je viens ! Jamais !

Lambic, la sentant trembler dans ses bras, lui caressa les cheveux et lui tapota le dos, ahuri.

— Mais n'en parlons plus ! dit Secousse, revenant aux affaires sérieuses. Les chante-nouvelles proclament partout que le Haut Contre-sous-Maître va vous livrer aux Elfes. Ne t'inquiète pas. On va vous sortir d'ici. Alfred a découvert que ce conduit d'aération mène en dehors de la ville. Nous pourrons quitter Matricia ce soir et...

— Ça va, Alfred ? demanda Hugh.

— Oui, Messire.

Dégringolant du tuyau, Alfred tenta de se recevoir et s'effondra en tas sur le sol.

— Enfin, peut-être que non, rectifia-t-il, peiné. J'ai dû me fouler quelque chose. Mais ce n'est pas grave.

Se remettant debout sur un pied avec l'aide de Hugh, il s'appuya contre la cuve.

— Devine, Alfred ! intervint Tourment. Nous allons combattre les Elfes !

— Je vous demande pardon, Votre Altesse ?

— Nous n'aurons pas à nous évader, Secousse, expliquait Lambic. *Pas moi*, tout au moins. Je vais faire un discours aux Elfes, demander leur aide et leur coopération. Alors, ils nous emmèneront dans les royaumes supérieurs. Je verrai la vérité, Secousse ! Je la verrai de mes yeux !

— Un discours aux Elfes ! s'étrangla Secousse.

— Oui, ma chérie. Il faut que tu en répandes la nouvelle parmi le peuple. Nous avons besoin de son aide. Haplo te dira quoi faire.

— Tu ne vas pas... combattre, au moins ?

— Non, ma chérie, dit Lambic, se caressant la barbe. Nous allons chanter.

— Chanter ! dit Secousse, ahurie. Je... je ne sais pas grand-chose des Elfes. Ils aiment la musique ?

— Allons, dit Hugh, il faut passer à l'exécution de notre plan. Alfred, venez me traduire ce texte. Il faut qu'elle l'apprenne avant le matin.

— Très bien, Messire, dit Alfred. Je suppose que vous parlez du chant de la Bataille des Sept Champs ?

— Oui. Dites-lui de ne pas s'occuper du sens. Il faut qu'ils apprennent à chanter cette ballade en humain. Il faut qu'elle l'apprenne vers par vers et qu'elle nous la répète, pour qu'on soit certains qu'elle sait bien les paroles. La musique ne devrait pas leur poser de problème. Tous les enfants la retiennent.

— Je vous aiderai! proposa Tourment.

Haplo, accroupi près de son chien, écoutait sans rien dire.

Hugh s'approcha des deux Guègues avec Tourment, dont les yeux bleus brillaient d'excitation.

— Pouvez-vous rassembler les vôtres, leur apprendre ce chant et les faire venir à la cérémonie? traduisit Alfred. Votre roi dit que les Elfes seront là aujourd'hui à midi, ce qui ne vous laisse pas beaucoup de temps.

— Chanter! murmura Secousse, fixant Lambic. Tu vas vraiment t'en aller? En Haut?

Otant ses lunettes, Lambic les frotta sur sa manche de chemise et les rechaussa.

— Oui, ma chérie. Si les Elfes n'y voient pas d'inconvénient...

— *Si* les Elfes n'y voient pas d'inconvénient, traduisit Alfred pour Hugh, lui jetant un regard entendu.

— Ne vous inquiétez pas des Elfes, Alfred, intervint Haplo. Lambic va faire un discours.

— Oh, Lambic, dit Secousse, toute pâle, en se mordant les lèvres. Tu es sûr que tu dois monter En Haut? Je trouve que tu ne devrais pas nous quitter. Que feront les VLAN sans toi? Si tu t'en vas comme ça... le Haut Contre-sous-Maître aura l'air d'avoir gagné!

Lambic fronça les sourcils.

— Je n'avais pas pensé à ça.

Otant ses lunettes, il se remit à les nettoyer. Mais au lieu de les rechausser, il les fourra distraitement dans sa poche. Puis il regarda Secousse en battant des paupières, comme étonné de la voir toute floue.

— Je ne sais pas. Peut-être que tu as raison, ma chérie.

Hugh grinça des dents, frustré. Il ne savait pas ce qu'ils s'étaient dit, mais il voyait le Guègue hésiter, et cela pouvait lui coûter sa nef, et probablement aussi sa vie. Il commençait à se dire qu'il lui faudrait peut-être s'en remettre à Haplo pour sauver la situation, quand il le vit, d'un signe de la main, faire partir son chien.

L'animal traversa la cuve, s'arrêta près de Lambic et lui fourra son museau dans la main. Lambic sursauta et retira sa main. Mais le chien continua à le regarder en remuant la queue. Irrésistiblement, le regard myope de Lambic passa du chien à son maître. Il ne vit qu'un visage doux et paisible affichant un sourire serein.

Lambic poussa un profond soupir.

— Mon chéri ? dit Secousse en lui touchant le bras.

— La vérité. Et mon discours. Il faut que je prononce mon discours. Et je le prononcerai, Secousse. Je compte sur toi et sur notre peuple. Et quand je reviendrai, quand j'aurai vu la vérité, alors nous commencerons la révolution !

Secousse reconnut le ton têtu. D'ailleurs, elle n'était pas sûre d'avoir envie de discuter. Une partie d'elle-même s'excitait à l'idée de ce projet. C'était le vrai commencement de la révolution. Mais il allait la quitter. Jusque-là, elle n'avait pas réalisé à quel point elle l'aimait.

— Je pourrais venir avec toi, proposa-t-elle.

— Non, ma chérie, dit Lambic, la regardant avec affection, Il ne faut pas que nous partions tous les deux.

Il fit un pas en avant et tendit la main dans la direction approximative de son épaule. Secousse, bien entraînée, vint se placer à l'endroit voulu.

— Tu dois préparer le peuple à mon retour !

— Je le préparerai !

Le chien, affligé d'une démangeaison soudaine, se coucha pour se gratter d'une patte.

— Maintenant, vous pouvez lui enseigner le chant, Messire, dit Alfred.

Bientôt Secousse fut prête à réintégrer le conduit d'aération. Lambic l'accompagna jusqu'au bout et lui prit la main juste avant qu'elle disparaisse.

— Merci, ma chérie. Tout ira bien ! Je le sais !

— Oui, moi aussi.

Pour cacher son trouble, Secousse se pencha et lui déposa un baiser sur la joue. Elle fit un signe à Alfred, qui s'inclina solennellement, puis elle disparut dans le conduit.

Hugh et Haplo ramassèrent la grille et la remirent en place à grands coups de poing.

— Tu souffres beaucoup, Alfred? demanda Tourment, partagé entre l'envie de dormir et la crainte de manquer quelque chose d'intéressant.

— Non, Votre Altesse; merci de votre sollicitude.

— Je crois que je vais m'allonger, Alfred. Pas pour dormir, mais pour me reposer un peu.

— Permettez-moi d'arranger vos couvertures, Votre Altesse.

Alfred coula un regard en coin à Hugh et Haplo qui tapaient des poings sur la grille.

— Puis-je importuner Votre Altesse en lui posant une question?

Tourment bâilla à s'en faire craquer la mâchoire.

— Bien sûr.

— Votre Altesse... quand vous regardez ce Haplo, qu'est-ce que vous voyez?

— Un homme. Pas très beau, mais pas laid comme Hugh. Ce Haplo n'est pas très intéressant, si tu veux mon avis. Ah, tu bouchonnes tout, comme d'habitude.

— Non, Votre Altesse, je vais arranger ça, dit le chambellan, bataillant avec la couverture. A propos de ma question, ce n'est pas ce que je voulais dire, Votre Altesse.

Alfred fit une pause et s'humecta les lèvres. Il fallait qu'il sache.

— Que voyez-vous... avec votre... vision spéciale?

Les yeux de Tourment se dilatèrent, puis se plissèrent, brillants d'astuce, qui fit bientôt place à la candeur.

— Pourquoi cette question, Alfred?

— Par simple curiosité, Votre Altesse. Rien de plus.

Tourment le regarda, rêveur, puis se pencha vers lui et lui dit à l'oreille :

— Je ne peux rien voir.

Alfred s'assit sur ses talons, les traits tirés.

— Oui, reprit Tourment. Je ne vois rien du tout. Et je ne connais qu'une seule autre personne comme ça : toi, Alfred. Qu'est-ce que tu en penses?

Soudain, la couverture sembla s'étaler toute seule, lisse et sans un pli.

— Maintenant, vous pouvez vous coucher, Votre Altesse. Une journée importante nous attend.

— Je t'ai posé une question, Alfred, dit le prince, s'allongeant docilement.

— Oui, Votre Altesse. Ce doit être une coïncidence. Rien de plus.

— Tu as sans doute raison, Alfred, dit Tourment, fermant les yeux en souriant.

Le sourire s'attarda sur ses lèvres, comme s'il se racontait une bonne histoire.

Alfred décida qu'il avait encore fait une bêtise. Je viens de mettre Tourment sur la voie de la vérité. Et, en dépit des ordres exprès, j'ai emmené un être d'une autre race dans le Cœur et le Cerveau, et je l'ai ramené dehors. Mais est-ce que ça a encore de l'importance ?

Sans pouvoir s'en empêcher, il regarda Haplo qui s'installait pour la nuit. Alfred savait maintenant la vérité, mais il refusait encore de l'admettre. C'était peut-être une coïncidence. L'enfant ne connaissait pas tous les êtres vivants de ce monde. Ils devaient être nombreux, ceux dont le passé n'était pas perceptibles à sa clairvoyance.

Il faut que je sache. Alors, j'aurai l'esprit en paix. Je pourrai rire de mes craintes.

Ou me préparer à faire face.

Arrête de penser ça. Sous les bandages, tu trouveras des pustules, comme il l'a dit.

Alfred attendit. Lambic et Hugh regagnèrent leurs couches, Hugh jetant un coup d'œil vers Alfred. Le chambellan fit semblant de dormir. Lambic, bien réveillé, contemplait le plafond de la cuve, effrayé, repassant ses résolutions dans sa tête. Hugh s'adossa à la paroi de la cuve, se planta la pipe entre les dents et regarda dans le vague, maussade.

Alfred n'avait pas beaucoup de temps. Il se souleva sur un coude et se tourna vers Lambic. Levant l'index et le majeur, il dessina un sigle dans l'air. Murmurant le rune, il le dessina une deuxième fois. Les paupières de Lambic s'abaissèrent, se rouvrirent, s'abaissèrent, frémirent, et finalement se fermèrent. Sa respiration se fit calme et régulière. Se tournant vers l'assassin, d'un mouvement toujours aussi furtif, Alfred dessina le même sigle. La tête de Hugh s'affaissa sur sa poitrine. Sa pipe glissa entre ses dents et tomba sur ses genoux. Le regard d'Alfred se posa sur Tourment, et il dessina le même sigle. Si l'enfant n'était pas endormi auparavant, il l'était maintenant.

Se tournant enfin vers Haplo, il dessina le même sigle et lut la même rune, mais avec plus de force, plus de concentration.

Le chien, naturellement, était très important. Mais si les soupçons d'Alfred à son sujet étaient exacts, tout irait bien.

Il se força à attendre encore quelques instants, laissant le sortilège les plonger dans un profond sommeil. Nul ne bougeait plus. Tout était tranquille.

Lentement, Alfred se leva. Le sortilège était puissant ; il aurait pu courir autour de la cuve en hurlant et en jouant de la trompette sans réveiller ses compagnons. Mais ses craintes irrationnelles faisaient hésiter ses pas. Il avança furtivement, sans boiter. Son cœur battait dans sa gorge. Des étoiles dansaient devant ses yeux, brouillant sa vision.

Il se força à continuer. Le chien dormait, les yeux clos, sinon il n'aurait jamais pu approcher de son maître. Retenant son souffle, luttant contre des spasmes qui le suffoquaient, Alfred se mit à genoux près d'Haplo endormi. Il tendit une main si tremblante qu'il avait du mal à la guider vers sa destination ; il aurait prononcé une prière s'il y avait eu un dieu pour l'entendre. Mais en fait de dieu, il n'y avait que lui.

Il repoussa le bandage étroitement enroulé autour de la main de Haplo.

Et il vit, comme il le soupçonnait, les runes.

Les larmes l'aveuglèrent. Il dut faire appel à toutes ses forces pour remettre le bandage en place, afin qu'Haplo ne sache pas qu'il avait été dérangé. A peine capable de voir où il allait, Alfred regagna sa couverture et s'y laissa tomber tout d'une pièce. Il lui sembla que sa chute ne s'arrêtait pas quand son corps toucha le sol, mais qu'il continuait à tomber dans un puits noir d'une horreur indicible.

CHAPITRE 38

PLEIN CIEL, AU-DESSUS DU MAELSTRÖM

La nef elfienne Carfa'Shon[1] avait pour capitaine un membre de la famille royale. Pas un membre important, mais un membre quand même. Il ne l'oubliait jamais et ne laissait personne l'oublier. Il y avait toutefois un petit détail sur ses origines qu'il était toujours malavisé de mentionner en sa présence : sa regrettable parenté avec le Prince Reesh'ahn, chef de la rebellion.

Aux jours heureux d'antan, le capitaine se présentait fièrement comme un cousin au cinquième degré du jeune et élégant prince elfien. Rien de moins ! Mais depuis la disgrâce de Reesh'ahn, le Capitaine Zankor'el laissait courir le bruit qu'il n'était rien de plus qu'un cousin au cinquième degré, et encore.

Selon la coutume de tous les Elfes de sang royal, riches ou pauvres, le capitaine Zankor'el servait son peuple toute sa vie par son travail exécuté avec ardeur et énergie. Toujours selon la coutume de son lignage, il continuerait à le servir en mourant. On ne laisse pas les seigneurs et dames de la famille royale glisser paisiblement dans l'oubli. A l'instant du trépas, leurs âmes sont capturées avant d'avoir pu s'envoler vers les prairies baignées d'un éternel printemps. Puis elles sont maintenues en stase par les magiciens elfiens, qui tirent d'elles toute l'énergie nécessaire à leurs opérations.

Tout membre de la famille royale est donc accompagné par un magicien qui se tient prêt — jour et nuit, en temps de paix ou en pleine bataille — à s'emparer de son

1. Qui veut dire en elfien « en harmonie avec les éléments ».

âme, dût la mort le saisir[1]. Les magiciens investis de cette charge portent le titre officiel de « mages », et c'est toujours ainsi qu'on les désigne dans les milieux policés. Ailleurs, on les appelle les « gerfos » — d'un vieux mot qui signifie « vautour ».

Le gerfo suit l'Elfe royal de l'enfance à la vieillesse sans jamais le quitter. Il se voit attribuer un bébé à sa naissance, surveille ses premiers pas, voyage avec lui pendant ses études, s'assied près de son lit — même pendant sa nuit de noces — tous les soirs, et l'assiste à l'heure de sa mort.

Les magiciens qui acceptent cette charge, devenue sacrée pour les Elfes, sont formés avec soin. On les encourage à former des liens étroits avec ceux sur qui ils étendent l'ombre de leurs ailes. Un gerfo n'est pas autorisé à se marier : sa charge est toute sa vie, remplaçant mari, femme et enfants. Généralement plus âgé que son pupille — il a une vingtaine d'années quand il prend en charge un nourrisson —, il assume fréquemment le rôle de confident et de mentor. Une amitié profonde et durable unit souvent l'ombre et l'ombragé. Dans ce cas, le gerfo ne survit pas longtemps à son maître, mais, après avoir remis son âme à la Cathédrale de l'Albedo, il se retire à l'écart pour mourir de douleur.

Ainsi les membres de la famille royale, de leur naissance à leur mort, ne peuvent jamais oublier leur mortalité qui rôde. Ils en viennent à être fiers de leur gerfo. Le magicien en robe noire est signe de statut royal ; il rappelle aux Elfes que leurs chefs ne les servent pas seulement dans la vie, mais dans la mort. Il est difficile de refuser quelque chose à un roi des Elfes avec cette silhouette noire présente à son côté.

1. Certains pensent que l'Ordre des Moines Kir, qui s'est développé parmi les humains, est une forme dégénérée des Ombres Elfiennes. L'ordre étant une société fermée et secrète, les moines refusent de parler de leurs origines. Toutefois, selon la légende, l'ordre fut fondé par un groupe de magiciens humains qui tentaient de découvrir le secret de la capture des âmes. Ils échouèrent, mais l'ordre qu'ils avaient fondé demeura. Les humains ordinaires (qui n'ont pas de talents magiques) furent acceptés dans l'ordre, et, au cours des ans, oubliant peu à peu leur tentative de duper la mort, les moines se mirent à l'adorer.

Comment s'étonner si les membres de la dynastie, particulièrement les jeunes, sont souvent extravagants et téméraires, menant une vie de casse-cou ? Les réceptions royales sont turbulentes. Le vin coule à flots, la joie a quelque chose de frénétique. Une vierge elfienne, scintillante dans ses atours, danse, boit et jouit des plaisirs de la vie, mais où qu'elle porte ses regards, elle voit toujours son gerfo, debout dos au mur, qui la suit des yeux.

Le capitaine avait aussi son gerfo de service, et bien des membres de l'équipage auraient souhaité que ledit gerfo hâtât un peu l'issue de son travail, dans leur conviction que son âme serait plus utile au royaume une fois détachée de son corps.

Grand, mince et élégant, le Capitaine Zankor'el avait beaucoup d'estime pour lui-même, et aucune pour ceux qui avaient l'infortune de ne pas être de sang royal, bref, de ne pas être lui.

— Capitaine.

— Lieutenant. (Rictus dédaigneux.)

— Nous entrons dans le Maelström.

— Merci, Lieutenant, mais je ne suis pas aveugle, ni aussi stupide que l'était sans doute feu votre précédent capitaine. Ayant vu des nuages noirs, j'ai été capable d'en déduire presque instantanément que nous abordions une tempête. Si vous le désirez, vous pouvez passer la nouvelle au reste de l'équipage qui ne l'a peut-être pas remarqué.

Le lieutenant se raidit, son teint clair se colora d'une délicate rougeur.

— Puis-je me permettre de rappeler au Capitaine que la loi me fait un devoir de l'avertir chaque fois que nous abordons des cieux dangereux ?

— Je m'en abstiendrais à votre place, car ce serait dangereusement frôler l'insubordination, rétorqua le capitaine, scrutant l'espace à l'aide d'une lunette. Maintenant, descendez commander les esclaves. Voilà au moins un devoir qui vous convient.

Ces derniers mots ne furent pas prononcés tout haut, mais sous-entendus. Le Lieutenant — et tous ceux qui se tenaient sur le pont — les entendirent clairement.

— A vos ordres, Capitaine, répondit le Lieutenant Bothar'in.

Le sang s'était retiré de son visage.

Aucun membre de l'équipage n'osa le regarder. Envoyer le second commander au pont de pilotage pendant une descente était un fait sans précédent. Le capitaine se chargeait toujours lui-même de cette tâche périlleuse, car le contrôle des ailes était essentiel pour la sécurité du vaisseau. C'était un endroit dangereux pendant une descente — c'est là que leur précédent capitaine avait perdu la vie. Mais un bon commandant pensait d'abord à la sécurité de sa nef, et les matelots, voyant leur lieutenant descendre au pont de pilotage et leur capitaine demeurer sur le pont supérieur, échangèrent des regards sombres.

La dragonef s'enfonça dans la tempête. Les Elfes d'équipage étaient ballottés par les vents, aveuglés par les éclairs, assourdis par le tonnerre. Au-dessous d'eux, les esclaves humains, sanglés dans les harnais les reliant aux câbles des ailes, bataillaient pour éviter que la nef se retourne. Pour descendre sur Drevlin, il fallait atténuer la magie, donc replier les ailes. Mais on ne pouvait pas les replier complètement, car la magie cesserait d'agir et la nef tomberait comme une pierre. Il fallait donc maintenir un délicat équilibre — tâche facile par beau temps, mais extrêmement difficile au milieu des vents déchaînés.

— Où est le capitaine ? demanda le surveillant.

— C'est moi qui dirige la manœuvre.

Le surveillant jeta un coup d'œil sur le visage pâle et tendu du lieutenant, sur ses mâchoires crispées et ses lèvres pincées, et il comprit.

— C'est peut-être déplacé de dire ça, mais je suis content que vous soyez là.

— Oui, c'est déplacé, répliqua le lieutenant, prenant sa place devant les esclaves.

Le surveillant et le magicien du bord échangèrent un regard. Le magicien haussa discrètement les épaules ; le surveillant branla du chef. Puis ils reprirent leur tâche, assez critique pour exiger d'eux une attention sans partage.

Sur le pont supérieur, jambes écartées, le Capitaine Zankor'el regardait à la lunette les masses de nuages tourbillonnantes. Assis près de lui sur une chaise, son gerfo — vert de terreur et de nausée — s'accrochait désespérément à tout ce qui lui tombait sous la main.

— Mage, je crois que je vois les Eau-Hisse. Dans l'œil du cyclone. Vous voulez regarder? dit-il, lui offrant sa lunette.

— Les âmes de vos ancêtres m'en préservent! dit le mage en frissonnant.

C'était assez terrifiant de ballotter dans ce frêle esquif de peau, de bois et de magie, sans avoir en plus à regarder ce qui se passait.

— Qu'est-ce que c'est que ça?

Le mage releva vivement la tête, pointant vers le ciel un menton glabre et tremblant. Bruit de chute venant du pont inférieur. Le vaisseau gîta brutalement, le capitaine perdit l'équilibre.

— Au diable ce Bothar'in! jura Zankor'el. Je le ferai condamner pour ça!

— S'il est encore vivant, haleta le mage, livide.

— Il vaudrait mieux pour lui qu'il soit mort, gronda le capitaine en se relevant.

Les matelots se regardèrent et un jeune Elfe intrépide ouvrit même la bouche, mais un camarade lui décocha un coup de coude dans les côtes, et il ravala ses paroles.

Pendant un instant d'épouvante, le vaisseau sembla en perdition, à la merci des tourbillons. Il piqua du nez, remonta sur un courant ascendant, replongea comme une pierre. Le capitaine, hurlant des ordres contradictoires, se garda pourtant bien de quitter la sécurité du pont supérieur. Le gerfo, accroupi à ses pieds, semblait regretter d'avoir choisi ce métier.

Enfin, la nef se redressa et entra dans le Maelström, où tout était calme et tranquille, où le soleil brillait, rendant plus sombre encore la menace des nuages noirs alentour. En bas, sur Drevlin, les Eau-Hisse scintillaient au soleil.

Ayant été construits à dessein par les Créchi-Créchas pour se trouver toujours dans l'œil de l'éternel cyclône, les Eau-Hisse étaient le seul endroit de Drevlin où, en levant la tête, les Guègues pouvaient voir scintiller le firmament et briller le soleil. Rien d'étonnant que ce fût pour eux un lieu sacré, dont la descente mensuelle des Elfes rehaussait encore la sainteté.

Après un moment d'accalmie où l'équipage retrouva ses couleurs, le lieutenant reparut sur le pont. Il eut même la témérité de pousser une acclamation, ce qui lui valut un regard noir du capitaine. Il ne ferait plus très longtemps partie de l'équipage.

— Eh bien, quels dégâts avez-vous commis en bas, sans parler du fait que vous avez failli nous tuer tous? demanda le capitaine.

Le visage ensanglanté, les cheveux pleins de caillots, les joues gris cendre et les yeux fiévreux, le lieutenant répondit :

— Un câble s'est rompu et l'aile droite s'est ouverte, Capitaine. Nous avons réparé l'avarie et tout est rentré dans l'ordre.

Le choc l'avait précipité par terre, puis, avec un esclave humain, il avait bataillé de toutes ses forces pour replier l'aile et sauver la nef. Mais il s'abstint de le dire. Les matelots expérimentés savaient quel combat à mort s'était livré sous leurs pieds. Le capitaine le savait aussi, peut-être, bien que ce fût son premier commandement. S'abstenant de fustiger l'incompétence du lieutenant, il dit simplement :

— Nous avons eu des bêtes tuées?

Le lieutenant s'assombrit.

— Un humain est grièvement blessé, capitaine — l'esclave dont le câble s'est rompu. Il a été entraîné par le choc, fracassé contre la coque et presque coupé en deux par le filin avant qu'on ait pu le dégager.

— Mais il n'est pas mort? dit le Capitaine, haussant un sourcil soigneusement épilé.

— Non, capitaine. Le magicien du vaisseau le soigne en ce moment.

— Sottises! Ne perdez pas votre temps. Jetez-le par-dessus bord. Ce ne sont pas les esclaves qui manquent.

— Oui, capitaine, dit le lieutenant, le regard fixé sur l'horizon.

Une fois de plus, les matelots se regardèrent. En toute honnêteté, il faut reconnaître qu'aucun d'eux n'avait la moindre affection pour les esclaves humains. Mais ils leur inspiraient un certain respect, sans parler du fait que l'équipage avait une tendance perverse à aimer tout ce qui déplaisait au capitaine.

Tout le monde sur le pont — y compris Zankor'el lui-même — savait que le lieutenant n'exécuterait pas cet ordre.

La nef approchait de son point de rendez-vous avec la Ligne de Vie. Le capitaine n'avait pas le temps d'en discuter, et cela n'aurait d'ailleurs servi à rien à moins de descendre surveiller lui-même l'exécution. Mais cela aurait affaibli son autorité et il risquait d'attraper du sang sur son uniforme.

— Ce sera tout, lieutenant. Retournez à votre poste, dit le capitaine, braquant sa lunette vers le haut, pour voir si le tuyau d'eau était en vue. J'aurai sa tête pour ça, grommela-t-il à l'adresse de son gerfo, qui luttait contre une violente envie de vomir.

Descendant lentement du ciel, le tuyau fut enfin signalé. La nef elfienne se positionna dessous pour le guider. Ce tuyau était très ancien, ayant été fabriqué par les Sartans lorsqu'ils avaient amené les survivants de la Séparation sur Arianus, car, si l'eau était abondante dans le Bas-Royaume, elle manquait totalement dans les royaumes supérieurs. Le tuyau était fait d'un métal inoxydable, dont l'alliage restait un mystère pour les alchimistes elfiens qui s'étaient essayés pendant des siècles à le reproduire. Actionné par un mécanisme gigantesque le long d'une cheminée traversant tout le continent d'Aristagon, le tuyau descendait automatiquement une fois par mois à travers Plein Ciel jusqu'au continent de Drevlin.

Le tuyau descendait par lui-même, mais une nef était nécessaire pour le guider jusqu'aux Eau-Hisse auxquels il se raccordait par une énorme valve. Une fois la jonction établie, la Bougonne-Batte, réagissant à un signal mystérieux, ouvrait automatiquement ses vannes. Une combinaison de forces magiques et mécaniques projetait le liquide vers Aristagon, où des Elfes le répartissaient dans de vastes réservoirs.

Après la Séparation, Elfes et humains avaient vécu en paix sur Aristagon et les îles environnantes. Sous la conduite des Sartans, les deux races avaient partagé équitablement le liquide vital. Mais les Sartans disparus, leur rêve de paix s'était effondré. Les humains affirmaient que la guerre était l'œuvre des Elfes, tombés sous la coupe de puissants magiciens. Les Elfes prétendaient que c'était l'œuvre des humains, notoirement agressifs et barbares.

Les Elfes, avec leur espérance de vie supérieure, leur population plus nombreuse et leurs connaissances en magie mécanique, s'étaient révélés les plus forts. Ils avaient chassé les humains d'Aristagon — le Mi-Royaume, source d'eau. Les humains, avec l'aide des dragons, avaient riposté par des raids sur les villes elfiennes ou sur les aquanefs transportant le précieux liquide.

Une aquanef comme celle du Capitaine Zankor'el transportait huit immenses foudres de bois rare (obtenu les Sartans savaient où) cerclés d'acier, qui servaient à transporter l'eau d'île en île. Mais dans un voyage comme celui-là, ces fûts étaient remplis des détritus que les Elfes jetaient en paiement[1] aux Guègues.

Les Elfes n'avaient que mépris pour les Guègues. Les humains étaient des bêtes. Les Guègues étaient des insectes.

1. Chaque mois, tous les détritus produits au pays des Elfes sont transportés jusqu'au port par charrettes tirées par des tiers. Là, ils sont chargés à bord d'une nef à l'intention des fidèles Guègues sans qui ceux du Mi-Royaume n'auraient pas survécu longtemps.

CHAPITRE 39

MATRICIA, DREVLIN, MI-ROYAUME

Les Sartans avaient construit la Bougonne-Batte ; personne ne savait pourquoi ni comment. Après une étude poussée, les magiciens elfiens avaient avancé des tas d'hypothèses mais aucune réponse. La machine avait quelque chose à voir avec le monde, mais quoi ? Le pompage de l'eau jusqu'aux royaumes supérieurs, à l'évidence, aurait pu s'effectuer à l'aide d'une machine magique plus petite et moins compliquée (quoique moins merveilleuse).

De toutes les constructions des Sartans, les Eau-Hisse étaient les plus impressionnantes, mystérieuses et inexplicables. Neuf bras colossaux de laiton et d'acier se dressaient sur la coralite, certains à plusieurs menkas en l'air. Chacun se terminait par une immense main à doigts d'or avec des articulations en laiton. Quand on était dans une nef descendante, on voyait bien que les doigts et les poignets étaient assez grands pour saisir l'immense vaisseau et le retenir dans la paume dorée.

Pour quelle tâche ces mains avaient-elles été conçues ? L'avaient-elles remplie ? Pouvaient-elles la remplir encore ? Cela semblait improbable. Toutes sauf une pendaient mollement comme des mains de cadavres. La seule main encore vivante surmontait le bras le plus court. Il se dressait près de la valve, au centre d'un vaste cercle de bras correspondant approximativement à l'œil du cyclône. La main était étendue à l'horizontale, doigts joints, paume ouverte : une plate-forme parfaite pour quiconque avait envie d'y monter. L'intérieur du bras était creux, avec un escalier. Une porte s'enroulant autour d'une cheminée centrale, ouvrant à la base du bras donnait, à condition d'avoir de bonnes jambes, et un souffle puissant, accès au sommet.

Une autre porte dorée se trouvait à la base de la cheminée. Selon la légende, quiconque l'ouvrait se trouvait propulsé jusqu'au sommet par la force du geyser jaillissant à l'intérieur. D'où le nom guègue de cette construction — Eau-Hisse — bien qu'aucun Guègue, de mémoire d'homme, n'ait osé ouvrir la porte dorée.

C'est sur ce bras que tous les mois le Haut Contre-sous-Maître, le Grand Clerc et d'autres dignitaires s'assemblaient pour accueillir les Elfes et recevoir le paiement de leurs services. Tous les Guègues venus en pèlerinage se réunissaient à la base des bras et attendaient que la monna, ainsi qu'on l'appelait, tombe du ciel. On ne savait jamais ce qui tombait des nefs elfiennes (un canapé rebondi avait un jour exterminé une famille entière) mais les Guègues s'accordaient à penser que le jeu en valait la chandelle.

Ce matin-là, l'assistance était particulièrement nombreuse, les chante-nouvelles et les diffuse-blabla ayant annoncé que Lambic et ses dieux-qui-n'en-étaient-pas seraient remis aux dieux-qui-l'étaient : les Elfes. La foule était sage, trop sage, se dit le Haut Contre-sous-Maître en pataugeant dans les flaques devant les dieux-qui-ne-l'étaient-pas.

Une déchirure dans les nuages leur montra l'acier et le laiton luisant au soleil qui sur Drevlin, ne brillait qu'en ce lieu unique. Haplo ne cacha pas son émerveillement.

— Au nom de la création, qu'est-ce que c'est ?

Hugh expliqua brièvement ce qu'il en avait appris des Elfes, c'est-à-dire presque rien.

— Vous comprenez maintenant pourquoi c'est si frustrant, dit Lambic, regardant avec colère les Eau-Hisse qui scintillaient à l'horizon. Si tous les Guègues unissaient leurs esprits pour analyser la Bougonne-Batte, ils comprendraient le pourquoi et le comment. Mais ils ne veulent pas, un point c'est tout.

Irrité, il donna un coup de pied dans un fragment de coralite. Le chien, sautant et gambadant, se lança à sa poursuite parmi les flaques, surveillé d'un œil méfiant par les Roussins accompagnant les prisonniers.

— Un « pourquoi » est toujours une chose dangereuse, dit Haplo. Qui dérange les habitudes établies, forçant les gens à réfléchir à ce qu'ils font au lieu d'agir sans penser. Pas étonnant que votre peuple en ait peur.

— Le danger ne vient pas tant du « pourquoi » que de la conviction d'avoir trouvé la réponse, dit Alfred, comme se parlant à lui-même.

Haplo trouva la remarque bizarre de la part d'un humain, mais Alfred était un drôle d'humain. Le regard du chambellan ne cherchait plus sa main bandée. Il semblait avoir vieilli du jour au lendemain. Ses rides d'angoisse s'étaient creusées, il avait les yeux rouges et cernés. A l'évidence, il avait peu dormi, peut-être pas du tout. Normal, sans doute, pour un homme devant affronter au matin une bataille dont dépendait sa vie.

Haplo tripota pensivement son bandage, s'assurant que tous les sigles tatoués sur sa peau étaient couverts. Il se demanda pourquoi soudain ce geste semblait vain et inutile.

— Ne t'en fais pas, Lambic, cria Tourment. Quand nous arriverons chez mon père, le mystériarque, il nous donnera toutes les réponses.

Hugh n'entendit pas, mais il vit les gardes jeter des regards méfiants sur le prince et ses compagnons. A l'évidence, Son Altesse aurait mieux fait de se taire. Où diable était Alfred ? Il était censé surveiller le gosse.

Malheureusement, l'esprit d'Alfred était concentré sur l'horrible découverte de la veille. Tourment de son côté, était bien résolu à résoudre le mystère, et, quand le chambellan, sur un signe de Hugh, entreprit de répondre à ses questions, il approchait dangereusement de la solution.

Derrière les prisonniers venaient les Roussins, puis Secousse et les VLAN. Étouffés sous les capes et les barbes, résonnaient quelques tintements, sifflements et fredonnements, entrecoupés de notes de gémi-chiale[1]. A un meeting des VLAN convoqué en hâte et en secret

1. Instrument connu des humains sous le nom de cornemuse.

la veille, Secousse leur avait enseigné le chant. Appartenant à une race musicienne, les VLAN l'avaient mémorisé très vite. Rentrés chez eux, ils l'avaient appris à leurs femmes et enfants et à quelques voisins de confiance. Personne ne savait trop pourquoi ils devaient chanter ce chant-là. Secousse était restée vague sur le sujet, ne le sachant pas elle-même.

Selon la rumeur, les Elfes et les humains combattaient ainsi, chantant, sifflant et tututant à qui mieux-mieux. Quand les Elfes seraient vaincus (ils pouvaient l'être puisqu'ils n'étaient pas immortels) ils seraient forcés d'accorder aux Guègues davantage de trésors.

Secousse entendit cette rumeur se répandre et ne la démentit pas. Elle était, après tout, partiellement vraie.

Les VLAN s'avançaient vers les Eau-Hisse, si excités que les Roussins, se dit Secousse, devaient lire leurs plans à livre ouvert dans leurs yeux flamboyants, leurs sourires satisfaits et les sonneries de leurs instruments. Les Guègues trouvaient normal de troubler la cérémonie. Ce rite mensuel était symbolique de leur asservissement. Bien peu d'ailleurs — et Clercs pour la plupart — pouvaient venir adorer les Elfes et recevoir leur part de la monna mensuelle. Les Guègues, en proie à une immense exaltation, marchaient à la bataille, leurs armes tintant, sifflant et gémissant dans leurs mains.

Tout en marchant, Secousse se remémorait les instructions qu'elle leur avait données la veille.

— Quand les humains attaqueront la ballade, vous monterez l'escalier en spirale en la chantant de toute la force de vos poumons. Lambic fera un discours...

Applaudissements clairsemés.

— ... puis entrera dans la nef avec les dieux-qui-n'en-sont-pas...

— Nous voulons la nef! s'étaient écriés plusieurs VLAN.

— Non, avait répondu Secousse avec humeur. Cette fois, c'est nous qui prendrons la monna. Toute entière.

Tonnerre d'applaudissements.

— Le Haut Contre-sous-Maître reviendra sans même un napperon de dentelle! Lambic s'emparera de la nef et fera voile vers les mondes supérieurs, apprendra la Vérité, puis reviendra pour libérer son peuple!

Silence total. Qui se souciait de la Vérité, s'il y avait des trésors en jeu (surtout des napperons tricotés)? Secousse le comprit et s'attrista : Lambic serait chagriné s'il l'apprenait.

Secousse aurait voulu partir avec Lambic — du moins le croyait-elle. Mais Lambic avait décrété qu'elle devait rester pour diriger le mouvement en son absence. En fait, elle avait peur. Elle avait cru entrevoir un fragment de la Vérité dans les tunnels avec Alfred. La Vérité n'était pas une chose pouvant être cherchée et trouvée; elle était vaste, profonde et infinie; on ne pouvait espérer en voir qu'une minuscule partie. Prendre cette partie pour le tout, c'était transformer la Vérité en mensonge.

Mais Secousse avait promis. Elle ne pouvait pas laisser tomber Lambic. Et puis il y avait son peuple, qui vivait dans le mensonge. Une toute petite parcelle de vérité ne pouvait pas lui faire de mal. Les Guègues autour d'elle parlaient de ce qu'ils feraient de leur part de récompense.

Le Haut Contre-sous-Maître arriva devant la porte à la base du bras. Se tournant vers le Grand Clerc, il en reçut une clé presque aussi grande que sa main et ouvrit la serrure.

— Amenez les prisonniers, cria-t-il.

— Attention au chien! glapit le Grand Clerc, décochant un coup de pied à l'animal qui le reniflait avec intérêt.

Haplo rappela sa bête. Le Haut Contre-sous-Maître, le Grand Clerc, plusieurs gardes et les prisonniers s'entassèrent dans le Eau-Hisse. Au dernier moment, Lambic se retourna et scruta la foule. Il regarda longuement Secousse. Il ne portait pas ses lunettes, mais elle eut l'impression qu'il la voyait nettement. Elle refoula ses larmes et leva une main en signe d'adieu. Son autre main, cachée sous sa cape, se crispait sur son arme : un tambourin.

CHAPITRE 40

LES EAU-HISSE, DREVLIN, BAS-ROYAUME

— Capitaine, dit le lieutenant, regardant le sol au-dessous de lui, les Guègues sont beaucoup plus nombreux que d'habitude à nous attendre sur la Paume.

— Ce ne sont pas des Guègues, Lieutenant, dit le capitaine, l'œil rivé à sa lunette. D'après leur apparence, on dirait des humains.

— Des humains ! s'écria le lieutenant, scrutant de plus belle.

— Qu'en concluez-vous, Lieutenant ? s'enquit le capitaine.

— Je fais ce voyage depuis des années, mon père l'a fait avant moi, et je n'ai jamais entendu parler d'humains trouvés sur Drevlin. Je proposerais...

Le lieutenant se mordit la langue.

— *Je proposerais* ? Vous proposeriez quoi à votre capitaine ?

— Rien, Capitaine. Je m'égarais.

— Non, non, Lieutenant, j'insiste, rétorqua Zankor'el, jetant un regard entendu à son gerfo.

— Je proposerais de ne pas aborder avant de savoir ce qui se passe.

C'était une suggestion parfaitement raisonnable et logique. Mais elle impliquait des discussions avec les Guègues, et le capitaine ne parlait pas leur langue. Le lieutenant, qui la connaissait, en profiterait pour le ridiculiser — lui, le Capitaine Zankor'el, membre de la famille royale — aux yeux de l'équipage. Plutôt que de s'exposer à cette humiliation, le capitaine préférait rendre son âme dans la petite boîte incrustée de chalcédoine et de lapis-lazuli que le gerfo emportait partout avec lui.

— Je ne savais pas que vous aviez si peur des humains, Lieutenant, répondit le capitaine. Impossible de tolérer un couard à mon côté dans cette situation qui peut s'avérer dangereuse. Regagnez vos quartiers et restez-y jusqu'à la fin du voyage. Je traiterai moi-même avec les bêtes.

Un silence stupéfait s'appesantit sur le pont. Nul ne savait où regarder ; de ce fait, nul ne regardait quoi que ce soit. Le délit de couardise était passible de mort. Le lieutenant pourrait présenter sa défense au tribunal. Mais il ne pourrait se disculper sans accuser le capitaine, membre de la famille royale. Qui croiraient les juges ? Le lieutenant Bothar'in ne cilla pas.

— A vos ordres, Capitaine.

Tout à fait dégrisé, plus pétrifié qu'un mort, il tourna les talons et quitta le pont.

— La couardise — c'est une chose que je ne tolère pas ! claironna le Capitaine Zankor'el. Ne l'oubliez pas.

— Oui, Capitaine, répondirent à contrecœur les hommes qui avaient souvent combattu les humains et les Elfes rebelles sous les ordres du lieutenant.

— Appelez-moi le magicien de la nef, lança le capitaine en observant à la lunette le petit groupe rassemblé dans la paume gigantesque.

Le magicien parut, regarda autour de lui.

Des visages de pierre, des yeux fixes : il comprit.

— Nous allons avoir à affronter des humains, Magicka[1], dit le capitaine comme si tout allait bien. Tout le monde à bord a reçu un sifflet ?

— Oui, Capitaine.

— Tout le monde sait s'en servir ?

— Je le crois, Capitaine, répliqua le magicien. Notre dernier engagement contre un groupe de rebelles...

— Je ne vous ai pas demandé l'histoire guerrière de cette nef, n'est-ce pas, Magicka ?

— Non, Capitaine.

Mais le magicien de la nef ne s'excusa pas. Il n'était

1. Les humains ont emprunté ce mot aux Elfes.

pas tenu, lui, d'obéir aux ordres d'un officier. Les magiciens seuls comprenaient leur art, il n'y avait pas, sur une nef, d'autre responsable de la magie que le magicien. Un capitaine mécontent pouvait porter plainte contre son magicien, mais l'accusé était jugé par le Conseil de l'Arcane, non par le Tribunal Naval. Peu importait alors que le capitaine fût membre ou non de la famille royale. Chacun savait où était le pouvoir sur Aristagon.

— La magie est-elle opérationnelle? poursuivit le capitaine.

Le magicien se redressa de toute sa taille et toisa le capitaine. On mettait sa compétence en question.

— Il suffit de porter son sifflet à ses lèvres.

Le gerfo, lui-même magicien, vit que Zankor'el avait outrepassé son autorité.

— Et vous n'auriez pu mieux faire, dit-il d'un ton obséquieux. Je ne manquerai pas de le faire savoir au retour.

Le magicien eut un rictus dédaigneux. Ces gerfos qui passaient leur vie à courir derrière des gosses gâtés-pourris dans l'espoir de recueillir leur âme! Autant être un larbin courant derrière un chien pour ramasser ses crottes!

— Nous rejoindrez-vous sur le pont, Magicka? demanda poliment le capitaine, comprenant son gerfo à demi-mot.

Le magicien de la nef n'avait aucunement l'intention de se trouver ailleurs : c'était son poste normal pendant une bataille. Mais la proposition du capitaine pouvait passer pour une insulte.

— Naturellement, déclara-t-il d'un ton glacial.

S'avançant majestueusement vers les panneaux vitrés, il abaissa un regard courroucé sur la Paume et son contingent de Guègues et d'humains.

— Je crois que nous devrions prendre contact avec les Guègues afin de savoir ce qui se passe, ajouta-t-il.

Le magicien savait-il que le lieutenant avait fait la même suggestion? Le capitaine, cramoisi, le foudroya. Le magicien ne vit rien : il lui tournait le dos. Le capitaine ouvrit la bouche, mais un signe du gerfo le retint.

— Très bien, dit-il, contenant sa colère.

Entendant du bruit derrière lui, il pivota brusquement, darda des regards furibonds sur l'équipage, mais chacun semblait s'absorber dans sa tâche.

Le magicien alla prendre son poste à l'avant, debout devant la figure de proue. Devant lui se trouvait un cône-parleur, taillé dans une dent de grenko[1], fermé à un bout par un diaphragme en peau de tier et magiquement amélioré pour amplifier la voix. De la gueule ouverte du dragon sortait un son tonitruant, très impressionnant même pour ceux qui connaissaient la supercherie. Pour les Guègues, c'était un miracle.

Se penchant sur le cône, le magicien cria quelque chose dans le langage rugueux des Guègues, qui, aux oreilles des Elfes, sonnait comme un brassage de pierres au fond d'un tonneau. Pure sottise pour le capitaine, plus renfrogné que jamais.

D'en bas leur parvinrent des rugissements rauques : les Guègues répondaient. Le magicien parla à son tour, puis se tourna vers le capitaine.

— C'est assez confus. Il semble que ces humains soient venus sur Drevlin pour dire aux Guègues que les Elfes ne sont pas des dieux mais des trafiquants d'esclaves, qui exploitent les nains depuis toujours. Le roi guègue demande que nous acceptions ces humains en présent et qu'en retour, nous fassions quelque chose pour rétablir notre statut divin. Il nous suggère de doubler la quantité habituelle des trésors.

Le capitaine avait retrouvé sa bonne humeur.

— Des prisonniers humains ! s'écria-t-il, se frottant les mains. Mieux : des saboteurs, qui ont tenté de compromettre nos approvisionnements. Une prise exceptionnelle, qui me vaudra sans doute une décora-

1. Difficiles à trouver, les grenkos sont de grosses bêtes sauvages très prisées pour leur dents. A cause de leur rareté, ils sont protégés par une loi elfienne très stricte. Les grenkos perdent leurs dents tous les ans, et on les trouve dispersées sur le sol de leurs grottes. Le ramassage n'est pas sans danger, car le grenko ne quitte sa grotte qu'une fois par an au moment des amours et revient généralement au bout d'une journée. Très intelligent, et doué d'un odorat très développé, le grenko attaque immédiatement tout ce qu'il trouve dans son antre.

tion ! Informez les Guègues que nous accédons à leur requête.

— Et les trésors ?

— Bah ! Ils recevront la même chose que d'habitude. Qu'est-ce qu'ils croient ? Nous ne pouvons pas en transporter plus.

— Nous pourrions leur promettre d'envoyer une autre nef, dit le magicien, fronçant les sourcils.

Le capitaine s'empourpra.

— Si je faisais une telle promesse, je serais la risée de toute la marine ! Risquer un vaisseau pour si peu ! Hah !

— Capitaine, il s'agit d'une situation toute nouvelle. Il me semble que les humains ont découvert un moyen de descendre sans danger dans le Maelström, et qu'ils ont entrepris de désorganiser la société guègue à leur avantage.

— Allons, dit Zankor'el en riant, je la désorganiserai moi-même ! Je descendrai pour prendre le contrôle de leur petite île ! C'est ce que nous aurions dû faire depuis longtemps. Dites à ces nabots que nous recevrons les prisonniers de leurs mains. C'est assez d'honneur.

Le magicien de la nef le foudroya, mais il ne pouvait pas autoriser l'envoi d'une nef spéciale, et il n'osait pas faire une promesse qu'il ne pourrait pas tenir. En revanche, il pouvait faire un rapport au Conseil, en recommandant des mesures appropriées — concernant à la fois les trésors et cet imbécile de capitaine.

Dans le cône, le magicien formula son refus en termes vagues et obscurs destinés à ressembler à une acceptation pour qui ne les analysait pas. Comme la plupart des Elfes, il distinguait mal le cerveau des Guègues de leur langage : des cailloux qu'on remuait au fond d'un tonneau.

L'aquanef, terrifiante et majestueuse, descendit en vol plané sur ses ailes déployées. Tous les membres de l'équipage, armés de lances, se tenaient sur le pont, tirant et poussant pour placer le tuyau d'eau descendant au-dessus du geyser. Quand l'alignement fut parfait, la magie fut activée. Canalisé dans une colonne de lumière bleue jaillie du sol, le geyser fulgura, aspiré par le tuyau et emporté à des milliers de menkas jusqu'à Aristagon.

Quand les réservoirs seraient pleins, le flot magique s'arrêterait et le tuyau remonterait. L'aquanef pourrait alors lâcher ses trésors, ou, comme c'était le cas, atterrir et passer quelques instants à impressionner les Guègues.

CHAPITRE 41

LES EAU-HISSE, DREVLIN, BAS-ROYAUME

Le Haut Contre-sous-Maître n'était pas du tout content. Les prisonniers étaient beaucoup trop dociles. Les Elfes lui déversaient sur la tête mille paroles et aucun trésor. Et la foule debout au pied de la Paume émettait ces drôles de notes de musique.

Il n'avait jamais vu une nef si lente. Il entendait le grincement des câbles repliant les ailes et accélérant la descente, mais ce n'était pas assez rapide pour Darral Débardeur. Quand Mad Lambic et ces dieux seraient partis, la vie pourrait reprendre son cours normal. Encore quelques instants de vigilance...

La nef s'immobilisa, les soutes s'ouvrirent, et la monna tomba sur les Guègues, dont certains commencèrent à se disputer les trésors. Mais la plupart ne bougèrent pas et continuèrent à fixer le sommet du bras en une attente impatiente (et tintinnabulante).

— Vite ! Vite ! grommela le Haut Contre-sous-Maître.

La porte de coupée mit une éternité à s'ouvrir. Le Grand Clerc, oublieux de tout, contemplait l'aquanef avec cet air insupportable de vertu suffisante qui lui était coutumier.

— Les voilà ! s'écria le Grand Clerc, surexcité. Les voilà !

Pivotant sur lui-même, il darda un œil sévère sur les prisonniers.

— Veillez à traiter les Elfes avec respect ! Ce sont vraiment des dieux, eux !

— Oh, bien sûr ! gazouilla Tourment avec un sourire charmeur. Nous allons leur chanter un hymne.

— Taisez-vous, Votre Altesse, le tança Alfred.

Il ajouta quelque chose en humain que le Haut Contre-sous-Maître ne comprit pas et tira l'enfant en arrière, à l'écart. A l'écart de quoi ?

Et qu'est-ce que c'était que cette histoire d'hymne ?

La coupée s'ouvrit, la passerelle glissa et vint s'arrimer aux doigts de la Paume. Le capitaine émergea. Debout au sommet de la passerelle, il semblait immense dans le costume de fer chamarré revêtant son corps mince du cou jusqu'aux orteils. On ne voyait pas son visage, couvert d'un casque en tête de dragon. Une épée de cérémonie dans son fourreau incrusté de pierreries pendait à sa ceinture de soie brodée.

Voyant que tout semblait en ordre, l'Elfe s'avança majestueusement sur la passerelle, son fourreau tintant contre sa cuisse à chaque pas. Arrivé aux doigts de la Paume, il s'arrêta et regarda autour de lui avec l'air sévère et impérieux que lui donnait son casque. L'uniforme de fer ajoutait un pied à la taille de l'Elfe, déjà grand naturellement. Il dominait de haut les Guègues, mais aussi les humains. Le casque était si astucieusement sculpté que même les Guègues qui l'avaient déjà vu furent remplis d'une crainte révérentielle. Le Grand Clerc tomba à genou.

— Ce n'est pas le moment, dit sèchement Darral Débardeur, tendant le bras pour relever son beau-frère. Roussins, amenez les dieux !

— Mille tonnerres, jura Hugh entre ses dents.

— Qu'est-ce qu'il y a ? dit Haplo, se penchant vers lui.

Le capitaine avait atteint les doigts dans un grand bruit de ferraille. Le Grand Clerc était tombé à genoux, et le Haut Contre-sous-Maître le tirait pour le relever. Lambic s'empêtrait dans ses papiers.

— Tu vois ce qu'il porte autour du cou ? C'est un sifflet.

— Et alors ?

— En principe, quand ils soufflent dedans, le son du sifflet peut annuler les effets du chant !

— Ce qui signifie que les Elfes se battront.

— Oui. Je savais que les guerriers en avaient, mais pas les équipages d'aquanefs ! Et aucune arme, à part nos mains nues et une dague !

Rien. Et tout. Haplo n'avait pas besoin d'armes. En arrachant les bandages de ses mains, il pouvait détruire tous les Elfes de la nef, les soumettre à sa volonté ou les plonger dans un sommeil enchanté. Mais il ne pouvait pas se servir de sa magie. Le premier sigle dont il tracerait en l'air le dessin flamboyant proclamerait qu'il était un Patryn — l'antique ennemi qui avait autrefois failli conquérir l'ancien monde.

Plutôt la mort que la trahison. Vous êtes assez discipliné et courageux pour faire ce choix. Mais vous êtes assez intelligent et astucieux pour ne pas avoir à le faire.

Le Haut Contre-sous-Maître fit un signe aux Roussins qui s'avancèrent vers Lambic. Celui-ci, poliment mais fermement, les écarta du coude. Faisant un pas en avant et agitant des papiers, il prit une profonde inspiration.

— Distingués visiteurs d'un autre royaume. Haut Contre-sous-Maître. Grand Clerc. Mes camarades VLAN. C'est pour moi un honneur insigne...

— Au moins, nous mourrons en combattant, dit Hugh. Avec les Elfes, c'est déjà quelque chose.

Haplo n'était pas obligé de mourir en combattant. Il n'était pas obligé de mourir du tout. Il n'avait pas prévu que ce serait si frustrant.

Les diffuse-blabla, destinés à transmettre les bénédictions des Elfes, retransmettaient maintenant le discours de Lambic.

— Faites-le taire ! hurla le Haut Contre-sous-Maître.

— ... « rejetez vos peignes ». Non, ça ne peut pas être ça.

Lambic s'interrompit, chaussa ses lunettes et regarda son papier.

— « ... rejetez vos chaînes ! » hurla-t-il.

Les Roussins se précipitèrent et le saisirent par les bras.

— Commence à chanter, siffla Haplo entre ses dents. J'ai une idée !

Hugh ouvrit la bouche et, d'une voix de baryton, se mit à tonitruer les premières notes. Tourment fit chorus d'un ton perçant, sans se soucier de la musique mais sans manquer une parole. Alfred chevrotait, presque inaudible ; il était livide de peur et semblait sur le point de s'évanouir.

La Main qui tient l'Arc et le Pont,
Le Feu qui enferme l'Empan...

Aux premières notes, les Guègues restés en bas se mirent à flûter, tambouriner, cornemuser et chanter de toutes leurs forces. En haut, les Roussins les entendirent et se troublèrent. Le capitaine des Elfes, entendant le chant redouté, saisit le sifflet pendu à son cou, releva la visière de son casque et le porta à sa bouche.

Haplo toucha légèrement la tête du chien, et, d'un grand geste, lui montra l'Elfe.

— Attaque !

... La Flame-Cœur, dominant les monts
Nobles sentiers sont *Ellxman*...

Rapide et silencieux comme une lance, le chien bondit à travers la foule et se jeta sur l'Elfe.

Son uniforme de fer était vieux et archaïque, conçu essentiellement pour intimider, antique protection contre la douloureuse affection frappant tous ceux qui s'élevaient trop rapidement du Bas-Royaume jusqu'aux royaumes supérieurs. Quand le capitaine aperçut le chien, il se raidit pour encaisser le choc, mais son corps, enfermé dans l'encombrante armure, ne réagit pas assez vite. Le chien le frappa en pleine poitrine et il s'abattit à la renverse comme un chêne foudroyé.

Haplo s'élança derrière le chien, Hugh le suivant de près. Le Patryn ne chantait pas, mais Hugh chantait pour deux.

... Feu au Cœur guide Volonté,
Volonté du Feu, par Main guidé...

— « Servants, unissez-vous ! » cria Lambic, se dégageant des importuns Roussins.

Immergé dans son discours, il ne prêtait aucune attention au chaos ambiant.

— « Moi, qui monte vers les royaumes supérieurs pour découvrir la Vérité, le plus précieux des trésors...

— Trésors..., répétèrent en écho les diffuse-blabla.

— Trésors ? dirent les Guègues debout au bas de la Paume. Il a dit « trésors ». Ils vont en donner d'autres ? Montons ! Montons !

Sans cesser de chanter, les Guègues s'élancèrent vers la porte. On y avait posté quelques Roussins, mais la foule les submergea (par la suite, on en découvrit un dans un état comateux, un tambourin autour du cou). Les Guègues en chantant se ruèrent dans l'escalier.

... La Main lançant le Chant *Ellxman*,
Le Chant de Feu, de Cœur et de Terre...

Les Guègues surgirent en haut du bras et envahirent la Paume dorée, que les éclaboussures du geyser avaient rendue glissante. Ils glissèrent donc, et faillirent bien tomber dans l'abîme. En toute hâte, les Roussins essayèrent sans succès de les refouler vers l'escalier. Debout au milieu de la foule qui chantait et tambourinait, Darral Débardeur, muet de colère, regardait des siècles de paix et de tranquillité s'envoler en chanson.

Tourment s'élança derrière Hugh et Haplo. Dans la mêlée, Alfred se débattit pour rejoindre le prince. Un coup délogea les lunettes de Lambic. Il put les sauver, mais, frappé de tous côtés, ne parvint pas à les remettre. Clignant des yeux, il regarda autour de lui, incapable de distinguer l'ami de l'ennemi, le haut du bas. Voyant sa détresse, Alfred le prit par l'épaule et l'entraîna vers la nef.

... Feu né de la Fin du Voyage.
La Flamme part, appel léger...

Le capitaine des Elfes, à plat dos sur les doigts de la Paume, luttait de son mieux contre le chien dont les dents cherchaient la jointure entre son casque et son pectoral. Arrivé à la passerelle, Haplo jeta un coup d'œil inquiet sur un magicien debout au-dessus du capitaine tombé. S'il faisait appel à sa magie, le Patryn n'aurait d'autre choix que riposter de même. Dans la confusion, la chose pourrait passer inaperçue. Mais le magicien semblait peu disposé à descendre dans l'arène. Debout au-dessus du capitaine, il observait attentivement sa bataille avec le chien, le visage impatient, tenant une boîte sertie de pierreries.

Surveillant l'étrange sorcier du coin de l'œil, Haplo s'agenouilla près du capitaine, passa la main sous son corps bardé de fer, cherchant son épée à tâtons. Il la trouva, tira, la ceinture se déchira ; l'arme était à lui. Il la considéra un instant. Le Patryn répugnait à tuer dans ce monde, surtout des Elfes. Il commençait à comprendre comment son seigneur pourrait les utiliser par la suite. Se retournant, il lança l'épée à Hugh.

L'épée dans une main, sa dague dans l'autre, Hugh se rua sur la passerelle et passa la porte de coupée en chantant.

— Chien ! Ici ! cria Haplo.

Le chien abandonna aussitôt le capitaine qui continua à se débattre comme une tortue retournée sur le dos. Haplo parvint à arrêter Tourment qui passait près de lui. Le prince, surexcité, chantait à pleins poumons.

— Lâche-moi ! Je veux voir la bataille !

— Où diable est votre gardien ? Alfred !

Retenant d'une main l'enfant qui se débattait, Haplo fouilla des yeux la foule. Alfred pilotait maladroitement Lambic à travers le chaos qui faisait rage. Le Guègue, luttant pour rester sur ses pieds, continuait à déclamer.

— « Et maintenant, distingués visiteurs d'un autre royaume, j'aimerais vous exposer les trois principes des VLAN. Premièrement...

La foule se referma autour de Lambic et Alfred.

Lâchant Tourment, Haplo se tourna vers le chien et lui montra l'enfant en disant :

— Surveille.

Le chien souriant jusqu'aux oreilles, s'assit sur son arrière train et braqua les yeux sur Tourment. Haplo les laissa. Tourment regarda le chien.

— Bon toutou, dit-il, se retournant pour passer la porte de coupée.

Le chien se leva tranquillement et planta les crocs dans la culotte de Son Altesse.

Haplo redescendit la passerelle en courant pour retourner sur la Paume. Il dégagea Alfred et Lambic et les poussa vers la nef. Plusieurs VLAN, jouant de la trompette, s'élancèrent après eux, assourdissant quiconque cherchait à les arrêter. Haplo reconnut Secousse, mais elle était fort occupée à assommer un Roussin à coups de gémi-grince et ne le vit pas.

Dans le brouhaha, Haplo reconnut la voix de Hugh qui chantait. Rien d'autre pas même les sifflets en action.

— Tenez, Chambellan, l'enfant est sous votre responsabilité.

Haplo libéra Tourment et le poussa vers Alfred tremblant. Le Patryn et le chien remontèrent la passerelle en courant.

Sortant de la lumière éclatante qui régnait sur la Paume et entrant dans la pénombre de la nef, Haplo fut contraint de s'arrêter pour laisser ses yeux s'habituer à l'obscurité. Derrière lui, il entendit Lambic crier, trébucher et tomber à genoux.

La vue d'Haplo s'éclaircit. Il comprit pourquoi il n'avait pas entendu de bruits de bataille. Hugh affrontait un Elfe, épée nue à la main. Derrière l'Elfe, le reste de l'équipage attendait, sous les armes. Les robes de guerre argentées du magicien de la nef, accrochant le soleil, luisaient d'un vif éclat. Personne ne parlait. Hugh avait cessé de chanter. Nerveux, il surveillait l'Elfe, attendant l'attaque.

— « La marche est morne, le but s'éloigne, » glapit Tourment d'une voix suraiguë.

Le regard de l'Elfe se coula vers l'enfant, l'épée frémit dans sa main, il passa sa langue sur ses lèvres sèches. Les autres, derrière lui, ne le quittaient pas des yeux.

Haplo pivota sur lui-même.

— Chantez, mille tonnerre ! cria-t-il.

Sursautant, Alfred éleva la voix — un ténor fluet. Lambic feuilletait ses papiers, essayant de retrouver l'endroit où il s'était arrêté.

Puis Secousse se rua sur la passerelle, précédant

d'autres VLAN avides de trésors. Haplo lui fit de grands signes, et elle le vit enfin.

— Reculez! cria-t-il, joignant le geste à la parole. Reculez!

Secousse arrêta ses troupes. Les Guègues se dévissaient le cou pour voir si personne ne s'emparait d'une babiole avant eux.

— « Le Feu des futurs mène la danse... »

Le chant résonnait plus fort, Alfred tenant la note d'une voix ferme, Tourment de plus en plus enroué mais toujours vaillant. Certain maintenant que les Guègues n'allaient pas interférer, Haplo se détourna d'eux pour se tourner vers Hugh et l'Elfe. Toujours dans la même posture, épées levées, ils s'observaient avec méfiance.

— Nous ne vous voulons pas de mal, dit Hugh en elfien.

L'Elfe haussa un sourcil délicat, regardant ses troupes armées, vingt fois plus nombreuses que les assaillants.

— Sans blague, répliqua-t-il.

Mais la Main connaissait les coutumes des Elfes, apparemment, car il continua en leur langage :

— Nous sommes échoués ici. Nous voulons en sortir. Nous étions en route pour le Haut-Royaume.

— Tu mens, humain, ricana l'Elfe. Le Haut-Royaume est interdit. Entouré de protections magiques.

— Pas pour nous. Ils nous laisseront passer. Cet enfant est le fils d'un mystériarque. Il...

Lambic retrouva son passage.

— « Distingués visiteurs d'un autre royaume... »

De dehors leurs parvinrent des bruits de ferraille.

— Les sifflets! Sifflez donc, imbéciles!

Deux sifflets résonnèrent — ceux du capitaine et du magicien.

Le chien gronda, dressant les oreilles et hérissant le poil. Haplo le caressa d'une main rassurante, mais il continua à gronder. Les bruits de lutte et les sifflements se firent plus forts. Une ombre apparut devant la porte de coupée, masquant le soleil.

Alfred recula, poussant Tourment derrière lui. Lambic lisait son discours et ne vit pas le capitaine. Un bras vêtu de fer poussa rudement le Guègue qui alla percuter une paroi. L'Elfe, qui avait ôté son casque, donnait des coups de sifflet, foudroyant l'équipage de ses yeux injectés de sang.

Il cessa de siffler le temps de hurler :

— Faites ce que je dis, Lieutenant !

Le mage, boîte en main, ne le quittait pas d'une semelle.

L'Elfe debout en face de Hugh porta son sifflet à sa bouche d'une main qui semblait se mouvoir toute seule. Ses yeux allèrent du capitaine à Hugh, puis revinrent au capitaine. Les autres membres de l'équipage soulevèrent leur sifflet ou en jouèrent distraitement. Quelques-uns sifflèrent sans entrain.

Hugh ne comprenait pas ce qui se passait, mais il se dit que la victoire tenait à une note et il se remit à chanter d'une voix enrouée. Haplo fit chorus, le capitaine siffla comme un fou, le chien gronda et tout le monde, Lambic compris, reprit avec force les deux derniers vers :

... L'Arc et le Pont sont Cœur et Art,
L'Empan la vie, le Mont la part.

La main du lieutenant se déplaça et saisit son sifflet. Haplo, marquant un guerrier Elfe, se raidit, prêt à lui bondir dessus et à lui arracher son arme. Mais le lieutenant ne porta pas son sifflet à sa bouche. D'un cou sec, il cassa la lanière le retenant à son cou et le jeta sur le pont. Bruyantes acclamations de l'équipage, et beaucoup — y compris le magicien de la nef — l'imitèrent.

Le capitaine cramoisi écumait de rage.

— Traîtres ! Traîtres guidés par un couard ! Mage, vous êtes mon témoin. Ce sont des mutins, de sales rebelles, et quand nous serons rentrés...

— Nous ne rentrons pas, Capitaine, dit le lieutenant, se redressant de toute sa taille. Arrêtez de chanter, ajouta-t-il.

Hugh ne comprenait que vaguement ce qui se passait ; apparemment, un différend divisait les Elfes. Mais il ne fut pas long à voir l'avantage qu'il pouvait en tirer, et il fit un geste de la main. Tout le monde se tut. Alfred fut obligé d'ordonner deux fois le silence à Tourment, lui fermant finalement la bouche de force.

— Je vous ai dit que cet homme était un couard ! dit le capitaine à l'équipage. Il n'a pas le courage de combattre ces bêtes ! Sortez-moi de là !

Il ne pouvait pas bouger dans son armure de fer. Son gerfo posa une main sur l'armure en prononçant un mot, et l'armure disparut. Le capitaine bondit, portant la main à son épée, pour s'apercevoir qu'elle n'était plus là. Il la retrouva bientôt ; Hugh la pointait sur sa gorge.

— Non, humain, s'écria le lieutenant, s'interposant entre eux. C'est mon combat. Deux fois, Capitaine, vous m'avez traité de couard, et je n'ai pas pu défendre mon honneur. Maintenant, vous ne pouvez plus vous abriter derrière votre rang.

— Vous parlez à votre aise, Lieutenant, vu que vous êtes armé et moi pas !

Le lieutenant se tourna vers Hugh.

— Comme vous le voyez humain, c'est une affaire d'honneur. Il paraît que les humains comprennent ces choses. Je vous demande de rendre son épée au capitaine. Cela vous laissera désarmé, mais vous n'aviez pas de grandes chances de toute façon — à un contre vingt. Si je survis, je m'engage à vous aider. Si je succombe, vous devrez tenter votre chance comme avant.

Hugh réfléchit, puis, haussant les épaules, tendit l'épée au capitaine. Les deux officiers se mirent en garde. L'équipage observait avec attention l'assaut entre leur lieutenant et leur capitaine. Hugh s'approcha discrètement d'un matelot, et Haplo comprit qu'il ne resterait pas désarmé très longtemps.

Le Patryn avait ses propres soucis. Il n'avait pas cessé de surveiller l'émeute qui faisait rage dehors, et il vit que les VLAN, ayant vaincu les Roussins, cherchaient la bagarre. S'ils montaient à bord, les Elfes se croiraient attaqués, oublieraient leurs différends et passeraient aux choses sérieuses. Déjà, Haplo voyait des Guègues investir la nef, réclamant les trésors à grands cris.

Les épées s'entrechoquèrent. Le capitaine et le lieutenant engageaient le fer et paraient. Le mage regardait avec intérêt, serrant sa boîte contre son cœur. Haplo gagna prestement la porte de coupée, le chien sur les talons.

Secousse était sur la passerelle, un tambourin crevé à la main, les yeux fixés sur Lambic. Sans se démonter, le Guègue s'était relevé, avait remis ses lunettes, retrouvé son discours et recommencé à déclamer.

— « ... une vie meilleure pour chacun... »

Derrière Secousse, les Guègues s'étaient regroupés et s'encourageaient à entrer dans la nef pour s'adjuger leurs prises de guerre. Haplo trouva le mécanisme actionnant la passerelle, et l'examina rapidement pour comprendre son fonctionnement. Maintenant, son seul problème était la Guègue.

— Secousse ! cria Haplo avec de grands gestes. Descendez ! Je vais lever la passerelle ! Nous allons décoller !

— Lambic !

Il ne l'entendit pas, mais il la comprit au mouvement des lèvres.

— Je m'occuperai de lui et je vous le ramènerai sain et sauf !

C'était une promesse facile. Une fois Lambic façonné à son idée, il serait prêt à diriger les Guègues et à en faire une force unie et redoutable — une armée prête à donner sa vie pour le Seigneur du Nexus.

Secousse fit un pas en avant. Haplo ne voulait pas d'elle. Il n'avait pas confiance. Alfred l'avait changée. Elle n'était plus une révolutionnaire ardente, et Alfred était un homme à surveiller, malgré son air doux et inoffensif.

Les Guègues s'étaient mutuellement incités à l'action et avançaient, sans résistance, vers la nef. Haplo entendait le choc des épées des deux Elfes. Il actionna le mécanisme et se prépara à lever la passerelle. Secousse glisserait et se tuerait en tombant. Ça aurait l'air d'un accident ; les Guègues le mettraient sur le compte des Elfes. Il posa la main sur le mécanisme, prêt à l'activer, quand il vit le chien filer au galop sur la passerelle.

— Chien ! Ici !

Mais le chien n'entendit rien dans ce vacarme — ou peut-être fit-il le sourd.

Frustré, Haplo lâcha le mécanisme et se lança à la poursuite de l'animal. Celui-ci, tenant la manche de Secousse dans la gueule, entraînait la Guègue vers la Paume.

Secousse baissa distraitement les yeux et vit ses troupes avançant vers la nef.

— Secousse ! cria Haplo. Retenez-les ! Les Elfes les tueront ! Et ils nous tueront tous si vous attaquez !

Elle se retourna pour le regarder.

— Ça dépend de vous, Secousse ! Maintenant, c'est vous leur chef !

Le chien avait desserré sa prise et la regardait, les yeux brillants, en remuant la queue.

— Au revoir, Lambic, murmura Secousse.

Elle se pencha, serra fougueusement le chien dans ses bras, puis se retourna, et, redressant les épaules, descendit la passerelle et regagna la Paume. Face aux Guèges, elle leva la main. Ils s'arrêtèrent.

— D'autres trésors vont vous être lancés. Il faut redescendre ! Il n'y a rien ici !

— En bas ? On va nous les lancer en bas ?

Les Guègues pivotèrent précipitamment, se poussant et se bousculant pour regagner l'escalier.

— Entre là-dedans, chien ! ordonna Haplo.

L'animal gambada sur le pont, tirant la langue en un irrépressible sourire de triomphe.

— Content de toi, hein ? dit Haplo, actionnant le mécanisme et relevant la passerelle aussi vite que possible.

Il entendit Secousse parler sur le ton du commandement, il entendit les Guègues l'acclamer en retour. La passerelle rentra dans la nef. Haplo referma soigneusement la porte de coupée. Il n'était plus possible de voir ou d'entendre les Guègues.

— Bestiole désobéissante. Je devrais t'écorcher vif, grommela Haplo en lui caressant les oreilles.

Élevant la voix pour dominer le choc des épées, Lambic continua :

— « Et pour conclure, j'aimerais vous dire... »

CHAPITRE 42

LES EAU-HISSE, DREVLIN, BAS-ROYAUME

Ayant fermé la coupée, Haplo se retourna juste à temps pour voir le lieutenant plonger son épée dans le corps du capitaine. Ni acclamations ni lamentations : l'équipage resta silencieux. Le mage s'agenouilla près du mourant. Un guérisseur? Mais le magicien n'esquissa aucun geste salvateur. Il se contenta de porter aux lèvres du capitaine la boîte qu'il transportait partout.

— Prononcez les paroles! siffla le gerfo.

Le capitaine s'efforça de remuer les lèvres, mais un flot de sang sortit de sa bouche.

Le magicien, furieux, lui souleva la tête et le força à regarder la boîte.

— Prononcez les paroles! C'est votre devoir envers votre peuple!

Lentement, au prix d'un terrible effort, l'Elfe haleta quelques mots inintelligibles pour Haplo. Puis il retomba, inanimé. Le magicien referma sa boîte d'un coup sec, et, jetant un regard soupçonneux sur les autres Elfes, la serra jalousement contre son cœur, comme s'il venait de recueillir un trésor sans prix.

— Ne me touchez pas, dit-il d'un ton geignard. Je suis un mage, protégé par la loi! Malheur à vous si vous m'empêchez d'accomplir ma mission!

— Je n'ai aucune intention de vous en empêcher, dit le lieutenant avec un rictus méprisant. A quoi l'âme de ce misérable pourra-t-elle bien servir? Enfin, il est mort avec honneur et c'est déjà quelque chose.

Se baissant, il ramassa l'épée du capitaine et, se tournant vers Hugh, la lui tendit — garde en avant.

— Merci, humain. Et merci à vous aussi, dit l'Elfe en regardant Haplo. J'ai vu à quel danger nous exposaient les Guègues. Quand nous aurons le temps, vous pourrez peut-être m'expliquer ce qui se passe sur Drevlin. Mais pour le moment, il faut nous préparer à décoller vite.

Se tournant vers Hugh, il ajouta :

— C'est vrai, ce que vous avez dit sur le Haut-Royaume ?

Hugh prit le fourreau du capitaine et y rangea son épée.

— L'enfant, dit-il, montrant Tourment, qui regardait le cadavre avec curiosité, est le fils d'un certain Sinistrad, mystériarque.

— Comment est-il en votre garde ?

L'Elfe regarda Tourment, l'air pensif. Le prince, si pâle qu'il en était presque translucide, accrocha son regard avec un sourire innocent et brave, et fit une gracieuse révérence. Le lieutenant fut charmé.

Hugh s'assombrit.

— Ce n'est pas votre affaire. Nous tentions de gagner le Haut-Royaume quand nous avons été attaqués par les vôtres. Nous nous sommes bien battus, mais ma nef a été endommagée et nous sommes tombés dans le Maelström.

— Votre nef ! Les humains n'ont pas de dragonefs !

— Les humains nommés Hugh-la-Main pilotent ce qui leur plaît !

Murmures parmi les Elfes, les premiers depuis le début du duel. Le lieutenant hocha la tête.

— Je vois. Cela explique bien des choses.

Sortant de sa poche un tissu entouré de dentelle, l'Elfe essuya la lame de son épée, puis la remit au fourreau.

— Vous êtes connu pour un homme d'honneur — honneur particulier, mais honneur quand même. Maintenant, si vous voulez bien m'excuser, humains, j'ai des devoirs à remplir depuis que je suis capitaine de cette nef. L'Aspirant Ilth vous montrera vos quartiers.

Ainsi des esclaves sont-ils congédiés par leur maître, pensa Haplo. L'Elfe a choisi de faire cause commune avec nous, mais il n'a pour nous ni sympathie ni respect.

Lambic était à genoux près du cadavre du capitaine.

— J'avais raison, dit-il, sentant la main d'Haplo sur son épaule. Ce ne sont pas des dieux.

— Non, dit Haplo. Ce ne sont pas des dieux. Il n'y a pas de dieux en ce monde, comme je vous l'ai toujours dit.

Lambic regarda autour de lui, en homme qui a perdu quelque chose et ne sait où commencer ses recherches.

— Vous savez, dit-il après quelques instants, je le regrette presque.

Quittant le pont à la suite de l'aspirant, Haplo entendit un matelot demander :

— Qu'est-ce qu'on va faire du corps, Lieutenant ? Le jeter par-dessus bord ?

— Non, dit le lieutenant. C'était un officier et ses restes seront traités avec respect. Transportez-le dans la cale. Nous le déposerons avec son gerfo dans le Mi-Royaume. Et à partir de maintenant, vous m'appellerez « Capitaine ».

L'Elfe savait qu'il devait rapidement rétablir la discipline qu'il avait lui-même contribué à détruire.

Le jeune Elfe les installa dans une manière de donjon. La cabine était triste et nue, avec des crochets aux murs pour accrocher des hamacs pendant la nuit. De petits hublots permettaient d'avoir vue sur l'extérieur.

Après leur avoir dit qu'il reviendrait leur donner à boire et à manger dès qu'ils seraient sortis du Maelström, l'aspirant ferma la porte et tira les verrous.

— Nous sommes prisonniers ! s'écria Tourment.

Hugh s'assit par terre, dos au mur, d'assez méchante humeur. Il tira sa pipe et la planta entre ses dents.

— Si vous voulez savoir ce que c'est que d'être prisonnier, allez donc jeter un coup d'œil sur les humains du pont inférieur. Nous pourrions nous emparer de la nef en libérant les esclaves, et il le sait.

— Alors, allons-y ! s'écria Tourment, rouge d'excitation.

Hugh le foudroya.

— Vous croyez pouvoir piloter ce vaisseau, Votre Altesse ? Comme vous avez piloté le mien, peut-être ?

Tourment s'empourpra. Refermant la main sur sa plume, il ravala sa rage et alla bouder près d'un hublot, l'air furibond.

— Et vous avez confiance en lui ? s'enquit Alfred. En cet Elfe ?

— Pas plus qu'il n'a confiance en moi, répondit Hugh, têtant mélancoliquement sa pipe.

— Alors, ils se sont convertis au son de ce chant ? demanda Haplo.

— Je ne crois pas, dit Hugh. Les Elfes, quand ils sont véritablement affectés par ce chant, perdent totalement conscience de ce qui les entoure. Comme s'ils étaient transportés sur un autre monde. Cet Elfe-là agit dans son intérêt personnel. Ce qui l'attire, c'est la richesse légendaire du Haut-Royaume et le fait qu'aucun Elfe n'ait jamais osé y aller.

— Est-ce qu'il ne va pas lui venir à l'idée qu'il serait plus avantageux pour lui de nous jeter par-dessus bord et de garder l'enfant pour lui ?

— Les Elfes ont un sens de l'honneur assez particulier. Nous lui avons rendu service en mettant son capitaine en son pouvoir. Tout l'équipage en a été témoin. Il perdrait la face à leurs yeux en nous massacrant pour se faciliter la vie.

— L'honneur est donc important pour les Elfes ?

— Important ? grogna Hugh. Pour lui, ils vendraient leur âme. Enfin, celle dont les vautours ne s'emparent pas.

C'était bon à savoir. Haplo mit soigneusement l'information de côté. Son seigneur recherchait des âmes à vendre.

— Ainsi, nous emmenons dans le Haut-Royaume une pleine nef de pirates elfiens, soupira Alfred. Votre Altesse doit être fatiguée. Permettez-moi d'installer un hamac…

Trébuchant sur une planche, le chambellan s'étala de tout son long.

— Je ne suis pas fatigué, protesta Tourment. Et ne vous inquiétez pas pour mon père. Il s'occupera d'eux !

— Inutile de vous relever, dit Hugh au chambellan toujours par terre. Nous allons bientôt traverser le

Maelström, et personne ne restera sur ses pieds. Asseyez-vous tous, et tenez-vous bien.

Conseil judicieux. Haplo voyait les premiers nuages filer devant les hublots. Des éclairs fulguraient, le tonnerre grondait. La nef se mit à rouler et tanguer. Le Patryn se cala dans un coin, le chien accroché à ses pieds. Alfred se blottit frileusement contre une paroi, attirant à lui par son fond de culotte un Tourment récalcitrant.

Seul Lambic resta debout, regardant par le hublot, fasciné.

— Lambic, dit Haplo, asseyez-vous. C'est dangereux.

— Je n'arrive pas à y croire, murmura le Guègue sans se retourner. Il n'y a pas de dieux… et je monte au ciel.

CHAPITRE 43

PLEIN CIEL, MI-ROYAUME

Le Lieutenant Bothar'in, devenu le Capitaine Bothar'el[1] pilota habilement la nef à travers le Maelström. Évitant les autres vaisseaux elfiens, il mit le cap sur le port aristagonien de Suthnas — havre sûr recommandé par Hugh-la-Main. Il comptait y faire une courte escale pour se ravitailler et y déposer le cadavre du capitaine, son gerfo et sa boîte.

Hugh connaissait bien Suthnas. Il s'y était souvent arrêté pour faire réparer sa nef ou en faire renforcer la magie. Il l'avait indiqué au capitaine parce que lui, la Main, avait l'intention d'y débarquer.

L'assassin avait pris sa décision. Il maudissait le jour où il avait rencontré ce « messager du roi » et accepté ce contrat. Rien n'avait marché comme prévu; il avait perdu sa nef, il avait failli perdre aussi la vie, et il n'avait pas été loin de perdre sa fierté. Son plan pour s'emparer de la nef elfienne avait réussi, mais, comme tout ce qu'il avait entrepris dernièrement, pas comme il l'avait prévu. C'est lui qui aurait dû être le capitaine, et pas cet Elfe. Pourquoi avait-il permis ce maudit duel? Pourquoi ne les avait-il pas tués tous les deux?

Hugh était assez avisé pour savoir que, s'il avait combattu, lui et ses compagnons seraient déjà tous morts. Mais il voulait ignorer cette logique. Il refusait d'admettre qu'il avait fait ce qu'il fallait pour sauver des vies, pour protéger Alfred, Lambic... et le prince.

1. Les suffixes attachés à un nom indiquent le rang. Le nom d'un capitaine se termine toujours par le suffixe « el ». Un nom de lieutenant se termine en « in ». Un prince, tel que le Prince Reesch, ajoute le suffixe « ahn » à son nom.

Non! J'ai fait ça pour moi! Personne d'autre ne m'intéresse, et je le prouverai. Je débarquerai à Suthnas et je laisserai ces imbéciles aller tenter leur chance auprès du mystériarque. Pour moi, c'est fini. J'ai perdu la partie, je jette mes cartes et je quitte la table.

Le port de Suthnas était gouverné par des Elfes qui s'intéressaient plus à leur bourse qu'à la politique, et il était devenu un refuge pour les aquacontrebandiers, les rebelles, les déserteurs, et quelques renégats humains. Les prisonniers en eurent une bonne vue par les hublots, et la plupart décidèrent qu'il valait mieux rester où ils étaient.

La ville n'était qu'un misérable assemblage d'auberges et de tavernes construites près du port; les habitations étaient blotties, telles des brebis, au flanc d'une falaise de coralite. Les bâtisses étaient branlantes et délabrées; une odeur de chou cuit — mets favori des Elfes — flottait dans l'air, sans doute parce qu'il y en avait des montagnes en train de pourrir dans les ruelles jonchées de détritus. Mais la ville se déployait sous un ciel bleu et ensoleillé et offrait un spectacle magnifique aux yeux du Guègue.

Lambic n'avait jamais vu des rues baignées de soleil, ni le firmament briller d'un million de gemmes. Il n'avait jamais vu des gens flâner au hasard des rues, des gens qui ne galopaient pas en tous sens au service de la Bougonne-Batte. Il n'avait jamais senti la caresse d'une douce brise sur ses joues, jamais senti l'odeur de plantes qui poussent, ou même de choses qui pourrissent et meurent. Les maisons, présentées par Hugh comme des taudis, lui semblaient des palais. Mais toutes ces splendeurs avaient été payées par la sueur et le sang de son peuple. Le Guègue s'assombrit, devint renfermé et silencieux. Haplo eut un sourire.

Hugh furibond arpentait la cabine, regardant par les hublos. Le Capitaine Bothar'el lui avait donné l'autorisation de débarquer s'il le désirait.

— Vous devriez tous débarquer ici, dit le capitaine. Partez maintenant, quand il en est encore temps.

— Mais nous allons dans le Haut-Royaume ! Vous l'avez promis ! s'écria Tourment. Vous l'avez promis ! répéta-t-il regardant l'Elfe d'un air suppliant.

— Oui, dit l'Elfe, fixant l'enfant.

Puis, secouant la tête comme pour se libérer d'une emprise, il se tourna vers Alfred.

— Et vous ?

— Je reste avec mon prince, naturellement.

L'Elfe se tourna vers Lambic, qui, ne comprenant pas, consulta Haplo du regard.

— Je veux voir le monde, le monde entier, dit le Guègue d'une voix ferme après avoir entendu la traduction. Après tout, il existe grâce à mon peuple.

— Je reste avec lui, dit le Patryn, souriant et montrant le Guègue d'un doigt enveloppé de bandages.

— Alors, dit Bothar'el, se tournant vers Hugh, vous êtes le seul à débarquer.

— On dirait.

Mais Hugh ne débarqua pas.

Pendant qu'ils étaient à quai, un aspirant passa la tête dans leur cabine.

— Tu es toujours là, humain ? Le capitaine revient. Dépêche-toi de descendre.

Hugh ne bougea pas.

— J'aimerais que tu viennes avec nous, dit Tourment. Mon père aimerait te connaître et... te récompenser.

Cela le décida. Le gosse voulait qu'il reste. Il allait débarquer tout de suite. Tout... de suite.

— Eh bien, humain ? demanda l'aspirant. Tu viens ?

Hugh fouilla dans sa poche et en tira sa dernière pièce — la dernière de la somme reçue pour assassiner l'enfant. Il la jeta à l'Elfe et grogna :

— J'ai décidé de rester et de tenter la fortune. Allez m'acheter du tabac.

Les Elfes ne s'attardèrent pas à Suthnas. Une fois le gerfo revenu dans des terres civilisées, il raconterait la mutinerie et le *Carfa' shon* serait recherché par tous les vaisseaux de la ligne. Le Capitaine Bothar'el poussa les esclaves humains, son équipage et lui-même jusqu'aux dernières limites de l'épuisement pour se mettre hors de portée des poursuites.

Des heures plus tard, quand les Seigneurs de la Nuit eurent jeté leur manteau sur le soleil, le capitaine trouva le temps de venir bavarder avec ses « hôtes ».

— Ainsi, vous avez appris la nouvelle, dit-il à Hugh en entrant. Vous devez savoir que j'aurais pu faire un joli bénéfice en vous livrant tous. Mais j'ai une dette envers vous, et je considère que je viens d'en payer une partie.

— Où est mon tabac ? demanda Hugh.

— Quelle est la nouvelle ? demanda Alfred.

Le capitaine haussa un sourcil.

— Vous ne savez pas ? Je croyais que vous aviez une bonne raison de rester à bord.

Il lança une blague de tabac à l'assassin.

Hugh la rattrapa au vol, l'ouvrit et renifla. Puis, sortant sa pipe, il se mit à la bourrer.

— Votre tête est mise à prix, Hugh-la-Main.

— Rien de bien nouveau, grogna Hugh.

— Pour deux cent mille barls.

Hugh siffla entre ses dents.

— Jolie somme. Ça a un rapport avec le gosse ?

Il porta les yeux sur Tourment. L'enfant avait demandé du papier et des crayons aux Elfes, et passait son temps à dessiner. Personne ne le dérangeait. C'était moins dangereux que de le laisser cueillir des baies.

— Oui. Vous êtes recherché pour avoir enlevé le Prince de Volkaran. Cet homme aussi, ajouta l'Elfe en désignant Alfred. Sa tête à lui ne vaut que cent mille barls. La récompense ne sera versée que si l'un de vous deux au moins est livré vivant.

— Et moi ? fit Tourment. Il n'y a pas de récompense pour moi ?

— Stephen ne veut pas vous revoir, gronda Hugh.

Le prince sembla réfléchir, puis se mit à pouffer.

— Oui, tu dois avoir raison, dit-il, retournant à ses dessins.

— Mais c'est impossible, s'écria Alfred. Je... je suis le serviteur de Son Altesse ! Je l'accompagne pour le protéger...

— Exactement, dit Hugh. C'est juste ce que Stephen *ne voulait pas*.

— Je ne comprends rien, dit le Capitaine Bothar'el. J'espère pour vous que vous ne m'avez pas trompé au sujet du Haut-Royaume. J'ai besoin d'argent pour faire marcher cette nef et payer l'équipage, et je viens de renoncer à une grosse récompense.

— Bien sûr, que c'est vrai, s'écria Tourment avec une moue charmante. Je suis le fils de Sinistrad, Mystériarque de la Septième Maison. Mon père vous récompensera généreusement.

— J'espère, dit le capitaine.

L'Elfe considéra ses prisonniers d'un air sévère, puis sortit. Tourment se remit à dessiner en riant.

— Je ne pourrai jamais rentrer à Volkaran ! murmura Alfred. Je suis exilé !

— Vous êtes mort, si nous ne trouvons pas le moyen de nous tirer de cette situation, dit Hugh, allumant sa pipe à une braise du petit magepot[1] qui leur servait à réchauffer leurs repas et eux-mêmes.

— Mais Stephen nous veut vivants.

— Uniquement pour avoir le plaisir de nous tuer lui-même.

Tourment le regarda avec un sourire timide.

— Alors, si tu avais débarqué ici, quelqu'un t'aurait reconnu et livré. Tu es resté pour moi, non ? Je t'ai sauvé la vie.

Hugh choisit de ne pas entendre. Il s'enferma dans un silence maussade et, quand sa pipe s'éteignit, il ne s'en aperçut même pas.

Un peu plus tard, il remarqua que tous s'étaient endormis. Seul le chambellan, debout près d'un hublot, contemplait la nuit. Hugh le rejoignit.

— Que pensez-vous de ce Haplo ? demanda-t-il.

Alfred sursauta et le regarda craintivement.

— Pourquoi cette question ?

— Pas de raison précise. Calmez-vous.

— Rien ! Je n'en pense rien du tout ! Si vous voulez bien m'excuser, Messire, je suis très fatigué.

1. Petit pot de fer contenant des braises magiques. Utilisé pour s'éclairer et se chauffer.

Qu'est-ce que ça signifiait ? Le chambellan rejoignit ses couvertures. Très raide, il se frottait les mains en se traçant des lignes invisibles sur la peau. Son visage aurait pu être un masque pour une pièce intitulée *Terreur et Désolation*.

Pour un peu, Hugh en aurait eu pitié.

Pour un peu, mais pas tout à fait. Non, les murs qu'il avait élevés autour de lui étaient toujours debout et solides. Ils s'étaient fissurés d'une minuscule lézarde, qui avait laissé passer un rayon de lumière — dure et douloureuse pour des yeux habitués à l'obscurité. Mais il l'avait bloquée, couverte. L'emprise que l'enfant avait sur lui était magique — donc au-delà de son contrôle, au moins jusqu'à ce qu'ils abordent le Haut-Royaume. Se retirant dans un coin de la cabine, Hugh se détendit et s'endormit.

La dragonef mit près de deux semaines à atteindre le Haut-Royaume, bien plus longtemps qu'elle n'aurait dû, d'après les calculs du Capitaine Bothar'el. Car il n'avait pas pris en compte la fatigue inusitée des esclaves et de l'équipage. Les sorts lancés par le magicien du vaisseau leur permirent de supporter la faible pression atmosphérique, mais non la gêne respiratoire qui en résultait ; ils avaient tout le temps l'impression d'étouffer.

L'équipage devint maussade et craintif. Ça donnait la chair de poule de voler à travers cette immense étendue de ciel vide. Au-dessus d'eux, le firmament scintillait en plein jour et luisait faiblement la nuit. Le dernier des jobards pouvait constater que ce mystérieux firmament n'était pas fait de gemmes flottant dans les cieux.

— Ce sont des blocs de glace, annonça le Capitaine Bothar'el en les observant à la lunette.

— De la glace ? fit le second, presque soulagé. Cela met donc un terme au voyage, n'est-ce pas, Capitaine ? Nous ne pouvons pas voler à travers la glace. Nous ferions bien de rebrousser chemin.

— Non, dit Bothar'el, repliant sa lunette d'un coup sec.

Il semblait répondre à un argument intérieur plutôt qu'aux paroles de son second.

— Nous sommes trop loin pour renoncer. Le Haut-Royaume est quelque part au-dessus de nous. Nous le trouverons.

« Ou nous mourons en essayant », pensa le second à part lui.

Ils continuèrent, de plus en plus haut, approchant du firmament, déployé dans le ciel comme un monstrueux collier rayonnant. Aucun signe de vie d'aucune sorte, et encore moins d'une terre où séjournaient les plus puissants des magiciens humains.

L'air se fit plus froid. Ils furent forcés d'enfiler tous les vêtements qu'ils possédaient sans d'ailleurs arriver à se réchauffer. L'équipage commença à murmurer que c'était folie, qu'ils allaient tous périr gelés ou perdus en plein ciel, sans force pour redescendre.

Après des jours sans aucun signe de vie, les provisions diminuant et le froid devenant presque insupportable, le Capitaine Bothar'el descendit prévenir ses « hôtes » qu'ils rentraient au Mi-Royaume.

Il les trouva emmaillotés dans toutes les couvertures qu'ils avaient pu trouver, blottis autour du magepot. Le Guègue était mortellement malade — soit le froid ou le changement de pression atmosphérique. Le capitaine ne comprenait pas ce qui le maintenait en vie. (Alfred le savait, mais préférait qu'on ne lui pose pas la question.)

Bothar'el allait leur annoncer la nouvelle quand on l'appela.

— Qu'est-ce que c'est ? demanda le capitaine, retournant sur le pont en courant. Nous avons trouvé le Haut-Royaume ?

— Je dirais plutôt, Capitaine, bredouilla l'aspirant, regardant par le hublot, les yeux dilatés, que c'est lui qui nous a trouvés.

CHAPITRE 44

CHÂTEAU SINISTRE, HAUT-ROYAUME

Iridal regardait par la fenêtre. La vue était incomparable. L'opale des murs du château luisait au soleil, rehaussant l'éclat des couleurs scintillantes du dôme magique qui constituait le ciel du Haut-Royaume. Plus bas, les parcs et les forêts du château, soigneusement paysagés et entretenus, étaient sillonnés d'allées couvertes de marbre écrasé semé de gemmes étincelantes. C'était d'une beauté à couper le souffle. Mais il y avait longtemps qu'Iridal ne le remarquait plus. Son nom même, qui signifiait « de la nature de l'arc-en-ciel », semblait se moquer d'elle. Tout était gris dans son univers. Quant à son cœur, il semblait avoir cessé de battre longtemps auparavant.

— Femme, dit une voix derrière elle.

Iridal frissonna. Elle pensait être seule dans sa chambre. Elle n'avait pas entendu le glissement des poulaines ou le froufrou des robes de soie qui annonçaient invariablement son mari. Il n'était pas entré dans sa chambre depuis bien des années, et le froid de sa présence lui serra le cœur. Elle se retourna craintivement.

— Que voulez-vous ? dit-elle, les mains crispées sur sa robe, comme si la frêle étoffe pouvait la protéger. Pourquoi venez-vous dans mes appartements ?

Sinistrad jeta un coup d'œil sur le lit avec ses rideaux fluides et ses embrasses passementées, ses draps de soie sentant discrètement la lavande qu'on y répandait tous les matins et qu'on brossait soigneusement chaque soir.

— Depuis quand un mari ne peut-il pas entrer dans la chambre de sa femme ?

— Laissez-moi tranquille !

Le froid de son cœur semblait s'être communiqué à ses lèvres, qu'elle avait du mal à remuer.

— Soyez sans inquiétude, femme. Depuis dix cycles, je ne suis pas venu dans le but que vous redoutez, et je n'ai pas l'intention de changer. Je ne répugne pas moins que vous à ces pratiques qui nous ravalent au rang de la plus odorante faune cavernicole. Voici donc le sujet de ma visite. Notre fils nous revient enfin.

— *Notre* fils ! s'écria Iridal. Il n'a jamais été à moi !

— Je suis heureux que vous parliez ainsi, ma chère, dit Sinistrad avec un pâle sourire. J'espère que vous ne l'oublierez pas quand l'enfant arrivera, et que vous ne vous en mêlerez pas.

— Que pourrais-je faire ?

— L'amertume ne vous va pas, femme. N'oubliez pas que je connais toutes vos ruses. Les larmes, les moues, les baisers à l'enfant quand vous croierez que je ne regarde pas. Je vous préviens, Iridal, je *verrai*. J'ai des yeux partout, même derrière la tête. L'enfant est à moi. Vous venez de le dire. Ne l'oubliez jamais.

— Des larmes ! Ne craignez pas mes larmes, mon mari. Elles sont taries depuis longtemps.

— Craindre ? Je ne crains rien, surtout de vous, femme, rétorqua Sinistrad amusé. Mais vous pourriez troubler l'esprit de l'enfant, et je n'ai pas de temps à perdre à ces sottises.

— Pourquoi ne pas m'enfermer dans le donjon, tout simplement ? J'ai déjà tout de la prisonnière, sauf le nom.

— J'y ai pensé, mais l'enfant concevrait un intérêt exagéré pour une mère qu'il ne pourrait pas voir. Non, il vaut mieux que vous soyez présente, avec votre joli sourire, pour lui montrer que vous êtes faible et sans volonté.

— Vous voulez que je lui apprenne à me mépriser.

Sinistrad haussa les épaules.

— Je n'en demande pas tant, ma chère. Il vaudra mieux pour mes projets qu'il ne pense rien de vous. Et, par un heureux hasard, nous avons des garants de votre bonne conduite. Des otages. Il voyage en compagnie de trois humains et d'un Guègue. Comme vous devez vous sentir importante, Iridal, de savoir que vous tenez tant de vies entre vos mains !

La femme devint livide, ses genoux se dérobèrent et elle s'effondra dans un fauteuil.

— Vous êtes tombé bien bas, Sinistrad, mais vous n'avez jamais commis un meurtre ! Je ne crois pas cette menace !

— Alors, je vais formuler autrement votre pensée, femme. A votre connaissance, je n'ai jamais commis de meurtre. Mais nous savons tous deux que vous ne m'avez jamais connu. Bonne journée, femme. Je vous ferai prévenir quand vous devrez paraître pour accueillir *notre* fils.

S'inclinant, main sur le cœur, selon la coutume ancestrale entre mari et femme, et parvenant même à tourner ce geste de respect en dérision, Sinistrad quitta l'appartement.

Parcourue de frissons incontrôlables, Iridal se recroquevilla dans son fauteuil et regarda par la fenêtre, les yeux secs et brûlants.

— ... mon père dit que vous êtes un homme maléfique.

La jeune Iridal regardait par la fenêtre dans la maison de son père. Près d'elle, la touchant presque mais pas tout à fait, se tenait un jeune mystériarque. Il avait l'élégance et la beauté des héros maléfiques des contes romantiques de sa nourrice : peau lisse et pâle, yeux bruns et liquides paraissant recéler des secrets fascinants, sourire qui promettait de partager ces secrets avec celle qu'il choisirait. La calotte noire bordée d'or, insigne de son rang de maître de discipline de la Septième Maison — le rang le plus haut que pouvaient atteindre les magiciens — se terminait en pointe à la racine de son nez, lui donnant une apparence de sagesse et conférant de l'expression à un visage qui aurait pu en manquer — il n'avait ni cils ni sourcils. Par un défaut génétique, il n'avait aucun poil sur tout le corps.

— Votre père a raison, Iridal, dit doucement Sinistrad.

Tendant la main, il se mit à jouer avec une mèche d'Iridal. Il n'avait jamais tenté un geste aussi intime.

— Je suis mauvais, je ne le nie pas, dit-il, avec une nuance de mélancolie qui fit fondre le cœur d'Iridal comme son geste avait fait fondre sa chair.

Se tournant vers lui, elle lui prit les mains en souriant.

— Non, mon bien-aimé ! Peut-être qu'on le dit, mais c'est qu'on ne vous connaît pas ! Pas comme je vous connais.

— Mais je suis mauvais, Iridal ! dit-il, d'une voix douce et grave. Je vous dis la vérité parce que je ne veux pas que vous me reprochiez mon silence plus tard. Épousez-moi, et vous épousez les ténèbres.

Il enroulait sa mèche de plus en plus serré autour de son doigt, l'attirant de plus en plus près. Comme il lui parlait sérieusement ! Elle en avait le cœur qui battait douloureusement, mais cette douleur était douce et excitante. Les ténèbres flottant autour de lui — sombres rumeurs, sombres paroles prononcées à son sujet dans la communauté des mystériarques — étaient tout aussi excitantes. Sa vie, depuis seize ans qu'elle était au monde, avait été prosaïque et ennuyeuse. Depuis la mort de sa mère, Iridal avait été élevée par une nounou gâteau. Son père ne supportait pas que les vents dévastateurs de la vie soufflent trop fort sur les joues tendres de sa fille, et il l'avait abritée et cloîtrée dans un cocon d'amour.

Le papillon sortit de son cocon, brillant et étincelant ; ses faibles ailes le portèrent tout droit vers la toile de Sinistrad.

— Si vous êtes mauvais, dit-elle, le prenant tendrement par le bras, c'est le monde qui vous a fait ainsi, en refusant d'écouter vos plans et en rabaissant votre génie en toute occasion. Quand je marcherai à votre côté, je vous emmènerai dans la lumière.

— Alors, vous serez ma femme ? Contre la volonté de votre père ?

— Je suis majeure. Je peux choisir. Et c'est vous que j'ai choisi, mon bien-aimé.

Sinistrad ne dit rien, mais, avec son sourire prometteur de secrets, il baisa la mèche étroitement enroulée autour de son doigt...

... Iridal gisait dans son lit, encore affaiblie par les douleurs de l'accouchement. Sa nourrice avait fini de baigner le minuscule bébé, et, l'enveloppant dans un lange, l'apporta à sa mère. L'heure aurait dû être à la joie, mais la nourrice, qui avait été aussi celle d'Iridal, pleura en déposant l'enfant dans les bras de sa mère.

La porte de la chambre s'ouvrit. Iridal gémit, et serra si fort l'enfant sur son cœur qu'il cria. La nourrice, levant les yeux, lui essuya doucement le front de la main. Un regard de défi durcit son visage ridé.

— Laisse-nous, dit Sinistrad à la nourrice, les yeux fixés sur sa femme.

— Je ne quitterai pas mon agneau !

Les yeux du mystériarque se posèrent sur elle. La nourrice ne flancha pas, bien que la main posée sur les cheveux blonds d'Iridal tremblât. Iridal baisa le bout de ses doigts et, à voix basse et tremblante, la pria de les laisser.

— Je ne peux pas, mon enfant !

La nourrice se mit à sangloter.

— Sors d'ici, gronda Sinistrad, ou je vais te réduire en cendres à l'endroit même où tu te tiens !

La nourrice sortit. Elle savait que toute résistance attirerait le malheur sur Iridal.

— Maintenant, il faut qu'elle s'en aille, femme, dit Sinistrad en s'approchant du lit. Je veux être obéi chez moi.

— Non, mon mari, je vous en prie, c'est ma seule compagnie.

Elle leva sur son mari des yeux suppliants, tirant nerveusement sur sa couverture.

— Et j'aurai besoin d'elle pour élever notre fils ! Regardez !

Elle souleva un coin du lange, révélant un petit visage rouge et ridé, des yeux et des poings fermés. Peut-être changerait-il d'avis à la vue de sa propre chair.

— Il convient à mes desseins, dit Sinistrad, tendant les mains.

— Non ! dit Iridal, avec un mouvement de recul. Pas mon enfant !

— Je vous ai prévenue le jour où vous m'avez annoncé votre grossesse. Je vous ai épousée uniquement dans ce but, j'ai partagé votre lit pour cela et rien d'autre. Donnez l'enfant !

Iridal se pencha sur le bébé que ses longs cheveux recouvrirent d'un voile chatoyant. Elle refusait de regarder son mari, comme si ses yeux lui donnaient un pouvoir sur elle. En fermant les yeux, elle le ferait peut-être disparaître. Mais ce ne fut pas le cas ; même les yeux fermés, elle le revoyait en ce jour terrible où ses illusions juvéniles s'étaient envolées sans retour. Le jour où elle lui avait annoncé sa grossesse, il lui avait dit, d'une voix froide et indifférente, ce qu'il comptait faire de l'enfant.

Iridal aurait dû savoir qu'il manigançait quelque chose. Elle le savait, mais ne voulait pas se l'avouer. Le soir même de ses noces, sa vie était passée des rêves chatoyants à la morne grisaille. Il la caressait sans amour, sans passion. Pressé et comme affairé, il gardait les yeux ouverts, la fixant d'un regard pénétrant, comme pour l'obliger à faire quelque chose qu'elle ne comprenait pas. Toutes les nuits, il la rejoignait. Le jour, il la voyait rarement, lui parlait rarement. Elle en était venue à redouter ses visites nocturnes, et s'était enhardie une fois à le refuser, le suppliant de la traiter avec amour. Ce soir-là, il l'avait prise avec violence et brutalité, et elle n'avait plus jamais osé le repousser. C'était peut-être cette nuit-là que leur enfant avait été conçu. Un mois plus tard, elle se savait enceinte.

Dès qu'elle lui eut annoncé la nouvelle, Sinistrad cessa de venir dans sa chambre.

L'enfant pleura. Des mains puissantes saisirent Iridal par les cheveux, la tirèrent en arrière, lui arrachèrent l'enfant. Elle se leva, chancelante, trébuchant dans ses draps tachés de sang et tomba, mais, saisissant d'une main un pan de la robe de l'enfant, elle le tira en arrière.

Il la regarda froidement, l'air dégoûté.

— Le jour où je vous ai demandé d'être ma femme, je vous ai dit ce que j'étais. Je ne vous ai jamais menti. Vous avez choisi de ne pas me croire. Vous avez fait votre malheur vous-même.

Se penchant, il saisit le pan de la robe, l'arracha aux mains affaiblies d'Iridal, et sortit.

Le soir, il revint avec un autre enfant — le fils des souverains de Volkaran et d'Uylandia. Sinistrad le tendit à Iridal comme un chiot perdu trouvé sur la route.

— Je veux mon fils ! s'écria-t-elle. Pas l'enfant d'une autre malheureuse !

— Alors, faites-en ce que vous voulez, dit Sinistrad.

Son plan avait réussi. Il était presque de bonne humeur.

— Allaitez-le ou noyez-le, je m'en moque.

Iridal eut pitié du nourrisson et le soigna tendrement, espérant que l'amour qu'elle lui prodiguait serait rendu à son fils, si loin d'elle maintenant. Mais le bébé n'arriva pas à s'adapter à leur atmosphère raréfiée. Il mourut au bout de quelques jours, et une partie d'Iridal mourut avec lui.

Un mois plus tard, elle alla trouver Sinistrad dans son laboratoire, et lui dit d'un ton calme et décidé qu'elle le quittait pour retourner chez son père. En réalité, elle avait l'intention d'aller dans le Mi-Royaume et d'en ramener son fils.

— Non, ma chère, il n'en est pas question, répliqua Sinistrad, sans lever les yeux du texte qu'il étudiait. Mon mariage avec vous a dissipé le nuage noir qui m'entourait. Maintenant, les autres ont confiance en moi. Pour que nos projets de quitter ce royaume aient quelque chance de réussir, j'ai besoin de l'aide de toute la communauté. Ils doivent exécuter mes volontés aveuglément. Je ne peux pas me permettre le scandale d'une séparation.

Il la regarda et elle vit qu'il connaissait ses plans et tous les secrets de son cœur.

— Vous ne pouvez pas m'arrêter, s'écria Iridal. Je tisse des mystères puissants ; je suis aussi versée que vous en la magie, mon mari, vous qui avez consacré votre vie à votre ambition dévorante. Je proclamerai partout que vous êtes mauvais ! Ils ne vous suivront pas, ils se lèveront contre vous et vous détruiront !

— Vous avez raison, ma chère. Je ne peux pas vous arrêter. Mais peut-être aimeriez-vous discuter cette question avec votre père ?

Gardant un doigt sur la ligne qu'il lisait, Sinistrad leva

la tête et fit un signe de la main. Une boîte d'ébène se souleva de la table où elle était posée, flotta en l'air et vint se poser près du mystériarque. L'ouvrant de sa main libre, il en sortit un médaillon suspendu à un cordon de velours noir et le tendit à Iridal.

— Un cadeau, ma chère. D'un tendre mari à sa tendre épouse, dit-il avec un sourire cruel qui lui déchira le cœur. Ouvrez-le.

Iridal prit le médaillon d'une main qui tremblait tant qu'elle faillit le lâcher. A l'intérieur, il y avait le portrait de son père.

— Ayez soin de ne pas le laisser tomber ni de le casser, dit Sinistrad d'un ton détaché, se remettant à sa lecture.

Horrifiée, Iridal s'aperçut que le portrait la regardait avec des yeux vivants, suppliants, impuissants...

Des bruits devant la fenêtre la tirèrent de sa rêverie. Se levant en chancelant de son fauteuil, elle vit le dragon de son époux flotter à travers les nuages, découpant de sa queue la brume en fines lanières, qui s'évanouissaient... comme des rêves. Le dragon vif-argent était venu sur l'ordre de Sinistrad et tournait en rond au-dessus du château, attendant son maître. C'était une bête immense au corps mince et sinueux, à la robe argentée scintillante, aux yeux rouges et flamboyants. Il n'avait pas d'ailes, mais il volait plus vite que ses cousins ailés du Mi-Royaume.

Seuls les magiciens les plus puissants parvenaient à contrôler ces dragons nerveux et imprévisibles, les plus intelligents de leur espèce, et qui avaient reçu le nom de dragons vif-argent. Ils savaient d'ailleurs qu'ils étaient ensorcelés et livraient constamment une bataille mentale contre le jeteur de sort, l'obligeant à se tenir continuellement sur ses gardes. Iridal observait le dragon par la fenêtre. Il était toujours en mouvement — tantôt s'enroulant en une boucle gigantesque, relevant la tête plus haut que la plus haute tour du château, tantôt se déroulant à la vitesse de l'éclair pour mouler son grand corps le long du mur du château encore baigné de brume. Iridal avait longtemps eu peur du vif-argent. S'il se libérait de sa laisse magique, il pouvait les tuer tous. Maintenant, ça lui était égal.

Sinistrad apparut, et Iridal s'écarta instinctivement de la fenêtre, pour qu'il ne la voie pas si d'aventure il levait les yeux. Mais il était préoccupé de questions plus importantes. On avait signalé la nef elfienne qui transportait son fils. Avec le reste du Conseil, il devait mettre la dernière main à son plan. C'est pourquoi il partait avec son dragon.

En sa qualité de mystériarque de la Septième Maison, Sinistrad aurait pu se transporter mentalement, dissolvant son corps et le reconstituant une fois son esprit arrivé à destination. C'est ainsi qu'il était entré dans le Mi-Royaume. Mais cet exploit épuisant ne pouvait impressionner qu'un spectateur assez attentif pour regarder le magicien se matérialiser, théoriquement à partir de rien. Les Elfes seraient plus terrorisés par la vue d'un dragon gigantesque que par les techniques délicates et raffinées de la rematérialisation.

Sinistrad monta le vif-argent, qu'il avait baptisé Gorgone, prit un vol et disparut à la vue d'Iridal. Son mari n'avait pas jeté un regard en arrière. Pourquoi l'aurait-il fait ? Il ne craignait pas qu'elle s'en aille. Plus maintenant. Il n'y avait pas de gardes postés autour du château. Il n'y avait pas de servantes chargées de rapporter ses faits et gestes à leur maître. Il n'en avait nul besoin. Iridal était sa propre geôlière, enfermée dans sa honte, prisonnière de sa terreur.

Ses mains se refermèrent sur le médaillon. A l'intérieur, le portrait ne bougeait plus, son père étant mort quelques années plus tôt. L'âme capturée par Sinistrad, le corps s'était étiolé. Mais chaque fois qu'Iridal regardait l'image, elle voyait encore de la pitié dans ses yeux.

Le château était vide et silencieux, presque autant que son cœur. Elle devait s'habiller, ôter la chemise de nuit qu'elle portait presque tout le temps, sa seule évasion étant dans le sommeil.

Se détournant de la fenêtre, elle se vit dans le miroir. Vingt-six cycles — elle avait l'air d'en avoir cent. Ses cheveux, autrefois de la couleur des blés et du miel, étaient maintenant aussi blancs que les nuages dérivant devant sa fenêtre. Prenant une brosse, elle se mit à démêler sa chevelure en désordre.

Son fils arrivait. Elle devait faire bonne impression. Sinon, Sinistrad serait mécontent.

CHAPITRE 45

NEUF ESPOIR,
HAUT-ROYAUME

Rapide comme son nom l'indiquait, le dragon vif-argent emporta Sinistrad à Neuf Espoir, la capitale du Haut-Royaume. Le mystériarque se plaisait à utiliser sa monture pour impressionner ses pairs. Aucun autre magicien n'était parvenu à ensorceler les dangereux vif-argent. En ce moment critique, il était bon de rappeler aux autres, une fois de plus, pourquoi ils l'avaient choisi comme chef.

Arrivant à Neuf Espoir, Sinistrad constata que les sortilèges avaient déjà été lancés. Cristaux scintillants, flèches vertigineuses, avenues bordées d'arbres — il reconnaissait à peine la ville. Deux mystériarques, attendant devant la Salle du Conseil, avaient l'air très contents d'eux-mêmes — et très fatigués.

Descendant lentement du ciel, Sinistrad leur donna tout le temps d'admirer sa bête ; puis il démonta, ordonnant à la créature de ne pas s'éloigner et d'attendre ses ordres.

Le dragon ouvrit la gueule en un rictus menaçant, ses yeux rouges flamboyant de haine. Sinistrad lui tourna le dos.

— Je vous le dis, Sinistrad, un jour, ce dragon brisera votre enchantement et personne ne sera plus en sécurité. C'était une erreur de le capturer, dit le plus vieux des deux mystériarques en regardant le vif-argent de travers.

— Avez-vous si peu de foi en mon pouvoir ? s'enquit Sinistrad d'une voix douce.

Les deux magiciens échangèrent un regard. Sinistrad comprit qu'ils venaient de parler de lui.

— Allons, Balthazar, vous me connaissez. Vous saviez qui j'étais quand vous m'avez choisi pour chef. Vous saviez que j'étais impitoyable. Certains d'entre vous me trouvaient même maléfique et ils n'ont pas changé d'avis. Mais j'étais le seul à posséder une vision à long terme, un plan pour sauver notre peuple. N'est-ce pas vrai ?

Les deux mystériarques se consultèrent du regard, puis détournèrent les yeux — l'un sur la merveilleuse cité, l'autre sur le dragon vif-argent qui disparaissait dans le ciel sans nuages.

— Nous n'avions pas le choix, dit le vieillard.

— Piètre compliment, mais j'ai mieux à dire : vous avez fait un extraordinaire travail, dit Sinistrad, observant d'un œil critique les flèches, les avenues et les arbres.

Tendant la main, il palpa la pierre de l'édifice devant eux.

— Si extraordinaire, en fait, que je me suis demandé si cela n'était pas aussi une illusion ! J'avais presque peur d'entrer !

L'un des mystériarques esquissa un pâle sourire. Le vieillard fronça les sourcils, leur tourna le dos et s'éloigna. Resserrant ses robes autour de lui, Sinistrad suivit ses compagnons, monta l'escalier de marbre et franchit les portes de cristal de la Guilde des Magiciens.

A l'intérieur, une cinquantaine de magiciens conversaient à voix basse. Hommes ou femmes, ils portaient des robes de coupe similaire à celle de Sinistrad, mais de couleurs variées, signalant la spécialité du magicien : vert pour la terre, bleu foncé pour le ciel, rouge pour le feu (ou la magie de l'esprit), bleu clair pour l'eau. Quelques-uns, comme Sinistrad, portaient le noir, symbole de la discipline — discipline de fer, ne tolérant aucune faiblesse. A son entrée, tous se turent. Une haie se forma et il passa, saluant un ami, remarquant un adversaire, traversant sans hâte la grande salle de marbre, vide, nue, et sans ornements. Aucune tapisserie n'embellissait ses murs, aucune statue ne décorait les portes, aucune fenêtre ne laissait entrer le soleil, aucune magie ne dissipait la pénombre. Dans le Mi-Royaume, les demeures des mystériarques étaient regardées comme les plus belles créations humaines. Accoutumés à toute cette beauté, les mystériarques du Haut-Royaume trouvaient bien froide l'austérité de la Guilde. Mains croisées sous leurs manches, ils se tenaient à l'écart des murs, évitant de regarder quoi que ce fût, sauf leurs pairs ou leur chef.

Il était le plus jeune de l'assemblée. Tous les mystériarques présents se rappelaient son entrée à la Guilde — jeune homme de belle prestance, avec une tendance à l'obséquiosité larmoyante. Ses parents avaient été parmi les premiers à succomber ici. Les autres le plaignaient, non sans raison. Il y avait, après tout, beaucoup d'orphelins à l'époque. Absorbés par leurs propres problèmes — qui étaient monumentaux —, ils n'avaient pas prêté grande attention au jeune magicien.

Les magiciens humains avaient leur propre version de l'histoire, qui, comme chez tous les peuples, était fortement biaisée. Après la Séparation, les Sartans avaient transporté leurs gens non pas sur Aristagon, comme le disaient les Elfes, mais ici, dans ce royaume déployé sous un dôme magique. Les humains, et surtout les magiciens, avaient travaillé très dur pour rendre ce royaume non seulement habitable mais encore magnifique. Il leur semblait que les Sartans n'étaient jamais là pour mettre la main à la pâte, mais toujours ailleurs, appelés par « des affaires importantes ».

Les rares fois où les Sartans revenaient, ils leur prêtaient l'assistance de leur magie runique. Ils créèrent ainsi des édifices fabuleux et renforcèrent le dôme. La coralite portait des fruits, l'eau était abondante. Les magiciens humains n'étaient pas particulièrement reconnaissants. Ils étaient envieux. Ils convoitaient la magie des runes.

Puis vint le jour où les Sartans annoncèrent que le Mi-Royaume était devenu habitable. Ils restèrent dans le Haut-Royaume, mais transférèrent les humains et les Elfes en bas, sous prétexte que le pays sous dôme était maintenant surpeuplé. Les magiciens humains pensèrent que les Sartans les avaient rejetés parce qu'ils commençaient à en savoir trop sur la magie des runes.

Le temps passa. Les Elfes, unis sous l'autorité de leurs magiciens, devinrent de plus en plus forts, tandis que les humains se transformaient en pirates barbares. Les magiciens humains observaient la montée en puissance des Elfes avec une inquiétude sourde et un dédain affiché.

Ils se disaient : « Si seulement nous avions la magie des runes, nous pourrions détruire les Elfes ! » Et au lieu d'aider leur propre peuple, ils concentrèrent leur magie sur les moyens de retourner dans le Haut-Royaume. Finalement ils réussirent ; une force composée des plus puissants magiciens — les mystériarques — monta au Haut-Royaume pour défier les Sartans et reprendre leur terre ancestrale.

La Guerre de l'Ascension, comme l'appelèrent les humains, ne fut pas une guerre. Un matin, les Sartans étaient partis, laissant leurs habitations vides et leurs cités abandonnées. Les mystériarques revinrent victorieux pour retrouver le Mi-Royaume déchiré par la guerre. Ils parvinrent tout juste à sauver leurs vies et renoncèrent à transporter leur peuple jusqu'à la Terre Promise.

Finalement, après des années d'épreuves et de souffrances, les mystériarques parvinrent à quitter le Mi-Royaume et à entrer dans ce pays dont leurs légendes vantaient la beauté, l'abondance et la sécurité. Ils espéraient découvrir les derniers secrets des runes. Tout semblait un rêve merveilleux. Et tout allait tourner au cauchemar.

Les runes gardèrent leurs secrets, et les mystériarques découvrirent avec horreur à quel point la beauté et la richesse de leur pays en dépendaient. Les récoltes poussaient, mais pas assez pour nourrir la population. L'eau était rare, chaque famille devait consacrer d'immenses quantités de magie à la produire. Des siècles de mariages consanguins avaient déjà affaibli les magiciens, et, dans cette société fermée, de terrifiants défauts génétiques apparurent, impossibles à corriger par la magie. Il y avait peu de naissances et beaucoup d'enfants mort-nés. Plus horrifiant encore, la magie du dôme commençait à s'estomper.

Les mystériarques allaient devoir quitter ce royaume, mais comment éviteraient-ils d'avouer leur échec ? Un homme avait une idée. Ils étaient désespérés, ils écoutèrent.

Le temps passa, l'homme fit de merveilleux progrès en magie, surpassant de beaucoup ses aînés par ses pouvoirs ; il cessa d'être servile et se mit à faire parade de ses talents. Quand il prit le nom de Sinistrad, ses aînés en furent agacés, mais sans plus. Autrefois, dans le Mi-Royaume, n'importe quel bravache pouvait prendre le nom de Brutus ou de Bandit, pour inspirer le respect qu'il n'avait pas encore mérité. Cela ne voulait rien dire.

Les mystériarques négligèrent ces avertissements. Le père d'Iridal tenta de les mettre en garde contre l'ambition dévorante du jeune homme, sa cruauté implacable et son esprit manipulateur. On ne l'écouta pas. Il perdit sa fille, puis sa liberté. La prison magique fut créée si habilement que nul ne s'aperçut de rien. Le vieux magicien continuait à vaquer à ses affaires et à visiter ses amis. Ceux qui remarquèrent son abattement et sa douleur les mirent sur le compte du mariage de sa fille. Nul ne sut que l'âme du vieil homme était retenue en otage, comme un insecte dans un bocal.

Discrètement, patiemment, le jeune magicien tissa sa toile sur tous les magiciens survivants. Les fils en étaient légers au toucher, pratiquement invisibles, à peine sentis. Il ne tissait pas sa toile en pleine lumière, mais enroulait prestement un fil autour d'un bras, prenait un pied dans une boucle, ligotant si subtilement ses victimes qu'elles ne remarquaient rien avant le jour où elles ne pouvaient plus bouger.

Maintenant, tous les mystériarques étaient paralysés, prisonniers de leur propre désespoir. Sinistrad avait raison. Ils n'avaient pas le choix. Ils devaient s'en remettre à lui, car il avait été le seul assez intelligent pour concevoir un plan d'évasion leur permettant d'échapper à leur magnifique enfer.

Sinistrad, arrivé au bout de la salle, y fit surgir un podium doré où il monta ; puis il se retourna pour s'adresser à ses pairs.

— La nef elfienne a été signalée. Mon fils est à bord.

Selon nos plans, je vais aller à leur rencontre et les guider...

— Comment laisser une nef elfienne entrer sous le dôme ? dit une mystériarque. Vous aviez dit que ce serait un petit vaisseau, piloté par votre fils et son lourdaud de domestique.

— J'ai été contraint de modifier mes plans, répliqua Sinistrad avec un mauvais sourire. La première nef a été attaquée par les Elfes et s'est écrasée sur Drevlin. Mais mon fils a pu s'emparer de cette nef et a ensorcelé le capitaine. Il n'y a pas plus d'une trentaine d'Elfes à bord avec un seul magicien — très faible, évidemment. Nous sommes capables d'affronter la situation, n'est-ce pas ?

— Autrefois, oui, répondit une femme. Un seul d'entre nous aurait pu dominer trente Elfes. Mais maintenant...

Elle laissa sa phrase en suspens.

— C'est pourquoi nous avons créé ces illusions, dit Sinistrad avec un geste vers la ville. Ils seront intimidés. Nous n'aurons pas de problèmes.

— Pourquoi ne pas les aborder dans le firmament, récupérer votre fils et les laisser passer leur chemin ? demanda le vieux Balthazar.

— Parce que nous avons besoin de leur vaisseau ! siffla Sinistrad, que ces questions irritaient. Il nous servira à transporter notre peuple dans le Mi-Royaume. Le plan précédent nous aurait obligés à en acquérir un ou à enchanter d'autres dragons.

— Alors, que ferons-nous des Elfes ? demanda la femme.

Tout le monde regarda Sinistrad. Ils connaissaient la réponse, mais ils voulaient l'entendre de sa bouche.

Il la prononça, sans hésitation.

— Nous les tuerons.

Silence de mort. Le vieux mystériarque secoua la tête.

— Non. Je ne veux pas participer à un massacre.

— Pourquoi pas ? Vous avez tué assez d'Elfes dans le Mi-Royaume.

— C'était la guerre.

— Nous sommes en guerre. C'est « eux ou nous ».

Murmures approbateurs. Certains prirent la parole.

— Sinistrad a raison, disaient-ils. *C'est* la guerre ! Il ne pourra jamais en être autrement entre nos races.

— Après tout, Sinistrad veut seulement nous ramener chez nous.

— Je vous plains ! gronda Balthazar. Il vous guide, c'est vrai ! Il vous mène par le bout du nez comme des veaux gras. Et quand il sera prêt, il vous fera égorger pour se nourrir de votre chair. Bah ! Laissez-moi. J'aime mieux mourir ici que de le suivre là-bas.

Et il se dirigea vers la porte.

— A votre aise, vieux fou, grommela Sinistrad entre ses dents. Laissez-le partir, dit-il tout haut à ceux qui essayaient de le retenir. A moins que vous n'ayez envie de le suivre ?

Le mystériarque embrassa vivement l'assemblée du regard, resserrant les fils de sa toile. Personne ne put s'en libérer. Les plus rétifs étaient maintenant si faibles qu'ils étaient impatients de faire toutes ses volontés.

— Très bien. Je ferai entrer la nef elfienne sous le dôme. Mon fils et ses compagnons séjourneront dans mon château. Ceux qui se sont portés volontaires pour apprendre à piloter une nef elfienne savent ce qu'ils ont à faire. Les autres doivent travailler à maintenir les sortilèges sur la ville. Le moment venu, je donnerai le signal et nous passerons à l'action.

Il les regarda tous, scrutant les visages pâles et soucieux, et parut satisfait.

— Nos plans se déroulent bien. Avec mon fils arrivent plusieurs individus qui pourront nous apporter une aide que nous n'avions pas prévue. L'un est un nain du Bas-Royaume. Il y a des siècles que ces nains sont exploités par les Elfes et ils se laisseront sans doute amener à la guerre. Un autre est un humain qui prétend venir d'un royaume situé en dessous du Bas-Royaume et dont nous ignorions l'existence. Cette nouvelle pourrait se révéler précieuse.

Il y eut des murmures d'approbation.

— Mon fils rapporte des informations sur les royaumes humains et la révolution elfienne, toutes choses utiles à notre entreprise de conquête. Il a même vu la grande machine construite par les Sartans dans le

Bas-Royaume. Nous pourrons enfin démêler le mystère de la Bougonne-Batte, comme ils l'appellent, et la faire travailler pour nous.

Sinistrad leva les mains en un geste de bénédiction.

— Allez, mes amis. Allez, et sachez que, ce faisant, vous entrez dans le monde, car bientôt Arianus sera à nous !

La réunion se termina dans les acclamations, dont la plupart enthousiastes. Sinistrad descendit du podium et celui-ci disparut : la magie devait être sévèrement rationnée. Beaucoup s'arrêtèrent pour congratuler Sinistrad ou lui poser des questions, parfois pour s'enquérir de sa santé, jamais de sa femme. Iridal n'assistait plus aux réunions du conseil depuis que la Guilde avait voté l'échange de son enfant contre un prince humain. Les membres de la guilde ne regrettaient pas son absence. Même après tant d'années, ils auraient eu du mal à la regarder dans les yeux.

Sinistrad congédia rapidement les importuns. Un ordre mental amena le dragon vif-argent au pied de l'escalier. Foudroyant le magicien de ses yeux furibonds, l'animal toléra néanmoins qu'il monte sur son dos. Il n'avait pas le choix ; il était ensorcelé. En cela, il différait des magiciens debout sur le seuil de la Guilde. Ceux-ci s'étaient donnés librement à Sinistrad.

CHAPITRE 46

LE FIRMAMENT

La dragonef planait, immobile dans l'air froid et raréfié. Ayant atteint les blocs de glace flottante connus sous le nom de firmament, elle s'était arrêtée, nul n'osant aller plus loin. Des glaçons dix fois plus gros que le vaisseau flottaient au-dessus d'eux, orbités par d'autres plus petits. L'air scintillait de minuscules gouttellettes d'eau gelée. La réverbération du soleil sur ces glacebergs était aveuglante. Quelle épaisseur avait le firmament, jusqu'où il montait, personne ne le savait. Personne — sauf les mystériarques et les Sartans — n'en était revenu pour le dire. Des cartes avaient été dressées à partir de spéculations, et tout le monde à bord réalisait maintenant qu'elles étaient fausses.

— Barrière naturelle, dit Hugh, écarquillant les yeux sur la beauté stupéfiante du paysage entrevu par le hublot. Pas étonnant qu'ils aient conservé si longtemps leurs richesses.

— Comment va-t-on traverser ? demanda Tourment.

— On ne traverse pas.

— Mais il le faut ! glapit le prince d'une voix suraiguë. Il faut que je retrouve mon père !

— Petit, si un bloc de glace — même petit — nous cogne, nos corps ne seront plus qu'une autre étoile scintillant dans le ciel. Peut-être que vous pourriez demander à papa de venir vous chercher ?

Tourment se rasséréna, toute colère disparue.

— Merci de l'idée, Messire Hugh.

Sa main se referma autour de sa plume.

— C'est ce que je vais faire. Et je n'oublierai pas de lui dire ce que vous avez fait pour moi. Tous.

Il les embrassa tous du regard, d'Alfred à Lambic, en passant par le chien d'Haplo.

— Je suis certain qu'il vous récompensera... comme vous le méritez.

Traversant la cabine, Tourment s'assit dans un coin et ferma les yeux.

— Qu'est-ce qui empêchera ce magicien de nous détruire après avoir récupéré son fils ? remarqua Haplo.

— Rien, répondit Hugh, mais il ne doit pas vouloir seulement son cher fils. Sinon, pourquoi se donner tout ce mal ?

— Désolé, je ne comprends pas.

— Alfred, venez ici. Vous avez dit que Sinistrad est venu au château de nuit, a échangé les bébés, puis est reparti. Comment a-t-il fait, avec tous les gardes ?

— Les mystériarques ont le pouvoir de se transporter à travers les airs. Selon Trian, le sortilège consiste à envoyer l'esprit en avant du corps. Une fois l'esprit fermement établi en un lieu donné, il y appelle son corps qui le rejoint. Le magicien doit seulement avoir visité l'endroit pour en visualiser l'image exacte avant d'y retourner magiquement. Les mystériarques avaient souvent visité le Palais Royal d'Uylandia, qui est presque aussi vieux que le monde.

— Mais il ne pouvait pas, par exemple, aller dans le Bas-Royaume ou dans le palais elfien d'Aristagon ?

— Non, Messire. Pas mentalement. Les Elfes ont toujours haï et craint les mystériarques et ne les ont jamais laissé entrer chez eux. Les mystériarques ne peuvent pas non plus aller dans le Bas-Royaume par ce moyen, puisqu'ils n'y sont jamais allés auparavant. Ils devraient pour cela utiliser d'autres moyens de transport... Oh, je vois où vous voulez en venir, Messire !

— Euh-euh. Sinistrad a tenté de s'emparer de ma nef. Il a échoué. Maintenant, il a celle-ci.

— Chut, quelqu'un, murmura Haplo.

La porte s'ouvrit, et le Capitaine Bothar'el entra, flanqué de deux officiers.

— Suivez-moi, dit-il à Hugh.

Haussant les épaules, la Main s'exécuta. La porte claqua derrière lui, le garde tourna la clé, et Hugh monta l'échelle jusqu'au pont supérieur.

— Capitaine, le dragon se rapproche, annonça la vigie.

— Un dragon ?

Hugh regarda le capitaine, qui, pour toute réponse, tendit le bras.

Hugh s'approcha du hublot. Frayant son chemin à travers le firmament, le dragon était à peine visible : une rivière d'argent coulant au milieu des glacebergs — une rivière d'argent aux yeux rouges.

— Vous connaissez cette race, humain ?

— C'est un vif-argent.

Hugh dut réfléchir avant d'ajouter le nom elfien :

— Silindistani.

— Impossible de le distancer, dit le Capitaine Bothar'el. Il faudra se battre !

— Je ne crois pas, remarqua Hugh. A mon avis, nous allons faire la connaissance du père.

Les Elfes ont pour les dragons une méfiance et une haine virulentes. La magie de leurs sorciers n'arrive pas à les contrôler, et l'idée que les humains ont toujours su le faire leur est aussi pénible qu'une rage de dents. Le vif-argent enroulait, tordait et tortillait son long corps luisant autour du vaisseau. Les Elfes donnaient des signes de nervosité, qui semblaient amuser le mystériarque debout sur le pont. Il était l'amabilité même, avec une cruauté dans le sourire et une dureté dans les yeux sous ses paupières sans cils.

— Je serai éternellement votre débiteur, Capitaine Bothar'el. Mon fils m'est plus précieux que tous les trésors du Haut-Royaume.

Plongeant son regard sur l'enfant qui s'accrochait à sa main et le regardait avec admiration, Sinistrad élargit son sourire.

— Je suis heureux d'avoir pu vous rendre service, dit le capitaine. Nous sommes maintenant des hors-la-loi pour les nôtres et nous devons trouver les forces rebelles. L'enfant nous a promis une récompense...

— Oh, vous l'aurez, et très généreuse, je vous assure. Mais vous devez connaître notre royaume enchanteur.

Nous avons si peu de visiteurs. Non que nous encouragions les visites, mais il s'agit aujourd'hui d'une circonstance exceptionnelle.

Hugh regarda Haplo, qu'on avait amené sur le pont avec les autres « hôtes ». Mais Haplo fixait Sinistrad avec une telle intensité qu'il aurait aussi bien pu être en train de compter les pores de sa peau.

— Je ne prendrai pas le risque de faire voler ma nef au milieu de tout ça, dit le Capitaine Bothar'el en montrant le firmament. Donnez-nous ce que vous avez, poursuivit-il en regardant les bagues magnifiques ornant les doigts du mystériarque, et nous rentrerons dans notre royaume.

Hugh aurait pu dire à l'Elfe qu'il perdait son temps. Sinistrad ne laisserait jamais échapper cette nef de ses mains couvertes de diamants et de rubis.

— Le voyage sera peut-être un peu difficile, Capitaine, mais pas impossible et certainement pas dangereux. Je serai votre guide et je vous montrerai le passage à travers le firmament.

Il embrassa tout le pont du regard.

— Vous ne voudrez pas priver votre équipage des merveilles de notre royaume ?

La splendeur légendaire du Haut-Royaume, attestée par les bijoux que le magicien portait avec tant de désinvolture, alluma une flamme qui consuma la peur et le bon sens des Elfes. Hugh eut pitié pour le capitaine, sûr qu'il se jetait dans un piège mais impuissant à le déjouer. S'il donnait l'ordre de rentrer, c'était lui qui rentrerait — pieds par-dessus tête, à travers plusieurs miles de ciel vide.

— Très bien, dit Bothar'el à contrecœur.

Les acclamations se turent devant les yeux flamboyants du capitaine.

— Je peux rentrer avec toi sur le dragon, papa ? demanda Tourment.

— Bien sûr, mon fils, dit Sinistrad, lui caressant les cheveux. Et maintenant, malgré mon désir de rester pour bavarder avec vous — et surtout avec mon ami Lambic ici présent, — ma femme attend son fils avec impatience. Ah, les femmes ! Quelles tendres créatures !

Sinistrad se tourna vers le capitaine.

— Je n'ai jamais piloté une nef, mais il me semble que votre principal problème dans la traversée du firmament sera le givre qui se formera sur les ailes. Toutefois, je suis certain que mon estimé collègue, dit-il en s'inclinant devant le magicien de la nef, saura le faire fondre.

Le bras sur l'épaule de son fils, Sinistrad fit par magie le court trajet qui le séparait du dragon. Puis il fixa des yeux étincelants sur le capitaine.

— Suivez le dragon, dit-il. Exactement.

Et il disparut.

— Alors, qu'est-ce que tu penses de lui ? murmura Hugh.

— Oh, il est puissant, dit Haplo, haussant les épaules. Mais pas autant que je m'y attendais.

Hugh grogna. Il avait trouvé Sinistrad très impressionnant.

— Et à quoi t'attendais-tu ? A un Sartan ?

Haplo lança un regard pénétrant à Hugh et comprit qu'il plaisantait.

— Oui, répondit-il en souriant.

CHAPITRE 47

LE FIRMAMENT

Le *Carfa'Shon* faisait voile à travers les glacebergs laissant derrière lui un sillage de cristaux scintillants. Il faisait un froid cuisant. Le magicien de la nef s'était vu contraint de tirer de la chaleur des parties habitées du vaisseau pour dégivrer le gréement, les câbles, les ailes et la coque, frappés par une pluie de glaçons qui, au dire de Lambic, tambourinaient sur le pont comme des millions de pois secs.

Haplo, Lambic, Alfred et Hugh s'étaient pelotonnés autour du petit brasero de leur cabine. Le chien, roulé en boule, dormait, le museau sur sa queue. Tous se taisaient. Lambic était trop émerveillé à l'idée de ce qu'il avait vu et de ce qui lui restait à voir. A quoi Haplo pensait-il ? Mystère. Hugh réfléchissait aux options qui s'offraient à lui.

Le meurtre ? Hors de question. Aucun assassin digne de sa dague n'entreprend de tuer un magicien, et encore moins un mystériarque ! Ce Sinistrad est puissant. Que dis-je ? Il est la puissance même ! Il l'attire et la canalise comme le paratonnerre attire et canalise la foudre. Si seulement j'arrivais à comprendre pourquoi il a besoin de moi maintenant, alors qu'il a essayé de me tuer. Pourquoi suis-je devenu si précieux ?

— Pourquoi m'as-tu fait amener Hugh, père ?

Le dragon vif-argent se frayait un chemin au milieu des glacebergs. Sinistrad le retenait pour que la nef elfienne puisse le suivre. Cette lenteur irritait le dragon qui, de plus, aurait bien aimé croquer les créatures odorantes du vaisseau. Mais il n'allait pas se rebeller contre Sinistrad. Ils s'étaient déjà livré de nombreuses batailles magiques, et Gorgone avait toujours perdu.

— J'aurai peut-être besoin de lui, Tourment. Il est pilote.

— Nous en avons déjà un : le capitaine des Elfes.

— Mon cher enfant, tu as beaucoup à apprendre. Commence donc tout de suite. Ne te fie jamais à un Elfe. Ils ne sont pas plus intelligents que les humains, mais ils vivent plus longtemps et se perfectionnent en vieillissant. Autrefois, c'était une noble race ; en comparaison, les humains n'étaient guère supérieurs aux bêtes, comme les Elfes aiment à le rappeler. Mais les Elfes n'ont pas su accepter notre ascension. En fait, ils étaient jaloux de nous.

— J'ai vu le magicien recueillir l'âme de l'Elfe mort, intervint Tourment, impressionné à ce souvenir.

— Oui, ricana Sinistrad. C'est ainsi qu'ils pensaient nous combattre.

— Je ne comprends pas, père.

— Pourtant, il est important que tu comprennes, mon fils, et vite, car nous allons avoir affaire au magicien de la nef. Avant la Séparation, la magie physique et la magie spirituelle étaient comme toutes choses — intimement mêlées en chaque être. Après la Séparation, tout s'est trouvé séparé, selon les légendes des Sartans.

« Chacune des races séparées cherche à utiliser la magie pour compenser ses faiblesses. Les Elfes, tendant naturellement vers le spirituel, avaient besoin de la magie pour renforcer leurs pouvoirs physiques. Ils étudièrent l'art de conférer des pouvoirs aux objets matériels qui pouvaient travailler pour eux.

— Comme les dragonefs ?

— Oui, comme les dragonefs. Les humains avaient plus d'emprise sur le monde matériel, et cherchèrent à accroître leurs pouvoirs sur le monde spirituel, à communiquer avec les animaux, forcer le vent et les pierres à leur obéir. Nous avons donc développé la magie mentale, entraînant nos esprits à altérer les lois physiques.

— C'est pour ça que j'ai pu voler?

— Oui, et si tu avais été un Elfe, tu aurais perdu la vie, car ils n'ont pas ce pouvoir. Les Elfes ont concentré toutes leurs capacités sur les objets physiques. Un magicien elfien, les mains liées derrière le dos, est impuissant. Un magicien humain, dans la même situation, n'a qu'à penser que ses poignets rétrécissent et cela survient effectivement, lui permettant de glisser les mains hors de ses liens.

— Père, dit Tourment, regardant derrière lui, le vaisseau s'est arrêté.

— En effet, dit Sinistrad, stoppant son dragon avec un soupir d'impatience. Ce magicien de la nef ne doit pas dépasser la Deuxième Maison s'il ne parvient pas mieux que ça à dégivrer les ailes.

— Et ainsi, nous avons deux pilotes.

Tourment se retourna sur la selle pour mieux voir le vaisseau. Les Elfes dégageaient les câbles de leur gangue de glace à coups de hache.

— Pas pour longtemps, dit Sinistrad.

S'il veut se servir de cette nef, le magicien a besoin d'un pilote. Cette question réglée, Hugh sortit sa pipe et se mit à la bourrer chichement, car sa provision de tabac diminuait à vue d'œil. Et maintenant, le magicien a deux pilotes : moi et l'Elfe. Il peut nous jouer l'un contre l'autre. Le gagnant vit, le perdant meurt. Ou peut-être qu'il ne se fiera pas à l'Elfe. Intéressant. Je me demande si je devrais mettre Bothar'el dans la confidence?

Allumant sa pipe, Hugh observa les autres sous ses paupières mi-closes. Lambic. Pourquoi Lambic? Et Haplo. Quel rôle jouait-il ?

— Le Guègue que tu as ramené, mon fils. Tu dis qu'il est le chef de son peuple?

— Enfin, si on veut, dit Tourment, s'agitant nerveusement. Ce n'est pas ma faute. J'ai essayé d'amener leur roi — le Chef Contremaître...

— Le Haut Contre-sous-Maître.

— … mais l'autre voulait ce Lambic, alors, c'est lui qui est venu, termina l'enfant, haussant les épaules.

— L'autre ? dit Sinistrad. Alfred ?

— Non, pas Alfred, dit Tourment avec dédain. L'autre. Le silencieux. L'homme au chien.

Sinistrad revit le pont mentalement. Il se rappelait avoir vu un autre humain, mais il n'arrivait pas à revoir son visage. Une tache floue. Sans doute celui qui venait du royaume inconnu.

— Peut-être que tu aurais dû l'ensorceler aussi. Tu n'as pas essayé ?

— Bien sûr que si, père ! dit Tourment, rouge d'indignation.

— Alors, qu'est-ce qui s'est passé ?

Tourment baissa la tête.

— Ça n'a pas marché.

— Quoi ? Serait-il possible que Trian ait effectivement rompu l'enchantement ? Ou peut-être que cet homme a un charme…

— Non, il n'a rien, à part son chien. Il ne me plaît pas. Il est venu, et je ne voulais pas de lui mais je n'ai rien pu faire. Quand je lui ai lancé le sort, ça n'a pas marché. Les autres, ils absorbent le charme comme une éponge absorbe l'eau. Mais le charme a rebondi sur lui et est revenu sur moi.

— Impossible. Il a un talisman caché ou c'est toi qui as trop d'imagination.

— Ni l'un, ni l'autre, père.

— Bah ! Qu'en sais-u ? Tu n'es qu'un enfant. Ce Lambic est le chef d'une sorte de rébellion de son peuple, non ?

Tourment baissa la tête, boudeur et ne répondit pas.

Sinistrad arrêta son dragon. La nef suivait péniblement, les ailes frôlant les glacebergs qui pouvaient la réduire en miettes. Se tournant sur sa selle, le mystériarque saisit son fils par le menton et le força à lever la tête. Il serrait fort ; Tourment avait les yeux pleins de larmes.

— Tu répondras promptement à toute question que je te poserai. Tu feras ma volonté sans discussion ni impertinence. Tu me traiteras en toutes circonstances avec respect. Je ne te reproche pas d'en manquer actuellement. Tu as vécu parmi des gens qui n'en étaient pas dignes. Mais cela a changé. Maintenant, tu es avec ton père. Ne l'oublie jamais.

— Non, murmura Tourment.

— Non qui ? dit Sinistrad, serrant plus fort.

— Non, père, dit Tourment en un souffle.

Satisfait, Sinistrad lâcha l'enfant, le récompensant d'un petit sourire de ses lèvres exsangues. Puis, tournant le dos à son fils, il ordonna au dragon de repartir.

Les doigts du magicien laissèrent des taches blanches sur les joues de l'enfant, des bleus sur sa mâchoire. Pensif, Tourment se frictionna le visage en silence, ravalant ses larmes.

— Maintenant, réponds à ma question. Ce Lambic est le chef d'une rébellion ?

— Oui, père.

— Il pourrait donc nous être utile. A tout le moins, il pourra nous donner des informations sur la machine.

— J'ai fait des dessins de la machine, père.

— Vraiment ? Précis ? Non, ne les sors pas. Le vent pourrait les emporter. Je les regarderai en arrivant à la maison.

Hugh tirait lentement sur sa pipe, plus détendu. Quels que fussent les plans du magicien, Lambic pouvait maintenant lui donner accès au Bas-Royaume. Mais Haplo. Où le placer ? A moins qu'il ne se soit trouvé là par accident. Non. Hugh l'observa avec attention. Haplo taquinait le chien endormi, lui chatouillant le museau du bout de la queue. Le chien éternua, s'éveilla, chercha la mouche avec irritation, et, ne la trouvant pas, se rendormit. Non, Hugh n'imaginait pas qu'Haplo pût faire quelque chose par hasard.

Le regard de Hugh passa à Alfred. Le chambellan regardait dans le vide, l'air de vivre un cauchemar. Que lui était-il arrivé dans le Bas-Royaume ? Tourment n'avait pas amené Alfred. Le chambellan l'avait suivi de son propre chef. Et le suivait toujours.

— Et Alfred ? demanda Sinistrad. Pourquoi l'as-tu amené ?

Le mystériarque et son fils approchaient du bord du firmament. Les glacebergs se faisaient plus petits et plus espacés. Scintillant au loin à travers les glaces comme une émeraude sertie dans des diamants, on entrevoyait le Haut-Royaume. Derrière eux, des acclamations s'élevèrent de la nef.

— Il a découvert le plan du Roi Stephen pour me tuer, répondit Tourment. Et il est venu pour me protéger.

— Il n'en sait pas plus ?

— Il sait que je suis ton fils. Il connaît le sortilège.

— Tous les imbéciles le connaissent. C'est ce qui le rend si efficace. Alfred sait-il que tu as manipulé tes parents et cet imbécile de Trian pour leur faire croire qu'ils avaient pris l'initiative de te rejeter ?

— Non. Alfred est venu parce qu'il n'a pas pu s'en empêcher. Il faut qu'il soit près de moi. Il n'est pas assez intelligent pour faire autre chose.

— Ce sera commode de l'avoir quand tu rentreras. Il pourra confirmer ton histoire.

— Rentrer où ? dit Tourment effrayé, se cramponnant à son père.

— Repose-toi maintenant. Nous sommes bientôt arrivés et je veux que tu fasses bonne impression à mes amis.

— Et à ma mère ?

— Oui, bien sûr. Maintenant, tais-toi. Nous approchons du dôme et je dois communiquer avec ceux qui nous attendent.

Tourment posa la tête sur le dos de son père. Il ne lui avait pas tout dit sur Alfred. Il y avait cet étrange incident dans la forêt, quand l'arbre lui était tombé dessus.

Alfred me croyait encore évanoui. Mais je ne l'étais pas. J'ai vu. Quoi ? Je le saurai là-haut. Peut-être qu'un jour je demanderai à mon père. Mais pas avant de savoir ce qu'il veut dire par « rentrer ». Jusque-là je garderai Alfred pour moi.

Tourment se blottit plus étroitement contre Sinistrad.

Hugh tapota le fourneau de sa pipe, l'enveloppa soigneusement et la remit dans son pourpoint. Il savait depuis le début qu'il commettait une faute en venant dans le Haut-Royaume. Mais il n'avait pas pu s'en empêcher. L'enfant l'avait ensorcelé. Hugh décida que, par conséquent, il pouvait cesser de réfléchir à ses options.

Il n'en avait aucune.

CHAPITRE 48

NEUF ESPOIR,
HAUT-ROYAUME

Guidé par le mystériarque et le dragon vif-argent, le *Carfa'shon* entra sous le dôme magique entourant le Haut-Royaume. Les Elfes, les humains et le Guègue, visages pressés contre les hublots, admiraient les merveilles de ce monde. En quelques secondes, ils laissèrent derrière eux le monde scintillant des glaces et entrèrent dans un pays verdoyant et ensoleillé, au ciel brillant de toutes les couleurs de l'arc-en-ciel. Cet univers était si beau que ses créateurs devaient être bien puissants.

Les Elfes ôtèrent leur manteaux de fourrure. Hugh éteignit le brasero. La glace des parois se mit à fondre et tomba en pluie sur le sol.

Tous ceux qui n'étaient pas occupés au pilotage considéraient le royaume enchanté. Il devait y avoir de l'eau en abondance. Le sol était couvert d'une végétation luxuriante, de grands arbres touffus parsemaient un paysage doucement vallonné. Ici et là, des flèches de nacre se dressaient vers le ciel, de larges routes sillonnaient les vallées et disparaissaient derrière les crêtes.

Dans le ciel ensoleillé filait comme une comète le dragon vif-argent, suivi de la nef qu'il faisait paraître lourde et disgracieuse. A l'horizon parut bientôt un groupe de flèches. Sinistrad dirigea le dragon dessus, et, au cours de l'approche, on put reconnaître une ville gigantesque.

Quand il était esclave, Hugh avait un jour visité la capitale Aristagon, dont les Elfes étaient justement fiers. La beauté de ses édifices de coralite est légendaire. Mais les bijoux de Tribus semblaient pâte de verre et bimbeloterie devant la cité qui déployait sous leurs yeux ses perles versées à foison sur le velours des gazons, et parfois interrompues par un rubis, un saphir ou un diamant.

Un silence respectueux, presque révérentiel, était tombé sur la nef. Nul ne parlait, comme si l'on craignait d'interrompre ce beau rêve. Les moines Kir avaient appris à Hugh que toute beauté est éphémère. Et jusque-là, il n'avait rien vu qui pût le faire changer d'avis. Mais maintenant, il commençait à se demander s'il n'avait pas eu tort. Lambic pleurait à chaudes larmes, ce qui l'obligeait à ôter ses lunettes et à les essuyer pour s'éclaircir la vue. Alfred semblait avoir oublié son tourment intérieur et contemplait la ville avec un visage adouci.

Quant à Haplo, il ne manifestait qu'un intérêt distant. Il est vrai que son visage n'arborait jamais aucune émotion. Pourtant, en regardant bien, il y avait des traces, presque des cicatrices, profondément imprimées sur son visage. Sa volonté les avait adoucies, presque effacées, mais pas tout à fait. Hugh avait toujours envie de porter la main à son épée en sa présence. Il aimait mieux un ennemi déclaré qu'un ami comme Haplo.

Assis aux pieds d'Haplo, regardant autour de lui avec plus d'intérêt que son maître, le chien baissa soudain la tête et se mordit le flanc, apparemment pour soulager une démangeaison.

La nef entra dans la cité, planant bas au-dessus des boulevards bordés de fleurs. Les hauts édifices semblaient en perles — ces gemmes qu'on trouve parfois dans la coralite, rares et précieuses comme des gouttes d'eau. Les Elfes retenaient leur souffle. Une pierre de perle, à elle seule, les rendrait plus riches que leur roi. Hugh se frotta les mains. S'il sortait de là vivant, sa fortune était faite.

Il y avait foule dans les rues; des milliers de personnes, se dit Hugh. Sinistrad guida la nef jusqu'à un immense parc au centre de la ville. Une foule de magiciens rassemblés là les regardaient avec curiosité. Aucun des assistants n'avait jamais vu un engin mécanique de ce genre, mais ils ne mirent pas longtemps à comprendre, et, saisissant les câbles que leur jetaient les Elfes, ils les attachèrent aux arbres. Le Capitaine Bothar'el fit refermer les ailes presque complètement, ne conservant que la magie nécessaire pour que la nef continue à planer.

Hugh et ses compagnons furent amenés sur le pont comme apparaissaient Sinistrad et Tourment, sortis de nulle part. Le mystériarque s'inclina devant le capitaine.

— Le voyage n'a pas été trop difficile ? La glace a-t-elle endommagé votre nef ?

— Très peu, merci, répliqua Bothar'el, s'inclinant à son tour. Nous pourrons réparer.

— Mes amis et moi, nous nous ferons un plaisir de vous fournir ce qu'il vous faudra.

— Merci, ce ne sera pas nécessaire. Nous avons l'habitude de faire avec ce que nous avons.

Avec un sourire forcé, Sinistrad déclara que l'équipage pouvait débarquer et jouir des plaisirs de la cité. Ses gens viendraient à bord surveiller les esclaves.

— Merci. Moi-même et certains de mes officiers, nous profiterons de votre invitation un peu plus tard. Mais pour le moment, nous avons du travail. Et je ne voudrais pas vous importuner.

Sinistrad aurait haussé un sourcil s'il en avait eu ; n'en ayant pas, il se contenta de plisser légèrement le front sans rien dire, et son sourire s'accentua, comme pour rappeler qu'il s'emparerait de cette nef en cinq secondes s'il le voulait.

Le Capitaine Bothar'el s'inclina, et, lui aussi, sourit.

Le regard de Sinistrad glissa sur Hugh, Lambic et Alfred. Il s'attarda un peu sur Haplo, et un pli pensif parut entre ses yeux. Haplo lui rendit son regard, avec son air tranquille et réservé, et le pli disparut.

— Accepterez-vous, Capitaine, que j'invite chez moi vos passagers ? Moi et mon épouse, nous leur sommes très reconnaissants d'avoir sauvé la vie de notre fils.

Le Capitaine Bothar'el se déclara sûr que ses hôtes seraient heureux d'échapper à la monotonie de la vie à bord. Hugh en conclut que l'Elfe était content de se débarrasser d'eux. On jeta une échelle de corde. Hugh fut le dernier à quitter le vaisseau. Debout près de la coupée, il regardait descendre les autres quand une tape sur son bras le fit sursauter.

Se retournant, il se trouva à nez avec le capitaine.

— Oui, je sais ce qu'il veut, dit Bothar'el. Et je ferai de mon mieux pour qu'il ne l'obtienne pas. Nous vous attendrons autant que nous pourrons. Si vous revenez avec de l'argent, nous filerons au plus vite. J'espère être payé comme promis.

Il y eut un cri et un coup sourd : Alfred venait de tomber. Hugh se mit à descendre. Haplo et Lambic essayaient de ranimer Alfred. Le chien léchait le visage du chambellan et Hugh admira l'exploit. A sa connaissance, aucun animal à quatre pattes n'était capable de descendre une échelle de corde. Mais quand il en parla aux autres, personne ne semblait avoir rien remarqué.

Un groupe de vingt mystériarques — dix hommes et dix femmes — les accueillit. Sinistrad les présenta comme mystagogues, professeurs des arcanes et gouverneurs de la ville. Un couple semblait d'âge canonique, avec des visages qui n'étaient plus que rides et des yeux astucieux qui semblaient refléter des connaissances immémoriales. Les autres étaient d'âge mûr, avec des visages fermes et lisses, d'abondantes chevelures à peine rayées de quelques fils d'argent ou grisonnant aux tempes. Ils offrirent à leur visiteurs de tout faire pour rendre leur séjour mémorable.

Mémorable. Hugh avait l'impression qu'il le serait, à tout le moins. Il regarda dans des yeux qui ne le regardaient jamais, vit des visages qui auraient pu être sculptés dans la substance nacrée d'alentour. Son malaise s'accrut.

— Je me demandais, mes amis, s'il vous plairait de parcourir la ville à pied. Ma demeure est à quelque distance, et vous n'aurez peut-être plus l'occasion de visiter Neuf Espoir avant de repartir.

Ils suivirent Sinistrad dans le parc. Des foules de magiciens, groupés sur les pelouses ou assis sous les arbres, les regardaient passer. Le silence était surnaturel. Hugh préférait encore le tintamarre de la Bougonne-Batte.

Sortant du parc, ils se retrouvèrent au milieu des

édifices scintillants. Des arches ouvraient sur des cours fraîches et ombreuses. Par les fenêtres, ils apercevaient des intérieurs fabuleux.

— L'édifice à votre gauche appartient au Collège des Arcanes, où nous instruisons nos jeunes. L'édifice le plus haut est le siège du gouvernement, où se réunissent les membres du conseil dont vous venez de faire la connaissance. Ah, je dois vous avertir d'une chose.

Sinistrad, qui les précédait, une main affectueusement posée sur l'épaule de son fils se retourna vers eux.

— Le matériau utilisé pour la construction de ces édifices est de fabrication magique. Disons qu'il n'est pas de ce monde. Et, comme vous appartenez à ce monde, il serait bon que vous ne le touchiez pas. Là, qu'est-ce que je disais !

Lambic, toujours curieux, avait voulu poser les doigts sur la pierre nacrée. Il y eut un grésillement, le Guègue glapit, et retira vivement sa main brûlée.

— Il ne comprend pas votre langue, dit Alfred avec un regard de reproche au magicien.

— Alors, je suggère que vous traduisiez mes paroles, rétorqua Sinistrad. La prochaine fois, cela pourrait lui coûter la vie.

Lambic, se suçant les doigts, regarda l'édifice avec une crainte révérentielle. Alfred lui traduisit l'avertissement à voix basse, et ils emboîtèrent le pas à Sinistrad et à Tourment. Hugh remarqua qu'Haplo s'attardait en arrière pour rester près de son chien qui s'était soudain mis à boiter. Hugh s'arrêta pour les attendre. Ils mirent longtemps à le rejoindre — le chien semblait souffrir — et les autres prirent une bonne avance. Haplo s'arrêta et s'agenouilla près de l'animal, apparemment absorbé par sa blessure. Hugh s'approcha.

— Eh bien, qu'est-ce qu'il a, cet animal ?

— Rien. Tends la main et touche le mur.

— Tu es fou ? Tu veux que je me brûle ?

— Vas-y. Tu ne te brûleras pas.

Comme un enfant qui ne résiste pas à un défi, Hugh toucha précautionneusement le mur nacré, grimaçant dans l'attente de la brûlure, mais il ne sentit rien. Absolument rien ! Sa main passa à travers la pierre ! L'édifice avait la solidité d'un nuage !

— Qu'est-ce que… ?

— Illusion, dit Haplo, flattant son chien. Viens, le magicien nous regarde. Il avait une épine dans la patte, cria-t-il à Sinistrad. Je l'ai ôtée, et maintenant, il va bien.

Sinistrad se demanda peut-être où le chien avait bien pu ramasser une épine dans la ville. Il continua pourtant, mais son discours sur les merveilles de Neuf Espoir semblait maintenant un peu forcé, sa voix un peu tendue.

— Il y a autre chose, aussi, dit Haplo à voix basse. Regarde bien les gens qui nous entourent.

— On ne peut pas leur reprocher de faire du bruit.

— Mais regarde-les bien.

Hugh s'exécuta.

— Ils ont quelque chose d'étrange, avoua-t-il enfin. Ils ont l'air…

— Familier ?

— Oui. J'ai l'impression de les avoir déjà vus. Mais ce n'est pas possible.

— Si, c'est possible. Si tu revois plusieurs fois les mêmes.

A cet instant, comme s'il avait entendu, Sinistrad arrêta brusquement la visite.

— Il est temps de regagner mon humble demeure, dit-il. Ma femme nous attend.

CHAPITRE 49

CHÂTEAU SINISTRE, HAUT-ROYAUME

Le dragon vif argent les emporta vers la demeure de Sinistrad. Le château semblait flotter sur un nuage, et, quand la brume se déchirait, dominait le spectaculaire panorama de Neuf Espoir. Les édifices, les gens tout n'était qu'un rêve. Le rêve de qui ? Et pourquoi étaient-ils invités — non, forcés — à le partager ?

Entrant dans le château, Hugh commença par tâter subrepticement le mur. Il remarqua qu'Haplo faisait de même, et ils se regardèrent. Le château, au moins, était réel.

Et la femme qui descendait l'escalier... était-elle réelle ?

— Ah, vous voilà, ma chère. Vous êtes si impatiente de voir votre fils ! Je pensais que vous nous attendriez à la porte.

Le hall d'entrée du château était immense, avec un escalier d'honneur en marbre si large qu'un dragon d'assaut aurait pu y voler, ailes déployées, sans en toucher les balustres. Les murs intérieurs étaient du même matériau lisse et nacré que les murs extérieurs, et luisaient doucement au soleil brillant à travers la brume. Des tapisseries magnifiques ornaient les murs, où s'alignaient des meubles rares et précieux — coffres de bois massif, fauteuils à hauts dossiers richement sculptés. D'antiques armures humaines incrustées d'or et d'argent montaient silencieusement la garde. Un épais tapis de laine se déroulait sur l'escalier, au milieu duquel, écrasée par sa grandeur, ils virent une femme, figée, qui contemplait son enfant. Tourment restait près de Sinistrad, sa petite main serrée dans celle du magicien. La femme referma la main sur un pendentif suspendu à son cou, s'appuyant de l'autre à la balustrade. Elle ne s'était pas arrêtée au milieu de l'escalier pour faire une entrée majestueuse, pour attirer tous les regards. Elle s'était arrêtée, constata Hugh, parce qu'elle ne pouvait pas aller plus loin.

Hugh s'était demandé quel genre de femme pouvait bien être la mère de Tourment. Quel genre de mère pouvait consentir à un échange d'enfants. Maintenant, en la voyant, il réalisa qu'elle n'était pas une ambitieuse mais une victime.

— Avez-vous pris racine, ma chère? dit Sinistrad, l'air mécontent. Pourquoi ne dites-vous rien? Nos hôtes...

La femme était sur le point de tomber, et, sans réfléchir, Hugh s'élança dans l'escalier et la reçut dans ses bras.

— Ainsi, c'est ma mère, dit Tourment.

— Oui, mon fils. Messieurs, mon épouse, Iridal, dit Sinistrad. Je vous prie de l'excuser. Elle est faible, très faible. Et maintenant, je vais vous montrer vos appartements. Je suis certain que vous voudrez prendre un peu de repos après ce voyage éprouvant.

— Et elle — votre femme? demanda Hugh.

— Emportez-la dans sa chambre, dit Sinistrad avec indifférence. En haut de l'escalier, la deuxième porte à gauche.

— Dois-je appeler une servante?

— Nous n'avons pas de domestiques. Elle doit se servir elle-même. Comme vous le devrez tous, j'en ai peur.

Sinistrad et Tourment tournèrent à droite et franchirent une porte qui surgit apparemment sur un ordre du magicien, dans un mur plein. Alfred était partagé entre le désir de suivre son prince et celui de secourir la femme évanouie. Lambic contemplait la porte qui s'était ouverte dans le mur, les yeux arrondis de crainte et d'admiration, et ne cessait de se frotter les oreilles : quelques « bing », « bang » ou « crac » auraient été les bienvenus pour rompre le silence.

— Je vous conseille de me suivre, messires. Vous ne trouverez pas le chemin tout seuls. Il y a très peu de chambres stables dans ce château. Les autres vont et viennent selon le besoin. Je déteste le gaspillage.

Les autres franchirent la porte. Hugh se demandait où était le chien, quand il le vit à ses pieds.

— Va-t'en ! dit-il en le repoussant du pied.

L'animal esquiva et resta sur l'escalier, le regardant avec intérêt, tête penchée, oreilles dressées.

Dans ses bras, la femme remua doucement et gémit. La montée de l'escalier fut longue, mais son fardeau était léger, trop léger.

Il trouva l'appartement sans difficulté : la porte entrouverte laissait échapper la même odeur de lavande qui émanait de la femme évanouie. Il y avait d'abord un salon, puis un cabinet de toilette, et enfin la chambre. Hugh s'étonna de trouver ces pièces presque vides, avec de rares meubles couverts de poussière. L'atmosphère était froide et désolée. Très différente du luxe de l'entrée.

Hugh coucha doucement Iridal sur son lit et rabattit sur elle des draps de lin fin bordés de dentelle et une fine couverture de soie, puis s'attarda près du lit.

Elle était plus jeune qu'il ne l'avait pensé à première vue. Ses cheveux, quoique blancs, étaient épais et fins comme des fils de la vierge. Au repos, les traits étaient doux, délicats et lisses. Mais elle était pâle, terriblement pâle.

Avant que Hugh ait pu l'en empêcher, le chien s'approcha et donna un grand coup de langue sur la main qui pendait du lit. Iridal remua et ouvrit les yeux. Elle regarda Hugh, le visage convulsé d'épouvante.

— Allez-vous-en ! murmura-t-elle. Il le faut !

... Des psalmodies accueillirent le lever du soleil dans le matin glacé. C'étaient des moines vêtus de noir descendant vers le village, et dispersant les charognards.

> ... avec chaque naissance
> nous mourons dans nos cœurs ;
> la parole dit vrai :

la mort seul revient
avec… avec… avec…

Hugh et d'autres enfants suivaient, frissonnant dans leurs minces vêtements, trébuchant sur le sol gelé. Ils en venaient à attendre avec impatience les brasiers terribles qui brûleraient dans ce village.

Il n'y avait pas un être vivant dans les rues, seulement des morts ; les familles les jetaient dehors pour se protéger de la peste, puis rentraient dans les maisons avant l'arrivée des moines Kir. Pourtant, à quelques portes, il y avait des paniers de provisions, et — plus précieuses encore — quelques cruches d'eau, tribut du village aux moines.

Les moines avaient l'habitude. Ils accomplissaient leur sinistre tâche, rassemblant les corps sur une aire dégagée où leurs orphelins construisaient déjà les bûchers de charcristal. D'autres enfants, dont Hugh, parcouraient les rues, ramassant les offrandes qu'ils emporteraient au monastère. Devant une porte, Hugh entendit du bruit et s'arrêta, un panier à la main. Il regarda à l'intérieur.

— Maman, disait un petit garçon à une femme alitée, j'ai faim. Pourquoi tu ne te lèves pas ?

— Je ne peux pas ce matin, mon chéri, dit la mère, dont la voix, quoique douce, dut sonner étrangement aux oreilles de l'enfant car elle l'effraya. Non, mon chéri. N'approche pas. Je te le défends.

Elle avait la respiration sifflante, le visage aussi blanc que les cadavres dans la rue, mais Hugh vit qu'elle avait dû être jolie.

— Tu seras sage, Mikal, pendant que je… que je serai malade. Tu me le promets ? Promets-le-moi, dit-elle d'une voix faible.

— Oui, maman, je promets.

— Va-t'en maintenant ! dit la femme en un souffle, les mains crispées sur la couverture. Va… me chercher de l'eau.

L'enfant se retourna et courut vers Hugh, debout sur le seuil. Le corps de la femme se convulsa en un spasme d'agonie et retomba, les yeux fixés sur le plafond.

— Il faut que j'aille chercher de l'eau, dit l'enfant.

Il tournait le dos à la chambre, il n'avait rien vu.

— Je t'aiderai à la porter, dit Hugh. Tiens-moi ça.

Il tendit le panier à l'enfant. Autant l'habituer tout de suite à sa nouvelle vie.

Prenant le petit garçon par la main, Hugh l'éloigna de la maison. Dans ses bras, il serrait le pain que sa mère avait fait sans doute quand elle avait ressenti les premiers symptômes de la maladie. Derrière lui, Hugh entendait encore, assourdie, la voix de la mère, éloignant son enfant pour qu'il ne la voie pas mourir.

De l'eau. Hugh prit la carafe et en versa un verre à Iridal qui n'y prêta pas attention.

— Vous !

Hugh hocha la tête. La femme s'assit dans son lit sur un coude. Elle avait le visage très pâle, les yeux fiévreux.

— Allez-vous-en ! reprit-elle à voix basse. Vous courez un danger terrible ! Quittez cette demeure ! Immédiatement !

Ses yeux. Ses yeux l'hypnotisaient, profondément enfoncés dans les orbites. Toutes les couleurs de l'arc-en-ciel jouaient au soleil autour des pupilles noires.

— Vous m'entendez ? demanda-t-elle.

Hugh n'avait pas vraiment entendu.

— Tenez, buvez, dit-il, lui tendant le verre.

Elle l'écarta avec colère. Le verre tomba et se brisa.

— Croyez-vous que je veuille avoir votre sang sur les mains, moi aussi ?

— Alors, parlez-moi de ce danger.

Mais la femme, se renversant sur ses oreillers, ne répondit pas. S'approchant, il vit qu'elle frissonnait de peur.

— Pourquoi devons-nous partir ?

Sans la quitter des yeux, il se baissa pour ramasser les morceaux de verre.

La femme secoua la tête, terrifiée, le regard affolé.

— Non, j'en ai trop dit. Il a des yeux partout.

Voilà bien longtemps que Hugh n'avait pas ressenti la douleur d'un autre être. Bien longtemps qu'il ne sentait plus la sienne. Remontant du plus profond de sa mémoire, des sentiments morts depuis des années revinrent à la vie, tendant leurs mains osseuses et enfonçant leurs ongles dans son âme. Sa main trembla, un éclat de verre s'enfonça dans sa paume.

— Qu'est-ce que je fais de ça?

Iridal eut un geste évanescent, et le verre cassé disparut.

— Je suis désolée. Mais c'est ce qui vous attend si vous vous obstinez à rester.

Détournant les yeux, il regarda par la fenêtre. Tout en bas, le dragon argenté avait enroulé son immense corps au pied du château et murmurait des formules de haine contre le magicien.

— Nous ne pouvons pas partir, dit Hugh. Ce dragon...

— Il y a des moyens d'éviter le vif-argent.

Hugh garda le silence, répugnant à lui dire la vérité. Mais il devait savoir.

— Je ne peux pas partir. Votre fils m'a jeté un sort.

— L'enchantement n'est efficace que parce que vous le voulez bien. Vous auriez pu le rompre depuis longtemps. C'est ce qu'a découvert Trian. Vous aimez l'enfant, voyez-vous. Et l'amour est une prison. Je le sais... je le sais.

Le chien, qui s'était couché aux pieds de Hugh, se leva soudain et regarda autour de lui, inquiet.

Iridal retint son souffle.

— Il arrive! Vite, partez. Vous êtes resté trop longtemps.

Hugh, sombre et menaçant, ne bougea pas.

— Oh, je vous en prie, partez, supplia Iridal, lui tendant les mains. Sinon, c'est moi qu'il punira!

Hugh, jetant un dernier regard à cette femme accablée, pensa qu'il valait mieux l'écouter, au moins pour le moment. Il rencontra le mystériarque à la porte du salon.

— Votre femme se repose, dit Hugh, prévenant toute question.

— Merci. Je suis certain que vous vous êtes très bien occupé d'elle, dit Sinistrad avec un sourire entendu, ses yeux sans cils s'attardant sur le corps musclé de son hôte.

Hugh s'empourpra de colère. Il voulut sortir, mais Sinistrad lui bloqua le passage.

— Vous êtes blessé, dit le mystériarque.

Lui prenant la main, il la leva, paume ouverte, vers la lumière.

— Ce n'est rien. Un verre cassé, c'est tout.

— Tstt, tstt. Je ne veux pas que mes hôtes se blessent. Permettez-moi de vous soulager.

Sinistra posa sur la blessure des doigts minces et frémissants comme des pattes d'araignée, puis ferma les yeux et se concentra. La coupure se referma. La douleur diminua.

Sinistrad ouvrit les paupières en souriant et regarda Hugh dans les yeux.

— Nous ne sommes pas vos hôtes, dit la Main. Nous sommes vos prisonniers.

— *Cela*, mon cher ami, dépend uniquement de vous.

L'une des rares pièces stables du château était le cabinet de travail du magicien. Mais sa place changeait constamment selon l'humeur et les besoins de Sinistrad. Ce jour-là, elle se trouvait tout en haut, rideaux ouverts pour laisser entrer les derniers rayons de Solarus avant que les Seigneurs de la Nuit soufflent le jour comme une chandelle.

Étalés sur le grand bureau du mystériarque, les dessins que son fils avait faits de la Bougonne-Batte. Il en avait vu certaines parties personnellement. D'autres dessins, exécutés avec l'aide de Lambic, représentaient des parties de la machine fonctionnant sur le reste de l'île de Drevlin. Ces croquis étaient remarquablement précis. Sinistrad avait enseigné à l'enfant comment améliorer son travail par la magie. Visualisant les images mentalement, Tourment n'avait plus qu'à guider le mouvement de sa main pour transposer ce qu'il voyait sur le papier.

Le magicien étudiait ces croquis avec attention quand un aboiement étouffé lui fit lever la tête.

— Que vient faire ce chien ici ?

— Il m'aime, dit Tourment, le serrant sur son cœur. Il me suit partout. Tu m'aimes plus qu'Haplo, hein, mon vieux ?

Le chien remua la queue.

— N'en sois pas si sûr, dit Sinistrad, posant sur le

chien un regard pénétrant. Autrefois, les mages se servaient d'animaux pour espionner dans les endroits interdits.

— Mais Haplo n'est pas un magicien. C'est... juste un humain.

— Et un humain dont il faut se méfier. Aucun homme n'affiche jamais autant de calme et d'assurance à moins d'être certain de contrôler la situation.

Sinistrad coula un regard en coin à son fils.

— Je n'aime pas cet étalage de faiblesse que je découvre en toi, Tourment. Tu commences à me rappeler ta mère.

L'enfant lâcha lentement le chien, et, se levant, alla se placer près de son père.

— On devrait se débarrasser d'Haplo. Alors, je pourrais garder le chien.

— Idée intéressante, mon fils, répondit Sinistrad, soucieux. Maintenant, fais sortir ce chien et va jouer.

— Papa, le chien sera sage. Regarde, il se couche.

Sinistrad vit le chien qui le contemplait de ses yeux intelligents.

— Je ne veux pas de lui ici. Il sent mauvais. Sauvez-vous, tous les deux.

Sinistrad rapprocha deux dessins et les considéra pensivement.

— Que voulaient faire les Sartans ? Pas uniquement produire de l'eau, sans aucun doute.

— Elle produit l'eau qui lui permet de continuer à fonctionner, dit Tourment, grimpant sur un tabouret à côté de son père. Elle a besoin d'eau pour produire la vapeur qui actionne les machines qui produisent l'électricité qui fait marcher la machine.

Tourment saisit le regard de son père. Les paroles moururent sur ses lèvres. Sinistrad ne dit rien. Lentement, Tourment glissa à bas de son tabouret.

Sans un mot, le mystériarque reprit l'examen des dessins.

Tourment se dirigea vers la porte. Le chien se leva et le suivit avec entrain. Sur le seuil, l'enfant se retourna.

— Je sais, dit-il.

Sinistrad irrité leva les yeux.

— Je sais dans quel but la Bougonne-Batte a été inventée. Je sais quelle devait être sa fonction. Je sais comment on peut la lui faire exécuter. Et je sais comment nous pouvons gouverner le monde entier. Je l'ai compris en faisant les dessins.

Sinistrad fixa l'enfant. Il y avait quelque chose de sa mère dans sa bouche et son visage ravissants, mais c'étaient ses propres yeux, sournois et calculateurs, qui le regardaient sans peur dans le visage de son fils.

— Montre-moi.

Tourment s'exécuta. Le chien, oublié, se coucha aux pieds du magicien.

CHAPITRE 50

CHÂTEAU SINISTRE, HAUT-ROYAUME

Le tintement de clochettes invisibles appela les hôtes de Sinistrad pour le dîner. La salle à manger du château — sans doute créée pour l'occasion — surgit sous le nez des invités. Elle était vaste, sombre et sans fenêtres. Une longue table de chêne, couverte de poussière, se dressait dans cet espace nu, entourée de chaises drappées de housses comme des spectres. La cheminée était vide et froide.

S'approchant nonchalamment de la table, Haplo y passa le doigt et le ramena noir de poussière.

— Il me tarde de goûter les mets, remarqua-t-il.

Des candélabres jusque-là invisibles s'allumèrent. Les housses des chaises disparurent, enlevées par des mains immatérielles. La poussière s'envola. La table vide se couvrit de plats — rôtis, légumes fumants, pains odorants. Des gobelets pleins de vin et d'eau apparurent. Un orchestre se mit à jouer en sourdine.

Lambic, bouche bée, recula et faillit tomber dans la cheminée où ronflait maintenant un bon feu. Alfred faillit quitter son corps de surprise. Hugh fit un pas en arrière, considérant le festin avec méfiance. Haplo, souriant tranquillement, prit un bua[1] et en croqua une bouchée, puis essuya le jus coulant sur son menton. Une illusion très

1. Fruit dont les humains sont particulièrement friands. Une dure écorce pourpre protège une chair rose d'une douceur presque écœurante. De l'avis des gastronomes, rien n'égale le mélange subtil des saveurs lorsque l'écorce et la chair sont consommées ensemble. Le vin tiré de ce fruit est très apprécié des Elfes, qui pourtant n'en consomment pas la chair.

réussie. Dans une heure, chacun se demanderait pourquoi il mourait de faim.

— Asseyez-vous je vous prie, dit Sinistrad.

Conduisant sa femme à un bout de la table, il la fit asseoir et ajouta en s'inclinant :

— Pour récompenser Messire Hugh de s'être occupé de vous aujourd'hui, ma femme, je le placerai à votre droite.

Iridal rougit, baissant les yeux sur son assiette.

— Mon cher Lambic, ajouta-t-il dans la langue des Guègues, mon fils m'a parlé de votre vaillant combat pour libérer votre peuple. Je vous en prie, prenez place près de moi. Ma femme s'occupera des autres.

Sinistrad s'assit au haut bout de la table. Flatté, embarrassé et rougissant, Lambic cala son corps vigoureux dans un fauteuil à sa droite. Tourment s'assit à la gauche de son père. Haplo alla s'asseoir à l'autre bout de la longue table, près de Hugh et d'Iridal. Le chien se coucha sous la table aux pieds de Tourment.

Aussi réservé que jamais, Haplo s'absorbait dans son assiette et entendait bien toutes les conversations.

— J'espère que vous me pardonnerez mon malaise, dit Iridal.

Elle s'adressait à Hugh, mais ses yeux ne cessaient de revenir à son mari, assis en face d'elle.

— Ces indispositions me prennent à l'improviste.

Sinistrad, qui l'observait, fit un signe de tête. Elle se tourna vers Hugh et, pour la première fois, le regarda en face. Elle essaya de sourire.

— La maladie... me fait souvent dire des sottises.

— Ce que vous avez dit n'était pas sot, rétorqua Hugh. Et vous n'étiez pas malade. Vous aviez peur.

Les joues d'Iridal perdirent toute couleur. Jetant un coup d'œil à son mari, elle tendit la main vers son gobelet de vin.

— Il faut oublier ce que j'ai dit ! Si vous attachez du prix à la vie, n'en parlez plus !

— Pour le moment, ma vie a très peu de prix, dit Hugh, lui saisissant la main sous la table. Sauf si je peux l'employer à vous servir !

— Goûte donc ce pain, dit Haplo, passant une corbeille à Hugh. Délicieux. Sinistrad le recommande.

En effet, le mystériarque les observait avec attention. Hugh prit un morceau de pain qu'il posa, sans le toucher, près de son couvert. Iridal chipotait dans son assiette.

— Alors, pour l'amour de moi, ne citez plus mes paroles, surtout si vous ne voulez pas les mettre en pratique.

— Je ne pouvais pas partir, sachant que je vous laissais en danger.

Iridal se redressa.

— Que pouvez-vous faire, vous, un humain, contre des magiciens ? Je suis dix fois plus puissante que vous, dix fois plus capable de me défendre si besoin est ! Ne l'oubliez pas !

— Pardonnez-moi, dit Hugh, dont le visage basané s'empourpra. Il me semblait que vous aviez des ennuis...

— Mes ennuis ne concernent que moi, Messire.

— Alors, je ne vous importunerai plus, Madame, vous pouvez en être certaine !

Hugh se remit à manger sans ajouter un mot.

Le silence s'étant fait à ce bout de la table, Haplo tourna son attention vers les autres.

Le chien dressait les oreilles, regardant les convives comme s'il en espérait un bon morceau.

— Mais, Lambic, vous ne savez presque rien du Mi-Royaume, disait Sinistrad.

— J'en sais assez.

Lambic avait visiblement changé au cours des dernières semaines. Les choses qu'il avait vues avaient, comme ciseau et maillet, écorné son rêve idéaliste. Il avait vu la vie déniée aux Guègues depuis des siècles, la vie qu'ils entretenaient sans la partager. Les premiers coups de maillet lui avaient fait mal. La rage viendrait. Pour l'heure, accablé par la beauté ambiante, il ne trouva rien d'autre à dire.

— Je m'afflige sincèrement pour votre peuple, répondit le magicien. Tous ceux du Haut-Royaume s'associent à votre chagrin et à votre juste colère. Nous partageons la responsabilité de votre situation. Non que nous vous ayons jamais exploités. Nous n'en avions pas besoin, comme vous pouvez le constater. Mais nous sommes en faute.

Il but délicatement une gorgée de vin.

— Nous avons quitté le monde parce que nous en

avions assez de la guerre, assez de voir les gens souffrir au nom de la cupidité et de la haine. Nous avons fait ce que nous pouvions pour arrêter cela, mais nous étions trop peu, trop peu.

Il y avait des larmes dans sa voix. Haplo aurait pu lui dire qu'il perdait son temps, du moins pour son bout de la table. Iridal avait renoncé depuis longtemps à faire semblant de manger. Immobile, elle regardait son assiette en silence, puis, quand elle fut sûre que l'attention de son mari était concentrée sur le Guègue, elle leva les yeux et regarda son fils, le voyant peut-être pour la première fois depuis son arrivée. Les larmes lui montèrent aux yeux. Elle baissa vivement la tête, et, levant une main pour repousser une mèche, s'essuya subrepticement les joues.

La main de Hugh, posée sur la table, se serra avec colère.

Comment la lame d'or de l'amour était-elle parvenue à s'introduire dans un cœur aussi dur? Haplo ne se souciait pas de le savoir. Mais ça tombait bigrement mal. Le Patryn avait besoin d'un homme d'action, ne pouvant agir lui-même. Et ça ne l'arrangerait pas que Hugh se fasse tuer dans un grand élan chevaleresque.

Haplo se mit à se gratter la main droite, et déplaça légèrement son bandage. Le sigle découvert, il tendit nonchalamment le bras vers un morceau de pain, s'arrangeant — du même mouvement— pour presser le dos de sa main contre le pichet de vin. Saisissant le pain, il le posa sur son assiette, passa sa main gauche par-dessus la droite pour rabattre son bandage et recouvrir les runes.

— Iridal, dit Hugh, je ne supporte pas de vous voir souffrir...

— Pourquoi vous soucier de moi?

— Au diable si je le sais! dit Hugh, se penchant vers elle. Vous ou votre fils! Je...

— Un peu de vin? proposa Haplo, soulevant le pichet.

Hugh le foudroya du regard.

Mais Haplo poussa vers Hugh un gobelet dont la base lui heurta les doigts; le vin se renversa sur sa main et sa manche de chemise.

— Au diable..., commença Hugh, se tournant vers le Patryn.

Haplo haussa un sourcil pour lui montrer l'autre bout de la table. Tous, y compris Sinistrad, les regardaient. Iridal était immobile, très droite, pâle et froide comme le marbre des murs. Hugh leva son gobelet et but à longs traits. A son air sombre, on aurait pu croire qu'il buvait le sang du magicien.

Haplo sourit. Il était temps.

— Désolé de ma maladresse, dit-il. Vous disiez ?

Fronçant les sourcils, le mystériarque reprit :

— Je disais que nous aurions dû réaliser ce qui arrivait à votre peuple du Bas-Royaume et venir à votre aide. Mais nous croyions les Sartans. Nous ne savions pas, alors, qu'ils mentaient...

Un tintement sec les fit sursauter. Alfred avait lâché sa cuillère dans son assiette.

— Que voulez-vous dire ? Quelles histoires ? demandait Lambic avec intérêt.

— Après la Séparation, votre peuple — étant par nature plus petit que les humains et les Elfes — fut transporté dans le Bas-Royaume. Pour sa propre protection, disaient les Sartans. En fait, ils voulaient simplement s'assurer une main-d'œuvre bon marché.

— Ce n'est pas vrai !

C'était la voix d'Alfred. Tout le monde, y compris Iridal, le regarda avec stupéfaction.

Sinistrad se tourna vers lui, ses lèvres minces étirées en un sourire poli.

— Vous connaissez la vérité ?

Alfred rougit lentement, du cou jusqu'à sa calvitie.

— Je... j'ai fait une étude sur les Guègues...

Cramoisi, il tripotait l'ourlet de la nappe.

— Enfin, je... je crois que les Sartans avaient bien l'intention de... d'assurer leur protection. Les n... les Guègues étaient petits, vulnérables aux races plus grandes, mais surtout ils n'étaient pas très nombreux... après la Séparation. De plus, les n... les Guègues sont doués pour la mécanique. Et c'est ce qu'il fallait aux Sartans. Mais ils n'avaient jamais pensé... Enfin, ils avaient toujours voulu...

Hugh bascula en avant et sa tête heurta la table avec un bruit sourd. Iridal se leva en poussant un cri. Haplo déjà debout, passait à l'action.

— Ce n'est rien, dit-il.

Passant le bras de l'assassin autour de son cou, Haplo souleva son corps de la chaise. La main de Hugh balaya la nappe, renversant des gobelets et faisant tomber une assiette par terre.

— Courageux, mais il ne tient pas le vin. Je vais le ramener dans sa chambre. Ne vous dérangez pas.

— Vous êtes certain qu'il va se remettre ? demanda Iridal d'un ton anxieux. Je devrais peut-être...

— Un ivrogne s'est évanoui à votre table, ma chère. Inutile de vous inquiéter, dit Sinistrad. Otez-le de ma vue, je vous prie.

— Je peux garder le chien ? demanda Tourment, caressant l'animal qui, voyant son maître partir, s'était levé d'un bond.

— Bien sûr, répondit aimablement Haplo. Chien, reste.

Le chien se rassit joyeusement à côté de Tourment.

Haplo soutenant Hugh — qui titubait sur des jambes molles —, ils zigzaguèrent en direction de la porte. Les autres se rassirent. Sinistrad se retourna vers Lambic.

— Maintenant que j'ai une nef à ma disposition, je crois que je viendrai dans votre royaume. Naturellement, je ferai tout ce que je pourrai pour aider votre peuple à se préparer à la guerre...

— La guerre ! répéta Lambic, pâle et troublé.

— Mon cher Guègue, je n'avais pas l'intention de vous choquer, dit Sinistrad, lui souriant avec bonté. Je pensais que vous étiez venu ici pour me demander mon appui. Je peux vous assurer de la coopération totale de mon peuple.

Les paroles de Sinistrad parvinrent par les oreilles du chien jusqu'à Haplo, qui avançait dans le corridor sombre et froid, se demandant où se trouvaient les chambres, quand un corridor s'ouvrit devant lui, bordé de portes ouvertes.

— J'espère que nous n'avons pas de somnambules, murmura Haplo à son compagnon ivre-mort.

De la salle à manger, lui parvint le froufrou de la robe d'Iridal et le crissement de sa chaise sur le sol. Elle prit la parole d'une voix étranglée par la colère.

— Si vous voulez bien m'excuser, je vais me retirer dans ma chambre.

— Vous ne vous sentez pas bien, ma chère ?

— Je me sens très bien, merci.

Elle fit une pause puis ajouta :

— Il est tard. L'enfant devrait être au lit.

— Oui, ma femme. J'y veillerai. Inutile de vous inquiéter. Tourment, souhaite bonne nuit à ta mère.

Eh bien, la soirée avait été intéressante. Fausse nourriture. Fausses paroles. Haplo allongea Hugh sur son lit et déploya une couverture. Sous l'influence du sortilège, l'assassin dormirait jusqu'au matin.

Haplo regagna sa chambre, qu'il referma à clé derrière lui. Les voix continuaient à lui parvenir par le chien. Tout le monde prenait congé pour la nuit. Allongé sur son lit, le Patryn se mit à réfléchir.

La Bougonne-Batte. Il avait déduit sa fonction des images défilant sur le globe oculaire du Créchi-Crécha, où les Sartans étalaient leur puissance et annonçaient leur grand dessein. Il revoyait les images, les cartes du monde, les îles et les continents dispersés, la tempête déchaînée qui dispensait à la fois la mort et la vie ; toutes choses en mouvement de cette façon chaotique dont les Sartans avaient horreur.

Quand avaient-ils découvert leur erreur ? Ce monde qu'ils avaient créé pour donner un refuge à des peuples après la Séparation, quand avaient-ils découvert son imperfection ? Après l'avoir peuplé ? Avaient-ils alors réalisé que les belles îles flottant dans le ciel étaient sèches et stériles, et ne pouvaient pas nourrir la vie qui leur avait été confiée ?

Les Sartans répareraient tout ça. Ils avaient fractionné le monde plutôt que de le laisser au pouvoir de ceux qu'ils en trouvaient indignes. Ils construiraient une machine qui, avec l'aide de leur magie, alignerait les îles et les continents. Fermant les yeux, Haplo revit mentalement les images. Une force prodigieuse, née de la Bougonne-Batte, saisit les continents et les îles, les entraîne à travers les cieux et les aligne les uns au-dessus des autres. Un geyser d'eau, issu de la tempête éternelle, jaillit continuellement, apportant à tous le fluide vital.

Haplo avait résolu le mystère. Il était plutôt surpris que Tourment l'ait résolu aussi. Maintenant, Sinistrad savait, et avait obligeamment exposé ses plans à son fils — et au chien qui écoutait.

Qu'il abaisse seulement une manette de la Bougonne-Batte, et le mystériarque gouvernerait un monde réaligné.

Le chien sauta sur le lit et se coucha contre Haplo. Nonchalamment le Patryn caressa le chien. Avec un soupir satisfait, le chien posa la tête sur sa poitrine et ferma les yeux.

Quelle folie criminelle, pensa Haplo, caressant les oreilles du chien. Construire une machine aussi puissante, puis s'en aller et la laisser tomber entre les mains de quelque mensch[1] ambitieux. Pourquoi ? Malgré tous leurs défauts, les Sartans n'étaient pas des imbéciles. Quelque chose leur était arrivé, mais quoi ? En tout cas, ils n'étaient plus dans le monde, on ne pouvait pas en douter.

En écho lui revinrent les paroles d'Alfred, étouffées dans le brouhaha créé par l'ivresse de Hugh, mais entendues par le chien et transmises à son maître.

« Ils se prenaient pour des dieux. Ils essayaient de faire le bien. Mais tout ne cessait de virer au mal. »

1. Mot utilisé par les Patryns et les Sartans en parlant d'êtres doués de pouvoirs magiques plus faibles que les leurs. S'applique aux Elfes, aux humains et aux Guègues.

CHAPITRE 51

CHÂTEAU SINISTRE, HAUT-ROYAUME

— Papa, j'irai avec toi sur Drevlin…

— Non, Tourment ! Tu dois retourner dans le Mi-Royaume et prendre ta place sur le trône.

— Mais Stephen veut me tuer !

— Ne sois pas stupide, mon enfant. Pour que tu hérites du trône, Stephen et sa reine doivent être morts. J'arrangerai cela. En fait, naturellement, c'est moi qui gouvernerai le Mi-Royaume. Mais je ne peux pas être partout à la fois. Je serai dans le Bas-Royaume en train de préparer la machine. Ne pleurniche pas ! Je ne le supporte pas !

Les paroles de son père résonnaient sans arrêt dans sa tête, comme les crissements irritants d'un insecte qui l'empêcherait de s'endormir.

C'est moi qui gouvernerai le Mi-Royaume.

Oui, et où serais-tu en ce moment, papa, si je ne t'avais pas montré comment ?

Allongé sur le dos, très raide, l'enfant tripotait sa couverture de laine. Tourment ne pleurait pas. Les larmes étaient une arme précieuse dans sa lutte contre les adultes ; il les avait souvent trouvées utiles avec Stephen et Anne. Mais pleurer tout seul, dans le noir, c'était une faiblesse. C'est ce qu'aurait pensé son père.

Mais que lui importait ce que pensait son père ?

Tourment serra très fort sa couverture, mais les larmes lui montèrent aux yeux quand même. Oui, ça lui importait. Tellement que ça lui faisait mal.

Tourment se rappelait clairement le jour où il avait réalisé que les gens qu'il prenait pour ses parents l'adoraient, mais ne l'aimaient pas. Ayant échappé à la surveillance d'Alfred, il traînait à la cuisine, essayant de soutirer des friandises, quand un garçon d'écurie était entré en pleurant, écorché par une serre de dragon. C'était le fils de la cuisinière, guère plus âgé que Tourment, qui commençait à travailler avec son père, un soigneur de dragons. La blessure n'était pas grave. La cuisinière l'avait lavée et pansée, puis, prenant l'enfant dans ses bras, elle l'avait serré sur son cœur et l'avait renvoyé à son travail avec de gros baisers. L'enfant était reparti, rayonnant, oubliant sa douleur et sa frayeur.

Tourment avait observé la scène à l'écart. La veille, il s'était coupé la main à un gobelet ébréché. Cela avait provoqué un grand remue-ménage. On avait convoqué Trian, qui avait apporté un couteau d'argent massif purifié dans la flamme, des herbes médicinales, et des toiles d'araignées pour arrêter le sang. Le gobelet fautif avait été cassé. Alfred avait failli être renvoyé. Le Roi Stephen avait tonné pendant vingt minutes contre le pauvre chambellan. La Reine Anne avait failli s'évanouir à la vue du sang mais ne l'avait pas embrassé. Elle ne l'avait pas pris dans ses bras et ne l'avait pas fait rire pour qu'il oublie sa douleur.

Tourment s'était consolé en battant comme plâtre le garçon d'écurie, qui du coup avait été sévèrement puni pour s'être battu avec le prince, ce qui rendait la consolation plus savoureuse encore. Ce soir-là, Tourment avait demandé à la voix de la plume-amulette, la douce voix qui lui parlait souvent la nuit, de lui expliquer pourquoi ses parents ne l'aimaient pas.

La voix lui avait dit la vérité. Stephen et Anne n'étaient que des parents temporaires. Son vrai père était un puissant mystériarque séjournant dans un splendide château d'un royaume fabuleux. Il était fier de son fils, il le rappellerait un jour auprès de lui, et ensuite *ils ne se sépareraient plus*.

Lâchant sa couverture, l'enfant saisit son amulette et tira sur le cordon de cuir, qui résista. Furieux, avec une bordée de jurons appris du garçon d'écurie, il tira plus fort et ne parvint qu'à se faire mal. Des larmes de douleur et de frustration lui montèrent aux yeux.

S'asseyant dans son lit, il recommença à tirer, et finalement, après bien des efforts, parvint à passer le cordon par-dessus sa tête.

Alfred passait dans le couloir, cherchant sa chambre dans ce palais troublant.

— Lambic est en train de tomber sous l'emprise du mystériarque. Les Guègues vont mourir par milliers, et pour quoi ? Pour assurer le gouvernement du monde à un homme maléfique ! Je devrais arrêter ça, mais comment ? Après tout, c'est en tentant de tout contrôler que nous avons plongé le monde dans la tragédie. Et puis, il y a ce Haplo. Je sais qui il est, mais, une fois encore, qu'est-ce que je peux faire ? Je ne sais pas ! Pourquoi m'a-t-on laissé tout seul ? Est-ce par erreur, ou pour faire quelque chose ? Et quoi ?

Absorbé dans ses ruminations, le chambellan se retrouva devant la porte de Tourment. Le couloir ténébreux se brouilla devant ses yeux. S'arrêtant le temps que sa vue s'éclaircisse, et souhaitant désespérément que ses idées fassent de même, Alfred entendit un froissement de vêtements et la voix de l'enfant qui pleurait. Regardant à droite et à gauche pour s'assurer qu'il était seul dans le couloir, Alfred leva deux doigts de la main droite et traça une rune sur la porte. Le bois sembla disparaître et il vit dans la pièce comme s'il n'y avait rien devant lui.

Tourment jetait l'amulette dans un coin.

— Personne ne m'aime, et j'en suis content ! Je ne les aime pas non plus !

L'enfant se jeta sur le lit et enfouit sa tête sous l'oreiller. Alfred prit une profonde inspiration. Enfin ! C'était enfin arrivé, et juste au moment où il désespérait !

C'était le moment d'arracher l'enfant à l'influence pernicieuse de Sinistrad. Alfred fit un pas, oubliant la porte, et faillit se cogner en plein dedans, car le charme ne l'avait pas supprimée, mais l'avait simplement rendue transparente.

Le chambellan se ressaisit et pensa : Non, pas moi. Qui suis-je ? Un serviteur, rien de plus. Sa mère. Oui, sa mère !

Tourment entendit du bruit et, se raidissant, ferma les yeux. La couverture était tirée sur sa tête et il sécha vivement ses larmes du revers de la main.

Était-ce Sinistrad ? Avait-il changé d'avis ?

— Tourment ?

C'était une voix douce et tendre, la voix de sa mère.

L'enfant fit semblant de dormir. Qu'est-ce qu'elle veut ? Est-ce que j'ai envie de parler avec elle ? Oui, je crois. Toute ma vie, les gens se sont servis de moi pour obtenir ce qu'ils voulaient. Maintenant, à mon tour.

Clignant les yeux d'un air endormi, Tourment sortit une tête ébouriffée des couvertures. Iridal s'était matérialisée dans la chambre. Une douce lumière émanait d'elle, projetant un halo sur l'enfant. Regardant sa mère, Tourment comprit à son air ému qu'elle savait qu'il avait pleuré. Parfait.

— Oh, mon petit !

S'asseyant sur le lit, Iridal le prit dans ses bras et le serra sur son cœur, lui caressant les cheveux de la main.

Une sensation de chaleur exquise enveloppa l'enfant. Blotti dans ces bras rassurants, il se dit : j'ai donné à père ce qu'il voulait. Maintenant, c'est son tour. Qu'est-ce qu'elle veut de moi ?

Rien, apparemment. Iridal pleurait, disant qu'il lui avait manqué et qu'elle avait tant désiré le revoir. Cela donna une idée à Tourment.

— Maman, dit-il, levant sur elle ses yeux bleus inondés de larmes, je veux rester avec toi ! Père dit qu'il va me renvoyer au loin !

— Te renvoyer au loin ! Où ? Pourquoi ?

— Dans le Mi-Royaume, chez ces gens qui ne m'aiment pas ! dit-il, lui serrant la main très fort. Je veux rester avec toi !

— Oui, murmura Iridal, l'embrassant sur le front. Oui... une famille comme je l'avais rêvée. Peut-être qu'il y a une chance. Peut-être que je ne peux pas le sauver, mais que son enfant le pourra. Il ne pourra sûrement pas trahir tant d'amour et de confiance. Cette main, poursuivit-elle, baisant les doigts de l'enfant, cette main l'entraînera peut-être hors du sentier ténébreux où il marche.

Tourment ne comprenait pas. Tous les chemins étaient

pareils pour lui, ni obscurs ni lumineux, et tous menaient droit au même but : faire faire aux gens toutes ses volontés.

— Tu parleras à mon père, dit-il, se dégageant, et pensant qu'après tout les étreintes et les baisers n'étaient pas si agréables.

— Oui, je lui parlerai dès demain.

Tourment bâilla.

— Il faut que tu dormes, dit Iridal en se levant.

Elle le borda tendrement, et, se penchant, l'embrassa sur la joue.

— Bonne nuit, mon fils.

Son rayonnement magique s'atténua. Elle leva les mains, ferma les yeux pour se concentrer, et disparut.

Tourment souriait dans le noir il n'avait aucune idée de l'influence que sa mère pouvait exercer sur son père. Il ne pouvait en juger que d'après la Reine Anne, qui obtenait généralement tout ce qu'elle voulait de Stephen.

Et si ça ne marchait pas, il y avait toujours l'autre plan. Mais pour que celui-là marche, il devrait donner gratuitement une chose qui pouvait avoir une valeur inestimable. Il serait circonspect, naturellement, mais Sinistrad pourrait deviner et lui voler son secret.

Allons, il n'aurait pas en venir là. Pas encore. On ne l'enverrait pas au loin. Sa mère y veillerait.

Plein d'allégresse, Tourment rejeta ses couvertures d'un coup de pied.

CHAPITRE 52

CHÂTEAU SINISTRE, HAUT-ROYAUME

Le lendemain matin, Iridal trouva son mari en compagnie de son fils, en train d'étudier ses croquis. Le chien, couché aux pieds de l'enfant, leva la tête et remua la queue.

Iridal s'arrêta un instant sur le seuil. Elle voyait un père aimant, un fils en adoration devant lui ; Sinistrad consacrait patiemment son temps à Tourment, étudiant les dessins de l'enfant avec une gravité feinte qui était assez sympathique. En cet instant, voyant la calotte noire penchée près de la tête blonde, entendant le murmure de leurs deux voix, absorbées dans l'excitation de ce qu'elle prenait pour un projet enfantin, Iridal pardonna tout à Sinistrad. Elle oublierait avec joie ses années de terreur et de souffrance, elle les bannirait de sa mémoire, si seulement cette merveilleuse entente pouvait continuer.

Elle s'avança, hésitante — elle n'était pas venue dans le sanctuaire de son mari depuis des années —, et la voix lui manqua. Pourtant le père et le fils dressèrent la tête. L'un la regarda avec un sourire charmant et radieux. L'autre parut contrarié.

— Eh bien, ma femme, que voulez-vous ?

La voix froide et le regard glacé des yeux sans cils ébranlèrent ses naïves illusions.

— Bonjour, maman, dit Tourment. Veux-tu voir mes dessins ?

— Si je ne vous dérange pas...

Elle regarda Sinistrad, hésitante.

— Entrez donc, dit-il de mauvaise grâce.

— Ils sont merveilleux, dit-elle, prenant quelques pages et les élevant dans la lumière.

— Je me suis servi de la magie. Comme père m'a enseigné. J'ai pensé à ce que je voulais dessiner, et ma main a travaillé toute seule. J'ai appris très vite, dit l'enfant, levant de grands yeux charmeurs. Toi et père, vous pourriez tout m'apprendre à vos moments perdus. Je ne vous dérangerais pas.

Sinistrad se renversa dans son fauteuil ; ses robes de soie épaisse émirent un bruissement sec comme un vol de chauve-souris. Ses lèvres s'étirèrent en un sourire glacial. Iridal aurait fui dans son appartement si Tourment ne l'avait pas regardée avec espoir. Le chien reposa sa tête sur ses pattes, attachant son regard à celui qui parlait.

— Que… que représentent ces dessins ? La grande machine ?

— Oui. Regarde. Ça, c'est la partie qu'ils appellent matricia. Papa dit que ça veut dire « utérus », et que c'est là qu'est née la Bougonne-Batte. Et cette partie active la grande force qui tirera toutes les îles…

— Ça suffit, Tourment, intervint Sinistrad. Ta mère doit s'occuper de nos… hôtes.

Il la regarda d'un air qui la fit rougir.

— Je suppose que vous n'êtes pas là sans raison, ma femme. Peut-être pour vous assurer que j'étais occupé et qu'ainsi vous pouviez, avec votre sombre et bel assassin…

— Comment osez-vous ?

D'une main tremblante, elle reposa précipitamment les dessins sur le bureau.

— L'ignoriez-vous, ma chère ? Votre galant champion est un assassin professionnel. Un tueur à gages, payé pour supprimer un enfant, reprit Sinistrad, ébouriffant les cheveux de Tourment d'une main affectueuse. Sans moi, ma femme, vous n'auriez jamais revu votre fils.

— Je ne vous crois pas !

— Ce doit être choquant pour vous, en effet, d'apprendre que nous avons sous notre toit un hôte capable de nous assassiner tous dans notre lit. Mais n'ayez crainte, j'ai pris mes précautions. Il était ivre mort hier soir, ce qui a facilité son transfert en lieu sûr. Mon fils vient de m'apprendre que sa tête est mise à prix, de même que celle de son infidèle serviteur. Cette somme viendra à point pour financer mes projets dans le Mi-Royaume. Mais quelle est donc, ma chère, la raison de votre visite ?

— Ne m'enlevez pas mon fils ! haleta Iridal, glacée comme si elle venait de recevoir une douche froide. Agissez à votre guise, je ne ferai rien pour m'y opposer. Mais laissez-moi mon fils !

— Hier matin, vous l'avez renié. Maintenant, vous le réclamez.

Sinistrad haussa les épaules.

— Vraiment, ma chère, je ne peux pas abandonner cet enfant à vos lubies qui changent tous les jours. Il doit retourner dans le Mi-Royaume pour y assumer ses devoirs. Maintenant, il vaut mieux vous retirer. Cette petite conversation était très agréable. Nous devrions recommencer plus souvent.

— Tu aurais dû m'en parler avant, maman, intervint Tourment. Je *veux* retourner là-bas ! Père sait ce qui est le mieux pour mon avenir, j'en suis certain.

— J'en suis certaine aussi, dit Iridal.

Se retournant, elle sortit avec dignité, et parvint à arriver dans le sombre couloir glacé avant de pleurer sur son enfant perdu.

— Quant à toi, Tourment, dit Sinistrad, remettant à leur place les dessins qu'avait dérangés Iridal, ne recommence jamais plus cela avec moi. Aujourd'hui, j'ai puni ta mère qui aurait dû mieux me connaître. La prochaine fois, ce sera toi.

Tourment accepta la remontrance en silence. C'était amusant de jouer avec un adversaire à sa taille, pour une fois. Il se mit à distribuer les prochaines cartes, si vite que son père ne remarquerait pas qu'elles venaient du dessous du paquet.

— Père ? dit Tourment.

— Oui ?

— Un jour, j'ai vu Trian dessiner quelque chose sur

une feuille de papier. C'était une lettre de l'alphabet, et pourtant ce n'en était pas une. Quand je lui ai demandé ce que c'était, il a froissé la feuille et l'a jetée, l'air embarrassé. Il a dit que c'était de la magie et que ça n'avait pas d'intérêt pour moi.

Sinistrad lui jeta un regard pénétrant. Tourment prit l'air ingénu qu'il réussissait si bien. Le chien se leva et fourra son museau dans la main de l'enfant, mendiant une caresse.

— A quoi ressemblait ce symbole ?

Au dos d'un dessin, Tourment traça une rune.

— Ça ? ricana Sinistrad. C'est un sigle runique. Ce Trian doit être encore plus bête que je ne pensais.

— Pourquoi ?

— Parce que seuls les Sartans savaient se servir des runes.

— Les Sartans ! dit l'enfant, impressionné. Personne d'autre ?

— On dit que dans le monde d'avant la Séparation, les Sartans avaient des ennemis mortels — un peuple aussi puissant qu'eux-mêmes mais plus ambitieux, prêt à utiliser ses pouvoirs presque divins pour dominer, non pour guider. Les Patryns.

— Et personne d'autre ne peut utiliser leur magie ?

— Ne te l'ai-je pas déjà dit ?

— Excuse-moi, père. Mais à quoi sert cette rune ?

— C'est une rune de guérison, je crois, dit Sinistrad avec indifférence.

Tourment sourit et caressa le chien, qui lui lécha la main avec reconnaissance.

CHAPITRE 53

CHÂTEAU SINISTRE, HAUT-ROYAUME

Les effets du sortilège étaient lents à se dissiper. Hugh ne distinguait toujours pas le rêve de la réalité. A un moment, le moine noir se dressa près de lui pour le tourmenter.

— Maître de la mort? Non, c'est nous tes maîtres. Toute ta vie, tu nous as servis.

Puis le moine noir prit la forme de Sinistrad.

— Pourquoi ne pas me servir? Je peux utiliser un homme de votre talent. Stephen et Anne doivent mourir. Mon fils doit s'asseoir sur le trône de Volkaran et d'Uylandia, et ils se dressent sur son chemin. Un homme de votre intelligence peut trouver la meilleure solution à ce problème. J'ai à faire, mais je reviendrai. Restez ici et réfléchissez.

« Ici », c'était un cachot obscur créé à partir du néant, où Sinistrad avait transporté Hugh. L'assassin n'avait guère résisté. Comment lutter quand on confond le sol et le plafond, que vos pieds se multiplient que vos jambes perdent leurs os?

Hugh se rappelait vaguement avoir tenté d'expliquer qu'il n'était pas ivre, que c'était un terrible sortilège, mais Haplo s'était contenté de sourire.

Quand Haplo verra que j'ai disparu peut-être qu'il me cherchera.

Prenant sa tête entre ses mains Hugh maudit sa sottise. Cette prison n'est pas située dans les entrailles du château. J'ai vu le vide d'où elle a surgi. Elle se trouve au fond du néant, au milieu de nulle part. Personne ne me trouvera jamais. J'y resterai jusqu'à ce que je trouve la mort...

... ou que je prenne Sinistrad pour maître.

Et pourquoi pas? J'ai servi bien des hommes, pourquoi n'en servirais-je pas un de plus? Mieux encore, pourquoi ne pas rester où je suis? Ce cachot n'est guère différent de ma vie : une prison froide, morne et vide. J'en ai construit les murs moi-même — avec de l'argent. Je m'y suis retiré et j'ai fermé la porte à clé. J'étais mon propre gardien, mon propre geôlier. Et ça a marché. Peine, compassion, remords — rien n'a pu traverser ses murs. Un moment, j'ai même accepté de tuer un enfant moyennant finances.

Et alors, l'enfant s'est emparé de la clé.

Mais c'est sa magie qui me l'a fait prendre en pitié. Ou est-ce l'excuse que je me suis donnée? Ce n'est certes pas le sortilège qui a fait resurgir ces souvenirs.

L'enchantement n'a d'effet que parce que vous le voulez bien. Votre volonté l'alimente. Vous auriez pu le rompre depuis longtemps, si vous le vouliez vraiment. Vous l'aimez, voyez-vous. Et l'amour est une invisible prison.

Voire. C'est peut-être la liberté.

Hébété, entre le rêve et la veille, Hugh se leva, s'approcha de la porte. Il tendit la main... et regarda. Sa main était couverte de sang. Le poignet, l'avant-bras, étaient ensanglantés jusqu'au coude.

— Messire.

Hugh sursauta. Était-elle réelle? Il battit des paupières, et elle ne disparut pas.

— Iridal?

Voyant dans ses yeux qu'elle savait la vérité, il baissa la tête et contempla ses mains avec embarras.

— Ainsi, Sinistrad avait raison, dit-elle. Vous êtes un assassin.

Ses yeux couleur d'arc-en ciel étaient devenus gris et incolores, plus aucune lumière n'y brillait.

Que répondre? Elle disait la vérité. Il pouvait se trouver des excuses, lui parler de Nick-Trois-Coups. Il pouvait lui dire qu'il avait prévu de ramener l'enfant à la Reine Anne. Mais il avait accepté le contrat, avait pris l'argent, et il était sûr, au fond de son cœur, de pouvoir tuer un enfant.

— Je ne comprends pas ! C'est monstrueux ! Comment avez-vous pu passer votre vie à assassiner les gens ?

Il aurait pu lui dire que la plupart de ses victimes méritaient la mort. Qu'il avait sans doute sauvé la vie aux suivantes.

Mais Iridal rétorquerait : Qui êtes-vous pour en juger ?

Et il répondrait : Quel homme peut juger ? Qui est le Roi Stephen pour proclamer : « Cet homme est un Elfe, il doit mourir ? » Qui sont les barons, pour dire : « Cet homme possède des terres que je désire. Il ne veut pas me les donner, il doit mourir » ?

Mais j'ai accepté, j'ai pris l'argent. Je savais au fond de mon cœur que je pouvais tuer un enfant. Alors il dit :

— Ça n'a plus d'importance.

— Non, sauf que je me retrouve seule. Une fois de plus.

Iridal parlait doucement. Hugh savait qu'elle n'avait pas parlé pour qu'il l'entende. Debout au centre du cachot, elle baissait la tête et ses longs cheveux blancs lui cachaient le visage comme un voile. Elle l'avait aimé. Elle avait eu confiance en lui. Elle allait, peut-être, lui demander son aide. Les portes de sa cellule s'ouvraient, le soleil inondait son âme.

— Iridal, vous n'êtes pas seule. Alfred est bon il est dévoué à votre fils, il lui a sauvé la vie un jour qu'un arbre est tombé sur lui. Si vous voulez vous enfuir, il pourrait vous emmener jusqu'à la nef des Elfes. Le capitaine a besoin d'argent. Il vous prendrait à bord en échange d'une bonne somme et d'une aide pour sortir du Firmament.

Iridal enfouit son visage dans ses mains. Ce n'était pas la prison de Hugh qu'elle voyait, mais la sienne.

Elle était donc prisonnière elle aussi.

J'ai ouvert la porte de sa cellule, je lui ai permis d'entrevoir la lumière. Et maintenant, la porte se referme.

— Iridal, je suis un meurtrier. Pire, j'ai tué pour de l'argent. Mais ce que j'ai fait n'est rien comparé à ce que projette votre mari !

— Vous vous trompez ! Il n'a jamais pris une vie. Il ne pourrait pas faire une chose pareille.

— Il parle de guerre mondiale, Iridal !

— Vous ne comprenez pas. Ce sont nos vies qu'il essaye de sauver. Les vies de notre peuple.

Devant son air perplexe, elle eut un geste d'impatience.

— Vous vous êtes sûrement demandé pourquoi les mystériarques avaient quitté le Mi-Royaume, ce pays où ils détenaient pouvoir et richesse. Oh, je sais ce qu'on dit de nous. C'est nous qui avons répandu ces histoires. Nous étions dégoûtés des coutumes barbares des hommes, de la guerre incessante avec les Elfes. Mais nous n'avions pas le choix. Notre magie s'affaiblissait. Les mariages avec des humains ordinaires la diluaient. Sur votre monde, les magiciens sont nombreux, mais faibles. Nous qui étions de sang pur, nous étions peu nombreux mais puissants. Pour assurer la perpétuation de notre race, nous avons fui vers un royaume où nous ne pourrions pas être...

— Contaminés ? suggéra Hugh.

Iridal rougit. Puis, relevant la tête, elle le regarda avec fierté.

— Le voyage fut difficile et beaucoup moururent. D'autres succombèrent avant qu'ait pu être stabilisé le dôme magique qui nous protège du froid et nous donne de l'air. Finalement, des enfants naquirent, mais peu nombreux, et la plupart moururent.

Elle baissa la tête.

— Tourment est le seul enfant vivant. Et maintenant, le dôme s'effondre. Ce chatoiement dans le ciel que vous trouvez si beau est pour nous mortel. Les édifices sont des illusions, les avenues sont peuplées de silhouettes pour nous masquer la vérité.

— Vous devez retourner dans le monde d'en bas, mais vous avez peur d'avouer votre faiblesse. L'enfant substitué va revenir en roi !

— En roi ? C'est impossible ! Ils ont déjà un roi.

— Votre mari veut m'engager pour tuer leur roi et leur reine, après quoi Tourment héritera du trône.

— Je ne vous crois pas !

— Si, vous me croyez. Je le vois à votre visage. Vous savez de quoi votre mari est capable. Ce n'était peut-être pas un meurtre, mais il aurait causé moins de douleur à deux souverains du Mi-Royaume en leur plongeant un poignard dans le cœur qu'en leur prenant leur bébé !

Elle essaya de le regarder en face, mais ne put s'y résoudre et baissa les yeux.

— J'ai souffert de leur peine. J'ai essayé de sauver leur enfant... j'aurais donné ma vie pour qu'il vive. Et puis, il y a les vies des autres...

— J'ai souvent fait le mal. Mais il me semble, Iridal, qu'on fait aussi le mal en ne faisant *rien*. Sinistrad va revenir pour conclure son marché avec moi. Écoutez ses projets, vous jugerez par vous-même.

Iridal ouvrit la bouche. Puis, secouant la tête, elle ferma les yeux et disparut. Ses chaînes étaient trop lourdes. Elle ne pouvait plus les briser.

Hugh se rassit, seul dans sa prison. Tirant sa pipe, il la planta entre ses dents et contempla les murs avec fureur.

Chevaucher l'aile du dragon.

Si Sinistrad avait voulu l'impressionner par son apparition, il dut être déçu. Hugh leva les yeux sur lui, sans bouger et sans dire un mot.

— Eh bien, Hugh-la-Main, avez-vous pris votre décision ?

Se levant avec effort, Hugh rangea soigneusement sa pipe.

— Je n'ai pas envie de passer le restant de mes jours dans ce cachot. Je travaillerai pour vous. J'ai fait pire. Après tout, j'ai un jour accepté de l'argent pour tuer un enfant.

CHAPITRE 54

CHÂTEAU SINISTRE, HAUT-ROYAUME

Haplo errait dans les couloirs. Il avait entendu toute la conversation entre le père et le fils. La question de l'enfant sur le sigle l'avait pris au dépourvu. A quel moment avait-il pu commettre une faute ? C'était impossible. De quoi l'enfant parlait-il donc ? Sûrement pas de quelque magicien mensch s'essayant à manier les runes. Même un mensch avait plus de bon sens que ça.

— Oh, Alfred, te voilà !

C'était la voix de Tourment, parvenant à Haplo par le chien.

— Je suis désolé, Votre Altesse. Je cherchais Messire Hugh...

S'arrêtant à la porte suivante, Haplo jeta un coup d'œil à l'intérieur. La chambre était vide, Hugh avait disparu. Haplo ne fut pas spécialement étonné. Si Hugh était encore en vie, c'est parce que Sinistrad avait l'intention de le faire souffrir. Ou, mieux encore, de se servir de lui pour faire souffrir Iridal. Pourquoi cette jalousie ? A l'évidence, il ne se souciait pas d'elle.

— C'est son bien, se dit Haplo. Si Hugh avait emporté l'argenterie, Sinistrad aurait sans doute été aussi furieux. Dommage. C'est un homme courageux. Il aurait pu servir. Et pendant que Sinistrad est occupé avec Hugh, nous pourrions profiter de l'occasion pour partir.

— Alfred...

Tourment était tout miel.

— Je voudrais parler avec toi.

— Certainement, Votre Altesse.

Le chien s'assit entre eux.

L'occasion de partir, se répéta Haplo. J'irais chercher Lambic, on regagnerait le vaisseau, on laisserait ce magicien mensch échoué dans ce royaume. Je n'ai pas à m'occuper de ses manigances. Je ramènerais le Guègue sur Drevlin. J'aurais rempli la mission dont m'a chargé mon seigneur, sauf que je n'aurais pas ramené quelqu'un de ce monde pour en faire son disciple. J'avais pensé à Hugh, mais il a l'air d'être hors jeu.

Quand même, mon seigneur devrait être satisfait. Ce monde titube au bord du précipice. Si tout va bien, il suffira d'une petite poussée pour le pousser dans l'abîme. Et je crois pouvoir affirmer qu'il n'y a plus de Sartans...

— Alfred, dit Tourment, je sais que tu es un Sartan.

Haplo se figea sur place.

Ce devait être une erreur. Il avait mal entendu. Il pensait à ce mot et il l'avait entendu, alors que l'enfant en avait prononcé un autre. Retenant son souffle, souhaitant presque arrêter les battements de son cœur pour mieux entendre, Haplo écouta.

Alfred sentit le sol se dérober sous lui. Les murs se dilatèrent, le plafond sembla lui tomber sur la tête, et, pendant une bienheureuse seconde, il crut qu'il allait s'évanouir. Mais son cerveau refusa de se fermer. Cette fois, il devrait affronter le danger. Il savait qu'il aurait dû dire quelque chose, mais, franchement, les muscles de son visage étaient paralysés.

— Allons, Alfred, dit Tourment, le regardant avec arrogance, ne nie pas. Je sais que c'est vrai. Tu veux savoir comment ?

L'enfant jouissait de la situation. Et le chien, tête levée, les regardait avec attention, comme s'il comprenait, comme s'il attendait sa réaction aussi. Le chien ! Bien sûr qu'il comprenait tout ! Et son maître avec lui !

— Tu te rappelles le jour où l'arbre m'est tombé dessus, disait Tourment. J'étais mort. Je sais que j'étais mort parce que je m'éloignais en flottant, et que j'ai vu mon corps couché par terre, traversé par une branche de cristal. Mais soudain, j'ai senti comme une grande bouche qui m'aspirait. Je me suis réveillé, et j'ai vu ça sur ma poitrine.

Tourment lui tendit le papier où il avait dessiné la rune.

— J'ai demandé à mon père ce que c'était. Il m'a dit que c'était un sigle. Une rune de guérison.

Nier. Rire avec désinvolture. Quelle imagination, Votre Altesse ! C'est votre bosse à la tête.

— Il y a aussi Hugh, poursuivit Tourment. Je sais que je lui avais donné assez de poison pour le tuer. Quand il s'est effondré, il était mort, comme moi. C'est toi qui l'as ramené à la vie !

Allons donc, Votre Altesse. Si j'étais un Sartan gagnerais-je ma vie comme domestique ? Non, je vivrais dans un palais, et les mensch viendraient en foule me supplier à genoux de leur donner ceci et cela, de les élever et d'abaisser leurs ennemis, et de leur offrir n'importe quoi sauf la paix.

— Et maintenant, Alfred, tu es obligé de m'aider. Nous allons commencer par tuer mon père.

Tourment fouilla dans sa tunique et en sortit une dague qu'Alfred reconnut pour celle de Hugh.

— Regarde, je l'ai trouvée dans le bureau de mon père. Sinistrad va descendre dans le Bas-Royaume, pousser les Guègues à la guerre, réparer la machine et aligner les îles ; ensuite, il contrôlera toutes les réserves d'eau. Pourtant c'était *mon* idée ! C'est moi qui ai compris le rôle de la machine. Naturellement tu sais comment on fait marcher la machine, Alfred, puisque c'est toi et ton peuple qui l'avez construite. Pour ça aussi, tu pourras m'aider.

Le chien, de ses yeux trop intelligents, regardait Alfred, comme s'il voyait à travers lui. Trop tard pour nier. Il avait manqué l'occasion. Il n'avait jamais eu l'esprit vif. C'est pourquoi son cerveau avait pris le parti de se fermer devant le danger. Il n'arrivait pas à tenir tête à la guerre continuelle qui faisait rage en lui, à son besoin instinctif d'employer ses pouvoirs merveilleux pour protéger — malgré sa conviction que, ce faisant, il révélerait le demi-dieu qu'il était un peu.

— Je ne peux pas vous aider, Votre Altesse. Je ne peux pas supprimer une vie.

— Oh, tu seras bien obligé. Si tu ne le fais pas, je révélerai ton identité à mon père, et il cherchera lui-même à t'utiliser.

— Et je refuserai, Votre Altesse.

— Tu ne pourras pas ! Il voudra te tuer si tu ne lui obéis pas ! Alors, tu devras te battre, et tu gagneras parce que tu es le plus fort.

— Non, Votre Altesse. Je perdrai. Je mourrai.

Tourment resta médusé. A l'évidence, il n'y avait pas pensé.

— Mais tu ne peux pas mourir ! Tu es un Sartan !

— Nous ne sommes pas immortels.

C'était le désespoir qui les avait tués. Ils avaient osé penser et agir comme des dieux, et ils avaient cessé d'écouter les vrais dieux. Les choses avaient commencé à se détraquer — selon l'optique des Sartans — et ils avaient pris sur eux de décider ce qui était bon et d'agir en conséquence. Mais chaque fois qu'ils réparaient une chose, une autre se détraquait. Bientôt, la tâche était devenue trop vaste. Et ils avaient réalisé qu'ils s'étaient mêlés de ce qu'ils auraient mieux fait de laisser en paix. Trop tard.

— Je mourrai, répéta Alfred.

Le chien se leva, s'approcha et posa la tête sur son genou. Alfred sentit sa tiédeur et la forme des os sous la fourrure soyeuse.

Que fait ton maître en ce moment ? Que pense Haplo, sachant que son antique ennemi est à sa portée ? Ça dépend de ce qu'il est venu faire en ce monde.

Irrité et frustré, Tourment vit sourire le chambellan. Alfred se demandait ce que ferait Sinistrad s'il savait qu'il avait *deux* demi-dieux sous son toit.

— Toi, tu es peut-être préparé à mourir, Alfred, dit Tourment. Mais tes amis — le Guègue, Hugh et Haplo ?

Au nom de son maître, le chien remua la queue.

Tourment s'avança et posa sa petite main sur l'épaule du chambellan.

— Quand je dirai qui tu es à mon père, il réalisera que nous n'avons plus besoin des autres. Nous n'avons plus besoin de la nef, parce que ta magie peut nous transporter où nous voulons. Nous n'avons plus besoin de Lambic parce que tu peux convaincre les Guègues de se mettre en guerre. Nous n'avons plus besoin d'Haplo — on n'en a jamais eu besoin. Je m'occuperai de son chien. Nous n'avons pas besoin de Hugh. Mon père ne te tuera pas, Alfred ! Il aura barre sur toi en menaçant de les tuer ! Alors, tu ne pourras pas mourir !

Il a raison. Et Sinistrad le comprendrait. Inutiles. Il les rendait tous inutiles. Mais que faire pour les sauver, sinon tuer ?

— Et le plus extraordinaire, pouffa Tourment, c'est qu'à la fin nous n'aurons même plus besoin de mon père !

C'est l'antique malédiction des Sartans qui revient sur moi. Si j'avais laissé l'enfant mourir, rien de cela n'arriverait. Mais il a fallu que je joue les dieux. Je croyais qu'il y avait du bon en cet enfant, je croyais pouvoir le sauver ! Moi, moi, moi ! Nous autres Sartans, nous voulions remodeler le monde à *notre* image. Mais le monde était peut-être promis à un autre destin.

Lentement, repoussant doucement le chien, Alfred se leva. Il gagna le centre de la pièce, et, levant les bras, se mit à exécuter une danse solennelle et étrangement gracieuse — pour son corps dégingandé.

— Bon sang, Alfred, qu'est-ce que tu fais ?

— Je m'en vais, Votre Altesse.

Il continua à danser, et l'air autour de lui se mit à chatoyer. Ses mains dessinaient les runes en l'air et ses pieds les traçaient sur le sol.

— Tu ne peux pas ! dit Tourment dans un souffle.

Se ruant sur lui, il essaya de le retenir, mais le mur magique était déjà trop puissant. Tourment ne provoqua qu'un éclair et retira vivement ses doigts brûlés.

— Tu ne peux pas me quitter si je ne veux pas !

Alfred commençait à s'estomper.

D'un bond, le chien franchit le mur chatoyant et atterrit légèrement près du Sartan. Il lui saisi une cheville dans sa gueule et le tint solidement.

Le visage déjà fantomatique d'Alfred parut stupéfait. Agitant frénétiquement la jambe, il essaya de se débarrasser de l'animal hilare, qui semblait s'amuser beaucoup. Il resserra sa prise, gronda et tira. Alfred se débattit plus fort. Son corps avait cessé de s'estomper et commençait à reprendre sa solidité. Tournant en rond, il suppliait le chien de le lâcher. Le chien tournait avec lui, ses pattes glissant sur la pierre lisse du sol, mais sans lâcher prise.

La porte s'ouvrit brusquement. Le chien remua furieusement la queue, sans lâcher Alfred.

— Ainsi, tu t'en vas et tu nous laisses en arrière, Sartan ? dit Haplo. Exactement comme autrefois, hein ?

CHAPITRE 55

CHÂTEAU SINISTRE, HAUT-ROYAUME

Dans sa chambre, Lambic reposa enfin sa plume.
— Mes amis..., commença-t-il.

Haplo s'était souvent imaginé qu'il rencontrait un Sartan, un de ceux qui avaient enfermé son peuple dans l'horreur du Labyrinthe. Il n'avait jamais prévu la fureur qui s'empara de lui. Il regardait Alfred, et il voyait les chaodyns qui l'attaquaient, il voyait le corps du chien désarticulé et sanglant. Il voyait ses parents morts. Soudain, il eut du mal à respirer. Ses veines se gonflaient, brouillant sa vision, et il dut fermer les yeux pour retrouver son souffle.

— On s'en va une fois de plus ! haleta-t-il. Comme les geôliers qui nous ont abandonnés dans votre prison pour y mourir !

Les dents serrées, Haplo se forçait à parler. Ses mains bandées levées comme des serres, il fixait le visage du Sartan qui semblait entouré de flammes. Si Alfred souriait, si ses lèvres frémissaient seulement, Haplo le tuerait. Son seigneur, sa mission, ses instructions, il oubliait tout dans un déferlement de rage.

Mais Alfred ne sourit pas. Il ne pâlit pas, ne fit aucun mouvement de défense. Les rides de son visage vieilli par les soucis s'étaient encore accusées ; ses bons yeux brillaient de tristesse.

— Le geôlier n'est pas parti, dit-il. Le geôlier est mort.

Haplo sentit la tête du chien sur son genou, saisit une

poignée de fourrure et tira. L'animal leva sur lui des yeux inquiets et gémit. La respiration d'Haplo se rétablit, sa vue s'éclaircit, ses idées reprirent leur netteté.

— Ça va mieux, dit-il, inspirant avec effort.

— Alfred ne s'en va pas ? demanda Tourment.

— Non, pas maintenant. Pas avant que je sois prêt.

Redevenu maître de lui, Haplo se tourna vers le Sartan, avec son sourire tranquille. Il se frotta lentement les mains, déplaçant légèrement ses bandages.

— Le geôlier est mort ? Je ne vous crois pas.

Alfred hésita, s'humecta les lèvres.

— Votre peuple est resté... piégé dans cet endroit tout ce temps ?

— Oui, mais vous le saviez, non ? C'est ce que vous aviez voulu !

Lambic, qui n'entendait rien de ce qui se passait à deux portes de lui, continuait à écrire.

« Mes amis, je suis allé dans les mondes supérieurs. J'ai visité ces royaumes que nos légendes disent célestes. Et ils sont beaux. Ils sont riches. Le soleil y brille toute la journée. Le firmament y scintille. La pluie y tombe sans malice. Les ombres des Seigneurs de la Nuit les endorment doucement. Ils vivent dans des maisons, non dans des parties désaffectées d'une machine, ou dans des bâtisses dont la Bougonne-Batte ne veut plus. Ils ont des nefs qui volent à travers les airs. Ils ont domestiqué des bêtes ailées qui les transportent où ils veulent. Et tout cela grâce à nous.

« Ils nous ont menti. Ils nous ont dit qu'ils étaient des dieux et que nous devions travailler pour eux. Ils nous ont promis que, si nous travaillions dur, ils nous emmèneraient au ciel. Mais ils n'ont jamais eu l'intention de tenir cette promesse ! »

— Ça n'a jamais été notre intention ! répondit Alfred. Il faut me croire. Je... nous ignorions que vous y étiez encore ! C'était prévu pour quelques années, quelques générations au plus...

— Mille ans, cent générations ! Et où étiez-vous ?

— Nous… nous avions nos problèmes.

— Mes sincères condoléances.

Alfred leva vivement les yeux, vit le rictus du Patryn et détourna la tête en soupirant.

— Vous venez avec moi, dit Haplo. Je vais vous emmener voir de vos yeux l'enfer que votre peuple a créé ! Mon seigneur aura du mal à croire que le geôlier est mort !

— Votre seigneur ?

— Un grand homme, le plus puissant de notre espèce. Il a des projets, qu'il partagera avec vous, j'en suis certain !

— Des projets ? murmura Alfred. Non, je n'irai pas avec vous. Pas volontairement ! précisa-t-il, une étincelle au fond de ses bons yeux.

— Alors, j'emploierai la force. Ce sera un plaisir !

— Je n'en doute pas. Mais si vous essayez de garder le secret sur votre présence en ce monde, vous savez qu'un combat entre nous ne pourrait pas rester caché. Les magiciens de ce monde sont puissants et intelligents. Il existe des légendes sur les Portes de la Mort. Beaucoup, comme Sinistrad, ou même cet enfant, comprendraient ce qui s'est passé et se mettraient à chercher activement l'entrée de ce royaume. Votre seigneur est-il préparé à cette éventualité ?

— Seigneur ? Quel seigneur ? Regarde-moi, Alfred ! s'écria Tourment avec impatience. Personne n'ira nulle part tant que mon père sera en vie !

Les deux hommes ne lui répondirent pas. L'enfant les foudroya du regard. Adultes, absorbés par leurs propres problèmes, ils l'avaient oublié, comme d'habitude.

— « Enfin, nos yeux se sont ouverts. Enfin, nous voyons la vérité. »

Lambic, trouvant ses lunettes gênantes, les repoussa sur son front.

— « Et la vérité, c'est que nous n'avons plus besoin d'eux… »

— Je n'ai pas besoin de vous ! s'écria Tourment. De

toute façon, vous ne vouliez pas m'aider. Je vais faire ça moi-même.

Mettant la main dans sa tunique, il en sortit la dague de Hugh et passa le doigt sur les runes gravées dans la lame.

— Viens, dit-il au chien, debout près d'Haplo. Viens avec moi.

Le chien remua la queue, mais ne bougea pas.

— Viens donc, insista l'enfant. Bon toutou!

Le chien pencha la tête, puis regarda Haplo et lui gratta la jambe en gémissant. Le Patryn, concentré sur le Sartan, repoussa le chien. Celui-ci eut un dernier regard suppliant à son maître, baissa la tête, coucha les oreilles et alla lentement se placer au côté de Tourment.

L'enfant passa la dague dans sa ceinture et tapota la tête de l'animal.

— Bon toutou. Allons-y.

« Et en conclusion... »

Lambic fit une pause. Sa main tremblait, ses yeux s'embuaient de larmes. Un pâté tomba sur le papier. Remettant ses lunettes, il les ajusta soigneusement, puis contempla le blanc de sa feuille où il devait écrire ses derniers mots.

— Pouvez-vous vraiment vous permettre de me combattre? insista Alfred.

— Je ne crois pas que vous combattrez, répondit Haplo. Je crois que vous êtes faible et fatigué. Cet enfant que vous choyez est plus...

— Tourment? Où est-il?

Haplo eut un geste d'impatience.

— Il est parti. N'essayez pas...

— Je n'essaye rien du tout! Vous avez entendu ce qu'il m'a demandé. Il a une dague. Il est allé assassiner son père. Il faut que je l'arrête...

— Non! Laissez les mensch se tuer entre eux. Ça n'a pas d'importance.

Alfred jeta sur le Patryn un regard bizarre.

— Ça n'a pas d'importance pour vous ? Pour aucun de vous ?

— Non, naturellement. Le seul qui m'importe, c'est le chef guègue. Il est en sûreté dans sa chambre.

— Alors, où est votre chien ? demanda Alfred.

« Mes amis... »

La plume de Lambic traça lentement et délibérément les mots.

— ... « nous allons entrer en guerre. »

Là. C'était dit. Le Guègue jeta ses lunettes sur la table, enfouit sa tête dans ses mains et se mit à pleurer.

CHAPITRE 56

CHÂTEAU SINISTRE,
HAUT-ROYAUME

Sinistrad et Hugh étaient assis dans le bureau du mystériarque. Midi approchait. Le soleil entrait à flots par la fenêtre, où l'on apercevait, comme flottant dans la brume, les flèches scintillantes de la cité de Neuf Espoir — qui, à en croire Iridal, aurait aussi bien pu s'appeler Non-Espoir. Hugh se demanda si ces édifices étaient destinés à l'impressionner. En bas, enroulé au pied du château, le dragon vif-argent somnolait au soleil.

— Voyons ce qui serait le mieux, dit Sinistrad. Nous ramènerons l'enfant à Djern Volkain dans la nef en nous assurant que les humains la verront. Quand on découvrira les cadavres d'Anne et de Stephen, tout le monde mettra leur mort sur le compte des Elfes. Tourment racontera qu'il a été capturé et s'est évadé, que les Elfes l'ont suivi et ont tué ses parents bien-aimés qui tentaient de le secourir. Vous pourrez mettre les meurtres sur le compte des Elfes, je suppose ?

L'air frémit autour de Hugh, une haleine glaciale souffla sur lui, et des doigts glacés lui effleurèrent les épaules. Iridal activait sa magie contre son mari. Elle était là. Elle écoutait.

— Bien sûr, rien de plus facile. L'enfant coopérera-t-il ? demanda Hugh, faisant de son mieux pour paraître à l'aise.

Placée devant la vérité, qu'allait-elle faire ?

— L'enfant semble rien moins qu'enthousiaste.

— Il coopérera. C'est son intérêt. Il est ambitieux, et à juste raison. Après tout, c'est mon fils.

Invisible aux regards, Iridal, debout derrière Hugh,

regardait et écoutait. Pourquoi suis-je venue? se demanda-t-elle. Il est trop tard pour lui, trop tard pour moi. Mais pas trop tard pour Tourment. Que dit l'antique dicton? « Un petit enfant les guidera. » Oui, il y a de l'espoir pour lui. Il est encore jeune et innocent. C'est peut-être lui qui nous sauvera un jour.

— Ah, tu es là, père.

Tourment entra, ignorant froidement la mine sévère de Sinistrad. Ses couleurs s'étaient avivées, et, les yeux fiévreux, il semblait rayonner d'une lumière intérieure. Derrière l'enfant, ses griffes grinçant sur la pierre du sol, le chien parut, inquiet, regarda Hugh d'un air suppliant, puis fixa Iridal si intensément qu'elle eut un frisson et se demanda si son charme d'invisibilité avait cessé d'agir.

Hugh remua nerveusement dans son fauteuil. Tourment mijotait quelque chose. Probablement — à en juger sur son air angélique — quelque chose de pas net.

— Tourment, je suis occupé. Laisse-nous, dit Sinistrad.

— Non, père. Je sais de quoi tu parles. Ne me renvoie pas à Volkaran, dit l'enfant, d'une voix soudain douce et policée. Personne ne m'aime là-bas. Je désire rester près de toi. Tu peux m'enseigner la magie, comme tu m'as enseigné à voler. Je te montrerai tout ce que je sais de la grande machine, je te présenterai au Haut Contre-sous-Maître...

— Cesse tes pleurnicheries!

Sinistrad se leva et contourna son bureau pour s'approcher de son fils, dans un grand froufrou de ses robes.

— Tu veux me faire plaisir, n'est-ce pas, Tourment?

L'enfant hésita.

— Je le désire plus que tout au monde. C'est pourquoi je veux rester près de toi! Tu ne veux pas me garder ici? Ce n'est pas pour ça que tu m'as fait revenir?

— Bah! Je t'ai fait revenir pour attaquer la deuxième partie du plan. Maintenant, certaines choses ont changé, mais en bien. Quant à toi, aussi longtemps que je serai ton père, tu iras où je te dirai et tu feras ce que je te dirai.

Maintenant, laisse-nous. Je t'enverrai chercher plus tard.

Sinistrad tourna le dos à son fils.

Tourment, un étrange sourire aux lèvres, passa la main dans sa tunique et l'en ressortit avec une dague.

— Alors tu ne seras plus mon père bien longtemps!

— Comment oses-tu...

Sinistrad pivota sur lui-même, vit la dague dans la main de l'enfant et leva la main droite, prêt à lancer le sort qui dissoudrait sur place le corps de l'enfant.

— Je peux avoir d'autres fils!

Le chien bondit, frappa Tourment en pleine poitrine et le renversa par terre. La dague s'envola de sa main.

Quelque chose frappa Sinistrad; des mains invisibles le saisirent. Rageur, il lutta contre le sortilège et celui-ci cessa d'agir, révélant la présence d'Iridal.

Hugh s'était levé et, ramassant la dague par terre, il guetta l'occasion. Il la libérerait, et libérerait son enfant.

Le corps du magicien crépitait d'éclairs bleus. Iridal fut projetée contre le mur, étourdie par une formidable onde de choc. Sinistrad se tourna vers Tourment et vit que le chien était debout sur l'enfant terrifié. Montrant les crocs, le poil hérissé, il grondait sourdement.

Hugh frappa, enfonçant la dague jusqu'à la garde dans le corps du magicien. Sinistrad hurla de fureur et de souffrance. L'assassin libéra sa lame d'une secousse. Le corps du mystériarque scintilla et disparut. Hugh pensa qu'il était mort. Mais le magicien reparut sous la forme d'un énorme serpent.

Le reptile darda sa tête sur Hugh et celui-ci plongea sa dague trop tard. Il sentait déjà les crocs dans la nuque. L'assassin poussa un cri d'agonie, le poison se répandant dans tous ses muscles. Mais il parvint à maintenir sa prise sur le manche de sa dague, et le serpent, qui se tordait furieusement, ne réussit qu'à enfoncer la lame plus profondément dans ses chairs. En un dernier sursaut, il s'enroula autour des jambes de Hugh, et tous deux s'effondrèrent.

Le serpent disparut. Sinistrad gisait par terre, les jambes enroulées autour de celles de son meurtrier.

Hugh regarda le cadavre et fit une tentative avortée

pour se lever. Il ne ressentait aucune douleur, mais n'avait plus de force, et retomba sur le sol.

Très faible maintenant, il tourna la tête. Il régnait une obscurité profonde dans la cellule. Il ne voyait plus rien.

— Hugh! Vous aviez raison. Ma faute, c'est de n'avoir *rien* fait. Et maintenant, il est trop tard...

Il y avait une fissure dans le mur. Un mince rai de lumière brilla; il sentit l'air frais du dehors et le parfum de lavande d'Iridal. Passant la main à travers les barreaux de son cachot, Hugh lui tendit la main. S'étirant aussi loin qu'elle le pouvait à partir de sa propre prison, Iridal lui toucha le bout des doigts.

Puis le moine noir arriva et libéra Hugh.

CHAPITRE 57

CHÂTEAU SINISTRE, HAUT-ROYAUME

Un roulement sourd fit trembler le palais sur ses fondations. Il s'amplifia, comme le tonnerre résonne au loin puis se rapproche. Le château chancela ; la pierre frémit. Un hurlement de triomphe se fit entendre.

— Que diable… ?

Haplo regarda autour de lui.

— Le dragon s'est libéré ! murmura Alfred, les yeux dilatés de respect. Quelque chose est arrivé à Sinistrad !

— Il va tuer tous les humains du château. J'ai déjà combattu des dragons. Ils sont nombreux dans le Labyrinthe.

Alfred regarda le Patryn, vit son sourire amer.

— Nous ne serons pas trop de deux pour le vaincre, dit-il.

— Non, dit Haplo, haussant les épaules. Vous aviez raison. Il m'est interdit de me battre, même pour sauver ma vie. Maintenant, tout dépend de vous, Sartan.

Le sol trembla. Une porte s'ouvrit dans le couloir et Lambic sortit.

— Ça au moins, ça me rappelle mon pays, cria-t-il joyeusement au milieu des grondements, craquements et crépitements divers.

Avançant d'un pas sûr sur le sol qui vibrait, il agita une liasse de papiers au-dessus de sa tête.

— Vous voulez entendre mon dis…

Les murs extérieurs se fendirent. Alfred et Lambic furent renversés. Haplo fut projeté contre une porte qui céda sous le choc. Un œil rouge flamboyant, gros comme le soleil, regardait, à travers le mur écroulé, les victimes piégées à l'intérieur. Le grondement se transforma en rugissement. La tête recula, la gueule s'ouvrit, des crocs blancs étincelèrent.

Haplo se releva, chancelant. Lambic gisait les quatre fers en l'air, ses lunettes brisées près de lui. Le Guègue les cherchait à tâtons en levant des yeux déconcertés sur la tache argentée aux yeux rouges qu'était pour lui le dragon. Près de lui reposait Alfred évanoui.

Un nouveau rugissement ébranla l'édifice. Une langue argentée fulgura comme l'éclair. Si le dragon les anéantissait, Haplo perdrait non seulement la vie, mais la raison qu'il avait eu de venir ici. Pas de Lambic pour diriger la révolution des Guègues. Pas de Lambic pour commencer la guerre qui déclencherait le chaos mondial.

Haplo arracha ses bandages. Debout au-dessus de ses compagnons prostrés, il croisa les bras et leva au-dessus de sa tête ses poings tatoués de runes. Il se demanda fugitivement où était le chien. Il ne l'entendait pas, mais il faut dire qu'il n'entendait rien en dehors des rugissements du dragon.

La créature plongea sur lui, la gueule ouverte.

Haplo avait dit vrai : il avait déjà combattu les dragons du Labyrinthe, dont les pouvoirs magiques faisaient paraître le vif-argent moins dangereux qu'un ver de terre. Le plus dur, c'était de rester là, à attendre le coup, alors que tous ses instincts lui hurlaient de s'enfuir.

Au dernier moment, le vif-argent se détourna, ses mâchoires claquèrent dans le vide et il lorgna l'homme d'un air soupçonneux.

Les dragons sont intelligents. Au sortir d'un sortilège, ils sont furieux et confus. Leur première impulsion est de frapper le mage qui les a ensorcelés. Mais ils n'attaquent pas sans réfléchir. Celui-là connaissait bien des magies, mais aucune comme celle qu'il affrontait maintenant. Il sentait une force qui entourait cet homme comme un bouclier d'acier.

L'acier, le dragon pouvait le percer. Il pourrait peut-être même percer cette magie, s'il avait le temps de la décrypter. Mais pourquoi prendre cette peine ? Il y avait d'autres victimes. Il sentait l'odeur du sang chaud. Jetant sur Haplo un dernier regard curieux et menaçant, il disparut.

— Il reviendra, surtout s'il goûte de la chair fraîche, dit Haplo, baissant les bras. Et qu'est-ce que je vais faire ? Je vais emmener mes amis ici présents et partir. Ma mission en ce royaume est accomplie — ou presque.

Il entendait enfin ce qu'entendait son chien. Il fronça les sourcils, se frictionnant distraitement les mains. Le dragon devait être en train de démolir une autre partie du château. Iridal et l'enfant vivaient encore, mais plus pour longtemps.

Haplo baissa les yeux sur le Sartan évanoui.

— Je pourrais te plonger dans un évanouissement qui durerait le temps de te transporter chez mon seigneur. Mais j'ai une meilleure idée. Tu sais où je vais. Tu trouveras le chemin pour y aller. Tu y viendras de ton propre chef. Après tout, notre but est le même : découvrir ce qui est arrivé à ton peuple. Ainsi donc, mon vieil ennemi, je te laisserai couvrir ma retraite.

S'agenouillant près d'Alfred, il le secoua vigoureusement.

— Allons, debout, vieille canaille.

Alfred battit des paupières et s'assit.

— Je me suis évanoui, n'est-ce pas ? Désolé. C'est un réflexe que je ne contrôle...

— Ça suffit, dit Haplo. J'ai écarté le dragon pour le moment ; il est en quête d'une proie moins résistante.

Une voix d'enfant poussa un long hurlement de terreur. Le rugissement du dragon fit trembler les murs.

— L'enfant et sa mère sont encore en vie, reprit Haplo. Vous feriez bien de vous dépêcher.

Alfred déglutit avec effort, le front couvert de sueur. Il se releva, chancelant, et, d'une main tremblante, traça un sigle sur sa poitrine. Son corps commença à s'estomper.

— Au revoir, Sartan ! cria Haplo. Lambic, ça va ?

— Mes... mes lunettes ! dit Lambic, ramassant les montures tordues et passant le doigt à travers les châssis vides.

— Ne vous en faites pas pour ça, dit Haplo, l'aidant à se relever. Mieux vaut ne pas voir ce que nous allons faire.

Le Patryn fit une pause.

Provoquer le chaos dans le royaume.

Sa main tatouée de runes se referma sur celle de Lambic. Mission accomplie, Seigneur. Je vais le ramener sur Drevlin. Il sera le chef de la révolte, il plongera ce monde dans la guerre !

Ramenez-moi quelqu'un de ce royaume dont je pourrai faire mon disciple. Quelqu'un qui y retournera pour prêcher la parole au peuple – ma parole. Quelqu'un qui conduira le peuple à moi, comme un troupeau de moutons. Quelqu'un d'intelligent, ambitieux et... malléable.

Haplo, avec son sourire tranquille, siffla son chien.

Iridal avait déjà apprivoisé des dragons dans son adolescence, mais seulement de douces créatures qui lui auraient presque obéi sans le secours de l'enchantement. Celui qu'elle affrontait maintenant l'avait toujours terrifiée, et d'autant plus que Sinistrad le montait. Elle aspirait à retourner dans la sécurité de sa prison, mais celle-ci avait disparu. Les murs s'étaient écroulés, la porte s'était ouverte, les barreaux des fenêtres étaient tombés. Un vent froid soufflait sur Iridal, la lumière aveuglait ses yeux accoutumés à l'ombre.

Le péché d'inaction. Maintenant, il était trop tard. La mort était la seule libération possible.

Les rugissements du dragon retentirent au-dessus d'elle. Impassible, elle regarda le plafond se fendre en deux. Une pluie de mitraille et de poussière retomba autour d'elle. Un œil flamboyant regardait. Une langue darda sa pointe. La femme ne bougea pas.

Trop tard, trop tard.

Accroupi derrière sa mère, serrant le chien contre son cœur, Tourment regardait, les yeux arrondis de stupeur. Après son premier hurlement, il s'était tu ; il attendait. Pour le moment, le dragon ne pouvait pas les atteindre. Il ne pouvait pas passer son énorme tête par le petit trou du plafond. Mais, poussé par la rage et la faim, il l'agrandissait rapidement.

Le chien tourna soudain la tête, regarda la porte et gémit.

Tourment suivit son regard et vit sur le seuil Haplo qui

lui faisait signe. A son côté, l'air bienveillant, Lambic clignait des yeux sur une horreur qu'il ne voyait pas.

L'enfant leva la tête vers sa mère. Iridal regardait fixement le dragon. Tourment la tira par sa jupe.

— Mère, il faut partir. Nous pouvons nous cacher ailleurs. Ils nous aideront!

Iridal ne bougea pas. Peut-être qu'elle ne l'avait pas entendu.

Le chien gémit, et, saisissant la tunique de Tourment dans sa gueule, tenta de le tirer vers la porte.

— Maman! cria-t-il.

— Va, mon enfant, dit Iridal. Va te cacher ailleurs. C'est une bonne idée.

Tourment la saisit par la main.

— Mais... tu ne viens pas, maman?

— Maman? Ne m'appelle pas ainsi. Tu n'es pas mon enfant, dit Iridal, le regardant avec un calme étrange. A ta naissance, on a échangé les bébés. Va, petit.

Elle parlait au fils d'une autre.

— Va-t'en et cache-toi. Je ne laisserai pas le dragon te faire du mal!

— Maman! cria Tourment une dernière fois, mais elle se détourna de lui.

L'enfant chercha de la main son amulette. Elle n'était plus là. Il se souvint de l'avoir arrachée.

— Amène-le! hurla Haplo.

Le chien raffermit sa prise sur la tunique et tira. Tourment vit le dragon passer une serre à travers le plafond. Les murs s'écroulèrent. Sa mère disparut dans un nuage de poussière.

La serre tâtonnait à la recherche de la chair tiède. Un œil rouge scruta les lieux. Iridal recula, mais la salle jonchée de gravas n'offrait aucune cachette. Elle était piégée dans un petit recoin sous la brèche. Une fois la poussière retombée, la créature pourrait la voir et la dévorer.

Elle tenta désespérément de se concentrer sur sa magie. Fermant les yeux pour ne plus voir la bête, elle visualisa des rênes qu'elle jeta sur le cou du dragon.

La créature en fureur rugit et redressa la tête. Arrachant les rênes magiques à l'emprise mentale d'Iridal, la magie du dragon faillit lui faire perdre la raison. Une serre fulgura vers le bras d'Iridal, déchirant sa chair.

Le plafond s'écroula. Une pluie de pierres s'abattit autour d'elle et la renversa. Le dragon, avec un rugissement triomphal, se jeta sur elle. Haletante, étouffée par la poussière, elle s'accroupit et détourna la tête.

Iridal attendit, presque impatiente, la serre qui allait la déchirer. A la place, elle sentit une main se poser doucement sur son bras.

— N'ayez pas peur, mon enfant.

Incrédule, elle leva la tête. Le serviteur de Tourment était debout devant elle. Les épaules affaissées, le crâne couvert de poussière, il lui sourit d'un air rassurant, puis se tourna face au dragon.

Lentement, solennellement, Alfred se mit à danser. D'une voix haut perchée, il accompagnait sa parade d'une psalmodie lente, ses pieds et ses mains traçant des sigles invisibles ; sa voix leur prêtait nom et puissance, son esprit les renforçait, son corps les nourrissait.

Un acide corrosif coulait de la langue du dragon. Arrêté en plein élan, sentant la magie de l'homme mais incertain de ses effets, le monstre recula. Mais l'attrait de la chair fraîche et le souvenir de la servitude imposée par le magicien l'emportèrent. Plongeant la tête, il fit claquer ses mâchoires et Iridal frémit de terreur, sûre que l'homme allait être coupé en deux d'un coup de dents.

— Fuyez ! hurla-t-elle.

Alfred, levant les yeux, vit le danger, mais se contenta de sourire et hocha la tête presque distraitement, concentré sur sa magie. Le rythme de sa danse s'accéléra, sa psalmodie se fit plus forte — et ce fut tout.

Le dragon hésita. Les mâchoires restèrent béantes au-dessus de leur proie. La tête de la créature se balança au rythme de la voix. Et soudain, ses yeux se dilatèrent, comme émerveillés.

La danse d'Alfred se ralentit, la psalmodie se tut, et bientôt il s'immobilisa, très las, haletant, surveillant du regard le dragon qui ne semblait pas le remarquer. Sa tête, passée dans la brèche béante du château, regardait quelque chose qu'il était seul à voir.

Se tournant vers Iridal, Alfred s'agenouilla près d'elle.

— Il ne vous fera plus rien, maintenant. Vous êtes blessée ?

— Qu'est-ce que vous avez fait ?

— Le dragon pense qu'il est de retour dans son pays, dans son ancien pays — dont lui seul a gardé le souvenir. Pour le moment, il voit la terre au-dessous de lui, le ciel au-dessus, l'eau au centre, et le soleil qui donne la vie à tout le reste.

— Combien de temps durera l'enchantement ?

— Un jour, deux jours, un mois peut-être. Puis il battra des paupières, tout disparaîtra, et il ne verra plus que la désolation qu'il a causée. D'ici-là, sa colère et sa souffrance se seront atténuées. Pour le moment, au moins, il est en paix.

En proie à une crainte révérentielle, Iridal regarda le dragon dont la tête géante se balançait, comme au son d'une voix apaisante.

— Vous l'avez emprisonné dans son propre esprit, dit-elle.

— Oui, acquiesça Alfred. C'est une geôle très solide.

— Et je suis libre, dit-elle, émerveillée. Et il n'est pas trop tard. Il y a encore de l'espoir ! Tourment, mon fils ! Tourment !

Elle courut vers la porte où elle l'avait vu disparaître. Les murs de sa prison s'étaient effondrés, mais les gravas barraient la route.

— Maman ! Je *suis* ton fils ! Je...

La voix de Tourment s'étrangla. Il ne la voyait plus.

Le chien, avec des aboiements frénétiques, tournait autour de lui, lui mordillait les talons, essayant de l'écarter. Le dragon glapit ; Tourment terrifié s'enfuit en courant. A mi-chemin de la porte, il faillit tomber sur le cadavre de Sinistrad.

— Père, murmura-t-il, tendant une main tremblante. Père, je suis désolé...

Les yeux morts le fixèrent, indifférents.

Tourment recula en chancelant et trébucha sur Hugh — l'assassin payé pour le tuer, et qui était mort pour lui donner la vie.

— Ne me laissez pas seul ! sanglota l'enfant. Je vous en supplie ! Ne me laissez pas seul ! Alors l'enfant abasourdi fut saisi par des mains puissantes, tatouées de sigles bleus, emporté vers la porte et posé par terre, à côté du Guègue.

— Restez près de moi, tous les deux, ordonna Haplo.

Il leva les mains. Des runes flamboyèrent dans l'air, se touchant sans se chevaucher. Ils formèrent un cercle de flammes qui les entoura tous les trois, les aveuglant sans les brûler.

— Chien, ici.

Haplo siffla. Le chien, souriant, sauta légèrement à travers les flammes et retomba à son côté.

— Nous rentrons à la maison.

ÉPILOGUE

— Et c'est la dernière fois que j'ai vu Alfred, ô Seigneur du Nexus. Vous êtes déçu, peut-être même furieux, que je ne l'aie pas ramené. Mais je savais qu'il ne me permettrait jamais d'emmener l'enfant ou le Guègue, et, comme il l'a dit lui-même, je ne pouvais pas prendre le risque de le combattre. Quelle ironie qu'il ait dû lui-même couvrir ma fuite! Il viendra à nous de sa propre volonté, Seigneur. Maintenant qu'il sait que les Portes de la Mort sont ouvertes, il ne pourra pas s'en empêcher.

« Oui, Seigneur, vous avez raison. Il aura un autre motif de venir : l'enfant. Alfred sait que je l'ai emmené. Avant mon départ de Drevlin, le bruit courait que le Sartan et Iridal, la mère de Tourment, avaient uni leurs forces pour le chercher.

« Quant à l'enfant, je crois que vous serez content de lui, Seigneur. Il promet beaucoup. Naturellement, il a été secoué par les derniers événements — la mort de son père, l'horreur du dragon. Alors, si vous le trouvez silencieux et renfermé, soyez patient. Il est intelligent et apprendra bientôt à vous honorer comme nous le faisons tous.

« Maintenant, je peux finir mon histoire : quand j'ai quitté le château, j'ai emmené le Guègue et l'enfant à la nef où le capitaine et son équipage étaient prisonniers des mystériarques. J'ai conclu un marché avec Bothar'el. En échange de la liberté, il nous ramènerait sur Drevlin. Une fois là, il remettrait sa nef entre mes mains.

« Bothar'el n'avait pas le choix. Ou il acceptait ma

proposition, ou il mourait de la main des magiciens — car les mystériarques veulent désespérément s'évader de leur royaume moribond. Naturellement, j'ai été obligé d'user de magie. Nous n'aurions pas pu les vaincre autrement. Mais j'ai pu l'employer sans être vu par les Elfes. Ils croient que je suis moi-même un mystériarque. Je ne les ai pas détrompés.

« Le jugement de l'assassin sur les Elfes était correct, Seigneur. Vous découvririez qu'ils sont gens d'honneur, comme les humains à leur curieuse façon. Ainsi qu'il l'avait promis Bothar'el nous a ramenés dans le Bas-Royaume. Lambic, le Guègue, y a été accueilli en héros. Maintenant, il est Haut Contre-sous-Maître de Drevlin. Sa première décision fut d'attaquer la première aquanef qui viendrait chercher de l'eau. En cela, il fut aidé par le Capitaine Bothar'el et son équipage. Une force comprenant des Elfes et des nains a convergé vers le bâtiment, chantant le chant étrange dont je vous ai parlé, et ils ont converti tous les Elfes présents à bord. Avant de partir, Bothar'el m'a dit qu'il avait l'intention d'amener son vaisseau au Prince Reesh'ahn, chef de leur rébellion. Il espère former une alliance des Elfes rebelles et des nains contre l'Empire de Tribus. Selon la rumeur, le Roi Stephen de l'Amas d'Uylandia se joindrait à eux.

« Quelle qu'en soit l'issue, la guerre fait rage en Arianus, Seigneur. La voie vous est ouverte. Quand vous choisirez d'entrer dans le Royaume du Ciel, les peuples, las des combats, vous accueilleront en sauveur.

« Quant à Lambic, il est devenu — comme je l'avais prévu — un chef puissant. Grâce à lui, les nains ont retrouvé leur dignité, leur courage et leur esprit belliqueux. Il est résolu, impitoyable, intrépide. Ses rêves idéalistes se sont brisés avec ses lunettes et il voit plus clairement que jamais. J'ai bien peur qu'il ait perdu sa bien-aimée. Mais Secousse avait passé quelque temps seule avec le Sartan. Qui sait quelles étranges idées il lui avait mises en tête ?

« Comme vous l'imaginez, Seigneur, il m'a fallu quelque temps pour préparer la nef à franchir les Portes de la Mort. Pour travailler sans être dérangé, je l'ai transportée avec Tourment dans les Tourbîles, où mon vaisseau s'était écrasé à l'aller. Pendant que j'effectuais les modifications nécessaires – avec l'assistance de la Bougonne-Batte –, j'ai entendu parler des recherches du Sartan et d'Iridal. Ils étaient déjà arrivés sur Drevlin. Heureusement, j'étais prêt à partir.

« J'ai plongé l'enfant dans un profond sommeil et j'ai franchi les Portes de la Mort. Cette fois, j'en connaissais les périls et j'étais prêt. La nef n'a subi que des avaries minimes, et je pourrai la faire réparer pour le prochain voyage. Enfin, Seigneur, si j'ai gagné le droit d'être envoyé en mission une fois de plus.

« Merci Seigneur. Ces éloges sont ma plus belle récompense. Et maintenant, je vous propose de porter un toast. C'est du vin de bua, cadeau du Capitaine Bothar'el. Je crois que vous en trouverez le goût intéressant, et il m'a paru à propos de boire au succès de notre prochaine mission avec un breuvage que l'on peut considérer comme le sang d'Arianus.

« Aux Portes de la Mort, Seigneur, et à notre prochaine destination – le Royaume du Feu.

LA MAGIE DANS LES ROYAUMES DE LA SÉPARATION

EXTRAIT DES RÉFLEXIONS D'UN SARTAN

La magie est un tonnerre qu'on entend dans chacun des Royaumes issus de la Séparation. Sa puissance se répercute à travers le fondement de toute Existence. C'est l'écho même de l'éclair qui provoqua la création. Sa voix recèle la promesse de la vie et de la mort. C'est un pouvoir à convoiter et à craindre.

Selon les théoriciens, cette magie tire sa puissance de la création originelle de l'Omnivers. Au commencement, Elihn, Dieu en Un, étendit la main dans le chaos. Le mouvement de sa main ordonna le chaos en d'infinies possibilités de création. Le mouvement constitua le premier Ordre à partir du Chaos. On l'appelle communément l'Onde Première, ou, plus souvent l'Onde.

Elihn vit dans l'Onde la création des domaines éthérique et physique, et, les ayant vus, ils furent. A la création du spirituel et du physique, l'Onde Première se sépara en deux ondes secondaires, chacune pourvue de possibilités infinies. Ces deux ondes s'éloignèrent l'une de l'autre, puis revinrent l'une vers l'autre. Elles se croisèrent, et, à leurs intersections, le temps et l'espace furent créés. Ainsi la Réalité surgit-elle de l'entrelacement des forces de toutes les possibilités.

Ravi et émerveillé, Elihn se remit à considérer ces deux ondes. Dans l'éthérique, il vit la création de l'Air et du Feu; dans le physique, il vit l'Eau et la Pierre... et ayant été vus, ils furent. Au cours de cette création, les ondes de l'éthérique et du physique se divisèrent de nouveau en quatre nouvelles ondes, chacune douée d'infinies possibilités de création nouvelle. De nouveau,

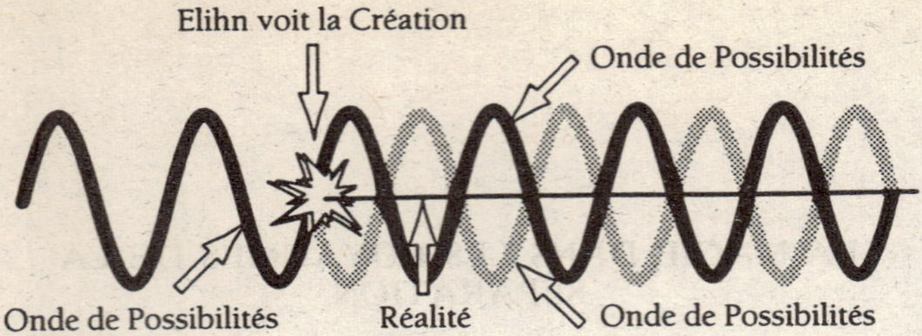

Elihn entrelaça ces possibilités. A leur intersection naquirent la Vie, la Mort, le Pouvoir et l'Esprit.

A mesure qu'Elihn contemplait l'entrelacement des ondes de réalité, d'autres possibilités se créaient. Les étoiles, le monde, la vie — bref, toute la création fut tissée à partir de possibilités infinies. Ainsi en fut-il au commencement, et ainsi en est-il encore aujourd'hui.

La Réalité est simplement ce qui se manifeste à l'intersection des ondes de possibilités. C'est une immense — et presque incompréhensible — toile physique solide à partir d'une myriade de potentialités infinies. La science, la technologie et la biologie se servent toutes du fil tissé par la réalité.

La magie, en revanche, agit en modifiant le tissu de la réalité. Un magicien commence par se concentrer sur

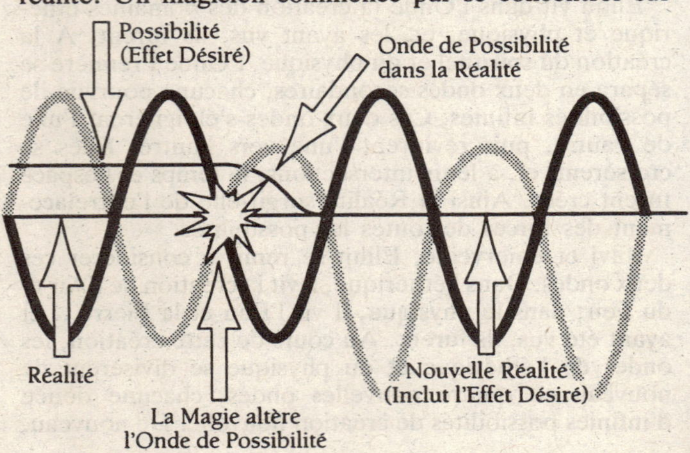

l'onde de possibilité plutôt que sur la réalité proprement dite. A l'aide de ses connaissances et de ses pouvoirs, il cherche, au sein des ondes de possibilités, cette partie de l'onde où sa réalité désirée peut devenir une réalité authentique. Puis, le magicien crée une onde harmonique de possibilité destinée à dévier l'onde existante, en sorte que ce qui n'était auparavant qu'une potentialité devienne une réalité. De cette façon, le magicien incorpore son désir à l'existence.

Par exemple, un magicien se trouve sur un champ de bataille, opposé à un grand chevalier. Le jeteur de sorts, vêtu uniquement de ses robes, est à la merci du chevalier en armure. Cela, c'est la réalité, et, laissée à elle-même, il est très probable que le chevalier massacrera le magicien sans beaucoup de résistance. Toutefois, grâce à ses études, le magicien sait où se trouve la possibilité (effet désiré) d'un bouclier protecteur sur l'une des innombrables ondes de possibilités. Le magicien crée une onde harmonique de possibilité par ses mouvements, pensées, paroles, signes et autres techniques. Cette magie altère l'onde de possibilité au point que ce qui n'était auparavant que la possibilité d'un bouclier protecteur devient réalité. La nouvelle réalité inclut l'effet désiré; ainsi le bouclier magique protège maintenant le magicien.

Pour l'observateur extérieur, le bouclier protecteur semble avoir surgi autour du magicien à partir de rien, mais il serait plus exact de dire que la possibilité de ce bouclier est devenue réalité à partir des possibilités infinies de l'Omnionde.

Pour employer la magie, l'individu doit être capable d'identifier et d'entrelacer la portion appropriée, même très petite, de l'Omnionde. On reste très loin de l'omnipotence ou de l'omniscience, même chez ceux qui voient une vaste portion de l'onde. Mais on peut utiliser la magie sans comprendre son existence ni ses origines. De même, on peut savoir qu'une pierre va tomber si on la lâche sans savoir pourquoi la gravité existe, ou quelle intelligence a créé un tel ordre à partir du chaos.

Seuls les Sartans et les Patryns avaient une connaissance complète de la magie. Ayant vu la magie à partir du centre de l'Omnionde, nous maîtrisions l'art sous sa

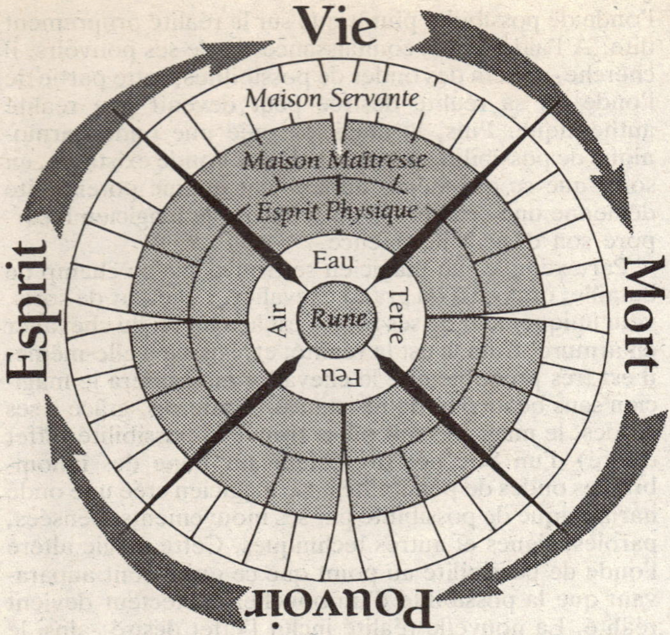

forme la plus transcendante. Aucun autre peuple n'a vu une plus grande portion de l'Omnionde que le nôtre.

Les rapports fondamentaux de la magie sont exposés sur ce dessin. Plus la magie est proche du centre, plus elle est puissante. La magie des runes, la plus centrale de toutes les magies, est ainsi la plus puissante, et détermine les effets les plus considérables.

Chaque niveau global de compréhension est désigné par le terme de Maison. Chaque Maison peut être conçue comme la portion plus ou moins grande de l'Omnionde que perçoit l'utilisateur. Plus centrale est la Maison, plus grande est la portion de l'Omnionde qu'il peut percevoir et utiliser.

La plus grande force est la magie de la Maison Rune, qui associe les ondes Vie, Pouvoir, Esprit et Mort pour la compréhension du tissu central de la réalité et pour une image claire des possibilités infinies de l'Omnionde. On dit de ceux qui ont maîtrisé la magie des runes qu'ils ont atteint la Neuvième Maîtrise ou Maîtrise Finale. La connaissance et l'efficacité des Disciplines des Runes sont directement liées aux sigles utilisés pour jeter des sorts de cette nature. Depuis la Séparation du Temps, seuls nous (les Sartans) et les Patryns (s'ils existent encore) avons la connaissance de la magie des runes.

La magie unifiée de la Maison Rune se divise alors en quatre Maisons Inférieures : Firmament (Air), Soleil (Feu), Source (Eau) et Ténèbres (Terre). Ensemble, on les désigne sous le nom de Maîtrises Souveraines. Les Maîtrises Souveraines représentent la Huitième Maîtrise, et seule la magie des runes leur est supérieure en puissance. Chacune des Maîtrises Souveraines se divise alors également en Maîtrises Spirituelles et Physiques. Les Maîtrises Spirituelles tendent à la manipulation mentale et émotionnelle du monde qui entoure le magicien. Les Maîtrises Physiques tendent à utiliser les objets matériels du monde qui entoure le magicien.

Les Maîtrises Spirituelles et Physiques se divisent encore en Disciplines Supérieures et Inférieures dans chaque Maison. Les Disciplines Supérieures ont reçu le nom de Maisons Maîtresses, tandis que les Disciplines Inférieures portent celui de Maisons Servantes. Les Maisons Maîtresses comprennent les Cinquième, Sixième et Septième Maîtrises, tandis que les Maisons Servantes vont de la Première à la Quatrième Maîtrise. Les termes de « supérieure » et « inférieure » sont trompeurs : les Disciplines inférieures sont les magies les plus répandues et utilisées. Les Disciplines Supérieures, bien que plus puissantes, tendent aussi à être plus spécialisées.

Après la Séparation du Temps, les Patryns disparurent, et les Sartans veillèrent jalousement à ce que les mortels n'aient pas accès à la magie des runes. C'est pourquoi toutes les magies supérieures à la Septième Maîtrise ont été perdues pour les mortels de tous les royaumes existant actuellement. La magie des runes reste un secret soigneusement gardé.

MAGIE DES RUNES

La magie des runes est la manifestation la plus puissante de toutes les magies existant dans les royaumes.

Elle tisse tous les éléments des diverses Maisons Souveraines en un tout magique. En tant que telle, la magie des runes touche au tissu de toute la création. C'est par elle que la création unifiée fut séparée en ses parties actuelles.

La clé de la magie des runes (ou runique) réside dans le fait que l'onde harmonique qui amène une possibilité à l'existence doit être créée avec autant de simultanéité que possible. Ce qui signifie que les divers mouvements, signes, paroles, pensées et éléments entrant dans l'évocation de l'onde harmonique doivent être exécutés aussi simultanément que possible. Plus simultanée sera la structure de l'onde harmonique, mieux seront conservés l'équilibre et l'harmonie de l'onde, et plus puissante sera la magie elle-même.

Pour arriver à la simultanéité, les Sartans et les Patryns ont créé un langage et des structures destinés à véhiculer cette magie. Ce langage n'est comparable à aucun autre. Un second langage, plus traditionnel, est utilisé pour la communication ordinaire par ces deux races. Le langage des runes est parlé, mais surtout il est joué.

L'élément commun de ces deux langages est la simultanéité. Les langages traditionnels sont de structure séquentielle et de développement linéaire. Quand on lit un livre, on lit lettre par lettre, mot par mot, phrase par phrase, pour arriver à la compréhension du texte. Cela signifie que l'on reçoit le message par un seul canal à la fois. Mais quand on regarde une pièce de théâtre, on perçoit par différents canaux en même temps (la parole parlée, les gestes et attitudes des acteurs, l'éclairage de la scène, etc.). On peut également recevoir des messages multiples par un seul canal à la fois (voir l'acteur, la chaise de l'acteur et le décor en même temps). Les messages de la pièce parviennent simultanément à l'assistance. Pour cette raison, on dit qu'une pièce dispose de la simultanéité dans sa communication des idées.

La complexité, l'équilibre et l'harmonie de la magie exigent la perfection dans la communication simultanée des ondes harmoniques du magicien. Elle est générale-

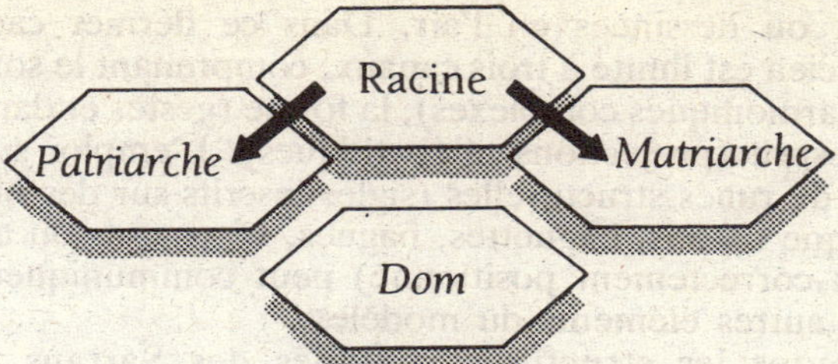

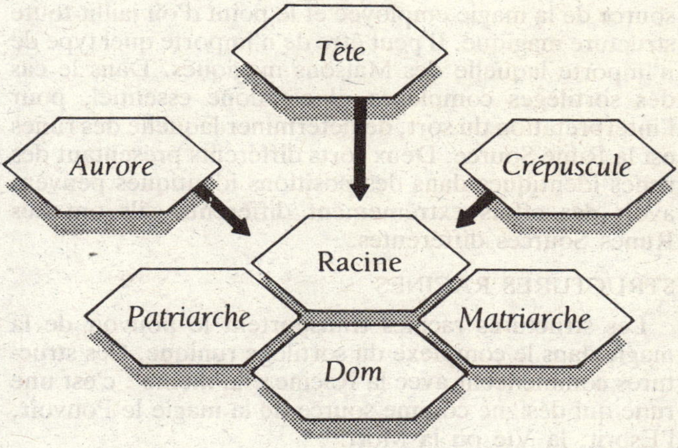

ment véhiculée par des mots, sons, gestes et mouvements. Dans la magie des runes, la simultanéité est inhérente au concept de langage écrit non linéaire.

Les langages des runes ont évolué en deux types distincts dans les cultures respectives des Sartans et des Patryns. Les deux opèrent selon les principes runiques de l'univers, mais leurs structures et leurs méthodes sont quelque peu différentes.

LA MAGIE DES RUNES DES SARTANS

Les Sartans emploient une structure hexagonale qui véhicule généralement la magie par six canaux de communication à la fois. Les runes sont tracées sur un objet ou dessinées en l'air. Dans ce dernier cas, le magicien est limité à trois canaux, comprenant le son (et ses harmoniques complexes), la forme (gestes et danses) et l'esprit (projections télépathiques). L'emploi simultané de runes structurelles (sigles inscrits sur des objets tels que bâtons, baguettes, bagues, vêtements ou autre objet correctement positionné) peut communiquer les trois autres éléments du modèle.

Toutes les structures runiques des Sartans sont construites sur un modèle hexagonal émanant de la Rune Source ou de la Rune Racine. Cette rune est la source de la magie employée et le point d'où jaillit toute structure magique. Il peut être de n'importe quel type de n'importe laquelle des Maisons magiques. Dans le cas des sortilèges complexes, il est donc essentiel, pour l'interprétation du sort, de déterminer laquelle des runes est la Rune Source. Deux sorts différents présentant des runes identiques dans des positions identiques peuvent avoir des effets extrêmement différents s'ils ont des Runes Sources différentes.

STRUCTURES RACINES

Les structures racines transportent le pouvoir de la magie dans le complexe du sortilège runique. Ces structures commencent avec la Racine elle-même : c'est une rune qui désigne comme source de la magie le Pouvoir, l'Esprit, la Vie ou la Mort.

Cette Rune Racine, ou, ainsi qu'on l'appelle plus communément, cette Rune Source, est flanquée en bas à gauche de son Patriarche (la rune qui le précède sur l'illustration). Elle est flanquée en bas à droite par sa Matriarche (la rune qui suit le Patriarche pour cette Rune Racine). Patriarche et Matriarche soutiennent la Rune Racine et donnent sa direction à la puissance de la magie montant des runes inférieures.

Directement en dessous de la Rune Racine se trouve le Dom ou Maître. Le sommet du Dom touche la Rune Racine à sa base ainsi que le Patriarche et la Matriarche à droite et à gauche. Cette rune détermine si la nature du pouvoir évoqué sera Spirituelle ou Physique, et complète la Structure Racine. Presque toujours, d'autres runes se raccordent au Dom par-dessous, pour mieux définir et amplifier la puissance de la magie utilisée.

La Rune Source est flanquée en haut à gauche par l'Aurore et en haut à droite par le Crépuscule. Ces runes déterminent l'amplitude (la quantité de puissance) et le vecteur (la direction) de l'onde harmonique dans le complexe où se trouve cette Structure Racine.

Entre les runes Aurore et Crépuscule se trouve la Tête, qui complète la structure Racine. La Tête fait partie d'un autre complexe de runes qui transfère les éléments de la structure Racine dans l'harmonique général de la magie invoquée.

LA RUNE SOURCE, CENTRE DE LA MAGIE

La Rune Source est à la fois le centre du concept magique créé lorsque le sort est lancé et le point de perspective essentiel d'où est vue et interprétée la magie des runes.

Pour lire correctement les runes, il est essentiel de connaître la Rune Source et de la localiser dans la structure. Des structures runiques similaires prennent des sens totalement différents quand les Runes Sources diffèrent.

Voici, par exemple, une structure runique très simple.

Rien n'indique quelle est la Rune Source. Laquelle choisira-t-on ? Par où commencera-t-on ? Voici deux interprétations possibles de cette structure runique.

C'est le grand secret de la magie des runes. La position de la Rune Source est uniquement connue de ceux qui l'apprennent du créateur de la rune. Une grande partie des études d'un magicien consiste à apprendre comment l'on détermine la position de la Rune Source, et aussi à apprendre par cœur la position des Runes Sources essentielles. Sans un Sartan pour enseigner la position de ces Runes Sources, les chances de comprendre nos écrits magiques sont négligeables.

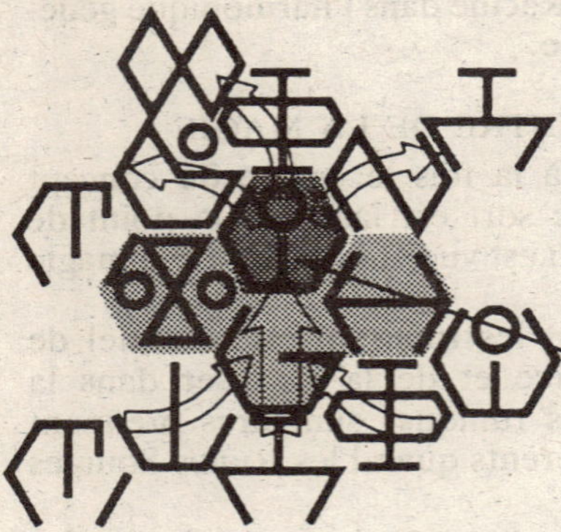

Interprétation possible d'un Rune de Guérison d'une Atteinte Physique à l'Esprit.

Rune Source
Centre de la Magie

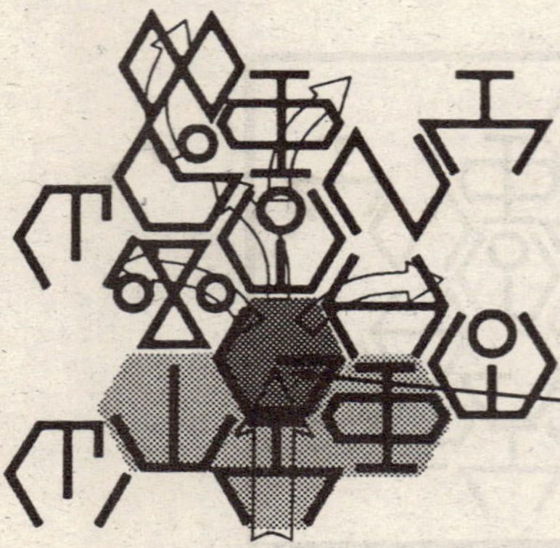

Seconde Interprétation possible du Rune suggérant une Attaque physique subtile dirigée contre des Souvenirs spécifiques.

Rune Source
Centre de la Magie

LA MAGIE DES RUNES DES PATRYNS

On sait peu de choses sur la magie des Patryns, à part ce qui peut aider à l'identifier. Leurs runes nous permettront de les reconnaître s'ils doivent un jour quitter leur Au-Delà pour entrer dans les Royaumes de la Séparation. A part les Patryns eux-mêmes, personne n'en sait guère plus.

Comme la magie des Sartans, la magie runique des Patryns recherche l'équilibre parfait de l'onde harmonique. Toutefois, elle ne trouve pas cet équilibre dans la symétrie des structures, mais dans l'opposition des contraires.

Les Patryns emploient des séries d'octogones et de carrés. Les octogones forment la Source, le Cours et la Destinée de leur magie. Les carrés en constituent la Branche, la Jonction et la Cascade. Des combinaisons de ces éléments créent une magie véhiculée simultanément par huit canaux de pensée.

Comme dans la magie des Sartans, la Rune Source est essentielle à la compréhension et à l'emploi de la magie.

La magie des Patryns utilise des substructures — un peu comme des runes dans des runes. Des runes formées d'autres runes imitent alors les concepts de Racine, de Tige et autres structures qu'on trouve dans la magie des Sartans sous des formes plus concises. Toutefois, leur nature est quelque peu erratique et leur emploi, à moins d'être soigneusement équilibré, peut aboutir à un fort amoindrissement de l'effet désiré.

MAGIE PAR ROYAUME

La Rune Maison agit de la même façon dans tous les royaumes. Toutefois, chaque royaume se spécialise en une magie particulière des Maîtrises Souveraines. Cela correspond à la division générale de la magie qui eut lieu lors de la séparation des royaumes. La magie de la Maison Firmament, par exemple, est la magie essentielle régissant les royaumes du Ciel, alors que la Maison Vie régit principalement les royaumes de la Mer. On n'exposera ici que la magie de la Maison Vie (celle d'Arianus).

DAME DU FIRMAMENT
(DISCIPLINES DE LA MAÎTRISE PHYSIQUE)

La Dame de la Maison Firmament (Maîtrises Physiques/Maîtres des Transports et du Mouvement) est actuellement sous le contrôle des Elfes Kendari de l'Empire de Tribus. Ces sveltes créatures aux cheveux blancs ont fondé l'Empire de Tribus sur le Continent d'Aristagon, qu'ils ont conquis dans sa totalité. Et ils cherchent à conquérir d'autres continents par la guerre. Leur puissante magie est de nature physique, et exige l'utilisation d'objets pour canaliser, contenir et diriger leurs pouvoirs magiques. Malgré leur Maison, ils n'ont aucun pouvoir télépathique, mais manifestent dans leurs magies certains pouvoirs télékinétiques.

Entre autres pouvoirs, les Elfes Kendari ont celui d'inclure des messages magiques complexes dans des chants. C'est un vestige des langages runiques perdus et une application pratique des langages magiques plus connus qui véhiculent des sorts plus grossiers (non équilibrés) dans les magies des Maîtrises Souveraines et des magies inférieures. Le danger, c'est que n'importe qui peut chanter ces chants, qui influencent peu les humains. Mais cette musique communique aux Elfes des émotions et des messages profonds. Pour être parfaitement reçu, le message du chant doit faire appel à des souvenirs génétiques courants chez les Elfes — mais que les humains ne possèdent pas.

Cette discipline se sert de deux canaux pour communiquer la structure de la magie : le canal verbal : le son (expression de la magie en harmoniques audibles), et le canal somatique (gestes physiques dessinant des formes qui doivent se fondre aux harmoniques). Si un magicien elfien ne peut pas parler et bouger librement, sa magie sera amoindrie.

SEIGNEUR DU FIRMAMENT
(DISCIPLINE DE LA MAÎTRISE SPIRITUELLE)

Les humains de Vondekar connaissent leur magie sous le nom de Vond — la Lumière — et, plus solennellement, de Vondreth — le Pouvoir Donné. Ceux qui la maîtrisent sont connus sous le nom de Kir-Vondreth (Ceux-qui-voient-la-Lumière), mais, quand on s'adresse à eux, on dit simplement Vokar (Homme de la Lumière) ou Kir (Voyant). Certains sont plus doués que d'autres dans l'usage de Vond, et ses bénédictions semblent se répandre sans plan déterminé parmi le peuple.

La magie des Vondreth est de nature essentiellement spirituelle, et dérive ses capacités de la manipulation de la nature et de l'esprit naturel. Ils peuvent affecter les animaux naturels et appeler le climat à leur aide. Ils peuvent communiquer avec les animaux et les manipuler (c'est ainsi qu'ils domptent les dragons). Bien qu'ils aient la capacité de constructions magiques qui leur permettraient la télépathie, la complexité d'une telle magie échappe depuis longtemps à leur compréhension.

Les Vokars n'ont pas d'écoles constituées (tout l'enseignement est transmis de maître à apprenti). Ils ont utilisé agressivement leur magie depuis la menace de domination par les Elfes Kendari. Ils sont utilisés pendant les combats pour appeler sur l'ennemi des fléaux naturels (épidémies, rats célestes, tornades, éclairs et autres). Ils vivent pour le moment présent, et adorent la vie et ses plaisirs.

Les Kirs sont l'opposé de leurs frères Vokars. Cet ordre très discipliné s'occupe principalement de la mort. Les moines considèrent la vie comme une punition à subir pour gagner leur récompense finale dans le Hvani (le ciel). Ils ont développé une magie de la télempathie, mais considèrent comme un péché de ressentir la joie ou le bonheur par empathie. Ils ont aussi développé une magie naturelle des transports, pour les aider dans leur tâche principale, qui est de rassembler les morts. Ils ont aussi créé des protections magiques contre les poisons et les maladies.

Cette magie utilise deux canaux pour communiquer sa structure : les gestes somatiques et les projections mentales du concept. La parole n'y est pas nécessaire à la projection des sorts. Cette magie a reçu des Elfes le nom de « Mort Silencieuse », car ils ont appris à leur dépens à quel point peut être efficace une magie qu'il n'est pas besoin de hurler pendant les combats. Un Kir ligoté est handicapé dans l'usage de sa magie — mais pourra encore se livrer à des constructions mentales limitées qui l'aideront à se libérer.

Main est Flamme

Paroles de Kevin Stein **Musique de Janet Pack**

la Main lan-çant le chant Ell-x-man. Le Chant de Feu, de
Cœur et de Terre : Feu né de la fin du vo-yage.
La Flam-me part, ap - pel lé-é-ger, la mar-che est morne, le
but s'éloigne, le Feu des fu-turs mène la danse.

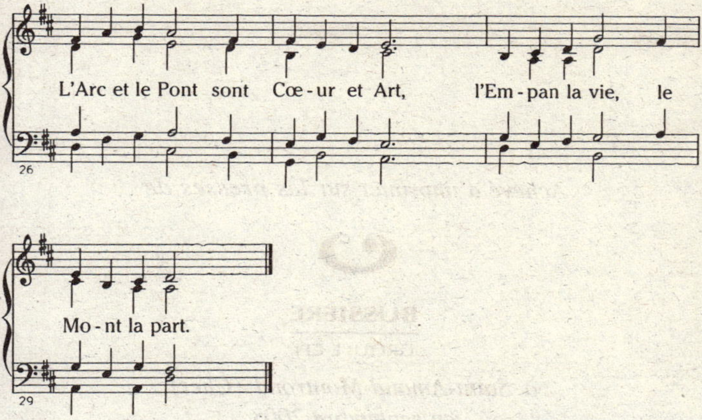
L'Arc et le Pont sont Cœ - ur et Art, l'Em - pan la vie, le
26
Mo - nt la part.
29

Achevé d'imprimer sur les presses de

BUSSIÈRE

GROUPE CPI

à Saint-Amand-Montrond (Cher)
en septembre 2003

POCKET - 12, avenue d'Italie - 75627 Paris Cedex 13
Tél. : 01-44-16-05-00

— N° d'imp. 36109. —
Dépôt légal : novembre 1992.

Imprimé en France